以此书深切怀念我的两位恩师：耿世民先生和庄垣内正弘先生

古代维吾尔语诗歌集成
Corpus of Old Uyghur Poetry

阿不都热西提·亚库甫 主编
Edited by Abdurishid Yakup

古代维吾尔语赞美诗和描写性韵文的语文学研究

Old Uyghur Hymns, Praises, Blessings and Descriptive Poems

阿不都热西提·亚库甫 著

Abdurishid Yakup

上海古籍出版社

Shanghai Chinese Classics Publishing House

本书为国家出版基金资助项目

本书由中央民族大学“985工程”教育部“长江学者”特聘教授科研基金和中央民族大学“一流大学一流学科建设统筹资金”教育部“长江学者”特聘教授科研基金资助出版

前　言

本书是笔者自2009年起用中央民族大学“长江学者”特聘教授第一聘期科研经费开展的科学研究项目《古代维吾尔语诗歌的语文学研究》的成果之一，为笔者主编《古代维吾尔语诗歌集成》的第一卷。它以古代维吾尔语赞美诗和描写性韵文为主要研究对象，重新评估和修订国内外学术界在该领域的既有成果，并通过刊布新发现文献资料来充实这一研究，推出古代维吾尔语赞美诗和描写性韵文较完整的校勘本，为学界提供系统、准确的文献资料和最新的语文学研究成果。

尽管从数量来看诗歌和韵文在古代维吾尔语文献中所占比例并不算太大，但因其内容涉及突厥语诸民族在历史上信仰的多种宗教，如摩尼教、景教、佛教、伊斯兰教等，其中一些韵文还涉及突厥和回鹘历史上的一些重要事件，有的描写当时的现实生活，还有一些涉及不同宗教间的对话和冲突，所以是了解西域—中亚古代语言、宗教、历史和文化的珍贵原始资料之一，在古代维吾尔语文献研究中占有举足轻重的地位。

古代维吾尔语诗歌研究的历史可以追溯到西域—中亚语文学研究的最早阶段。德国探险家、语文学家阿勒贝尔多·冯·勒柯克（Albert von Le Coq）在其名著《高昌出土摩尼教文献研究》（*Manichaica aus Chotcho*，Ⅰ-Ⅲ）一书的第二卷和第三卷中就刊布过一些摩尼教内容的回鹘语诗歌。紧接着，德国著名语文学家、语言学家威利·邦格（Willi Bang）发表题为《摩尼教赞美诗》（Manichaeische Hymnen，载 *Le Muséon*，1925年第38期，第1～55页）的长篇论文，对勒柯克的研究做了重要修改和补充。1947年，土耳其籍鞑靼族著名突厥学家拉希德·拉赫迈特·阿拉特（Reșit

Rahmati Arat)出版了喀喇汗王朝时期著名诗人玉素甫·哈斯·哈吉甫(Yūsuf Khāṣṣ Ḥājib)的名著《福乐智慧》(*Qutadγu Bilig*)的校勘本及土耳其语译本,为这一长篇诗作的研究奠定了坚实的基础。他的校勘本至今仍是《福乐智慧》研究中最具权威的著作。1963 年,德国知名突厥学家安娜玛丽·冯·佳班(Annemarie von Gabain)发表了题为《中亚突厥文学——古代突厥非伊斯兰文学》(Zentralasiatische türkische Literaturen, I. Nichtislamische alttürkische Literatur, 载:*Handbuch der Orientalistik*. 1. Abteilung:*Der Nahe und der Mittlere Osten*, 5. Band:*Altaistik*. 1. Abschnitt:*Turkologie*. Leiden /Köln, 207 -228)的文章,对中亚突厥语文献进行了概括性介绍,其中包括她关于古代突厥语诗歌的重要论述。稍后出版的阿拉特的《古代突厥诗歌》(*Eski Türk Şiiri*, *Ankara*, 1965)一书可以说是第一部刊布和系统研究古代维吾尔语诗歌的语文学专著。该书不仅对以往刊布的古代突厥语诗歌进行重新研究,而且首次刊布和研究了为数不少的、具有重要价值的古代维吾尔语韵文,同时对古代维吾尔语诗歌的内容、结构、韵律等进行了较为详尽的分析和探讨,把古代突厥语诗歌研究提高到了一个新的高度,因而成为古代突厥语诗歌研究的一部经典著作。此后,匈牙利著名突厥学家乔治·哈再(Georg Hazai)、土耳其突厥学家西纳斯·特肯(Şinasi Tekin)、土耳其知名突厥学家塔拉特·特肯(Talat Tekin)、美籍法国东方学家哈密顿(James Russel Hamilton)、俄罗斯突厥学家 L. Y. 吐古舍娃(Lilia Yusufovič Tugusheva)、德国知名回鹘文专家彼得·茨默(Peter Zieme)、日本知名语言学家庄垣内正弘(Masahiro Shōgaito)、德籍土耳其突厥学家塞米赫·铁兹江(Semih Tezcan)、日本西域佛教研究专家百济康义(Kōgi Kudara)、美国突厥学家拉瑞·克拉克(Larry Clark)、罗伯特·丹阔夫(Robert Dankoff)等先后对摩尼教、佛教、景教、伊斯兰教内容的古代维吾尔语诗歌做过不同程度的研究,他们还刊布了为数不少的古代维吾尔语诗歌作品,包括民谣、格言等民间文学作品。其中,彼得·茨默教授于 1985 年出版的《古代维吾尔语佛教内容头韵诗》(*Buddhistische Stabreimdichtungen der Uiguren*, Berlin, 1985)一书可以说是阿拉特的《古代突厥诗歌》之后的又一部古代维吾尔语诗歌研究的重要语文学专著。该书对德国吐鲁番探险队在吐鲁番所获、现藏柏林勃兰登堡科学院吐鲁番研究所的60余首古代维吾尔语佛教内容头韵诗残片进行了较深入的语文学研究，作者在书中刊布了柏林收藏古代维吾尔语诗歌文献的大部分，亦对以往研究较为欠缺的佛教内容头韵诗作了新的译释和校勘研究。1991年，彼得·茨默教授出版了他的教授资格论文《吐鲁番和敦煌出土古代维吾尔语头韵诗研究》（*Die Stabreimtexte der Uiguren von Turfan und Dunhuang*, *Budapest*, 1991），对古代维吾尔语佛教内容头韵诗的内容、结构和韵律特点进行了较系统的探讨，是第一部全面研究古代维吾尔语头韵诗的专著。随后出版的德国著名突厥学家、阿尔泰学家格尔哈德·焦费尔（Gerhard Doerfer）教授的专著《古代突厥语诗歌的结构》（*Formen der älteren türkischen Lyrik*, Szeged, 1996）是另一部对古代突厥语诗歌进行全面探讨的重要专著。与茨默教授的专著不同，焦费尔专著的研究范围远远超出佛教内容诗歌，涉及各时期突厥诗歌的诸多问题，包括突厥诗歌的起源、韵律、衍变及韵文的内容和结构等重要问题的讨论，在很大程度上弥补了前期成果的不足，把突厥语诗歌研究推进了不少。

需要特别提到的是俄罗斯文学家 I. V. 斯贴壁列娃（I. V. Stebleva）对鄂尔浑碑铭和突厥—鲁尼文文献的研究成果。她提到，《暾欲谷碑》、《阙特勤碑》的突厥—鲁尼文部分和《占卜书》（Iriq Bitig）等都以韵文形式写成，这些碑文主要采用的是排比句型。斯贴壁列娃在《突厥人六至八世纪的诗歌》（*Poäzija tjurkov VI – VIII vv*, Moskva 1976）、《十一世纪突厥韵文形式的发展》（*Razvitie tjurkskix poetičeskix form v XI veke*, Moskva, 1971）、《伊斯兰前突厥人的文学生活》（*Žizn'i literatura doislamskix tjurkov*, Moskva, 2007）等书中对此有详细的论述。在她看来，《阙特勤碑》东面第22行的 üzä tängri basmasar, asra yer tälinmäsär“如果上面天不塌，下面大地不裂”、东面第29行的 čıγañ bodunıγ bay qıltım, az bodunıγ üküš qıltım“我使贫穷的人民富裕起来，使人民由少变多”等都是排比句式诗行（详见 Stebleva 1976，第101～107页）。她也用同样的方法来分析《占卜书》的结构，并对《阙特勤碑》、《占卜书》等作品的诗体结构进行了描述(见 Stebleva 1976,第 175～203 页)。这些观点在国内也有所介绍,这里不必详述。然而,斯贴壁列娃关于哈喇汗王朝时期突厥诗歌的研究在国内很少有人注意。她通过对早期和中世纪突厥语诗歌进行细致的分析,解释了突厥诗歌在哈喇汗王朝时期转用阿鲁孜体的原因和过程(详见 Stebleva 1976,第 139～153 页;Stebleva 2007,第 145～198 页),为我们进一步了解突厥语诗歌在中亚地区的发展和演变提供了思路。她认为,《福乐智慧》的许多诗行采用音节间的头韵(详见 Stebleva 1976,第 159～160 页),是学术界注意不够的重要问题。她对《突厥语大辞典》诗歌内容分类和研究也具有一定的独特性。

此外,土耳其著名突厥学家欧斯曼·菲克里·塞尔特卡亚(Osman Fikri Sertkaya)教授发表题为《古代突厥语帖木尔可汗赞残片》(Ein Fragment eines alttürkischen Lobpreises auf Temür Qaɤan, *AoF* 16－1, 189－192)的论文,刊布了柏林所藏回鹘文帖不尔可汗赞残片。他还在多篇论文中对古代维吾尔语诗歌及其研究进行概述,其中具有代表性的是《土耳其语》(Türk Dili)杂志连载的长文《古代突厥诗歌概观》(Eski Türk şiirinin kaynaklarına toplu bir bakış[1], *Türk Dili* 409:43－80;Eski Türk şiirinin kaynaklarına toplu bir bakış[2－4], *Türk Dili* 440:99－109;*Türk Dili* 441:149－160;*Türk Dili* 443:262－271)。他最近在《突厥世界文学史》(*Türk dünyasi edebiyat tarihi*, Ankara, 2004)一书的专论《突厥文学中的佛教和摩尼教内容作品:韵文》(Burkancı (Budist) ve Manici (＝Maniheist) Türk edebî çevreleri. Nazim. Atatürk Yüksek Kurumu Atatürk Kültür Merkezi Başkanlığı, *Türk dünyasi edebiyat tarihi*. Ankara:Atatürk Kültür Merkezi Başkanlığı Yayınları, 2004, 第 25－128 页)中介绍佛教、摩尼教内容韵文的同时,对以往的研究成果做简要评述和纠正,对一些韵文的解读和翻译提出自己的观点。

德国突厥学家彦斯·彼得·劳特(Jens Peter Laut)与茨默教授合作发表《高昌王及其夫人的双语赞颂》(Ein zweisprachiger Lobpreis auf den Bäg von Kočo und seine Gemahlin)一文,刊布了一件晚期回鹘语书写的、包含婆罗米文语词和短语的双语文献残片。该文收录在劳特和罗伯恩(Klaus Röhrborn)共同主编的《突厥传承的佛教叙事文学和圣人传》(*Buddhistische Erzälliteratur und Hagiographie in türkischer Überlieferung*, Wiesbaden: Otto Harrassowitz, 1998)中。劳特于2002年发表的论文《关于古代突厥头韵诗的一些想法》(Gedanken zum alttürkischen Stabreim, 载 M. Ölmez, S.-Chr. Raschmann (eds.), *Splitter aus der Gegend von Turfan. Festschrift für Peter Zieme*, Berlin, Istanbul, 2002,129 – 138),通过对回鹘文《弥勒会见记》胜金本一个跋文的韵文形式进行探讨,指出古代突厥头韵诗开始于元代的说法是不成立的。

除了上述成果之外,还有一些概述性论文,其中土耳其突厥学家瑟玛·巴鲁土楚(Sema Barutçu)教授的《摩尼教和佛教语境下的突厥诗歌》(Maniheist ve Buddist çevrelerde Türk şiiri. *Türk Dili Araştırmaları Yıllığı -Belleten* 1991, 69 – 87)一文比较重要。

在中国,已故知名突厥学家耿世民教授自20世纪70年代就开始研究古代维吾尔语诗歌。他于1979年刊布了《圣救度佛母二十一种礼赞经》,1982年出版了《古代维吾尔诗歌选》一书,1986年与张宝玺一起发表了关于《重修文殊寺碑》回鹘文部分(韵文)的研究成果。在该书中,他根据国外学者的相关研究成果,翻译、刊布了一些重要的古代维吾尔语诗歌,并对古代维吾尔诗歌的韵律特点作了较全面的概述。1980年,知名维吾尔语专家哈米提·铁木尔(Hämit Tömür)教授和回鹘文专家吐尔逊·阿尤甫(Tursun Ayup)教授合作将《真理的入门》译成维吾尔语出版。后来,伊斯拉菲尔·玉素甫(Israpil Yüsüp)研究员等在《吐鲁番最近出土的几件回鹘文书研究》一文(《内陆亚细亚语言的研究》IV,1988,第77 ~ 86页)中刊布了柏孜克里克新出的一片回鹘文韵文残片,共4行。牛汝极教授曾于1991年发表《从两件回鹘文残卷看早期维吾尔诗歌的特点》一文(《新疆大学学报》1991年第4期,第103 ~ 107页),对多件摩尼教内容诗歌进行译释。最近,他发表了《敦煌北区发现的叙利亚文景教—回鹘文佛教双语写本再研究》一文(《敦煌研究》2002年第2期,第56 ~ 63页),对莫高窟北区石窟发现的叙利亚文文献行间夹写的回鹘文韵文进行了释读。之前,张铁山教授在彭金章、王建军、敦煌研究院共同主编的《敦煌莫高窟北区石窟》一书（北京：文物出版社，2000～2004年）中对这一回鹘文韵文进行过转写和汉译，是关于这一重要韵文的最初研究成果。此外，杨富学教授的著作《回鹘文献与回鹘文化》（北京：民族出版社，2003年）亦包含一些回鹘语诗歌的汉译。与此同时，《福乐智慧》和《真理的入门》等哈喇汗王朝时期的重要诗作也先后被译成现代维吾尔文和汉文。在关于维吾尔文学史、哈萨克文学史方面的论著和教科书中也都包含介绍和分析古代维吾尔语诗歌的内容，也有些论著专门是研究古代维吾尔语诗歌的。其中，专门研究《福乐智慧》的就有多部。然而，无论是国外还是国内，至今未见全面整理、刊布古代维吾尔诗歌并对它进行系统地语文学研究的专著。

近20年来，我国考古学者在吐鲁番、敦煌等地不断发现大量不同语种的语文文献，为西域—中亚语文学研究提供了第一手资料，如20世纪80年代初在柏孜克里克发现的所谓《劝学诗》、敦煌莫高窟北区石窟发现的行间书写的叙利亚文文书《三宝的描写》、北区石窟发现的长篇《诗人传》（见彭金章等 2004，B128：18，图版 LXXXVII－XC）等。在各国所藏古代维吾尔语文献当中不断出现一些仍未刊布的诗歌作品，如北京大学图书馆藏《速来蛮王赞》（见 Abdurishid Yakup, Two Alliterative Uighur Poems from Dunhuang. 载：*Linguistic Research* 17－18（1999）：1～25；阿不都热西提·亚库甫《北京大学图书馆藏回鹘文“西宁王速来蛮赞新探”》，《西域文史》第六辑，第61～77页）、东京大学文学部图书馆藏《玉女赞》（见百济康義：『西域諸語断簡集（19·20）調査中間報告』，东京大学附属图书馆 2001，第20～24页）、中国考古文物研究院藏《回鹘文史书残卷》（见 Zhang Tieshan and Peter Zieme, A Memorandum about the King of the On *Uygur* and his Realm, *Acta Orientalia Academiae Scientiarum Hungaricae* 64（2011）：129－159）及圣彼得堡藏《法明赞》（Abdurishid Yakup, Berlin and St. Petersburg Fragments of the Praise of Dharmaprabhāsa，载：*Yarmakan, Semih Tezcan'a Armağan. Abant İzzet Baysal Üniversitesi Sosyal Bilimler Enstitüsü Dergisi*, Cilt：13, Yıl：13：431－441）等。由于相关研究成果发表地点分散，所用

语言文字种类繁多,对不熟悉这些语言文字的学者和读者带来很大不便。经过一百多年,西域—中亚语文学研究在广度和深度不断拓展,尤其是在研究方法上取得很大进展,逐渐走向成熟,学术队伍也不断扩大和成长。因此,全面收集、整理古代维吾尔语韵文,对已刊布文献和相关成果从崭新的角度进行重新评估,对未刊布韵文运用语文学研究的最新方法进行研究和刊布不仅成为学术的必要,而且也成为可能。这正是我们致力于古代维吾尔语诗歌研究,进而推出《古代维吾尔语诗歌集成》的主要缘由。

《古代维吾尔语诗歌集成》系列专著计划编七卷,其中,第一至第五卷主要整理、刊布西回鹘汗国时期的回鹘语诗歌作品和韵文,并作详细的语文学注释。前五卷的研究对象主要是摩尼教和佛教内容的韵文体文献,也包括一些描写重大历史事件和重要历史人物的碑文。由于学者们对于鄂尔浑碑铭在内的鲁尼文书写的突厥语文献的韵文结构持有不同见解,故暂不把这些文献的韵文列入该项目的研究范围之内,等条件成熟时,再对其进行单独研究和整理。系列专著的第六卷主要研究古代维吾尔语民歌和格言,包括喀喇汗王朝时期在内。第七卷的研究对象为成书于 12 世纪的哲理诗《真理的入门》(Atabetü'l-Hakayık)。虽然《真理的入门》的现存抄本都属于较晚时期,但对了解喀喇汗王朝时期的中亚突厥语言、文学、文化、宗教思想等具有重要价值,故也列入这一系列丛书之中。下面是各卷的基本情况:

第一卷,《古代维吾尔语赞美诗和描写性韵文的语文学研究》,负责人:阿不都热西提 · 亚库甫教授;

第二卷,《古代维吾尔语诗体故事、忏悔文及碑铭研究》,负责人:张铁山教授;

第三卷,《古代维吾尔语诗体佛经、经夹韵文及诗体跋文研究》,负责人:阿不都热西提 · 亚库甫教授[1];

第四卷,《巴黎藏回鹘文诗体般若文献研究》,负责人:热孜娅 · 努日博士;

---

〔1〕 编者注:丛书出版计划有所修改,与已出版丛书前言内容不同。

第五卷:《回鹘文诗体注疏和新发现敦煌本韵文研究》,负责人:阿依达尔·米尔卡马力教授;

第六卷:《古代维吾尔语民歌和谚语研究》,负责人:热孜亚·努日博士和巴克力·阿不都热西提博士;

第七卷:《突厥语哲理诗"真理的入门"研究》,负责人:艾尔肯·阿热孜副教授。

《古代维吾尔语诗歌集成》各卷的文献研究部分主要由引论、韵文的转写与汉译、语文学注释和索引四个部分组成。引论主要对各卷所刊布诗歌的内容、结构、韵律特点和语言特点做简要介绍和分析。韵文的转写和汉译部分反映学者们对具体韵文的解读和理解,而语文学注释则体现学者们对韵文中疑难问题的解释和作者自己的见解及学界最新研究情况。索引部分提供通用的分析性音序索引,有些卷附有语义分类索引。制定语义分类索引的目的是为了给不同学科背景的学者研究古代维吾尔语诗歌或韵文作品提供便利。

在转写、注释和汉译中,本系列专著基本采用邦格为代表的柏林学派在一百多年的研究中不断完善的文献研究方法,即文字转写和标音转写相结合的转写方法、以突厥比较语言学和各时期突厥语言材料作为解读文献和解释文献之重要依据的文献解释方法和注释方法。同时,我们也参照日本自20世纪下半叶起兴起的文献语言学的研究方法,即以解读文献为出发点,以文献资料为语料对其所反映的语言问题进行系统探讨的研究方法。从文献内容的断定到具体文献的转写、翻译、注释,本系列丛书在严格遵守文献学和文献语言学的基本原则的同时,充分参考国内外相关论著。

作为本书研究对象的古代维吾尔语诗歌和韵文大体上比较严格地遵循韵律,因此,只有以韵文形式翻译这些作品才可以使读者体会到其优美。但是,在译文中体现古代维吾尔语诗歌和韵文的这一特点并不容易。本系列丛书在对古代维吾尔语诗歌和韵文进行汉译时基本采用柏林学派一贯坚持的直译法,力求突出原文的语言、结构和韵文特点。理想的做法可能是在直译之外再提供合乎目的语言习惯的、目的语言的读者能够欣赏的另一种译文。由于国内外西域—中亚语文学界还没有这样做的先例,我们也没敢在这一方面做太大胆的尝试。当因韵律的要求采用意译或译文在语言风格上与原文有较大出入时,我们将尽量在语注部分做必要的解释。

本来,本系列丛书理应包括喀喇汗王朝时期的大型诗歌作品《福乐智慧》的校勘本和词汇索引,但由于这一诗作篇幅较长、研究难度和工作量较大,其研究任务很难在笔者的第一聘期之内完成,故没有列入本系列专著。笔者计划把它作为第二聘期的重点课题进行研究和细心策划,争取在该诗作者、著名维吾尔族诗人和哲学家玉素甫·哈斯·哈吉甫诞辰1000周年纪念日之前奉献给学术界。

对现有研究的重新评估和对新发现文献材料的介绍和研究是本系列丛书的重要特点之一。据上所述,古代维吾尔语诗歌的研究已经迈入其第二个一百年。其间,各国所藏重要的韵文文献大多数都得以刊布,有的还被刊布多次。最有代表性的是《摩尼大赞》,自从勒柯克的刊布本发表以来,由冯·佳班、阿拉特、克拉克等学者先后推出其校勘本,讨论其中的语文学、宗教学、史学问题的论文也比较多。如何在认真查阅现有成果的基础上,对既有校勘本的转写、译文和解释做出更进一步的修正和补充,从而形成新的校勘本,实际上并不比首次刊布文献容易多少。这需要学者们站在更高的学术高度,从校勘本和原文的对照入手,对现有成果进行一一评价,在参考西域—中亚语文学研究最新成果的基础上对其进行认真的探讨和研究。对任何一个疑难问题的新的解释、转写和译文的改正,都可能将我们对文献的理解和认识提高到新的高度。笔者对《摩尼大赞》的研究虽然从表面上看与以往的研究大体相同,但在韵义结构的确立、部分词语的转写和解释、残损部分的补缺等方面均有一些与以前的校勘本不同的地方。就回鹘文《玉女赞》(笔者曾作《翡翠公主赞》,今不取)而言,这样的情况更多。《玉女赞》是由九段四行诗构成的头韵诗,现藏东京大学图书馆。该诗的前六段主要赞颂回鹘人称作 q̈aš q̈atun 的人物。首次刊布该诗的已故日本回鹘文专家百济康义教授把 q̈aš q̈atun 译作"翡翠夫人",后来茨默教授也随之采用 Jade Princess 的译法。虽然从字面上 q̈aš q̈atun 完全可以译作"翡翠公主"或"翡翠夫人",但从文中的一些描述来看,这一译法却是有问题的。在确定 q̈aš q̈atun 的语义方面,该残片第 14 行的短语

qašlıγ qıdıγlıγ 似乎具有重要的参考价值。韵文的这一部分在说明她为何被叫作 q̈aš q̈atun 时,这样写道:

q̈art qadıra qy-a basɣ̈uq-$_{13}$larıṅ q̈ašıṅčıγ körklä,
qa(r)lıy buz $_{14}$-luγ taγ sängir-läriṅtä q̈ašlıγ q̈ıdı-$_{15}$γlıγ,
qar-a qoču öẓäkin-tä orn(a)γ $_{16}$ tutmaq̈ıngız üz-ä,
qaš q̈atuṅ tep $_{17}$ hayahur-lar siz-ṅi aṭayur-lar t(ä)ngrim ::

译文:

山峦重重叠叠,优美迷人,
冰雪覆盖,有岸有边,
因你居住在哈喇火洲之中心,
回鹘人把你称作玉女,啊我天神!

这一段诗的第2行(《玉女赞》第十四行)出现的 qašlıγ qıdıγlıγ 并不像百济康义教授所理解的表示"有翡翠的",而意为"有岸边的",因为此短语的 qaš 和 qıdıγ 意义相近,分别表示"岸"和"边"。他们一般一起使用,构成回鹘语常用的双词。其中,第一个词的根词 qaš 与具有"翡翠"之意的 qaš 为同音词,它除了表示"岸"这一意义外,还有"眉毛"、"山眉"等喻义(参见 G. Clauson, *An Etymological Dictionary of Pre-Thirteenth-Century Turkish*, Oxford 1972, 669ab)。因此,由这一 qaš 派生出来的 qašlıγ 很难译作"有玉的"或"有翡翠的"。韵文作者在此处通过使用与具有"翡翠"之意的 qaš 同音关系的 qaš 为关联点,使用 qašlıγ qıdıγlıγ"有岸边的",似乎是在暗示与之密切相连的 q̈aš q̈atuṅ 的另一层意义。q̈aš q̈atuṅ 这一名称可能与佛教转轮王七宝之中的玉女(也称圣玉女、玉女宝)有关,是"玉女"的直译,但在《玉女赞》中该词还指以玉女命名的佛寺。耐人寻味的是,柏林藏回鹘文书写汉语文献 U5335 与宁戎 qadun 尼师、金花 qadun 尼师等一起作为诸师的名字也提到 q̈aš q̈atun(见 Masahiro Shōgaito et al., *The Berlin Chinese Text U5335 Written in Uighur Script: a Reconstruction of the Inherited Uighur Pronunciation of Chinese*, *Turnhout*, 2015,第63页)。日本学者松井太考证宁戎(在回鹘文文献以 nižüng、nišüng、lišüng 等形式出现)是柏孜克里克千佛洞的名称(见松井太,『古代ウイグル語文献にみえる「寧戎」とベゼクリク』,『内陸アジア史研究』第 26 号, 2011,第 171 页)。有趣的是在 U5335 中宁戎、金花等名称后均有“qadun 尼师”这一称呼,也就是说这些名称都与尼师有关。估计尼师之前的 qadun 此处也指尼师,应是其回鹘语对等语。这样一来,《玉女赞》的主人公并非笔者起初所想的那样是一个神话人物,而是以佛教转轮王的七宝之一玉女之名命名的尼师,很可能也指以此尼师名命名的佛寺或佛教洞窟。因此,《玉女赞》在不同的诗段描写它所处的位置,形容 q̈aš q̈atun 就处在哈喇火洲的中心。需要注意的是该诗的第 34 行出现 t(ä)ngri burq̈an 这一短语。它在回鹘文文献中比较常见,但此处的 burq̈an 一词的写法与该诗其他地方有所不同,故笔者转写为 burq̈an,与百济康义教授的转写有所不同。从上下文看,此处的 t(ä)ngri burq̈an 很可能不是指“佛”,而是指“佛寺”和“寺庙”,因为韵文的第 7 段有“我们环视周围,眺望一切,天佛之外我们没有留居之处”。如果这里的 t(ä)ngri burq̈an 指的确实是佛寺,那么它就是玉女寺,而且与宁戎寺一样就在哈拉和卓境内。其地点具体何在,尚待考证。上段文字仅仅是对《玉女赞》的一些补充和解释,此类内容在《集成》的各卷都能看到。热孜亚·努日博士对《常啼菩萨的故事》的研究就包含很多新的读法和新的解释,这里不一一介绍。

新发现韵文的整理和刊布是《集成》的另一显著特点。就《集成》第一卷而言,着重体现在笔者对《西宁王速来蛮赞》、《三宝的描写》、《善法明赞》等新发现文献的译释和研究中。再如阿依达尔·米尔卡马力教授所刊布的敦煌北区石窟出土文献则属于尚未刊布或未得到充分研究的诗歌作品。

全面性是《集成》的又一特点。阿拉特的《古代突厥诗歌》和茨默的《古代维吾尔语佛教内容头韵诗》是目前对古代维吾尔语诗歌研究较为全面的语文学专著。但前者只收录 1963 年以前发现的古代维吾尔语诗歌,而后者的重点为佛教内容头韵诗。《集成》首次以体裁和内容为纲,较全面地收集古代维吾尔语诗歌,推出关于古代维吾尔语诗歌的第一部较全面的系列丛书,其中刊布的相当一部分文献不见于上述两部著作，有些还是首次刊布。从严格的意义上讲，全面性是很难做到的事情，因为在我们完成一部著作的同时，可能已经有新的韵文文献被发现和刊布。各卷作者虽尽量收全其研究范围内的韵文，但由于以韵文形式写成的回鹘文献较多，而且一些韵文保存状态并不完整，有的文献韵文特点也不明显，就不得不有所选择、有所舍弃。总之，《集成》力求收全具有代表性的韵文并对其进行较全面的研究。

本书在转写中采用不同的符号来区分/K/和/G/的两个变体，即 q 和 k 及 γ 和 g。通过 nk 来标示的鼻音也用 ng 来转写。此外，在转写中尽量充分体现原文的书写特点。带点的 n 用 ṅ 来转写，带两点的 q 和 γ 则用上面加两点的方式来标示，原文的分写特点也力求保留，以此来弥补不能提供文字转写(也称换写)的不足。唯一例外是，本书的导论和各部分的引论部分，我们不严格遵守这一点。

原则上，用基线下方的阿拉伯数字来标示原文的行数，而用罗马数字来标示诗段。

在转写和译文中，凡是方括号[ ]内的为原文残缺内容，而圆括号( )内的属于根据回鹘语的语音特点添加的音和内容，或是根据译文的要求所补充的内容；原文省略未写，但根据上下文补充的词语一般写在尖括号 < >里面。斜杠标示原文所缺字母的确切数字，凡是保存不全或只有一部分能够看到的字符均用斜体。

目　　录

导论　古代维吾尔语诗歌的韵律和内容

虽然诗歌和韵文在古代维吾尔语文献当中所占比例不大，但其内容十分丰富、涉及面广。大多数与摩尼教、景教、佛教、伊斯兰教等古代宗教有关，其中相当一部分反映一些重大历史事件和不同宗教间的冲突，有的谈到一些重要历史人物，也有一些描写当时的现实生活，还有的反映诗作者的宗教观和对一些教理的理解和解释。这些诗歌和韵文为了解中亚古代宗教、中亚突厥语民族的历史和文化提供了珍贵的第一手资料，在古代维吾尔语文献中占有举足轻重的地位。

古代维吾尔语诗歌产生的时代从8世纪跨越到14世纪，经历了早期古代突厥语时期（8至11世纪）到晚期古代突厥语时期（13至14世纪）的漫长的历史演变，其韵律方式也随着时间的推移以及外来文化的影响不断发生变化，是了解和研究古代突厥诗歌发展史和中亚突厥诸民族语言史、文学史和文化史的重要依据。

用摩尼文、回鹘文、阿拉伯文等文字书写的民谣及用摩尼文和回鹘文书写的摩尼教赞美诗和一些早期佛教内容诗歌主要以排比和脚韵为其主要韵律基础，反映古代维吾尔语诗歌古老的韵律特点。在西回鹘汗国时期（9至13世纪）和蒙元时期（13至14世纪）头韵成为最为常见的韵律形式，以所谓的“语法押韵”为主的脚韵以及头韵和脚韵并等押韵、韵文中夹杂散文等形式得到很大发展，留下了大量佛教内容的翻译韵文、仿造诗作和自创韵文作品，在解释突厥语族诸民族诗歌的韵律特点和古代突厥诗歌发展史方面具有重要价值。从其总量来看，这些诗歌作品和韵文长达两万余行，构成古代维吾尔语文献中的特殊一员。

本章在参照目前为止国内外发表的相关研究成果的基础上，结合笔者这几年来的相关研究，首先对与古代维吾尔语诗歌和韵文有关的一些重要术语作简要解释，然后对古代维吾尔语诗歌的韵律特点、内部结构和内容范围进行概述和分析，最后谈到一些具有代表性的古代维吾尔诗人的生平和诗作。

1. 古代维吾尔语诗歌的韵律和结构

1.1 基本术语

古代维吾尔语具有自己独特的韵文术语系统，主要有两类：一是从周边语言借用的术语，二是回鹘人用古代维吾尔语的构词材料来构造的术语，均用于区分不同的韵文形式和诗歌类型。拉希德·拉赫迈特·阿拉特、彼得·茨默等学者曾对古代维吾尔语诗歌的术语系统做过初步探讨（ETṢ，XI－XX；Zieme 1991a，第 43～45 页），下面笔者在他们研究成果的基础上，简要讨论一些基本术语。

küg：主要见于回鹘语摩尼教文献（见 ETṢ，XV～XVI 和本书《阿普林啜·特勤作〈摩尼赞〉译释》的引言部分），源于汉语的"曲"，指便于演唱的一种诗歌形式，似是相当于歌曲或歌，但它是否与学者们添加在它后面的 taqšut 或 taqšud"应颂"同义，很难确定。因为回鹘语的 taqšut 一般用于表示佛教文体中的特定一类，即应颂，其意义应与梵文的 geya 一致（参见 Zieme 1991a，第 44 页）。根据喀什噶里的解释，küg 具有"韵律"（'arūḍ 'aš-ši'r）、"歌曲"（laḥn）、"笑话"（uḍḥūka）等意义（见 ETṢ，XV～XVI 和 Dankoff 1982—1985，第 501 页）。该词在一些现代突厥语言中以 küy 的形式仍在使用，主要表示歌或歌曲。

pašik：作为一部突厥语诗歌选的标题出现，如 adınčıɣ türkčä pašik"突厥语诗歌选"（见本书《〈突厥语诗歌选〉残片》译释），源于摩尼教粟特语的 p'š'q（其帕提亚语形式为 b'š'ẖ），是韵文或诗歌的统称。然而，该词不见于其他回鹘语文献，说明它随着摩尼教的衰退而退出回鹘语的舞台。该词在《摩尼教贝叶书》中与 alqıš"赞颂"一起使用，明显表示歌。如（见本书《摩尼大赞美诗》，第 227 行）：

a[l]q[ı]š pašik sözlägüg [.]	如何朗诵赞诗赞歌，
[a]yıγ qılınčıγ [ö]kü[ngüg.]	如何忏悔恶劣行为，
amurdšn qılıp yıγınγuγ.	如何集合成为僧团，
ayu y(a)rl(ı)qadıngız olarqa.	是你说教教了他们。

阿拉特教授把具有"神"之意义的 baš、bāšā 等也与该词联系起来(见 ETŞ,XIX－XX),但其间的语音、词义、语源联系很难成立,不可取。

taqšut:回鹘语文献常用的韵文术语。就像上面所说,作为诗学术语它相当于梵文的 geya 和汉文的"应颂"。在回鹘文《阿毗达摩俱舍论实义疏》中 taqšut 与 geya 一起使用表示"应颂"(见庄垣内正弘 2008,第 2332 行)。该词与源于梵文的 šlok(来自梵文 śloka)一起使用,表示"颂"(见庄垣内正弘 2008,第 2333 行和第 2156 行),具有类名的性质。然而,回鹘语文献常见的 šlok taqšut 实际指的是"颂",也可能指颂的一种。假若它真的是指颂的一种,那么说明 taqšut 在回鹘语中已经失去其作为佛教文体的一种原有意义,进一步演变成表示"颂"的普通名词。需要注意的是,与 taqšut 具有共同来源的动词 taqšur-却表示"唱"、"演唱"之意义,如在回鹘文《金光明最胜王经》第十卷第二十六品舍身饲虎的故事中出现的 taqšur-一词的汉文对等词便是"唱"。在回鹘文《阿毗达摩俱舍论实义疏》中 šlok 一词也与 gada 一起使用(gada 源于梵文 gāthā,对等的汉文术语为偈),如 gada šlok,此时,它指梵文文体中的讽诵。šlok 的这一用法说明该词在晚期回鹘语文献中已经本土化,主要用来表示"诵"。

另一回鹘语术语 yöläšürüg 由动词 yöläšür-"比喻"缀接构成名词的附加成分-(X)g 来构造,最初似乎是指佛教文体的一种,即比喻,相当于梵文的 avadāna。有趣的是,回鹘语文献也用源于梵文的 avadan 或 avadāna 一词,但源于梵文的 avadan 一词一般表示"比喻谭",此时它经常与 sudur 一词一起出现。在回鹘文《阿毗达摩俱舍论实义疏》中 avadāna 还与 yöläšürüg 一起出现(庄垣内正弘 2008,第 495 页),与其相应的汉文术语为比喻,可见复制的模型和复制成分在同一回鹘语文献共存,说明回鹘人曾为佛教文体术语的本土化做过一些积极的尝试。

还有三个相关术语也需要提到。其一，qošuγ 是由动词 qoš-“连接”缀接构词附加成分-(X)g 构成(见 Erdal 1991a,第 194 页),在回鹘语文献中,主要表示再创作和自创韵文。翰林学士安藏根据《华严经》的《入不思议解脱境界普贤行愿品》创作的《十善赞》用的就是这个术语,如:

ıduq samanta badiri bodis(a)t(a)vnıng yorıγ qut qolunmaqınga tayanıp qolutı h(ä)nlim kävši Antsang qošuγqa entürmiš šlok taqšut nom tükädi.

“由翰林学士安藏根据圣普贤行愿品自创的偈颂经结束了。”

必蓝纳识里(般若室利)根据汉文佛经创作的《说心性经》使用 piratyašri taqšut qošdum 这一句子,意为“我般若室利改写成韵文”(见 ETṢ,Nr. 15,第 23 段)。其中,taqšut qoš-表示“写成韵文”。

在《古代突厥诗歌》(Nr. 10, 202)还出现双词 baγ qošuγ,表示“韵文”(见 Erdal 1991a,第 194 页)。

此外,还有两个术语,即 ögdi 和 alqıš,他们都有“赞诗”或“赞辞”之意,但 alqıš 也用来表示“赞歌”、“民谣”等,例如 alqıš 在《丰收歌》中的用法就属于后一种。

回鹘语《三十五佛赞》使用比较少见的 siṭap nom bitig 这一术语(见 ETṢ,Nr. 10; Zieme 1991a,第 219~220 页),其核心是 siṭap,源于梵文具有“赞诗”之意的 stava,这样我们可以把 siṭap nom bitig 解释为“赞美经”。

1.2 韵律与结构

1.2.1 头韵

头韵,也称首韵、反复韵等,是古代维吾尔诗歌常用的修辞手段之一,通过这一手段构成的诗歌一般由在开头包含相同或相近音素或音组的两个或两个以上诗行组成。一般来讲,以元音 a 开头的词与以 a 或 ä 开头的词相互押韵,以 o 开头的词和以 u 开头的词及以 ö 开头的词和以 ü 开头的词可以出现在押头韵诗行的开头。除此之外,押头韵的诗行在元音 i、ı 和 e 之间也不加区分,换言之,以 i、ı、e 等元音开头的词可以相互押韵。在古代维吾尔语押头韵的诗歌中,以词首元音为基础的头韵最为常见,以/b/、/k/(包括/k/的前列变体 k 和后列变体 q)、/s/、/t/、/y/开头的词以及以这些辅音与元音的组合为基础的音丛也比较常见。以 š、pra 和 v 为开头的词作为基础的头韵诗相对少见(参见 Zieme 1991a,第 358 ~ 361 页)。

古代维吾尔语(古代突厥语)押头韵的诗歌原则上遵循"眼押韵"(eye rhyme),而非"耳押韵"(ear rhyme),其押韵的基础为视觉,而不是听觉(参见 Tekin 1962,第 100 页;Erdal 2004,第 53 页,脚注 84)。大量的实例支持这一观点,特别是以小舌音 q 开头的词与以齿音 s 开头的词之间的押韵是有力的证据之一:虽然这两个辅音发音完全不同,但在古代维吾尔字母(回鹘字母)中标示这两个辅音的字母形状相似,只有从视觉的角度去联系这两个字母,他们才有可能构成头韵。然而,以颤音 r 和鼻音 n 开头的词和以 a 开头的词相互押韵(参见庄垣内正弘 1982,第 21 ~ 22 页;Zieme 1985,Nr. 3;Shōgaito 1988,第 78 页),这似乎表明,在古代维吾尔诗歌中语音的听觉功能也起到重要作用。只有语音的听觉功能起到作用,以 r 和 n 开头的词才可以与以 a 开头的词相互押韵,因为以 r、n 开头的多为复制词,这两个辅音在古代维吾尔语中不出现在词首,其前一般需要加一个宽元音,即 a 或 ä(参见庄垣内正弘 1982,第 20 页)。这一点与很多现代中亚突厥语言中的情形一致。以 t 和 d 为开头的词语之间的押韵也为听觉的重要作用提供旁证(参见 Zieme 1985,Nr. 12; Zieme 1991a,第 24 页)。虽然在回鹘文中 t 和 d 的写法完全不同,但是在晚期古代维吾尔语中这两个字母在一般情况下代表相同的辅音,没有音质的区别。我们发现,在古代维吾尔语 tonga 中的 to 和婆罗米文中的 dhu 相互押韵,这也是因为他们代表近似的音组(参见 Zieme 1991a,第 420 页)。

有趣的是,一些头韵诗在开头包含夹写的汉字,而只有这些汉字被训读,即被读成古代维吾尔语时,他们与前后诗行的古代维吾尔语词语间的头韵才有可能成立(见庄垣内正弘 1982,第 17 ~ 40 页)。在下面作为实例提到的诗段,汉字"大"无疑被读作 uluγ,就像最初刊布该诗的庄垣内正弘教授所指出的那样，如果该字不读成 uluγ，该字所在的诗行与其下面的三行之间的押韵无法成立。

大 türlüg hanlıγ süü	大军国王众多军队，
uγrayu kälti bo elkä.	试图要逼近这国门。
odγuraq alqınγay biz amtı tep	我们现在定会灭亡，
uqušsuz qorqup äymänip.	说到这里无限恐慌。

换言之，这一诗段的实际读法如下（大写字母表示汉字的回鹘语读音，即训读，下同）：

ULUΓ türlüg hanlıγ süü
uγrayu kälti bo elkä.
odγuraq alqınγay biz amtı tep
uqušsuz qorqup äymänip.

古代维吾尔语诗歌还有同一诗行内部的词语押头韵的情形，这在早期诗歌中比较常见，如摩尼教内容《曙光之神赞》中的 tang t(ä)ngri **yı**dlıγ **yı**parlıγ **ya**ruqluγ **ya**šuqluγ 加粗文字反映诗行内部头韵的存在，又如《丰收歌》所见 **ta**rγıl öküznüng **ta**panı **tä**linsün, **kü**člüg äränlär **kö**türüp yükläyü tursun 这两行诗中用加粗字母标示的部分也显示诗行内部头韵的存在。可见，诗行内部的押韵一直持续到回鹘语的较晚时期。

仅以脚韵为基础的诗歌在早期古代维吾尔语诗歌中比较常见，但大多是语法型脚韵，词尾起着重要作用。根据德国突厥学家葛拉瑞德·焦费尔（Gerhard Doerfer）的意见，（语法型）脚韵在突厥语诗歌中属于古老的押韵形式，而头韵的兴起则较晚（详见 Doerfer 1965，第 867 页；Doerfer 1996，第 123 页）。下面提到的摩尼教诗歌残片（见 Zieme 1969，第 41 页和本书第一部分的《明主赞》）就以语法型脚韵为基础，其第一、第二和第四行的动词均有愿望式词尾，如：

kök böri täg sini [birlä] yorı**yın**,	让我像苍狼[与]你同行，
q(a)ra quzγun täg topraq üzä qala**yın**.	让我像乌鸦留在地上。

igkä kömüri,	（让我）为病人（成为）木炭，
bilägükä yarı täg bola(y)ın.	让我为磨石成为吹液。

还有一种在诗行末尾通过重复一些成分来实现的脚韵，在此类脚韵为基础的诗歌中，重复成分之前的词语押语法型脚韵，这在下面所提到的摩尼教内容《突厥语诗歌选》的一段中比较明显：

tümänlig yäklär kälir teyür.	说是成千上万的魔鬼要来，
tumanlıγ yäklär avar teyür.	说是烟雾魔鬼聚集在那里，
tünärig tünčülä basar teyür.	说他们在黑暗间来侵压，
tonumluγ tägir teyür.	说是阻挡者要来进攻，
töš üzä olt(u)trup tültürür teyür	说是（恶魔）坐在胸部上狠打。

在以上诗段，每一诗行末尾都出现同一成分 teyür“说是”，而其前的动词都带有不定式词尾-(V)r。

包含真正脚韵的一个典型且比较罕见的实例见于《字母诗》中。该诗的第一段除了在开头押 a 韵之外，其第二、第四、第六和第八行还押脚韵，例如，其第二行的末尾有 bitigdä，在第四行结尾出现 titigdä，第六行和第八行结尾分别使用 biligtä 和 yiligtä。阿拉特教授曾对该诗的韵文结构做过比较详细的分析（详见 ETŞ，第 103 ~ 105 页），这里不再赘述（实例参见本章的哲理诗部分）。

押头韵的诗歌同时也可以押脚韵，上面曾提到的摩尼教内容《突厥语诗歌选》的一段就属于这一类。在《丰收歌》之后书写的韵文是一首罕见的既押头韵又押脚韵的诗歌，下面是其中一段（见 Zieme 1979 和本书第三部分的《丰收歌》附录）：

qılmıš iši qıyıq,	所作所为都不对头，
qılıqı käṅṭü sıyuq,	做法本身并不严肃，
qıqırıp qačar qırıq,	喊叫着逃跑，是瘸子，
qırṭıšı äski čaruq.	是变色、过时的鞋子。

无可争议的是，古代维吾尔语押头韵的诗歌大多是 13 世纪至 14 世纪的产物。据此有些学者认为，古突厥押头韵的诗歌可能在元代源于蒙古诗歌（参见 Doerfer 1965，第 867 页；Doerfer 1996，第82 ~

92 页）。但是，押头韵的摩尼教赞美诗的年代肯定早于蒙元时期，而且大部分出现在 8 至 11 世纪之间。在摩尼教内容诗歌中押头韵的诗行并不少见（见下文），其中一些我们在上面已经简单提到，这里不再赘述。焦费尔教授曾对明显押头韵的摩尼教内容诗歌进行过详细讨论（详见 Doerfer 1996，第 113 ~ 118 页）。他认为，这些诗歌的头韵并不地道，很难排除是学来的技巧，是否有可能在元代之前从古典蒙古诗歌借用值得认真探讨（见 Doerfer 1996，第 123 页）。

就像彦斯・彼得・劳特（Jens Peter Laut）教授所指出的那样，彦斯・威尔金斯（Jens Wilkens）博士最新重新刊布的《慧明赞》（见 Wilkens 2000a）是一首运用头韵写成的诗歌（详见 Laut 2002，第 130 ~ 132 页）。该诗的开头部分因重要的一词残缺较难构拟，但根据第四行的 ölmäkdä，可以断定诗歌的开头其后两行部分押 ö/ü 韵，开头两行押 a 韵。最明显的是劳特提到的以下诗段：

ay t(ä)ngri [o]rdusınta enipän,	从月宫中下来，
arılayu ’[ ]Lm[i]š t(ä)ngrim.	时而[ ]的我天。
üṣtüntän enip ölmiš özütüg,	将摔死的灵魂，
ölmäkdä *t*irgürmiš t(ä)ngrim.	死中复活的我天。
tuγın kövrügin kötürüpän,	举着自己的旗提着自己的鼓，
toquz oγuz [ordu]sınta turγurmıš t(ä)ngrim.	在九姓乌古斯宫立起的我天。
wažudwad nomqutı(y)a [ ] qlanıp enipän,	啊，慧明，你[ ]着下来，
[**ulu**γ] ögüz ortusınta o[zγurmı]š t(ä)ngrim.	从大河中救出的我天。
beš burhan bilgä biligin entürüpän,	你使出五佛的智慧，
bizägün yazı ortusınta bälgürmiš t(ä)ngrim.	在吾平原中间出现，我天。

该诗此后的部分虽然破损比较严重，但接着出现的两行明显押

ya 韵，即第一行以 yalang 开头，第二行以 yaš 开头。

属于早期回鹘语佛典的《弥勒会见记》(*Maitrisimit*)中也有押头韵的部分（参见 Zieme 1991a，第 293 页），这在某种程度上说明，头韵是维吾尔诗歌内部发展的古老的韵律技巧之一。然而，押头韵是不是突厥语诗歌自身本来就存在的特点，目前很难给予简单的答复。因为，回鹘语佛典的产生途径比较复杂，有的属于回鹘人自己的创作，有的是利用回鹘语已有的材料改作的产物，而有的，而且占大多数的则是从其他语言翻译的（详见庄垣内正弘 1982，第 21～22 页）。不可否认蒙古语佛典的创作方法和形式对回鹘语佛典产生了巨大影响，其中包括头韵的大量使用（详见庄垣内正弘 1982，第23～24 页）。但是，古代维吾尔语诗歌的头韵是否源于蒙古语诗歌，其答案似乎是否定的。这里暂时不展开讨论。

1.2.2　排比

古代维吾尔诗歌另一个基本的、古老的特性之一是频繁使用排比句。在古代维吾尔语诗歌中，通过利用两个或两个以上结构和长度类似、意义相同或相近的词语、句子和小句来传达同一信息，如：suv tamırı qurısar，yaš yavıšγu qurıyur，kiši küči qorasar，yaṭ kišikä basıtur“如果水源干涸，花草会枯干，如果人的力量消耗，会被外人征服”（TT I，55－56），**örü qodı** yerlärig kezä，**oy qodqı** yerlärig tüzä“穿越崎岖不平的地方，整平凸凹不平的地”（参见 Zieme 1975a 和本书《丰收歌》）。排比也以两个或两个以上结构和长度类似，但意义相反的词语、句子和小句为基础，如：**kkirlig** nomlarıγ salmadın，**kkirsiz** nirvanıγ almadın“没有把污垢的佛典放下，没有把没有污垢的涅槃获取”（参见 Zieme 1985，Nr. 20）。正如《曙光之神赞》所见，通过基本相同的词语来重复同一思想的所谓的阶梯式排比法在回鹘语摩尼教赞美诗中频繁出现（参见 Bang 1925；Zieme 1991a，第 331～332 页和本书《曙光之神赞》），例如：

tang t(ä)ngri kälti.	曙光之神来了，
tang t(ä)ngri özi kälti-i.	曙光神之声音来了。
tang t(ä)ngri kälti.	曙光之神来了，

tang t(ä)ngri özi kälti.	曙光神之声音来了。

körügmä kün t(ä)ngri,	可见一切的日神,
siz biz-ni küz-äding.	请你保护我们!
körünügmä ay t(ä)ngri,	一切可见的月神,
siz bizni qurtɣarıng.	请你拯救我们!

在古代突厥诗歌中,排比法的韵律功能显得比较重要,其使用也相当频繁。因此,有些学者甚至把用鲁尼文书写的大多数突厥语碑铭和文献,包括著名的《占卜书》(*Irq Bitig*)作为韵文来看待(详见 Stebleva 1970,Stebleva 1976, Stebleva 2007)。以下是分别出自《阙特勤碑》和《占卜书》的两段,根据斯贴壁列娃的观点,他们是以排比句为基础的韵文(第一段选自 Stebleva 2007,第 168 页[出自《阙特勤碑》南面第 8 行],第二段选自 Stebleva 1976,第 198 页[出自《占卜书》第二段]):

bängü el tuta olurtačı sän,	你将会永远掌管国家。
türk bodun toq arıq oq sän,	突厥人,你们就是自满幼稚,
ačsıq tosıq ömäzsän,	你们不考虑有饥饿有饱食,
bir todsar ačsıq ömäzsän,	一旦饱食,就不考虑饥饿。

kiši qorqmıš,	人害怕了,
qorqma temiš,	(路神)说:“不要害怕,
qut bergäy m(ä)n temiš,	我带给你幸福。”
anča biling ädgü ol.	请你这样理解:是吉。

回鹘文《观音经相应比喻谭》出现的以下诗段可以看作是通过排比句式构成的韵文(见庄垣内正弘 1982,第 20 页,第 53 页 82 ~84 行):

adaqın yorır ALTUN-luɣ qaya,	以脚步行的金岩,
mangıp kälir manggallıɣ basɣuq,	步行走来的吉庆块,
kiši körklüg kesari arslan hanı,	具有人形的狮子王,
yalnguq körklüg yangalar bägi,	具有人类形状的象主,

alqunung umuγı radnasurya atl(ı)γ,　一切的所望叫做宝日，
atı kötrülmiš tükäl bilgä biliglig,　是世尊，全都知道的
T(Ä)NGRI T(Ä)NGRIsi burhan　天之天佛。

可见，排比作为韵文的重要修辞技巧一直运用到回鹘语诗歌的较晚时期。关于排比，意大利突厥学家阿莱西欧·伯尼拜奇(Alessio Bombaci)这样写道："毫无疑问，在频繁的排比句中追求韵律是内在的。对称的两个短语或带有相同结尾的词语是朝向诗歌形式的元素"(参见 Bombaci 1964 ~ 1965, XIV)。据我们所知，佛教内容诗歌中的排比不像在铭文和摩尼教赞美诗以及一些世俗文献中那么普遍，在很大程度上依赖于排比的是景教内容的《新年祝福》(见 Zieme 1991a, 第 426 页)。

1.2.3　结构

几乎所有的头韵诗由四行组成，因此四行诗可能是形容他们的较为合适的一个术语。以二、三、五、六行组成的诗歌是有限的，以两行组成的诗段主要见于摩尼教诗歌中(见 ETṢ, Nr. 4)以及一些箴言(见下文)，以三行、五行和六行组成的诗段出现在一些混合结构韵文中。一个典型的混合结构头韵诗是《回鹘可汗和回鹘汗国赞》(参见 Zieme 1985, Nr. 39；本书《回鹘可汗和回鹘汗国赞》)。这首诗的第一、第二段由六行组成，之后是由四行组成的诗段，然后是一个由五行组成的诗段，最后以由二行组成的诗段结束(参见 Zieme 1991a, 第 357 页和本书第三部分的相关分析)。作为例子，下面我们只举该诗的第一、第四和第五段。

alqıš-lıγın adrulmıš,　在受人称赞上超越一切，
alqatmıš uyγur elim(i)z-a.　啊，我们值得称赞的汗国！
alpın qutın yegädmiš,　以勇敢和幸福胜过一切，
ars(l)an bilgä hanımız-a.　啊，我们智慧的狮子汗！
alnın ulalur tamdulur,　以荣耀传承辉煌，
aḍruq-luγ uyγur biz-ning elim(i)z-a.　啊，我们出色的汗国！

taluy ögüz täg atlıγ,　像大海一样有名，

tanglančıγ uyγur elim(i)z-a. 啊，我们惊人的汗国！
taγ-lar hanıtäg adruq-luγ, 像山王一样出众，
taγ-lar hanıtäg aγır-lıγ, 像山王一样尊贵，
tavč(an)g basuruq-luγ hanım(ı)z-a. 啊，我们以道场为支撑的可汗！

yayutda säm-rimiš, 靠牧草变得富饶，
yaγıš-lıɤ uyγur elim(i)z-a. 啊，我们可爱的回鹘汗国！

属于这一类型的另一个典型的韵文是庄垣内正弘教授刊布的《观音经相应比喻谭》(*Avadāna*)。如果我们暂不考虑这一文献的每个诗段开头出现的导言，这首诗始于一个五行组成的诗段，之后是一个三行组成的诗段，再往下是由四行组成的 20 个诗段，最后是一个由两行组成的诗段（参见庄垣内正弘 1982 和 Shōgaito 1988）。

根据彼得·茨默教授研究，多数押头韵的古代维吾尔语诗歌由十四个音节组成，他们显示 4 +4 // 3 +3 的公式，十三和十五音节组成的诗歌也比较普遍，由十一和十八音节组成的诗歌却很少。然而，这种说法只对诗歌的一般情况而言是有效的，因为个别诗歌可能会显示完全不同的结构。例如，在一首由二十七段四行诗构成的长诗（ETṢ，Nr. 9）中，由十三个音节组成的部分占这一诗作的 71.2%，而由十四个音节组成的诗句只占诗作的 11.1%（参见 Zieme 1991a，第 377 页）。

一般来讲，相当数量的头韵诗实际上是由不同数量的混合音节构成，他们常常从这个音节模型到另一个音节模型，经常改变自己的结构，因此，某一首诗究竟属于哪一组，并不容易确定（参见 Zieme 1991a，第 373 ~407 页）。在回鹘语诗体本《观无量寿经》保存完好的 274 个诗行中，由八个音节组成的诗行有 101 个，由九个音节组成的诗行有 99 个，由十个音节组成的诗行也有 32 个，它还包括由十一个音节组成的 4 个诗行和由十二个音节组成的 1 个诗行（参见 Zieme 1991a，第 387 页）。值得注意的是，一些韵文可能没有重视音节数量规则，因为同一首诗中的有些诗行由二十多个音节组成，而

其余由六个或七个音节组成(参见 Zieme 1991a,第 407～408 页)。从下面提到的两段四行诗中我们可以看出这一点,第一个例子引自回鹘文《父母恩重经》(详见 Zieme 1985,Nr. 12),第二个例子是从一个印本《佛经集刊》选取的(详见 Zieme 1985,Nr. 49)。

ančulayu y(ä)mä biz yütürmiš bütür birläk(i)yä	4+2+1+3+4=14 个音节
anaqa ataqa yazmıšnıng	3+3+3=9 个音节
ayıγ qılınčlarımıznı saqınıp	2+6+3=11 个音节
ayaγka tägimliglärning üskintä	3+5+3=11 个音节
alqu kšanti qılu täginürbiz	2+2+2+4=10 个音节

altın yaγız yer yüüzintä	2+2+1+3=8 个音节
atı küüsi yadılmıš	2+2+3=7 个音节
[a]dınčıγ ıduq hanlarımız	3+2+4=9 个音节
amrašıp sävišip tümän tümän yašazun	3+3+2+2+3=13 个音节

2. 古代维吾尔语诗歌的语体类型和内容

2.1　口头诗歌

由于记录的时间较晚,以书面形式流传至今的古代维吾尔语民歌和谚语的数量并不算多,其中一部分还应存在于一些突厥民族的口头文学中。民间歌谣、谚语的影响和重要性显而易见,因为他们在后期书面文学中经常被引用。关于古代维吾尔文学的这一重要体裁最初提供详细信息的是德国知名突厥学家安娜玛丽·冯·佳班(见 Gabain 1964,第 213～220 页)教授,后来阿拉特教授的《古代突厥诗歌》(见 Arat 1965,Nr. 34)、茨默教授的《回鹘人出自吐鲁番和敦煌的佛教内容诗歌》(见 Zieme 1991a,第 338～346 页)和焦费尔教授的《古代突厥诗歌的形式》(见 Doerfer 1996,第 165～189 页)也讨论或刊布过这类诗歌作品。

2.1.1 民歌

一部回鹘文和蒙古文书写的文献（编号为 U558〔T I D 155〕，现藏柏林勃兰登堡科学院吐鲁番研究所）的回鹘文部分为回鹘语民间歌谣，用草书体写成。这一文献于 1933 年由邦格和阿拉特首次刊布（见 Bang/Rachmati 1933）。1991 年茨默再次刊布了这一歌谣，其中包括此前没有刊布过的一个残片（见 Zieme 1991a，第 340 ~ 341 页）。在这一写本中出现的民歌不仅显示晚期回鹘语的语言特点，而且还显示出伊斯兰教的痕迹（参考 Bang/Rachmati 1933；Gabain 1964，第 216 页）。其中，一个押头韵的诗段包含完全相同的单词或重复的成分，该诗的第二和第四诗行所见 tärmü ärki 和 ärki 起回音的作用，而其第一和第三诗行基本上押脚韵，如（引自 Gabain 1964，第 216 ~ 217 页和 Zieme 1991a，第 340 页）：

ataylarım qačma qulun,	我的孩子们，在逃的小马驹，
atam qayda tärmü ärki?	会不会说："我的父亲在哪里？"
amraq tuγmıš ini kälin,	天生就可爱可亲的弟弟和嫂子，
aγam qayda tärmü ärki?	会不会说："我的哥哥在哪里？"
bäldä turγan beš on oγlan,	站在旁边的五十个男儿，
bägim qayda tär mu ärki?	会不会说："我主人在哪里？"
bäẓäkliktä qızlar qırqın,	柏孜克里克的姑娘和女孩，
bärtärlär mü köngülin (ärki)?	会不会使自己心碎憔悴？

同一写本里的另外一个歌谣很像是一位想念母亲、妻子和孩子的男士演唱的情歌，值得一提的是，像很多现代突厥民族民歌一样，这首歌曲的前两行也都是对自然的描述。就语言特点来讲，这首民歌明显反映从古代突厥语到中世纪突厥语的过渡性语言特点，即它在使用 bulıt 的同时，还使用 bulut，但表示"雨"的词已经不是 yaγmur，而变成 yamγur；yaz 也不再表示"春天"，而指"夏天"，可见其书写年代较晚，应属于蒙元时期（见 Bang/Rachmati 1933，第 131 页，汉文译文基本引自耿世民 1982，第 25 页，略有改动）。

aqlar bulıt örläp kükiräp,	白云翻滚,在打雷,
alquqa mu q[ar yaγurur?]	会为四方[带雪来?]
aq bir sačlıγ qarı anam,	我那白发苍苍的老母,
ačıyu mu yašların aqıdur?	是因悲伤而流眼泪?
qaralar bulut örläp kükiräp,	乌云翻滚,在打雷,
qar mu yamγur ol yaγurur?	是要落雨下雪吗?
qarı yašlıγ ol anam,	我那年迈的母亲,
qayγuta mu yašın aqıdur?	是因悲伤而流泪吗?
yazqı bulut yašlap kükiräp,	夏天的云在闪电打雷,
yamγurlar mu ol yaγıdur?	是它会要落雨吗?
yaši kičik alγanlarım,	年纪轻轻娶来的妻子,
yašların mu aqıdur?	是她们要流眼泪吗?
küẓki bulıt küküräp örläp,	秋云在打雷翻滚,
köp mu yamγur ol yaγıdur?	是要带来暴雨吗?
köngülḍašım iki kičig,	我那同心的两个幼子,
köz yašların mu ol aqıdur?	是他们要流眼泪吗?

在《丰收歌》的空白部分写下的几个诗段(见 Zieme 1975a 和本书《丰收歌》附录)明显带有民谣风味,因此,也可以归纳到这一范畴(参见 Zieme 1991a,第 341 ~342 页)。最近,吐古舍娃(Lilja Tugusheva)教授刊布的一首圣彼得堡藏回鹘语诗歌残片虽然是一个草稿,但其有些诗行和诗段也显示出民间诗歌的特点(见 Tugusheva 2004),如:

qoγuštaqı suvča qudulu,	像皮带里的水倾泻,
qorum q(a)ya[ča yükülü].	像岩石一样崛起。
kök bulıtča örtülü,	像青云一样笼罩,
kök boz atča kišinäyü.	像青灰马一样嘶叫。

qara bulıtča örtülü,	像乌云一样笼罩,
qara lačınča qalıyu.	像黑鹰一样飞翔。
avın qovmıš käyik täg,	像猎中被包围的鹿,
arvıšın sormıš yäk täg.	像以咒语吸血的妖怪。
yazqı qar täg,	像夏季的雪,
yapγut böz täg.	像毛发织品。

这一诗歌的结构与下面要提到的回鹘文《新年祝词》十分相似,说明此类诗歌形式当时还比较普遍。

2.1.2　谚语

喀什噶里的《突厥语大辞典》收录的谚语不仅数量可观,而且其内容十分丰富,需要专门研究。用回鹘文书写的文献当中,由阿拉特刊布的著名的医学文献的空白部分有以 ymä türk savında bar"突厥谚语又说"为标题的谚语(参见 ETṢ,Nr. 34; Zieme 1991a,第343～344 页)。它包含单行形式的谚语,如 it qarı bolsar yatıp ürür"狗老了躺着吠"、tävä qarı bolsar bunqal bolur"骆驼老了会变疯",也有由两行构成的押头韵和脚韵格式的谚语(古代突厥谚语的综合分析详见 Sertkaya 1983; Zieme 1991a,第 343～346 页),例如:

qočo taγında qaplan yoq,
quduγ suvında balıq yoq.
高昌山里无豹,
井水里面无鱼。

ärdämlig kiši ärtni birlä tüz ol,
ärdämsiz kiši ätük ičintäki ulyaq birlä tüz ol.
一个有道德的人等同于宝石,
一个无道德的人等同于鞋垫。

bägimsänmäyük bäg bolsar,
bältir sayu bälgü salar.
atıγımsanmayuq atıγ bulsar,
art sayu mayaquyur.
从未做过官的当上伯克,
每逢一交叉会刻一标记。
从未拥有过马的人得马,
会[让它]在每条山路拉屎。

taγda öz yoq,
say yazıda bäl yoq.
山里没有平坦,
石滩没有丘陵。

är quvvatı bäling,
suv quvvatı täring.
男人之强在于其力惊人,
水的力量在于其深。

同一本民谣集还包括既押头韵又押脚韵的谚语(详见 Bang/Rachmati 1933,第 339 页;Zieme 1991a,第 344 页),例如:

yamγur yaγsa kädgüng bolzun yapınγu k(ä)rgäk,
yavız kiši yaqın kälsä abınγu k(ä)rgäk.
如果下雨,你必须有衣披上,
若一坏人接近,你需要隐藏。

除此之外,茨默教授最近刊布的一些残片也包含谚语(见 Zieme 2013),铁兹江教授和茨默教授共同刊布的一个韵文残片(见 Tezcan/Zieme 1994)很有可能也属于口头诗歌的范围。

2.1.3　占卜文献

如上所述,据一些学者研究鲁尼文《占卜书》是用韵文形式写成,阿拉特把《吐鲁番突厥语文献》第一卷的占卜文献也作为韵文刊布(见 ETṢ,Nr. 35)。这是《易经》的回鹘语版本,很有可能在回鹘人中广泛使用,属于民间作品的形式,采用排比是回鹘语版本的重要特点之一。这一文献需要专门研究,这里暂不深究。

2.2 宗教内容诗歌和韵文

在古代维吾尔语诗歌和韵文中绝大多数具有明显的宗教内容,牵涉到摩尼教、佛教、景教、伊斯兰教等。有的诗歌和韵文虽然从其内容很难归入这一范畴,但从中可以看出其宗教背景。

2.2.1 摩尼教赞美诗

尽管多数学者认为,古代维吾尔人皈依摩尼教的年代是东部回鹘汗国的第三代可汗牟羽可汗(Bügü Qaγan)在位时期,也就是大约公元 762 ~763 年间,但回鹘人实际上何时首次接触到摩尼教目前尚不清楚。在漠北的东部回鹘汗国中摩尼教就得以广泛传播,并且自第七代可汗怀信可汗(Boquq/Buγuγ Qaγan,骨咄禄)即位开始摩尼教就得到了汗国统治阶层的大力支持和推行,被尊为国教。后来,摩尼教也盛行于西部回鹘汗国,至少在王国的早期阶段享有了比较优惠的宗教政策,一直到 11 世纪上半叶它在高昌和别失八里被佛教代替为止。其后在西部回鹘人中则仍然作为重要宗教之一继续存在(详见森安孝夫 1991,第一章和第三章;Clark 1997)。需要提到的是,回鹘西迁之前,摩尼教早就在高昌地区存在,柏林藏回鹘语文献就谈到怀信可汗在一羊年来高昌访问一慕舍的事件,学者们把这羊年确定为公元 803 年(详见 BTT II,第 411 ~422 页;Moriyasu 2003a,第 049 页)。

虽然数量较少,但是从佛教和伊斯兰教的破坏中幸存下来的摩尼教文献不仅是古代维吾尔语言和文学最早的样本之一,也是作为世界古代宗教之一的摩尼教研究的重要依据,在古代维吾尔历史文化研究、古代维吾尔语言文学研究和摩尼教研究方面具有举足轻重的地位(详见 Clark 1997,第 89 页)。属于摩尼教礼仪文献的赞美诗和祝祷与教义文献、忏悔文、历史和寺院文书以及反映摩尼教宇宙观和天体演化观的文献一起构成古代维吾尔语摩尼教文献的主要部分。

鉴于数量较少而且大多数为残片,对古代维吾尔语摩尼教诗歌和韵文作品的系统分类和研究仍未进行。克拉克博士的《古代维吾尔摩尼教文献》(见 Clark 1997)和威尔金斯博士的《柏林收藏品中的突厥语摩尼教文献》(见 Wilkens 2000)可以说是对古代维吾尔语摩尼教内容文献的综合性阐述,在古代维吾尔语摩尼教诗歌的内容分类上具有重要参考价值。这里笔者在参照上述两个目录和迄今出版发表的相关研究成果的基础上对摩尼教赞美诗做一简短介绍和分析。

回鹘语《公正梅禄赞》是用摩尼文书写的摩尼教诗歌残片,由第二次德国吐鲁番探险队在高昌古城 K 遗址发现,编号为 U 34 (T II D 178),现藏柏林勃兰登堡科学院吐鲁番研究所。该诗最初由勒柯克刊布,收录在他《高昌出土突厥语摩尼教文献》一书的第二卷(见 Le Coq 1919,第 12 ~ 13 页),后来,阿拉特对该诗残片重新进行研究,首次以诗歌形式重建全文,并对勒柯克的转写和翻译做了一些重要调整(ETṢ,第 28 ~ 29 页和第 312 ~ 313 页)。此后,克拉克和威尔金斯对残片的外部特征和内容特征做了简要介绍(见 Clark 1997,第 125 页;Wilkens 2000,第 197 ~ 198 页)。最近威尔金斯对残片重新进行研究,推出了新的校勘本(见 Wilkens 2009,第 334 ~ 343 页)。国内有杨富学教授和阿布都外力・克热木教授的汉译和介绍(详见杨富学、阿布都外力・克热木 2010)。

最初刊布这一残片的勒柯克并未采用任何标题,阿拉特首次给这一诗作取名为《地狱的描写》(*Cehennem tasviri*)。后来,克拉克指出,这一残片的内容与帕提亚文《胡威达曼》(*Huyadagmān*)的部分内容和《摩尼教下部赞》的 99 颂、131 颂、255 颂、394 ~ 396 颂等诗段相似,并以此定名为《公正判官赞》(*Hymn on the "Righteous Judge"*)(见 Clark 1997,第 97 页脚注 30 和 Clark 1997,第 125 页)。的确,该诗与《下部赞》的部分内容十分相似,尤其是回鹘语诗文第三、第四段的内容与《下部赞》中《赞夷数文第二迭》(99 颂和 100 颂)的内容比较接近(详细分析见本书《公正判官赞》和 Bryder 1999,第 263 ~ 269 页)。

一个保存完好的、带有回鹘语标题 adınčıγ türkčä pašik(可译作

《突厥语诗歌选》)的诗歌应属于回鹘摩尼教徒自己创作的作品。该诗残片由第二次德国吐鲁番探险队在吐鲁番高昌古城遗址西北部有名的 K 遗址所发现,编号为MIK III 200 (T II D 169, = So 14411),现藏在柏林亚洲艺术博物馆。最初刊布这一诗歌残片的是德国学者勒柯克,收录在他的著作《高昌出土突厥语摩尼教文献》的第二卷。稍后于 1925 年,知名突厥学家威利 · 邦格教授重新刊布了该诗,收录在他的《摩尼教赞诗》一文。他认为,这对突厥学家来说是最有价值的作品,因为它是使用至今仍未完全消失的民间歌谣常用的头韵格式的最古老的纪念碑(详见 Bang 1925,第 2 页)。后来,拉希德 · 拉赫迈特 · 阿拉特、冯 · 佳班、彼得 · 茨默、葛尔哈德 · 焦费尔、彦斯 · 威尔金斯等先后对这一诗歌进行研究,刊布过新的土耳其文和德文译文及研究成果(见 Arat 1965, Gabain 1964, Doerfer 1996, Zieme 1991a, Wilkens 2009)。国内由牛汝极先生和杨富学先生先后据勒柯克的版本把全诗译成汉文发表(见牛汝极 1991;杨富学 2003,第 281 ~284 页)。

阿普林啜 · 特勤所作回鹘文《摩尼赞》明显是仿照佛教诗歌创作的作品(见 Le Coq 1919,第 4 页)。邦格指出,“这些使人陶醉的、押头韵的呼唤无疑是为了摩尼”(见 Bang 1925,第 54 页)。该诗频繁使用的梵文来源词语和把摩尼比作大象都充分说明作者创作该诗的佛教背景。尽管它的最后诗节也是语法型押韵,该诗主要还是押头韵,这一点在该诗的第二、第三诗段极为明显(详见本书《阿普林啜 · 特勤作回鹘文“摩尼赞”译释》)。

摩尼文书写的《摩尼大赞》是至今为止发现的最长的突厥语摩尼教诗歌作品,在突厥文学史上占有特殊的地位(参见 Clark 1982,第 151 页)。尽管这首诗的圣歌特性受到质疑,但正如克拉克博士所谈到的那样,“作为诗歌该诗不可与其他简短和零碎的古代突厥摩尼教赞美诗相提并论。虽然有人可能会假设这些诗歌中的术语有中世纪伊朗语背景,但该诗不是一个翻译作品。这首诗的作者一贯遵循押头韵原则,而没有试图严格遵守排比和音节规则,无疑是一首出色的突厥语诗歌”(参见 Clark 1982,第 151 页)。值得注意的是,这首诗的产生日期较晚,它包含大量的佛教术语。以下是《摩尼大赞》开头部分的一些诗段（主要参照 Clark 1982 年的著作，但对他的转写和译文略作修改，见本书《摩尼大赞美诗》，第 16—18 诗段）：

az nizvanı-qa aγuqup.	当他们为贪欲所毒害，
artayu yoqatu tururta.	正面临腐烂毁灭时，
amwardišan-lıγ ot üzä.	是你以禅定之药草，
anga yörüntäg qıltıng[ız].	为他们配制了良药。
[ö]vkä nizvanı üz[ä] quturup.	受到嗔怒的煽动，
ögsüz köngülsüz ärtilär.	他们失去了理智，
öz tözlärin uqıtıp [.]	是你提示其本源，
[öglärin] kö[n]gül-lärin yıγtıngız.	汇集了他们的心智。
beš ažun-taqı tınl(ı)γ-larıγ.	是你使五趣之众生，
biligsiz b[iligtin] öngi üḍür-tüngüz.	得以远离了无知。
bilgä bilig-tä yaratd[ı]ngız.	你以智慧造就了他们，
farnibran-ka sanlıγ qıltı-ngız.	使他们入了般涅槃。

在以上诗行中看到的 az nizvanı“贪欲”、[ö]vkä nizvanı“嗔怒”、farnibran“般涅槃”等为佛教术语，其中 farnibran 源于梵文 parinirvāṅa，汉文佛教文献一般译作“般涅槃”、“圆寂”、“灭度”、“波利涅缚南”等，指释迦牟尼的死，在佛教中指清凉寂静，烦恼不显，众苦永寂，是佛教修行理想的最终目标。回鹘语佛教文献一般用 parinirvan、nirvanqa kir-等来表示般涅槃，该诗使用 farnibran 明显说明该词并非是直接从梵文借入回鹘语的。

《慧明赞》是另一首重要的摩尼教赞美诗，也以押头韵格式写成，与大多数突厥语赞美诗一样，以排比为其基础（参见 Wilkens 2000；Laut 2002，第 130 ~ 131 页和本章第一部分对《慧明赞》的节译和介绍）。

另一首较重要的赞美诗是《对四神的祈求》，现藏柏林亚洲艺术博物馆，编号为 MIK III 200（T II D 169），最初由勒柯克刊布，后来阿拉特收录在《古代突厥诗歌》一书（见 Le Coq 1919，第 22 ~ 39 页；

ETṢ,Nr. 2;Clark 1997,Nr. 72 (II))。该诗残片只有三段,第一段为四行诗,其余两段为三行诗。该诗不押头韵,主要靠的是语法型押韵。以下为其全文:

t(ä)ngri yaruq küčlüg bilgäkä yalvarar biz,
ötünür biz kün ay t(ä)ngrikä,
yašın t(ä)ngri nom qutı
mar mani firištilarqa.

qut qolur biz t(ä)ngrimä,
ätözümizni küzäding,
üzütümüzni bošung.

qıv qolur biz yaruq tängrilärkä,
adasızın turalım,
ögrünčligin ärälim.

译文:

我们恳求天神,光明、强大的智者,
我们请求日月之神,
闪电神,慧明使,
马尔摩尼及诸神。

我们向我神祈福,
请你保护我们的肉体,
使我们的灵魂得到解脱!

我们向明神祈福,
请让我们免受灾难!
使我们处在欢乐中!

此外,还有一些在不同礼仪中使用的赞美诗和祈祷文。克拉克和威尔金斯曾提供其较完整的目录和描述(见 Clark 1997,第 94 ~ 99、125 ~ 128 页;Wilkens 2000a,第 237 ~ 341 页),这里不做一一介绍。需要指出的是,克拉克认为是《月神赞》的残片(见 Clark 1997, Nr. 70)应是一个祈祷文(见 Wilkens 2000,第 293 页),其韵文结构也很难确认。在祈祷文中,具有代表性的是彼得·茨默教授刊布的柏林残片,这一祷文的主要目的是祝愿郡主长寿、幸福,其中也包含对摩尼、慕舍和诸神的请求(见 Zieme 1975,第 54 ~ 55 页)。哈密顿教授刊布的一份敦煌文献似是一个祷词集,除了开头向摩尼和摩尼教诸神之祈求外,还包括膳食祈祷文(见 Clark 1997,第 125 页)。

顺便要提到的是,在吐鲁番文书中相继发现的回鹘语《初生赞文》无疑对研究摩尼教教义和回鹘语摩尼教术语具有重要价值(见 Zieme 1975,第 33 页;Hamilton 1986,第 37 ~ 56 页;Yoshida 1989 及马小鹤 2008,第 166 ~ 200 页),但它并不像安息文本和《下部赞》一样是韵文,缺乏回鹘语韵文特有的韵律,很难作为韵文来看待。《摩尼教贝叶书》中使用吐火罗语、回鹘语双语的《摩尼赞》是佛陀赞(Buddhastotra)的摩尼教仿造,虽然它在语言史研究、吐火罗语和回鹘语对比研究方面具有重要的参考价值,但其回鹘语部分同样缺少回鹘语韵文应有的结构和韵律(详见 Clark 1997,第 98 ~ 99 页;本书《吐火罗语 B—回鹘语双语赞美诗》)。

2.2.2　佛教内容诗歌

回鹘语佛教内容诗歌多为翻译作品,也有一些在散文体佛典的基础上改写的诗歌。有的诗歌虽然受到某些佛教观念和佛教典籍的启发而作,因其内容和表现方法独特,应作为原创诗作对待。有些君主的赞颂、佛典译文的题跋、形容宗教间冲突的诗歌大多属于回鹘人自己的创作。相当数量的佛典,如《弥勒会见记》、《金光明最胜王经》、《大方广佛华严经》、《妙法莲华经》、《大唐大慈恩寺三藏法师传》、《傅大师颂"金刚经"》、《天地八阳神咒经》以及阿毗达摩文献和《阿含经》本身包含一些韵文和偈(Gāthā),这些偈在其回鹘语译本有的用韵文来再现,有的采用散文形式来翻译,后者明显不能作为韵文来研究。

回鹘语佛教内容诗歌所涉及的内容范围较广,下面分诗体本生故事和比喻谭、诗体佛经、忏悔文、哲理诗、佛教内容赞美诗、诗体题跋、反伊斯兰内容诗歌等几类做简要介绍。

2.2.2.1 诗体本生故事和比喻谭

虽然传到至今的回鹘语佛教本生故事（Jātaka）的数量甚少而且都属于残片，但它在回鹘语韵文中形成单独一类。他们以韵文形式叙说佛陀成佛（菩萨）之前的一些故事，具有翻译兼创作的性质。属于诗体本生故事的主要有一个《本生故事集》残片、《须达拏太子本生》（*Viśvantara-Jātaka*）、《佛所行赞》（*Buddhacarita*）、《大象本生》等。其中，以木板印刷本形式传到今天的《本生故事集》以插图和文字相结合的形式讲述《亚麻木本生》（*Mūkapaṅgu-Jātaka*）、《兔王本生》等不同本生故事，而作为上座部佛教重要的本生《须达拏太子本生》的写本残卷则讲述叶波国太子须达拏（Viśvantara）乐善好施、布施济公的故事。这些故事于1985年均由彼得·茨默教授刊布、介绍（见 Zieme 1985，Nr. 1－3）。下面引述的韵文出自回鹘文《须达拏太子本生》，讲述的是须达拏太子的妻子曼坻（Mādrī）在去采野果前，担心再也见不到儿女的不安心情：

bo savıγ äšidip manda[r]i,	曼坻听到这番话语，
bodistv teginkä sözläti.	对菩萨太子（这样）说：
bodučaq-larım-nıng qarnı ačmıš,	“我可爱的儿女肚子饿，
bolar-qa aš alıp kälä[yi]n.	让我去给他们带吃的。”
yemiš alıp kälgülük	要去带野果来到（这里），
yer-i törü-ky-ä ıraq ol.	去处很远，十分遥远。
yeṭip ikiläyü yanγınča	等我去那儿再回来，
yiṭgü täg kälir oγlan-ıγ.	觉得孩儿会消失不见。
y(a)γuyu turur-ta tüšämiš	不久前所做的噩梦，
yavız tül-üm-kä qorqurm-(ä)n.	使我感到不安和恐慌。
yanmıš-ta oγlan-larım-nı bulmatın	返回时见不到我儿女，
yalanguz älvirgü täg bolur-m(ä)n.	我会成为孤独一人而失控。

同一本生对帝释天劝告即将出城去檀特山充军的须达拏太子不要把马车等布施给别人的情景作如下描述：

[u]luγ küčlüg s(ä)n tegin	你这伟大、强壮的王子！
ulušung-dın tözi ünmädin,	不要完全离开你的国家。
uṭruṅmıš-ča bodun-ung-ṅı,	与其与你的民众针锋相对，
uyap qalsar s(ä)n bolmaz mu?	不如考虑最好忍辱留下？
andaγ̈ qılmadın birökči,	如果说你不愿意这么做，
arıγ̈qa balıq̈tın ünsärs(ä)n,	如果你离开此城奔赴山林，
atlar[ıngn]ı azu qanglıngnı	你的马匹，还有你的车，
ara-ta buš[i] bermägil.	不管任何时候不要施舍。

圣彼得堡收藏回鹘文《妇女和僧人的对话》的故事比较特殊，该诗以一位妇女和僧人之间的对话来讨论佛教关于施舍的教义。下面为其中的一段对话（见 Yakup 2000，第 330～341 页）：

qunčuylar sözlädi:	女人这样说道：
bahšıng nomı ičintä,	在你佛师的经里，
barınča ädgülärin unıtıp,	说是忘记一切善事，
padırta aš kälür tep,	应该用碗来端饭，
bas[　　] bilinip sän tep.	你却[　　　]知其。
toyın sözlädi:	僧人说道：
bahšım nomı ičintä,	在我佛师的经里，
barınča ädgülärin ayıtγıl,	你得讲一切善事。
barčanı sanga sözläyin,	让我来讲述一切，
padirta tolu aš bergil tep.	请端饭给予布施。

在晚期回鹘语时期广泛流传一种比喻谭（avadāna），是一种诗体故事，在某些回鹘语文献被称作 vyakaran kavi šlok，意为“授记诗偈”（见 BTT VIII，A181，脚注 A181），明显被回鹘人看作是韵文的一种。比较重要的回鹘语长篇譬喻谭有《常啼菩萨求法

故事》(又作《萨陀波伦菩萨和昙无竭菩萨的故事》、《常啼与法上的故事》等)和《观音经相应比喻谭》。前者由法国东方学家伯希和(Paul Pelliot)在敦煌发现,现藏巴黎国家图书馆,编号为 Pelliot-Ouïgur 4521。该诗由 181 段四行诗组成,押头韵,共 653 行,主要讲述常啼菩萨(梵文: Sadāpraruḍita)求索般若波罗蜜多法的经过,属回鹘人的般若文献。该诗讲述的故事见于《大般若波罗蜜多经》(梵文: Mahāprajñāpāramitā-sūtra)、《小品般若波罗蜜经》(梵文: Aṣṭasāhasrikā-prajñāpāramitā-sūtra)等一些汉文经典。据庄垣内正弘教授研究,故事的回鹘语文本依据的很可能是玄奘译《大般若波罗蜜多经》(见庄垣内正弘 1995,第 5 页)。最初于 1980 年,土耳其学者西纳斯·特肯(Şinasi Tekin)教授研究刊布了该文献(见 Tekin 1980),但他对该文献只进行文字转写(transliteration),没有提供其标音转写(transcription),给一般读者带来一些不便。因此,1988 年,土耳其学者瑟玛·巴鲁土楚(Sema Barutçu)教授在其博士学位论文中对这一文献进行新的研究,提供了文献的标音转写、土耳其语译文、注释和索引(见 Barutçu 1988)。可惜,她的博士论文没有公开发表。最近,热孜娅·努日博士推出该文献新的研究成果,对文献做了全面的介绍和研究。该成果已列入《古代维吾尔诗歌集成》系列丛书,相关内容这里不再赘述。

《观音经相应比喻谭》由斯坦因在敦煌发现,现藏大英图书馆,编号为 Or. 8212 -75。最初对该文献进行研究的是日本知名史学家羽田亨教授(见羽田亨 1925),后来西纳斯·特肯教授对文献内容做了进一步介绍(见 Tekin S. 1970)。此后不久,庄垣内正弘教授首次推出文献的转写和日文译文,并对文献的结构、内容和语言特点进行了比较深入的研究(见庄垣内正弘 1982)。据庄垣内教授研究,回鹘文本由汉文佛经改编而成,由以下三篇相对独立的小型比喻故事构成(详见庄垣内 1982,第 6 页;Shōgaito 1988,第 58 页):

第一篇: 第 1 行至第 75 行;

第二篇: 第 76 行至第 240 行;

第三篇: 第 241 行至第 345 行。

每一部分开头有一段介绍性散文，形式和内容基本相同。此后，出现一个授记故事，即佛对发心之众生授予当来必作佛之记别。然后讲述一个现在佛的故事（详见庄垣内正弘 1982，第 6 页；Shōgaito 1988，第 60～61 页；Zieme 1991a，第 257～264 页）。《观音经相应比喻谭》的第二篇讲述善见天（梵文 Sudarśana）的故事：有一次，佛法王宝日（梵文 Ratnasūrya）与四十亿圣阿罗汉和比丘弟子一同来到苏达梨舍那（梵文 Sudarśana）城。听到这一消息，苏达梨舍那城叫做苏达梨舍那的国王坐立不安，其国陷入恐慌。国王与众臣商议后决定派两名勇士去探听详情，挡住大军。当这二人在路上遇到宝日佛及阿罗汉们，马上认出宝日佛以及三十二相八十种好精致的身宝。他们看到四十亿佛僧像盛开莲花的森林安稳地待在宝日佛周围，深深感动，净化其信，感动地含着眼泪跪在佛之莲花足旁，说明来此之理由。宝日佛为他们念经说教，并满足他们成为僧侣的愿望。他们立即剃须剃发、穿上袈裟成为僧侣，手里的武器变成了六器。然后，他们返回苏达梨舍那的国王处讲述所见所闻，苏达梨舍那的国王和居民准备种种供品，出城迎接宝日佛和四十亿僧侣。宝日佛出行的故事始于下面以 su 押韵的头韵诗段：

suqančıγ ädgü čoγluγ yalınlıγ	这美妙而充满光耀的
sudaršan atl(ı)γ ol balıqta,	叫做苏达梨舍那的城里，
sön üdlärtä qılmıš buyanlıγ	有一个后世积累功德的
sudaršani atl(ı)γ elig bäg olurur ärti.	叫做苏达梨舍那的国王。

以下诗段描述的是这两个僧侣返回苏达梨舍那城向国王和居民讲述所见所闻，说服他们去见宝日佛的情景：

atı kötrülmišlärning yertinčütä ünmäkingä	“世尊降生到这一世界，
artuqraq alp tušγalı bolγuluq ärür.	遇见他真是件不易之事。
atlıγ yangalıγ qanglılıγ yadaγın	无论骑马骑大象或乘车步行，
alqunı biltäči burhan bahšıqa baralım tep.	让我们去见一切智佛师！”

故事的其余部分以更为动人的细节来讲述苏达梨舍那城的国王和居民对佛的敬心,成为佛教弟子的故事情节。无论是《常啼菩萨求法故事》还是《观音经相应比喻谭》都有一个共同的形式特点,那就是他们包含大量夹写在回鹘语诗行里的汉字,而这些汉字一般都是训读的。

比较特殊的是夹写婆罗米文的回鹘语文献《高昌伯克夫妇赞》(见 Laut/Zieme 1990)。它的形式和结构与回鹘语比喻谭十分相似,明显属于"授记诗偈"。它以[amtı munta] bo sudur ärdinining jñā[pa ka tegmä] tanuq tarṭa avḍan sözlägülük nom b[itigig sözläyü berälim](今此讲述此经[叫做 jñā pa ka]的比喻谭)一句开头。与上面介绍的回鹘语比喻谭有所不同的是,它不含汉字,但含有夹写的婆罗米文。看来,夹写其他文字内容是回鹘文比喻谭的重要特点之一。

《高昌伯克夫妇赞》的第二部分,即关于现存人物的故事讲述的是高昌一位伯克及其夫人的故事。像其他比喻谭一样,它的开头也有故事发生地点的交代,首先作为过去的人该诗讲述《贤愚经》所提到的令奴(Reṅu)及其夫人提拨跋提(Devavatī,梵文本为 Prabhāvatī)的故事,然后逐步谈到现存人物高昌伯克及其夫人,最后谈未来佛弥勒(见 Laut/Zieme 1990,第 17 ~ 19 页)。与夹写汉字的回鹘语比喻谭不同,该诗夹写的婆罗米文部分有时是回鹘语诗句不可分割的有机组成部分,有时它重复回鹘语部分的内容或在内容上与回鹘语部分基本一致,下面所引诗句基本上体现《高昌伯克夫妇赞》的这一特点(据 Laut/Zieme 1990,第 21 页 5 ~ 6 行和第 23 页 35 ~ 37 行,方括号中的 X 表示所缺字母确切数字,加粗字为婆罗米文书写的部分):

ja na pa di-larnıng arasınta
čavıqu kükülü adrumıš
čambu sögüt b(ä)lgü-lüg
[ča]m[bu]divip [yertinčü yer suvda]

se na[XXX] ga ṇi nām yaγı-lar quvraγı-nıng süüsi otrasınta

se na ji du pa śa kra vat utmıš [čäriglig i]ṇḍre t(ä)ngri täg

se ci [**v**] **e pau rya ja nā˘ nāṃ** qočo uluš-taqı bodun boqun quvraγ[ı üzä]

[**se vi ta**] **ca ndra ca kra vat** amraṭılmıš säviṭilmiš [ay t(ä)ng]ri tilgäni täg

译文：

在地方官员当中
大名鼎鼎又特别
有着阎浮提标志
在[阎浮]提[地方]

这有死敌的官吏	/在众多敌军当中
官吏们像 **Upaśakra** 取胜	/像梵天有其胜军
被 **Secu** 城的居民	/被高昌国的居民
[爱得]就像爱月轮	/月轮般受到爱戴

从上述两段可以看出，只有夹写的婆罗米文为回鹘文诗句有机组成部分时回鹘语诗句才押头韵，回鹘文部分与婆罗米文部分在内容上基本一致的时候只有婆罗米文部分才押头韵，而回鹘文部分并不押韵。

2.2.2.2　诗体佛经

诗体佛经或韵文形式佛经在回鹘语诗歌中具有重要地位。虽然他们基于汉文佛经，但与相应的汉文佛经有较大的不同，包含了相应的汉文佛经不存在的大量内容。他们以韵文写成，显示与相应的散文体汉文佛经在形式上完全不同的文体特色。最有代表性的回鹘文韵文佛经是净土三部经之一《观无量寿经》的诗体回鹘语译文，该诗由著名回鹘诗人巎巎（回鹘文 Kki Kki，公元1295～1345 年）于 14 世纪上半叶根据《观无量寿经》以韵文形式创作而成[1]，其现

[1] 据汉文史料巎巎应为康里部人，元顺帝时为翰林学士承旨，详见《元史》卷一百四十三，列传第三十。

存印本残片，分别藏在柏林勃兰登堡科学院吐鲁番研究所和京都龙谷大学图书馆。阿拉特曾在其《古代突厥诗歌》一书中介绍该诗的柏林残片（见 ETṢ，Nr. 19，Nr. 20）。后来彼得·茨默教授和百济康义教授合作对该诗进行研究，整理出版了全文（见 Zieme/Kudara 1985，第 25～29 页）。最近，笔者在柏林收藏品中确认该诗两件未刊布残片的存在（见 Yakup 2008，第 110～111 页）。

韵文《观无量寿经》的开头，诗人就用两段四行头韵诗明确交代该诗的创作过程和目的：

tay pay len še tep atl(ı)γ　　叫做白莲社的
tayšeng nomnıng ičintä,　　大乘佛经里面，
talulap yıγıp m(ä)n kki kki　　挑选收集，我巙巙
taq̋šutq̋a entürü tägindim.　　改写成为韵文。

abita t(ä)ngri burhanıγ　　如何把阿弥陀天佛
ayayu saqınmaq ömäkig　　恭恭敬敬地思念，
amrılıp olurγu dyanıγ　　如何静坐禅定，
ayu sözläyü berälim.　　让我们讲给你们。

除了第 13 行至第 16 行的内容在汉文《观无量寿经》中有对等内容外，从第 9 行至 44 行基本由巙巙所加，汉文原典没有相应内容。此后的 45 至 56 行的内容可以在汉文原典找到一些对等部分，但其间的差异很大，回鹘语诗体本只是根据汉文原典的个别内容进一步发挥，忽略原典的大多内容。如，在 53 至 56 行对于原典的“见日欲没”四字，回鹘语诗体本作如下扩充：

kün t(ä)ngirilig boltuqta,　　每当阳光明媚的晴天，
kün baṭγalı bartuqta,　　每当太阳即将要落山，
küsüš öritip ol üdtä,　　带着愿望，在那时刻，
köngültä inčä tep saqınγu ol.　　心里就应该这样思念：

yaltrıyur ärdinin eṭiglig　　由珠宝做成的那一
y(a)ruq kün t(ä)ngri tilgän[i]　　光明的日轮在发光，

yapa čmbudivip ulušta	在阎浮提国的全域,
y(a)ruṭγuluq iši ärtükdüktä.	完成其照耀之使命。

该诗与汉文原典基本一致的内容并不很多,以下是与汉文比较一致的一段:

turγun[1] süzük ol suvnung	静静、干净的那水,
turum ara tägšilip,	时而改变自身状态,
topulur y(a)ruq öṭvilig	冻成易碎透明的冰,
tongup buz bolmıšın saqınγu ol.	应该这样想着才对。

这段诗再现的是汉文原典的"既见水已,当起冰想,见冰映彻",与上面的回鹘语头韵诗在内容上基本一致,但它没有回鹘语诗歌增加的 turγun süzük "静止、干净的"、turum ara"时而"、topulur"易碎"等成分。

《金光明最胜王经》第五卷的忏悔文也被回鹘人以头韵诗的形式加以改变,其回鹘文本明显区别于该经用散文体翻译而成的汉文本和藏文译本(见 Zieme 1985,第 86 ~ 87 页)。有趣的是,这一韵文的作者叫做 Kiki Siši,其中 Kiki 在语音上与诗人嵕嵕的名字一致,区别只在于其书写形式,而后一成分 Siši 明显是一个官号且源于汉语,但究竟源于哪一官号现阶段无法确定。

《华严经》的最后一卷《入不思义解脱境界普贤行愿品》也有回鹘文韵文形式译文,与上述两个佛经的情况有所不同的是该经的这一卷原本就是以偈的形式存在,回鹘语译文只是忠实地再现原典的文体特点,其内容也与汉文原典基本一致。

2.2.2.3 诗体忏悔文

虽然回鹘语忏悔文的数量不少,但以诗歌形式写成的忏悔文并不太多。大多数诗体忏悔文以忏悔者的口气,即以第一人称写成,这与相同内容的散文体忏悔文的情况基本一致。上面介绍的 Kiki Siši 根据《金光明经最胜王经》的第五卷改写的韵文是至今为止发现的最长的回鹘文诗体忏悔文献(见 Zieme 1985, Nr. 13)。下面为这个诗体本忏悔文第

〔1〕 茨默和百济读作 turγın,但明显是刻写错误,应作 turγun。

122～125 行之间的内容(参见 Zieme 1991a,第 210～212 页):

üstünki ol qılınčlarımın ökünürm(ä)n,	我忏悔我的上述行为,
üküš tälim yazuqlarımın bilinürm(ä)n,	我承认我的诸多罪行。
özüm amtı ačınurm(ä)n yadınurm(ä)n,	现在我全部公布于众,
örtmäz kizlämäz yašurmaz baturmazm(ä)n.	毫不掩饰,绝不隐瞒。

日本京都中村不折先生私人收藏的一首短篇忏悔文比较有特色。这首诗的结构很简单,首先忏悔者解释恶性的严重性,然后列出一系列他所犯下的罪恶,在结尾部分出现公式化的忏悔词语和赦免请求(见 Shōgaito 1981; Zieme 1991a,第 213～215 页;Elverskog 1997,第 135～136 页)。下面只举其中的几段:

qavzatmıš mäning özkyäm,	我自己真糊涂,
qararıγ ayıγ qılınčım,	行为黑暗恶劣,
qač yılt[ın] bärü bilṭürdi,	多年来已指明。
qanat urup učqalır	愿那些展翅飞翔的
qatıγlanmıš ädgü qutluγlar	善良有福之士,
qanturzunlar mäning	满足我的那些
qatıγlanmaγlıq ädgü qutluγlar tep	为精进的善者
kšanti ötünü küsüšümni	想忏悔之愿望。
qalangurup učar qılınčımnıng	我飞翔的行为,
qanatların käsäyin.	让我断其翅膀。

bašqyamnı yerkä tägürüp,	我要叩头触地,
pančamantalın yükünüp,	我要五体投地,
baγırın yatıp yıγlayu,	我要俯卧哭泣,
barčanı kšantı qılurmän.	我要忏悔一切。

此外,有些诗体跋文也包含忏悔文,如柏林小书 U5335 跋文中的忏悔文便是一例[1]。

---

[1] 详见 Zieme 1985,Nr. 14。庄垣内正弘教授等已推出该文献的全面整理研究成果,其中包括这一忏悔文(见 Shōgaito et al. 2015),这里暂不详述。

2.2.2.4　哲理诗

相当一部分回鹘语佛教内容诗歌宣传佛教哲理和教义，解释佛教的一些基本概念，如禅定（见 ETṢ Nr. 8；Zieme 1985，Nr. 55）、功德（puṅya）（见 Zieme 1991a，第 198～199 页）、中道（见 Zieme 1985，Nr. 35）、死亡（见 Zieme 1985，Nr. 16）、施舍（见 Zieme 1985，Nr. 15）等。其中，《中道的描写》体现此类韵文的典型特点，解释中道为"若仔细观察世界实际上是微尘法性"，与佛典的解释完全一致。以下是该诗的一段（见 Zieme 1985，Nr. 35）：

bašlaγsız uẓun sansarnıng	无头无始的轮回
bašın adaqın saqınsar,	若从头到尾细想，
barčası yumqı yıγılsar,	全部概括在一起，
parmanu qoγ qıčmıγ nom ärmiš[1].	果然是微尘法性。

呼吁佛教徒忏悔、施舍、尊敬父母的一首头韵诗这样劝告教徒施舍（参见 Zieme 1985，Nr. 15）：

öz yaš ulaṭı äd tavarlarnıng	寿命等诸多资源，
ürlügsüzin bilinglär.	并非永恒，这得懂。
özüg yatıγ temädin,	不要分自己和他人，
ögdilig buši beringlär.	请给予布施，即赞颂。
buši bersär bay bolur tep	施舍会变成富翁，
burhanlarnıng y(a)rlıγı ol.	这是佛陀之教导。
bo bir kyä nom käntü	仅仅是此法本身，
bulunčsuz ärdini ärmäz mü?	岂不是难得之宝？

《字母诗》（见 ETṢ，Nr. 11）也可算作宣传佛教教义的韵文。《字母诗》遵循回鹘文字母表的顺序，由 21 个诗段构成。该诗因押韵的需要包含相当多的借用成分，体现诗人雄厚的多语言背景。此类字母诗传统并不是回鹘人特有的，但毫无疑问，它是一个原创作

[1] 该词写作''ymys，故 Zieme 读作 aymıš 并译作 genannt（叫做）。笔者认为，此处''ymys 应是'rmys（ärmiš）的误写。

品。诗歌的绝大部分在押头韵的同时也押脚韵,使用大量的押韵词,是一首重要的诗歌作品。遗憾的是,这首诗歌传到至今的版本并不完整,前后均有残缺(见 Zieme 1991a,第 273 ~274 页;Sertkaya 2004,第 60 ~66 页;Sertkaya 2011,第 49 ~55 页)。下面引用的是这首诗的第十二段和第二十段,从中可窥见其基本的形式和内容特点(参见 Zieme 1991a,第 274 ~276 页)。

ṣ-ušikning savın unıtdım saqınıp tapmazm(ä)n töläk,
sarılma yüräkim saqınu köräyin sanga yaraγlıγ yöläk.
sanggadaz bahšımnıng savınga öčäšmäng sanga tängšü iläk,
sarvadyan biligni tapmıš ärsär savında ıdzun ı bäläk.

译文:

ṣ 字的事我忘得一干二净,想不起来我坐立不安,
别难过,我心,让我想想,有无对你有用之证词。
不要与我师桑噶达沙争吵,这会使你感到自卑,
如果已得到一切智,让他与他的话一起送来厚礼。

m-a užikni manilıγ terlär mani tapmatım anta,
maran mišhanı manggal terlär ma su tuṭmaz santa.
m(a)hamat piγambar ara kirmiš manisiz oγrı yanta,
manu lavkunnı mantılmıš terlär manisṭanta mu ol nämän qanda.

译文:

说是 ma 字带宝,我却未能在其中找到任何珠宝,
说是弥赛亚是吉祥,他却与幸福和安宁无缘。
圣人穆罕默德介入其间,是无宝的盗贼在旁边,
说是摩奴老君得了福,不知他在寺院或在何处。

2.2.2.5 赞美诗

佛教内容赞美诗的很大一部分赞颂诸佛、诸菩萨和龙王,也有一部分赞颂蒙古和回鹘统治者及一些当地知名佛教人物。《三十五佛赞》就像其标题所示赞颂三十五方佛(参见 ETṢ,Nr. 10; Zieme

1991a,第 219 页)。茨默教授认为,该诗与著有《一百五十赞佛颂》(Śatapañcāśatka)、《四百赞》(Varṅārhavarṅa)、《三宝赞》(Triratnastotra)等名作的 2 世纪印度佛教诗人摩咥里制吒(Mātṛceta)所撰《善逝三十五赞》(Sugatapañcatriṃśatstotra)有关,但由于从佛名到具体内容之间有明显的差异,二者之间是否真有必然联系尚待探讨(Zieme 1991a,第 219 ~ 220 页)。

未来佛弥勒(Maitreya)是在回鹘语晚期诗歌中赞颂最多的佛,我们目前能够看到的就有四五种,如《弥勒赞》(ETṢ,Nr. 17)、《弥勒佛赞》(Zieme 1985,Nr. 19)、《圣尊弥勒赞》(Tezcan 1974)、《弥勒启请礼》(Kitsudō 2011)等。有趣的是《弥勒启请礼》的汉文部分似是由回鹘人创作,而且还发现用回鹘文书写的汉文本和回鹘语译文。茨默教授在其《回鹘人的佛教内容头韵诗》一书刊布过由四个残片构拟而成的一首弥勒赞(BTT XIII,Nr. 19),共 136 行,开头(1 ~ 34 行)和结尾部分(89 ~ 136 行)破损比较严重。有趣的是,其中有些部分呈现出与《圣尊弥勒赞》的相近的内容,从另一方面说明《圣尊弥勒赞》的广泛传播(BTT XIII,第 114 ~ 115 页)。下面是其中保存比较完整的部分(略有改动):

tuɣum ažun uč-ınta [äri]p[1],	[处]在生趣之顶端,
bir tuɣum-luɣ t(ä)ngrim siz:	你是我一生,是我天。
tuɣumluɣ ažun-luɣ nizvanı-larıɣ,	封闭生和趣之烦恼,
tuɣalı anuq y(a)rlıqar-sız.	你时时备好自己。
toquz qay-lıɣ tužit-ta,	在九阶兜率天,
toquz äliginč qat bavan-ta,	在第四十九重宫殿,
tolun-taqı ay t(ä)ngri yangınča,	像月圆天一样,
toyunguzta toɣı-lıɣ y(a)rlıqarsız.	在你喜宴中显得很美。
učidavač ordu ičintä,	在高幢宫内,
uluɣ kölüngü-däki nom-larıɣ,	将大乘之佛典,

〔1〕 BTT XIII, Nr. 19,39:[turu]p.

ord[u]nguzta ärdäči eš-läringizkä,	对你宫中的伙伴,
uqıtu ača nomalayur-sız.	你给予讲解解释。
nomluγ d(a)mačay yay-lıq-ta,	在法的法集夏宫,
noš tatıγ ögirü,	享受长生不老的味道。
nomluγ rasayan yaγıṭ[u]r-siz,	在法兄的褐色土地之上,
nomdaš-lıγ yaγız yer yüüzintä.	你撒下法的不老长生药。
alqu yertinčü-kä asıγ-lıγ,	对于所有世界是有益,
alp är-än-lär-ning tınγuṣı,	是勇敢男人的放松,
amranmaq uγuš-luγ bo orununguz,	你这爱界之处所,
anagami-lar ornın[t]ın ašınur.	超越阿那含之处所。
ay-tın kün-t[in] adrumıš,	超出月亮和太阳,
altun-luγ taγ-tın yegädmiš,	胜出金山,
adınč[ı]γ kört[l]ä ätözingiztin,	从你特别美丽的肉身
adrılıp ünär y(a)ruq-l[a]r.	纷纷散发出光芒。
y(a)ruqunguz tägmiščä tınl(ı)γ-lar-nıng,	随着接触你的光芒,
yazılur intiri qačıγ-la[r]ı,	人类的诸根就会解开。
y(a)vlaq b(ä)lgü-läri yoq[a]dıp,	他们失去自己的恶相,
yavız qılınč-ları arıy[u]r.	他们的恶行得以净化。

包含在 avasṭi 经(以前被称作 Insadi 经)的《圣尊弥勒赞》具有自己独特的韵律特点,它并不完全运用头韵,各行的音节数也有明显差异。从下面引用的该诗第三、第四段就可以看出它的基本特点(全文见本书第四部分《圣尊弥勒赞》):

tözün maitrı
yarlıqančučı köngül-lüg köküzüngüz-tä,
keng tašang terä yıγ̌a alu yarlıqap,
qamaγ beš ažun tınlγ oγlan-lar-ın

tüzü köni bir täg oqšayur amrayur-sız t(ä)ngrim.
tözün maitrı bodis(a)t(a)v t(ä)ngrim.

tužit-lıγ arslan-lıγ ıduq orun-lar-daqı
učidavač atlγ üsṭünki yeg ıduq orun-lar üz-ä olurup,
ilki ärtmiš qang-larıngız burhan-lartın
urunčaq qumaru alu tägintingiz.
erinč beš ažun tınlγ oγlan-ların t(ä)ngrim.

译文：

弥勒圣尊
在你慈悲的胸怀，
把一切五世生灵之子
你都广泛收集收下，
你一视同仁，热爱，我的天神，
啊，我天神，圣尊弥勒菩萨！

在兜率、狮子的诸多圣地，
居住在名叫高幢的最胜圣殿，
从先前之父和诸佛那里，
作为寄赠物和遗产
啊，我天神，你把可怜的五世生灵之子收下了！

安藏汉译的《圣救度佛母二十一种礼赞经》（Tārā-Ekaviṃśatistotra）是藏传佛教的重要经典之一，它主要赞颂圣救度佛母的二十一尊化身。该经的回鹘语译文残片最初由乔治·卡拉教授和彼得·茨默教授研究刊布，但未能断定是何经（参见 Kara/Zieme 1977，第 78 页，Text M）。后来，耿世民教授刊布嘉静彦收藏的印本残片，首次向学术界介绍该经回鹘语译文（见 Geng 1979，汉文本见耿世民 1990；Elverskog 1997，第 123 ~ 125 页）。此后，茨默发表数篇文章重新刊布、讨论与《圣救度佛母二十一种礼赞经》回鹘语译文有关的一些语文学问题（见 Zieme 1982；Zieme 1989；Zieme

2012）。最近，在敦煌莫高窟北区石窟也发现该经回鹘语译文残片（见 Yakup 2006；阿不都热西提·亚库甫 2011）。需要特别提到的是，柏林所藏该经回鹘文残片当中有一件用回鹘文书写的梵语和汉语双语文献残片（见 Raschmann/Wilkens（eds.）2009），虽然只是两个小残片，但此类文献的存在足以说明，除了回鹘语译文，回鹘佛教徒曾用回鹘文抄写、朗读该经的梵语和汉语本。下面是《圣救度佛母二十一种礼赞经》回鹘语译文的第一赞、第五赞及第十八赞至第二十赞的内容（基本据 Zieme 1982 和耿世民 1990，提供转写和汉译以及与其相应的汉文本原文，汉文原文引自《大正藏》第二十册 1108A 号经）：

[yü] künür [m(ä)n] tar-a tärk tavraq alp-qa,	唵敬礼多哩速疾勇，
tutari-qa qorqınčıγ yoqadturdačı-qa,	咄多哩者除怖畏，
turi-qa alqu asıγ-larıγ berdäči oẓγurdačı-qa,	咄哩能授诸胜义，
svaha užik-lig yükünč-üm bol[zun] sizingä.	具莎诃字我赞礼。

yükünürm(ä)n t(ä)ngridäm kölkä ohšatı	敬礼萨啰天海母，
käyik b(ä)lgü eligintä tutmıšqa,	手中执住神兽像，
tara tep iki qata sözläp	诵二怛啰作发声，
p(a)t užik üzä qalısız aγularıγ tarqardačıqa.	能灭诸毒尽无余。

yükünürm(ä)n t(ä)ngrilär quvra γınıng eligi hanı	敬礼诸天集会母，
t(ä)ngrilärli kinnarelar üzä sävitilmiškä.	天紧那罗所依爱，
tägirmäläyü y(a)ruqlanıp ögrünč sävinčlig	威德欢悦若坚铠，
čoγ yalın üzä tütüš käriš yavız tüllärig tarqardačıqa.	灭除斗诤及噩梦。

yükünürm(ä)n tolun ay t(ä)ngrilär täg	敬礼日月广圆母，
y(a)ruq yašuq artuq y(a)ltrıγlıγ iki közlügkä.	目睹犹胜普光照，
hara tep iki qata sözläp tuγṭara temäk üzä	诵二喝啰咄怛哩，
artuq tüzsüz isig igig tarqardačıqa.	善除恶毒瘟热病。

译文：

我向多哩速疾勇敬礼，
向根除怖畏的咄多哩（敬礼），
向给予一切利营救的咄哩（敬礼），
我具莎诃字的赞礼是为你。

我向像一个天海一样
手里持神兽像者跪拜。
两次发声说“多哩”，
以帕特字能灭除所有毒者（跪拜）。

我向诸天集之王敬礼，
向被诸天和紧那罗爱戴
普照光芒欢乐可爱
用威力威光灭除门诤噩梦者（跪拜）。

我向像月圆诸天一样
光明、发光极强的二眼者跪拜。
向仅仅通过说两次喝啰咄怛哩，
能根除恶毒瘟热病者（跪拜）。

如果我们对回鹘文韵文与右边的汉文原文进行比照就可以看出，虽然该诗的回鹘文译文与汉文本大体上相互对应，但回鹘语译文有别于汉文本。耿世民教授指出“此经回鹘文译本从种种迹象来看，似译自藏文，而不是译自汉文”（见耿世民 1990）。茨默教授认为，“作者很有可能对不同的版本进行比较，把被认为是最合适的部分选出来译了出来”（Zieme 1982，第 590 页）。笔者基本同意茨默先生的这一观点。就像大多数回鹘语藏传佛教文献那样，该诗译者在翻译过程中，以藏文本为蓝本，很有可能还同时参考梵文本和汉文本，如以下段落只有在梵文本有对应部分（见 Zieme 1982，第 588 页），而汉文却没有（右边的汉文为回鹘文的译文）：

[amogasidi]-qa tüzüni tuymıš-qa, 敬礼[不空]遍觉佛，
alqu küsüš-üg qanturdačı-qa, 能够满足一切愿，
arıγ öz töztin b(ä)lgülüg bolmıš-qa 清静自性是其化身，
včir-a satu-a-qa yükünč-üm bolzun sizingä. 我敬礼金刚萨埵。

在中亚佛教中受欢迎的其他一些佛和菩萨也成为回鹘语赞美诗的赞颂对象，如阿弥陀佛（Abitābha）、观音菩萨（Avalokiteśvara）、文殊师利菩萨（Mañjuśrī）等（详见 Elverskog 1997，第127～128页）。

以上是古代维吾尔语佛教内容诗歌的简要介绍，要对其内容作全面的概述，需要较长的篇幅。茨默教授的专著《吐鲁番和敦煌出土回鹘佛教诗歌研究》是这一方面的有益探讨。但是，距茨默教授专著的出版已经过了20多年，期间不断有新的回鹘语诗歌得以刊布和发表，在相关研究中有必要充分考虑这些新发现韵文。另一方面，佛教内容回鹘语诗歌的情况比较复杂，除了谈到佛教哲理和教义，还包括赞颂文和忏悔文，有的还有关于功德转让方面的内容，很难归入上述小类中的哪一类。元代回鹘诗人般若室利所作《发菩提心》（*Bodhicittotpāda*）是典型的一例。它由8段头韵诗构成，虽然其主题是瑜伽论的发菩提心，但包含较多比较复杂的内容。该诗的开头出现佛教内容诗歌较普遍的赞颂和跪拜的内容，接着它的每一诗段谈到忏悔、善行的赞赏、菩提心的焕发、世界的觉悟、菩提心的普及等，最后以简短的题跋结束（参见 ETṢ，Nr. 14；Zieme 1991a，第124～127页）。最近发现的，中国国家图书馆刊布的一件编号为BD14941的敦煌回鹘语文献也表现出同样的特征（图片见《国家图书馆藏敦煌遗书》，第135卷），它主要解释佛教关于老、病等概念，在散文间包含相当多的韵文，大部分在押头韵的同时还押脚韵，如（根据上述图片转写、翻译，为文献61行的内容）：

qonup suvta turdačılar, 住在水里的那些，
qudup kölüg tošγurdačılar, 注水满湖的那些，

tägip ök taγıγ yemirdäčilär, 碰碰就能毁山的那些，
tančulap taγıγ ušatdačılar. 能把山碎成片的那些。

这一文献还包含一些仅仅押脚韵的诗段，这里不一一举例介绍。

2.3　其他内容赞美诗

晚期回鹘语诗歌最典型的特点之一是有些赞美诗除了诸佛和菩萨之外，还赞颂回鹘佛教社会中地位较高的一些统治阶层成员和神话人物。北京大学图书馆所藏《速来蛮赞》赞颂的是西北地区影响较大的西宁王速来蛮（详见 Yakup 1999，阿不都热西提·亚库甫 2011 和本书《西宁王速来蛮王赞》），东京大学文学部图书馆、柏林勃兰登堡科学院吐鲁番研究所等单位藏《玉女赞》赞颂的是转轮王七宝中的玉女，在吐鲁番好像深受佛教徒崇拜（详见百济康義 2001，阿不都热西提·亚库甫 2014 及本书《玉女赞》）。柏林藏《回鹘可汗和回鹘汗国赞》赞颂的是一位回鹘可汗及回鹘汗国，但这一回鹘可汗和回鹘汗国尚待进一步确定（见 Zieme 1985，Nr. 39；本书《回鹘可汗和回鹘汗国赞》）。北京国家图书馆藏回鹘文《畏吾尔写经残卷》也有一个畏吾尔亦都护的赞诗，它提到宽徹·亦都护的名字，应是宽徹·亦都护的赞诗。

柏林藏《回鹘伯克赞》是另一首具有鲜明特色的回鹘语诗歌。它虽以头韵为主，但也含有不押头韵的诗句，在相当一部分诗段还押脚韵，诗行的音节数也不均匀，体现晚期回鹘语诗歌的一些重要的结构和韵律特点。下面是其中的三段（转写基本据 Zieme 1993，第 273 页，有所改动）：

yaγız yer yüzintä yorıγma tınl(ı)γ oγlanlarınta,
yapa yaḍılmıš y(a)rlıqančučı köngül üzä,
küsänčig körklä kün t(ä)ngrikä mängẓäti,

körk mängiz üzä küsänčig,
köngül bilig üzä tanglančıγ.

äng ärim üzä änginčig,
ärig barıγ üzä mungadınčıγ.

译文：

在褐色大地行走的人类之子当中，
以他那对人敞开、慈悲的胸怀，
他真像无比美丽的日神。

他的美姿英俊迷人，
对人心之了解惊人。

他的脸孔无限美丽，
他的举止文雅极致。

2.4 诗体题跋和题记

大多数回鹘语佛典的题跋是回鹘人自己写成的，其内容包括一些十分重要的信息，如译者的名字、翻译、抄写或印刷的目的、翻译或抄写的时间和地点、译者或作者的身份和家族信息等，有的还包含供养人的一些信息，为研究回鹘历史和回鹘佛教社会的情况提供了珍贵的资料（参见 Zieme 1992，第 46 ~ 48 页）。大量的题跋以押头韵的诗歌形式写成，可以看作是古代维吾尔语诗歌宝贵的原创作品。题跋一般出现在佛典正文之后，作为例子，下面我们介绍夏拉克（回鹘语 Šaraki）祝愿她出征云南（回鹘语 Qaračang）的丈夫右卿躍里帖木儿（回鹘语 Yol Tämür Yiučing）所写的《观世音菩萨赞》题跋的部分内容（引自 Zieme 1985，Nr. 20）：

[ül]güsüz sansız yüz ming tümän tınl(ı)γlar uγuši
üküš tälim ačıγ tarqa ämgäkig täginürtä,
öyü saqınu qonši im bodistvıγ birök aṭasar,
öngi üdrülürlär tep äšidmiš üčün.

uγrayu soqa öz bägim yol tämür yiučing
uluγ iškä qaračang singar yumšatdı ärti,
umuγ bolup qonši im bodis(a)t(a)v adasız qılıp,

uruγ qadaš oγul qız birlä qavıšγu üčün.

alqu adalarta umuγ boltačı bo nom ärdinig
arıš arıγ astab yükünči birlä
arıγ uz bititip uγrayu soqa tamγaqa entürüp,
artuqsuz ägsüksüz ming küün yaqdurup üläyü tägintim.

译文：

听说无量无数百万生灵，
遇到无数苦恼和困难时，
若想观世音菩萨称其名，
他们就会马上从中解脱。

正值我夫躍里帖木儿右卿，
因大事派遣至哈剌章一方，
祝愿观世音菩萨免他灾难，
使得他与亲戚与孩儿重逢。

在万难中能给希望之此经，
现与它的赞辞和赞颂一并，
让人工整地书写刻成木板，
印出不多不少一千份敬赠。

该诗的第一段是据《妙法莲花经·观世音菩萨普门品》所见“若有无量百千万亿众生，受诸苦恼，闻是观世音菩萨，一心称名，观世音菩萨即时观其音声，皆得解脱”这一段以韵文形式改作而成（详见小田寿典 1984，第 17 页）。诗中提到的躍里帖木儿右卿曾于天历元年（1329）和至顺元年（1330）期间先后任参知政事、左丞、云南行省右卿等职（详见小田寿典 1984，第 17～19 页），并负责元朝对云南的远征。关于这一事件《元史》有专门记载。据学者们考证，该诗所提到的燕王太子指的是文宗的长子阿剌忒纳答剌，该诗刻印之际他正任燕王太子（详见小田寿典 1984，第 22 页）。

最近,笔者在北京国家图书馆藏汉文《四分律》第四十九卷(相当于《大正藏》,Nr. 1428,22.0929c22 至 22.0930c05 的内容)结尾部分的汉文跋文之后发现一首回鹘语头韵诗,似是该律的跋文,说明抄写或使用这一写本的人很有可能是回鹘佛僧。以下为跋文的全文(原文图片载《国家图书馆藏敦煌遗书》,第 135 卷,文献编号为 BD 14940,号 1、号 2):

özüm ädrämsiz bolmaqtın,	因我自己缺德缺福,
üzük ky-äm ädgü bolmadı.	仅有结尾未能写好。
öṭsär küsözkä bo bitig,	若此书传至造谣者,
ünär ärki abipirayqa tayansar ::	靠其义能从中逃脱。

有些题跋的结构相当复杂。1688 年抄写的《金光明经》(梵文 Suvarṅaprabhāsa-sūtra,回鹘语 Altun önglüg yaruq yaltrıqlıγ qopda kötrülmiš nom eligi atl(ı)γ nom bitig,简称 Altun yaruq sudur)的诗体跋文由 36 段四行诗(绝句)组成,除了对诸佛、诸多菩萨、众神和英雄的祈祷之外,它包括诸佛的赞颂、佛的教诲、供养人的信息和供养理由、书写者的情况以及功德的转让等十分丰富的内容(参见 Tekin 1966; Zieme 1991a,第 283 ~291 页)。

一般来讲,这些跋文是佛典的重要组成部分,因此一些学者把他们作为佛典的一部分研究刊布,但鉴于这些跋文在回鹘文学史、回鹘历史研究领域的特殊价值,也有学者把跋文从经文分出来对它进行专门研究,如彼得·茨默教授的《回鹘人的佛教内容头韵诗》(见 Zieme 1985)、笠井幸代的《古代突厥语跋文》(见 Kasai 2008)等便是这类研究成果。在多数情况下,有些佛典正文遗失,只有跋文幸存,无法断定其所属。在形式上,一些跋文以韵文形式写成,有的则韵文和散文并用,而有的却只用散文形式。这就是说,虽然回鹘语佛典的跋文多为韵文,但回鹘文跋文并不一定全是韵文。需要指出的是,茨默教授和笠井博士刊布的只是回鹘语跋文的一部分,还有数量不少的跋文尚待刊布,有待进一步深入研究。

除了佛典的跋文之外,还有一些壁画和插画的回鹘文题记也是以韵文形式写成的。在柏孜克里克和吐峪沟等地的佛教洞窟里发现的一些题记就以诗歌形式写成,柏孜克里克 9 号窟发现荼吉尼

(为梵文 Dākinī 的音写)右边书写的题记便是一例。这一些题记现藏柏林亚洲艺术博物馆藏,编号为 MIK III 40,最初由勒柯克刊布(见 Le Coq 1913, Tafel 34),后来彼得·茨默教授对其中的回鹘文题记进行研究,重新刊布(见 Zieme 1985,Nr. 60)。最近,松井太教授对这一题记进行新的研究,对一些疑难问题提出了自己的看法(见松井太 2011),茨默也对以前的读法做了一些改动(见 Zieme 2013)。其中,肖像下半部右边的题记如下:

sašımsız köngül öriṭip,	发起不乱之心,
sačuq köngülni[1] yoqadıp,	根除散乱之心,
s(a)rvard(a)s(i)di tegin täg qaṭıγlanıp,	像一切义成王子一样勤修,
säri[n]ip olurẓunlar bo nišüngtä[2].	愿他们忍耐着住这宁戎(寺)。

这一回鹘文题记后面还有一行汉文题记,可读作"我达摩室啰写矣",明显是出自同一人之手。汉文题记的达摩室啰应与同一洞窟另一回鹘文题记所提到的 darma ši[r]i 为同一人物(详见松井太 2011,第 146 ~ 148 页)。这一名字也出现在柏孜克里克 9 号窟和现藏圣彼得堡艾尔米塔什博物馆的一幅婆罗门像旁边的回鹘文题记(Zieme 2013a,第 190 ~ 191 页)。黄文弼在《吐鲁番考古记》刊布的回鹘文文书中有类似的题记,也是头韵诗,但因图片质量较差很难辨认。

---

[1] 茨默最近(Zieme 2013a)读作 sačluq köngül äy,从其译文看,他把 äy 似是理解为叹词,但不做解释。笔者认为,此处把它读作 äy 并处理为叹词并不妥当。

[2] 勒柯克读作 išingtä(?),茨默作 isungta 并推测可能是一个寺庙名;详见 Zieme 1985,第 191 页,注释 60.4。该词还出现在同一石窟的另一题记 taypodu darma ši[r]i qulut nišüng aranyadan orunta,可译作"大宝奴、达摩室啰奴在宁戎阿兰若"。笔者赞同松井太先生对 nišüng 的解释,详见松井太 2011;至于 nišüng 后面的梵语来源词语 aryadan(源于梵文 āraṅyāyatana "阿兰若处")见中村元 1981,第 624 ~ 625 页。

2.5 伊斯兰时期的诗歌

由于中亚不同地区伊斯兰化的时间并不一样,对于中亚地区来说前伊斯兰和伊斯兰时期的界限很难划定。对于喀什及其周边地区来讲,10 世纪就已经属于伊斯兰时期,此时库车、北庭、吐鲁番、哈密等地还在盛行摩尼教和佛教,伊斯兰教被有些地区的居民普遍接受的时间要晚到 15、16 世纪。这里仅以语言学上能归属于古代维吾尔语的伊斯兰教内容文献为例简要谈伊斯兰时期古代维吾尔诗歌的一些重要方面。

《福乐智慧》(*Qutadγu Bilig*)是伊斯兰时期古代维吾尔语诗歌的典范,是一部最早的突厥语伊斯兰文学巨著,由 6 000 多行两行诗组成。诗作者玉素甫·哈斯·哈吉甫(Yūsuf Ḫaṣṣ Ḥājib,约公元 1010 ~ 1092 年)受到波斯诗人菲尔多西(Hakīm Abol-Qāsem Fedowsi Tūsī)的史诗《列王纪》(*Šāhnāmeh*)的启发,与菲尔多西一样选用了诗歌形式。但是,与把伊朗语史诗译成波斯语的菲尔多西不同,玉素甫·哈斯·哈吉甫基本忽视其前的突厥文学传统,大体上体现阿拉伯和波斯文学的波斯—伊斯兰思想(参见 Dankoff 1983,第 1 页)。

该诗共分 85 章,除了开头部分赞美真主、圣人、四大哈里发、哈喇汗王朝的君主等四章之外,诗歌的前半部通过国王 Kün Toγdı(意为"日出",代表法官)、大臣 Ay Toldı(意为"月圆",代表未来)、哲人 Ögdülmiš(意为"贤明",代表智慧)[1]、苦行者 Oḍγurmıš(意为"觉悟",代表人类之终形)[2]等四个人物之间的对话,详细谈到四者之间的关系,宇宙、知识、语言、功德、国王的形象、太子和他应具备的条件等十分广泛的问题,涉及传统的国家治理准则;诗歌的后半部主要讨论伊斯兰神秘主义的一些中心议题(详见 Dankoff 1983,第 3 页)。

《福乐智慧》在学术界受到广泛关注,除了阿拉特的权威性校勘本之外,还有知名突厥学家拉德洛夫的德译本、乌兹别克斯坦学者

〔1〕 据丹阔夫教授研究,Ögdülmiš 为阿拉伯语人名 Muḥammad 的意译;详见 Dankoff 2008,第 16 ~ 17 页。

〔2〕 据丹阔夫教授研究,Oḍγurmıš 与阿拉伯语的 Yaqẓān 相对应,而这一名称曾被伊本·西那(Ibn Sīnā)作为讽喻使用;见 Dankoff 2008,第 17 页。

卡里莫夫(Kayyum Kerimov)的乌兹别克语译本和美国知名突厥学家罗伯特·丹阔夫(Robert Dankoff)的英译本以及其他语种译本(详细介绍见李宁 2010,第 13 ~ 17 页)。国内,耿世民教授和魏萃一教授于 1979 年出版过《福乐智慧》的节译本(玉素甫 1979),1984 年新疆社会科学院民族文学研究所推出《福乐智慧》基于维吾尔新文字的拉丁字母转写和现代维吾尔语诗体译本,两年后郝关中等根据维吾尔语译本推出《福乐智慧》的诗体汉译本(见玉素甫 1986)。这些为国内学者全面研究《福乐智慧》提供了重要依据,贡献巨大。最近,维吾尔族翻译专家狄力木拉提·泰来提(Dilmurat Telet)推出这一文献的汉译通读版(见狄力木拉提·泰来提 2015),知名维吾尔语言学家米尔苏里唐·乌斯马诺夫(Mirsultan Osmanov)出版了该文献写本费尔干纳本的整理本(见 Osmanov M. 2015)。需要提到的是,作为维吾尔语译本主要蓝本之一的阿拉特版本在转写、土耳其语译文等方面存在一些问题。阿来西欧·伯尼拜齐(Alessio Bombaci)教授(Bombaci 1953)、罗伯特·丹阔夫教授(Dankoff 1979,Dankoff 1983)、塞米赫·铁兹江教授(Tezcan 1981)、拉瑞·克拉克博士(Clark 2010)等对其中一些问题做过很有意义的探讨并提出过重要的修正意见。八十年代国内翻译、介绍《福乐智慧》时正处于改革开放初期,国内对国外学者的研究成果了解还不够充分,未能在国内引起学术界的重视。当时国内的古代维吾尔语研究,包括《福乐智慧》研究还刚刚起步,对《福乐智慧》的语言及其内容的理解也不够深入,尤其是对该作所反映的历史、宗教、文化、哲学问题还缺乏较全面的认识和研究,这些未免使《福乐智慧》维吾尔语译本和汉译本受到一些影响(详见李宁 2010,第 15 ~ 17 页)。由于《福乐智慧》在突厥—伊斯兰文学和古代维吾尔文学当中具有特殊地位,其研究应从推出更为可靠的校勘本和维汉译本为新的出发点。科学校勘本和详细的语文学解释将为对长诗的语言特点、韵文结构、修辞特点和其中的哲学、民族学、宗教学等问题进行科学研究提供可靠依据,进而推动相关研究更加深入。

与玉素甫·哈斯·哈吉甫生活在同一时代的著名突厥学家马赫默德·喀什噶里的巨著《突厥语大辞典》(*Dīwān Luγāt at-Turk*)虽

是一部语言学专著，但它作为例句提到大量民歌、谚语和比喻，是哈喇汗王朝时期古代维吾尔文学研究的重要依据之一。丹阔夫教授把该著中的民歌归纳为以下内容类型（详见 Dankoff 1982 – 1985，Ⅲ，第 290 ~ 319 页）：

1. 智慧（包括 45 段两行诗，26 段四行诗）
2. 爱情（含 18 段四行诗和 8 段两行诗）
3. 西夏人与 Qatun Sīni 的战争（由 16 段四行诗构成）
4. 打狼（由 4 段四行诗构成）
5. 安排婚姻（只有 1 段四行诗属于这一类）
6. 谴责贼邻（包括 7 段四行诗）
7. 战争（有 3 段两行诗，18 段四行诗）
8. 与非穆斯林的战争（有 22 段四行诗）
9. 责骂逃跑的儿子（2 段四行诗）
10. 不知名英雄的赞颂（有 4 段四行诗）
11. 有一公主的赞颂（有 3 段四行诗）
12. 喝与打猎（有 5 段四行诗）
13. Oγraq 部落赞（只有 1 段四行诗）
14. 自然的描写（5 段四行诗，1 段两行诗）
15. Alp Är Tonga 赞（共有 11 段四行诗）
16. 春天的描写（有 20 段四行诗属于此类）
17. 夏天和冬天的对话（有 8 段四行诗）

《突厥语大辞典》（*Dīwān Luγāt at-Turk*）最早由土耳其突厥学家柏斯莫·阿塔莱（Besim Atalay）译成土耳其文出版（Atalay 1939—1941），后来他还出版该著的影印本（1942）和索引（1943）。此后出现该著的乌兹别克语、英语（见 Dankoff 1982 – 1985）、哈萨克语、俄语等语文的译本。国内已于 1981 ~ 1984 年间由新疆社会科学院语言研究所、新疆人民出版社等单位的专家学者组成的翻译组出版了这一巨著的现代维吾尔语译本，2002 年又出版了校仲彝等以维吾尔文译本为蓝本翻译的汉文译本。2008 年，为纪念《突厥语大辞典》的编者马赫默德·喀什噶里诞辰 1000 周年，新疆人民出版社又出版了该著现代维吾尔语译本的修改本(第一卷)和词典的索引及影印本(第二卷),为国内学者研究这一重要突厥学著作提供了很大方便。

自从1914年该著的一个1266年8月1日的抄本在伊斯坦布尔的Sahhaflar集市被发现以来,国内外学术界从不同角度对这一著作进行研究,出版和发表了数量相当可观的研究论著,其中不乏关于该著所包含的谚语和民谣的研究成果。1944年土耳其学者菲力特·比尔特克(Ferit Birtek)的专著《最古老的突厥谚语》(*En Eski Türk Savları*)应是第一部专门研究《突厥语大辞典》谚语的成果。塔拉特·特肯的《十一世纪突厥诗歌》(*XI. Yüzyıl Türk Şiiri*, Ankara, 1989)一书是专门研究《突厥语大辞典》所录韵文的重要专著。但是,至今未见有专门研究整理古代维吾尔语谚语和民歌的专著出版。本系列丛书中的《古代维吾尔语民歌和谚语研究》一书将《突厥语大辞典》的谚语和民歌作为古代维吾尔语谚语和民歌的重要组成部分,将之连同用古代突厥文、回鹘文等文字书写的谚语和民歌一起作为该书研究对象对其进行比较系统的研究。

除了《福乐智慧》和《突厥语大辞典》之外,学术界一般把成书于12世纪的哲理诗《真理的入门》(*Atabetü'l-Hakayık*)和中亚苏菲派宗教思想的著名诗集《大智之书》(*Divan-ı Hikmet*)也作为哈喇汗王朝时期的重要文学作品来看待。前者是由生活在12世纪的诗人、尤格耐克人阿赫迈特·尤格耐克(Edip Ahmet Yükneki)参照阿拉伯哲理创作的一部诗集,用哈喇汗王朝的文学语言哈卡尼亚语(该书称喀什噶尔语)写成,由40段两行诗和101段四行诗构成。该书最完整的写本是用伊斯兰时期晚期使用的回鹘文写成,现藏土耳其圣索菲亚博物馆。该诗最初在1918年由土耳其学者纳吉甫·阿斯莫(Necip Asım)整理刊布,1951年阿拉特出版的《真理的入门》(*Atabetü'l-Hakayık*,Ankara 1951)是至今为止最具有权威性的校勘本。阿拉特的著作包括序言、研究(含拉丁字母转写、土耳其语译文、注释和词汇索引)、勘误表和该作不同写本的图版。国内,哈米提·铁木尔教授和吐尔逊·阿尤甫(Tursun Ayup)教授在1980年根据阿拉特的校勘本把这一诗集译成现代维吾尔语。另一部诗作《大智之书》是中亚突厥苏菲派的代表人物阿赫马德·亚萨维(Hoja

Ahmad Yasawi)的诗集,主要讲述修道原则,禁欲主义和共顺。虽然《大智之书》的作者阿赫马德·亚萨维的生活年代是12世纪初期至12世纪的下半叶,但《大智之书》的现存抄本都属于较晚时期,从中很难看出诗集原来的语言特点。

2.6 反应宗教间冲突的诗歌

10世纪初,喀拉汗王朝的统治阶层接受伊斯兰教,与之前在古代西域存在已久的佛教与摩尼教不免发生一些冲突,佛教与伊斯兰教的对抗更为强烈,但是反映这些冲突的突厥语文献并不多,抑或这些文献未能传到我们手中。在吐鲁番出土的一件粟特文书信的背面书写的草书体回鹘语文书(现藏柏林国家图书馆,编号为M112),讲述10世纪末11世纪初拆除摩尼教寺院、改建佛寺的详细经过(详见Geng/Klimkeit 1985;森安孝夫1991,第147~154页)。宗教间的冲突也反映在一些古代维吾尔语诗歌当中,最明显的应是《突厥语大词典》的以下四行诗(转写引自Dankoff 1982-1985, Ⅰ,第270页,略有改动):

kälginläyü aqtımız,	我们像洪水猛冲,
kändlär üzä ăqtimız,	在大城小镇横闯。
furhan ävin yıqtımız,	我们拆毁了佛寺,
burhan üzä sıčtımız.	在佛像上面拉屎。

很明显,该诗反映的是哈喇汗王朝接受伊斯兰教后针对盛行佛教的地区发动的圣战之规模和伊斯兰教徒对佛教及佛寺所持的态度。当然,该著反映宗教间冲突的韵文不限于这一段四行诗(见Dankoff 1982-1985,III,第306~307页;耿世民2009,第338页)。

哈喇汗王朝时期的另一巨著《福乐智慧》也包含类似的、更加强硬的内容,号召穆斯林打死异教徒,摧毁其家园,占领其地,修建清真寺等,如(转写引自Arat 1947,第5484~5489行,略作调整):

är at sü birlä yänč bo kafir yaγıγ,	以人马和军队摧毁这死敌异教徒,
bayattın tilä küč sän arqang arıγ.	求真主给你力量,背脊才会干净。

bo kafir üčün tut är at sü tulum,	针对这异教徒备好你的人马和兵器，
ölüp tüšsä kafirdä bolmaz ölüm.	与异教徒交战失去性命并不算死。
ävin barqın örtä sıγıl burhanın,	烧毁他们的家园，摧毁他们的佛寺，
anıng ornı mäscid cäma'at qılın.	在其所在之处修建清真寺和会地。

佛教对伊斯兰教的敌意也清楚地反映在敦煌和吐鲁番发现的回鹘语佛教内容诗歌中，前面所提到的《字母诗》中以 m 开头的一段四行诗（绝句）就是一例。一件柏林藏回鹘语残片展开反伊斯兰的讨论，批评伊斯兰教的一些基本概念为错误的知识（参见 Tezcan/Zieme 1990，第 148 页）。以下为该诗的全文（转写据 Tezcan/Zieme 1990）：

[tälim]ny,	[一切]
tälim sögüṭlärni taγlarnı,	所有的树木和山脉，
tälim čanvarnı q(a)m(a)γnı,	众生和存在的一切，
t(ä)ngri törütdi tep sözlärlär.	他们说是真主所造。
[t(ä)n]gri törütürtä bolarnı,	当真主创造这些时，
täšüklär [t]äkmü qaṭ[ı]nta bar ärti,	周边是否只有空洞？
täṭürü biliglärin ündürüp,	制造此类错误言论，
tägmäni tärṣkä büksär bolur mu.	颠倒是非能否说通？
ilahi t(ä)ngrining öz bodın,	真主天神自身之形，
ičtinki taštınqı tüz ornın,	内外所处真正地点，
eč kim ärsär körmiš yoq,	说是谁也没有见过，
istim musurmanlar oq sözlärlär.	穆斯林们就这么说。
bodın körmädin ärip t(ä)ngrining,	未见到天神本身之形，
bo sözlärig kim čın äšidti,	这些话由谁真听到？
burhan pıγambarlarnıng y(a)rlıγı.	佛陀和圣人的教诲，

bo söztin tämdäk ärmäz mü ::	难道从此话就知道?
bil[ing]lär amtı bilgälär:	智者们,现这么理解吧。

柏林亚洲艺术博物馆所藏一件回鹘语头韵诗残片也批评伊斯兰教的一些教义,号召佛教徒利用最后的机会击退穆斯林的入侵。具有相同特点的回鹘语诗歌还有几首,其中之一是最近从敦煌北区石窟出土的叙利亚文文献的行间书写的头韵诗(参见 Yakup 2002 和阿不都热西提·亚库甫 2010),另一首是《玉女赞》。在前一首诗中对伊斯兰教和穆斯林的批评是间接的,其主要的话题似乎是解释佛教的三宝(üč ärdini)。这首诗对三宝的解释非常独特,与一般佛典有很大的不同。《玉女赞》描述的则是惨遭破坏处于濒危状态的吐鲁番佛教社会的情况,它恳求玉女重新恢复佛的教义和吐鲁番佛教社会的原有辉煌(参见百济康義 2001,Zieme 2002 及本书《玉女赞》)。最近刊布的一首回鹘语历史文献也反映佛教徒和伊斯兰教徒之间的冲突和交战,称赞强力抵制伊斯兰教向东扩展的高昌回鹘汗国国王,在回鹘佛教史和回鹘史方面具有重要参考价值(详见 Zhang/Zieme 2011)。

2.7 描写历史事件和历史人物的诗歌

属于蒙元时期的一些文献和碑铭记述一些重要的历史事件和历史人物的相关情况,是研究回鹘历史、文化的重要史料。1933年前后在甘肃省武威市北 30 里石碑沟一带发现的《亦都护高昌王世勋碑》是典型的这一类碑文,它记述的是从高昌回鹘亦都护巴尔术阿尔忒的斤(回鹘语 Barčuq Art Tegin,在位 1229 ~ 1241 年间)到纽林的斤(回鹘语 Neguril Tegin,在位 1280 ~ 1318 年期间,碑铭称 Taipinu,即太平奴)的八代亦都护为元朝政府所做的功勋。由于该碑的记录比汉文史料要详细,而且还包含汉文史料所没有的一些内容,在元史研究、回鹘史研究、回鹘文化研究方面具有重要价值。该碑刻写于 1334 年,虽然破损比较严重,但从中不难看出该碑的回鹘语部分以诗歌形式写成,押头韵。其中,1275年察哈台汗国大汗都哇卜思巴入侵高昌,逼火赤哈儿的斤(Qočγar Tegin)嫁女求和的情景在碑文中得到这样的描述(转写引自 Geng/Hamilton 1981，第 17 ~ 18 页；Zieme 1991a，第 298 页，略有改动）：

tüü türlüg munı täg ädgü savların
tükäl käẓigčä ägsüksüz tükäl bitiṭip,
türüp bitigni oqqa baγlaṭıp,
türgänlärni kälürüp balıqqa atdurdı.
alqu el bodun ačıp körüp ärtürü säviništip,
alıp ol bitigni ačturu ünišip,
atl(ı)γ yüüzlüg bäg bägät barča yıγılıšıp,
ayıγlıγ t(ä)ngrikänkä inčä tep ötüg berdilär:

altı ay solanıp aẓuqsuẓın sančıšıp,
ašımız aẓuqumuz tükäl alqınmıšında,
aq yaγımız özin *n*äčä artuq alınıp,
adayıngız öng tegin bägni qalduru käṭmiš.

adasın angıγu üčün al[ ]γlıγ elining
alp mung taqı ötügümüzni sıγuru y(a)rlıqaẓun.
asıγın büṭürgü üčün alqınmıš ulušınıng
ädgüsin bergü *üčün* t*suyurqap* y(a)rlıqaẓun.

译文：

各种各样这样的美言好语，
让人逐一不漏地写上，
折起此信，叫人系在箭上，
找来射手（将其）射入城中。

全体百姓打开它看高兴至极，
拿到信后便让人开路外出。
名人和官员都集中到一起，
向尊贵的圣天提出这一请求：

围困六个月，无粮中相互残杀，
当我们的粮食被用尽的时候，
我们的恶敌自己也真受够了，
把您可爱的王特勤留下就走。

意识到[　　]王国面临的威胁，
恳求接受我们痛苦的请求，
为了面临灭亡的王国之利，
为对它尽职尽责请求谈和。

最后亦都护接受公众的请求，与东察哈台汗和谈，把从小娇养的菩萨公主亦黑米失别吉（回鹘语 Yıγmıš Beki）交给敌军，都哇满意而去。这仅仅是该碑第二部分的部分内容。由于碑文的三分之一已经丢失，而且幸存部分破损比较严重，全面复原碑文内容十分困难。因此，对碑文的韵文结构进行系统的构拟和研究难度很大，其中值得进一步探讨的语文学疑难问题也较多，需要进一步深入研究。

回鹘文《重修文殊寺碑》是另一个以韵文形式写成的石碑，该碑发现在甘肃酒泉。对于此碑虽然在中国早有报道，但其回鹘语部分一直未得到研究，直到 1986 年才由耿世民教授和张宝玺发表了关于这一碑文的研究成果（详见耿世民/张宝玺 1986）。此后，未见有新的研究成果发表。该碑的回鹘文部分由 29 段四行诗构成，主要赞颂察哈台系东部后王的始祖豳王出伯（Čübei）之孙喃答失（Nom-Taš 或 Nūm-Tāš）对文殊寺进行修葺并布施田亩的功德和伟绩。碑文的开头部分首先提到对三宝和蒙元统治阶层主要成员的跪拜之词，紧接着讲述出伯家族的家事，然后描述喃答失得知遭受破坏的文殊寺需要修复后立即大发慈悲心、号召居民修复文殊寺的过程，最后祝愿喃答失因这一功德与其家族一同代代享受平安生活，免受一切灾难。碑文结尾有其书写和刻写的年代及书写者的名字。下面为碑文末尾祝愿文的一部分：

amtı bo buyannıng tı[ltaγın]ta ,　　因这一功德的缘[故]，
ayaz köktäki [yaγız yertäki],　　上在天上下在地上，

alqu qamaγ naivaẓiklarnıng,	所有的神灵和魔鬼,
asılzun üsdälzün küčläri.	愿增加自己的力量。
asılmıš küč küsünlügin,	衬托这一力量和势力,
aγır buyanlıγ [nom] taš taiẓını,	愿有大德的[喃]答失太子
aγa ini eli ulušı birlä,	与其兄弟和国民一起,
adasız küyü küẓädü tutzunlar.	免受灾难,永得护持。

用蒙文、藏文、汉文、西夏文和回鹘文等五种文字刻写的居庸关《造塔功德记》的回鹘文部分也是用韵文形式书写的。可惜,其回鹘文部分从第31段四行诗开始较多部分严重受损,已经无法完整地复原其原貌。这一碑文的回鹘文部分曾由德国突厥学家克劳斯·罗伯恩(Klaus Röhrborn)和土耳其学者欧斯曼·塞尔特卡亚研究刊布(见 Röhrborn/Sertkaya 1980),后来茨默教授对其韵文结构做过十分有益的分析和研究(见 Zieme 1991a,第299~300页)。

似是写在西回鹘王国时期、现藏在中国文物研究院的一份回鹘文文书包含十分有趣的历史信息,它以散文和韵文夹杂的形式首先讲述一个国王(Tängri Elig)年少就征服周边的九姓鞑靼,使得十姓回鹘汗国(On Uyγur Eli)强盛,保证人们平安生活的事实,然后逐一谈到对作为高昌王国敌人的塔里木人(Tarımlıγ bodun)的征讨、在唆里米(Solmi Balıq)的军事行动、在塔拉斯的维稳、穆斯林(Čomaq bodun)的征服等,最后称赞回鹘王国及其可汗的丰功伟绩,称其为“我们的圣天”。该文献包含很多夹写的汉字,如圣天 k’n(读作 IDUQ T(Ä)NGRIkän)、三 swlmy(读作 ÜČ Solmi)等,是回鹘语文献中少见的历史文书。下面为该文献中几段韵文(转写见 Zhang/Zieme 2011,第一段为其33~34行、第二段为其49~51行):

el ärsär ıduq uyγur han ärmiš,
elig eyin kirmiš bodunuγ
erinčkämäk munda artuq mu bolur?

qongrulu köčüp kälip,
qutluγ ıduq tängrikänimizning

qurıγa quurlaγınga sıγınu kälip[1],
qodı bay taγ qum sängirkä tägi qonup yurtlap.

译文：

要说国，那就是回鹘王国，
对于归顺融入此国的平民，
谁还能够比该国更仁慈？

连根拔起来到了这里，
我们有福的圣天那里，
向西向奶产地寻找庇护，
往下居住在拜山直至沙岬[2]。

另一篇值得注意的历史内容韵文是《西宁王速来蛮赞》。对这一文献笔者曾写专文做过比较详细的探讨，本书也有专门介绍、分析这一文献的部分，这里不再赘述。《元成宗铁穆耳可汗及其家族赞》很可能是某一佛教经典的跋文，但它作为元朝统治家族的赞诗在元朝历史研究方面也有一定的参考价值（详见本书《元成宗铁穆耳可汗及其家族赞》）。涉及回鹘历史文化的内容在回鹘语跋文中并不少见，需要专门整理研究。笠井幸代博士的书是这方面的初步尝试（见 Kasai 2008）。

---

〔1〕 Zhang/Zieme 2011 把这一行译作 belt and gridle they were taking refuge（皮带和腰带他们寻求庇护）。

〔2〕 此行的 Bay taγ 指中国和蒙古国的界山北塔山或拜山，也作拜塔克山、巴塔克山等。Qum sängir，突厥语意为"沙岬"，蒙古语作 Qum-Šinggir，见 Zhang/Zieme 2011，第 148 页，注 Line 51。《成吉思汗的继承者》（Jami al-Tawārikh）的作者剌士德丁（Rashīd al-Dīn Fadhl-allāh Hamadānī，1247－1318）把 Qum-Sängir（Qum-Sengir）与《元史·定宗纪》的地名横相乙儿看作是同一地名，认为离别失八里七日程，则恐在乌古伦河下游或布伦托海附近；见剌士德丁著，周良宵译注：《成吉思汗的继承者》，《史集》第二卷，天津古籍出版社，1992 年，第 154～155 页。Qum-Sängir 的另一汉译为忽木升吉儿，应是其蒙古语形式的音译。

2.8　世俗韵文

世俗韵文虽然不多,但是一些回鹘语诗歌反映当时吐鲁番、敦煌地区的回鹘生活,具有世俗文献的性质。由于这些文献书写的时期佛教仍在这些地区具有主导地位,使其不免带有佛教色彩,但他们讲述的内容基本与佛教无关,是吐鲁番、敦煌地区现实生活的描写。最有代表性的是《丰收歌》(见 Zieme 1975,Zieme/Molnár 1989,Yakup 2002 及本书《丰收歌》部分),主要描述蒙古时期吐鲁番人艰苦的农业生活,尤其是对小麦栽培的重要流程和对丰收的美好愿望,给人以深刻的影响。由于本书有专门一节讨论该诗,这里不详细介绍其内容。

《新年祝福》也可以归入这一类,它体现对新年的美好祝愿,提到一些常用的祝词(详见 Zieme 1986; Zieme 1991a,第 281 ~ 282 页)。其中,柏林收藏的一件《新年祝福》包含这样几段两行诗(转写引自 Zieme 1986,第 137 ~ 138 页):

kesar arslan täg säkriyü,　　像狮子一样猛跳,
kirgini kirmiš buγra täg kükräyü.　　像入发情期的骆驼一样咆哮。

ačmıš bars täg alıqu,　　像挨饿的老虎一样乏力,
avtaqı käyik täg yügürü.　　像狩猎中的动物般逃离。

kümüšlüg taγ täg körklänü,　　像银山一样美丽,
kümüt hua täg ačılu.　　像夜莲一样开花。

börk täg käḍilü,　　像帽子一样被戴上,
bičäk täg sapılu.　　像刀子一样被插上。

qum täg yıγılu,　　像沙子一样堆积,
qorum qaya täg yemrilü.　　像岩石一样撞击。

上述诗段都押头韵,两行为一诗段,通过一些比喻形容祝愿新年带来的幸福和收获。

3. 古代维吾尔诗歌的作者

阿拉特在其《古代突厥诗歌》一书的序言提到 Aprinčor Tegin, Köl Tarqan, Šengqo Šäli Tutong, Ki Ki, Pratyašri, Asıγ Tutong, Čisön Tutong, Qanlim Käyši, Čuču, Yūsuf Ḫaṣṣ Ḥājib 等 10 名诗人的名字〔1〕。其中,Aprinčor Tegin,即阿普林啜·特勤创作的一些摩尼教诗作流传至今,本书也收录他的两篇诗作残片。勒柯克所著《高昌出土突厥语摩尼教文献》的第三卷中作为第 33 号文献收录有一件编号为 U78(TM288)的柏林残片,上面有[tükädi] Köl Tarqan kügi 这一句,可译作"阔尔·达汗的歌曲[结束了]",说明阔尔·达汗写过诗作,但除此之外,至今为止未发现他有其他作品。

在古代维吾尔文学发展中期,成果最多的学者当推 10 世纪左右活跃于维吾尔文学界的翻译家、文学家胜光·阇梨·都统(Šingqo Šäli Tutong)。针对阿拉特的诗人名单,彼得·茨默教授不同意把胜光·阇梨·都统列入诗人行列,认为没发现他作的头韵诗(Zieme 1991a,第 308 页)。可是胜光·阇梨·都统翻译的《金光明最胜王经》(Altun Yaruq Sudur)和《玄奘传》包含一些诗歌,其中一些属于再创作,如《金光明最胜王经》第十卷第二十六品舍身饲虎故事的回鹘语译文有以下诗句:

nä ada ärdi atayım,	这是何灾啊,我爱子,
körkläkyä ögüküm,	我英俊的小宝贝。
ölmäk ämgäk näčükin,	死苦不知是为何,
öngrä kälip ärtdürti?	先来把你带走了?
säntädä öngrä ölmäkig	让我比你先死先亡,
bulayın ay künkyäm!	使我如愿,我的太阳!
körmäyin ärti munı täg	我真不愿意看到如此
uluγ ačıγ ämgäkig.	残酷难忍的悲伤。

〔1〕 这里对阿拉特的写法略作调整,采用较新的转写。

其模型为以下的汉文七言诗(参见耿世民 2012,第 259 页;杨富学 2003,第 270 ~ 272 页):

祸哉爱子端严相,因何死苦先来避。

若我得在汝前亡,岂见如斯大苦事。

回鹘语诗行可说是汉文原文忠实的译文,但译者的用词和韵文结构明显区别于汉文,可以看作是一种再创作(杨富学 2007,第81 ~ 82 页)。同类诗句不限于这一首,充分体现胜光 · 阇梨 · 都统的文学才能。因此,笔者认为,把他列入回鹘诗人当中并非不妥。

关于𡂿𡂿及其活动有百济康义教授和彼得 · 茨默教授的介绍和研究(百済康義/ツィーメ, ペーター 1985,第 36 ~ 42 页)。关于 Pratyašri(源于梵文 Prajñāśrī),即《元史》卷二二〇提到的必兰纳识里(也称般若室利)的生平和主要著作也有百济康义和彼得 · 茨默的介绍,这里不再详述。茨默教授根据一个回鹘语跋文也曾简单提到 Asıγ Tutong 写过的作品(百済康義/ツィーメ, ペーター 1985,第 46 ~ 47 页)。阿拉特提到的 Čisön Tutong(他和一些学者作 Čisuya Tutung,下面会专门讨论)最初作为回鹘文禅宗文献《说心性经》(回鹘文: ŠIN tözin uqıtdačı nom)的"书写者"为学术界所知。根据回鹘文《说心性经》的跋文,他在大都(今北京)写《说心性经》,时间应为 14 世纪中期。

küskü yılın toquzunč aynıng on yangıta,

körtklä tangısuq taydu kedini gao lenhuata,

köp yašamaqlıγ boduγın kök qalıγıγ

küčäyü bädizägäli umunmıšın körgü üčün bitidim. Čisön tutong

译文:

鼠年九月初十

在大都西部的美丽、迷人的高莲花

用长生不老的颜色把虚空

极力装饰的愿望变成现实而写。Čisön Tutong。

可是阿拉特(R. Arat)和特肯(Ṣ. Tekin)把这一人名读作

Čisuya Tutung（详见 Tekin S. 1980，第 19 页；Zieme 1991a，第 319 页）。这一名字的第二部分 Tutung 或 Tutong 无疑是在回鹘人人名当中常见的“都统”。从语音的角度来讲，他的名字的前一部分，即 Čisön 可以与汉语的“智泉”、“智全”或“智宣”等相互对应（参见庄垣内正弘 1976，Zieme 1991a）。因此，茨默教授倾向于把他的名字确定为智泉并以此认为，他应是于 1260 年给年少的阿鲁浑萨里（Arγun Sali）教授佛教的法师（Zieme 1991a，第 319 页）。后来茨默教授又建议把这一名字确定为“智禅”（见 Zieme 1999，第 474 页），但智禅很难从语音的角度与 Čisön 联系到一起，换句话说，在 Čisön 的第二个音节 sön 和“禅”的中古音之间建立一个语音对应是比较困难的。

最近，不断出现关于 Čisön Tutong 的新的信息，敦煌莫高窟北区石窟出土的编号为 B140：5 的回鹘文印本残片为《文殊师利所说不思议佛境界经》（《大正藏》，经号 340）的回鹘文译文的跋文〔1〕。它首次告诉我们，《文殊师利所说不思议佛境界经》曾被译成回鹘文并以印本的形式得以流传。遗憾的是，该经的回鹘文译文却遗失，未能传到今天。张铁山教授在彭金章等编《敦煌莫高窟北区石窟》（以下简称 DMBS）第二卷曾刊布这一跋文 2～4 行的内容（见 DMBS 第二卷，第 366 页），后来他又在一篇论文里发表了该残片全文的转写和汉文译文（见张铁山 2004，第 78～79 页）。由于张铁山教授把关键词之一的 Čisön Tutong，即译者名读作 Čïsang tutung，该残片的重要性及其与 Čisön Tutong 的联系并未引起学术界的关注。以下为笔者对这一残片的转写和汉译〔2〕：

B140：5（DMBS 第二卷，图版 CXXIII 5）

01 üd eniš-intä üẓlünčü nom-ta tuγmıš törümiš〔3〕: ünüš-in

〔1〕该经的梵文名称为 Acintyabuddhaviśayanirdeśa，《善德天子会》（《大正藏》No. 340）是该经的另一汉文译文，参见 EoB 第一卷，第 180 页。

〔2〕本文的英文本发表后笠井女士把这一残片的转写和译文收录在她的博士学位论文并对它进行了进一步研究。见 Kasai 2008，Nr. 11.

〔3〕张铁山先生把该词读作 *törimiš*。此外，张先生的转写与笔者的转写出入较大，这里不一一列举。

02 bilmädin už-ikin edärtäči : öṭmädük bošγut-luγ örmädük[1]
03 biliglig üč lükčüng [ba] lıq-lıγ čisön tutong tavγač
04 til-intin türk til-inčä ikiläyü ävirmiš :: ary-a
05 mančušri bodis (a) t (a) v üz-ä [nom] la [tı] lmıš ačintay-a buda
06 višay-a tegmä saqınγalı [b] ögüngäli bolγuluq-suz burhan-lar
07 -nıng adqanγu uγuš-ı atl (ı) γ sudur nom bitig oqıyu tükädi ::
08 namo bud : namo dram : namo sang:
09 sav-tın söz-tin öngi ketmiš bo nom-uγ aγdarmaq-tın bululm [ıš]
10 [s] aqıγ-qa ohšatı buyan-larımın saqınmadın ävirür-m (ä) n […]
11 [san] sar-taqı barınča satva atl (ı) g bälgürtmä osuγ-luγ-lar:
12 [sar] ν-a-suv-ınta[2] köẓüngüči ay täg burhan bolz-un-lar ::

译文:

由寂时和末法所生的、不知出口跟随文字的、学识不足、不显知识的 Üč Lükčüng 城人 Čisön Tutung 从汉文译成突厥语的《文殊师利所说不思议佛境界经》读完了。南无佛,南无法,南无僧!我毫无保留地转让我因翻译此经所得之幻影般的、超越(所用)词语范围的功德。愿轮回中的所有被称为菩萨的化身就像反射在一切水中的月亮成为佛陀!

很明显,这一跋文是一首头韵诗(参见 Yakup 2005),其前 4 行押 ü/ö 韵,第 5 行至第 8 行押 a 韵,而第 9 至第 12 行押 sa 韵。以下为笔者对这一跋文的韵文结构进行分析构拟的初步结果:

üd enišintä üẓlünčü nomta tuγmıš törümiš:

---

〔1〕 该词在张铁山教授文里没有转写。

〔2〕 张铁山教授读作 suw///。笠井女士(见 Kasai 2008,第 64 页)虽根据茨默教授建议不用 saka“石”来补缺,但把该部分译成“(石清?)水”(Fels? -Wasser)。笔者认为,此处的内容与佛教“水月”或“水中月”“一切水月”的概念有关,对应用语应是“一切水”,请参见《宗镜录》的“一月普现一切水,一切水月一月摄,诸佛法身入我性,我性同共如来合”(《大正藏》48 卷 No. 2016,492b8－10)。

ünüšin bilmädin užikin edärtäči:

öṭmädük bošɣutluɣ örmädük biliglig

üč lükčüng balıqlıɣ čisön tutong tavɣač tilintin türk tilinčä ikiläyü ävirmiš ::

aryamančušri bodis(a)t(a)v üzä [nom]la[tı]lmıš

ačintaya buda višaya tegmä saqınɣalı [b]ögüngäli bolɣuluqsuz burhanlarnıng

adqanɣu uɣušı atl(ı)ɣ sudur nom bitig oqıyu tükädi ::

sav-tın söz-tin öngi ketmiš bo nom-uɣ aɣdarmaq-tın bululm[ıš]

[s]aqıɣ-qa ohšatı buyan-larımın saqınmadın ävirür-m(ä)n [⋯

[san]sar-taqı barınča satva atl(ı)ɣ bälgürtmä osuɣ-luɣ-lar:

[sar]ν-a-suv-ınta köẓüngüči ay täg burhan bolz-un-lar:

这一跋文带给我们的信息比较多。首先,跋文清楚地告诉我们Üč Lükčüng Balıq[1]人或Üč Lükčüng城人Čisön Tutong曾把《文殊师利所说不思议佛境界经》从汉文译成回鹘文。

此外,Čisön Tutong的名字还出现在同样是在北区石窟出土的另一件回鹘语韵文残片B128:18(134~135行)中,如:

ayaɣ-qa tägimlig bursang quvraɣ-nı čaylatıp

[ata]m čisön tutong-qa 五 sudur-larıɣ nomlatmıš ::

译文:

宴请值得尊敬的僧伽,

让我父亲Čisön tutong讲了五部佛经。

从这段诗来看,这首诗的作者是Čisön Tutong的儿子,谈的主要是他家族的历史和功绩。诗歌的第64行提到的生于Üč Lükčüng Balıq的人物很有可能就是Čisön Tutong,与上述跋文一致。

疑是与Čisön Tutong同一人物的人名还出现在《大乘无量寿宗

〔1〕 可译成“乌什柳城”或“三柳城”。

要经》藏文译文的跋文，如：

es-par bris. Śes-par。

Ci-sun źus（朱字）

译文：

Espar bris 书写，Ci-sun 校勘。

研究这一文献的日本知名佛教学家藤枝晃教授和上山大峻教授认为这一跋文提到的 Ci-sun 可能源于汉文志遵（藤枝晃/上山大峻 1962）。志遵这两个字的中古汉语音为 ʨiẹi ʦuən，不仅与藏文文献的 Ci-sun 在语音上一致，而且与回鹘语文献的 Čisön 也完全对应。笔者认为，二者很有可能指同一人物，因为在元代有一些回鹘学者直接参与藏文和回鹘语之间的佛经翻译活动，有的还把回鹘语的佛经译成藏文。例如，著名的诗人、翻译家、翰林学士安藏（Antsang）曾把《圣救度佛母二十一种礼赞经》从藏文译成回鹘语；据《元史》卷一三四记载，与安藏同代的迦鲁纳达思（回鹘语：Karunadaz，源于梵文 Karuṅādāsa）也从事从梵文和藏文翻译佛经的活动，《文殊师利成就法》的回鹘语译本就是迦鲁纳达思直接从藏文翻译的，《旃檀佛像记》的藏文也是安藏从回鹘语译成藏文的（详见 Kudara /Zieme 1985，第 45 ~ 46 页；百済康義 2004，第 152 页）。

耐人寻味的是，笔者于 2009 年 9 月参加俄罗斯科学院东方文献研究所主办《敦煌学：第二个百年的研究视角与问题》国际会议期间在艾尔米塔什博物馆圣彼得堡郊外的一个仓库里看到一幅编号为 BD 827（IB）的壁画。壁画上画了两个似是回鹘出身的佛僧。壁画下面写有包括这些僧人名字的简短题记。根据其中一个题记，这一壁画右边的僧人的名字叫 Čitsön Tutong，很可能与以上谈到的 Čisön Tutong 为同一人物。由于这幅画源于柏林收藏品，无疑是德国探险队在吐鲁番所获[1]，而且这类为诗人和学者所造的壁画似乎在元代回鹘人当中比较普遍。其中，北庭出身的伊罗国翰林承旨

〔1〕 这里谨向艾尔米塔什博物馆的 Pavel Lurye 博士和 Nikolay Georgievič Pčelin 博士为他们在调查该仓库所藏壁画所提供的热情帮助深表谢意。

弹压孙（回鹘语名 Tanyaṣin，源于梵文 Dhanyasena）的画像也带有类似的题记，现藏柏林亚洲艺术博物馆〔1〕。

总之，以前我们只知道 Čisön Tutong 曾活动在大都，却不知道他的出生地为 Üč Lükčüng Balıq。Üč Lükčüng Balıq 这一地名也出现在其他回鹘文文献。上面提到的一个叫 Sarıγ Tutong 的回鹘僧人抄写回鹘文《死亡书》中的第三本书（回鹘语名称为 čandalining altı dyannıng udızγuluq yangı）的地点也是 Üč Lükčüng Balıq（见 Zieme / Kara 1978，第 27 – 28 页）。看来，Üč Lükčüng Balıq 曾是回鹘僧人译经和抄经活动比较频繁的地点之一。更重要的是，Čisön Tutong 并不像是一些学者所解释的那样是《说心性经》的"抄写者"，而很可能是它的创作者或再创作者，因为回鹘文跋文的 biti-这一动词也可以解释为"写"、"书写"。可见他广泛参与创作、翻译活动，为回鹘语佛教文献的创作和翻译事业做出过重要贡献。据敦煌莫高窟北区石窟出土的韵文（B128：18），他的儿子和家人也曾参与译经活动，在回鹘佛教社会享有声誉。

活跃在元代学术界和文化界的知名回鹘学者安藏、巙巙、必兰纳识、迦鲁纳达思、弹压孙等留下大量具有很高价值的文学作品，其中包括诗歌，但关于他们的生平已有不少学者论及并作出较详细的介绍（主要见百済康義/ツィーメ，ペーター 1985，第 44 ~ 48 页；Zieme 1991a，第 320 ~ 322 页；Franke 1994；Sander 1994；百済康義 2004 等），这里不再一一介绍。需要提到的是，阿拉特提到的 Qanlim Käyši 不是别人，是元代著名畏吾尔翻译家、诗人翰林院士安藏（详见 Kara 1981，第 233 ~ 234 页；百済康義/ツィーメ，ペーター 1985，第 44 ~ 45 页；Zieme 1991a，第 310 ~ 312 页）。

---

〔1〕 详见 Franke 1994，Sander 1994。弹压孙的名字也见于由回鹘文译成藏文的《旃檀瑞像传入中国记》，是该作的译者。详见百济康義 2004，第 81 ~ 82 页。

一、摩尼教赞美诗研究

A.《曙光之神赞》

在一件保存完整的法典残片上，除了中古波斯语的《日神赞》(*Sonnenhymnus*)的最后一部分和《耶稣赞》(*Pūr Karām*)之外，这一法典还有三首用回鹘文书写的摩尼教内容的韵文。其中，第一首诗为《曙光之神赞》，第二首为《对四神的祈求》，第三首为《突厥语诗歌选》(分别见本书下两篇)。这一法典残片由德国第二次吐鲁番探险队在吐鲁番的高昌古城遗址西北部有名的 K 遗址发现，保存完整，现藏柏林亚洲艺术博物馆，编号为 MIK III 200, I (T II D 169, I = So 14411)。

如上所述，《曙光之神赞》与《突厥语诗歌选》、阿普林啜·特勤的《摩尼赞》等一起书写在一个法典写本上，共 10 行。第 1 行为标题，用粟特语写成。最初刊布这一赞诗的勒柯克把这一标题读作 v'm vaγ' i nung baš 并译作"般神赞"(Des Gotttes Vam Hymnus)[1]。后来，拉希德·拉赫迈特·阿拉特、彼得·茨默、彦斯·威尔金斯等都采用这一读法和解释[2]。最近，德国粟特文专家克里斯特安娜·瑞克(Christiana Reck)对诗歌的标题做了新的探讨，并指出这一标题应读作 ß'm ß'γ'y nw'k p'š 并译作"按曙光之神旋律歌唱"(Sing nach der Melodie "Gott Morgenröte/Glanz!")。重要的是，这里的 nw'k 并非像勒柯克和尔达里所解释的那样是属格词尾，而是中古波斯语或粟特语的 nw'k，意为"根据……旋律"[3]。克拉克在最近出版的专著《古代维吾尔语摩尼教文献：文献、转写和注

〔1〕 见 Le Coq 1919，第 9 页。

〔2〕 ETṢ，第 5 页；Zieme 1991a，第 332 页；Wilkens 2000a，第 284 页。

〔3〕 详见 Zieme 1991a，第 332 页；Wilkens 2000a，第 283 ~ 284 页；Reck 2006，第 112 页，文末注 1。

释》的第一卷《礼仪文献》仍采用旧的读法和解释,值得注意[1]。

这一赞诗最初由勒柯克转写刊布[2]。稍后,邦格将赞诗以诗歌形式重构,并把它译成德文发表[3]。后来,冯·佳班、阿拉特等对这一赞诗进行过研究,其研究成果分别收录在《古代突厥语语法》和《古代突厥诗歌》中[4]。在国内,耿世民教授曾把该诗译成汉文,发表在他的《古代维吾尔诗歌选》中[5]。之后,彼得·茨默对该诗的部分内容做过简要分析,彦斯·威尔金斯对残片的外部特征做过详细描写并提供部分诗行新的转写。最近,拉瑞·克拉克对该诗进行了重新研究,推出文献的转写、英文译文和解释[6]。

邦格认为,这一诗歌反复出现的 tang t(ä)ngri“曙光神”或“黎明之神”相当于缪勒(F. W. K. Müller)刊布的《摩尼教赞诗》(*Maḥrnāmag*)当中所见 Yīšō-Bām 和另一中古波斯语文献中出现的 Yīšō bēg ūd waḥman-ā! bām yazd-ā (译作:“耶稣神和瓦赫曼(大诺斯)! 你是 bām yazd!”)当中的 bām yazd,并以此推论回鹘语诗歌的 tang t(ä)ngri 指的就是耶稣[7]。这一观点长期在西方突厥学界具有较大影响[8]。虽然,作为这一观点主要基础的该诗歌标题当中的ß'm“光”与中古波斯语残片的 bām“光辉”具有一致性的看法可以接受,但很难以此得出结论说 tang t(ä)ngri 就是耶稣。更何况,邦格引用的中古波斯语文书已经有新的读法和解释,难怪邦格的观点开始受到学界质疑[9]。需要提到的是,该诗标题当中的 ß'm ß'γ'y 曾被读作 ß'm ß'γy,并有学者认为,ß'm ß'γyy(应为 ß'm ß'γ'y)在粟特语中是指筑造神,即汉文的造相佛[10]。这一看法合乎逻辑,的

[1] 见 Clark 2013,第 194 ~ 197 页。
[2] 见 Le Coq 1919,第 9 ~ 10 页。
[3] 见 Bang 1925,第 4 ~ 7 页。
[4] 见 Gabain 1974,第 311 ~ 312 页;ETṢ, Nr. 1。
[5] 见耿世民 1982,第 47 ~ 48 页。
[6] 见 Clark 2013,第 194 ~ 196 页。
[7] 见 Bang 1925,第 6 ~ 7 页。
[8] 见 Zieme 1991a,第 332 页。
[9] 详见 Wilkens 2009,第 333 页,脚注 66。
[10] 见 Zieme 1991a,第 332 页。

确粟特语的 ß'm ß'γ'y 与突厥语的 tang t(ä)ngri 同指一个神,即“曙光神”[1],这些术语在不同语言文字摩尼教文献中的用法和所指值得结合语境做更深入的探讨。

与赞诗的书写特点有关的一点需要提到。该诗的第8、9行有用摩尼文书写的'y,缪勒解释它代表粟特语数字“五”[2]。勒柯克对此提出质疑,并直接把这一字母插入他的转写,而邦格和阿拉特则在其转写凡有这一字母的地方均加数字,写“5”。邦格在其德文注明,这一数字前的部分应重复5次,耿世民教授也采用这一方法。有趣的是,阿拉特在译文也直接用数字标出5,不知他和土耳其语的读者如何理解这一数字在此处的用法。克拉克提供其文字转写并读作 i,认为是叹词[3]。笔者把这一字母用大写文字转写,写作'Y。如这两个摩尼文字母确实表示粟特语数字“五”,那么此处的摩尼文字母很可能被回鹘语读者读作相应的突厥语数字,即 bäš,其情形与回鹘语文献夹写汉字的训读相似。当然,这一字母用粟特语音读的可能性也不能排除。在汉文译文,笔者并不像邦格、克里木凯特、耿世民等学者一样通过注明“重复五次”来翻译该符号,而作为不清楚的文字符号处理,不提供其译文。

韵文结构

最初对赞诗的韵文结构进行分析的是阿拉特。他认为,该诗由二十行构成,其中包括重复的诗行[4]。茨默指出,除了头韵,该诗的以下四行包含押韵的词语(头韵和押韵音素分别用粗字和斜体字标出)[5]:

körügmä *kün* t(ä)ngri. siz biz-ni *küz*-äding.

---

〔1〕 见 Clark 2013,第198页,注释01。
〔2〕 见 Le Coq 1919,第9页,注1。
〔3〕 见 Clark 2013,第194页。
〔4〕 见 ETŞ,第6页。
〔5〕 Zieme 1991a,第332页。

körünügmä ay t(ä)ngri. siz bizni qurtγarıng.

当然,turunglar qamaγ bäglär qadašlar 当中 qamaγ 的第一音节与 qadašlar 的第一音节,yıdlıγ yıparlıγ 各自的前两个音素及 yaruq-luγ yašuq-luγ 的前一音节也相互押韵。因此,可以说,除了头韵外,同一诗行内使用的开头音节相同或开头一些音素一致的词语也是这一诗歌的重要韵文特点之一。

这一赞诗的音节结构如下:

1	t	1 +2 +2 =5
	t	1 +2 +2 +2 =7
	t	1 +2 +2 =5
	t	1 +2 +2 +2 =7
2	t	3 +2 +2 +3 =10
	t	1 +2 +3 =6
3	k	3 +1 +2 =6
	s	1 +2 +3 =6
	k	4 +1 +2 =7
	s	1 +2 +3 =6
4	t	1 +2 =3
	y	2 +3 =5
	y	3 +3 =6
	t	1 +2 =3
	t	1 +2 =3
5	t	1 +2 =3
	y	2 +3 =5
	y	3 +3 =6
	t	1 +2 =3

t　　1 + 2 = 3

MIK III 200，I 第一首诗的标音转写

ß'm ß'γ'y nw'k p'š

1　$_{01}$tang t(ä)ngri kälti.
tang t(ä)ngri özi kälti-i.
$_{02}$tang t(ä)ngri kälti.
tang t(ä)ngri özi kälti.

2　$_{03}$turunglar qamaγ bäglär qadašlar.
tang t(ä)ngrig ögälim.

3　$_{04}$körügmä kün t(ä)ngri
siz biz-ni küz-äding.
$_{05}$körünügmä ay t(ä)ngri
siz bizni qurtγarıng.

4　$_{06}$tang t(ä)ngri.
yıdlıγ yıparlıγ.
$_{07}$yaruq-luγ yašuq-luγ
tang t(ä)ngri 'y
$_{08}$tang t(ä)ngri 'y

5　tang t(ä)ngri.
$_{09}$yıdlıγ yıparlıγ.
yaruqluγ yašuqluγ
$_{10}$tang t(ä)ngri.
tang t(ä)ngri ::

汉译[1]**：**

（标题：）按曙光之神旋律歌唱

1 曙光之神来了，
曙光之神自己来了。
曙光之神来了，
曙光之神自己来了。

2 起来吧！众官吏和弟兄们
让我们赞颂曙光之神！

3 可见一切的日神，
请你保护我们！
一切可见的月神，
请你拯救我们！

4 曙光之神，
馥郁芬芳，
光明庄严！
曙光之神！
曙光之神！

5 曙光之神，
馥郁芬芳，
光明庄严！
曙光之神！
曙光之神！

---

〔1〕 汉译基本采用耿世民教授的译文，但略作调整。

B.《对四神的祈求》

《对四神的祈求》是上述法典中的回鹘文韵文之一，写在《曙光之神赞》和《突厥语诗歌选》之间。这一首诗带有红字书写的粟特语标题 ßaγ rōšn zāwar žirīftnuŋ pāš tan，意为"神、光明、力量、智慧"，是对这四神的祈求，但该诗很短，不算标题，只有七行。其第一行紧接着标题出现的 tängri，y(a)ruq，küčlüg[1]，bilgä 实际上是粟特语标题所见的四神称呼的突厥语对应语。与书写在同一法典的其他两首回鹘语诗歌不同，这一诗歌的韵文特征并不明显，其赞美诗特点也不很突出。

这一赞诗最初由勒柯克转写、刊布[2]。稍后，邦格对赞诗进行重新研究，把它以诗歌形式重构，并对它进行翻译和进一步研究[3]。后来，冯·佳班和阿拉特对这一赞诗进行过研究，前者的研究成果作为附录收录在其《古代突厥语语法》，后者的研究收录在《古代突厥诗歌》中[4]。之后，克里木凯特把该诗译成英文并对其内容做过简要分析[5]，彦斯·威尔金斯对残片的外部特征做过较详细的描写[6]。最近，拉瑞·克拉克对该诗进行了重新研究，推出文献的转写、英文译文和解释[7]。

阿拉特通过对该诗的韵文结构进行分析，认为该诗由三段韵文构成，第一段含四行，分别由十三音节、九音节、七音节和八音节构成，第二段和第三段均由三行构成，音节数在七至十之间[8]。克拉克没有对该诗的结构进行分析。笔者采用阿拉特的分析，把诗歌分成三个诗段转写、翻译。

---

〔1〕 克拉克认为，该词不应读作 küčlüg，而应读作 küčlük，见 Clark 2013，第198页，注11；这里不取。
〔2〕 见 Le Coq 1919，第9~10页。
〔3〕 见 Bang 1925，第22页。
〔4〕 见 Gabain 1974，第311~312页；ETŞ，Nr. 2。
〔5〕 见 Klimkeit 1993，第293页。
〔6〕 见 Wilkens 2000，第283~284页，Nr. 311。
〔7〕 见 Clark 2013，第194~196页。
〔8〕 见 ETŞ，第11页。

MIK III 200，I 第二首诗的标音转写

t(ä)ngri yaruq küčlüg bilgäkä yalvarar biz,
1 ötünür biz kün ay t(ä)ngrikä,
yašın t(ä)ngri nom qutı
mar mani firištilarqa.

2 qut qolur biz t(ä)ngrimä[1],
ätözümizni küzäding,
üzütümüzni bošung.

3 qıv qolur biz yaruq tängrilärkä,
adasızın turalım,
ögrünčligin ärälim.

汉译

(标题:)歌唱你,神、光明、力量、智慧!
1 我们恳求天神,光明、强大的智者,
我们请求日月之神,
闪电神,慧明使[2],
马尔摩尼及诸神。

2 我们向我神祈福,
请你保护我们的肉体,
使我们的灵魂得到解脱!

---

〔1〕 克拉克把 t(ä)ngrim 后的 ä(他读作 a)看作叹词,并译作“啊,我的神!”(Oh! My God!)。鉴于该诗在同类位置均出现向格词尾,保持以前的读法,把这一成分作为向格词尾处理。

〔2〕 这里我们把 nom qutı 译为慧明使,直译“法之福”,指救世主诺斯,中古波斯语为 farrah-ī dēn,在汉文文献中称作慧明佛,也作慧明或明使;参见马小鹤 2008,第 46 页。

3 我们向明神祈福：
请让我们免受灾难！
使我们处在欢乐中！

C.《突厥语诗歌选》残片

《突厥语诗歌选》是上述保存完整的法典残片中用回鹘文书写的第三首诗歌,带有回鹘语标题 adınčıγ türkčä pašik(可译作《突厥语诗歌选》),其实也是四神之赞诗[1],应属于回鹘摩尼教徒自己创作的作品。这一法典残片由德国第二次吐鲁番探险队在吐鲁番的高昌古城遗址西北部有名的 K 遗址发现,编号为 MIK III 200,1 (T II D 169,1 = So 14411),现藏在柏林亚洲艺术博物馆。最初刊布这一诗歌残片的是德国学者勒柯克,收录在他的著作《高昌出土突厥语摩尼教文献》的第二卷。稍后于 1925 年,知名突厥学家威利·邦格教授重新刊布了该诗,收录在他编的《摩尼教赞诗》中。如上所述,在他看来这是对突厥学家来说是最有价值的作品,因为它是至今仍未完全消失的民间歌谣常用的头韵格式的最古老的纪念碑[2]。后来,土耳其突厥学家拉希德·拉赫迈特·阿拉特、德国突厥学家冯·佳班、彼得·茨默、葛拉瑞德·焦费尔、彦斯·威尔金斯等先后对这一诗歌进行研究,刊布过他们新的德文和土耳其文译文及研究成果[3]。最近,克拉克刊布了对法典所含三首诗的转写、英文译文和语文学研究成果[4]。国内有杨富学研究员据勒柯克的版本把全诗译成汉文,收录在《回鹘文献与回鹘文化》一书中[5]。

根据威尔金斯对该诗的最新研究,《突厥语诗歌选》描写的是一种噩梦(Alptraum)。他的主要依据是该诗从第三段开始描写魔鬼的各种恶行和形状。一开始就说:“成千上万的魔鬼要来,他们在黑暗的夜晚进攻,他们将会封锁、坐在胸部狠打”。接着又描写一个头发杂乱无章的女魔鬼,其双眼犹如乌云、眼球犹如血刀,她的黑蜘蛛乳房犹如木桩,灰云飘出她的鼻子,黑烟出自她的喉咙。虽然威尔

---

[1] 详见 Clark 2013,第 197 页。

[2] 详见 Bang 1925,第 2 页。

[3] 见 Arat 1965, Gabain 1964, Doerfer 1996, Zieme 1991a, Wilkens 2009。

[4] 见 Clark 2013,第 194 ~ 200 页。

[5] 见杨富学 2003,第 281 ~ 284 页。

金斯没有提到,诗歌的这一部分描写噩梦时频繁使用的 teyür“说是”已说明,这一部分描写的并非是现实的情况或作者的亲身经历,而是间接获取的信息,这里是对梦的叙述。这类叙述方式在突厥语族许多现代语言中仍用-(X)ptu,-mIš 以及 imiš 等来表示。

下面我们在语注部分也提到,这一诗歌的第一段与汉文《摩尼教下部赞》中《赞夷数文第二迭》的部分内容有相似之处,也许第一段是《下部赞》以下诗句的简要描写而已:

开我法性光明耳,无碍得闻妙法音;
无碍得闻妙法音,遂免万般虚妄曲。
开我法性光明口,具叹三常四法身;
具叹三常四法身,遂免浑合迷心赞。
开我法性光明手,遍触如如四寂身;
遍触如如四寂身,遂免沉于四大厄。

其中,tüz-ün bilgä kiši-lär terilä*l*im,t(ä)ngri-ning bitigin biz ešidälim“圣者与智者,让我们聚集在一起,聆听天之教诲吧”说的就是《下部赞》的“开我法性光明耳,无碍得闻妙法音”。突厥语诗歌用 t(ä)ngri-ning bitigin“天之教诲”或“天之书”表示的很可能就是“妙法音”。其后的 tört elig t(ä)ngri-lärkä tapınalım“让我们敬仰四王天”说的好像就是“开我法性光明口,具叹三常四法身”。当然,《下部赞》的内容更加详细,但谈的还是“四寂神”的具叹和遍触。该段最后一行 tört uluγ ämgäkdä qurtulalım“让我们解脱四大厄”可以说与《下部赞》的“遂免沉于四大厄”一一对应。可惜,回鹘语诗歌其后的部分就没有能与《下部赞》对应的内容。

内容与韵文结构

《突厥语诗歌选》基本采用头韵写成,同时也押脚韵并包含一些排比句,十分优美。最初研究这一残片的勒柯克并未对其韵文结构进行分析,只是作为一般的作品转写、翻译。邦格教授首次把该诗第一段和第二段的五行以诗歌形式重构,确认该诗采用头韵并指出,同类诗歌形式在拉德洛夫刊布的阿尔泰鞑靼人的民间歌谣中还在使用[1]。后来,阿拉特把该诗以四行诗的形式完整地重建出来。此后,虽然对诗歌某些词语的解释和某些诗行的翻译明显与阿拉特不同,但冯·佳班、威尔金斯等人基本沿用阿拉特的这一重构和校勘本。笔者认为,若不算标题,该诗由以下六段构成,除了四行诗,它还包含六行诗和五行诗。阿拉特和威尔金斯把第二段的第五行和第六行当作他们重构诗文第三段的前两行。可是,第二段的前四行均无完整的诗句,若没有第五、第六行的加入,就无法成句。第四段明显押 ta/tä 头韵,不宜拆散。该诗的韵文结构可标示如下:

1	t	2 +2 +3 +4 =11 音节
	t	3 +3 +1 +4 =11 音节
	t	1 +2 +4 +4 =11 音节
	t	1 +2 +3 +4 =10 音节
2	t	1 +2 +4 +4 =11 音节
	t	2 +2 +4 =8 音节
	t	3 +3 +4 =10 音节
	t	3 +3 +4 =10 音节
	t	3 +3 +3 +1 =10 音节
	t	3 +3 +3 +1 =10 音节
3	t	3 +2 +2 +2 =9 音节
	t	3 +2 +2 +2 =9 音节
	t	3 +3 +2 +2 =10 音节
	t	3 +2 +2 =7 音节
	t	1 +2 +2 +3 +2 =10 音节
4	t	2 +3 +3 +2 =10 音节
	t	2 +1 +3 +2 +2 =10 音节

[1] 见 Bang 1925,第 2 页。

t　3 + 3 + 2 + 2 = 10 音节
t　2 + 2 + 2 + 1 + 2 + 2 = 11 音节

5　t　3 + 2 + 1 + 2 + 2 = 10 音节
k　2 + 2 + 1 + 3 + 2 = 10 音节
k　2 + 1 + 2 + 1 + 3 + 2 = 11 音节
b　3 + 1 + 2 + 2 + 2 = 10 音节
t　4 + 2 + 2 + 3 + 2 = 13 音节

6　t　2 + 1 + 2 + 2 + 2 = 9 音节
y　3 + 1 + 2 + 2 = 8 音节
ä　3 + 1 + 2 + ?　= ?
（残缺）

从以上分析可以看出，该诗第一至第三段都押 tö/tü 头韵，第一段的第二行和第二段的第二行不服从这一头韵，只是以开头辅音的同一性为基础与前后诗行押头韵。第四段押 ta/tä 头韵。值得注意的是，此类带有前元音的诗行和带有后列元音的诗行也见于第三段。例如，第三段的 **tü**mänlig yäklär kälir teyür，**tu**manlıγ yäklär kälir teyür 和 **to**numluγ tägir teyür，**tö**š üzä olt(u)rup tültürür teyür 正好与第四段的 **ta**varı turγuru q̈alır teyür，**t**(**ä**)trü sačlıγ q̈urt(γ)a[1] yäk kälir t(e)yür 一样以成对前后元音的押韵为基础。在有些诗行，同一诗行的词基本都押头韵，如第六段的第二行 **y**anarı ol **yi**ngnä **y**ılan[2]。由于从第二段的第五行开始，诗歌通过重复同一词语来押脚韵，其前的语词也求相互押韵，如 ölmäki 与 tüšmäki 押韵，第三段的 kälir、avar、basar、tägir、tültürür 等也相互押韵。第四段 teyür 之前的词语、第五段的 tonqı、q(a)raqı、äm(i)gi 等也相互押韵。

从音节数来看，除了第三段的第四行由七个音节、第五段的第

〔1〕 ETṢ, Nr. 5：qurtqa yäk。EDPT, 459：qurtqa。
〔2〕 参见 Zieme 1991a，第 333 页；Wilkens 2009，第 321 ~ 322 页。

五行由十三个音节构成之外，其余诗行一般在八至十一音节之间。也许，第三段的第四行在 tonumluγ 之后少写了一个词（很可能是名词），而第三段的 oltrup 很有可能为了保持诗行在音节数上的一致性故意按其当时的实际发音把 t 和 r 之间的元音省略不写。

MIK III 200，I 第三首诗的标音转写

$_{r19}$adınčıγ türkčä pašik
1 $_{r20}$tüz-ün bilgä kiši-lär terilä*l*im[1].
t(ä)ngri-ning $_{v01}$bitigin biz ešidälim.
tört elig $_{v02}$t(ä)ngri-lärkä tapınalım.
tört uluγ $_{v03}$ämgäkdä[2] q̈urtulalım.

2 tört elig t(ä)ngri-$_{v04}$lärdä tanıγmalar.
t(ä)ngri nomın todaγmalar.
$_{v05}$tünärig yäklärkä tapunuγmalar.
tümänlig. $_{v06}$erinčü q̈ılıγmalar.
tüpindä oluq̈ma $_{v07}$ölmäki bar.
tünärig t(a)muq̈a tüšmäki $_{v08}$bar.

3 tümänlig yäklär kälir teyür.
tumanlıγ $_{v09}$yäklär avar teyür.
tünärig tünčülä $_{v10}$basar teyür.
tonumluγ[3] tägir teyür.
töš üzä $_{v11}$oltrup tültürür teyür.

---

〔1〕 Le Coq 1919, 10: 2, Clark 2013，第 195 页：tirilärim；ETṢ, Nr. 5: tirile(l)im；Wilkens 2009：* tirilälim。

〔2〕 该词写作' 'mk' kd'。

〔3〕 该词里 lwq 的 w 是从左边补写的。

4　tanmıš özütlär $_{v12}$tašıqar teyür.
tardič täg ätözin $_{v13}$q̈odur teyür.
tavarı turγuru q̈alır teyür.
$_{v14}$t(ä)trü sačlıγ q̈urt(γ)a[1] yäk kälir t(e)yür.

5　tolılıγ $_{v15}$bulıt täg tonq̈ı q̈ašlıγ.
qanlıγ b(ı)čaq $_{v16}$täg q̈(a)raq̈ı t(e)yür.
q̈aẓγuq̈ täg q̈ara bŏy[2] äm(i)gi $_{v17}$t(e)yür.
burnınta boz bulıt ünür t(e)yür.
$_{v18}$t(a)mγaq̈ınta q̈(a)ra tütün tašıq̈ar t(e)yür.

6　$_{v19}$töši ol q̈amuγ tümän yılan
yanarı $_{v20}$ol yingnä yılan.
ärngäki ol q̈amuγ [ ]
(残缺)

汉译

突厥语诗歌选

1　圣者与智者,让我们聚集在一起,
聆听天之教诲吧!
让我们敬仰四王天,
让我们解脱四大厄吧!

2　拒绝四王天的人们,
蔑视天经的人们,
信仰黑暗魔鬼的人们,
罪恶多端的人们,

〔1〕 ETṢ, Nr. 5: qurtqa yäk. EDPT,第459页: qurtqa。
〔2〕 该词的写法为bwy。

最终也一定会如此，
将会下黑暗的地狱。

3 说是成千上万的魔鬼要来，
说是烟雾魔鬼聚集在那里，
说他们在黑夜间来侵压，
说是阻挡者要来进攻，
说是（恶魔）坐在胸部上狠打。

4 说是否认的灵魂将会出来，
说将放弃肉体犹如拉屎。
说他们的财宝得以保留，
说是乱发女魔就会来此。

5 说是她冰冰的双眉犹如冰雹之云，
说是她的眼球犹如血刀，
说她的黑蜘蛛乳房犹如木桩，
说是灰色密云飘出她的鼻孔，
说是黑色烟云喷出她的喉咙。

6 她的胸部便是万条蛇，
她的食指便是针蛇，
她的手指是所有[……]

语注

第 r19 行 pašik：源于摩尼教粟特语的 p'š'q，其帕提亚语形式为 b'š'ẖ（参见 Durkin-Meisterernst 2004，第 105 页）。勒柯克、邦格、茨默等读作 bašik（参见 Le Coq 1919，第 10 页；Bang 1925，第 2 页；Zieme 1991a，第 332 页）。克拉克改为 bašık（见 Clark 2013，第 195 页）。此处采用威尔金斯的读法，转写为 pašik。

第 v01 ~02 行 tört elig t(ä)ngri-lär：可直译为“四王天”或“四大王”，此处指摩尼教的“四寂法身”或“四净法身”，是清净（神）、光明、大力、智慧的总称。汉文摩尼教文献（如《摩尼教下部赞》）也称“四寂身”，另有“四寂”、“四处”等（详见 Asmussen 1965，第 220 页；Tongerloo 1994，第 337 ~339 页；马小鹤 2012 年，第 1 ~2 页）。

第 v02 ~03 行 tört uluγ ämgäk：可译作“四大苦难”，很可能指“四大厄”。《摩尼教下部赞》有“开我法性光明手，遍触如如四寂身；遍触如如四寂身，遂免沉于四大厄”，与《突厥语诗歌选》第一段的内容十分相似，值得深究。《下部赞》还提到“无碍得睹四处身，遂免四种多辛苦”。回鹘语文献指的“四苦”，在回鹘文佛教文献比较常见，一般作 tört türlüg ämgäklär “四种苦难”，指“生、老、病、死”。《摩尼教下部赞》描写涅槃净国土时写道“七厄四苦彼元无，是故名为常乐处”。这说明，东方摩尼教有“四苦”之概念。在汉文摩尼教文献，如《摩尼教下部赞》和《摩尼教残经》等中还有与“四大厄”、“四苦”等相近的术语“四难”。

第 v04 行 t(ä)ngri nomın todaγmalar：勒柯克读作 tudaγmalar 并译作“错误地遵顺天法的行为”（mangelhaften Befolgungen des Gesetzes Gottes）（参见 Le Coq 1919，10：2）。阿拉特读作 todaγmalar，并译作“对于天法不给予重视者”（tanrı sözüne değer vermeyenler）。因为他使用动词的否定形式，无法判断他到底是如何分析该词结构的。尔达里读作 tutaγmalar 并译作“蔑视天法者”（those disparage divine law），可见他正确地把“它”看作是 toda-“蔑视”的变位形式（见 Erdal 2004，第 283 页）。威尔金斯读作 tuṭagmalar，但采用与尔达里同样的译法（见 Wilkens 2009，第 323 页）。最近，克拉克提供稍有区别的读法 totaγmalar，但不做解释（见 Clark 2013，第 195 页）。就像克劳松曾指出的那样，动词 toda-第一音节的元音是 o 还是 u 并不清楚（见 EDPT，452a）。清楚的是，该残片没有 t/d 在文字上的混淆，故 tuṭagmalar 很难成立。笔者读作 todaγmalar 并译作“蔑视者”。

第 v06 行 oluq̈ma：由 ol oq ymä 简化而成，表示“他也是”（见 Wilkens 2009，第 320 页，脚注 10）。克拉克读作 ol oq ma（见 Clark

2013,第 195 页)。

v09 行 avar:勒柯克读作 ayar 并译作“漂浮”(schweben herbei)(见 Le Coq 1919,第 11 页)。克劳松建议读作 avar“集中在一起”(见 EDPT,4b)。罗伯恩、茨默、威尔金斯、克拉克等都采用克劳松的读法(见 UWb,第 275 页;Zieme 1991a,第 333 页;Wilkens 2009,第 325 页;Clark 2013,第 195 页和第 198 页的注释)。

tünčülä:为 tün 先加表示位置的构词附加成分-čU,然后缀接构成副词的附加成分-lA 构成(详见 Erdal 1991,第 404 ~ 405 页),此处意为“夜间”。克拉克认为,该词应纠正为 tönčülä 并假设该词应与表示“挡住”、“阻碍”等意义的动词 to-有关,并进一步推测 tönčülä 有可能是由 to- 缀接-nču 构成的 tonču 结合构成动词的附加成分-lA 构成的 tončula 的前元音型变体,此处的 tönčülä 又有可能是动词 tönčülä-的元音副动词形式 tönčüläyü 的缩短形式(详见 Clark 2013,第 199 页)。笔者认为,虽然由 to-到 * tončula-的构成还可解释,但 * tončula-为何此处变成 * tönčülä-就无法解释, * tönčüläyü 为何又缩短成 tönčülä 更为难解。再者,该诗 tünärig 之后出现的词均为名词或名词性词语,无一处其后出现动词或副动词短语的例子。

第 v10 行 tonumluγ:勒柯克读作 tunumluγ 并试译作“压抑”(* Bedrängnis),阿拉特采用勒柯克的读法和解释(参见 Le Coq 1919,第 11 页,ETṢ, Nr. 5)。笔者同意克拉克的解释,该词应读作 tonumluγ,由动词 ton-“关闭、绑紧、瞎眼”(见 EDPT,第 514 ~ 515 页)结合由动词构成名词的构词词缀-(*X*)*mlXg* 构成,意为“缭缚”(见 Clark 2013,第 199 页)。威尔金斯也正确地把该词与 ton-“关闭、绑紧、瞎眼”联系起来,但认为该词是在 ton-之后先缀接-(X)m,后缀接 *-lUg* 构成的(参见 Wilkens 2009,第 325 页;Clark 2013,第 195 页),此种说法不妥。

第 v12 行 tardič:勒柯克把该词当作不明来源词语,采用音译,阿拉特也采用这一办法(见 Le Coq 1919,第 11,14 ~ 15 页;Arat 1965,第 25 页)。克劳松也当作不明来源词语处理,但认为有可能是通过缀接构词附加成分-dıč 构成的词,如 savdıč(见 EDPT,535b)。威尔金斯认为,该词是由动词 tart-“拉”构成的名词,要么表示“衣服”,要么表示“外套”(详见 Wilkens 2009,第 326 页)。笔者认为,这一解释较难接受,因为在摩尼教文献齿音清浊混淆情况少见,而且在动词 tart-处于复辅音位置的 t 写作 d 没有他例。另外,-(X)č 结合动词词根构成表示与动词词根的本义无多大语义关系的具有“衣服”“外套”之类含义的词,是难以想象的。该词很有可能是借词,笔者接受克拉克的粟特语语源说,作源于粟特语具有“污垢、排泄物、垢秽、动物的屎便”等意义的 δrtyc ~ drtyc ~ δrt'yc(h)[δərtīč](见 Clark 2013,第 199 页),但读作 tardič,译作“屎便”。

第 v13 行 tavarı turγuru q̈alır:威尔金斯建议读作 tavarı turγur(u)r q̈alır,认为,tavarı 的宾格词尾没有标出(详见 Wilkens 2009,第 326 页)。笔者认为,此处的 tavarı 为主语,与不及物动词 q̈alır“留下”相关,不存在支配宾格名词的问题。如果把 turγur-“使留下”、“使立起”和 q̈al-“留下”看作是双动词,那么其中第一成分为及物动词而第二成分为非及物动词,较难成双,如果把最后一个成分 q̈al-当作助动词也不恰当。更重要的是,turγur-之后的字母不是威尔金斯所转写的那样为 r,而是 w。该文献明显区别词末的 r 和 w。故笔者认为,turγuru 应是由动词 turγur-的连接副动词形式石化的词,表示“仍然”、“继续”等意义。

第 v14 行 t(ä)trü sačlıγ q̈urt(γ)a yäk:可译作“乱发女魔”或“乱发魔女”。《摩尼教下部赞》有“魔女”,应与 q̈urt(γ)a yäk“老女魔”对应。但《下部赞》并不形容魔女之头发杂乱无章。另一件回鹘语摩尼教文献也有与之完全相同的 t(ä)trü sačl(ı)γ q̈urtγa yäk(参见 Wilkens 2009,第 336 页)。

第 v16 行 q̈ara bö̆y:可译作“黑色蜘蛛”。勒柯克、阿拉特等读作 qara boy,但只是译作“黑色”(Le Coq:schwarze Farbe;Arat:kara)。罗伯恩读作 qara buy(kara buy),并把整个诗行译作“她的乳房,黑色蜘蛛(?),(硬)如桩子”(ihre Brüste, schwarze Spinne(?), sind [hart] wie Pflöcke)(见 UWb,第 376 页)。尔达里对这一解释不做任何评论,认为以前的读法 boi 不准确,因为 d > y 属于后期音变,故应读作 bö“蜘蛛”(详见 Erdal 1991,第 656 页,脚注 325)。威尔金斯接纳这一解释(详见 Wilkens 2009,第 327 页)。很明显,尔

达里和威尔金斯的读法主要依据喀什噶里《突厥语大辞典》的 böy, bög“毒蜘蛛”(见 Dankoff 1982—1985,第 219 页)。但是,尔达里和威尔金斯并不解释他们为何省略词末源于 g 的 y。仔细查看残片原件不难发现,此处的 böy 写作 pwy,难怪勒柯克、阿拉特读作 boi 或 boy,而罗伯恩也作 buy,读作 bö 是很困难的。笔者认为,罗伯恩和尔达里的解释相对可信,但应读作 böy,此处只是 w 后的 y 没有写出而已。

D.《公正梅禄赞》

回鹘语《公正梅禄赞》是用摩尼文书写的摩尼教诗歌残片，由第二次德国吐鲁番探险队在高昌古城 K 遗址发现，编号为 U 34（T II D 178），现藏在柏林勃兰登堡科学院吐鲁番学研究所。该残片两面书写，正背各有 12 行摩尼文，纸张规格为 14.1 厘米高、13.9 厘米宽[1]。该残片最初由勒柯克刊布，收录在他的《突厥语摩尼教文献》第二卷[2]。后来，阿拉特对残片重新进行研究，首次以诗歌形式重建全文，并对勒柯克的转写和翻译做了一些重要调整[3]。此后，克拉克和威尔金斯对残片的外部特征和内容特征做了简要介绍[4]，克里木凯特将该诗译成英文[5]。最近，威尔金斯和克拉克先后对残片重新进行研究，推出新的校勘本和德、英语译文[6]。

最初刊布这一残片的勒柯克并未采用任何标题，阿拉特首次给诗文定名为《地狱的描写》(*Cehennem tasviri*)。后来，克拉克指出，这一残片的内容与帕提亚文《胡威达曼》(*Huyadagmān*)的部分内容和《摩尼教下部赞》的 99 颂、131 颂、255 颂、394 ~ 396 颂等诗段相似，并以此定名为《公正判官赞》(*Hymn on the "Righteous Judge"*)[7]。的确，该诗与《下部赞》的部分内容十分相似，尤其是回鹘语诗文第三、四段的内容与《赞夷数文第二迭》(99 颂和 100 颂)的以下内容比较接近：

迥独将羞并恶业，无常已后担背负；
平等王前皆屈理，却配轮回生死苦；
还被魔王所绾摄，不遇善缘渐加油；

---

[1] 见 Wilkens 2000，第 197 页。
[2] 见 Le Coq 1919，第 12 ~ 13 页。
[3] ETŞ，第 28 ~ 29 页和第 312 ~ 313 页。
[4] 见 Clark 1997，第 125 页；Wilkens 2000，第 197 ~ 198 页。
[5] 见 Klimkeit 1993，第 292 ~ 293 页。
[6] 见 Wilkens 2009，第 334 ~ 343 页；Clark 2013，第 201 ~ 205 页。
[7] 见 Clark 1997，第 97 页脚注 30 和 Clark 1997，第 125 页。

或入地狱或焚烧，或共诸魔囚永狱。

其中，回鹘语诗文第四段的 t[utmı]š a[yıγ] q̈[ı]lınčı aytıγ bolur, erinčü q̈ılmıš q̈ılınčı istig bolur “[所持的]恶行要过问，罪过和所作所为要追究”与《下部赞》的“迥独将羞并恶业，无常已后担背负”可以说基本对应。回鹘语残片的 köni buyruq̈ “公正的梅禄”（也可以译作“真实的梅禄”或“公平的判官”）完全与《下部赞》的“平等王”对等，与《下部赞》中《普启赞文》所提到的“真实断事平等王”更接近。但是，《下部赞》中明显具有佛教色彩的“轮回”在回鹘语残片却没有任何对应语。虽然回鹘语残片的 t(ä)trüü sačlıγ q̈urtγa yäk “乱发老女魔”也可以看作与《下部赞》的“魔王”对应，但《下部赞》的魔王并不像回鹘语残片的乱发老女魔一样抓住对光明持否认态度的灵魂，让它坐在天平内，也不压着灵魂的头，把它塞进地狱。此外，回鹘语残片对地狱的描写与《下部赞》也有较大的不同。重要的是回鹘语残片第二段提到“地水灵”、“火水灵”、“草木灵”等的部分在《下部赞》却无对等诗句。虽然《下部赞》有“地藏”、“水火”、“草木”等与其密切相关的术语，但《下部赞》的这些术语是否与回鹘语的完全一致、其间的关系如何，值得深入探讨。清楚的是，这些词语在《下部赞》所出现的位置不像回鹘语残片那么集中，分散在《下部赞》的不同部分。《下部赞》与回鹘语相关文献的比较研究是一个重要课题，需要深入进行。这一首诗与相关文献在内容方面的某些联系曾由威尔金斯做过一些富有意趣的探讨，这里不再赘述〔1〕。

就像克拉克和威尔金斯所提到的那样〔2〕，该诗与《突厥语诗歌选》有很多相似之处。首先，它的内容与《突厥语诗歌选》一样也包含与《下部赞》相对应的部分。其次，该诗的部分诗段也采用与《突厥语诗歌选》完全一样的脚韵形式，即 teyür “说是”。此外，该诗的魔鬼也与《突厥语诗歌选》的完全一样，是 t(ä)trüü sačlıγ q̈urtγa“乱发老女魔”。当然，书写或抄写在同一写本，也许与他们的内在联系

〔1〕 威尔金斯的分析详见 Wilkens 2009，第 339～341 页。

〔2〕 见 Clark 1997，第 125～126 页；Wilkens 2009，第 334 页；Clark 2013，第 203 页。

性有较大关系，更何况他们出自同一手笔。有趣的是，同一写本还包含帕提亚语《胡威达曼》和回鹘语的《摩尼教徒忏悔文》。因此，勒柯克和阿拉特虽然并不详细讨论其间的联系，但在其刊布本中完全按写本的先后顺序刊布这些文献。

韵文结构

阿拉特首次把残片以诗歌形式刊布并对其韵文结构做过简要分析[1]，他列出二十个诗行的头韵和脚韵以及每一诗行的音节数，但不分段。威尔金斯认为，如果把头韵和脚韵看作是诗文借助的手段并以此对这一文献分段，那么可以看出，两行诗和三行诗先后出现。他首次把诗文分成八段，第一、第三、第五、第七段由两行构成，其余均包含三行[2]。由于最后一段并不完整，其结构较难确定。笔者对第一、第二段的分段虽与威尔金斯完全相同，但从第三段起采用与威尔金斯不同的分段方式。也就是说，在重视头韵和脚韵的同时，充分考虑诗句的完整性和诗行在内容上的内在联系。笔者对诗文分段和对其韵文结构的分析如下：

1	[?	] 3 +2 =? 音节
	k	2 +2 +3 +3 +2 =12 音节
2	y	1 +1 +2 +3 +2 =9 音节
	o	1 +1 +2 +3 +2 =9 音节
	ı	1 +2 +2 +3 +2 =10 音节
3	k	2 +2 +4 +4 =12 音节
	t	2 +3 +3 =8 音节
	t	3 +3 +3 +2 =11 音节
4	t	2 +2 +3 +2 +2 =11 音节

〔1〕 见 ETṢ，第 26 ~27 页。

〔2〕 见 Wilkens 2009，第 334 页。

e　3 +2 +3 +2 +2 =12 音节

5　t　2 +2 +2 +4 =10 音节
t　2 +4 +4 =10 音节
t　3 +3 +2 +2 =10 音节
t　3 +3 +2 +2 =10 音节
t　4 +2 +2 +2 =10 音节

6　m　2 +2 +2 +2 +2 =10 音节
m　1 +2 +3 +2 +2 +2 =12 音节

7　ü　2 +2 +1 +2 +2 +2 +2 =13 音节
ö　2 +1 +3 +2 +[2] =10 音节(?)

诗文的第五段包含 **t**anmıš özütlärig **t**utupanın、**t**ünärig **t**amuq̈a **t**artar teyür、**t**öpüsin **t**ongtaru **t**ıq̈ar teyür、**t**amudaq̈ı yäklär **t**utar teyür 等一系列以同一字母开始的词语,充分体现早期突厥语诗歌的特点。当然,这一手法在诗文的其他部分并未得到有效发挥,头韵在第二段、第三段和第四段也没有得到充分体现。可见,虽然这一时期回鹘语诗歌头韵比较常见,但与晚期回鹘语文献的头韵诗相比,其使用还不十分广泛,也许与这一时期诗歌脚韵和排比仍处主导地位有一定关系。

U 34 的标音转写

正面

1　[　　　] $_{r01}$aytur teyür.
k(ä)ntü $_{r02}$q̈ılmıš q̈ılınčı közünür $_{r03}$teyür.

2　yer suv q̈utı erinür $_{r04}$teyür.
ot suv q̈utı ıγlayur $_{r05}$teyür.

ı ıγ̌ač q̈utı ulıyur $_{r06}$teyür.

3 köni buyruq̈ közüngü-$_{r07}$čä közinüpän
tanmıš öz-$_{r08}$[ü] tüg tutupan.
t(a) razug[1]$_{r09}$ičintä *o*lγurtur teyür.

4 $_{r10}$t[utmı] *š* a[yıγ] q̈[ı] lınčı aytıγ $_{r11}$bolur.
erinčü q̈ılmıš $_{r12}$q̈ılınčı istig bolur.

背面

5 $_{v01}$t(ä) trüü sačlıγ q̈urtγa yäk $_{v02}$kälipänin
tanmıš öz-$_{v03}$ütlärig tutupanın.
tünärig $_{v04}$tamuq̈a tartar teyür.
$_{v05}$töpüsin tongtaru tıq̈ar $_{v06}$teyür.
tamudaq̈ı yäklär $_{v07}$tutar teyür.

6 muntru muntuz[2]$_{v08}$yäklär k(ä) lir teyür.
ming $_{v09}$bärkän urupan birkä sayur $_{v10}$teyür

7 üküš ä[mgäk] o[l] $_{v11}$özüt anta körür teyür.
$_{v12}$ölüm q̈ut q̈olupan bulmaz <teyür>.

汉译

1 说是要问[ ],
说是自做之(恶)行会明了。

2 说是地水之灵会愤怒,

---

〔1〕 Clark 2013,第 201 页作 tırazuk。
〔2〕 原文把这两个词作为一个单位书写,写作 mwntrwmwntwz。

说是火水之灵会哭泣，
说是草木灵会悲泣涕泪。

3 公正的梅禄镜子般地显现，
抓住否认之灵魂，
使他们坐在天平。

4 [所持的]恶行要过问，
罪过和所作所为要追究。

5 乱发老女魔一来，
抓住否认的灵魂，
说是拉往黑暗的地狱。
说是把他们头往下塞进，
说是地狱里的魔鬼会抓住。

6 说是迷惑、迟钝的魔鬼会来，
说是打一千鞭却算一鞭。

7 说是那一灵魂在那里经历众多苦难，
[说是]求死也不得[……]

语注

第 r04 行 ot suv qutı：意为“火水之灵”，由于此处多与自然世界有关，克拉克认为应理解为“草水之灵”（详见 Clark 2013，第 203 页，注 04）。在回鹘语里，表示“火”和“草”的词写法一般都一样，但前者写作’wwt，而后者写作’wt 的情形较多。因此，不能完全排除把这里的 ot（写法为’wt）理解为“草”的可能性。

第 r07 行 köni buyruq̈：译作“公正的梅禄”，此处指死人的判官，相当于中古波斯语的公正判官 dādßar rāštīgar、汉文《摩尼教下部赞》

的平等王和《摩尼教残经》的“平等”。据芮传明教授研究，在《下部赞》的“平等王”是拯救和欢迎优秀灵魂（光明分子）回归明界的主神，即耶稣（详见芮传明 2009，第 126～138 页）。平等王在其他一些回鹘语文献的对等语为 ärklig han，可译作“自在天”或“自在王”（详见 Wilkens 2009，第 340 页，脚注 96）。

第 r08 行 t(a)razug：源于中古波斯语 tarāzūg，勒柯克读作 trazuk，阿拉特转写为 tarazuk，威尔金斯作 tražuk（参见 Le Coq 1919，第 12 页；ETṢ，Nr. 6；Wilkens 2009，第 336 页）。

第 r10 行 t[utmı]*š* a[yıγ] q̈[ı]lınči：可译作“所持的恶劣行为”。勒柯克把破损处复原为 t[razu]k aγ[sar?] “若成平上升”（die Wage aufsteigt）（见 Le Coq 1919，第 12 页）。阿拉特复原为 tarazuk aγ[sar] q̈[ı]lınči 并译作“若成平向上，因所做行为会被问罪/过问”（见 ETṢ，第 28～29 页）。克拉克采用阿拉特的这一读法（见 Clark 2013，第 201 页）。罗伯恩读作 tärs yeni]k aγ[ır] q[ıl]ınčı（参见 UWb，316a）。最近威尔金斯建议读作 t[ol]p a[yıg] *k*[ı]*l*inči “一切恶行”（见 Wilkens 2009，第 336、338 页）。笔者认为，此处下一行 q̈ılınči “其行为”之前使用的是动词的过去时形动词形式，此处似乎应与下一行的诗词保持形式上的一致性。此外，tutmıš ayıγ qılınč 在其他回鹘语文献也有类似用例（详见 UWb，304a）。破损处后的字母也很像是 š。

第 v09 行 ming bärkän urupan birkä sayur：可译作“打一千鞭却算一鞭”，勒柯克读作 parkan urupan（orupan?）pirkäsäyür，但不提供译文。阿拉特的读法与勒柯克不同，他把这一行转写为 min……k……/bergen urupan birgeseyür/teyür 并译作“……用鞭子打，说是还想打鞭子”（详见 ETṢ，第 28～29 页和 313 页的注释）。威尔金斯读作 ming pärkän urupan perkä sayur 并译作“他们打一千棍，然后数棍打数”（Mit tausend Stöcken schlagen sie und zählen Stockschläge ab）（见 Wilkens 2009，第 337 页）。他认为，pärkä 或 perkä 源于藏语的 ber ka “棍子”，属于吐蕃人于 7 至 8 世纪之间侵入塔里木盆地时借入的词（详见 Wilkens 2009，第 338～339 页）。笔者认为，此处的 perkä 应读作 birkä，为数词 bir“一”的向格形式，与行首的 ming“一千”相对应。在笔者看来，克劳松对于 bärkä 的解释更为可信（见 EDPT，362b）。

E. 阿普林啜·特勤作《摩尼赞》

在一件用早期回鹘文书写的摩尼教诗歌开头有用红墨书写的题目[ ] aprinčor [tegin kügi t]aqšutları py tywd',可译作"阿普林啜·[特勤的曲子和]诗词……",文末又有红墨书写的[t]ükädi [a]prinčor tegin kügi "阿普林啜·特勤的曲子结束了"一句。学者们把文书的开头部分补缺为 *bašlantı*"开始了",以便与文末的[t]ükädi "结束了"相应[1]。可是,此处 aprinčor 前面的词的最后一个字母留下半部,不像是 y 字的残存,因此很难把该词复原为 *bašlantı*。虽然可以猜测题目的最后出现的 py tywd',有可能指乐谱名称之类,但其来源和确切语义暂无法确定。

题目罕见地提到该诗作者的名字 aprinčor,该词似是中古波斯语的'pryn"颂、赞美、祈祷"和常见的男士官名 čor 的结合[2],但也有学者解释为源于伊兰语的 āfrīnsar,意为"祈祷首"或"领人祈祷者"[3]。其实,āfrīnsar 为摩尼教寺院中的重要职位之一,据《义略》,"专治法事",汉文摩尼教文献的阿拂胤萨是其音译,译为赞愿首[4]。从他的名字之后带 tegin"特勤"来看,似是他地位较高,在回鹘社会和回鹘摩尼教社团拥有一定声誉,不像是一个一般的摩尼教徒。虽然将 tegin 一词作为人名的一部分使用在晚期回鹘语文献和哈喇汗王朝时期的文献中比较频繁,但其在回鹘语文献多用来表示"王子"之意,在突厥语碑铭和早期回鹘语文献当中作为统治阶层成员,尤其是王子的名字的一部分出现,难怪邦格把此处的人名译作 Prinz Aprin Tschur,即"阿普林啜王子"[5]。阿普林啜·特勤还有一

---

〔1〕 见 Le Coq 1919,第 7 页;Arat 1965,第 14 页;Zieme 1991a,第 334 页。
〔2〕 见 Clauson 1972,第 428 页;UWb,第 169 页。
〔3〕 见 Clark 1997,第 98 页。
〔4〕 见 Moriyasu 2003a,第 072 ~ 074 页;王媛媛 2011,第 242 ~ 243 页。
〔5〕 见 Bang 1925,第 49 页。克里木凯特教授也沿用这一译法,见 Klimkeit 1993,第 286 页。

首诗,写在同一回鹘语残片(U 32)的背面[1]。

该诗最初由勒柯克刊布在他的名著《高昌出土突厥语摩尼教文献》第二卷(见 Le Coq 1919,第 7 ~8 页),随后邦格以诗歌形式发表在《摩尼教赞诗》[2]。同年,德国学者沙德(H. H. Schaeder)据勒柯克的版本把该诗原文及其译文附录在他的长文《万能人的伊斯兰学说: 祖籍和韵文结构》[3]。后来,拉希德 · 拉赫迈特 · 阿拉特在其《古代突厥诗歌》一书对该诗进行了进一步研究,对其韵文结构进行了分析并把该诗译成土耳其文。此后,特 · 甘迪也已(T. Gandjei)、彼得 · 茨默等学者对该诗的韵文特点、结构、一些难词的解释等方面做了进一步探讨[4],克里木凯特教授把诗歌译成英文予以介绍[5]。在国内,耿世民教授曾根据邦格的转写把该诗译成汉文介绍,最近马小鹤先生又据勒柯克的版本和克里木凯特教授的英文译文提供了诗歌主要部分的新的汉文译文[6]。

最初刊布该诗的勒柯克曾指出,该诗明显仿照佛教诗歌而创作[7]。邦格同意这一观点并指出,"这些陶醉的、押头韵的呼唤无疑是为了摩尼"[8]。该诗频繁使用的梵文来源词语和把摩尼比做大象就充分说明该诗作者创作的佛教背景。

该诗的每两行相互押头韵,但除了最后一行之外其实都是前一行的重复,好像主要以排比为基础,很难确立其余押韵形式。只有从最后两行才可以看出,语法型押韵在该诗中也起到重要作用。该诗不断重复的词句和内容,给人以歌曲的深刻印象,说明该诗与一般韵文不同,的确像是题目所提示的那样是一首歌曲(回鹘语 küg)。顺便需要提到的是,早些时候被广泛接受的冯 · 佳班教授把 küg 解释为源于汉语"号"字的说法已经得到纠正,正确的解释应是该词源

[1] Arat 1965,第 18 ~21 页;Gandjeï 1970。
[2] 见 Bang 1925,第 50 ~52 页。
[3] 见 Schader 1925。
[4] 见 Gandjeï 1970; Zieme 1991a,第 334 ~336 页。
[5] Klimkeit 1993,第 286 页。
[6] 见耿世民 1982,第 49 ~50 页;马小鹤 2008,第 36 页。
[7] 见 Le Coq 1919,第 4 页。
[8] 见 Bang 1925,第 54 页。

于汉语的“曲”字〔1〕。

U 32（T M 419）的标音转写

1 01 [bizing tängrimiz äd]güsi rädni teyür
02 [bizing tängrimiz äd]güsi rädni teyür
03 [rädni]dä yeg mäning tängrim alpım bägräkim
04 rädnidä yeg mäning tängrim alpım bägräkim.

2 05 bilägüsüz yiti vaj[ır te]yür
06 bilägüsüz yiti vajı[r te]yür
07 vajırda ötvi biligligim tüzünüm yaruqum
08 vajırda ötvi biligligim bilgäm yangam.

3 09 kün tängri yaruqın täg kögüzlügüm bilgäm
10 kün tängri yaruqın täg kögüzlügüm bilgäm
11 körtlä tüzün tängrim külügüm küzünčüm
12 körtlä tüzün tängrim burhanım bulunčsuzum.

汉译

1 有人说[我们神之善]德是珍宝，
有人说[我们神之善]德是珍宝。
（你）比珍宝还好，啊我的神，我的英雄，我的主人！
（你）比珍宝还好，啊我的神，我的英雄，我的主人！

2 有人说（我们的神）是无须磨利的锋利金刚，
有人说（我们的神）是无须磨利的锋利金刚。

---

〔1〕 冯·佳班教授的解释见 Gabain 1959（= TT X），第 29 页；其采用见 Gandjeï 1970，第 157 页，脚注 6。

(你)比金刚还利,啊我的智者,我的圣人,我的光明!
(你)比金刚还利,啊我的智者,我的贤者,我的大象!

3 我的智者,(你)拥有日神之光般的胸怀,
我的智者,(你)拥有日神之光般的胸怀。
是我美妙、神圣的天神,是我的名人,我的珍宝,
是我美妙、神圣的天神,是我的佛陀,我难得的(你)。

语注

第 01 行 rädni:源于梵文 ratna,但并非是直接从梵文介入,而是经过粟特语 rtny 的中介(详见庄垣内正弘 1978,第 91 ~ 92 页,脚注 25)。其后期回鹘语文献的常见形式为 ärdini(详见 UWb,第 418 ~ 424 页)。

第 08 行 yangam:译作"我的大象",在回鹘文《丰收歌》出现 yangalarım"我的大象"。在佛教文献当中佛因其强大通常被比作大象(见 Klimkeit 1993,第 287 页,注 44)。

第 09 行 kögüzlügüm bilgäm:勒柯克把第一成分读作 köküzlügüm 并译作"贵人"(Teuer),括号里加注"乳友"(Busenfreund)(见 Le Coq 1919,第 8 页)。邦格改作"你有日神之光般的乳房"(Du mit einer Brust wie Glanz des Sonnegotts)(见 Bang 1925,第 51 页)。阿拉特和克里木凯特采用这一译法(见 Arat 1965,第 17 页;Klimkeit 1993,第 287 页)。与此不同,克劳松建议译作"我善思者,我的智者"(my thoughtful and wise one)(见 EDPT,第 714b 页)。笔者基本沿用邦格的译法,但略作改动。

第 11 行 küzünč:勒柯克转写为 közünč 并译作"公正"(gerechter),邦格改为 küzünč 并参照中古伊朗语文献的一些用法解释为"保护者"(Schützer)(见 Le Coq 1919,第 8 页;Bang 1925,第 51 页)。阿拉特和耿世民教授沿用邦格的译法(见 Arat 1965,第 17 页;耿世民 1982,第 49 页)。该词也出现在缪勒刊布的一份景教文献中,如 üč türlüg közünč,明显表示"财宝、珍宝"(见 Uigurica [I],6,

14)。可是该词第一音节的元音究竟是 ö 还是 ü 很难断定,因此尔达里干脆转写成 kẅzünč(见 Erdal 1991,第 278 页)。从语源上对该词做出解释是比较困难的,它有可能与具有"保护"之意的 küzäd-具有同一来源,即从 * kö-z 或 * kü-z 缀接由动词构成名词的附加成分-(X)nč 构成。可是似是它词根的 * köz 或 * küz-却不见于古代突厥语,是否真的存在这一词根,很难断定。笔者暂时采用尔达里的解释和克里木凯特教授的译法译作"珍宝"。克里木凯特教授的译文见 Klimkeit 1993,第 287 页。

F.《摩尼大赞美诗》

回鹘语《摩尼大赞美诗》(以下简称《摩尼大赞》)是一本用摩尼文书写的贝叶书(也称梵策式书)的一部分,于 1906 年 11 月德国第三次吐鲁番探险队在木头沟(Murtuq)所获。原书多于五十叶,但现存残叶只有三十八叶。除了 U 110 (T III D 260,29)有六行摩尼文外,在该书的其余残叶每面有五行清楚的摩尼文。

该文献的重要特点之一是页数的标写,在每一叶背面从第一页开始就有用摩尼文标写的垂直的页码,有五叶带有回鹘文书写的页码,明显是后人所加。

该书的每一叶中间有贝叶式典型的穿孔,用来装订全书,其直径大约为 0.9 厘米。此类贝叶书原由印度人所用,摩尼教内容的回鹘语摩尼教文献使用此类装订方式只限于本书,明显受到佛教传统的影响,在研究晚期回鹘摩尼教与佛教的关系方面具有重要价值。

该书完整残叶的尺寸一般为 21.5 厘米(长)×6 厘米(宽)[1],除了有细密画的一叶和编号为 MIK III 189 的残片藏在柏林亚洲博物馆(其前身为柏林印度艺术博物馆),其余残片藏在柏林勃兰登堡科学院吐鲁番研究所。

最初发现这一贝叶书的德国第三次吐鲁番考察队成员巴尔图斯(Th. Bartus)在发现地点没有及时给贝叶书编号,当他把该文献寄到柏林时,勒柯克错误地把发现地点记为 D,即高昌古城之达克雅洛斯遗址(Daqianus,即亦都护城)。虽然勒柯克后来纠正了这一错误,但是该文献出土地点编号当中的错误信息一直沿用至今[2]。

《摩尼大赞》是目前为止发现的篇幅最长的回鹘语摩尼教文献之一,对于研究古代维吾尔语言文学、古代维吾尔宗教具有重要价值。从语言学角度讲,该文献在语言特征和书写风格上具有自己独

---

〔1〕 详见 Clark 1982,第 146 页;杨/黄 1996,第 46 页;Wilkens 2000,第 318 ~ 319 页。

〔2〕 见 Le Coq 1922,第 33 页;Clark 1982,第 146 页。

特的特点,表现出一些晚期回鹘语文献的语言特征。首先,它与早期回鹘语摩尼教文献不同,用所谓的 y-方言写成,说明回鹘语摩尼教文献并未始终使用单一的方言。元音的省略、元音的重写等书写特点使它具有与其他回鹘语摩尼教文献不同的书写风格。辅音的交替、佛教术语的频繁使用等也使它区别于早期回鹘语摩尼教文献[1]。其中,软腭辅音和双唇辅音的书写所见的混淆现象比较普遍,这是否纯属书写错误或反映当时口语的一些特点,较难判断。

1.《摩尼文贝叶书》内容和结构

由于包含《摩尼大赞》的贝叶式书以前以零散形式发表,文献各部分的联系和残片的顺序问题未能引起学术界足够的注意。冯·佳班教授根据其内容把摩尼文贝叶式书分为以下几个部分[2]:

A.《摩尼大赞美诗》:以第 1 叶的背面开头,很可能在第 25 叶背面 4 中用红墨书写的 Ayakantr bügü[　　]的部分结束;

B. 吐火罗语—突厥语双语摩尼赞:以第 25 叶背面 5 开头,持续到第 29 叶正面 5 中用红墨书写的标题 käsi bäddi tngrii /. . . /iš Küsän. . . /cr/. . . 的部分;

C. 商人阿拉赞(Arazan)的故事:以第 29 叶背面 1 开头,包括第 29 叶、第 36 叶、第 38 叶 4(?)以及《摩尼教故事》第 1 ~ 41 行的内容。冯·佳班教授把《吐鲁番突厥语文献》第九卷的第 46 ~ 51 行也归入此部分,并因为此处有红墨书写的 Yišu Aryaman atl[ı]γ ……,假设第 51 行为 44 叶的首行,为故事的标题。此外,这一部分还包括祈祷文和忏悔文以及供养人的美好愿望等;

D. 魔鬼的存在形式:此部分最不完整,包括作为《吐鲁番突厥语文献》的第九卷第 52 ~ 87 行所刊布的残片;

E. 贝叶书的跋文:包括作为《吐鲁番突厥语文献》第九卷的第 88 ~ 117 行刊布的残片。其中,第 98 ~ 117 行用较小的字母,可能是供养人亲笔添加。结构上跋文与回鹘语佛教文献的题记十分相似,

[1] 至于其书写特点详见 Clark 1982,第 161 ~ 165 页。
[2] TT IX,第 4 - 5 页;Clark 1982,第 148 页;杨富学/黄建华 1996,第 46 页。

讲述供养人为国都、教会和家庭成员的贡献。

克拉克博士同意冯·佳班教授的以上分析,只是在各部分所包括的部分残叶的归属上持有与冯·佳班不同的观点。他根据页数的标记方式、语境、头韵(适用于第一首赞美诗)等,构拟出文献的完整形式。克拉克认为,在小画像背面标有摩尼文 bir "一"的部分为第一叶的正面,它是不需要标页数的。每叶中用摩尼文标页的面应当是背面。此外,有五叶用回鹘文标页在正面,这是此文读者不把第 1 叶当作第一页所造成的。因此,在第 7 叶正面标有回鹘文 altı "六"。克拉克对文献的构拟可以概括如下[1]:

A. 细密画:画在第 1 叶的正面。此页有典型的摩尼教牧师穿着白色服装的画像。他那区别于基督教师头冠的白色头巾被一个多彩的桦树的枝条从背后吊挂着。小画像的下半部左边有一种圣坛或宝座,上面坐着一个模糊的东西,可能是一只绿色的鸟。一个波浪型地毯把中心图像上下分开,其下面画有两个白色人物像,而在这白色人物像中间放着一个双层木质的香炉。左边的人物像前部有一行字,克拉克猜测此行文字可能是该贝叶书某一叶文字的翻印,很像是摩尼文。这两个人物像身份目前无法确定,其周围的景象意味着什么,也很难断定。克拉克不赞成巴尔图斯把中心图像看作摩尼的观点。勒柯克曾把矮小的人像描述为贝叶书的供养人[2]。

B.《摩尼大赞》:第 1 叶背面第 1 行至第 25 叶背面第 5 行。

C. 双语摩尼教赞美诗:第 25 叶背面第 5 行至第 29 叶背面第 5 行。

此部分的赞美诗模仿的是佛陀的赞颂,此类佛陀赞在吐火罗语佛教文献当中比较常见。主文原先用吐火罗语 B 写成,每一行用吐火罗语 B 写成的部分要么出现其直译,要么出现其略微发挥的回鹘语译文[3]。据克拉克的意见,把吐火罗文内容选入贝叶式书应看

---

〔1〕 详见 Clark 1982,第 146 ~ 159 页。

〔2〕 Le Coq 1913,图版 47e-f;Clark 1982,第 149 页;Moriyasu 2003, Pl. XV, 43。

〔3〕 Clark 1982,第 151 页。

作是供养人的所为,对供养人来讲,吐火罗语在佛教传播中的媒介作用仍然没有失去其神秘性。

D. 对神灵的祈祷:第 29 叶背面第 1 行至[第 30 叶?]

这一部分的 burhan qutınga yükünürm(ä)n / yükünürbiz 引用的是佛教文献常见的祈祷格式。

E. 忏悔文:[第 31 叶?]至[第 37 叶?]

这一部分在结构上区别于《摩尼教徒忏悔文》和其他摩尼教忏悔文献。

F. 商人阿拉赞的故事:[第 37 叶]至 44 叶正面

G. 祝福(?):第 44 叶

H. 跋文:功德的转让

与其他部分相区别,U 110(第 260 叶 29)的每一面都有六行字,其字体不同于贝叶书的其余部分。在文中,功德主要转让给以下三种人:

1. 诸神或神化的皇族,如 Taihan han, Kuimsa hatun, T(ä)ngrim Mišan han, Čaiši Wang bäg;

2. 牧师,如 Čitung Sali, Ayitmiš, Taγay Tonga Sangun;

3. 亡人(Qonimdu Vapši, Sali bäg)或身份不明的人(Ongurt Qarčuqı, Qutluγ Üzük)及父母(Bay Apa Čangši, Kösät)。

就像克拉克所提到的那样,这种功德的转让方式明显是来自佛教忏悔文或佛经的跋文。威尔金斯提到一些与该文相似的回鹘语佛教文献的功德转让部分[1]。

功德的转让是佛教文献常见的内容,其使用在古代维吾尔语摩尼教文献当中仅限于该书。采用头韵也被认为是古代维吾尔语摩尼教文献少见的一种押韵方式。在克拉克博士看来,作者 Aryaman Frištum Qoštr(此名来自伊朗语,其中 Qoštr 表示长老,也见于其他回鹘语摩尼教文献)在信仰摩尼教之前是一个佛教徒,他是根据以前的经历和宗教习惯选择了贝叶式版本和功德转让这一概念[2]。日本史学家森安孝夫教授对这一观点提出质疑,他认为,这是摩尼教

〔1〕 见 Wilkens 2008,第 210 ~ 211 页。

〔2〕 详见 Clark 1982,第 157 ~ 158 页。

徒试图讨好佛教的证据,因为他们害怕西回鹘王国的统治阶层更加支持佛教[1]。威尔金斯博士同意森安教授的这一看法[2]。

克拉克最近认为,Aryaman Frištum Qoštr 并不像他以前所指出的那样是《摩尼文贝叶书》的供养人,而是个编者,是《摩尼文贝叶书》的制作者,也许他也是文献的抄写者,是他亲自选择这些文献,他把自己的忏悔文和转让功德的跋文也编入贝叶书里。在克拉克看来,Aryaman Frištum Qoštr 的忏悔文被编入贝叶书、根本不提书写者或其他参与者等,支撑上述解释。鉴于这一观点,他进一步把贝叶书的佛教因素,包括从吐火罗语 B 将《佛陀赞》译成回鹘语等与 Aryaman Frištum Qoštr 的宗教背景联系起来看待。他认为,Aryaman Frištum Qoštr 熟悉佛教或与佛教有密切联系,因此他把这些带入《摩尼文贝叶书》的制作,这些证明 Aryaman Frištum Qoštr 是改信摩尼教的[3]。Ayakantar 才是《摩尼大赞》的作者[4]。

与其他古代维吾尔语摩尼教文献相比,该文献具有一些重要的特点。除了采用摩尼教文献少有的贝叶式外,它包含了许多佛教术语[5],在其祈祷神灵的部分就有一些佛的名字。

2. 摩尼文贝叶书的年代

与大部分回鹘语文献一样,该书本身没有表明其成书年代的记载。冯·佳班教授根据缪勒(F. W. K. Müller)Taixan 有可能可以读作 tavxan,而 tavxan 又有可能是 Taizu(太祖)的混合译法的观点,把文献第 509 行出现的 Kuimsa Hatun T(ä)ngrim 与出现于柏林藏回鹘文忏悔文(编号 U II 7),统称《玉特莱特(Üträt)忏悔文》的回鹘语忏悔文

---

[1] 见 Moriyasu 2003,第 098 页。
[2] 见 Wilkens 2008,第 210 页脚注 7。
[3] 详见 Clark 2013,第 117 ~ 118 页。
[4] 见 Clark 2013,第 165 页。
[5] 冯·佳班教授和文特尔教授曾谈到这一问题,后来克里木凯特教授和威尔金斯博士也先后具体讨论一些佛教术语。详见 Gaban/Winter 1958,第 3 页;Klimkeit 1993,第 279 ~ 285 页;Wilkens 2008。国内,芮传明教授也详细讨论《摩尼大赞》中"佛教化"的表现形式;详见芮传明 2010,第 663 ~ 666 页。

献第 65 行的 Taihan Kuimsa Hatun Han T(ä)ngrim 联系起来,认为 Taihan 是指辽代太祖阿保机。因阿保机于公元 907 年才取得这一称号并死于公元 926 年,她认为该文献写于 10 世纪上半期[1]。克拉克接受冯·佳班教授的这一分析。彼得·茨默认为,这里的 Taihan 可能是汉语的"太"和突厥语 han 的混合体,但他指出,该称呼并不一定与阿保机有关。然而他还是赞同冯·佳班把这一文献看作是 10 世纪产物的观点[2]。后来他又认为,该词有可能是 Taišan(源于汉语的泰山)的误写。笔者认为,这里的 Taihan 很可能是汉语的"大"加突厥语的 han 构成,至于它指哪一大可汗较难判断。

需要提到的是,该贝叶书第 509 行的[Taihan]属补缺成分,很难作为断代的证据。再说该文献的[Taihan] Kuimsa Hatun T(ä)ngrim 和 Taihan Kuimsa Hatun Han 是否均与辽代太祖阿保机相关,值得探讨[3]。

彼得·茨默教授对这一问题的分析耐人寻味。他认为,没有证据证明突厥语的 han 等同于汉语的 zu(祖),这使得文献的断代受到质疑。Taihan 有可能是汉文"大王"的混合译法,而曹氏归义军的首领曾于 10 世纪在敦煌使用"大王"这一称号[4]。

森安孝夫教授认为,贝叶书的书写年代应在 10 世纪末和 11 世纪初之间[5],这是回鹘摩尼教基本走向衰落的时期,是摩尼教徒对摩尼教的衰退不愿袖手旁观而做出努力的结果。这比冯·佳班教授的断代晚半个多世纪。克拉克在最新出版的专著中仍坚持该文献是 10 世纪之前的十年或 10 世纪的前十年的产物[6]。

焦费尔教授却倾向于把该文献的年代定为元代,理由是该文献存在齿音混合现象[7]。但是,该文献的书写特点比较特殊,其常见

[1] 详见 Gabain/Winter 1958,第 7 页。
[2] Zieme 1991a,第 22 ~ 23 页。
[3] 见 Wilkens 2008,第 210 页脚注 8。
[4] 参见 Zieme 1992,第 65 ~ 67 页。
[5] 参见森安孝夫 1989,第 19 页;Moriyasu 2003,第 097 ~ 098 页。
[6] 见 Clark 2013,第 118 页。
[7] 参见 Doerfer 1996,第 123 页。

的齿音混合现象实际上反映文献特殊的书写风格，与晚期回鹘语文献的齿音混合现象并非相同，需要分别对待。最近，米海勒·库奈佩尔（Michael Knüppel）也重复贝叶书晚期断代说，但提不出任何建设性意见或任何新的科学依据，毫无根据地把文献的书写时间定为8至13世纪之间。再说，把这一文献的年代定为跨6个世纪的年代段，不能不说是过于宽泛，等于是没有断代[1]。

3. 研究简况

首次研究该贝叶书的是德国学者勒柯克。他在其名著《高昌摩尼教文献》第三卷（Le Coq 1922），以No. 39为标题，发表了该文献五叶的标音转写。他对这五叶做了如下排列[2]：

第1叶背面1至5行（= MIK III 8260（TIII D 260,1），相当于Clark 1982,1~5行）；

第7叶正背面（= MIK III 189（TIII D 260,2），相当于Clark 1982,56~650行）；

第4叶正背面（= U 83（TIII D 260,3），相当于Clark 1982,26~35行）；

第6叶正背面（= U 87（T III D 260,6），相当于Clark 1982,46~55行）；

第17叶正背面（= U 93（T III D 260,7），相当于Clark 1982,156~165行）。

勒柯克认为，至少有两本在形式和形状上相似的贝叶式书。后来，邦格和冯·佳班经研究断定，背面用摩尼文标有altıı"六"的编号为D 260,6的文献及在正面用回鹘文标有altıı"六"的编号为D 260,2的文献的背面曾存在页数"七"。这样，这里只存在一本贝叶式书了[3]。

1931年，邦格在其《摩尼教故事》中，作为故事IV发表了该贝叶

[1] 见Knüppel 2011，第96~98页。
[2] 见Clark 1982，第146~147页。
[3] 见Le Coq 1923，第15~16页；TT III，第184页；TT IX，第3页；Clark 1982，第146页。

书的一些内容(第36叶 = D 260,26,相当于Clark 1982的346~355行)。他认为,这41行是一个不可分割的故事[1]。后来,丹麦宗教学家阿斯姆森(Jes P. Asmussen)指出,邦格刊布的残片当中6~16行为忏悔文[2]。

1958年,冯·佳班刊布了贝叶书的其余部分。冯·佳班的著作还包括了温特(Werner Winter)关于双语赞美诗吐火罗语B部分的研究和亨宁(W. B. Henning)关于同类赞美诗中古波斯语和吐火罗语残片的研究成果[3]。

勒柯克当时就指出,该文献包含摩尼教赞美诗。不久,邦格和冯·佳班确定和重构了文献的韵文部分,发表了其中的178行[4]。他们还刊布了第19叶(= D 260, 4,相当于Clark 1982的176~184行)、第24叶(= D 260,25 + 260,28,相当于Clark 1982的226~235行)的图片。后来,阿拉特在其《古代突厥诗歌》一书中重新刊布了这一赞美诗并提出了一些新的读法[5]。

1982年,克拉克重新刊布了贝叶书的全部内容,其中包括未得到刊布的两叶残片的标音转写和英文译文,为贝叶书的研究做出了重要贡献。他首次把该文献的现存残片完整地整理出来,对其进行了重新编排,构拟出文献的原始面貌。同时,参照20世纪60~70年代突厥语文学研究的成果,对一些疑难词的读法和解释提出了建设性的意见,推进了该文献研究。

后来,焦费尔和森安孝夫对文献的断代提出了各自的看法,上面已对他们的观点做过介绍,这里不再赘述。森安孝夫还刊布了该书带有细密画的扉页和文献残叶一面的图版[6]。德国宗教学家克林凯特(Hans-Joachim Klimkeit)依据邦格等人的德文译文和克拉克

---

[1] 见Bang 1931,第24~35页。

[2] 见Asmussen 1965,第230~232页。

[3] 见TT IX;Clark 1982,第147页。

[4] 见TT III。

[5] 见Arat 1965,第31~35页。

[6] 见Doerfer 1996,第156页;Moriyasu 2003,第097~100页;Moriyasu 2003,Pl. XV 43。

的英译本翻译介绍了该诗的部分内容并简要讨论这一文献中的佛教成分和佛教影响问题[1]。威尔金斯曾在他的描写性目录《柏林吐鲁番收藏文献中的突厥语摩尼教文献》一书中转写、讨论过该文献的一些内容。他还确认柏林所藏编号为 U 112(T III D 260,35)的残片也属于突厥语摩尼文贝叶书,并转写刊布了其部分内容[2]。最近,他又对贝叶书突厥语部分的一些词语和术语进行探讨,提出了一些修正意见,并纠正了自己在上述目录当中的一些读法和解释[3]。法国吐火罗语专家乔治·让·皮瑙(Georges-Jean Pinault)教授对贝叶书双语赞美诗的吐火罗语部分进行研究,重新刊布了其吐火罗语部分[4]。美国美术史专家茹莎·古拉奇(Zsuzsanna Gulácsi)对《摩尼教贝叶书》从书稿学的角度进行了研究,对文献开头的画像进行了较深入的分析和探讨[5]。最近,克拉克对《摩尼大赞》的韵文结构进行新的分析,刊布了《摩尼大赞》的新的转写和英文译文,把这一文献的研究又提高到新的高度[6]。

在国内,耿世民先生曾于 1982 年根据阿拉特的转写把这一首赞美诗中比较完整的几首译成汉文,收录在《古代维吾尔诗歌选》一书[7]。笔者曾在博士学位论文《古代维吾尔语摩尼教文献语言的共时描写研究》中根据克拉克的构拟文把贝叶书全文翻译成汉文并对其语言特征进行了较深入的分析[8]。杨富学、黄建华二位学者曾根据克拉克的论文,对摩尼文贝叶书的结构、内容等做过简要介绍[9]。马小鹤先生在不同论文当中参照克拉克的英文译文讨论或节译这一文献的部分内容[10]。最近,芮传明先生翻译发表了该诗

---

〔1〕 见 Klimkeit 1993,第 279 ~ 285 页。
〔2〕 Wilkens 2000,第 337 ~ 338 页,Nr. 381。
〔3〕 见 Wilkens 2000,第 318 ~ 337 页(目录编号 357 - 380);Wilkens 2008。
〔4〕 Pinault 2008。
〔5〕 见 Gulácsi 2001,第 152 ~ 154 页。
〔6〕 见 Clark 2013,第 137 ~ 177 页。
〔7〕 见耿世民 1982,第 51 ~ 58 页。
〔8〕 见亚库甫 1996,第 168 ~ 182 页。
〔9〕 见杨富学/黄建华 1996。
〔10〕 见马小鹤 2008,第 35 ~ 136 页。

的部分内容，并通过对一些“佛教化”的表现形式和《摩尼大赞》的摩尼教教义内涵等进行分析，力求说明东方摩尼教的传播特色，不仅为国内对回鹘乃至东方摩尼教感兴趣的读者提供了重要参考资料，而且为认识东方摩尼教的特色提供了较新的依据。需要提到的是，芮传明先生的译文并非直接译自回鹘语原文，而是像他所交代的那样主要基于克林凯特的节译本〔1〕。

4. 韵文结构

如上所述，最初刊布这一文献的勒柯克对文献的韵文结构没有进行分析，只是对一些残片进行转写和翻译，按行序刊布出来。邦格和冯·佳班首次对文献的韵文结构进行分析，构拟韵文的主要部分。在此基础上，阿拉特对该诗的韵文结构进行更进一步的研究，整理出 123 段四行诗。他指出，“文献共 25 叶，正背面各有 5 行，共 250 行，应由 123 段四行诗构成（等于 492 诗行）。这一大部头文献的一部分（60 至 75、94 至 112 诗段）丢失，有些诗段处于已无法欣赏的状况（22 诗段），有些诗段部分遭到破损（26 诗段），这样真正能够欣赏的、传到我们手中的只有 39 至 40 诗段。”〔2〕他还对韵文的音节结构做过些分析。

对于《摩尼大赞》的韵文结构，克拉克做如下解释：“虽然有些部分受损，我们得以构拟出原来的赞诗有 244 行，由多于 120 段的四行诗构成。作为诗歌，《摩尼大赞》不能与其他突厥语摩尼教赞诗相比较，因为他们都相对短一些、精炼一些。虽然在术语方面有仿造伊朗语作品的地方，但《摩尼大赞》肯定不是翻译作品。它只不过是一首合格的突厥语诗歌，它遵守头韵诗的原理，但也追求排比和严格的节律。而且这一赞美诗的作者勉强使有些诗行符合头韵格式，结果出现一些特殊的用法，如修饰性词尾 + lıγ/ + lig 作为领属格词尾使用、把主语和宾语放在动词之后等使句法模式受到歪曲等。尽管如此，《摩尼大赞》作为中世纪回鹘佛教诗歌之前牢牢被记住的突厥

〔1〕 见芮传明 2010，第 659 页。
〔2〕 见 ETŞ，第 30～31 页。

语诗歌永远得以保留,并在突厥文学史占有特殊地位。[1]

在最近出版的专著中,克拉克首先提供244行韵文的文字转写和标音转写,然后对韵文进行构拟,推出110段诗段韵文及其英文译文,并对转写和译文做语文学注释[2]。但是,克拉克的这一成果也有一些需要进一步完善的地方。例如,他把一些根本没有文字痕迹的残片算入赞美诗诗段,在一些诗段的构拟和对一些残损部分的复原上也存在一些问题。笔者在本书中力求完善克拉克版本,提供《摩尼大赞》更为科学的校勘本。简单地讲,本书的《摩尼大赞》在诗段的总数(比克拉克的版本少一诗段)、对一些诗段的构拟(如第五诗段)上与克拉克本有所不同。对于这些笔者将在本文献研究的语注部分做详细交代,这里不再赘述。

5.《摩尼大赞》的标音转写、汉译及语注

这里笔者参照克拉克博士先后于1982年和2013年推出的重建本和标音转写,同时参照克拉克于1982年的版本刊布后出现的相关研究成果,翻译、介绍这一文献的《摩尼大赞》部分,其余内容将另文刊布。需要提到的是,笔者参照柏林科学院和亚洲艺术博物馆藏文献原件对克拉克的转写进行了一一核实,对一些词的读法和翻译提出了新的解释。因此,笔者的标音转写也与克拉克的版本并不完全相同。此外,与克拉克不同,笔者首先提供该文献的最新编号,然后再提供旧的编号,便于查对。更重要的是,本文提供《突厥语摩尼文贝叶书》所见《摩尼大赞》全文的诗歌体校勘本。至于克拉克本和威尔金斯文已经提供注释的部分,本文原则上不再重复,恳请读者参照上述论著。原则上,笔者只提供选择性注释,体现笔者的新读法和新的解释。鉴于克拉克的最新成果提供韵文的文字转写和标音转写,这里只提供韵文标音转写,对书写方法有兴趣的读者可以参照原文的图片或克拉克的文字转写。本书刊布的突厥语摩尼文贝叶书残片的新编号及与其现有刊布本的对应关系列表标示如下(克

---

〔1〕 参见 Clark 1982,第151页。
〔2〕 参见 Clark 2013,第137~177页。

拉克本是指 Clark 2013 的校勘本,邦格/冯·佳班本是指 Bang/Gabain 1930)[1]:

《摩尼大赞》部分研究文献对照表

编　　号	本书的位置	克拉克本行数	邦格/冯·佳班本行数
MIK III 8260(T III D 260,1)	001—005	001—005	1—5
U 82(T III D 260, 15)	006—015	006—015	6—10
U 86(T III D 260, 15)	016—25	016—25	
U 83(T III D 260,3)	026—035	026—035	26—35
U 81a + b(T III D 259, 22 + T III D 260, 32)	036—045	036—045	16—25
U 87(T III D 260, 6)	046—055	046—055	46—55
MIK III 189(T III D 260,2)	056—065	056—065	56—65
U 88(T III D 250, 11)	066—075	066—075	66—75
U 89(T III D 260,11)	076—85	076—085	76—85
U 90(T III D 259, 9)	086—095	086—095	86—95
U 91(T III D 259, 15)	096—105	096—105	96—105
U 92(T III D 260, 8)	106—115	106—115	106—115
U 80(T III D 260, 8)	116—125	116—115	
U 112(D 260, 35)	136—145	136—145	
U 93(T III D 260, 7)	156—165	156—165	116—125
U 94(T III D 260, 5)	166—175	166—175	126—135
U 95(T III D 260, 4)	176—185	176—185	136—145
U 96(T III D 260, 20b)	196—205	196—205	146—155

[1] 因阿拉特本(ETŞ,Nr. 7)无确切标行,没有列入此表。

续　表

编　　号	本书的位置	克拉克本行数	邦格/冯·佳班本行数
U 97（T III D 258f）	206—215	206—215	156—160
U 98（T III D 25 +28）	226—235	226—235	161—170
U 99（T III D 259，13）	236—244	236—244	

5.1　标音转写

1　$_{001}$a[l]qu beš a[žunnu]ng umuγı
aryayiša töz n[om no]mčıs[ı]
$_{002}$ayančang kongülin yüküngü
ayaγlıγ aṭlıγ qangım mani burha[n.]

2　$_{003}$anuntumuz sizingä.
asr[a] köngülin yüküngäli.
alıng amtı $_{004}$umuγ ınaγ
alqunung b[arča] yükünčin.

3　yükünür biz sizingä.
$_{005}$yüz yüzägütin bärü kertgünčin.
yük[ünmi]š s[ayu] arızun.
yügär[üki]yz nyng m[ ]

4　$_{006}$[ ]
[ ]
$_{007}$[ ] üč [ ]
[ ]

5　[amtı yükünür]$_{008}$biz sizingä.
anu[ntumuz]

[ ]
[alqu beš] $_{009}$ažunuγ qutγ[a]rγal[ı]

6 [ ]
$_{010}$alqu a[yıγ] qılınčlarımız
[ ]
ay[ıγ] $_{011}$qılınč [t]üšin uqıttıngız

7 [e]
$_{012}$enčgülüg orunqa [ ]
[e]
[e]$_{013}$nomlatıngız

8 um[uγ ınaγ]
[u]
[ootluγ(?)]$_{014}$tamu yolı[n] totung[uz]
[u]

9 $_{015}$[ ] ävin tap[ ]
$_{016}$[ ]
[ ]
[ ]ning [ ]

10 $_{017}$[tö/tü lä]ringä yıltız[lıγ]
$_{018}$[tüzgärinč]siz ädg[ü] nom[la]rıγ nomlayu
tört tuγum$_{019}$[ ]γ
[ ] qutγartıngız.

11 säkiz türlüg ämgäk [ ]
[sä]

$_{020}$säḍräksiz yigi qılınčların.
säpä$_{021}$[ ]

12 [ye/yi] üzä
y[i]ntäm tutčı yinṭsi(k)gü
yertin$_{022}$[čü]
[ye/yi] uqmadın.

13 ilišlig tartıšlıγ[ ]
[i]
$_{023}$ilkitäbärü atqanıp.
[i t]ınl(ı)γlar.

14 ^{024}biligsiz bilig[ ]
[bi]
$_{025}$[bi]
$_{026}$[ ] q[a]l aγuluγ yılqıta.

15 tutčı üẓüksüz munı täg
tuγumuγ a[žun]$_{027}$uγ unıtmaqlıγ.
tooz topraqqa patılıp
turqaru munqul ärtilär.

16 ^{028}az nizvanı-qa aγuqup.
artayu yoqatu tururta.
amwardišan$_{029}$lıγ ot üzä.
anga yörüntäg qıltıng[ız.]

17 [ö]vkä nizvanı üz[ä] $_{030}$quturup.
ögsüz köngülsüz ärtilär.

öz tözlärin uqıtıp[.]
[öglärin]$_{031}$kö[n]gül-lärin yıγtıngız.

18 beš ažuntaqı tınl(ı)γ-larıγ.
biligsiz b[iligtin] $_{032}$öngi üḍür-tüngüz.
bilgä bilig-tä yaratd[ı]ngız.
farnibran-ka $_{033}$sanlıγ qıltı-ngız.

19 üztä buzta ula[t]ı
üküš tälim nizvanı$_{034}$lar.
ögin kongülin azıtıp
örlät[ü]r ärti tınl(ı)γlarıγ.

20 qača[n $_{035}$bi]rök qangımız
qalıγtın quḍı entingiz.
qamıγ tınl(ı)γ uγuši ni<z>v[anı]
$_{036}$[qa]

21 [um]uγsuz bizni täg tın[l(ı)γl]arqa
umuγı $_{037}$[i]ngä
utlı sävinč öt[äki]ngä
uγrın yıqın $_{038}$[ ]

22 adınčıγ ıduq qangımız.
aγınčsız köngül [ ]
$_{039}$[al]qu tınl(ı)γ oγlanınıng.
alp ärti sansartın $_{040}$[ozmaqı]

23 [ü ı]dduq qangımız
üstürti quḍı enmäsär

üč [y(a)vlaq yollarda]
$_{041}$üküš tälim tınl(ı)γlar boltı ärti.

24 $_{042}$[ya köng[ü]llüg oruqunguznı
yalnguqlar ara $_{043}$[ ]
[ya beš] ažuntaqı tınl(ı)γlarıγ
yar(ı)šmalaš $_{044}$[u]

25 [o]
[o]tınl(ı)γlar ilk[i]tä
[o]ruqunguz učı[n]
[o]

26 [u] $_{045}$[ ]qut[ru]lt[ı]
umuγsuz erinč $_{046}$tınl(ı)γlar
oruqunguz učın bulmadın
ulınčıγ sansarta qaltım(ı)z [.]

27 [bilgä] $_{047}$biliglig šatu tikt[in]g[iz]
beš ažunuγ irkl[ä]t[i]p ozγurt[unguz.]
[biz]$_{048}$ni täg erinč tınl(ı)γlar
bilinmädi[n] q[a]ltım(ı)z [.]

28 b[oltumız] $_{049}$biz sizni täg
burhanlıγ kün t(ä)ngrig körgäl[i]
buqaγut[a] q[almıšlar]$_{050}$ ämgäklig
bo sans[a]rt[ın qutrultım(ı)z.]

29 ärtimlig mängikä ilinmišk[ä]
[äš]$_{051}$siz köni nomuγ no[mlatıngız.]

[äm]gäklig taluytın käčürtingiz.
ä[d]g[ü] $_{052}$nirvanqa yaqın elttingiz.

30 boḍulmaqlıγ ilgü tüpk[ä] $_{053}$sırılmıšlarqa
burhanlar uluš[ın]g[a bar]γu yol[u]γ k[ö]r[ki]t[tingiz.]
$_{054}$buyanlıγ sumer taγ[ıγ tur]γurtunguz.
bo a[žunn]ung ürl[üksüz ärtükin(?)] $_{055}$biltürtüngüz.

31 küvänčlig suv köznäkingä suqlunmıšlarqa
kö[ni nomluγ] $_{056}$köprügüg körkittingiz
köngülintäki yeg nomuγ uqıttıng[ız.]
[küsänčig] $_{057}$ıduq anč<am>anq[a tu]tuztunguz.

32 alt[ı] q[a]čıγ ü[zä a]zmıš$_{058}$larqa
aγmaq enmek ažunlarıγ körkittingiz.
avıš tamu $_{059}$ämgäkin biltürtüngüz.
alqatmıš beš qat t(ä)ngri yerintä $_{060}$tuγurtunguz.

33 qutru[lγu yol yıngaql]arıγ tiläyü
qoptın sıngar el ulu[š]$_{061}$larıγ käztingiz.
qutγarγu tınl(ı)γl[a]rıγ taptuqta
qoḍmadın qamıγunı qutγar$_{062}$tıngız.

34 oγatıp qalmıš bizni täg tınl(ı)γqa
ong(e)lyon nom (ä)rt(i)nig $_{063}$nomlap qoḍtunguz.
ozγu qutrulγu yol yıngaqıγ
ol nomta $_{064}$äšitip uqar [biz.]

35 [a]pam birök [mu]nı täg

arıγ no[muγ] nomlap $_{065}$qoḍmasar.
amtıqa tägi yertinčü
alqınmazmu ärti tınl(ı)γ[lar.]

36 tör[t] $_{066}$burhanlarta ken entingiz.
tüzgärin[čsiz b]urhan qutın bultunguz.
$_{067}$tük tümän tınl(ı)γlarıγ qutγartıngız.
t[ünärig] tamutın tüzüni $_{068}$ozγurtunguz.

37 al altaγ uza[nma]q[ları]γ tašγarıp
adın$_{069}$larqa asıγlıγ išig išlättingiz
azmıš[l]arqa yolčı yerč[i] $_{070}$boltunguz
ayıγ q[ıl]nčlıγ šmnu elgintin ozγurt[u]ngu[z].

38 [tärs] $_{071}$köngüllüglärig [ozγurt]unguz(?)
tägilmiš közlär[ig]wk [ ]kyz
$_{072}$tägimligčä išlärig [i]šlättingiz.
t(ä)ngri yeringä barγu k[öni] $_{073}$yol körkit[ti]ngiz [.]

39 yertinč(ü)kä umuγ [ı]n[a]γ törüttüngüz.
yeti $_{074}$aγılıγ nomlarıγ nomlatıngız.
yintäm ayıγta y(a)ratıntačı$_{075}$larıγ tıdtıngız.
yeg üstünki orḍu turγurtu[nguz.]

40 azaγlarıγ barča siz$_{076}$ingä ämtärtingiz.
[a ma]qıγ [sar]anlanmaqıγ q[arıšmaqıγ]
[a m]$_{077}$aqıγ erišmäkig särgürtüngüz.
amw(a)rd(i)š(a)nıγ č[.]

41 $_{078}$tolp sansarıγ sizingä ängitt[ü]rt[ü]ng[üz.]
[todunčsuz yäk]$_{079}$lärig tuṭulturtunguz.
tuγumın ažunın[ ]
[turuγ] $_{080}$ädgü qılınčlıγ išlärig išl[ä]ttingiz.

42 köz qa[raq]
$_{081}$körü qanınčsız körklä körk[ü]ngüzni.
küsän[č .]
$_{082}$körürlär ärti sizingä tätrü [.]

43 kör[ ]
[kö]$_{083}$lärintäki qıl[ınč]
[kö]ng[ü]ll[üg] $_{084}$ičgärü.
küzät[ ]

44 [a]$_{085}$igliglär
ada[ ]
[a]
$_{086}$[ ] qalar.

45 köngüli afyakir[t]
$_{087}$[kö] körmäzlä[r.]
küčsüz turuq kišilär.
[kö/kü]$_{088}$pinpunklar.

46 qatıγı bäḍümiš pat[.]
[qa] $_{089}$täglükläri
q(a)rarmıš köngüllüg mu[nqul]
[qa]$_{090}$qıvırγaq saranlar.

47 taluy ög[üz]täki balı[qlar]
[taγ] $_{091}$önkürintäki yäk ongžinl[a]r
[ta]mu ikint[i(?)]
$_{092}$taqı amarı tınl(ı) γlar.

48 t(ä) ngrim sizing[ä .]
[tä] $_{093}$ärsär olar yägü qonguztı[n.]
tägirm[il]äyü q[orša$_{094}$mı]šta(?) ök
t(ä) rkin tarıqur ärti ančam[a]

49 [körüp] $_{095}$sizing kö[r]küngüz[n]i
körmiš sayu [ ]
$_{096}$küsäyürlär ärti birgärü
künt[äm]äk tı sizni körgü üč[ün.]

50 ^{097}adaqın yorıp sizni at[a]r [ärti.]
[a]γızınta sizni ögä alqay[u]
$_{98}$ančulayu amrar ärti sizni tüzügü
anası[n] b[abasın] $_{099}$oγlanı sävärčä.

51 uluγ y(a) rlıqančučı köngül[üngüzk]ä
olarnı $_{100}$barča sıγurup
[uluγ] a[sı]γ tusu q[ı]ltıngız.
[o/u] qıl[tıngız.]

52 $_{101}$özüg yaṭıγ aḍırt[matın]
özirkänt[ingiz] yomγını [.]
[öz ö]ṭüngüz bert[ingiz.]
$_{102}$ülgüsüz sansız tınl(ı) γlarqa.

53 qın[ımlı]γ yi[ti] k[ön]gülüngüz üz[ä]
$_{103}$qıltıngız ädgü tüzükä.
qılmıš [ä]dgüngüznüng tü[ši]ntä
qısıγ $_{104}$oruntaqılar barča [ün]tilä[r].

54 uzatı üzüksüz munı täg
$_{105}$uluγ asıγ tusu qıltıngız.
ol buyan[ı]ngız tüšintä
otγuraq burhan $_{106}$[qutın bultunguz.]

55 [tınl(ı)γ]lar birlä qaršısız.
t[ıl]taγın qılu kältingiz.
t[ılangunguz] $_{107}$buyanıngız tüšintä
tıḍıγs(ı)z burhan qutın bul$_{108}$[tunguz.]

56 [ärtinč]siz ıduq tilingiz üzä
ädgü tetyük nomluγ $_{109}$[ärtinig]
äsirgänčsizin üläyü y(a)rl(ı)qatıngız.
ämgäklig $_{110}$[tolγaγlı]γ tınl(ı)γlarqa.

57 tınγulu[q] orunta örügin
tı turγaru mängiligin
$_{111}$[tınl(ı)γlarnıng] ämgäkin körüp
tıḍınu umatın $_{112}$[qodtunguz siz]ing mängingizni.

58 sutmıš yarča tittingiz
$_{113}$[tsuy(?) ayıγ] qılınčlarıγ.
soyurqa[y]u erinčkäyü y(a)rlıqatıngız
$_{114}$[su] körginčä.

59 qamıγ tınl(ı)γ uγuši
q(a)rarıγ nizvanı$_{115}$[ları üzä]
qal telvä täg ärtil[är]
qaš ičintä törümiš [.]

60 $_{116}$altun *t*[ ]
[a]
$_{117}$[a] yol[ ]
[a]

61 $_{118}$[ ]*ač*[ ]
[ ]
$_{119}$bol/bul[ ]
[ ]

62 [ ]$_{120}$[ ]
[ ]t/[ ]
$_{121}$[ ]
[ ]

63 $_{122}$t[ ]l[ ]
[ ]
[ ] $_{123}$ärt[i]
[ ]

64 $_{124}$[ ]yo*q*[ ]
[ ]
$_{125}$yw[ ]
[ ]

（126 至 135 行残缺）

65 $_{136}$[ ]č[ ]
[ ]
$_{137}$[ ]
[ ]

66 $_{138}$[a] yüz [ ]
[a]
$_{139}$art[uq(?)]
[ ]

67 $_{140}$arıγın ärgülük[ ]
[a]$_{141}$[ ]
az nizvan[ı]γ[ ]
[a]

68 $_{142}$[ ]ıγ qılıp
[ ]
$_{143}$[üztä] buzt[a]
[ ]

69 $_{144}$[ ]
[ ]
$_{145}$[ ]
[ ]
（146 至 155 行残缺）

70 [ya]
[ya]

[ya]$_{156}$küzädip
yanınčsız [o]runqa tägdilär.

71 i[l]kit[ä b]ärü kirik[ ]
[e]$_{157}$uvšaq qılınčlıγ
ekirčgü kongüllüg yalnguqlarq[a]
[inčgä] $_{158}$ạdırtın uqıttıngız.

72 uluγ y(a)rl(ı)qančučı köngül[üngüzkä]
olarnı $_{159}$barča sıγurup
ulınčıγ a[žun]larıntın qutγarıp
[ozγurtunguz san]$_{160}$sartın.

73 arımıš köngüllüg qutluγl[ar.]
ayı t(ä)rkkyä tuyunup
[aqıγ]$_{161}$ların bastılar.
arhant qutın bul[tılar.]

74 atqaγlıγ višaylıγ mängilär
$_{162}$al altaγ uzanmaql[arı]γ üntürüp
anga y(a)ra[šı uluγ]
$_{163}$asıγ tusu qıltıngız.

75 küsänčig mängilär [ ]
[köni]$_{164}$tözin unıtmıšlarqa
körk tägšürüp öngi
k[örüntüngüz]$_{165}$olarqa.

76 olar bar[ča] qamıγun
ol körküng[ü]z[ni] körm[ištä ök].

[ulınčıγ] $_{166}$s[a]nsar ämgäkintin
[o]zγalı köngül turγurtı.

77 yalnguqlarnıng oγlanınga
$_{167}$y(a)raši körk kö[r]k[i]tip.
yanturtunguz ayıγ qılınčtın
yavš[ınmıš] $_{168}$ilinmiš atqaγtın.

78 barγu yoluγ bilmädin
b[arar] $_{169}$ärti yalnguq(lar)
bar ellig [k]ök qalıγ yüzintä
bahšılıγ [burhan] $_{170}$[t(ä)n]gri tuγtunguz.

79 sizni körüp tınl(ı)γla[rnıng]
sezik köngüllär[i] tarıq[tı.]
$_{171}$[si]z y(a)rlıqamıš y(a)rlıγıγ
sımtaγsız köng[ülin] küzätdi.

80 küzätm[iš]čä $_{172}$[k]üčä*ni*p
köngül köngültäki [ä]dgüläri.
kün küningä ü[n]t[i.]
$_{173}$kün t(ä)ngri täg y(a)rutı.

81 y(a)ruq biligläri yaltrıyu
y(a)rl[ı]q[ančučı] $_{174}$köngülläri ükliyü
yazınčsızın ärmäk č(a)hš(a)p(a)t(ı)γ k[üzätti.]
$_{175}$ya[lı]nayu turur tamutı[n o]ztılar.

82 kertgünč köngülläri[n]
$_{176}$[kertü] törülärtä qa[tı]γlanu

kirlig ayıγ qıl[ınčıγ qılmamaq]
kert[ü] $_{177}$č(a)hšap(a)tıγ küzätdi.

83 [ä]töz ärtimligin saqınıp
ävtin barq$_{178}$tın üntilär.
ädgü nomlarta bıšrunu
ätöz arıγın ärm[ä]k č(a)hš(a)p(a)t(ı)γ $_{179}$[b]ütürti.

84 adalıγ orunlartın ozγuluq
arıγ nomla[rt]a qatıγ$_{180}$[lanu]
[a]nw(a)šagan orḍuta tuγγu ücün
aγız arıγın ärmäk č(a)hša[p(a)]t(ı)γ küzä$_{181}$[tdi.]

85 [qut] qoluntılar tüzügü
qutluγ [ ] yolınča yorıγalı
qorqınč[ıγ s]ansar$_{182}$[tın] ozγu üz[ä]
qutluγ čıγayın ä[rmä]k č(a)hš(a)p(a)t(ı)γ bütürti.

86 ürlüksüz$_{183}$[no]mlarıγ bögünüp
üč yavlaq yolqa q[o]rqınčın
ü[s]tünki yeg $_{184}$orunta tuγγalı
üč t(a)mγalarıγ bütürti.

87 t(ä)ngr[i]m sizni körmiš$_{185}$t[ä] ök
t[ä]lim üküš tınl(ı)γlar
t[a] ozγalı
$_{186}$[ta/tä]

(187 至 195 行残缺)

88 [ ]
196[ye] k[öngü]lintä[ ]
[ ]
[ ]
197yeti yük[ün]čüg t[ükä]l

89 [ ]siz[ ]
198[ ] sımtaγsız [k]öngül[in]
[ ] //uq//ar. közünürtäki
199[ ]känip

90 kenint[ä ü]č yavlaq yolt[a]
[ ]
200[ ]
[ ] t[ ] ölümint[ä]

(第 201 至 205 行破损严重,无文字可认)

91 [ ]
[ ]
[ ]
[ ] 206tavrantı

92 küsäsärlär tınl(ı)γlar[ ]
[kö/kü]
207közüg yumup ačγınča
közüntüng[üz]

93 208[tö]läringä y(a)raši
tüzgärinčs[i]z [ ]

[tö/tü]$_{209}$l[i]g t[ın]l(ı)γlarıγ
tüzün[i] birtä[m]

94 [ ]
$_{210}$[ ]g[ ]aq/t[ ]
[ ]
[ ]

95 [ ]$_{211}$[ ]
[ ]
$_{212}$[ ]
[ ]

96 [e/i]$_{213}$nizvanılarqa
eyin yed[ärü]
[e/i]
$_{214}$eki quruγ tözin bilmädin.

97 [be]
[be]$_{215}$lig u üzä uḍıyu.
berimlig ayıγ [qılınč]
[ ]

(216 至 225 行残缺)

98 [ ]
[ ]
[ ]$_{226}$ rti
[ ]köngül[lär]i.

99 a[l]q[ı]š pašik sözlägüg[.]
[a]yıγ qılınčıγ [ö]kü[ngüg.]
$_{227}$amw(a)rd(i)š(a)n qılıp yıγınγuγ
ayu y(a)rl(ı)qadıngız olarqa.

100 bulγanyuq köngüllüg $_{228}$tınl(ı)γlar
bo y(a)rlıγıngıznı äšitip
buyanlıγ taluy ögüzüg aqıtıp
$_{229}$burhanlar ulušı[n]ta tuγt[ı]l[a]r.

101 adın tümkä köngüllär
arıγ yollar$_{230}$ta y[o]r[ıp]
amw(a)rd(i)š(a)n q[ı]l[tılar.]
[an]w(a)š[aga]n orḍuta tuγtılar[.]

102 yinčürü töpün $_{231}$yük[ünü]r [bi]z
$_{232}$yeg üstünki [t(ä)ngrim(i)]z siz[i]ngä.
yertinčütäki tı[nl(ı)]γlar
yintä[m] $_{232}$nirvanta tuγzunlar.

103 a[yančang] köngülin yükünür biz
alqu yertinčütä$_{233}$ki tınl(ı)γlar
alp adalarıntın ozzunlar.
amrılmıš nirvanıγ $_{234}$tapzunlar.

104 ögä yükünmiš buyanım(ı)z tüšintä
üstünki altınqı $_{235}$t(ä)ngrilärn[in]g
öngi öngi q[u]t wahšıklarnıng
üstälzün t(ä)ngridä[m] küčl[äri.]

105 $_{236}$öz [ ]
[ö]
$_{237}$[ö]lärintä küzädzün.
[ö .]

106 [qut] $_{238}$qolur biz [sizingä]
[qo/qu]
[qo/qu]
$_{239}$[qo/qu] tüzü tägzün

107 [ye/yi]
[aγır aya] $_{240}$maq[ı]n
yinčürü yükünü täg[inür biz.]
[ye/yi]

108 [ka/kä]
$_{241}$k(a)rm[š]uh(u)n berü y(a)rlıqazu[n.]
[ka/kä]
[ka/kä]$_{242}$lär birlä.

109 tüzü [ ]
[tüz]$_{243}$gärinčsiz yeg [üstünki]
[tö/tü]
[tö/tü]

5.2 汉译

1 所有五趣的希望之托，
阿里雅耶沙根本经典的传者，
应以虔诚之心向你致敬，
我享有声望的尊敬的父亲，摩尼佛！

2 我们已经做好了准备，
以谦卑之心(向你)跪拜。
接受吧，你希望和信念之托，
公众(对你)的一[切]爱戴。

3 我们从心灵之深处，
虔诚地给你跪拜。
在跪拜中使之纯洁吧，
现[……]的[……]

4 [ ]
[ ]
[ ]三 [ ]
[ ]

5 [现在]我们向你[跪拜]
[我们已] 准备好[……]
[ ]
为了拯救[所有]五[趣]。

6 [ ]
我们的一切恶行[……]
[ ]
你使得我们知道[恶]行的后果。

7 [ ]
往平安的地方[……]
[ ]
你讲道[……]

8 希望[和信念……]

[ ]
你挡住了[炎热?]地狱之路。
[ ]

9 [ ]找到其家
[ ]
[ ]
[ ]的[ ]

10 对其[ ]等[ ]根本的[……]
你宣讲无[等等善]经
[……]四生[……]
[ ] 你拯救了。

11 八种苦难[……]
[ ]
[ ]
把稠密无间的行为
联系在一起[……]

12 以[……]
应持续不断地寻找
[……]世界
不懂得[……]

13 钩着的和拉住的[……]
[ ]
从一开始就执着[……]
众生[……]

14 无知[……]

[ ]
[ ]
在疯狂、恶毒的动物[……]

15 经常、不断地就这样，
应忘掉将来要重生。
他们陷入尘土之中，
曾经变得无识疯狂。

16 当他们为贪欲所毒害，
正面临腐烂毁灭时，
是你以禅定之药草，
为他们配制了良药。

17 受到嗔怒的肆虐，
他们失去了理智。
是你讲明其本源，
汇集了他们的心智。

18 是你使五趣之众生，
得以远离了无知。
你以智慧造就了他们，
使他们入了般涅槃。

19 扯断、撕毁等等，
许许多多的烦恼，
迷惑他们的意识，
经常使众生损恼。

20 自从你，我们的父亲，
从天空降临，

一切生灵之烦恼，
[……　　　　　]

21　对于我们这般无望之生灵，
对[……　　　　]希望之托，
对于报恩和回报
[……　]之方便。

22　我们特别、神圣的父亲，
不动摇的心[……　　　]
一切众生之子
难以从轮回[解脱]出来。

23　我们[……]神圣的父亲，
若你待在上天不降临，
[在]三[恶道中]
仍然会留许多生灵。

24　你把那[……]心之道，
在人间[……　]
让[所有五]趣的众生
(处在)和谐[之中]。

25　[……　　　　]
原先[……]众生
[把]你那条路之终端[……]
[……　　　　]

26　[……　　　　　　]得救了，
没有寄托慈悲的众生，
未能找到那条路之终端，

我们滞留在痛苦的轮回中。

27 你架上了智慧的梯子，
让他们爬过五趣得救了。
我们这般慈悲的众生，
毫无察觉地留在了[……]。

28 我们[能够]看到你这样的
先知，即日神。
[留于]束缚中的我们这些
从苦难的轮回中得救了。

29 给那些被暂时的快乐诱惑的人们，
你宣讲了无与[伦比]的根本经典。
你让他们渡过苦难的大海，
你带他们接近于至善涅槃。

30 给那些被有染这一钩根捆住的人们，
你指出了去往佛土的道路。
你立起了功德的须弥山，
让他们明白了此[世]之[无常]。

31 给那些对傲慢之水泡着迷的人们，
你指出了真正经典之桥。
让他们明白了他们心中的善经，
让他们信任了[渴望的]神圣僧众。

32 为六根所惑的人们
你指出了升降之诸世。
你说明了无间地狱之苦，
让他们生在受赞的五层天地。

33　寻求解脱[之道和方向],
你周游在天下所有方面。
当你找到该救的众生,
一个都不漏地拯救了他们。

34　为我们这些来迟的生灵,
你特此宣讲了福音宝书。
解脱和得救之道及方向,
我们从那本宝书中了解。

35　如果你不是这样地,
特此宣讲这圣洁之书,
那么至今为止在这世界,
众生不就早已毁灭?!

36　你在四佛之后降临,
获得了无上正遍知证觉。
你拯救了成千上万的众生,
让他们从黑暗的地狱得以逃脱。

37　你使出各种方法和绝招,
让他们从事为他人有益的事业,
你为彷徨迷途的人做引路者,
把他们从恶行多端的魔鬼手中救出。

38　你[拯救了(?)不当]之心的人们,
你[……　　　　　　]了瞎了的眼睛。
让他们从事了有益的事业,
你指出了去向天地的正道。

39　你为大地创造了寄托和信念,

你宣讲了七部藏经。
遏制惯于以恶饰己的人们，
你建起了上等宫殿。

40 你使邪君全都转向自己，
你使［ …… ］吝啬和［争执］得到停止。
你(避免了)［……］和竞争，
［你……了 ］禅定。

41 你使所有的轮回向你低头，
你使［贪婪的魔鬼］受到控制，
［…… ］生世，
你让他们从事了［纯洁的］善事。

42 眼珠［…… ］
你那百看不厌的迷人姿态，
愿望［…… ］
他们目不转睛地凝视你。

43 看［…… ］
［ ］当中的行为
［ ］之心［ ］往里面［ ］
守护［ ］

44 ［ ］有病者
灾难［ ］
［ ］
［ ］将会留下。

45 他们的心灵［ ］无记，
［ ］他们不会看见。

无力贫乏的人们,
[　　　]pinpunk 们。

46　难度倍增的死亡,
[　　　]的瞎眼。
心都变黑的疯子,
[　]吝啬的守财奴。

47　大海和河里的鱼类,
[山]洞里的魔鬼和亡人,
[地]狱[……]第二[……]
还有那些其他生灵。

48　对你,我的天神[……]
若[……]他们比贪吃的甲虫[……]
当[他们]围着[包围]时,
将很快就会散开。

49　[看到]你那美丽的姿态,
越看越[……　]
他们总在一起盼在那里,
为了每日都能见到你。

50　他们边走边念诵你的名字,
嘴上称赞着你、赞颂着你。
他们都那样地爱你,
如同孩子爱戴自己的父母。

51　在你那广大慈悲之心,
完全地容纳着他们,
你做了件有益的大事,

[你]做[了……　　　　]

52　毫不区别自我和他人，
你把一切当作是你自己的。
对于那些无数的生灵，
你给了你[自己的]劝告。

53　用你那坚定、锐[利]的心，
你为一切作了有益之事。
作为你做善事的回报，
监禁中的人们全都[出来]了。

54　就这样连续不断地，
你是在做大的益事。
作为你那功德的回报，
你定是[得到了]菩[提]。

55　与[众生]一起毫无对立，
你一直在造其[因缘]。
作为你那[雄辩]的报答，
你得到了无碍菩提。

56　你用那[无与伦比]的神圣的语言，
你把称作“善”的[宝典]
毫无保留地传播给那些
受尽苦难的众生。

57　静静地在一个休闲之地，
怀着永恒的快乐，
看到[众生]的苦难，
未能忍住你便[放弃了自]己的快乐。

58　你对那些[罪行和]恶业，
就像吐出的痰一样厌弃。
你表示了哀愍和宽容，
直到看到[……]

59　一切生类
因黑暗之烦恼，
变得疯狂愚蠢，
犹如生在岸边(?)。

60　金子[…… ……]
[……]道路[……]
[…… ……　　]
[……　　　　]

61　[　　　]开[　　　]
[　　　　　　　]
[　　　]成为/找到[　]
[　　　　　　]

62　[　　　　　　]
[　　　　　　]
[　　　　　　]
[　　　　　　]

63　[　　　　　　]
[　　　　　　]
[　　　]曾是[　]
[　　　　　　]

64　[　　　]无[　]

[ ]
[ ]
[ ]

(126 至 135 行残缺)

65 [ ]
[ ]
[ ]
[ ]

66 [ ]脸[ ]
[ ]

[ ] 更[(?)]
[ ]

67 应处于纯洁[ ]
[ ]
贪婪这一烦恼[ ]
[ ]

68 做[ ]
[ ]
[扯断]、撕毁中[ ]
[ ]

69 [ ]
[ ]
[ ]
[ ]

70　[　　　　　　　]
[　　　　　　　]
[　　　　]守护[……]
到达了不退之地。

71　自始以来变脏[…]
对于那些行为琐碎
有着疑心的人们，
你讲明了其间的[细微]差别。

72　[在]你那广大慈悲之心，
完全地容纳了他们。
从充满哭声的生涯救了出来，
使他们在轮回中得以[解脱]。

73　心灵得以纯化的有福者
很快得到觉悟，
压制了诸多[有漏]，
得到了阿罗汉之福。

74　对有缘有境的[众生]
使出种种方便和绝招，
与其相应[大……]
你做了有益之事。

75　[……]渴望的乐趣
对于忘记本原的人们，
你换了另一个姿态，
[出现]在他们[眼前]。

76　他们全都在一起，

看到你那美丽的姿态，
便下了决[心]要离开
那充满哭声的轮回之苦难。

77 对于人类之子，
你显现出迷人的姿态。
让他们从恶业中返回，
从那执着和钩住的对象(走开)。

78 由于他们前途未卜，
人们曾经[习惯于去]，
在一存在王国的天空，
你身为大师(即)先知神。

79 众生每当看到你，
心里的疑虑就消散[了]。
你所颁布的每一个戒律，
他们毫无疏忽地维护了。

80 他们心中的善意
越守护越变得强盛，
日复一日地出[现]，
如同日神散发光芒。

81 他们光明的知识闪闪发光，
慈悲之心得到了增强。
守住了无罪之戒律，
逃脱了火烧的地狱。

82 他们[以]虔诚的心，
于真法中专精一意，

守住了不做不洁恶业，
这一真实的戒律。

83 想到肉身稍纵即逝，
他们便离开了家园。
他们勤修善法，
完成了保持身洁之戒。

84 应逃脱危险之地，
这一净法他们勤修。
为了重生在永生之宫，
他们守住了口洁之戒。

85 为了走在幸福[……]的道路，
他们都祈求了幸福。
通过逃脱可怕的轮回，
他们完成了做幸福之穷人之戒。

86 他们领悟到无常之法，
以对三恶道的恐惧，
希望重生在最善之地，
他们完成了三印。

87 我的天神，当他们看到了你，
许许多多的生灵
[……]为了逃脱[……　]
[……　　　　　　　]

(187 至 195 行残缺)

88 [　　　　　　]

[ ]在[心]里
[ ]
全部[……]七拜。

89 [ ]无[ ]
以毫不疏忽的心[……]
看得见的[……]
[ ]

90 最终在三恶道[……]
[ ]
[ ]
[……] 在其死亡[中……]
91 [ ]
[ ]
[ ]
他们努力了[ ]。

92 如众生希望[……]
[ ]
转眼之间[……]
[ ]你出现了。

93 [……]与他们相符[……]
无等等[……]
把[……]的众生
全部在一起[……]

94 [ ]
[ ]
[ ]

[　　　　　　　　]

95　[　　　　　　　　]
[　　　　　　　　]
[　　　　　　　　]
[　　　　　　　　]

96　对于[……]烦恼
跟随[……　　　　]
[　　　　　　　　]
不知二空理。

97　[　　　　　　　　]
在[……]上睡觉
应负责的恶[行]
[　　　　　　　　]

(216 至 225 行残缺)

98　[　　　　　　　　]
[　　　　　　　　]
曾[　　　　　　　]
他们的心[……]

99　如何朗诵赞诗赞歌,
如何忏悔恶劣行为,
如何集合成为僧团,
是你说教教了他们。

100　心灵玷污的众生,
听到你这一教导,

使功德之海畅流，
他们重生在佛土。

101 其他愚痴的人们
走在纯洁的路上，
便就做起了冥想，
重生在永生之宫。

102 我们向你顶礼膜拜，
我们至高无上的天神！
但愿天下的众生，
唯独重生在涅槃。

103 我们以崇敬之心跪拜，
愿世间的一切众生，
从其面临的灾难中解脱，
永获安宁的涅槃。

104 作为我们赞颂跪拜之功德的报答，
愿那些上下之诸天
还有那些种种精灵
增强各自天神般的力量！

105 自己[…… ……]
[…… …… ……]
[ ]
让他们在[……]守住！

106 我们向你祈求幸福，
[ ]

[　　　　　　　　]
让他们全及于[……]!

107　[　　　　　　　　]
以恭敬之[心……]
我们[恭]敬地顶礼膜拜,
[　　　　　　　　]

108　[　　　　　　　　]
愿他给予赦免!
[　　　　　　　　]
与[　　]们[　　]

109　普遍[…… ……　　　]
无等等[……　　　　]
[　　　　　　　　　]
[　　　　　　　　　]

5.3　语注

第 001 行 aryayiša:冯·佳班和克拉克读作 aryayiša,罗伯恩却建议读作 aryayuša,并把第二个成分解释为来自帕提亚语或中古波斯语的 yyšu“耶稣”(见 UWb, 221a)。克拉克在最新研究中根据有力证据反驳罗伯恩的建议(详见 Clark 2013,第 165 页注 001)。从其后出现 töz no[m]来看,此处 aryayiša 应是一部神圣经典或圣法之名称,但目前无法确定是指何部经典或圣法,暂译作阿里雅耶沙。

第 002 行 ayaγlıγ aṭlıγ qangım mani burhan:邦格和冯·佳班译作“我的尊敬的著名的父,摩尼佛(mein verehrter und berühmter Vater, Mani Buddha)”(见 TT III,2)。克拉克采用同样的译法。罗伯恩提到,该句可能也可译作 mein Vater, Mani Buddha, genannt: “der Verehrte”(详见 UWb,第 296 页)。但是,此处,ayaγlıγ aṭlıγ 意

为“尊敬的、有名的”,此类例子在摩尼教文献并不少见(详见 Erdal 1991,第 149 页)。一般来讲,burhan 在古代突厥语摩尼教文献中,指“先知”(见 BTT V,第 51 页及 Clark 1982,第 191 页)。我们考虑到汉文摩尼教文献常用“摩尼佛”,把 burhan 译作“佛”。

第 004 行 alqunung b[arča] yükünčin：最初邦格和冯 · 佳班读作 alqunung b[arča] yükünčin,克拉克也接受这一读法。最近,克拉克认为,如用 b[arča]补缺,需要与其前的 alqu 一样带领属词尾,而 b[arča]后加领属词尾却无足够空处,故用 b[ütün]来补缺(见 Clark 2013,第 166 页)。笔者认为,b[arča]无须与其前的 alqu 一样带领属词尾,因为 alqunung 与整个短语 b[arča] yükünčin 发生领属关系。另外,在回鹘语文献无 b[ütün] yükünčin 这一组合,故采用以前的补缺方法。

第 005 行 yügär[üki]：克拉克作 yükgär[ü],但此处该词似修饰其后带属格词尾的名词(只有 yz 两个字母生存,但属格词尾清楚可见),故 yügär[üki]较为合适。需要提到的是,在回鹘语文献只有似是由 yükgärü 演变而来的 yügärü 及由此派生的 yügärüki,而不见 yükgärü。

第 008 行[ootluγ(?)] tamu yolı[n]：克拉克没有填补此行开头的破损部分,笔者试复原为[ootluγ(?)],[ootluγ(?)] tamu 应指“火焚地狱”或“焦热地狱”,是八热地狱之六,梵文为 tāpana-naraka。汉文佛教文献也译作烧炙地狱。

第 008 ~ 009 行[alqu beš] ažunuγ：克拉克在这一诗段的构拟中把[beš]放在第三行的最后,而把 ažunuγ 看作是押韵单位。但是,在回鹘文诗歌中考虑到押韵把固定短语 beš ažunuγ 拆开安排在两个不同的诗行中是不可想象的。笔者认为,[beš] ažunuγ 前应有 alqu(参见该诗 001 行的开头),而这 alqu 才应是押韵单位。这样笔者对这一诗段的构拟有别于克拉克。

第 019 行 tört tuγum：佛教术语,在回鹘语佛教文献较常出现,可译作“四生”,梵文为 Caturyoni。根据《增阿含经》等佛教文献,是指六道众生的以下四种形态：1. 卵生,2. 胎生,3. 湿生,4. 化生。这一术语在这一摩尼教文献的使用,反映其强烈的佛教背景。

第 020 行 säpän[　　]：邦格和冯·佳班曾读作 sapan，后来，克拉克考虑到押韵读作 sepen-，但未能确定其意义（详见 Clark 1982，第 192 页）。也许 säpän-为动词 säp-"武装起来、装备"的反身态形式，是 säpin-的误写（见 Clauson 1972，第 784 页）。动词 säp-的被动形式为 säpil-（见 Erdal 1991，第 671 页）。克拉克在最新研究中也采用这一解释。

第 035 行 qača[n]［bi］rök qangımız：克拉克曾读作[ıd]duγ qangımız，威尔金斯建议读作 qača[n bi]rök̤（详见 Wilkens 2008，第 213 页 §4）。克拉克也接受这一建议，但把[bi]rök（他作[bi]rük）解释为"但是"（见 Clark 2013，第 168 页，注 034～035）。从文字的角度看，qača[n bi]rök 是一种可能的读法，但此处损坏部分之后的字母是 d 还是 r 较难辨认。需要注意的是，[ı]duγ qangımız 在该文还出现两次，在第 38 行和第 40 行，并非可以完全排除。

第 048－049 行 boltumız biz sizni täg burhanlıγ kün t(ä)ngrig körgäl[i]：克拉克未能复原第一个词，读作 b///。笔者认为，该词应复原为 boltumız，为助动词 bol-的第一人称复数直陈过去时形式，与下一行的 körgäl[i]"为了看到"构成助动词结构表示可能性，即 körgäl[i] bol-"能够看到"。

buqaγut[a] q[almıšlar]：克拉克读作 buqaγut[a]q[ılar]。该文献中分开书写位格词尾之后的修饰性词尾的情况比较少见，所留空白处也较大，笔者怀疑此处还缺一个词，很可能可复原为buqaγut[a] q[almıšlar]，这也比较符合诗行的音节数。

burhanlıγ kün t(ä)ngrig：克拉克译作"the Sun-God of Prophets"，明显不符合该短语的原意。该短语的关键为 burhan"佛，先知"之后的词尾-lIG，以这一词尾链接的成分实际上指同一人或事物，即该短语的佛或先知就是日神，而日神就是先知。至于-lIG 的功能详见 OTWF，第 139～155 页。笔者故译作"先知，(即)日神"。芮传明先生建议译作"如佛般的日神"（详见芮传明 2010，第 660 页脚注 10）。

第 050 行 köni nomuγ no[mlatıngız]：克拉克把破损部分还原为 no[mlayu]（见 Clark 2013，第 141 页）。笔者认为，虽在相应诗行有

nomlayu 一词（见 018 行），但少见，用动词终止形的较多。此外，此处空白处较大，用 nomlayu 过短，故复原为 no[mlatıngız]。

[äš]siz köni n[om]：可译作“无以[伦比]的根本[经典]”。威尔金斯建议复原为[ärtinč]siz“不朽的、永恒的”，克拉克也接受这一建议（见 Wilkens 2008，第 215 页；Clark 2013，第 140 ~ 141 页）。从韵文的角度来讲，他的建议是可取的。但添加如此多的字符，在该行末尾似乎没有足够的空白处。

第 054 行 k[ö]r[ki]t[tingiz]：克拉克把该词复原为 k[o]r[kı]t[tıngız]，疑是技术性错误，若不是，回鹘语表示 körkit-“指出”这一动词无 k[o]r[kı]t[tıngız]这样的变位形式。

第 054 ~ 055 行 bo a[žunn]ung ürl[üksüz ärtükin（?）] biltürtüngüz：意为“你让他们明白了此[世为无常]”。威尔金斯建议把这一诗行复原为 bo ü[künn]üng ürl[üklügin] biltürtüngüz（见 Wilkens 2008，第 215 ~ 216 页）。克拉克拒绝威尔金斯的建议并把这一诗行复原为 bo a[žunn]ung ürl[üg ämgäkin] biltürtüngüz“你让他们明白了此[世]永远是痛苦的”（见 Clark 2013，第 156 页）。

第 057 行 anč <am> an：邦格和冯·佳班作 ančan；克拉克认为，该词是源于帕提亚语的 ančmn“众人”的误写（详见 Clark 1982，第 195 页，注 57）。罗伯恩认为，该词源于梵文具有“膏药”、“眼药”等意义的 añjana（详见 UWb，第 134 页）。笔者取前一种解释。

第 062 行 ong(e)lyon nom (ä)rt(i)nig：可以译为“把福音宝书”或“把福音经宝”，ong(e)lyon nom (ä)rt(i)ni 一般被认为是出自摩尼之手的九部经摩尼教经典中的第一部。克拉克曾读作 awngliwn nom rtni，最近他把它纠正为 ewangelyōn nom ärtini（见 Clark 2013，第 141 页）。考虑到押韵的需要，笔者把第一个词转写为 ong(e)lyon，应接近于该词当时的回鹘语发音。在其他一些回鹘语摩尼教文献中该经的名称以 anglïwn 和[a]wngliwn bitig 的形式出现，均意为“福音书”（详见 Clark 1997，第 92 页，脚注 7）。回鹘语经名中的 awngliwn 或 anglïwn bitig 来自帕提亚文’wnglywn 或粟特语’wnglywn（见 Clark 1982，第 196 页）。汉文《摩尼光佛教法仪略》的“应轮”应是相应帕提亚语经名的音译（详见马小鹤 2008，第

37 页)。

第 070～071 行[tärs] köngüllüglärig [ozγurt] unguz(?):暂译为“你[拯救了(?)不当]之心的人们”。克拉克作[ ] köngüllüglärig [ ]üngüz(见 Clark 2013,第 142 页)。

第 086 avyakirt:源于梵语 avyākṛta,意为“无记”、“未授记”、“未得记”等(见 UWb,280b;荻原雲來 1986,第 156 页)。克拉克转写为 afyākīrt(见 Clark 2013,第 157 页)。

第 088 行 pat:该词写作 p'dd,最近克拉克把它与粟特语的 p'δδ(表示“箭”)联系并转写为 pāt(详见 Clark 2013,第 172 页,注 088)。该词在此处是受短语 qatıγı bäḍümiš“硬度增加的”或“强度增加的”的修饰。虽然克拉克的建议也有其一定的道理,但因其后的部分破损,很难准确确定其来源和意义,有可能这一词形就不全,不宜解释。笔者暂与梵语具有“飞翔”、“打击”、“射击”、“死亡”等意义的 pāta(见荻原雲來 1986,第 773 页)联系起来看待,译作“死亡”。

第 090～091 行[taγ] önkürintäki:意为“山洞里的”,克拉克没有复原第 090 行末的空白处,鉴于回鹘语文献有 taγ önkürintä“在山洞里”、taγnıng önkürintä“山的洞里”等词(见 Zieme 1985,第 242 页)且在现代突厥语里这是很常见的短语,笔者把这一空白填为[taγ],这在韵律上也比较合适。至于经常转写为 üngür 的词,鉴于其第一元音在维吾尔语在内的许多突厥语中都是 ö,笔者转写为 önkür。

第 091 行[ta]mu ikintä[ki(?)]:克拉克读作[ta]mu ekint[i]并译作 the second [ ] hell,即第二个[ ]地狱;他拒绝威尔金斯把此处文字复原为[ ]mz kentä[ki]的建议(见 Clark 2013,第 157 页)。笔者认为,克拉克拒绝威尔金斯的建议是正确的,但他把这一段复原为[ta]mu ekint[i]不妥。这里[ta]mu 之后的词应与[ta]mu 处于所属关系,读法应是 ig 或 ik,该词后面的词尾清楚地证明了这一点,也许威尔金斯也考虑到了这一点。但是,就像克拉克谈到的那样,读作 kentä[ki]是很难被接受的,第二个词只能读作 ig“疾病”或 ik“纺锤”,但意义上都比较牵强,也许这里 ik 有比喻意义,暂无法确定。

第 094 行 ančam[a]：邦格和冯·佳班作 ančam[an]并解释为"僧众"，克拉克也曾接纳这一解释。最近，克拉克把它解释为 anča 和 ymä 的结合体 anča ymä 的缩略形式（见 Clark 2013，第 173 页）。虽这一解释在语音上比较牵强，笔者暂采用他的新解释。

第 115 行 qaš ičintä törümiš：克拉克译作 It was as though they had been born inside *kaš*(?)（见 Clark 2013，第 159 页）。这里的 qaš 可与两个完全不同的词联系起来看，一是表示"玉石"、"翡翠"的 qaš，二是具有"岸边"、"眉毛"等意义的 qaš。这里暂作为第二个词来理解并翻译成"岸边"。

第 140 行 arıγın ärgülük 可以译作"应纯洁地存在"、"应保持纯洁"、"应处于纯洁"等，似是与摩尼教十戒中的不奸淫有关，但不知这里的 arıγın ärgülük 与回鹘语摩尼教文献的 ätöz arıγın ärmäk "肉身圣洁"和 aγız arıγın ärmäk"口洁"中的哪一个相连。这里译作"应处于纯洁"。

第 166 行 ozγalı köngül turγurtı：克拉克作 ozγalı köngül[i] turγurtı（见 Clark 2013，第 160 页）。köngül 之后确实有破损之处，但无文字。从全句来看，如在 köngül 之后补上领属词尾，句子就不同，此处应无领属词尾。

第 168～169 行[barar] ärti yalnguqlar：克拉克把这一行复原为 barča oγlanı ärti yalnguq <larnıng>并译作[All the children] <of> human being <s> existed（见 Clark 2013，第 161 页）。可是，前一行的 barγu yolın bilmätin"因前途未卜"之后下一行的开头似乎应紧接着出现一个动词，破损处后的 ärti 应是与这一动词形式一起使用的助动词，而与之经常一起使用的一般为动词的不定形式，故用[barar]补缺显得比较合适。

第 178 行 ätöz arıγın ärm[ä]k č(a)hš(a)p(a)t(ı)γ：可以直译为"保持体净之戒律"或"处于体净之戒律"，明显是指摩尼教选民的五净戒当中的"贞洁"。

第 182 行 qutluγ čıγayın ä[rmä]k č(a)hš(a)p(a)t(ı)γ：可以直译为"做幸福之穷人的戒律"，明显是指摩尼教选民的五净戒当中的"安贫"。

第 184 行 üč tamγalar：可译作“三个印记”，这里是指摩尼教的三印，即口、手、心，也作“三个记验”（详见 Clark 1982，第 202 页）。

第 204 行 iki quruγ töz：为佛教术语“二空理”的对等语（见 BTT I，第 34 页脚注 D85；Clark 1982，第 202 ~ 203 页；Yakup 2010，第 143 页）。

G. 吐火罗语B—回鹘语双语赞美诗

除了《摩尼大赞》之外,《摩尼教贝叶书》还包括一首吐火罗语B—回鹘语双语赞美诗。该诗共39行,始于贝叶书的244行,在283行结束。但与其前的《摩尼大赞》不同,该诗的回鹘语部分不押头韵,一般紧跟着其吐火罗语B平行文出现,较忠实地再现吐火罗语部分的内容。诗歌采用的是吐火罗语佛教文献常见的赞诗(stotra)的形式和文学技巧。虽然其赞颂的对象并非是佛教文学较常见的佛陀,而是摩尼或摩尼父[1],但该诗清晰地分三段来赞颂摩尼,明显地仿照佛教佛、法、僧这三宝的赞颂[2]。克拉克写道:"《贝叶书》中的所谓双语摩尼赞是佛陀赞(Buddhastotra)的摩尼教仿造,是从吐火罗语B(龟兹语)直译成突厥语,与摩尼教礼拜仪式没有明显联系"[3]。

最初研究该诗的德国知名吐火罗语专家威纳·温特和冯·佳班称这一韵文为《摩尼父赞》(*Ein Hymnus an den Vater Mani*),后来也有学者沿用这一名称[4],但最近学者们一般称之为《双语摩尼赞》(*Bilingual hymn to Mani*),突出其双语性质[5]。该诗吐火罗语部分的韵文结构早就引起温特的关注,他指出,该诗由三段组成,每行又由22音节构成。这对诗歌韵文结构的确认和诗文的研究起到关键作用。虽然该诗的回鹘语部分的文学价值不高,但作为吐火罗语B—回鹘语双语诗歌有其重要价值。为何恰恰是贝叶书的这一部分用双语书写,仍不清楚。但该诗的吐火罗语部分说明,吐火罗语B最晚在11世纪初作为宗教语言在吐鲁番地区仍被使用。需要注意的是,这一诗歌吐火罗语部分的吐火罗语与吐火罗语B的其他文献相比在语言特点上有所不同。温特用"东方特点"(oriental)来描写

---

[1] 参见Clark 1982,第151页。
[2] 详见Pinault 2008,第94页。
[3] 参见Clark 1997,第98页。
[4] 见Gabain 1958;Moriyasu 2003,第097~098页。
[5] 见Clark 1982,第188页;Pinault 2008;Clark 2013,第178~186页。

这一特点[1],而皮诺认为这些特点恰恰与吐鲁番出土晚期吐火罗语文献的语言特点相一致,与标准的古典吐火罗语 B 相比,它表现一种晚期地域性特点[2]。

1958 年出版的《突厥语吐鲁番文献》(*Türkische Turfantexte*)的第九卷可以看作是关于该诗的最初研究成果,它包括威纳·温特对于该诗吐火罗语 B 部分的研究论文和冯·佳班教授对其回鹘语部分的研究。该书还收录著名伊朗学家瓦尔特·布鲁诺·恒宁(Walter Bruno Henning)对相似赞美诗的中世纪伊朗语—吐火罗语残片的研究。1982 年,美国学者克拉克参照温特对吐火罗语部分的研究,对该诗的回鹘语部分进行了重新研究,提供一些新的读法,并把该诗的回鹘语部分译成英文发表[3]。德国宗教学家克里木凯特根据克拉克的研究对这一诗歌的回鹘语部分做过介绍并把全诗以韵文形式译成英文发表[4]。最近,法国知名吐火罗语专家乔治·让·皮诺(Georges-Jean Pinault)对该诗的吐火罗语 B 部分重新进行研究,完整地构拟出全诗的原始面貌,把该诗的研究推进不少[5]。根据温特和皮诺的研究,该诗的吐火罗语部分由基本以 4 + 3(偶尔也出现 4 + 4 型诗行)的音节数为单位的四段 36 行诗构成。但是,回鹘语部分的音节数不尽相同,有的长达十多个音节,有的则只有六个或七个音节不等。

以前学者们倾向于把红墨书写的回鹘语 Ayakantar bögü 或 Ayakant(a)r bügü 作为吐火罗语 B—回鹘语双语赞美诗的标题。但是,就像上一部分所提到的那样,克拉克最近认为这是《摩尼大赞》的作者的名字。诗歌的回鹘语部分在内容上基本与吐火罗语 B 部分保持一致,有时它提供吐火罗语部分的直译,有时只是意译平行的吐火罗语诗句[6],但该诗回鹘语部分最后一行的内容也比吐火

---

[1] 见 Winter 1955,第 224 页。
[2] 见 Pinault 2008,第 94 页。
[3] 见 Clark 1982,第 174 ~ 175,第 188 ~ 189 页。
[4] Klimkeit 1993,第 284 ~ 285 页。
[5] 见 Pinault 2008。
[6] 详见 Clark 1982,第 151 ~ 152 页。

罗语 B 部分详细。几乎与皮诺教授同时，德国回鹘文专家威尔金斯对该诗回鹘语部分的释读方法提出质疑，对一些用语的转写和复原提出了自己的意见[1]。可惜，他的研究和修正未能涉及全诗，这一诗歌的一些重要问题仍未得到解决。需要注意的是，由于皮诺和威尔金斯在写作阶段相互参照彼此的研究成果，该诗吐火罗语 B 和回鹘文部分的复原相互依赖，在某种程度上提高了复原和补缺的可信度。最近，克拉克对这一诗歌重新进行了研究。首先，他提供了这一文献所有残片的文字转写，其中吐火罗语部分的转写完全依据皮诺的研究。然后，他提供文献吐火罗语 B 和回鹘语的标音转写及这两个部分的英文译文，最后对文献做较详细的语文学注释[2]。

这里，为了保留原诗的风格，诗歌的吐火罗语 B 和回鹘语部分同时刊出。其吐火罗语 B 部分完全依赖皮诺的相关研究，而在回鹘语部分在充分参照冯·佳班、克拉克、威尔金斯等人研究成果的基础上，根据文献原文对前人的释读进行一一核实，力求对一些用语的释读和某些破损部分的补缺和复原提出笔者自己的看法，以便弥补现存校勘本的不足。与《摩尼大赞》的刊布方法一样，对于克拉克和威尔金斯已经做过注释的内容，这里不再进行一一解释。

原文的标音转写和汉译

1 01 komñiktense (pä)r(kor ram)
[y(a)ruq kün t(ä)ngrining tuγmıšı täg?]
02 sā(tke yāmu) men śomonśo
[ärk]lig ay t(ä)ngri[.]
03 ylaiñiktense mukur ram
hormuzta t(ä)ngri[ning didimi] t[äg.]
04 bramñiktense pässak ram.
[äzrua t(ä)ng]rin[ing psaki täg.]

---

[1] 见 Wilkens 2008，第 222～226 页。
[2] Clark 2013，第 178～186 页。

05 lkāsi śuke (pidär-mani)
körgäli toγıl[ıγ] qangım mani burhan.
06 tusa tusa pällāmar
anın anı üzä [ögä yükünür m(ä)n.]
07 cintāmaṅi wame(r) ra.
čıntamani (ä)rt(i)ni täg.
08 t(arnes = āss)i cuñño aṣāṃ.
tüz töpütä tutγal[ı] tägimlig a.
[tä]g[im]lig ärür s(ä)n.
09 mant twe ṣ lkāstar ly$_{u}$śälñesa.
[an]čula[y]u yal[trıyur s(ä)n
č(a)]hšap(a)tlıγ ıduq čoγ yalın üzä.
10 (mant) t(we) pälk(mo) (ścirin)ne
ančulayu [ ]toγıl[ıγ s(ä)n yultuzlar(?)] aras[ınta.]
11 lkāsi śuke pidär-mani
körg[äli] t[oqılıγ] qang[ım mani burhan.]
12 tusa tusa (pällāmar)
anın anı üzä ögä yükünür m(ä)n.

2 13 (entse warñ)ai kleśanma.
azta [ul]atı n[izvanılarıγ]
14 etaṅkätte (ko)r wikäṣṣeñca.
tıḍıγsızın birtä[m] qalısız tarγardačı[1]
15 (kartse nervā)n ṣañiññe.
ädgü nirvan tözlüg.
16 kätko-preke poyśintans.
söki burhanlarnıng.
17 mrāś tarnene yuwssi aṣāṃ
baš tüz töpülärintä alquγunung

[1] 该词写作 t'rq'rt'zy,写法比较特殊。详见 Clark 1982,第 204 页。

eltg[äli siz] tägiml[ig.]
18 tusa tusa (pällāmär)
anın ögä yükünür m(ä)n.
19 vaineyäṣṣe(ṃ) wl(olm)encsa
qutrultačı [tınl(ı)γ o]γlanınıng
20 krent-pälskoṣṣe(ṃ) yo(ñiyanmen)
[ädgü ög]lüg yollarıntın b(ä)kiz b[(ä)lgülü]g b[oltı.]
21 pākri tākow olyart(se)
art[u]qraq arıγ [č(a)hšap(a)tlarnıng]
22 (śi)l(ṣ)e (ca)ndā(n sät)k(ocai)
h[u]aların čäč[ä]klärin ačta[čı]
23 (pelaikneṣṣe nomiyeśo)
nom (ä)rt(i)nikä.
24 tusa tusa pällāmar.
ol tıltaγ ü[zä ögä yükünür m(ä)n.]

3 25 papāṣṣorñe (aklyiñño)
[č(a)]h[š]ap(a)t bošγut
26 ompols(koñño) (tsiromñe) ce.
amw(a)rd(i)š(a)n [ ]
27 krentomnatsa nomyenta
[ä]drämlig (ä)rt(i)nilär yin[čülär]
28 (wmer-sa)mutär ram śāte.
i[nčü?] ögüz täg [bay] ba[rımlıγ?].
29 ayātautse (kartse wāṣmo)
eyin ädgü a.
30 āktikesa nesalye.
//k/[ ] tanglaγuluq [ ]
31 (mäk)tomñeṣṣe kārṣa(ke)
[ ]lüg tarıγčı.
32 (osta-ṣm)eñcans āyoräṣṣe.

bayaγ[utlarnıng?] buš[iların]lärin.
33 preke preke snai (yärm)
[üdün] üd[ün]
34 (mā)k(=arañcs =āñm) (er)ṣeñca.
qop kongülin uluγ t[ap] öritt[äči] bäḍüṭtürtäči.
35 (se kraupeṣṣe) sār nomiye.
bo anč(a)m(a)n quvraγlıγ ıd[uq] (ä)rt(i)nikä.
36 yarke(sa ci winā)skow.
m(ä)n Aryaman Fri[stu]m Qošt[r]
aγır ayamaq [aγırlamaq üzä
yinčürü töp]ün yükünü täg[inür m(ä)n.]

汉译

1 01 [像]日神之[升起,]
[如同光明的日神的升起(?)]
02 令月亮成为人类的良药,
[强大]的月神[…… ……]
03 如同因陀罗天的王冠,
如同奥尔穆兹德的王冠,
04 如同梵天的花冠,
[如同梵]天[的花冠,]
05 你宛如甘露,摩尼父,
你亮光闪耀,我父摩尼佛
06 因此,因此,我赞美你
因此,正因此我赞颂和跪拜。
07 就像摩尼宝珠,
就像摩尼宝珠,
08 (你)像冠冕一样值得顶戴,
你值得、很值得戴在头顶上。
09 因为你也是在你的启示中显现,
借助那受戒的火焰,你那样地发亮。

10 因为你在[星辰]之间闪耀,
[你[闪]耀]在[星辰]当中,
11 你宛如甘露,摩尼父,
[你]亮光闪耀,我父[摩尼]。
12 因此,因此,我赞美[你]。
因此,正因此,我赞颂和跪拜。

2 13 贪欲为开头的烦恼,
贪欲为开头的[烦恼],
14 毫不受阻地驱逐千万,
毫无受阻地全部驱散。
15 你的自性是好的涅槃,
你有好的涅槃之本性。
16 过去诸佛
过去诸佛的
17 [你]值得放置在[众]冠之首,
头顶上,所有(诸佛头上)[你]值得戴上。
18 因此,因此,我赞美[你]。
因此,我赞颂和跪拜。
19 从皈依的人们
即将得救的[众生]之子的
20 (所有)善念之途
从那(善意)之途
21 他以领袖的姿态显现了出来。
[他]显现[了]出来。对于更加纯净[的戒律之]
22 散发出净行的檀[香]
那开花的
23 向法宝。
法宝,
24 因此,因此,我赞美。
我因此故[赞颂跪拜]。

3 25 德行,(教导)
持戒(和)学识
26 禅定,(力量,)这些
禅定[ ]
27 [是]美德的珠宝
(是)善德的珠宝
28 富饶有如宝石之海
[珠]海般[的富裕(?)]
29 合适地(一位良友)
多好啊!
30 它将在世间作为奇迹显现
[……]惊人的[……]
31 济度的耕耘者
[……]的庄稼人
32 对于居士的布施
富人[的(?)]布施(和……)
33 再次、无(限)地
时时[…… ……]
34 激发(心中许多期盼)
对以全心唤起大愿的
35 (这僧众的)精华的珠宝
这一僧众,神圣的珠宝
36 (我)恭敬地(礼拜)
我 Aryaman Fri[stu]m Qošt[r]
毕恭毕[敬地] 磕头跪拜。

语注

第01行[y(a)ruq kün t(ä)ngrining tuγmïšï täg?]:此部分的补缺是根据吐火罗文的 komñiktense (pä)r(kor ram)“[像]光明的日神之[升起]”(见 Pinault 2008,第95页)。克拉克曾建议把破损之处复原为[yruq kün tngri a](参见 Clark 1982,第174页)。

第 02 行[ärk]lig ay t(ä)ngri：克拉克作[　　]lig ay t(ä)ngri，也就是对行首的空白处不做任何复原(见 Clark 2013，第 182 页)。在回鹘语文献 ärklig ay t(ä)ngri "强大的月神"或"自在的月神"是较常见的短语，故把 ay t(ä)ngri"月神"之前的修饰语复原为[ärk]lig，但其前的修饰语无法确定。对等的吐火罗语 B 部分意为"把月亮为人做药"。

第 10 行 toqıl[ıγlar]：toqıl 后面有破损之处，暂时据 Clark 2013 复原为 toqıl[ıγlar?]，但这一形式不见于至今刊布的回鹘语文献，值得进一步探讨。克拉克对这一次的分析详见 Clark 2013，第 184～185 页，注 05。

第 13 行 azta [ul]atı n[izvanılarıγ]：克拉克复原为 azta [ul]atı n[izvani](见 Clark 1982，第 175 页)。但是下一行的动词 tarγar-"驱散"支配宾格名词，故 n[izvanı]应带宾格。此外，azta [ul]atı"贪欲等"之后的名词一般以复数形式出现，故采用 n[izvanılarıγ.]。

第 19 行 qutrultačı [tınl(ı)γ o]γlanınıng：克拉克原先没有复原破损部分，作 qutrultačıı …/k/leni /ing。鉴于吐火罗语平行文有 wl(olm)encsa "生命"，建议把破损部分复原为[tınl(ı)γ o]γlanınıng。在原文破损之后可看到 ql' nynynk(见 Clark 2013，第 182 页)。相当于 qutrultačı"即将得救的"一词的吐火罗语词形为 vaineyäṣṣe(ṃ)，具有"皈依的"之意义，明显区别于回鹘语词的意义。

第 20 行[ädgü ög]lüg yollarıntın：克拉克原先读作/////lüg yollarıntın，因吐火罗语平行文与其对应的短语为 krent-pälskoṣṣe(ṃ)，威尔金斯把此行复原为[ädgü köngül]lüg yollarıntın(见 Wilkens 2008，第 224 页；Pinault 2008，第 102 页)。克拉克在最新研究中作[ädgü ög]lüg(详见 Clark 2013，第 186 页，注 19～20)。笔者不敢肯定[　　]lüg 之前的破损部分是否真的可以复原为[köngül]lüg，因为吐火罗语的 krent-pälskoṣṣe 的回鹘语对等语也有可能是[ädgü ög]lüg，更何况此处的破损部分显得不足于书写[ädgü köngül]lüg，故采用克拉克的最新读法。

第 21 行 b[oltı]：克拉克原先把该词复原为 b[olzun]，皮诺建议复原为 b[oltı]或 b[olmıš](见 Pinault 2008，第 103 页)。此处不

能复原为 b[olmıš],这与文法不符,b[oltı]或 b[oltačı]应是两个可能的复原形式(参见 Wilkens 2008,第 224 页)。克拉克作 b[oltačı](详见 Clark 2013,第 186 页,注 19～20)。

第 32 行 buš[iların]:克拉克作 boš/,威尔金斯不加评论。鉴于吐火罗语 B 平行文此处有 āyor“布施、礼物”一词的形容词形式 āyoräṣṣe,把该词复原为 buš[iların]。虽然其后面支配这一宾格名词的动词破损丢失,因为紧跟着 buš[ilar]的[ ]lärin 带有宾格词尾,可以断定其前的 buš[ilar]也带相同词尾。根据上下文可以推测,buš[iların]后面的词与其前的 buš[ilar]意义相近。克拉克在最新研究中作 buš[i](见 Clark 2013,第 182 页)。

H.《胡威达曼》的回鹘语残片

《胡威达曼》是摩尼教流传最为广泛的赞美诗之一,目前为止在吐鲁番的摩尼教遗址发现该诗帕提亚语、粟特语、回鹘语和汉语等语言的版本。其中,帕提亚语本大多用摩尼文书写,但也发现用粟特文书写的帕提亚语残片[1]。该诗的内容主要与死后的幽灵有关,似是选民在葬礼吟诵的赞美诗[2]。

早在1943年著名伊朗学家亨宁就指出,《胡威达曼》和另一首摩尼教赞美诗《安格罗斯南》(帕提亚语: Angad rōšnān)的作者为末阿莫(Mār Ammō)[3],这一观点受到学界的普遍接受。亨宁的这一观点依据的是《胡威达曼》的汉文译本《下部赞》所见“未冒慕阇”四字中的“未冒”二字。他认为,此处的“未”字为“末”之误写,而“末”的古音 Muât 或 Mau 很可能是阿拉美语 Mār 的音译,这就是说,《下部赞》的“末冒”指的是 Mār Ammō,为《胡威达曼》的作者。后来,宗德曼教授在柏林收藏品中曾从博伊斯(Marry Boyce)教授刊布的残片正面发现以下四行帕提亚语:

1. nys'r'(d) hwydgm'n
2. 'bẖwmyd 'wd ''šk'(rg)
3. q(wny)d (o mryx)[wrxšy](d) whmn ʻsps'g
4. frz'pt nxwstyn 'y r'(s)ty(gr)

据宗德曼教授的英译可译成如下:

1.《胡威达曼》开始了。

2-3. Mār X[warxšē]d Wahman 主教揭示并显示(之)。

4. 第一善结束了[4]。

---

[1] 见 Sundermann 1997a,第43~44页, Bryder 1999,第253页。

[2] 见 Bryder 1999,第258~259页。

[3] Henning 1943,第216页; Sundermann 1997a,第44页。

[4] 似是一个作品名,宗德曼教授译作 The First of the Righteous;详见 Sundermann 1997a,第44页。笔者暂译作“第一善”。

这份文书清楚地表明,文书提到的主教 Mār X[warxšē]d Wahman 是《胡威达曼》的作者或是这一神圣信息的传达者。这样一来自然会出现一个问题:这一主教与亨宁提到的 Mār Ammō 当中到底哪一个是《胡威达曼》的作者?宗德曼教授提出这样一个解决意见:Mār Ammō 可以被看作是《下部赞》所展现的《胡威达曼》第一篇章的作者,而名叫 Mār X[warxšē]d Wahman 的摩尼教主教编了一首其第一篇章与 Mār Ammō 的诗文相同的赞美诗,也称作《胡威达曼》〔1〕。就像宗德曼教授所提到的那样,这一解决意见其实在某种程度上解释为何只有《胡威达曼》的第一篇章存在于众多中亚语言的问题。

《胡威达曼》的古代维吾尔语本残片 U 71 (T M 278/T I)最初由勒柯克公布〔2〕,但未能确定其内容。1952 年,亨宁对它进行重新研究,确定它为《胡威达曼》的对应文,并与其相应的帕提亚语本做了比较〔3〕。到了 1999 年翁拙瑞博士在其对该文献的综合研究成果中发表了彼得·茨默教授关于古代维吾尔语译文的新的释读〔4〕。最近,克拉克博士对这一柏林残片进行了重新研究,刊布其文字与标音转写,并对它与其对应的帕提亚语、粟特语、汉语诗段进行比较,把残片全文及其在上述语文的对等部分译成了英文〔5〕。与克拉克的专著几乎同时,彼得·茨默发表他关于《胡威达曼》其他一些残片的研究成果〔6〕,但大多残片破损严重,其韵文特色无法明显确定。

最初发现的古代维吾尔语《胡威达曼》残片 U 71 主要对应于这一赞诗帕提亚语和汉文本 65 至 70 诗段的内容,而茨默教授最近刊布的部分却与 185 至 221 诗段相对应,但其间有些诗段的对等部分已经遗失。这里,笔者根据克拉克和茨默的研究成果刊布该诗古代

---

〔1〕 详见 Sundermann 1997a,第 44 ~ 45 页。
〔2〕 见 Le Coq 1919I, 45, Nr. 32。
〔3〕 见 Henning 1943。
〔4〕 见 Bryder 1999。
〔5〕 Clark 2013,第 261 ~ 266 页。
〔6〕 见 Zieme 2014。

维吾尔语残片的标音转写并把它译成汉文，同时提供《下部赞》与其对应的汉文部分（安排在译文之下，只供参考），但不提供文字转写和与其对应的帕提亚语和粟特语部分的汉译文，读者可以参照翁拙瑞、克拉克、茨默等学者的相关研究。笔者的注释只限于不同读法和分析的简要解释。在转写中诗段号旁边括号内标出该诗在帕提亚语和汉语的诗段号。《胡威达曼》的古代维吾尔语残片破损严重，有些诗段只有一行或一两个词生存。

究竟古代维吾尔语《胡威达曼》是根据该诗的某一版本再做的创作作品还是从某一版本翻译的作品较难断定。它与现存帕提亚语、汉文文献在大体上可以对应，但并非与其相同。克拉克认为，它不是从帕提亚语或是汉文翻译的作品，也不是其加工或是省略。在没有确切选项的情况下，他倾向于把至今还未发现的粟特语版本当作其可能的原典〔1〕。

标音转写

U 71（TM 278）

01（65）　$_{r01}$[　　　　　] mängigü ::

02（66）　ıt ürdüki $_{r02}$q̈uš üni:
bulɣaq̈lı ämgäti$_{r03}$gli yavlaq ün
ol:　yerdä $_{r04}$äšitilmäz ::

03（66a）　q̈orq̈ınčıγ $_{r05}$ätin olar ara yoq:
$_{r06}$köñürügli isig yel $_{r07}$yeltirmäz ::

04（67）　q̈amaγ $_{r08}$tünärig*dä* tumanta
$_{09}$[　　　　　toz] da araγ o*r*[nanγu]

〔1〕 见 Clark 2013，第 264 页。

$_{v01}$[ ] ičrä yoq̈::

05（68） tolu y(a)ruq $_{v02}$tirig öz ol:
turq̈aru: $_{v03}$ ögrünčün araγ̈l(a)γan
$_{v04}$amrašu körträk ärürlär $_{v05}$::

06（69） ögirärlär ögrünč$_{v06}$ün yıdan igdilürlär
$_{v07}$künin sanı yoq̈ olar tirig özinäng::

07（70） q̈amaγ $_{v08}$[t(ä)ngrilär] öz olar [ ]

U 50（T I α TM 175）

08（185） $_{v01}$[ ]'m[ ]k[ ]
$_{v02}$küzädigmä [ ]
$_{v03}$bolzun: bizni k[üzätzün(?)]

09（186） $_{v04}$m(ä)ngigü y(a)ruq [fri]š[tilar] $_{05}$ärdämlig t(ä)ngril[är][1]
$_{v06}$[ya]r[uq] sür(ü)güg q[urtγarıng]$_{v07}$lar[2]
[o]duγsaq [qoynčı]$_{v08}$lar igidigmä[lär][3]
[amra]q $_{v09}$quzılar(a)γ m[üngrälär] $_{v10}$igmä(lär)[4]

---

〔1〕 M829a +c: $_{r4}$m(ä)ngü y(a)ruq freš $_{r5}$[ti]l[a]r ärdämlig $_{r6}$[t(ä)ng]rilär; 据 Zieme 2014，下同。

〔2〕 M829a +c: $_{r6}$y(a)ruq sürü <g> $_{r7}$ qurtγar qoynčıl(a)r.

〔3〕 M829a +c: $_{r8}$[oduγsaq] qoynč $_{r9}$[ılar igidigmä[lär]; *U 9155a, r1: oduγ s(a)q qoynčıča igidmämälä[r].

〔4〕 M829a +c: $_{r11}$[amraq] quzılarıγ$_{r12}$[mün]grälär igg$_{r13}$[mä]; *U 9155a, r2: amraq quzılarıγ müngälär ıγmalar.

10（187） t(ä)ngri[lär törüsin] $_{v11}$tiläyü berigm[älär]〔1〕

$_{v12}$q(a)m(a)γ yer [suvda yorıyur]$_{v13}$lar〔2〕

ot[ ]〔3〕

$_{v14}$ yäklär $_{v15}$ q(a)m(a)γ [nomuγ tarγar] $_{r16}$urlar〔4〕

M829a +c

11（188） $_{r21}$ [niγoš]aklar kündin $_{r22}$ [ ]ugs[ ]$_{r23}$ [ ]lüg

$_{r24}$[ ]l(a)rda $_{r25}$ [tü]käl ädgüg $_{r26}$ [ ]k[ ] igdi $_{r27}$[ ] šad

$_{r28}$ [ ] rl(a)r $_{r29}$ [ ] könig $_{r29}$ [ ] $_{r30}$ [ ] küdäkürlär $_{r31}$[ ]

$_{r32}$ [ ] k[ ] lar $_{r33}$ [ ] $_{r34}$ [ ] olar $_{r35}$ [ ] sınta $_{r36}$ [ ] itigli

*U 9155a

12（190） $_{v1}$ türlüg y(a)vlaqda körtürürlär $_{v2}$ [y] azuqsuz arıγ nomuγ

süngüšürlär [a]nıγ $_{v3}$ qılınčlarıγ

dendarlar $_{v4}$ [ ]nginda andaq t(a)rγarurlar $_{v5}$ [ ] γır[ ]q[ ]p [ ]tlg

M829a +c

13（191） $_{v1}$ [ ] lik [ ] $_{v2}$ ymä [ ] $_{v3}$ irdä[ ]

---

〔1〕 M829a +c：t(ä)ngri[lär] $_{r14}$ [törüsin ti]läyü $_{r15}$ [berigmälär]；*U 9155a：t(ä)ngrilär törüs[in] tiläyü berigmälär.

〔2〕 M829a +c：[q(a)m(a)γ yer suvda yorıyurlar]；*U 9155a：q(a)mıγ y[er] rv ///gl/////// ol.

〔3〕 M829a +c：[ ] buza $_{r17}$ ärkliglär ol；*U 9155a：tüm[än].

〔4〕 M829a +c：$_{r18}$ [ ] yäklär $_{r19}$ [ ] nomuγ $_{r20}$ [t]arγar[urlar].

${}_{v4}$k(ä)ndü tutarlar [ ] ${}_{v5}$k(ä)ndü qutγarur[lar]

U 197

14 (192) ${}_{r1}$sävingülük nom ${}_{r2}$ögrünčülüg ädgü ${}_{r3}$b(ä)lgü k(ä)ntü körtgürür ${}_{r4}$lär[1]

qorqunčuγ sez ${}_{r5}$[i]nčig k(ä)ntü tarγarur ${}_{r6}$[lar y]er üzä t(ä)ngri ${}_{r7}$[ ] özi täg[2]

M829a +c

15 (193) ${}_{v21}$yäk[lär otın] ${}_{v22}$öč[ürürlär amırtγ] ${}_{v23}$urγur[lar][3]

[ola]${}_{v24}$rın igid s[avın] ${}_{v25}$tarγarurlar[4]

[yarat]${}_{v26}$ıban[5]

[arıγ] ${}_{v27}$[den]tarlarqa basu${}_{v28}$tqa anuq tur [urlar][6]

16 (194) ${}_{v29}$qalatı 'w[ ] ${}_{v30}$qara[ngγuča] ${}_{v31}$y(a) bl[aqaγ bataγ][7]

---

〔1〕 M829a +c: ${}_{v6}$säbingül(ü)k [nom] ${}_{v7}$örin čülüg ädgü b(ä)l[gü] ${}_{v8}$[ ] ${}_{v9}$ta [ ] ${}_{v10}$qorqınčıγ [ ].

〔2〕 M829a +c: ${}_{v11}$ymä qorq [ ] ${}_{v12}$sısınčıγ [k(ä)ntü] ${}_{v13}$ta[rγarurlar] ${}_{v14}$üzä t[(ä)ngri].

〔3〕 U 197: [ ] v1 amırtγururlar; U 70a: [ ]ig otın öč(ü)rürlär [amırtγu]r[u]rlar.

〔4〕 U 197: olar ${}_{v2}$igid savın k(ä)ntü ${}_{v3}$tarγarurl[ar]; U 70a: olarıng igid savın k(ä)ntü tarγarurla[r]; U 196: [ ] tarγarurlar.

〔5〕 U 197: yaratı${}_{v4}$pan yarıqın; U 196: ${}_{r1}$yaratıpan ${}_{r2}$tom yarıqın.

〔6〕 U 197: ${}_{v5}$dentarlarqa basu ${}_{v6}$tqa anuq tururlar; U 196: arıγ ${}_{r3}$dentarlarqa basutqa anuq tururlar.

〔7〕 U 196: ${}_{r4}$qaltı ${}_{r5}$tünärig qarangγuča ${}_{r6}$[ ] y(a)vlaq bataγ ${}_{r7}$[keterü]rlär.

$_{v32}$ qop mungda ä[mgäkdä] $_{v33}$ sezinč b[oš alqıγ qılurlar][1]

$_{v34}$ qamuγ nomuγ [ ][2]

U 198

17 (195) $_{v35}$ igidigmä qop tükäl $_{r2}$ bušin yevigligkä[3]

$_{r3}$ ädgü alqıš ögrünčün $_{r4}$ ögmäk bizing bo $_{r5}$ qamaγ y(a)ruq uγušnung[4]

$_{r6}$ t(ä)rkin tavranu tutzun[5]

18 (198) $_{v1}$ küčlüg t(ä)ngrilär: siz $_{v2}$ y(a)ruqlar ärdämliglär

$_{v3}$ kim qamaγ nomqa basut bolurlar

19 (199) yana $_{v5}$ ämgäk üküš busušun

$_{v6}$ t(ä)ngri [no]mıntan [ ] $_{v7}$ ta[rγarurlar]

U 190

20 (219) r1 [ ] amırtγurung

[ ] y(a)ruq [ ] $_{r2}$ buyan [ ]iding

$_{r3}$ [sün]üš b[ ]

$_{r4}$ igid [nom] $_{r5}$ taplamamı[š]

21 (220) $_{r6}$ dent[ar]

---

[1] U 196: qop mungda $_{r6}$ ämgäkdä sezinčsiz $_{r9}$ boš alqıγ qılurlar.

[2] U 196: qamaγ nomuγ buyančılar [ ]

[3] M829a +c: $_{v35}$ ig(i)d[igmä qop tükäl] $_{v36}$ bušin [yegligkä] $_{v37}$ bo q(a)n [ ]d[ ]; U 196v: [ ] tükäl bušin yegligkä.

[4] U 196: $_{v2}$ ädgü alqıš ögrünčün $_{v3}$ ögmäk bizing bo $_{v4}$ qamaγ y(a)ruq uγušnung.

[5] U 196: $_{v5}$ t(ä)rkin tavranu t[utzun] $_{v6}$ ornanzun qama[γ] $_{v7}$ küčlüglär: alvreštilarqa ken $_{v9}$ bizni ögrünčün $_{v10}$ tutuγma ädgü qılın[č] $_{v11}$ [ ]d[ ].

$_{r7}$ ayaγ[ ] $_{r8}$ tusulang [ ]
$_{r9}$ ärdämäng [ ]
$_{r10}$ freštil[ar] $_{r11}$ bu[ ]

22（221） $_{v1}$ [ ]yy[ ] q(a)maγ n[iγoša]klar(a)γ[1]
tägِ [ ] $_{v2}$ nä m[ ]
ozγuru[ng] $_{v3}$[üdrülmišlärig qurtγ]arang $_{v4}$[tünärig sürüng][2]
[yäklä]rig $_{v5}$[alangadturung ögirzün] dentar $_{v6}$[lar y(a)dılzun t(ä)ngri] nomı[3]

汉译和汉文对应文献[4]

01（65） [ ]永远

一切诸魔及饿鬼，丑恶面貌及形躯，
无始时来今及后，若言说有无是处。

02（66） 犬吠鸟叫，
是导致混乱和苦恼的恶声，
在那地就是听不到。

鸡犬猪豚及余类，涅槃界中都无此，
五类禽兽诸声响，若言彼有无是处。

---

〔1〕 U 70b + c：$_{1}$b(a)sut[niγ]oša[klarıγ] $_{2}$küzäding a[ ]a.
〔2〕 U 70b + c：ozγu[rung] $_{3}$üdrülmišlärig qurtγ[arang] $_{4}$tünärig sürüng.
〔3〕 U 70b + c：yäklärig $_{5}$al[a]ngadturung ögirzün dentar $_{6}$lar y(a)dılzun t(ä)ngri nomı.
〔4〕 对应汉文原文取自 The SAT Daizōkyō Text Database（http：//21dzk. l. u-tokyo. ac. jp/SAT/ddb-bdk-sat2. php？ lang = en），但采用简体字。

03（66a）　其间无可怕的叫声，
燃烧的热风刮不起来。

（汉文本无对应部分）

04（67）　在一切黑暗（和）尘埃
及在［尘埃］清净住处，
［　　］其间不存在。

一切暗影及尘埃，极乐世界都无此，
诸圣伽蓝悉清净，若有昏暗无是处。

05（68）　充满光明是活灵，
总是以喜悦和净洁，
相互珍重并处于更美。

光明遍满充一切，寿命究竟永恒安，
珍重欢乐元无间，慈心真实亦常宽。

06（69）　他们以快乐欢喜，
他们为其香味所育，
他们的活灵无日数。

常乐欢喜无停息，畅悦儿意宝香中，
不计年月及时日，岂虑命尽有三终。

07（70）　一切天神本身［ ］
他们［　　　　　］

一切诸圣无生灭，无常杀鬼不侵害。

08（185）　[　　　　　　]
守护的[　　　　]
让[　　　]成为[　保护(?)]我们。

乌列弗哇阿富览,彼骁踊使护法者,
常明使众元堪誉,愿降大慈护我等。

09（186）　永恒的明使,高贵的天神
请你们[救]救明群吧!
清醒的[牧羊人],监管者
是[可]爱的羊羔的疼爱者。

无上贵族辉耀者,盖覆此处光明群,
是守牧者警察者,常能养育软羔子。

10（187）　为人祈求诸天之法的人们
在所有世间都在周游。
[　　　　　　]
他们消散魔鬼之一切法。

真断事者神圣者,游诸世间最自在,
能降黑暗诸魔类,能灭一切诸魔法。

11（188）　[听]者们从日[　　　　　　]
在诸多[　　　]中[　　　]将全善[　　]
他们[　　　　　　　　　　]
他们[　　]在其[　　　　]做好的(?)

进途善众常提策,于诸善业恒祐助,
与听信者加勤力,于诸时日为伴侣。

12（190） 在诸恶中，他们显示无罪的净法。
他们与恶业交战。
选民们在[ ]那样消散[ ]

寥简一切诸明性，自引入于清净法，
诃罚恶业诸外道，勿令损害柔和众。

13（191） [ ]又[ ]
自己抓[ ]自己救。

光明善众加荣乐，黑暗毒类令羞耻，
下降法堂清净处，自荣善众离怨敌。

14（192） 他们自己显现喜人的法典和乐人的善记，
他们自己消除恐惧和疑虑，
就像地上的天神自身。

显现记验为宽泰，能除怕惧及战慄，
持孝善众存慰愈，通传善信作依止。

15（193） 他们消[灭]魔鬼的[火焰]，
他们消除他们的妄言。
[做]好[他们的衣具]，
他们备好向[清洁的]选民提供帮助。

灭除魔鬼杂毒焰，其诸虚妄自然销，
备办全衣具甲伏，利益童男及童女。

16（194） 犹如[日出结束]黑暗，他们消除诸恶，
无疑使一切从一切苦难中解放。

把一切法[　　　　　　]

一切魔事诸辛苦，如日盛临销暗影，
常作欢乐及宽泰，益及一切善法所。

17（195）　对那些接受一切所供布施的人们
愿他们以我们所有明界的好赞和欢乐
立即力争保住(一切强者)[　]

接引亲赠不辞劳，利益触处诸明性，
欢乐宽泰加褒誉，普及同卿光明众。

18（198）　强大的天神，你们明者，有德行者，
是你们会成为所有光明法的扶持者。

唯愿骁勇诸明使，加斯大众坚固力，
自引常安泰宽处，养育我等增福业。
护正法者诚堪誉，所谓大力诸明使，
无上光明之种族，普于正法常利益。

19（199）　又有苦难诸多苦恼，
从天之法[　　　]他们消除[　　]

如有重恼诸辛苦，圣众常蠲离净法，
碎散魔界及魔女，勿令对此真圣教。

20（219）　消灭[　　　　　　　]
[　　　]光明[　　]功德[　　]
交[战　　　　　　　　]
恶[法　　　　　]不赞同[　　　]

令诸降魔伏外道，以光明手持善众，
勤加勇猛常征罚，攻彼迷徒害法者。

21（220） 选民［ ］
尊重［ ］谋利吧［ ］
你的高德［ ］
使者［们 ］

清净善众持戒人，各愿加欢及慈力，
我今略述名伎艺，诸明使众益法者。

22（221） ［ ］把所有的［听］众，
像［ ］任何［ ］
请你解救、拯救逃离者，［驱散黑夜，］
让诸魔消弱、让选民欢喜、天罚得传吧！

其有听众相助人，与法齐安无障碍，
救拔诠者破昏徒，摧伏魔尊悦净众。

语注

第4段 tuman：一般有两个意义：（1）雾，（2）尘埃（详见 EDPT，507ab）。吐鲁番方言中的合成词 topa tuman 中的第二个成分就有与其前的 topa 相近的意义，即表示“尘埃”。克拉克把该词译作 fog“雾”，取的是第一个意义。在该诗粟特文书写的帕提亚语版本与其对应的词残缺，汉文本有“尘埃”，疑是古代维吾尔语的 tuman 与它对应，故译作“尘埃”。

克拉克把这段最后一行开头的残缺部分复原为［otačılıq qonɣu］ičrä yoq 并译作 there is none within the pure［abodes，the healing and resting places］（［黑暗和雾］在洁净的住所和治疗和休息的场所都不存在），他这样复原的依据不清。帕提亚语本的最后一行只有 t'r，意为“黑暗”（darkness）（参见 Sundermann 1990，第22

页）。汉文本的“诸圣伽蓝”似与其对应，但并无“治疗和休息的场所”之意。

第8段 bizni k[üzätzün(?)]：茨默作 bizni g[ ](见 Zieme 2014，第207页)。估计 bizni“我们”后面的词应是支配它的动词，据汉文应是“护”的对应语，暂复原为 k[üzätzün(?)]。

第9段 ärdämlig t(ä)ngril[är]：意为“道德高尚的天神”，相当于汉文的“无上贵族”。茨默认为，把它理解为“有功德的选民”才有意义(见 Zieme 2014，第208页)。但其间的联系不十分清楚。

m[üngrälär] igmä(lär)：其中，m[üngrä-]应是具有“吼叫”之意的动词，但在这一词根后为何直接缀接复数词尾不知其意，也许形容反复、多次进行该动作。其后的动词在另一残片以 ıγmalar 的形式出现，据此茨默把这一动词的词根构拟为 ＊i-或 ＊ı-，并参照汉文本的对应词认为该动词应有“养育”之意(见 Zieme 2014，第20页)。但是，第二动词的词根不可能是 ＊i-或 ＊ı-，从前一动词的结构来看，后一动词似乎应是 ＊ıγma-或者 ＊ igmä-，否则无法对其结构做出解释。笔者认为该词很有可能与 igid-“养育”中的 ＊igi-有关，由名词 ＊igi-m 缀接构成动词的附加成分-A 派生的可能性较大。请与动词 särmä-(särim + -ä)比较。据汉文应为表示“养育”的动词，意义上也能解释。无法解释的是为何这两个动词直接接受复数词尾。我们暂译作“疼爱者”。

第10段 t(ä)ngri[lär törüsin] tiläyü berigm[älär]：可以直译为“把诸天之法求给(他人)者”，相当于汉文本的“真断事者神圣者”，在回鹘语摩尼教文献“真实断事者”一般用 köni buyruq̈ 来翻译，此处为何使用这一短语来翻译“真断事者”不太清楚。

第12段：türlüg y(a)vlaqda körtürürlär [y]azuqsuz arıγ nomuγ：茨默把 türlüg y(a)vlaqda 从 körtürürlär [y]azuqsuz arıγ nomuγ 分开，作为前一句子的后续成分处理。我们作为一个句子来处理，译作“在诸恶中，他们使人看到无罪的净法”。因汉文本有“引入”，他怀疑这里的 körtür-“让人看到”、“显示”可能与 kirtür-“让……进”、“引入”有关(详见 Zieme 2014，第211页)。但此处无法判断是否有这种可能性，但 kör-的使动形式一般为 körtgür-(见这一文献的14

段)或 körkit-,körtür-,而 kir-却未见有 * kirtür-这样的使动形式。

süngüšürlär：意为“他们交战”,相当于汉文本的“诃罚”,似与“诃”字的意义有关。有趣的是,带有交互共同态动词此处支配 anıγ qılınıların“把恶业”这一直接宾语,比较特殊。

第 13 段 tutarlar：是动词 tut-“抓”的第三人称复数不定式形式,茨默认为相当于汉文本的“荣”,不可取。此处的 tutarlar 似与其后残缺的词一起构成动词短语,但因其中一个成分残缺,其意义难以确定,然而似与前一句(下降法堂清净处)有关。与“自荣”有关的应是下一个词 kändü qutγarurlar,可译作“他们自己救”,也许抄写者把 qutlanurlar“自荣”抄写成 qutγarurlar。

第 17 段 buši：源于汉语布施,此处相当于汉文本的“亲”,可见该词在早期回鹘语中已经得到普遍使用。

yeviglig：yevig 一般意为“资粮”,但 yeviglig 用来翻译汉文的“具”(见庄垣内正弘 2008,语汇 yevig)。在这一文献的另一写本在同一位置有 yeglig“吃的”,且其前的 buši 一词带宾格词尾,说明 yeviglig 应是动词的形动词形式,支配 bušin。汉文本此处有“接引”,我们把整个短语暂译成“接受布施”。

第 18 段 y(a)ruqlar ärdämliglär：可直译为“诸光明者、有高德的人们”,相当于汉文本的“无上光明之种族”。

I.《明主赞》残片

在柏林藏吐鲁番文献当中有编号为 M 132a II、M 132b（T I α）的摩尼文双叶残片的一半出自中古波斯语《福音书》[1]，另一半为回鹘语摩尼教内容赞美诗。回鹘语部分共三十二行，其中 M 132a II 的正面有十行摩尼文，第十行之后大约有两行没有文字，然后有一行朱字书写的中古波斯语，其背面有十三行摩尼文，正背面第一行至第五行之间的文字破损严重，有的只有几个符号。M 132b 为小残片，正背面各写有三行摩尼文，除了背面第二行的 mängigü bolzun，其余各行一般只有一词可以辨认。

该诗最初由彼得·茨默教授参考冯·佳班教授的转写研究刊布[2]。后来，克里木凯特教授根据茨默的德文译文把该诗译成英文，以《一位摩尼教君主的赞颂》为题收录在《丝绸之路的灵智：中亚灵智文献》一书中[3]。克拉克博士对该诗内容做过简要介绍，并对该诗定名为“对主人的赞颂”[4]。此后，威尔金斯博士对这一文献的外部特征做了比较详细的描写，并认为至少还有两个残片（U 124a-b）应属于这一诗作[5]。在国内，杨富学研究员在谈到突厥人狼图腾的时候涉及该诗最初两行[6]。

因该诗使用 kök böri täg“像一只苍狼”这一比喻，茨默教授认为，该诗有可能属于突厥人自己的创作。克里木凯特也将 kök böri 当作突厥人的起源图腾[7]。但是克拉克不同意这一观点，认为该诗中的“让我像苍狼一样与你同行”与部分突厥人接纳的印欧人的狼图腾有关，因该诗包含一行中古波斯语，应为译文，且是对主人

---

[1] 关于中古波斯语部分的研究见 Müller 1904, II，第 36～37 页，Boyce 1960，第 11 页及 Sundermann 1968。

[2] 见 Zieme 1969a。

[3] 见 Klimkeit 1993，第 293～294 页。

[4] 详见 Clark 1997，第 137 号诗作的介绍。

[5] 详见 Wilkens 2000，第 304～307 页。

[6] 杨富学 2003，第 168～169 页。

[7] 见 Klimkeit 1993，第 297 页，注 21。

(摩尼?)的赞颂[1]。威尔金斯也赞成这一观点。他认为,因属于这一诗歌的另一残片 U 124a 有 y(a)ruq bägimiz"我们的明主"这一短语,该诗并不与俗世的主人而是与被形容为明王的摩尼有关[2]。最近,威尔金斯对此残片进行重新研究后得出结论,该诗应作为阿尔泰语系民族的传承民谣产生,而后来被回鹘摩尼教徒所接受。据他分析,该诗描写的图画语言与其他中亚摩尼教文献不同,可以推测它在这一摩尼教写本之前就已产生,其渊源很可能是民间文学[3]。

该诗既押韵法型脚韵,也押头韵,同时借用音节数来构成韵文[4]。由于该诗的韵文结构和内容比较特殊,在古代维吾尔语诗歌研究方面具有一定价值。笔者据茨默教授的转写和译文把它译成汉文介绍,但根据原文对他的转写和译文做了必要修正。对该诗破损较严重的部分暂不转写、汉译。

M 132a II(T I)的标音转写

1 $_{01}$kök böri täg sini [birlä] yorıyın

$_{02}$q(a)ra quzγun täg topraq üzä qalayın

$_{03}$igkä kömüri

$_{04}$bilägükä yarı täg bola(y)ın

2 $_{05}$ärklig uluγ eligimiz ärür siz

$_{06}$altunča tommıš

$_{07}$tomlunča tommıš

$_{08}$qutluγ bilgä bägümüz ärür siz

---

〔1〕 见 Clark 1997,第 104 页。

〔2〕 详见 Wilkens 2000,第 307 页,脚注 950。

〔3〕 详见 Wilkens 2013,第 629 ~ 634 页。

〔4〕 详见 Zieme 1969a,第 39 页。

3 $_{09}$ymä qalın qara bodununguznı
$_{10}$keng qoynunguzda
$_{11}$uzun ätäkingizdä
$_{12}$küyü küzädü tutup ačınu igidür siz

汉译

1 让我像苍狼[与]你同行，
让我像乌鸦留在地上。
(让我)为病人(成为)木炭，
让我为磨石成为吹液。

2 你是我们强大的大王，
你像金块一样圆满，
你像圆柱一样壮观，
是我们高贵的贤王。

3 把大众平民百姓，
在你宽大的怀抱，
在你长长的衣襟，
你时时看护关照。

语注

第 1 段 kök böri täg 可译作“像苍狼”、“像灰狼”，虽然 böri“狼”一词在古代突厥语文献并不少见，但 kök böri 在回鹘文文献中仅见于这一文献，另一出现这一表现的文献是成书于 15 世纪的伊斯兰时期回鹘文文献《乌古斯可汗的传说》，如：kök böri bolsunγıl uran “让苍狼成为我们的口号”(第 99 行)，ušbu kök böri oγuz qaγanqa ayṭdı “这只对乌古斯可汗说道”(第 218 行)。关于 kök böri 的分析，主要参见 Clauson 1964 及 Doerfer 1965，第 333 ~ 334 页。

qara quzγun：是鸟的名称，指乌鸦。杨富学研究员译作“黑鹫”(见杨富学 2003，第 168 页)。quzγun 一词在回鹘语文献比较常见，而 qara quzγun 除了这一文献仅见于《福乐智慧》第 1098 行：qara quzγun erdim, quγu qıldı čal “我曾是一只乌鸦,他使我变成了灰色天鹅”。

igkä kömüri, bilägükä yarı：可译作“为病人(成)木炭,为磨石成为吹液”,比较特殊的是 kömüri“其木炭”、yarı“其吹液”这两个领属结构,其中领属附加成分可能起到确定功能,即不是别的,而正是病人所需的木炭和磨石所需的吹液。

第 3 段 ätäk 指衣襟,该词在现代维吾尔语仍在以 etäk 的形式使用,意义与古代维吾尔语相同,有时也指山脚或山麓。

二、佛教内容赞美诗研究

J.《圣尊弥勒赞》

1. 文献及其研究简况

1973 年,塞米赫·铁兹江教授研究刊布了一部叫做 insadi 经的回鹘文写本[1],编号为 Ch/U 7570 (T III M 228),德国第三次吐鲁番探险队在木头沟所获,现藏德国柏林勃兰登堡科学院吐鲁番研究所,是一部完整的小册子,由汉文《大方广华严经》(《大正藏》,第 278 号经)抄本折叠成书,回鹘文写在其背面。回鹘文小册子的前五页(第 1 至第 51 行)是在册子开头的空白处书写的题记,其中第一句为 bo čaγšı m(ä)n čıšım-nıng ol"这册子是我正心的";然后提到请人书写该册子的人的名字(Töläk Qara),册子的题目 bo čaγšı-nı avasṭi tep bilmiš k(ä)rgäk"应知道这是 avasṭi 经"。

关于这一经名的读法,有些学者提出不同建议。茨默教授认为这一经名可以读作 avas(a)di 并解释为源于梵文具有"指责"意义的 avasāda,通常译作"诃罚"[2]。据他解释,回鹘文经名不书写梵文的 ā 是质疑这一解释的唯一问题,但鉴于梵文 padaka 第一音节的 ā 在某些回鹘文文献也不书写的情形,认为这一解释可行。塞尔特卡雅教授接受这一读法并把 avasada sudur 当作源于梵文 Avasāda Sūtra 的经名来处理[3]。茨默教授语音解释的基础是在回鹘语中存在 pādaka 体现为 pdak 的情形,因此 avasāda 中的长音 ā 也可以省略不写。但是,pādaka 在回鹘语中一般体现为 padak,据我所知茨默教授

[1] 见 BTT III。国内有些学者把 Insadi-Sūtra 译作"因萨底经"。见张铁山 2012,迪拉娜·伊斯拉非尔 2014,第 40 页。

[2] 见 Zieme 1991a,第 216 页,脚注 435;中村元 1981 154b。

[3] 见 Sertkaya 2004,第 108 页。

提到的摩尔鲁兹(E. Moerloose)文中的 pdak 是唯一例外,更何况摩尔鲁兹不提供引文出处,无法确认该词的确切写法。因此,这一解释目前难以接受。笔者认为,从语音和语义的角度考虑可能读作 avasṭi 并解释为源于梵文的 avasthā 更为合适。从语音的角度讲,梵文词末长音 ā 在回鹘语中既可以用 a 又可以用 i 来体现[1],因此梵文的 avasthā 在回鹘语中体现为 * avasta、* avasti 是没有问题的。究其语义,梵文的 avasthā 有"状态"、"状况"、"与禅定一起的善"、"修住"、"把住"、"所住"、"处位"、"分位"等意义[2],比起 avasāda, avasthā 显得更能体现写本的内容,该经主要讲的是自恣,通过孙陀利的故事告诉人们害人终害己,善恶果报须自己承受;自己所遭受的一切与过去生可能都有因缘,即佛经常讲的"假令经百劫,所作业不亡,因缘会遇时,果报还自受"。作为该经结尾抄录的汉文也含"得好诸所",其中"诸所"与 avasthā 意义相近,很可能是"处所"的误写。遗憾的是,目前无法确认叫做 * avasthā-sūtra 的佛经的存在。也许与标题完全无关,但需要提到的是这一册子的主人和《圣尊弥勒赞》的作者 čisim(与汉文部分提到的正心一致),也就是正心,作为佛教术语相当于梵文的 svādhī,与回鹘语小册子第一部分的经名在语音上十分相似,其间是否有某种联系,难以确认。

册子本的前五页空。真正的 avasṭi 经始于抄本的第六页,其背面有用汉字标记的页数"一叶"。抄本的 avasṭi 经部分标有类似的汉文叶数,而且还有一些在回鹘文之间夹写的汉字。文献的 avasṭi. 经部分在小册子的第二十一叶(第二十叶缺)结束,在同一页 avasṭi 经后有七行完全用汉文书写的跋文,是韵文,明显是出自书写或抄写回鹘文部分的佛僧之笔:

自羯磨,如法成酒;
得好诸所,和尚阿闍梨;
如法众僧,具满具足;
当善受教法,应当作福;

---

〔1〕 详见庄垣内正弘 1978,第 85、89 页。
〔2〕 详见中村元 1981 32b、570c、524a、525a、664c、684c、687d、864a、1202a。

供养众僧，和尚阿阇梨；
着一切世教，不得律应问诵经；
积正心诵学了也。

这一汉文韵文见于《四分律》（《大正藏》第22卷，第1248号经，0816a03～816a07）、《昙无德律部杂羯磨》（《大正藏》第22卷，第1432号经，1043a27～1043b1）、《羯磨》（《大正藏》第22卷，第1433号经，1054a26～1054b1）、《比丘尼羯磨经》（收录在《房山经》）等多种汉文佛典中[1]，但有些出入。其中有些显然属于抄写错误，有些可能与抄写者所使用的汉文写本有关。

上述汉文韵文后有如下用回鹘文书写的跋文，也是韵文，明确记录经名和书写者的名字：

arïš arïγ bo avasṭi sudur-nï，
aḍaq-taqï quluṭï m(ä)n čišim-tu
ayayu aγïrlayu qoš-a tägintim ::

译文：

这一洁净的avasṭi经，
由我最靠后的佣人正心奴
恭恭敬敬地写成韵文。

这一回鹘文跋文提到的čišim-tu，即正心奴应是与册子开头部分的题记所提到的čišim，即这一小册子的主人是同一人物[2]。但正心或正心奴究竟是何人，目前我们没有更多信息。清楚的是，他是一个具有较高回鹘文学修养的佛教徒，除了能熟练使用回鹘语外，还有一定的汉语和汉文知识，对汉文佛教文献也有较深的了解。

虽然夹写汉字在晚期回鹘文文献比较常见，但这一小册子在使用汉字和汉语方面有其独特特点。除了小册子的叶数使用汉字之外，有些标题也用回鹘文，如《圣尊弥勒赞》之后的韵文的题目《上生

[1] 见Zieme 2006，第9～10页。
[2] 见Zieme 1991a，第315～317页。

礼》就是用汉字标的。韵文中夹杂的汉字也不少,有时汉文及其回鹘文对等文先后出现,有时汉字间出现疑是抄写者不会写的一些汉字的回鹘文标音。这些需要结合晚期回鹘文文献夹写汉字和婆罗米文的情况进行综合研究,这里暂不深究。

最初研究 avasṭi 经的铁兹江教授指出,该经包含韵文,有些韵文当时他已成功地构拟出来。最新研究成果显示,所谓 avasṭi 经的大部分内容正像上面的回鹘文跋文所提到的那样以韵文形式写成〔1〕,内容比较丰富,似是当时流行韵文的汇集,在研究晚期回鹘语诗歌方面具有重要价值,值得深入研究。

除了 avasṭi 经外,这一小册子的第 49 页至第 65 页间还有以 tözün maitrıya"啊,圣尊弥勒"为标题的赞美诗,由五十四段韵文构成〔2〕,其中还包括两个较长的咒语。这一赞美诗应是利用抄完 avasṭi 经后留下的空白页书写的。毫无疑问,这一部分也出自书写 avasṭi 经的正心奴之笔,因为其书写方式、字迹,甚至标点符号都与 avasṭi 经完全一致。韵文的开头有 tözün bašlantı tep bilmiš kärgäk y(a)mu 这一句,可译作"应该知道《(啊,)圣尊(弥勒)》开始了,是的"。如前所述,类似的标题也见于 avasṭi 经的开头部分,如 avasṭi (sudur) bašlantı tep bilmiš k(ä)rgäk"应该知道《avasṭi(经)》开始了"。在上述两句所见 tözün 和 avasṭi 明显是标题的缩略形式,即 tözün 指的是 tözün maitrıya,avasṭi 是 avasṭi sudur 的简称,可见,二者之间的联系。从其采用不同标题来看,书写者或抄写者明显把《啊,圣尊弥勒》与其前面的《avasṭi 经》区别对待,应是不同作品。不容置疑的是,这一小册子是一本文集,其中包括不同内容、不同文体的佛教作品。文献的赞美诗部分以完整的形式保存了下来。

《圣尊弥勒赞》的结尾部分写有 maitrı tükädi uq̇sar yamu,即"若知道,弥勒(赞)结束了,是的"这一句子。有趣的是,这里作者使用简称 maitrı,而不是韵文的开头部分所使用的简称 tözün。

该诗的后面,还有一个带有汉文标题《上生礼》的韵文,其前一部分

〔1〕 详见 Zieme 2008,第 256 ~ 257 页。
〔2〕 见 BTT III,第 761 ~ 1088 行。

为陀罗尼,后一部分也是韵文,而且也与弥勒有关,似是写本的跋文。

茨默教授在《回鹘人的佛教内容头韵诗》一书(BTT XIII, Nr. 19)指出,在柏林藏回鹘文文献中 U 5468(T I D 625)、Ch/U 7333(T II T 1266)、Ch/U 7504、Ch/U 6335(T III M 151)、Ch/U 6977 等几个残片呈现与小册子的不同部分相对应的内容。在这些残片中,U 5468 与小册子的关系尚待澄清,笔者认为无直接联系。Ch/U 7333 相当于《圣尊弥勒赞》第 11 段的最后一行和第 12 段的前三行,但与 avasṭi 经写本有些出入。Ch/U 6335 相当于《圣尊弥勒赞》第 26 段至第 28 段的内容,但呈现一些差异。对于这些问题茨默教授曾做过详细交代,这里不再赘述。Ch/U 6977 的汉文部分行间书写的三行回鹘文相当于 avasṭi 经写本的最后几行(第 1117 至第 1120 行之间的内容)。

1980 年 10 月至 1981 年 7 月吐鲁番地区文物管理所在吐鲁番柏孜克里克石窟寺发现的回鹘文文献中有三个残片呈现出与 avasṭi 经抄本的不同部分一致的内容[1]。柏孜克里克残片 80TBI:656b 应是一个长卷,其下半部分残缺,内容相当于柏林藏抄本第十二段第 1 行至第十九段第 3 行。柏林藏抄本所见每诗段开头的题目和诗段末尾的重复部分不出现在柏孜克里克残片中。柏孜克里克残片 80TBI:658b 和柏林藏残片疑是出自同一个人之笔,其用词和标点非常相似。柏孜克里克残片 80TBI:658b 相当于柏林藏残片第一段第 3 行至第三段的第 6 行,可贵的是这一柏孜克里克残片包含柏林藏残片没有的一些词,说明二者由同一抄写者根据同一蓝本抄写而成,其中柏孜克里克抄本抄写得比较正规,而抄写柏林藏抄本时有所疏漏。此外,柏孜克里克出土小残片 81. T. B10:06 - 1 也出自《弥勒圣尊赞》,相当于柏林藏抄本第二十二段第 3 行至第二十六段第 1 行的内容,但用词和拼写方法呈现一些差异。这一残片抄到 26 段开头就停止。《圣尊弥勒赞》存在如此多抄本,说明这一赞诗当时

---

〔1〕 见张铁山 2012。张铁山教授作为《因萨底经》残片研究刊布的残片 801TB10:08a 除了第一行与 avasṭi 经 485 ~ 486 行基本相同外,其余部分与该经无关。

相当流行。对柏林藏抄本的《上生礼》部分茨默教授还找出大致对应的汉文陀罗尼，指出它有可能将与之相似的敦煌文献作为回鹘文《上生礼》的基础。

需要提到的是，北京国家图书馆藏编号为BD15370的写本（后人补加题目《畏吾儿写经残卷》）包含柏林藏小册子U 7570的最后一部分，即《上生礼》之后的跋文，只缺其中最后一段。也许这一写本的抄写者与avasṭi经的抄写者是同一个人物，或许这一跋文当时失去其某一佛经或特定佛教作品跋文的性质，只是作为诗歌作品广为流传，抄写这一写本的人仅仅是把它作为流行韵文抄到《亦都护赞》和《广大发愿颂》之间。这暗示在晚期回鹘佛教社会一度还盛行抄写韵文，柏林藏有avasṭi经和《圣尊弥勒赞》等韵文的小册子和北京国家图书馆藏《畏吾儿写经残卷》便是幸存下来流传至今的两个韵文集。

关于柏林藏抄本的年代学者们持有比较一致的意见，由于该写本提到伊斯兰教并使用一些阿拉伯语来源词语，大多学者倾向于将其产生时间定为13～14世纪之间〔1〕。抄本的时间也许较晚，据学界考证大约是17世纪的产物，因为这一小册子使用的纸、穿线及其中汉文部分的风格等就呈现这一时期写本才有的一些特点〔2〕。

除了塞米赫·铁兹江教授的校勘本外，庄垣内正弘教授〔3〕、彼得·茨默〔4〕、塞尔特卡雅教授〔5〕、橘堂晃一博士〔6〕等先后对该文献从不同角度做过探讨。笔者在这些学者研究的基础上，对柏林藏avasṭi经写本第48页和第65页之间的《圣尊弥勒赞》（相当于BTT III，第761～1080行）进行标音转写，并将其译成汉文。同时，对这一韵文的其他残片也进行比较研究，凡是其他写本与该诗有出入的部分作为脚注一一注出，最后对韵文中的疑难词语进行简要解释。

---

〔1〕 见Tezcan 1971，第9页；Zieme 2008，第255页。

〔2〕 见Tezcan 1971，第8页。

〔3〕 参见庄垣内正弘1986。

〔4〕 见Zieme 1991a，第238～250页以及Zieme 1998，Zieme 2008，Zieme 2013等。

〔5〕 Sertkaya 2004，第108～113页。

〔6〕 见橘堂晃一2010，第110～111页。

2.《圣尊弥勒赞》的主要内容

韵文《圣尊弥勒赞》的内容比较丰富，主要描述弥勒降生前后的方方面面，描写他的宫殿、形容宫殿之美，也通过一些独特的方式赞颂弥勒。最初一段介绍弥勒佛所在宫殿，第二段开始讲述弥勒成佛的故事，第五段谈到弥勒降生的目的和作为，第七段至第九段表达作者与弥勒相逢的强烈愿望，此后的一些诗段赞颂弥勒佛诸多美事，茨默教授曾对赞诗的部分内容做过专门探讨，力求与汉文佛经的相关内容之间建立某种平行关系[1]。值得注意的是，该诗赞颂弥勒佛的部分有其特点，为了突出弥勒佛与其他宗教的神和圣人不同的特殊之处，该诗还提到回鹘人曾经信仰和当时盛行的一些神和圣人，使用一些回鹘文文献比较罕见的宗教术语。比如，韵文的第四十七段这样写道：

tözün maitrı-y-a ::	啊，圣尊弥勒！
mar mišha m(a)da maryam	弥赛亚主和圣母玛丽亚，
m(a)hmat yalavač tanišban	圣人默罕默德，贤者，
mangγu yerlärin tar bulup	发现自己的去路过窄，
mayaṭrım siz-ingä ök ıṅaṅγ̇ay ::	将会只信你，啊，我的弥勒。

诗作的第四十九段为了更生动地描述弥勒之伟大这样写道：

apiṭaḍan možak marihasy-a	拂多诞、慕舍、教主，
anıng oq kišisi quštiranč	是他的随人女教职，
apıγ äv-lärtä solaṅıp	关在严严实实的屋里，
ata-ları ölmiš-täki-čä sıγ̇dašγ̇ay ::	将会丧父一样哭泣。

耐人寻味的是，诗作者对于回鹘人以前的宗教信仰有较深的了解，提到回鹘人曾经信仰过的宗教以及这些宗教的圣人和神职人员，用的一些词如 quštiranč（源于粟特语 * xwyšt' r' nc，是指摩尼教女性职位），不见于摩尼教文献之外的回鹘文文献，该文献用它，暗

〔1〕 见 Zieme 1991a，第 239 ~ 250 页；Zieme 2013。

示诗作者对回鹘历史和宗教比较了解,同时也反映当时佛教与伊斯兰教等宗教有所冲突。该诗不仅是研究回鹘语言文学和元代回鹘文化的重要资料,而且还为了解元代畏吾儿人的弥勒信仰以及畏吾儿人对于摩尼教、伊斯兰教、基督教等宗教的态度提供一些重要依据,十分珍贵。

3. 韵文结构及其特点

该诗的韵文结构比较清晰,不计标题 tözün maitrıya“啊,圣尊弥勒”和韵文的结尾出现的 tözün maitrı bodis(a)t(a)v t(ä)ngrim“我天圣尊弥勒菩萨”之外,该诗的大部分诗段由四行诗构成,只有第四段和第九段由五行诗、第五段至第八段由六行诗构成。韵文中第七段和第八段之间有两段较长的陀罗尼,明显是韵文的组成部分,在陀罗尼部分时而还出现回鹘语词。但这一部分的韵文结构不清,暂时不提供其标音转写和译文。

诗段对各行的音节数没有严格的要求,有的诗段的有些行包含八个音节,同一诗段的有些诗行的音节数却多到十六个音节,下面是其第一段、第五段、第八段、第九段和第十三段的韵文结构(标题忽略不计):

第一段　3 +2 +3 =8
4 +2 +1 +2 +3 +3 =15
2 +2 +5 =9
4 +5 +5 +2 =16

第五段　3 +3 +2 +5 =13
4 +2 +3 +1 +2 +3 +2 +3 =18
2 +2 +3 +4 =11
3 +3 +2 +4 =12
2 +1 +2 +2 +4 +2 =13

第八段　3 +3 +1 +4 +3 =14

2 +6 +2 +3 +4 =17
2 +2 +1 +3 =8
3 +2 +2 +3 =10
2 +2 +6 +2 =12
2 +2 +3 +4 +2 =13

第九段 3 +3 +1 +4 +3 =14
4 +3 +3 +4 +3 +3 =20
4 +2 +3 =9
1 +2 +2 +6 =11
2 +2 +2 +3 +4 +2 =15

第十三段 2 +2 +2 =6
2 +3 +4 +2 =11
2 +1 +2 +2 +4 =11
2 +4 +4 =10

从第一段到第十九段,每一部分在诗段开头部分用“花朵”来标明诗段的开始,每段末位还有标点(一般为四点),标明该段结束。这类分段方式在回鹘文诗歌中比较少见。韵文的大多诗段一般都带标题 tözün maitrıya“啊,圣尊弥勒”,末尾也使用 tözün maitrı bodis(a)t(a)v t(ä)ngrim“我天圣尊弥勒菩萨”,这类格式也是回鹘文韵文少见。由五行构成的两段(第四段和第九段)不带标题,诗段末尾也不出现四行诗共有的 tözün maitrı bodis(a)t(a)v t(ä)ngrim 这一固定诗行,由六行构成的四段,即第五至第八段既不带标题又不使用末尾常见的上述固定诗行。当然,四行诗中有的也有不带标题和末尾固定用语的诗段,如第十二段。从六行诗段和五行诗段不带标题、不带末尾固定诗行来看,这一韵本以六行诗为单位,使用标题和重复使用 tözün maitrı bodis(a)t(a)v t(ä)ngrim 是为了保持行数的平衡。也许四行诗才是标准,标题和末尾的固定诗行根本不影响韵文结构。这是这一诗作特有的格式或是参照其他语言的韵文模式而作,值得深究。

从第四十二段起诗段的“花朵”标志就不再出现,标题却仍然保留。

4. 韵文的标音转写、汉译和语注

4.1 标音转写

Ch/U 7570 (T III M 228)

$_{001}$ tözün bašlatı tep (bilmiš) kärgäk y(a)mu

01 $_{002}$tözün maitrı-y-a
tušiṭa t(ä)ngri $_{003}$yerintä
učidavač atl(ı)γ ič ordu ičintä oluru
$_{004}$nomluγ yarlıγ yarlıqayur siz
tängri$_{005}$lärig ögirtdürürsiz sävindürürsiz[1] tängrim
$_{006}$tözün maitrı bodis(a)t(a)v t(ä)ngrim ::

02 $_{007}$tözün maitrı
$_{008}$toquz on bir m(a)hakalp maitrı dyanıγ
$_{009}$bıšrundunguz ögräṭintingiz[2].
anı üčün $_{010}$maitrı tep atıngız
bo yertinčü-tä $_{011}$kükülti čavıqtı t(ä)ngrim ::
tözün[3]$_{012}$maitrı bodis(a)t(a)v t(ä)ngrim ::

---

[1] 80TBI: 658b: ögirttürür sävindürür[siz].
[2] 柏孜克里克残片 80TBI: 658b 在这两个词之前还有 ürüg uẓaṭı,意为“时常”、“经常”。
[3] 这个词在柏孜克里克残片 80TBI: 658b 的写法比较特殊,写作: twyswn ’,可读作 töẓüna。

03 $_{013}$tözün maitrı
$_{014}$yarlıqančučı köngül-lüg köküzüngüz-tä
$_{015}$keng tašang[1] terä yıγ̈a alu yarlıqap
$_{016}$qamaγ beš ažun tınlγ oγlan-lar-ın
$_{017}$tüzü köni bir täg oqšayur amrayur-$_{018}$sız t(ä)ngrim::
tözün maitrı bodis(a)t(a)v t(ä)ngrim::

04 $_{019}$tužit-lıγ arslan-lıγ ıduq orun-lar-$_{020}$daqı
učidavač atl(ı)γ üsṭünki yeg $_{021}$ıduq orun-lar üz-ä olurup
ilki $_{022}$ärtmiš qang-larıngız burhan-lartın
$_{023}$urunčaq qumaru alu tägintingiz
erinč $_{024}$beš ažun tınlγ oγlan-ların t(ä)ngrim::

05 $_{025}$qop qamaγ mängi-lär-ingiz-ni qodup
$_{026}$quṭsuz qıvı biz-ni täg
erinč umuγsuz tınlγ oγlan-$_{027}$ların quṭqarγalı
qolmıš quṭ-nung $_{028}$töpüsintä
tüẓügüni bir täg erklägäli
$_{029}$bo yertinčü-kä enä yarlıqayur siz t(ä)ngrim::

06 $_{030}$beš türlüg üd-lär-ning adaq-ınta
$_{031}$säkiz tümän yašlıγ yalanguqlar $_{032}$üdintä
sarvadyan tükäl bilgä $_{033}$biliglig
uday taγnıng töpü-sintä
$_{034}$maitrı-lıγ kün t(ä)ngri
tuγa yarlıqayur-$_{035}$sız t(ä)ngrim::

---

〔1〕 柏孜克里克残片 80TBI：658b 在这个词之后还有[ ]nl'ryq，疑是 oγlanlarıγ 的一部分。

07 $_{036}$ol antaγ törülüg ädgü
üd qolu-$_{037}$lar boltuq̈ta
oṭγuratı oγ(a)tmatın $_{038}$tuš tolum bolalım
umuγumuz maitrı $_{039}$burhan-qa
oγ(a)tmatın tuš tolum $_{040}$bolup
oyunın bädizin udušu täginälim ::

(段 VII 和段 VIII 之间有两段陀罗尼)[1]

08 $_{042}$altun-luγ kümüš-lüg hu-a čäčäk-$_{043}$lärig sačalım
adruq ögdi-lär-ingiz-ṅi $_{044}$ögä küläyü täginälim.
ažun-lar sayu $_{045}$qılmıš qaẓγaṅmıš
alqu qamaγ tsuy $_{046}$erinč
aγır ayıγ qılınč-larımız-nı $_{047}$körüp
anta kšanti öṭünü täginälim t(ä)ngrim ::

09 $_{048}$kümüš-lüg altun-luγ hu-a čäčäk-$_{049}$lärig sačalım:
körklügümüz maitrı $_{050}$burhan-qa keṅäṭmädin oṭγuraq tušalım
$_{051}$köẓünür-tä qılmıš qaẓγanmıš
köp $_{052}$qamaγ ayıγ qılınč-larımız-nı
körüp $_{053}$anta kšanti öṭünü täginälim t(ä)ngrim ::

10 $_{054}$oom maitrı svaha tep
oṅar aγız-qya $_{055}$aṭasar
ol buyannıng tüš-$_{056}$intä
oṭγuraq tuγar-lar tušut-ta $_{057}$t(ä)ngrim
tözün maitrı bodis(a)t(a)v t(ä)ngrim ::

---

〔1〕 除了最后一行,即有回鹘语的一行(作 041 行),陀罗尼的行数不计。

11 $_{058}$altı türlüg iš-lärig tüz qılmaq $_{059}$üdün üdün kükülür
ädgülüg iš-lär-tä $_{060}$ävrildürmäk
bolar b(a)rča uγrayu tušıt-ta $_{061}$tuγur-dačı
iš küdük-lär ärür-lär t(ä)ngrim
$_{062}$tözün maitrı bodis(a)t(a)v t(ä)ngrim
$_{063}$tözün maitrı bodis(a)t(a)v t(ä)ngrim ::

12 $_{064}$on küčlüg nom hanı-nıng
oqšayu $_{065}$tuγmıš aṭayım[1]
orṭun yoluγ ačdačı
$_{066}$oγul elig maitrı-y-a.

13 ilki $_{067}$tüzün ünmiš
ıduq uγušluγ $_{068}$ärdüküngüz üzä
erinč beš ažun tınlγ $_{069}$oγlan-ların
idi tıltaγ-sız-ın $_{070}$amrayur-siz
tözün maitrı bodis(a)t(a)v $_{071}$t(ä)ngrim ::
$_{072}$tözün maitrı bodis(a)t(a)v t(ä)ngrim ::

14 $_{073}$körüp ämgäklig ört ičintä
köy-ä $_{074}$örṭänü turur-ların
köngül öriṭip $_{075}$quṭγarγalı
köni tüz tuymaq-qa $_{076}$uγradıngız

15 tanasanbadi[2] atl(ı)γ[3] han $_{077}$tıltaγ-ınta

〔1〕 80TBI：656b：on küčlüg nom hanı-nıng oqš(a)tı tuγmıš aṭayı；Ch/U 7333：on küčlüg nom ȟaṅı-nıng oq̇šayu tuγmıš aṭayıṅ.
〔2〕 80TBI：656b：danasapati.
〔3〕 80TBI：656b 缺这个词。

tapladıngız burhan $_{078}$bolγalı
darmaruči atl(ı)γ elig han $_{079}$ärdüküngüz üzä
tavrantıngız maitrı $_{080}$tedgäli:
tözün maitrı bodis(a)t(a)v $_{081}$t(ä)ngrim ::
$_{082}$tözün maitrı bodis(a)t(a)v t(ä)ngrim ::

16 $_{081}$artnašiki[1] burhan bahšı-ta
alqıš $_{082}$altıngız äng öngirä
alp šakimunı-$_{083}$lıγ qangıngız-ta
abišek bultunguz tüp $_{084}$songıra

17 yarlıqančučı köngüllüg bägdini-$_{085}$yingizning
yarlıγın adınsıγ-sız $_{086}$qılmatın
yapa beš ažun tınlγ $_{087}$oγlan-ları-nıng
yalanguz umuγı siz $_{088}$ök boldunguz
tözün maitrı $_{089}$bodis(a)t(a)v t(ä)ngrim ::
$_{090}$tözün maitrı bodis(a)t(a)v t(ä)ngrim ::

18 $_{091}$öz mängingiz-ni tägingü-tä
ögirgülük-tä $_{092}$ymä ögirmädingiz
öngi-lär ämgäkin $_{093}$tägingü-tä
ögirdingiz avıš tamu-ta

19 $_{094}$aḍın-lar asıγın büṭürgü-tä
$_{095}$aγmaq-sız qınımlıγ t(ä)ngrim sizingä
$_{096}$aqlančıγ utun bo sansar
arṭuq közündi $_{097}$nirvan-ta

---

[1] 80TBI: 656b: ratnašiki.

tözün maitrı bodis(a)t(a)v $_{098}$t(ä)ngrim ::
$_{099}$tözün maitrı bodis(a)t(a)v t(ä)ngrim ::

20 $_{100}$mäńsiz-li quruɣ-lı čın töz-tä
mänggün $_{101}$turur ärip tapınursız
mäning tep $_{102}$nätägin tınlɣ-larıɣ
mängilig qılɣalı $_{103}$tavranursız

21 köni oot täg y(i)ti $_{104}$küčlüg
köngülüngüz ärip quruɣ dyan{a}
$_{105}$köl suvı täg yarlıqančučı köngülüngüz
küsäyür nätägin birgärü.
$_{106}$tözün maitrı bodis(a)t(a)v t(ä)ngrim ::

22 $_{107}$tözün maitrı ya[1] ::
$_{108}$ilki-tä qılmıš buyan-larıngız-qa[2]
$_{109}$idi bidiri t(ä)ngri[3] qut qolsar.
$_{110}$indiranidil ärdinin eṭiglig[4]:
ıduq $_{111}$bo tušiṭ eṭilti.

23 ıduq bo tušiṭ $_{112}$ičintä
edimiz maitrı siẓingä
$_{113}$idän[5] tutčı nom ünlüg[6]

---

[1] Ch/U 7504: töẓün mayṭrı bodistv t(ä)ngrim.
[2] Ch/U 7504: ilkiṭä qılmıš buyan-larıngız-q̈a.
[3] Ch/U 7504: iridabaḍri t(ä)ngri.
[4] 81. T. B10: 06－1(b): in*d*rani*d*il är*d*initä eṭil-ti.
[5] Ch/U 7504: idäng.
[6] 81. T. B10: 06－1(b): nom bölük; Ch/U 7504: nom bölük-inčä.

ič ordu-$_{114}$nguz-qaṭägi bälgürdi
tözün maitrı $_{115}$bodis(a)t(a)v t(ä)ngrim ::

24 $_{116}$tözün maitrı-y-a ::
$_{117}$darmahariki beš yüz kolti t(ä)ngri-lär
$_{118}$taplaγ-ları birgärṭip quṭ qolsar
$_{119}$taš tam-larınga tägi kimpaq-lıγ
$_{120}$tanglančıγ bo tužit eṭilti

25 $_{121}$tanglančıγ bo tužit ičintä
ḍarmarača $_{122}$nom hanı siẓingä
taq̈ču čünsi-$_{123}$läringä tägi v(a)idir-lig
ḍarmač(a)y $_{124}$yay-lıq-ıngız bälgürdi
tözün maitrı[1]$_{125}$bodis(a)t(a)v t(ä)ngrim ::

26 $_{126}$tözün maitrı-y-a ::
$_{127}$qamaγ beš yüz kolti t(ä)ngri-lär
qabšurmıš $_{128}$ayalar-ın[2] quṭ qolsar
qašınčıγ körklä $_{129}$bo tušit
qaršıngız učitavač eṭilti :

27 $_{130}$qaršıngız-qa qavšatıγ-lıγ sögüt-lär
$_{131}$qat qat sıng-lıγ[3] qalıγ-lar
qalıγ-qa $_{132}$körši kurekar-lar
qaraq-nıng $_{133}$qıvın täg bälgürdi

---

[1] 81. T. B10 : 06 – 1(b) : maydarı.
[2] Ch/U 6335 : q̈avšurmıš ay-a-lıγ-ı[n?].
[3] Ch/U 6335 : sıṅlıγ.

tözün maitrı $_{134}$bodis(a)t(a)v t(ä)ngrim ::

28 $_{135}$tözün maitrı-y-a[1] ::
$_{136}$künsüz aysız yaruq-luγ
küčlüg $_{137}$uluγ t(ä)ngri-lär
küšüš-lärin $_{138}$öriṭip[2] quṭ qolsar
kümüšin $_{139}$bo tušit eṭilti

29 kübrüg ay-a $_{140}$čang qopuz
kür-lik sam kin tuč $_{141}$burγu
körünč-lük känčüki[3] čaγ̈a birlä
$_{142}$küsänčig mängi-lär bälgürdi ::

30 $_{143}$tözün maitrı-y-a ::
$_{144}$ay-sız kün-süz yaruq-luγ
aγır $_{145}$uluγ t(ä)ngri-lär
ay-a-ların qavšurup $_{146}$quṭ qolsar
altun-ın bo tušiṭ $_{147}$eṭilti

31 anıng ičintä asarq̈-a-lar
$_{148}$aṅgar körši kurekar-lar
ašap $_{149}$ögirgülük ṅoš arsıyan
apsarı-$_{150}$lar birlä bälgürti ::
tözün maitrı bodis(a)t(a)v (t(ä)ngrim ::)

---

[1] Ch/U 6335：tözün maytrı.
[2] Ch/U 6335：küsüš öriṭip.
[3] Ch/U 6335：känčiki.

32 $_{151}$tözün maitrı-y-a ::
$_{152}$sıṅḣ(a)r(a)nč köküz-lüg t(ä)ngri-lär
sımtaγ-$_{153}$sız köngül-in quṭ qolsar
sırınčɣ̈aṅ $_{154}$tam-lıγ bo tušiṭ
sıparir ärḍini(n) $_{155}$eṭilti:

33 sipargki tridıt-lıγ tıγ $_{156}$sıpıẓγu
sılıγ tüpičä käṭ qongraγu
$_{157}$sivätsiz soqγ̈u čang tämir
sıẓγ̈urγ̈u $_{158}$ärgürgü täg äšiṭilti
tözün maitrı $_{159}$bodis(a)t(a)v t(ä)ngrim ::

34 $_{160}$tözün mayatarı-y-a ::
$_{161}$bir učluγ köngülin t(ä)ngri-lär
birgärü $_{162}$yıγılıp quṭ qolsar
bilag-lıγ $_{163}$lek-lıγ bo tušit
biligšmaṅi (birlä) $_{164}$eṭilti:

35 pilür kängränäk čıngırqaq
$_{165}$pıpa qopuz čı čımγuq
bımlıγ-ın $_{166}$tüẓülmiš beš šıbar.
birgäčä $_{167}$bälgü(r)di
tözün maitrı bodis(a)t(a)v t(ä)ngrim ::

36 $_{168}$tözün maiṭri-y-a ::
$_{169}$čahšap(a)t küẓätmiš t(ä)ngri-lär
čın $_{170}$kertü köngülin qut qolsar
čımsız $_{171}$arıγ bo tuš(i)ṭ
čınṭamaṅi ärḍiṅin $_{172}$eṭilti.

37 čivačivak kalavangki garudi
$_{173}$čitri äsiri yüklüg yuy käkük
$_{174}$čıntan-lıγ lenhu-a-lıγ yuul ögän
$_{175}$čımsız körklä bälgürdi
tözün maitrı $_{176}$bodis(a)t(a)v t(ä)ngrim : :

38 $_{177}$tözün mayaṭarı-y-a : :
$_{178}$ärüš üküš t(ä)ngrilär
ängitä ätözin $_{179}$quṭ qolsar
ärgü-lär hanı bo tušiṭ
$_{180}$ärdiṅin vaydurın eṭilti

39 äṭizgü ürgü $_{181}$tıγ labay
ägẓig v(a)mtsan yır taqšuṭ
$_{182}$ärtä säviglig čı čımγuq
äṭ ämirkäšgü $_{183}$äšidilti
tözün maitrı bodis(a)t(a)v t(ä)ngrim : :

40 $_{184}$tözün maitrı-y-a : :
$_{185}$küzki yeẓäm-ä iš küč-tä
küdän öz äv-$_{186}$ingä barır-ča
küsäp tuγtunguz tušiṭ-$_{187}$ta
küsänčig körklä maitrı-y-a

41 küvänči $_{188}$köṭitmiš t(ä)ngri-lär-kä
küzki ay t(ä)ngri-$_{189}$čä y(a)ltrıyu
köṭitmiš arslan-lıγ $_{190}$orduta
külčirgä yüüzlügin nomlayur siz.

42 $_{191}$tözün maitrı-y-a ::
$_{192}$t(a)lım qara quš garudi
taluy oṭrasınta $_{193}$čapar-ča
tavranıp tuγdunguz tušiṭ-ta
$_{194}$tanglančıγ körklä maitrı-y-a

43 $_{195}$taymaq törü-lüg t(ä)ngri-lär-kä
tavranmaq-$_{196}$lar-nıng mänsiziṅ
tavar-nıng isig $_{197}$öz-nüng bärk-sizin
tayšıng-$_{198}$daqı-ča nomlayur-sız ::

44 $_{199}$tözün maitrı-y-a
$_{200}$alp šakimuni-lıγ qangıngız
abišek-lıγ $_{201}$alqıš alıp oq
aγ̈tıṅıp tuγdunguz $_{202}$tušit-ta
altun öngülüg mayṭarı-y-a

45 $_{203}$anta ärtäči t(ä)ngri-lär-kä
alqu nom-$_{204}$lar-nıng mänsizin.
amrılmıš nirvan-nıng $_{205}$kirsizin
ača adıra nomlayur-sız
$_{206}$tözün maitrı-y-a

46 $_{207}$mayaṭrım siz ol tuš-ta $_{208}$eṅdükdä
m(a)habodi sögüt tüpintä
$_{209}$manggal-lıγ ıduq čayṭı-ta
m(a)ha-širavak-$_{210}$lar quvraγ-ı birlä čoγ̈lanγ̈ay siz.

47 $_{211}$mar mišha m(a)da maryam

m(a)hmat $_{212}$yalavač tanišban
mangγu yerlärin $_{213}$tar bulup
mayaṭrım siz-ingä ök $_{214}$ıṅaṅγ̈ay ::

48 $_{215}$tözün maitrı-y-a
$_{216}$alp ärim siz ol tuš-ta endükdä
aryadan $_{217}$čayṭi orun-ta
arıγ č(a)hšap(a)t-lıγ käḍ $_{218}$toyın
altun-luγ taγ-ča čoγ̈laṅγay

49 $_{219}$apiṭaḍan možak marihasy-a
anıng $_{220}$oq kišisi qušṭiranč
apıγ äv-lärtä $_{221}$solaṅıp
ata-ları ölmiš-täki-čä $_{222}$sıγ̈dašγ̈ay ::

50 $_{223}$tözün maitrı-y-a
$_{224}$bahšım siz ol tuš-ta endüktä
baš ṭaš $_{225}$arayadan orun-ta
bahušurudi bilgä käd $_{226}$toyın
brahsapadi t(ä)ngri-čä čoγ̈laṅγay

51 $_{227}$bašı ḍastar-lıγ ḍ(a)nšmanlar
baγd(a)t $_{228}$urum el-lär
barγu yerlärin tapmatın
$_{229}$bahšım siz-ingä ök ınanγay ::

52 $_{230}$tözün maitrım-y-a
$_{231}$kertü ärim siz ol tuš-ta endüktä
$_{232}$kedumati känt uluš ičintä

keng bilig-$_{233}$lig käḍ toyın
kesari arslan-ča $_{234}$čoγlanγay

53 körüm-či taγ̈čuq $_{235}$tarıṅčuq
küsän el tutmıš $_{236}$barıčuq
körgüči baqγučı bulmadın
$_{237}$köngül-läri čöküp $_{238}$bursanγ̈ay
tözün maitrı bodis(a)t(a)v t(ä)ngrim ::

$_{238}$ maitrı tükädi uq̈sar y(a)mu ::

4.2 汉译

应(知道)圣尊(弥勒)开始了,是的。

01 啊,弥勒,圣尊!
在兜率陀天,
坐在名叫高幢的内宫,
你说法说教,
使诸天欢喜,我的天神,
啊,我的天神,圣尊弥勒菩萨!

02 弥勒圣尊
在九十一大劫弥勒禅,
你得以修行并掌握了它。
为此,你的弥勒这一大名
啊,我天神,遍布在这世界上,
啊,我天神,圣尊弥勒菩萨!

03 弥勒圣尊,
在你慈悲的胸怀,

一切五世生灵之子
你都广泛收集收下,
你一视同仁,热爱,我的天神,
啊,我天神,圣尊弥勒菩萨!

04　在兜率、狮子的诸多圣地,
居住在名叫高幢的最胜圣殿,
从先前之父和诸佛那里,
作为寄赠物和遗产
啊我天神,你把可怜的五世生灵之子收下了!

05　你放弃你一切、所有快乐,
为了拯救像我们这种不幸
可怜、无望的生灵之子,
在求助的福气之上
为了一切同样能动,
你降生于此世,我的天神!

06　在五时的最后时刻,
在八万岁人类的时代,
在具有一切智的
邬陀耶山的顶峰,
弥勒之日神
你出来了,我的天神!

07　等那有法最善的
三时到来的时候,
让我们不要迟到,立即相逢吧!
与我们的希望之托弥勒佛
立即相逢吧,不要迟到,

让我们以戏以画迎接他吧！

（段七和段八之间有两段陀罗尼）

08　让我们散发金花和银花，
让我们赞颂你的绝妙！
看到多世的所作所为，
一切罪行和所有过错，
极为严重恶劣的行为，
我们请求饶恕，我的天神！

09　让我们散发银花和金花，
立即与我们美丽的弥勒佛相逢，不要迟到！
看到现世的所作所为，
我们众多、所有的恶行
让我们请求饶恕，我的天神！

10　唵、弥勒、娑贺这（三语），
如果他们说它十遍，
作为这功德的果实，
他们立即生在兜率天，我的天神，
我的圣尊弥勒菩萨，我的天神！

11　六事都成就，时时受称赞，
使得在诸多善事中环转，
这些全都是让人
生在兜率的事业，我的天神，
我的圣尊弥勒菩萨，我的天神！
我的圣尊弥勒菩萨，我的天神！

12　你是十力法王

生好的珍爱，啊我宝贝！
你是中道的开拓者，
你是王子，啊弥勒！

13 因你先前神圣上升，
由于你家世神圣，
可怜的五世生灵之子，
你绝对爱抚，不提条件。
我的圣尊弥勒菩萨，我的天神！
我的圣尊弥勒菩萨，我的天神！

14 看到苦难的火里
正在焚烧的那些，
你发起拯救之心，
你倾向于正等觉。

15 由于多财王之缘故，
你还是答应成佛。
因你是名叫达摩流支的国王，
你努力被称作弥勒。
我的圣尊弥勒菩萨，我的天神！
我的圣尊弥勒菩萨，我的天神！

16 从宝髻佛师尊那里，
最初你得到了赞许。
从你英勇的释迦牟尼父，
最终你得到了受位。

17 你那慈悲的主人
所颁法令你未做变更。
对于所有五世生灵之子，

你成了他们唯一的希望。
我的圣尊弥勒菩萨,我的天神!
我的圣尊弥勒菩萨,我的天神!

18 当你得到你应得的欢乐时,
该欢喜你也没有感到快乐。
而替他人受到苦难的时候,
在阿鼻地狱你(都感到)快乐。

19 当你为他人造益的时候,
对你有坚定信念的我天,
这一可怕、邪恶的轮回
在涅槃都显得好大好大。
我的圣尊弥勒菩萨,我的天神!
我的圣尊弥勒菩萨,我的天神!

20 无我和虚空在真性,
你坚信他们永远存在。
不知为何认为"生灵是我的",
你努力去使他们得到幸福。

21 好比真火锋利坚硬,
你的心就是空禅。
你的心像湖水般慈悲,
不知为何(二者)愿处在一起。
我的圣尊弥勒菩萨,我的天神!

22 啊,弥勒圣尊!
由于你先前所做的功德,
当牢度跋提神作愿力时,
以因陀罗宝装饰的

这神圣的兜率陀得以筑成。

23 在这神圣的兜率陀里，
对你，我们的主，弥勒
永久永恒的法声
竟然出现在你的内宫里。
我的圣尊弥勒菩萨，啊我的天！

24 啊，弥勒圣尊！
法食的五百亿天子
当他们统一信仰来作愿力时，
连外壁都带金箔的
这一惊人的兜率做成了。

25 在这一惊人的兜率里，
对你 Dharmarāja，即法王
连椽子和托柱都是琉璃的(?)
你的法集夏宫显现了出来。
我的圣尊弥勒菩萨，我的天神！

26 啊，弥勒圣尊！
所有五百亿天子
当合掌作愿力时，
美丽极致的这一兜率陀
你的宫殿内院做成了。

27 围着你宫殿的园林，
层层叠叠的高楼，
高楼对面的天宫，
眼球之福般显现在那里。

我的圣尊弥勒菩萨，我的天神！

28　啊，弥勒圣尊！
不借助太阳和月亮自亮，
强大伟大的诸天
当他们发愿作愿力时，
这一兜率陀以银做成了。

29　大鼓、手鼓、铃铛和大琴，
大篴、大琴和铜吹，
阁楼、舞女和舞男，
渴望的快乐（全）有了。

30　啊，弥勒圣尊！
不借助月亮和太阳自亮，
尊贵伟大的诸天
当合掌祈福的时候，
这一兜率陀以金做成了。

31　里面的诸多宫殿，
对面的诸多天宫，
吃了叫人称赞的妙药，
与天女一起出现了。
啊，圣尊弥勒菩萨！

32　啊，弥勒圣尊！
有狮子王胸怀的诸天
当以不动之心作愿力时，
玻璃墙的这一兜率陀
以水晶珍宝筑成了。

33　三分式天界笛子和芦笛，
温柔、无限动听的大钟，
演奏毫无个性的铃铛，
动听得简直叹为观止。
我的圣尊弥勒菩萨，我的天神！

34　啊，圣尊弥勒！
当诸多天神一心一意
集合到一起作愿力时，
有毘楞伽宝和砾(?)的这一兜率陀，
(以)毘楞伽宝做成了。

35　箪箓、扩音器、小铃，
琵琶、大琴和笛子，
以 bımlıγ 调整的五律(?)，
一起出现在那里。
我的圣尊弥勒菩萨，我的天神！

36　啊，圣尊弥勒！
持戒受戒的诸天
当以真心作愿力时，
无污点、纯净的这兜率陀
用如意宝珠做成了。

37　命命鸟、迦陵频伽和金翅鸟，
多彩美毛的孔雀和布谷鸟，
拥有旃檀和莲花的池泉河流，
无限优美地显现在那里。
我的圣尊弥勒菩萨，我的天神！

38　啊，圣尊弥勒！

许许多多天子
当弯身作愿力时，
宫殿之王兜率陀
以珠宝和琉璃做成了。

39 定要吹响的笛子和螺贝，
音乐、赞声、歌声和朗读声，
让人特别喜欢的笛声，
（十分）动听，刺激身心。
我的圣尊弥勒菩萨，我的天神！

40 啊，圣尊弥勒！
在秋旅中或在事间，
就像客人回到自家，
你自愿出生在兜率陀。
啊，美丽渴求的弥勒！

41 对傲气十足的诸天，
你像秋天的月亮一样发光，
在高贵的狮子宫里，
满面笑容地说教。

42 啊，圣尊弥勒！
就像猛禽黑鸟，（即）金翅鸟
在大海之中奔走，
你努力出生在兜率陀。
啊，美得惊人的弥勒！

43 为动摇不定的诸天，
以勤奋之无我
以事物和人生之不坚

你按大乘说教说法。

44 啊，圣尊弥勒！
(从)你父，英勇的释迦牟尼
得到受位之赞许的那一刻，
你得以升出，出生在兜率陀。
啊，金颜色弥勒！

45 为了待在那里的诸天，
一切法之无我，
平静轮回之不净，
你都会解释、讲明。

46 啊，圣尊弥勒！
我的弥勒，当你在那时降生时，
在大菩提树的下面，
在吉祥的、神圣的云塔，
你将会与大众声闻一同闪烁。

47 啊，圣尊弥勒！
弥赛亚主和圣母玛丽亚，
圣人默罕默德，贤者，
发现自己的去路过窄，
将会只信你，啊，我的弥勒。

48 啊，圣尊弥勒！
你降生那时，是我的英雄，
在寺庙和圣地，
净戒、高尚的比丘
将会像一座金山闪烁。

49　拂多诞、慕舍、教主，
是他的随人女教职，
关在严严实实的屋里，
将会丧父般地哭泣。

50　啊，圣尊弥勒！
当你降生时，啊我师，
在所有的云塔圣地，
博学、知识渊博的比丘，
将会像祭主仙人一样闪烁。

51　头戴缠布的贤者，
巴格达、小亚细亚诸国，
找不到自己的出路，
将会只信你，啊我师。

52　啊，我的圣尊弥勒！
当你降生时，你是我的正人，
在翅头末国里，
知识渊博、高尚的比丘
将会像狮子王一样闪烁。

53　占卜者、修复师（？）和庄稼人（？）
龟兹国觉悟到的 barıčuq，
找不到占卜者和算卦的，
他们将会感到伤心悲伤。
我的圣尊弥勒菩萨，我的天神！

若知道，弥勒（赞）结束了，是的。

4.3 语注

第028行erklä-：克劳松解释该词为“践踏、轻视”(见EDPT，226b)；铁兹江教授虽然没有排除该词读作erklä-的可能性，还是作ärkälä-，并解释为“爱”(见BTT III，第59页，脚注788)。据BTT XXVIII B068的adaq erklät-相当于汉文的“动足”，笔者把该词的意义理解为“动”、“动起来”，此处指为了拯救一切生灵先使之动起来，与弥勒降生的使命比较吻合。

第058～063行：这一段诗铁兹江教授以以下形式构拟(见Tezcan 1974，第63页)：

altı türlüg iš-lärig tüz qılmaq
üdün üdün kükülür ädgülüg iš-lär-tä ävrildürmäk
bolar b(a)rča uγrayu tušıt-ta tuγur-dačı
iš küdük-lär ärür-lär t(ä)ngrim

茨默教授建议以下构拟方式(见Zieme 2013，第408页)：

altı türlüg iš-lärig tüz qılmaq üdün üdün kükülür
ädgülüg iš-lär-tä ävrildürmäk bolar b(a)rča
uγrayu tušıt-ta tuγur-dačı
iš küdük-lär ärür-lär t(ä)ngrim

笔者赞同茨默教授把ädgülüg移到第二行开头的构拟方法，这符合该诗的头韵特点，但对其余成分的安排做略微不同的处理。

第058行altı türlüg išlärig tüz qılmaq：可直译为“六事全做”，应指“六事成就”，即使得菩萨持六波罗蜜的六事，即大悲、忍辱、思惟、胜愿、胜生和成熟，详见《大乘庄严经论》(《大正藏》1604，637b)。

第064行on küčlüg nom hanı-nıng oqšayu tuγmıš adayım：其中on küčlüg nom hanı可译作“十个强大的法王”，应指具有十力的法王，即佛。此处译作“十力法王”。柏孜克里克出土80TBI：656b的第一行相当于这一行，在柏孜克里克残片这一行以on küčlüg nom hanı-nıng oqšatı tuγmıš aṭayı的形式出现，另一柏林残片也有on küčlüg nom hanı-nıng oqšatı tuγmıš aṭayın，都与柏林抄本有所不同。

从语法上讲，柏孜克里克残片的形式更合乎语法，而 on küčlüg nom hanı-nıng oqšayu tuγmıš adayım 并不符合领属关系短语的一致关系。可见，这一短语中 nom hanı-nıng 之后的属格附加成分并不像铁兹江教授所说的那样是多余的（见 BTT III，第 63 页，脚注 869；Zieme 1991a，第 242 页，脚注 558）。

第 066 行 oγul elig：铁兹江解释为“王子”（Kronprinz），是少见的短语。这里很可能是因押韵的需要临时组合而成，实际上指未来佛弥勒。关于铁兹江的解释参见 BTT III，第 63 页，脚注 871。

第 076 ~ 077 行 tanasanbadi：源于梵文 Dhanasaṃmata，多财，为王名（见 Zieme 1991a，第 242 ~ 243 页；荻原雲來 1986，第 628 页），据说他将成为未来佛弥勒（详见 Zieme 1991a，第 242 ~ 243 页和 Kumamoto 2002，第 8 页）。在回鹘文《弥勒会见记》的第十六卷这一王名以 danasam(a)ti、danasamati 和 drmasamati 的形式出现（见 Geng/Klimkeit 1985，第 76 ~ 77 页）。其中，drmasamati 疑是 damasamati 的误读，从 Geng/Klimkeit 1985 提供的图片可以判断，此处（第五叶第 24 行）的写法与文献的其余部分没有什么不同，只是笔迹较粗，应转写为 danas[amati]。

第 079 行 tavrantıngız：铁兹江作 tanantıngız（?），明显是 tavrantıngız 的误读。此处，tavran-为助动词，与-GlII 副动词结合表示“试图去……”、“努力去……”等意义。参见该诗下半部的 qılγalı tavranursız。

第 081 行 artnašiki burhan bahšı：铁兹江把第一个词读作 artanšiki，正确应为 artnašiki，为 ratnašiki 的另一回鹘语化的写法（见 UWb，208b）。artnašiki 源于梵文 Ratnaśikhin 或 Ratnaśikhī，这里指宝髻佛，是第一劫的修行结束时出现的佛。柏孜克里克残片有 ratnašiki。

第 104 行 quruγ dyan{a}：铁兹江读作 qorun（?）ḍ(a)yaq（?），并解释为“集结”（zusammen-zubringen）（见 BTT III，第 911 - 912 页）。茨默读作 kurug dyan（见 Zieme 2012）。由于第二个词的写法为 dy'n'，笔者转写为 dyana。但是，梵文 dhyāna 在回鹘语的形式一般为 dyan，是通过吐火罗语 dhyāṃ 借入，该文为何采用这一写法，并

不清楚,也许纯属误写。

第 110 行 indiranidil：源于吐火罗语 A 的 indranil（梵语：indranīla）,是一种宝石名,汉文佛教文献有音译"因陀罗尼罗",音译家类名"因陀罗宝"、意译"帝青"和意译加音译再加类名的"大青因陀罗宝"等(参见中村元 1981,第 71 页、905 页和 920 页)。

第 109 行 idi bidiri：铁兹江读作 idi pidiri,但未能确定其准确意义。该词在同一文献的 1073 行以 iridabadiri 的形式出现(铁兹江读作 niridabatiri)。正如茨默教授提到,柏林藏同一弥勒赞残片(Ch/U 7504)该词也以 iridabadiri 的形式出现,说明该词在本文献的拼写'ydy pydyry 属于误写。茨默教授认为,语音上该词与梵文的 * Ṛddhibhadra 一致,但是他不敢肯定该词是否源于梵文的 * Ṛddhibhadra(详见 BTT XIII,第 114 页)。笔者认为,用突厥语的 idi 或 iti 来再现梵文的 ṛddhi 并不陌生,如回鹘文《玄奘传》的 itiyud 和 ritiyud 并现(二者均来自梵文的 ṛddhividhi)(见 Zieme 2012,第 5 ~ 6 页)。因此,idi bidiri 和 iridabadiri 均为 * Ṛddhibhadra 的转写,这在语音上是没有问题的。同一神名以 ridibadri 的形式出现在柏林藏回鹘文《弥勒启请礼》残片 U 5923 (T III Y. 17)的第 18 行,相当于汉文对应文献的牢度跋提,是兜率天宫的大神(见 Kitsudo 2011,第 338 页;《望月佛教大辞典》第四卷,3953c)。需要提到的是,Ṛddhibhadra 在这一赞诗中的陀罗尼中以 iridbatiri 的形式出现。

qut qol-：通常可以译作"祈福",在《弥勒启请礼》中该词相当于汉文对应文的"愿力作",故在本诗一律译作"作愿力"(见 Kitsuodo 2011,第 338 页)。

第 113 行 nom ünlüg：应指法声,即 dharmaśabda,这里为弥勒内院之名称。铁兹江教授把 nom ünlüg 拆开,把 nom"法"与其前的 idän tutčı"永恒的"作为一个自由组合来看待,译作"永恒的法",但没有译出 ünlüg(见 BTT III,第 65 页)。柏孜克里克残片 81. T. B10：06 - 1(b)有 nom bölük.

第 117 行 darmahariki：源于梵文 dharmāhāraka,意为"法食"。BTT XIII,第 46 号文献第 9 行有 darmahariki nom ašlıγ t(ä)ngrilärning,可译作"darmahariki,即法食天的"。

第122～123行 taq̌ču čünsi-läringä tägi v(a)idir-lig：铁兹江教授未能确定这些词的意义和来源。其中，taq̌ču 和 čünsi 也出现在《弥勒会见记》的胜金本第五卷，如 tört ärdinilig lımları čünsiları，taqčuları bolur，虽特肯怀疑他们有汉语来源，但未能确定其原码，也没有提供译文（见 Tekin 1980，第92页）。据卡拉教授考证，čünsi 源于汉语"椽子"，taq̌ču 源于汉文"托柱"（见 Kara 1983，第45～46页和第50～51页）。v(a)idir-lig 铁兹江教授读作 kidirlig(?)，同时认为可以读作 vidirlig(?)（见 BTT III，第66页脚注931及词汇索引）。笔者认为 vidirlig 很有可能是 vaidurluγ"琉璃的"的误写或展唇化变体。此处作 v(a)idir-lig(?)并译作"琉璃的"。

第140行 kür-lik sam kin：kürlik 似是由具有"粗心"、"大胆"、"粗"等意义的 kür 缀接-lXk 构成，意为"大"、"粗"，此处似乎修饰 sam（源于汉语"篁"）和 kin（源于汉语"琴"）（参照 BTT III，第66页，脚注948页）。我们把 kür-lik sam kin 暂译作"大篁"和"大琴"。

第154行 sıparir：在《弥勒会见记》胜金本以 saprir 的形式出现，源于吐火罗语 A 和吐火罗语 B 的 spharir（源于俗语梵文 sphaṭi-），意为"玉"、"水晶"（详见 Tekin 1980，第107页；荻原雲來 1986，第1526页；Adams 2013，第790页）。

第155～156行 sipargki tridıtlıγ tıγ sıpız̡γu：铁兹江教授读作 sıparkki 并猜测源于梵文，但未能确定其原码。笔者认为该词应读作 sıpargki，源于梵文 *svargika*"天使的"、"天界的"（Monier-Williams 1899，1281b）。tridıtlıγ tıγ 似是梵文 tridhātu-śṛṅga"三分式喇叭"的回鹘语译文。

第162行 bilag-lıγ：bilag 很有可能源于梵语 * bhilag，通常作为 śakrabhilagnaratnaṃ"帝释持宝"（也译作"帝释持"、"毘楞伽宝"、"毘楞伽摩尼"等）的组成部分出现。在《佛说观弥勒菩萨上生兜率天经》（《大藏经》第452号经，419c 22－25）有这样的描写：

> 时兜率陀天七宝台内摩尼殿上师子床座忽然化生，于莲华上结加(跏)趺坐，身如阎浮檀金色，长十六由旬，三十二相、八十种好皆悉具足，顶上肉髻发绀琉璃色，释迦毗楞伽摩尼、百千万亿甄叔迦宝

以严天冠。

lek-lıγ：的前一成分也许是汉语“砾”(古音：liajk，见 Pulleyblank 1991，第 190 页)音译。

第 163 行 biligšmaṅi：铁兹江教授猜测该词应为一个源于梵文的宝珠名，但未能确定其原码。该词很有可能源于梵文 * plakṣa-maṅi，意为“波叉宝珠”。至于 plakṣa 参见荻原雲來 1986，第 901 页。但是，由 * bhilag ＋ maṅi 构成的可能性更大，但在语音上较难解释。

第 164 行 pilür：来自汉语的“筚篥”，为管乐器名，在雅乐中演奏的纵笛。该词在 BTT VII 第 608 行和 Shōgaito 等 1998，第 1349 行以 pilir 的形式出现，还见于粟特语和蒙古语。宗德曼教授和茨默教授推测该词有可能源于汉语的“悲篥”(见 Sundermann/Zieme 1981，第 190 页)。庄垣内教授认为确定“筚篥”为其原码更为妥当(参见 Shōgaito 等 1998，第 161 ~ 162 页的相关脚注)。

第 165 行 bımlıγın：可译作“以 bımlıγ”，bımlıγ 的第一音节语源不明。

第 166 行 beš šıbar：此处的 šıbar 也可读作 sıbar 或 sıpar、šıpar 等，也出现在《字母诗》，如 satap šıbarnıng üni“七赞之声”。《字母诗》的 satap šıbar 可能源于梵文 sapta-śiva “七(世)赞”，但其间的语音联系显得较弱。beš šıbar 此处是指一种乐器，但暂时无法确认是指何种乐器，这里参照《字母诗》的情形暂译作“五律”。

第 212 行 mangγu yerlärin：铁兹江教授读作 manganu，在译文也只是以音译的形式列出，似是当作专有名词。茨默读作 mangaγu，作动词 mang-“走”的名动词形式，我们赞成这一解释，但 mang-的动名词形式并非茨默所说的那样为 mangaγu，而是 mangγu，原件也写作 m'nkqw，应读作 mangγu，正是 mang-的名动词形式，可与 barγu yerlärin tapmatın 比较。

第 220 行 quštiranč：源于粟特语 * xwyštr'nc，指摩尼教女性职位，不见于粟特文摩尼教文献，是根据回鹘语构拟的形式，该词也不见于摩尼教文献之外的回鹘文文献，但是在察哈台语文献和现代维吾尔语及其方言中该词以 qušnanč, qušnač, quštanǰ（如在 *quštanǰim*）等形式出现（详见 Zieme 2006）。此处暂译作“女教职”。

第 225 行 bahušurudi：源于梵文 bahuśruta，意为“博学”、“知识渊博”，其后面的 bilgä käd 实际上是梵语 bahuśruta 的对等语。

第 226 行 brahsapadi t(ä)ngri-čä：可译作“像祭主仙人”、“像木星天一样”。brahsapadi 源于梵语 Bṛihaspati，是婆罗门教—印度教的一个神祇，主管祭祀，同时代表木星。

第 234 ~ 236 行 körümči，taγ̈čuq，tarıṅčuq，küsän el tuymıš barıčuq：铁兹江把这六个词作为地名处理。根据他的解释，Kürümči（他把第一个词这样转写）应指今天的乌鲁木齐，并把它与所谓刚和泰（Staël-Holstein）卷子出现的 yirrūṃciṃni 联系起来分析（见 BTT III，脚注 1042—1044）。茨默教授读作 Körümči 并译作“占卜者”（Wahrsager），同时把其后的五个词作为人名处理。有趣的是，他虽然对铁兹江的解释持怀疑态度，但并不提供否定依据（详见 Zieme 1998，第 323 页）。笔者认为，虽然该词完全可以读作 körümči，而且可以解释为“占卜者”，但其后面的五个词很难像茨默教授所主张的那样作为占卜者名处理。笔者认为，第一个词可以读作 körümči 并解释为“占卜者”，其后的 taγ̈čuq 应是由具有“修理”、“修复”、“佩戴”等意义的动词 taq-后缀接-čuq 构成的名词，可能是指“修复师”或“修理匠”；tarıṅčuq（铁兹江和茨默读作 qanıγčuq）似是指“庄稼人”，由动词 tarın-后缀接-čuq 构成。可惜，Kürümči 或 körümči 的拼法比较特殊，与表示占卜者的 körümči 的一般写法有所不同，使人怀疑是他词。Küsän el 不应作为 Küsän 和 el tuymıš（铁兹江和茨默读作 turmıš）两个词来处理，其中 Küsän el 应指龟兹国，是一个地名，应与古代国名龟兹有关。这样一来，其后的 tuymıš 可以解释为“感觉到的”、“视为”、“觉悟到的”。其后面的 barıčuq 较难解释，它可能是名词，为由动词构成的职业名称。但是，突厥语没有 * barı- 这样的动词。当然该词也可以读作 banıčuq，也许与动词 bar-“去”或 ban-“绑起来”、“链接”等动词有关。这样该词末尾的元音可以看作是增音。需要提到的是，就像铁兹江教授所提到的那样，也可以把它作为地名处理，作为地名的 Barıčuq 是今喀什噶尔地区境内 Maralbaši

附近的一个古代城镇，即巴楚。

第 219 行 apiṭaḍan：铁兹江教授读作 apiḍaṭan，茨默建议读作 apdatan（Zieme 1991a，第 248 页）。但是该词的拼法为"pyd'ṭ'n，难以读作 apdatan。

K.《弥勒赞》两首

除了上篇介绍的《圣尊弥勒赞》之外，还有一些赞颂弥勒菩萨的回鹘语韵文。阿拉特在《吐鲁番突厥语文献》的第七卷（TT VII）发表一首弥勒赞，写在一本小册子空下的两页，草书体，德国第三次吐鲁番探险队在木头沟所获，编号为 Mainz 100（T III M 138），现藏在德国柏林勃兰登堡科学院吐鲁番研究所。阿拉特当时在上述著作的注释部分只提供这一赞诗的转写，后来他在《古代突厥诗歌》一书刊布了这一《弥勒赞》残片（ETṢ，Nr. 17），共五段二十行，每一段的第四行直接欢呼弥勒，表达诗人与弥勒相会、求助于弥勒的强烈愿望[1]。除了使用草书体外，该诗还使用 saq̈ınγıl、üntürgil、alγıl、tanutγıl 等由动词的愿望名动词形式结合系动词 ol 构成的祈求式演变而来的语法形式，说明其属于晚期回鹘语时期，是 13～14 世纪的作品。

柏林藏四个残片，即 U 2965a（T II S 45.500）、U 2966（T II S 45.501）、Ch/U 6264（T II）、Ch/U 3909（T II Y 60）等构成另外一首弥勒赞（BTT XIII，Nr. 19），共 136 行，开头（1～34 行）和结尾部分（89～136 行）破损比较严重。有趣的是，其中有些部分呈现出与上篇所介绍的《圣尊弥勒赞》相近的内容。茨默教授在其《回鹘人的佛教内容头韵诗》一书（BTT XIII，Nr. 19）刊布过这一赞美诗，本书导论部分介绍其中保存比较完整的部分，这里不再深究。

柏林藏 Ch/U 8170（T II 1467，MIK 031747）是另一件弥勒赞残片，在《添品妙法莲华经》（《大正藏》第 264 号经）的背面书写，保存比较完整的部分由五段二十行韵文构成，茨默教授对其中四段进行转写并将其译成法文，收录在他介绍古代维吾尔语诗歌的论文当中[2]。下面笔者根据原文对阿拉特收录在《古代突厥诗歌》一书的弥勒赞残片和柏林藏 Ch/U 8170 进行重新研究，提供其标音转写和汉译。除了茨默教授转写、翻译的四段外，笔者还将 Ch/U 8170 相

〔1〕 该诗后来茨默重新刊布、研究，详见 Zieme 1991，第 237～238 页。

〔2〕 Zieme 2005，第 1160～1161 页。

对比较完整的一段也转写、汉译。Ch/U 8170 的前两行和最后两行及其余三个小残片因破损比较严重暂不刊布在此。

第一首《弥勒赞》

1：Mainz 100（T III M. 138）

1 $_{01}$tört šlok-luγ nom üzä
tutčı $_{02}$ögär män üzüksüz.
tüš berip $_{03}$munung buyanı
tušayın sizingä maitrı.

2 $_{04}$sansar-ta erinč meni täg
saqınsar ärti $_{05}$kim mä yoq̈
šašmaqsız burhan $_{06}$bolmıš-ta
saq̈ınγıl meni maitrı.

3 üč $_{07}$aγu üzä bulγanmıš
üč uγuš-$_{08}$luγ qalıγ-tın
ünüš nom-$_{09}$nung küčintä
üntürgil [meni] maitrı.

4 $_{10}$altı qačıγ-lıγ yaγı-larım
alıp $_{11}$eltgälir meni tamu-qa
anı üčün $_{12}$sizingä ävirttim
alγıl meni $_{13}$maitrı.

5 tügün nizvanı-lar-qa $_{14}$aγu-qup
tüšgälir män una tamu-qa
$_{15}$tört kertü nom-luγ agatıγ
$_{16}$tüzü-ni tatutγıl maitrı.

汉译

1　用四偈构成的经典，
我永不断地赞颂你。
祝愿此德结成果，
我能与你相遇，弥勒！

2　轮回中像我这样可怜
如果细想，别无他人。
当你成为不乱佛时，
请你想起我吧，弥勒！

3　从被三毒搅浑的
三界天空的深层中
借助末法之力量
让我降下来吧，弥勒！

4　六尘，我这些死敌，
就要把我带进地狱。
正因此我向你求援，
请你接受我吧，弥勒！

5　中了集结烦恼之毒，
你看，我就要进地狱。
四谛法这一良药，
请让我尝尝吧，弥勒！

第二首《弥勒赞》

2：Ch/U 8170（T II 1467，MIK 031747）（ = KA）

1　$_{02}$e[rinč] $_{03}$tınl(ı)γ-larıγ busanı*p*
erig sözlädim qavıru

irklägüsi ärti ay(?) bo $_{04}$buyanım
erinč tägintim(i)z maitrı:

2 üẓüksüz üküš tınl(ı)γ-lar ažunınta
$_{05}$öpkäm käldi käzigsiz
üntäyin urı-nı ata-ča oq
ökünčlüg $_{06}$bolmaγay ärdim ay maitrı:.

3 süüt täg yürüng atımın
söglüngäy-$_{07}$sen ara kečmädin
sürügin toyın qal ıt-lar
sütürgäy qunuš-$_{08}$γay torpaq-ta

4 qaramṭı yılınč-γa sačım(ı)z
qamıš-qa yör-$_{09}$gälip örtüngäy
qamılıγ toyın-lar čüüntsi alıp
qaqa soqa $_{10}$köyürgäy:.

5 körüp adın-lar ädgüsin
küni-lädim anı arṭuqraq
$_{11}$köngülgärdim amtı bo qılınčımın
körü titär-siz maitrı:.:

汉译

1 怜悯(可怜的)生灵,
我简单地给予了劝告。
本应我功德应要提升,
我们却得到了苦恼,弥勒。

2 在持续不断的人生,

我不时地在生气。
让我父亲叫儿子一样叫你,
愿我不会后悔,啊弥勒。

3　我这奶一样白白的名声,
你可以毫无忧虑地搞臭。
那些道人和那些疯狗,
将会在地上撒尿拉屎。

4　我们黑色细腻的头发,
会被卷在苇子里烧毁。
低等的道人拿上椽子(?),
将会把它打坏并焚烧。

5　看到别人的善处,
我真的特别嫉妒。
所作所为我已想通,
看着(这些)放过吧,弥勒。

语注

第一首诗第03行 munung:阿拉特转写为 munıtäg(TT VII,第60页注6)、munı täg(ETŞ,Nr. 17,1);Zieme 1991a 的第237页作 munung。笔者取后者。

第一首诗第05行 šašmaqsız burhan:šašmaqsız 意为"不乱"、"一心不乱",在 BTT XIII, Nr. 12,38 也出现(šašmaqsız köngülin yükünürbiz"我们以不乱之心跪拜"),此处将 šašmaqsız burhan 译作"不乱佛"。

第一首诗第06~07行 üč aγu:是三毒的回鹘语译文,指贪欲(梵文:rāga)、瞋恚(梵文:dveṣa)和愚痴(梵文:moha)(详见中村元1981,484b)。

第一首诗第10行 altı qačıγ:是六根(梵文:ṣaḍ indriyāṅi 或 ṣaḍindriya)的回鹘语译文,指眼根、耳根、鼻根、舌根、身根、意根等六个识根,即感官器官,为二十二根之一。汉文佛教文献的六入、六境、六尘、六处等也有指六个识根的情形。altı qačıγ 在庄垣内教授刊布的《观世音陀罗尼经》残片中也曾出现(见庄垣内正弘 2003,第 193 页)。这里 altı qačıγ 显然是指六尘,是世间一切因缘而产生的事物和法理等等,有动摇、染污的意思。因为这些不断变化、动摇不停的尘染污了六根(详见中村元 1981,1462c)。六尘也译作 altı türlüg atqanγuluq kirlär(见 UWb,109a)。

第二首诗第 08 行 torpaq:该词在此处的拼写为 twrp'q,是 topraq"土"中的两个辅音 r 和 p 换音所致。

第二首诗第 09 行 qamılıγ:疑是 qamaγlıγ 的误写,茨默教授读作 qamılıγ,但加了问号。čüüntsi:茨默教授作 čoontsi,笔者认为是 čünsi"椽子"的另一种变体,是汉语"椽子"的音译。

L.《善法明赞》残片

德国柏林—勃兰登堡科学院吐鲁番学研究所收藏的两个回鹘文残片(编号为 Ch/U7372 和 Mainz 219(T III M 186.500),简称柏林残片)〔1〕和俄罗斯科学院东方文献研究所藏一个回鹘语残片(编号为 SIJ Kr IV 403,简称圣彼得堡残片)可以确定为《妙法莲华经》第四卷所提到善净国法明佛的赞颂。这一佛的名字在该回鹘语诗歌的第八段第三行以 ädgü nom yaltraγlıγ 的形式出现,可直译为"善法明的",应指善法明,佛名最初的 ädgü 不能完全排除是由于押韵的需要所添加的形容词。在汉文佛经中,这一佛的名称还以法照曜、法明如来等形式出现,均为梵文 Dharmaprabhāsa 的译名。值得注意的是,正法明如来这一名称,它是观音菩萨过去已成佛的名号。由于该诗是残片,很难排除它与正法明如来,即观世音菩萨的关系。也许该诗与本书这一章的下一篇《千手千眼观音菩萨赞》同属一类赞诗。如是这样,ädgü nom yaltraγlıγ 也可能就是《千手千眼观音菩萨赞》的 sadarmavabaṣa(源于梵文 Saddharmāvabhāsa)的回鹘语对等语,是观音菩萨的赞颂。诗中的 är[än]-lär arslanı "人中狮子"更使人把它与观世音菩萨联想起来。

柏林残片曾由茨默教授首次研究,收录在《回鹘人的佛教内容头韵诗》一书(BT XIII,26 号和 37 号文献)中。后来,笔者发现它与圣彼得堡残片的联系,对其进行了进一步研究,收录在笔者 2000 年在京都大学提交的博士学位论文《俄罗斯藏晚期回鹘语文献研究》中〔2〕。

Ch/U 7372 的回鹘文韵文写在汉文佛经《资行抄》背面,书写方法比较特殊。柏林残片 Mainz 219 和圣彼得堡残片 SIJ Kr IV 403 双面书写,每面有八行回鹘文。柏林残片采用回鹘语诗歌较普遍的书

---

〔1〕 Ch/U 7322 在《回鹘人的佛教内容头韵诗》一书的图版部分以 Ch/U 7722 的编号刊出,需要纠正。

〔2〕 见 Yakup 2000,第 250 ~ 254 页及第 346 ~ 351 页。

写方式,每行诗占一行,每行诗的行末有诗歌常用的标点符号。与柏林残片不同,圣彼得堡残片不按诗行书写,行末也没有诗歌常见的标点符号。在背面却有页数 bir y(e)girmi"二十一",说明该诗原属于较长的写本,也许是《妙法莲华经》回鹘文译本的一部分。

茨默教授刊布柏林残片时,Ch/U7372 和 Mainz 219 之间的内在联系还不清楚,故他把 Ch/U7372 作为一个菩萨的赞美诗(Ein Bodhisattva-Lobpreis (?)),把 Mainz 219 作为《从一佛之赞》(aus einem Buddha-Lobpreis)分开刊布。笔者在上述学位论文首次注意到这三个残片之间的联系,确定三者虽出不同写本,但均为回鹘语法明赞不同写本的残片。其间的联系和诗中的先后顺序可示如下:

编号	诗段	行数
Ch/U 7372	1—3	1—10
SIJ Kr. IV 403	3—9	11—34
Mainz 219	9—12	32—48

韵文结构

笔者上面提供的重构,不包括《回鹘人的佛教内容头韵诗》一书中刊布的第37号文献(BTT XIII, Nr. 37)作为第17~20行刊布的一段诗,该段似是押 sa 韵,但因诗歌的这一部分仅存于《回鹘人的佛教内容头韵诗》一书的第37号文献,而且破损严重无法重构其韵文结构,圣彼得堡残片恰恰缺相当于这一部分的内容,故暂时忽略这一残片的上述部分,它与诗歌的关系待进一步研究。下面为诗歌韵文结构的初步描写。

01	a-	2+2+1+3=8
	a-	3+[ ]+3=?
	a-	3+2+4=9
	a-	2+[ ]2+2=?
02	ö-	3+1+2+2=8
	ö-	2+3+3=8

	ö-	2 +3 +6 =11
	ö-	[ ]3 = ?
03	sa-	[ ]
	[sa-	]
	sa-	3 +3 +3 =9
	sa-	2 +1 +3 =6
04	a-	2 +4 +3 =9
	a-	2 +3 +3 =8
	a-	5 +1 +1 +3 =10
	a-	5 +3 +3 =11
05	tı-	3 +4 +2 +2 =11
	tı-	3 +5 +3 =11
	tı-	3 +4 +3 =10
	tı-	2 +4 +4 =10
06	bo	1 +5 =6
	bo-	3 +2 +5 =10
	bo-	2 +3 +3 =8
	pu-	2 +4 +3 =9
07	[-]	3 +3 +3 =9
	[-]	3 +4 +3 =10
	[-]	2 +1 +3 +1 +3 =10
	[-]	2 +2 +2 +2 + ? =8 + ?
08	kü-	3 +1 +2 +2 =8
	kü-	2 +3 +4 =9
	kö-	2 +4 +4 =10

kö-　4 + 3 + 3 = 10

09　i-　2 + 3 + 4 = 9
i-　2 + 1 + 5 + 3 = 11
i-　4 + 2 + 3 = 9
ı-　2 + 1 + 2 + 3 = 8

10　a-　2 + 2 + 3 + 3 = 10
a-　2 + 4 + 3 = 9
a-　3 + 4 + 3 = 10
a-　3 + 2 + 3 + 2 = 10

11　a-　2 + 4 + 2 + 2 = 10
a-　3 + 3 + 2 + 2 + 2 = 12
a-　2 + 3 + 3 = 8
a-　3 + 4 + 1 + 3 = 11

12　ı-　2 + 4 + 3 = 9
i-　2 + 4 + 4 = 10
i-　3 + 3 + 5(?) = 11(?)
i-　3 + 2 + 2 + 1 + 1 + 2 + 2 = 13

原文的标音转写〔1〕

01　01 alqu türlüg mün qadaγ-lar
02 arıγ[u] tarıqıp
03 adınlar birlä qamaγ-lıγ-sız
04 adru[q　　] köngül ärsär

〔1〕 与本书的其他韵文不同,本诗行数为构拟韵文的诗行数。

02 $_{05}$ögär-m(ä)n ol antaγ ıduq
$_{06}$ögg[ülük alqaγuluq(?)] tözünüg
$_{07}$öyü saqınu ädgü-läringiz-ni
$_{08}$[ö] tanglayu

03 $_{09}$sansarlıγ tilgän ičintäki
$_{10}$[sansız üküš tınl(ı)γ-]lar üčün
$_{11}$säčtingiz adıčıt köngül-lüg
$_{12}$s'r/[ ] yarp orun-uγ

04 $_{13}$altı paramit-lıγ taluy-uγ
$_{14}$artuq učuz-ın käčtingiz
$_{15}$asanke-taqı üč öng kürtüküg
$_{16}$alpırqanmadın tašyaru üntüngüz

05 $_{17}$tınmadın ädgü-lärig terä yıγa
$_{18}$tıγratıp köngülüngüz-ni ämgäk-dä
$_{19}$tınl(ı)γ-lar asıγınta ävrilü
$_{20}$tıltaγ ädgüngiz-ni bütürdüngüz

06 $_{21}$bo tıltaγıngız-nıng tüšintä
$_{22}$boltunguz burhan yertinčü-täki
$_{23}$bolmıš burhan-lar yangınča
$_{24}$pudγul asıγ-larıγ qıltıngız:

07 $_{25}$är[än]-lär arslanı ıduqum
$_{26}$ädgü-lär aγılıqı umuγı
$_{27}$ädgü nom yaltraγlıγ tep atıngız

$_{28}$ärti burhan ärkän inčä [ ]

08 $_{29}$küsüšlüg kün čoγı üzä
$_{30}$küzä örtänü turur-larıγ
$_{31}$körüp sansar-taqı tınl(ı)γ-larıγ
$_{32}$köngülüngüz artuqraq sıqıltı

09 $_{33}$ıḍıp nirvan-lıγ mängingiz-ni
$_{34}$idi öz asıγ[ıngızqa bolmadın]
$_{35}$[ikiläyü yanıp sansar-qa]
$_{36}$[ıduq] bo körklüg boltunguz

10 $_{37}$alqu qamaγ burhan-lar üz-ä
$_{38}$artuq sävitilmiš ıduquγ
$_{39}$arıtı titgülügsüz nirvan-ıγ
$_{40}$adın-lar üčün titdingiz ärsär

11 $_{41}$anta mungadınčıγ nägü bolγay
$_{42}$adınčıγ tanglančıγ ymä nägü ärgäy
$_{43}$anın sizingä ınaγ-ım
$_{44}$ayayu yükünürm(ä)n qop köngülin

12 $_{45}$ıduq burhan-lar-tın oqatmıš
$_{46}$erinč sansar-daqı t[ı]nl(ı)γ-lar-nıng
$_{47}$ilišlig tartıšlıγ bo [ ]
$_{48}$egämiz sizni birlä ök qaldı ärki

汉译

01　一切、种种过失，
洗清[　]消失。
你与他人毫无共性，
若有[　]特别[　]心。

02　我赞颂他那神圣，
[值得]赞[颂]的圣者。
想起你诸多善事，
[　　]惊奇[　　　]

03　为了生死轮中那些，
[无数众多的众生]，
你选择了初心之
[　　]坚固的地方。

04　六度这一大河
你很容易就渡过了。
阿僧祇的三难关，
你毫不恐惧地冲出了。

05　不停地收集善者，
艰难中坚定了你心。
在众生之利益回转，
你完成了你的因善。

06　由于你这一因果，
你成了世上之佛。
照着之前的诸佛，
纯粹创造了好处。

07　人中狮子,我的圣者,
善者之藏,善者之希望。
你的名字叫做善法明,
当你是佛时就是这样。

08　以希望之太阳之火,
活活焚烧受难受苦,
看到生死的众生,
你的心极为痛苦。

09　扔掉你涅槃的乐趣,
绝没为你自己[谋]利。
重新回到生死当中,
你成了这[神圣]美姿。

10　被一切所有诸佛,
极为爱戴的圣者,
绝不应放弃的涅槃,
你都为别人放弃了。

11　何能比那更加美妙,
可有何事比那特别?
因此我对你,我的希望,
毕恭毕敬全心跪拜。

12　被神圣诸佛觉醒,
无聊生死的众生,
有着争议的这些[　　　]
我们的主啊,只同你留下?

语注

第 11 行 köngül-lüg：BTT XIII, 26 读作 köngü[1]，此处根据 SIJ Kr. IV 403（写作 kwynkwl lwk）转写为 köngül-lüg。

第 12 行 orun-uγ：BTT XIII，Nr. 26 有 uruγ，但在圣彼得堡残片该词的拼写为 wrwn wq，可读作 orun-uγ。但是，在同样语境一般都出现 uruγ"种子"这个词，如 Pelliot Ouigour 4521 的以下段落（第 17～20 行，见庄垣内正弘 1995）：

aḍıčıṭ KÖNGÜL-lüg tong-suz **uruγ-uγ** sačar-m(ä)n
asanke-lıγ ÜČ öng kürtük-lärig üntürüp
altı paramitlıγ arṭıɤ ašıp
alp bulγuluq burhan qutın bulup
alqu tınl(ı)γ-lar-nıng umuγ-ı ınaγ-ı bolayın.

译文：

我播种初心之不冻之种，
走出阿僧祇的三难，
超越六波罗蜜的山，
得到难得的佛果，
让我成为一切众生的希望。

在 Ch/U 7322 也出现 uruγ，也许应作 uruγuγ"把种子"，但暂时读作 orun-uγ。

第 16 行 tašγaru：意为"往外"，是 taš"外面"一词的方向格形式。BTT XIII, 26 读作 sıqanu。

第 20 行 tıltaγ ädgü：是佛教术语"因善"（梵语：sāṃsiddhika）的回鹘语译语，是指因善取得成就（详见中村元 1981，71b）。

M.《观音菩萨赞》

德国柏林—勃兰登堡科学院吐鲁番研究所藏编号为 U 4707(T III M 187)的印本残片和 Ch/U 6399(T II S 32a)、Ch/U 6821(T II S 32a,1005)、U 5865(T III M 132,501)、U 5369(T I 578)等四件回鹘文写本残片及日本龙谷大学图书馆藏编号为 Ot. Ry. 7019 的写本残片和圣彼得堡藏编号为 SJ Kr. 7 的写本残片可以确定为观音菩萨赞。柏林藏印本残片 U 4707 最初由乔治·哈再教授研究发表[1]。1984 年,日本学者小田寿典教授发表他关于这一印本残片的进一步研究成果,把全诗译成日文并从史学的角度对诗歌反映的历史事件、提到的历史人物及其活动作了十分有益的探讨[2]。该诗的圣彼得堡残片由吐古舍娃研究员首次研究发表[3]。1985 年,茨默教授对这一赞诗的所有残片(BTT XIII,Nr. 20)进行重新研究,对以前的转写和翻译做了较大修改。后来,他在不同的专著里对该诗的赞诗部分和跋文部分进行了进一步探讨[4]。从其 1985 年的研究成果可以看出,当时他还没有看到小田寿典教授的研究成果。笔者也曾对这首诗进行过研究,将其译成现代维吾尔文,介绍给国内读者[5]。这首诗柏林、圣彼得堡、京都所藏 5 个写本残片实际上是印本残片 U 4707 不同部分的平行文,说明该诗在回鹘佛教社会广泛流传。耐人寻味的是,一般来讲印本以写本为依据刻写而成,而这一赞诗的写本残片可能是印本的抄本,因为印本明显注明该印本是为了祝愿远征云南的丈夫平安返回家园与家人团聚,特印成一千卷散发。

不计标题,该诗由十九段四行诗构成,共 80 行。其中,前 45 行为观世音菩萨的赞颂,后面的 35 行为跋文。该诗的前 45 行中,第一

〔1〕 见 Hazai 1970。

〔2〕 见小田寿典 1984。

〔3〕 Tugusheva 1970。

〔4〕 Zieme 1991a,第 228 ~ 230 页;Zieme 1992,第 57 ~ 58 页。

〔5〕 见 Yakup 1996。

段表示对佛和其僧众的跪拜,第二段至第六段描写观世音菩萨,形容他从 vāṃ 音节中显现,在莲花上出生,得到了月亮的光环,有洁白的四臂,具有慈悲心,能完成所有的事业等;第七段至第九段讲述观世音菩萨在六道的轮回,在三阿僧祇劫济度众生,此后是回向文。回向文部分除了回鹘文跋文常见的功德的转让之外,还包括祈愿文。据小田寿典教授的研究,本诗描写的四臂观音为藏传佛教的守护神,反映元朝时期的畏兀儿人受到藏传佛教的影响[1]。据该诗第十三段的叙述,诗作者在《妙法莲华经观世音菩萨普门品》读到“若有无量百千万亿众生,受诸苦恼,闻是观世音菩萨,一心称名,观世音菩萨即时观其音声,皆得解脱”这一偈,便将该经不多不少正好印成一千份散发(见诗歌的第十六段),祝愿远征的丈夫躍里帖木儿右丞(Yol Tämür Yiučing),从远征平息叛乱的云南(回鹘文:Qaračang)平安回到家乡,与家人和亲人团圆。这说明该诗是《妙法莲华经观世音菩萨普门品》回鹘文印本之后的附加内容,实际上具有跋文的性质。该诗的作者沙拉奇(Šaraki)为躍里帖木儿右丞的妻子,其名字可能源于梵文[2],无疑是一个虔诚的佛教徒。她的诗作的有些部分明显参照《妙法莲花经观世音菩萨普门品》的一些内容。

据该诗第十二段的内容,诗作者印发《妙法莲华经观世音菩萨普门品》的时间为庚十干马年八月初一,是重要斋戒日,学者们确定为 1330 年[3]。据《元史》记载,躍里帖木儿右丞先于 1329 年 5 月 3 日代病死的也速台儿讨伐四川,但因四川已被平定,改被派往云南,时间大约为 1330 年初。1330 年年末躍里帖木儿右丞应该还在云南。至于他何时返回,无历史记载[4]。小田寿典教授认为,该经的印刷地点为大都(今北京)。

该诗的赞诗部分和跋文部分的各行音节数有较大差异,赞美诗部分各行音节数较少,多由七至八个音节构成,跋文部分的每行都

---

〔1〕 小田寿典 1984,第 17 页。
〔2〕 详见 BTT XIII,第 125 页,脚注 20.50。
〔3〕 见 BTT XIII,第 121 页;Zieme 1991,第 228 页。
〔4〕 详见小田寿典 1984,第 18 页。

较长[1],有的只有十三个音节,有的长达二十二个音节。第十二段是引文,不押头韵,似是以散文形式书写。

U 4707(T III M 187)的标音转写

$_{01}$ögdi yükünč šlok ärür:

01 $_{02}$burhan atl(ı)γ[2] bahšı-qa
$_{03}$pu[dγ]ul arıγ nom-ınga
$_{04}$bursang quvraγ ärdini-kä
$_{05}$bodum-ın tutuẓu ınanur-m(ä)n ::

02 $_{06}$bang užik-din b(ä)lgürmiš
$_{07}$padm-a lenhu-a-ta törümiš
$_{08}$parvıš-lanmıš ay üz-ä
$_{09}$baγdašınu olurur

03 $_{10}$ärtingü yürüng tört qool-luγ
$_{11}$ätözi ärdini tümäg-lig
$_{12}$ärdini ditim töpü-lüg
$_{13}$äsri torqu beldürük-lüg ::

04 $_{14}$ilki-tä tolp nom-lar-nıng:
$_{15}$iki ärmäz-in uqıdur:
$_{16}$ikiẓigsiz mudur-luγ:
$_{17}$erinčkänčüči köngül-lüg ::

---

〔1〕 见 BTTT XIII,第 121 页。
〔2〕 龙谷大学藏 Ot. Ry. 7019 该词后有 uluγ;笔者觉得加上该词会破坏该行的音节结构,故未取之。见 BTT XIII,第 122 页。

05 $_{18}$alqu išlärig bütürür:
$_{19}$arıγ šüṅtsı munčuq-luγ:
$_{20}$adın-larıγ ičgärür:
$_{21}$ačılmıš lenhu-a tuṭuγ-luγ

06 $_{22}$amita-aba burhan-ıγ
$_{23}$[a] töpü-tä elṭinür _:
$_{24}$[arıγ] mängilig uluš-uγ:
$_{25}$[adırt]lıγ munta oq körkiṭür ::

07 $_{26}$altı yol-luγ sansar-ta:
$_{27}$azıp yangılıp tägẓinür:
$_{28}$aṅaz umuγ-suz tınl(ı)γ-larıγ:
$_{29}$altı už-ik üz-ä oẓγurur ::

08 $_{30}$üč asanke k(a)lp-lar-ıγ:
$_{31}$ötrü kšan-ta bütürür:
$_{32}$öčm-ä amrılm-a nirvan-nıng
$_{33}$öz köngül ärtükin uqıtur ::

09 $_{34}$kkir-lig nom-larıγ salmadın
$_{35}$kkir-siz nirvana-ıγ almadın
$_{36}$kečin tavraqın temädin
$_{37}$kertü čın burhan qutın bulturur ::

10 $_{38}$töz-ün körgäli ärklig tep
$_{39}$tüz-üdin kükülmiš atl(ı)γ-qa
$_{40}$tuyunmıš-lar eligi ıduq-qa

$_{41}$tüz töpüm üz-ä yükünürm(ä)n

11 $_{42}$bodis(a)t(a)v körklüg qangım ay:
$_{43}$bo ögmiš buyan küčintä :
$_{44}$bud kötürmä tınl(ı)γlar :
$_{45}$burhan qutın bulzunlar: sadu::

12 $_{46}$ymä qutluγ keng šipqanlıγ yunt yıl
$_{47}$säkizinč ay bir yangı aγır uluγ posat
$_{48}$bačaγ kün üzä: m(ä)n üč ärdinilärtä
$_{49}$b(ä)k qatıγ süzük kertgünč köngüllüg
$_{50}$[upasan]č šaraki

13 $_{51}$[atı kötrül]miš burhan bahšı üzä nomlatılmıš
$_{52}$[arıš arıγ su]qančıγ körklä nom čäčäki sudur ičindäki
$_{53}$[ary]a avalokitešvare bodis(a)t(a)v tınl(ı)γlar üčün
$_{54}$[alqu]tın sıngartın ätöz körkin körkitmäk bölükintä

14 $_{55}$[ül]güsüz sansız yüz ming tümän tınl(ı)γlar uγušı
$_{56}$üküš tälim ämgäklig ačıγ tarqa ämgäkig täginürtä
$_{57}$öyü saqınu qonši im bodis(a)tvıγ birök aṭasar
$_{58}$öngi üdrülürlär adatın tep äšidmiš üčün

15 $_{59}$uγrayu soqa öz bägim yol tämür yiučing
$_{60}$uluγ iškä qaračang sıngar yumšatdı ärti
$_{61}$umuγ bolup qonši im bodis(a)t(a)v adasız qılıp
$_{62}$uruγ qadaš oγul qız birlä qavıšγu üčün

16 $_{63}$alqu adalarta umuγ boltačı bo nom ärdinig
$_{64}$arıš arıγ ögdi asdab yükünč birlä
$_{65}$arıγ uz bitiṭip uγrayu soqa tamγaqa endürüp
$_{66}$artuqsuz ägsüksüz ming küün yaqdurup üläyü tägintim

17 $_{67}$bo buyannıng arıš arıγ ädgülüg tüšintä
$_{68}$bodis(a)t(a)v uγušluγ qaγan qatun tük tümän yašazun
$_{69}$pundarik čäčäkdäg yin wang tayẓı altun uruγları birlä
$_{70}$pudγul mängiligin uẓun üdlärkädägi yašamaqları bolzun::

18 $_{71}$atamnıng anamnıng qatınlarımnıng oγulnung qıznıng:
$_{72}$ančulayu oq tuγmıš qadaš tınl(ı)γlar uγušınıng:
$_{73}$ašaγuluq yašaγuluq buyanları asılıp üsdälip:
$_{74}$alqu tınl(ı)γlar asıγı üčün burhan bolzunlar::

19 $_{75}$alqu ämgäklärtä umuγ boltačı qonši im bodis(a)tv
$_{76}$ara turup yol tämür yiučingning alqu adalarta
$_{77}$adasız tudasız yanıp kälip körüšüp qavıšıp
$_{78}$adaq songınta alqunı biltäči burhan bolalım::
$_{79}$sadu sadu:

汉译

(标题:)是赞颂跪拜之偈

01 对叫做佛陀的法师,
对他众生圣洁之法,
对他僧众这一法宝,
我托付我全身确信。

02　从 vāṃ 音节中显现，
莲花之上得以出生，
借助月轮身发光彩，
结跏趺坐在(莲花)上。

03　拥有四只洁白手臂，
全身都以珠宝装饰，
头上戴着珠宝花冠，
他(系着)彩色腰带。

04　最初对一切法之不二，
他都给予了解释。
他有不二心的印契，
拥有一颗慈悲之心。

05　万事他都能有成就，
有洁净的水晶念珠。
他把别人引入其中，
他拿着开花的莲花。

06　他把阿弥陀佛
戴在[　]的头上，
把清净欢喜的国土
他也显示在这[　]。

07　在六道的轮回之中，
他迷惑失败，轮转。
把失去希望的生灵，
通过六字救了出来。

08 他令三阿僧祇劫
瞬时间就能完成。
消失、安息的涅槃,
显示为自己的心情。

09 染污之诸法他绝不放,
不染的涅槃他都不取,
不说是晚,也不说快,
他让人获得真实佛果。

10 被人们誉为圣观自在,
是广受称赞的名人。
对觉悟之王,圣者,
我平伏叩头膜拜。

11 啊,我菩萨身姿的父亲,
托我这一赞美之力量,
但愿动脚的诸多生灵
得到佛果,善哉善哉!

12 又于幸福的庚支马年,
八月初日以重大斋戒
之日,我这对于三宝
有极为纯洁信念的沙拉奇。

13 把世尊佛师讲说的,
洁净妙法莲花经中,
圣观世音菩萨为众生
从各方示其身之品中:

14　“无量无数百千万众生，
当经受诸多苦难时，
只要想到观世音菩萨并呼他名，
就会脱离危害”，这样说。

15　因此正我夫躍里帖木儿右丞
要因大事被派往云南之际，
为让观世音菩萨成其依托，免他危害，
能与族兄和儿女团圆。

16　把这在一切灾难中成为依托的经宝，
以清净的赞颂和礼拜。
叫人干干净净写好、特意版刻，
印成不多不少一千卷散发。

17　作为这一功德的善果，
愿菩萨界的
可汗和可顿万万岁！
愿白莲花般的燕王太子与黄金家族一同
享受士夫之快乐长寿！

18　愿我父母、诸位妻子和儿女
还有那些亲生兄弟和亲戚，
增加其饮食和生活之功德，
为了一切众生之利益成佛！

19　在一切危害中成为依托的观世音菩萨
排除躍里帖木儿遇到的所有危害，
愿他不受危害返回，实现团圆，
愿我们最终成为一切知佛！
善哉，善哉。

语注

第 01 行 ögdi yükünč šlok：是标题，意为“赞颂跪拜之偈”，是一种韵文形式，梵文的 śloka“偈”（ > šlok）是在吠陀和古印度诗歌中 anuṣṭubh 节拍的基础上发展的诗歌形式，一偈包括四行，每行由 8 个音节构成，汉译一般取四行五字。在这一回鹘文“赞颂跪拜之偈”，第一段第 1 行至第 3 行不计第 1 行的 uluγ 都包含 8 个音节，只有第 4 行由 10 音节构成；第二段的诗行由 7 个或 8 个音节构成；第三段除了第 2 行均由 8 个音节构成。可见，回鹘文的 šlok 在严格意义上也以 7 至 9 音节为准，似有其规范。

第 07 行 padma lenhua：padma 源于梵文 padma“莲花”，lenhua 是汉文“莲花”的音写，这两个词以这种形式使用说明借自汉语的 lenhua 在回鹘语中已经普遍接受，成为常用词，而借自梵文的 padma 已成为古老词语，因为在回鹘语此类结构中的第二成分一般有标明类名的功能，一般使用本族语词或已经成为回鹘语常用成分的词语，如 čakir tilgän“轮”、bursang quvraγ“僧众”、ditim töpülüg“官帽”等。

第 14 ~ 15 行 tolp nomlarnıng iki ärmäzin uqıdur：可译作“解释一切法不二”，此处 iki ärmäz 是“不二”的回鹘语译语，相当于梵文 advaita，原先是指梵是唯一的、是全部、是唯一的真实，除了无形无相无属性的不二的梵（Brahman），没有任何一切。此处是指不是两极端（详见中村元 1981，1171b、c）。

第 16 行 ikiẓigsiz mudurluγ：可译作“拥有不二心印契的”，ikiẓigsiz mudur 是佛教术语“不二心印”，即唯一绝对的心的回鹘语译语（关于不二心详见中村元 1981，1171c）。小田教授译作“对立的印契”，茨默教授理解为 vitarkamudrā，即“安慰印”，药师佛、毗卢遮那佛、文殊利、观世音等都有这一印契。但是，ikiẓigsiz mudur“不二心印契”或“不二心印”与“安慰印”之间很难建立联系，ikiẓigsiz mudur 究竟指观世音菩萨什么样的印契目前也无法确定，暂采用直译，不做具体解释。

第 19 行 arıγ šüṅtsı munčuqluγ：可译作“拥有洁净的水晶念珠”，šüntsı 从其后面出现 munčuq“珠宝”来看应是珠宝名。同一个词也出现在《说性心经》(见 Tekin S. 1980,I96,98),哈再教授当时译作"Edelstein(?)",最初研究《说性心经》的庄垣内教授虽然承认 šun(他只提供文字转写 šwṅtsy)和"青"之间的语音差异较大,但是因为其前有汉字"大",解释为 šwṅtsy,相当于"大青珠"(梵文 mahānīla)(详见庄垣内正弘 1974,第 027 页;第 034 页,注 24)。小田教授推测 šüṅtsı 可能源于汉语"数珠"或"珠子";西纳色 · 特肯教授把该词与《金光明经》出现的 šutsı 一词联系起来,解释为源于汉语水晶(详见 Hazai 1970;Tekin S. 1980,第 79 页)。对于 šüṅtsı 的拼法,茨默教授不同意庄垣内教授和特肯教授的解释,但不提供自己的解释(见 BTT XIII,第 123 页,脚注 20. 19)。小田教授把 šüntsı 作为"数珠"或"珠子"的音译来解释(见小田寿典 1984,第 21 页),但这在语音上难以成立。据四臂观音的描写,他"中央二手合掌于胸前,捧有摩尼宝珠。右手持水晶念珠,左手拈八瓣莲花与耳际齐,面貌寂静含笑。以菩萨慧眼凝视众生,凡被其观者尽得解脱。全身花蔓庄严,双跏趺坐于莲花月轮上,身发极大五彩光,明朗照耀。"这与该诗第二至第五段的描写基本吻合。因此作为源于"水晶"的词来处理并将 šüṅtsı munčuq 译作"水晶念珠"符合上述描写,但语音上难以解释,因为"水晶"的第一个字"水"的中古音为 ɕiuěi,回鹘音 šu;此处 šüṅ 以鼻音结尾,且写得很清楚,《说性心经》的写法也是如此,很难作为 šu 的误写来处理。其第二个字"晶"的中古音为 tsiajŋ,其回鹘语发音也很难是 tsı。笔者认为,šüṅtsı,也可读 šuṅtsı,可能是汉语"诵子"的音译,后面的 munčuq 指的是"诵珠"或"念珠"(也称"数珠"),这样 šüṅtsı munčuq 相当于"诵子念珠",与四臂观音"右手持一串水晶念珠"一致。问题是"诵"的中古音为 zioŋ,回鹘语发音是 swṅk,与 šüṅ 或 sun 还是有出入。关于诵的古音见 Shōgaito et al. 2015,第 142 页。

第 26 行 altı yol-luγ sansar-ta:意为"在六道的轮回中",是指众生据业重复生死的六个世界,即地狱(梵文:naraka-gati)、饿鬼(梵文:preta-gati)、畜生(梵文:tiryagyoni-gati)、修罗(梵文:asura-gati)、人间(梵文:manuṣya-gati)和天(梵文:deva-gati)(详见中村元 1981,1457d,1458a)。

第 38 行 tözün körgäli ärklig：相当于汉文“圣观自在”和梵文 Ārya-Avalokiteśvara，其中 körgäli ärklig 是观世音菩萨的梵文名 Avalokiteśvara 的汉译，故观世音菩萨又称观自在菩萨，相当于梵文的 Avalokiteśvara-bodhisattva。据说，由于梵文的 Avalokiteśvara 可以分解为 Avalokita“观”和 iśvara“自在”两个部分，玄奘把它汉译成“观自在”。鸠摩罗什汉译时，把 Avalokiteśvara 译成“观世音”，据说是据《观音经》的意义采用的一种文学译法（详见中村元 1981，196c、d；BTT XIII，Nr. 20，脚注 20.38）。在东方密教“圣观音”是六观音之一，对应于天台宗的“大慈观音”。Avalokiteśvara 的汉译名还有“光世音菩萨”等多种音译。回鹘语的 qonšiim 是汉文“观世音”的音译。

第 39 行 tüzüdin kükülmiš：可直译为“普遍出名”、“普遍成名”，认为与把观世音菩萨的名号解释为“观察世间音声觉悟有情”的“音声”有关，也许也与汉文“大光普照观音”的理解有关。

第 40 行 tuyunmıšlar eligi：可译作“觉悟者王”，可能与把观世音菩萨的名号解释为“观察世间音声觉悟有情”的“觉悟”有关。

第 50 行 šaraki：人名，茨默教授推测该名可能源于梵文 śārikā（见 Zieme 1992，第 58 页）。但在 šaraki 与 śārikā 之间语音上建立联系还是有些难度，因为第二音节的 a 为何用 i 表现难以解释。笔者认为，该词源于梵文 śaraka 的可能性较大，起码语音上较好解释。śaraka 是由 śara 派生的名词，有“一种芦苇名或草名”、“箭”等意义，也是五箭中第五箭的名字（详见 Monier-Williams 1899，1056b）。

第 52 行 [su] qančıγ körklä nom čäčäki sudur：是《妙法莲华经》的回鹘语译文，关于其各种译法详见 Yakup 2011，第 416 页。

第 53 ~ 54 行 [ary] a avalokitešvare bodis(a)t(a)v tınl(ı)γlar üčün [alqu] tın sıngartın ätöz körkin körkitmäk bölükintä：可直译为“在圣观世音菩萨为众生从各方显示其身之美品中”，是《妙法莲华经》第二十五品的名称《观世音菩萨普门品》的回鹘语翻译。在斯纳瑟・特肯教授刊布的该经残片这一品名以 [qonšii] m pusar alqudın sıngar ätöz körkin [körkiti] p tınl(ı)γlarqa asıγ tusu qılmaqı 的形式出现（详见 Tekin 1960，第 9 页）。

第59行 öz bägim:“自己的伯克”、“我自己的主”,应是妇女对自己丈夫的称呼。

Yol tämür yiučing:元代文宗时期的官僚,《元史》作躍里帖木儿,曾任中书左丞、云南省行右丞等,1330年间讨伐云南(详见《元史》卷三十二,本纪第三十二,文宗部分;小田寿典1984,第17~19页)。

第60行 qaračang:云南在元朝时期的名称,与蒙古语名称Qarağang及其汉文音译哈剌章、合剌章、哈剌张等一致(详见BTT XIII, Nr. 20,脚注20.60;Pelliot P. 1959,第169~160页)。

第64行 ögdi asdab yükünč:“赞颂礼拜”、“赞颂跪拜”,其中ögdi和asdab为同义词,ögdi意为“赞颂”,源于梵文stava“赞颂”的asdab也与之意义完全相同,此处为双词。

第68行 bodistv uγušluγ qaγan qatun:“菩萨界可汗和可敦”,是指在1329~1332年间在位的元朝第八位皇帝文宗钦天统圣至德诚功大文孝皇帝,即图帖睦尔(Töb Temür),谥号札牙笃可汗(ǰayaγatu qaγan),及其皇后卜答失里(Buddhašri)。

第69行 yin wang tayẓı:是汉文“燕王太子”的回鹘语音写,很可能是指燕帖木儿(El Temür),但在元代只有真金于1261年被封为燕王,1273年被封为皇太子,燕帖木儿只被封为太平王,可能因其名被叫做燕王(详见《元史·燕帖木儿传》)。

altun uruγları:可译作“黄金后裔”、“黄金家族”,是指元朝皇室家族成员。这一短语在回鹘语跋文比较常见。

第76行 ara turup:ara tur-是固定短语,意为“拯救”、“解救”、“排除”等。现代维吾尔语仍在使用这一短语,意义相同。

N.《千手千眼观音菩萨赞》

千手千眼观音菩萨是在汉传佛教中广泛供奉的观音菩萨像之一，在民间广泛流传，也流行于密宗[1]。德国柏林—勃兰登堡科学院吐鲁番研究所所藏4个回鹘文残片出自《千手千眼观世音菩萨赞》。其中一件，即TIII［M］234的一面为占卜文献，由阿拉特在《突厥语吐鲁番文献》的第七卷（TT VII, Nr. 28）研究刊布。阿拉特在这一文献的注释部分提到在同一件长卷还有一首佛教诗歌并宣称会另外发表，不知是由于何种原因这一长卷的佛教诗歌部分他没有发表[2]。后来这一长卷被分成4件小片（U 5803, U 5950, U 6048, U 6277［T III 234］），随后经原德国科学院学者复原、缀合，回复原样。茨默教授对这一由4件残片缀合而成的长卷有佛教诗歌的一面首次进行研究，与另一件平行残片（U 5103）一起转写、德译[3]，收录在他的《回鹘人的佛教内容头韵诗》一书（Nr. 21）。平行残片U 5103用写经体书写，书写比较规整，有些词的写法与长卷有明显出入，有时用词也显然不同。如在长卷的第16行有 ıraq-tın baqıp körsär-siz，但U 5103不用baqıp“看着”，使用birök“可是”；长卷的第20行有 bodistv-ım“我的菩萨”，但是U 5103使用muyumsuz；第21行的差异更明显，长卷有 busuš-suz ämgäk-siz bolur-lar“他们会成为无忧无难”，U 5103却使用busušsuz bolur-lar siz-ni ösär“想到你他们就成为无忧”。这些我们在脚注一一注出。

该诗共二十三段，每段由四行诗构成。第一段开头的前两行破损，其余两行破损也比较严重。最后一段也受损严重，前三行只剩下一至两个词，最后一行完全破损。一般每行诗含8至10个音节，但有些行有13个音节（如第2段的第4行）。

该诗的韵文结构和内容与《善法明赞》似乎有一定联系。也许

---

〔1〕 关于观音菩萨在中国文化圈的介绍和影响见Guang 2011。

〔2〕 详见TT VII，第74页；BTT XIII，第126页。

〔3〕 U5103（T III TV57）相当于长卷2至16行之间的内容。见BTT XIII，第126页。

该诗与本书这一章的《善法明赞》同属一类赞诗，可能都属于观音菩萨赞。该诗第二段的 sadarmavabaṣa（源于梵文 Saddharmāvabhāsa）很可能就是《善法明赞》中 ädgü nom yaltraγlıγ 的梵文对等语。诗歌的第一段与《善法明赞》的第四段具有相似性，也许是其另一种表现。在第1段开头的两行中有些词与《善法明赞》完全相同，其间的内在联系尚待进一步探讨。

下面为该诗全文的标音转写、汉译和语注。

U 6048 + U 6277 + U 5803 + U 5950（T III 234）的标音转写

01 [a]
[a]
$_{01}$[artuq učuzı]*n* käčtingiz:
[altı paramit]l[ı]γ uluγ taluy[uγ:.]

02 $_{02}$sansar-ta t[älim i]šlärig:
sayu körmädin čın ymä:
$_{03}$sanpad-lar-qa tükäl-lig:
sadarmavabaṣa atl(ı)γ burhan boldunguz:.

03 $_{04}$burhan-lar-qa išlägülük:
pudγul iš-lärig büṭgärip
$_{05}$bodsuz nirvan-qa kirgü-tä:
bo mundaγ saqınč saqıntıngız [:.]

04 $_{06}$ašnu-qı bur[ha]n-lar yangınča:
amrılmıš nirvana-qa kirsär-m(ä)n
$_{07}$aẓıp qalmıš bo tınl(ı)γ-lar
arṭuq umuγ-suz b[o]l[u]r tep [:.]

05 $_{06}$yarsınčıγ yavız sansar-tın:
y(a)rp oẓmıš ärip [:.]
$_{07}$[y(a)r]lıqančučı köngül öriṭip:
yandıngız burhan m[änginti]n:[:]

06 $_{08}$amrılmıš nirvan-lıγ mängingizni:
adın-lar üčün tıdsar-sız:
$_{09}$anta mungadınčıγ nä bolγay:
anga uṭlı ymä kim qılγay:.

07 $_{10}$kök közlüg-ning küsüš-in:
köngül eyin qaṅdurdačı:
$_{11}$körgäli ärklig tep aṭıngız:
kükülmiš ärür yertinčü-tä::

08 $_{12}$kedin yıngaq abida tep
kertü-tin kälmiš-ning uluš-ınta
$_{13}$keng mängilig sukavati-ta
kkir-siz arıγ ay t(ä)ngri-tä

09 $_{14}$poḍalak taγ-ta šıšır-lıγ
bo orun-lar-ta turup siz
$_{15}$busuš-luγ ämgäklig tınl(ı)γ-larıγ
bodlayu baq-a y(a)rlıqar-sız::

10 $_{16}$iglig käm-lig tınl(ı)γ-larıγ
ıraq-tın baqıp[1] körsär-siz
$_{17}$ikinti kün-kä tägmäz-kän

---

〔1〕 U 5103: birök.

enč qılur-sız ıduq-um-a[1]::

11 $_{18}$yapada yaṅıγ-sız köngül-üng čın üčün[2]:
yaṭ öz tutmaz qangım-a:
$_{19}$y(a)rp qaṭıγ[3] aṅt aṅtıqtıngız:
yap-a-nı barča oẓγurγu üčün::

12 $_{20}$bo sizning[4] aṅṭıqmıš[5] aṅṭıngız[6]:
bodistv-ım[7] aḍırṭlıγ čının-ta:
$_{21}$bod kötürmäčä tınl(ı)γ-lar:
busuš-suz ämgäk-siz bolur-lar[8]::

13 $_{22}$tört tuγum-taqı tınl(ı)γ-lar-nıng:
tügün nizvanı-ların tarqardıng [:]
$_{23}$tözün bodis(a)tv-ım anı üčün:
tüzgärinčsiz tep aṭıngız ol::

14 $_{24}$ädgü nomluγ yıd-lar-ıng:
ärṭä qoqar yıpar-ča:
$_{25}$ärüš üküš asıγ-lar:
ärṭmäz tükäm[äz] mängi-čä:

[1] U 5103: q̈ılur-sız: ıduq̈um.
[2] U 5103: yapaq̈a umuγ̈ bolγ̈u-q̈a yanıγ̈sız köngülüng čın üčün.
[3] U 5103: q̈atıγ̈.
[4] U 5103: sizing.
[5] U 5103: antıq̈mıš.
[6] U 5103: antıq̈dıng.
[7] U 5103: muyumsuz.
[8] U 5103: busušsuz bolur-lar siz-ni ösär:.

15 $_{26}$at baš-lıγ-ta ulaṭı:
altı qonši-im [bo]distv[lar:]
$_{27}$adın kim-ning ärsär näng ärmäz
atačım [::]

16 $_{28}$oẓγurγu-ta ilgäysük
uluγ tuyunmıš [ ]
$_{29}$umuγ bolγu üčün alqu-qa
[u]

17 $_{30}$burhan-lar-tın oγadıp [ ]
[bu]
$_{31}$burhan körki üzä nomlayu [ ]
[bu]

18 $_{32}$qayu-nı qayu-nung körmäk*d*[ ]
[qa]
$_{33}$qaṭıγ-lantıngız olar-nıng [ ]
[qa]

19 $_{34}$tınl(ı)γ-qa ada täggüsin
t[ ]
$_{35}$tiršul tuṭar elig b(ä)lgürtdüngüz:
t[ı]dıγsız y(a)rl(ı)γ-lıγ qangım-a [:]

20 $_{36}$qıyıq yorıq-lıγ vayneki-larıγ:
qıṅg közin körüp qınaγalı:
$_{37}$qıl[ı]č tuṭar elig b(ä)lgürtdüngüz:
qıẓıl lenhu-a kiṅtikligim-a:.

21 $_{38}$ulatı bo yanglıγ ıduq-um:
on yüz san-lıγ qolunguz ol:
$_{39}$uulsuz tüpsüz ämgäklär-kä:
uṭuru yöründäk tutdačı:

22 $_{40}$töpür-ä tüü-lüg tınl(ı)γ-lar-ṅıng:
tüü türlüg öngi ämgäk-[lä]rin [:]
$_{41}$tünlä küṅtüz tut[a] kördäči
tükäl ming öngi közün[gü]z ol::

23 $_{42}$äṅg bars ta[ ]
äd[g]ün [barmıš(?)]
$_{43}$[ä]k yeel [ ]
[ä]

汉译

01 [ ]
[ ]
你[十分简单地]渡过了
[六度]这一条大河。

02 在生死将[许多]事情
你未全看作是真的。
你富有成就,具足
成了叫善法光明的佛。

03 理应被诸佛所做的
士夫功业你完成了,
正要入无体涅槃时,
你便这么想到了:

04 “照着先前诸佛之做法，
如我要入受爱的涅槃，
昏迷迷失的这些众生，
将会非常绝望”，你这样想。

05 从令人憎恨的糟糕的涅槃
你安全摆脱［……　　］
你发起慈悲之心，
你从佛陀之［乐］返回了。

06 你那安静的涅槃之乐
如果你要为别人放弃，
哪会有比这更绝的事？
谁会为此愿意报恩？

07 就青眼的愿望而言，
你是其随意满足者。
你的名字叫观自在，
世上有名，广为人知。

08 称作西方之阿弥陀，
在如来佛的国土，
在广阔的极乐世界，
在无污干净的月神，

09 在珠宝的补陀落山，
你居住在这些地方，
痛苦、受苦的众生，
你无微不至地看护。

10　那些有病带病的众生，
如果你在远处看到了，
还未等到第二天你就
使他们得到了安宁，啊我圣者！

11　因你绝不回头之心是真的，
啊，我不分自他的父亲，
为了能够解救一切，
你许下了坚定的誓言。

12　你许下的这一誓言，
我的菩萨，的确是真的。
能够抬脚的诸多生灵，
将会变得无忧无难。

13　为四生的诸多生灵
你解除了烦恼之绑。
我的圣菩萨，因此
你得了无等等之名。

14　你那善法之香味，
散发香料般的香气。
众多、诸多的利益，
犹如幸福不会过时。

15　以马头为首的
那六观音菩萨，
不管是谁的不算什么
我的父亲［　　　　　　］

16 擅长于解脱
大觉悟的 [ ]
为了成为一切的希望,
[ ]

17 被诸佛觉醒 [ ]
[ ]
以佛之美资说法 [ ]
[ ]

18 谁[ ]见[ ]谁的[ ]
[ ]
你努力[ ] 他们的 [ ]
[ ]

19 生灵受到灾难
[ ]
你让持三杵之手显了出来,
啊,我有无碍命令的父亲。

20 为了对那些走歪道的众徒
偏眼看待,折磨虐待,
你把持剑之手显了出来,
啊,我有红莲花肚脐者。

21 你是我诸多如此的圣者
你的手可数到十次一百。
对于无底无源的苦难
你是提供正面良药的(医者)。

22　对于全身长满羽毛的生灵，
各种各样诸多苦难，
昼夜观察，给予关注的
是你总共一千只不同眼睛。

23　最[　　]老虎[　　　]
善[逝(?)　　　　]
[　　]风[　　　　]
[　　　　　　　　]

语注

第 01 行[artuq učuzı]*n*：茨默教授没有复原这一空白部分(见 BTT XIII,第 127 页)。笔者根据《善法明赞》的第四段第 2 行复原为[artuq učuzı]*n*。

[altı paramit]l[ı]*γ*：茨默教授作[　　　]-l[a]r(见 BTT XIII,第 127 页)。笔者根据《善法明赞》的第四段第 1 行复原为[altı paramit]l[ı]*γ*。

第 02 行 t[älim i]šlärig：茨默教授作 t[　　　　]slär-ig(见 BTT XIII,第 127 页)。

sanpad：源于梵文 saṃpad"合致"、"成功"、"圆满"(详见 BTT XIII,第 127 页,脚注 21.5 及荻原雲來 1986, 1431a)。

sadarmavabaṣa：源于梵文 * Saddharmāvabhāsa,是由 saddharma"善法"和 avabhāsa"光辉"、"出现"、"显示"合成(详见 BTT XIII,第 127 页,脚注 21.6 及荻原雲來 1986, 142b)。

第 03 行 pudγul išlärig：可译作"士夫之事"、"人类之事",可能是指"士夫功业"(梵文：puruṣa-kāra)。

第 05 行 bodsuz nirvan：暂译作"无体涅槃",但究竟指的是何类涅槃目前未能确定。

第 10 行 kök közlüg-ning：可以直译为"蓝眼睛的"、"青眼的",但这里究竟有何指,无法确定。笔者暂译作"青眼的",但"青眼"在汉语有其他意义,不应与其混淆。关于"青"的语义分析见

Bogushevskaya 2015。

第 14 行 poḍalak taɤta：“在补陀落山”，是山名，汉文也译作补陀罗伽、补陀罗伽山、逋多罗山等。poḍalak 源于梵文 potalaka，是经吐火罗语媒介借入回鹘语。

第 22 行 tört tuγum：是佛教术语“四生”的回鹘语对应语，是指卵生（梵文：aṅḍaja-yoni）、胎生（梵文：jarāyujā-yoni）、湿生（梵文：saṃsvedajā-yoni）、化生（梵文：upapâdukā-yoni），是一切众生产生的类别，四种生灵（详见中村元 1981，523a、b）。

第 26 行 at baš-lıγ-ta ulaṭı altı qonši-im［bo］distv［lar］：可译作“以马头为首的六观音菩萨”。马头观音（梵文：Hayagrīva Avalokitevara）是东方密教六观音之第三，因以马首置于头顶，得此名，是六道中畜生道的护法明王，故称马头明王、马头金刚、马头大士等。六观音其余五位为圣观音、千手观音、十一面观音、准提观音、如意轮观音等。天台宗六观音的名称与此有别（详见中村元 1981，1462a）。

第 28 行 ilgäysük：意为“擅长”，茨默教授解释为“经受”（erfahren［?］），今不取。有些学者转写为 ilgäysök。

第 30 行 oγad-：意为“叫醒”、“觉醒”（见 EDPT，81a）。茨默教授读作 oqad-并解释为“晚于”、“来晚”。

第 35 行 tiršul tutar elig：可直译为“持三杵的手”，不知是指“三钴手金刚观音”或“独钴手持杵观音”中的哪一个，从语言表现法来看，后者的可能性较大。tiršul“三杵”源于梵文 triśūla。

第 38 行 qıl［ı］č tuṭar elig：“持剑之手”，是指宝剑手宝剑观音。

on yüz san-lıγ qolunguz：可以直译为“你有十次一百的手”，是指“一千只手”或“千手”。在回鹘语中，一千一般用 ming 来表示，在该诗的第 41 行表示“千眼”时就使用 ming。但是此处采用这一短语显然是鉴于押韵的需要。

三、其他内容赞美诗和祝福歌研究

O.《西宁王速来蛮赞》

上海古籍出版社于1995年出版的两卷本《北京大学藏敦煌文献》一书中，除收录了大量的汉文敦煌文献图片外，还刊布了一些于阗文、西夏文、藏文和回鹘文的文献图片。依该书序言所称，这些文献主要购自“北京的一些古籍书店、书店和个人收藏”〔1〕，均被定为敦煌文献。但其是否确属敦煌文献，笔者认为还有进一步探讨的必要。

在《北京大学藏敦煌文献》所收图片当中，回鹘文文献共有14件，多为佛教文献残片，包括《金光明经》、《杂阿含经》、《中阿含经》等大乘经典残片，也有《吉祥轮律曼陀罗》等密宗文献和一些头韵诗残片。其中，夹写有汉字的《金光明经》残片十分特别，尚属首次发现〔2〕。笔者于1999年曾据《北京大学藏敦煌文献》第二卷所提供的图片进行研究并刊布过一件回鹘文草书体长卷残叶和一件回鹘文草书体小残片，二者均为头韵诗。虽都是残片，其在研究古代维吾尔语言文学、宗教文化方面却具有重要价值。其中，编号为“北大附C29V”的回鹘文残片虽与柏林所藏“Ch/U 7503V”号残片并非出自同一写本，但相互可缀合，这说明该诗曾至少存在过两个不同的

---

〔1〕《北京大学藏敦煌文献》(1)，上海：上海古籍出版社，1995，第1～2页。

〔2〕《北京大学藏敦煌文献》定为《观音经相应比喻谈》，似是将某一带有“今次已后[说]顺次义”字样的残片与大英图书馆藏带有“今次已后说相应义”字样的Or. 8212－75A号文献(参见庄垣内正弘1982，第42页)相联系所得出的结论(详见《北京大学藏敦煌文献》(2)，第35页、第300～301页等)。

抄本[1]。据笔者所知,除了上述论文外,涉及《北京大学藏敦煌文献》所刊回鹘文文献的论文还有张铁山教授关于保存较完整的一叶《杂阿含经》长卷残片的研究成果[2],笔者关于《吉祥轮律曼陀罗》回鹘文残片的初步研究成果也以北京大学所藏文献为研究对象[3]。

在1999年研究刊布的两件回鹘文头韵诗当中,编号为"北大D154V"的回鹘文长卷残片比较重要。作为对西宁王速来蛮的赞颂,该残片在回鹘文诗歌研究、西宁王史研究和探讨速来蛮家族与敦煌回鹘社会的关系等方面都具有重要的参考价值。笔者的论文发表不久,彼得·茨默教授在此基础上发表专文探讨了该文献;奥斯曼·塞尔特喀亚教授根据笔者的标音转写把该诗译成了土耳其文,收录在他参著的《突厥文学史》一书中[4]。最近,仍看到一些中亚史专家和宗教学专家在不断参考、引用该诗[5]。

过去的十多年间,随着与西宁王家族有关的一些新的回鹘文资料的出现和对该文献认识的不断加深,对该文献的内容有重新加以研究的必要。2011年在《西域文史》第六辑上关于该诗的论文发表不久,承蒙北京大学中古史研究中心荣新江教授的关照和帮助,笔者得到直接查阅该诗原件的机会,发现了一些问题[6]。本文即对笔者1999年的标音转写和英文译文及2011年在《西域文史》第六辑发表的汉文稿略作修改,结合新材料,对该诗加以重新研究和刊布,以便为学术界提供更准确的信息。同时,本文参照一些新出相关回鹘文文献和近期中亚史研究成果,简要讨论13世纪末至14世纪中期以西宁王家族为代表的察哈台系东部后王与河西回鹘佛教社会的联系。

---

[1] 至于该残片的研究,参见 Yakup 1999,第12~15页和 Yakup 2014a。

[2] 参见 Yakup1999;张 2002。

[3] 参见 Yakup 2000。

[4] Sertkaya 2004,第113~115页。

[5] 主要参见 Zieme 2001; Sertkaya 2004,第113~115页; Matsui 2008,第169页,脚注41;松井太 2008,第37页;Elverskog 2010,第181~182页。

[6] 在此谨向荣新江教授和他的博士研究生付马先生的多方帮助深表谢意。

1. 回鹘文《速来蛮王赞》译释

《速来蛮王赞》用草书体回鹘文写成，是在汉文《大般若婆罗米多经》第一百四十五卷残片的背面书写的，现存 27 行[1]，写本的开头和结尾部分有破损之处。正面的汉文相当于《大正藏》第五卷 220 号，786c4—784a9 的内容[2]。据《北京大学图书馆藏敦煌文献》所提供的信息，该残片高 25.7 厘米、宽 22.5 厘米，卷心高 19.3 厘米、天头 3.3 厘米、地脚 3 厘米，采用的是黄麻纸[3]。框线上面左边有铅笔书写的编号 D－154。以下为该残片背面回鹘文诗歌的标音转写、汉译和语文学注释。

1.1 北大 D154V 标音转写

1 01 *p*[ ]/ [ ]
02 buyan-ın alqu [ ]
03 bodi {köngül} tözüg tapγu üčün *k*[öngü]*l* öriṭmišin ::
04 bo til üz-ä qayu yalnguq sözläp tükäṭgäy.

2 05 aduy bilgä aγır buyanlıγ sulayman wang-nıng:
06 adın kiši-tä arıṭı bulṭuqmaz adınčıγ sav-ların ::
07 alqu sav-ta arṭuq enčläṅür adruq iš-lär-in ::
08 anča munča az tänginčä-kyä ayu berälim

3 09 aṭa aṭası-nıng yaz-a-sın arṭuq uz küẓädip ::
10 adın el-lär-ning töörü-sin y(ä)mä adırtl(ı)γ uqup ::
11 alqu qamaγ elig künüg aγırlap tuṭta-čı ::
12 adınčıg ıduq bo wang täg ašnu y(ä)mä bolmıš yoq ::

[1] 《北京大学图书馆藏敦煌文献》，第二卷，第 22 页，描写为“凡 21 行”，不妥。

[2] 参见《北京大学图书馆藏敦煌文献》，第二卷，第 22 页。

[3] 同上。

4 13 arṭuq tälim bor bä'gni ičmäk-ig aγuča yerip
14 adın-lar-nıng asıγ-ın büṭürgü-kä yaṅa az-qya ičip
15 alqu üd-tä asıγ-lıγ iš-lärig arıṭı sımṭamadačı:
16 adınčıγ ıduq bo wang täg arıṭı bolmıš yoq::

5 17 alp tapıšγuluq aγ̈ır satıγlıq tangsuq äd-lär-ning:
18 adruq-ın yeg-in adır-a bilip aγırlap tuṭtačı.
19 arṭatıp buẓup asıγ-sız qırı näng käčürmädäči:
20 adınčıγ ıduq bo wang täg ašṅu-tın bolmıš yoq:

6 21 yeg sav-lar-nıng yeg-in sımṭap yenik tuṭmatačı:
22 yergüṅ-ä-čä y(ä)mä asıγ-sız iš-lärig iš-lämädäči:
23 yeṅik yu[muš] išlärig taplamadačı:
24 yerṭinčü-*d*[ä y(ä)mä bo wang tä]*g* idi bolmıš yoq::

7 25 y[a]vlaq̈ [ ]yn yarašṭurup ayıp
26 [ya]/y ıdturup:
27 [ya]w täginür:
28 [ya]

1.2 汉译

1 [ ]
他的功德全部[ ]
为觉悟菩提而起心
何人能以此言说尽?!

2 贤明大德的速来蛮王,
他那别人身上绝不可得的佳话,
比一切佳话更加安宁的丰功伟绩,
让我们多多少少慢慢地叙说!

3　维护他祖先的法度巧妙极致，
对别国之法规又深知深悉，
敬重国民，乃至一切百姓，
此王般如此特殊神圣之人未曾有过。

4　至于过度饮酒，他厌之如毒，
为促成他人受益又饮之少许，
任何时候不拒有益之事，
此王般如此特殊神圣之士绝未有过。

5　难寻难得的稀有货物，
知其特殊和绝妙，倍加珍惜，
绝不许毁坏、不容忍无端浪费，
此王般如此特殊神圣之士从未有过。

6　不拒善言之善，从不疏忽，
厌恶无益之事，从不去染，
易事[　　　]事从不喜欢，
[此王般之士]世上[亦]未有过。

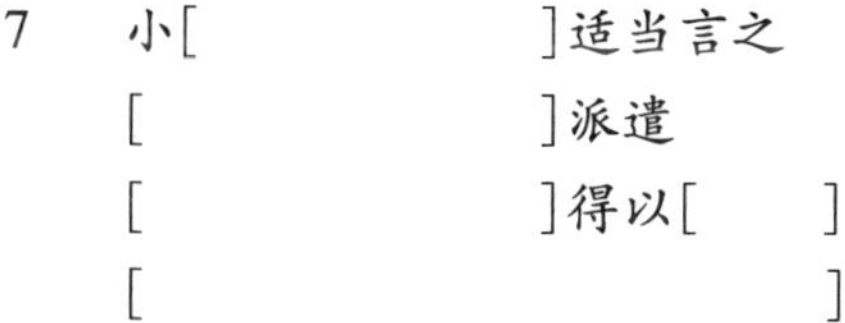

7　小[　　　　　　　]适当言之
[　　　　　　　]派遣
[　　　　　　　]得以[　　]
[　　　　　　　　　　　]

1.3　语注

第5行 aduy：该词语源不明，很有可能与拉德洛夫的《试用突厥语方言语源词典》（= Radloff 1893～1911）收录的 adū“敬仰、尊敬”（参见 Radloff 1893～1911，495a）有关。从其语音结构来看，很像是来自梵文具有“受震动的”、“激动不安的”等意义的 ādhūya（Monier-Williams 1899，139a），但二者语义相差较远。此处，aduy

与其后面的具有“有智慧的”、“英明的”等意义的 bilgä 一词属于互补近义词，很有可能与西宁王速来蛮的封号“英武西宁王”当中的“英武”有关，故译作“英明”。彼得·茨默建议读作 adtay，认为可能来源于蒙古语的 adatai “devilish; quick, lively; very, exceedingly”(参见 Zieme 2003，第 133 页，脚注 38)。但该词的拼法为”dwy，d 后的字母无法读成 t。更何况，w 和 y 之间没有阿列夫(aleph)。笔者维持原读法。

wang：源于汉语的“王”，也见于其他回鹘文文献。此处，它具体指英武西宁王。在较早时期回鹘语文献当中，“王”被音写为 oo(详见庄垣内正弘 2003，134b)。在榆林窟第 12 窟回鹘文题记的第 3 行作为[Buya]n q̈ulı ong 的最后一个成分出现的 ong 与本文的 ong 一致，也指英武西宁王(参见松井太 2008，第 18 ~ 20 页)。这一音写形式，似是受到了蒙古语同一借词音写形式的影响。至于蒙古语形式，参见 Franke 1965；Ligeti 1972，第 235 ~ 236 页；杉山正明 2004，第 282 页。

第 9 行 ata atası：可直译为“父亲——他的父亲”或“父亲之父亲”，应为亲属称谓，指祖父。同类亲属称谓还有 ana anası“祖母”(直译“母亲之母亲”)(参见 Li 1999，第 98 页)。此处 ata atası 有可能泛指祖先，若实指祖父，那指的应是西宁王速来蛮的祖父出伯(Čübei，1307 ~ 1313)。在汉文史料当中，出伯的名字还以术伯、术白等形式出现，为察哈台汗国阿鲁浑汗之子。他投奔忽必烈后，于 1304 年被封为属于三等王爵的威武西宁王。三年后，获赐属于一等王爵的豳王(详见杉山正明 2004，第 252 页，第 268 ~ 274 页；刘迎胜 2006，第 476 ~ 477 页)。因出伯是其家族的创始人以及首位获封威武西宁王爵者，该诗特别提到他，似乎反映当时的回鹘人知其为西宁王家族的始祖，并对他所制定的法规持肯定态度。

yaza：也可转写为 yaṣa，源于中古蒙古语的 yaza 或 yasah，意为“法度”。至于其蒙古语的形式，参见 Haenisch 1962，第 82 页。至于蒙古《大法》详见 Morgan 1986，Morgan 2005 及 Ayalon 1971。此处，西宁王速来蛮维护的到底是其祖父出伯所定下的某种法度，或是他祖先所定下的一般法度，不得而知。

第 11 行 elig künüg：克劳逊认为，el kün 很可能是 elgün，即 el

“国”一词的集体名词形式，不可取。该词在此处的拼写形式明显说明，el 和 kün 为不同的两个词，这可从 el 和 kün 各带自己的宾格附加成分看出。据笔者所知，el kün 主要出现在《福乐智慧》和《乌古斯可汗的传说》中，它在《福乐智慧》中共出现了 13 次。以下两个诗句分别取自第九章和第二十八章，足以说明该对偶词在《福乐智慧》中的基本用法和意义：

mungar mängzätür söz sınamıš kiši,
sınamıš kiši bildi **el kün** iši. (Arat 1947，第 245 行)
“久经考验者说话与此相似，
久经考验者深明国民之事。”

süčigkä süčinsä ažun bägläri,
ačıγ boldı **el kün** bodun igläri. (Arat 1947，第 2092 行)
“假若世官喜爱甜酒，
国家遭难，平民受苦。”

《古代突厥语词典》(DTS)把 el kün 解释为 narod “人民”、ljudi“人们”(见 DTS，第 169 页)。阿拉特在《福乐智慧》的土耳其文译本中采用了 halk “人民”(第 418 行，第 457 行，第 4010 行，第 5334 行及第 6342 行)、memleket“国”(第 2103 行，第 2258 行，第 2259 行及第 6347 行)、memleket ve halk“国民”(第 1952 行和第 2092 行)等词或短语来翻译该词。在另外两处(第 245 行和第 285 行)，阿拉特还使用 el gün 来翻译该词。的确，该词以 el gün 的形式存在于土耳其语，根据土耳其语言协会编《土耳其语词典》(Türkçe Sözlük, Ankara 2005)的释义，el gün 在土耳其书面语里具有“其他人”(başkaları)、“外人”(yabancilar)等意(见 Türkçe Sözlük，Ankara 2005，第 626b ~ 627a 页)。土耳其语言协会最近编写公布的《土耳其语大辞典》(*Büyük Türkçe Sözlük*，电子版)把 el gün 解释为 hısım “亲属”，akraba “亲戚”、eşdost “友人”、halk “人民”，显然不仅考虑到该词在书面语中的含义，而且还注意到了其在不同方言中的各种意义。阿拉特在其译文使用 el gün 时考虑的是哪种意义，很难判断。需要提到的是,在《福乐智慧》的第 6348 行,阿拉提把 el 译成 memleket “国”,而把 kün 译成 künler“一些日子”,明显受到其前的 üdläg “中午”一词语义的影响。在克马力 · 鄂拉斯兰(Kemal Eraslan)等编写的《〈福乐智慧〉索引》中简单地用 el gün、halk、memleket“国家”等词来解释 el kün,显然没有充分反映出阿拉特译文的实际情况。丹阔夫在其英译本中,有时把 el kün 译作 state“国家”,有时译作 people “人们”,有时还用 realm “王国”、land“国土”等。下表将《福乐智慧》中所出现的 el kün 这一对偶词在阿拉特译本和丹阔夫译本的异同列出:

《福乐智慧》el kün 译名表

行 数	阿拉特土耳其文译本(Arat 1959)	丹阔夫英文译本(Dankoff 1983)
245	el gün	state
285	el gün	realm
418	halk	state
457	halk	realm
1952	memleket ve halk	people
2092	memleket ve halk	land(s)
2103, 2258, 2259	memleket	state
4010	halk	realm and people
5334	halk	people
6342	halk	statesman (el kün išin išlär är)
6347	memleket	state of the realm

除《福乐智慧》之外,该对偶词还多次出现在《乌古斯可汗的传说》中,例如 el künni basup ärdi“它欺压百姓”(Bang/Arat 1932,第 25 行), yılqılarnı el künlärni yer ärdi“它吃动物和百姓”(Bang/Arat 1932,第 23 行),bädük bir yurt, el kün ärdi“它是一个大国,百姓众多”(Bang/Arat 1932,第 262 行)。在邦格和阿拉特的《乌古斯可汗的传说》德文译文中基本用具有“民”、“百姓”之意的 Volk 一词来翻

译 el kün。鉴于该词在以上文献当中的用法,笔者认为,无论在《福乐智慧》或者在《乌古斯可汗的传说》中,el kün 一律表示“国民和百姓”。此处,译作“国民”。

第 13 行 bor bä'gni:为较常出现的对偶词,其前一成分 bor 一般指葡萄酒,而许多学者倾向于把 bä'gni 解释为啤酒(见庄垣内正弘 2008,515b ~ 516a)。喀什噶里把 bä'gni 解释为 šārab'alcoholic drink'(DLT 218),即酒类。从 bä'gni 出现在《弥勒会见记》胜金本(Tekin S. 1980, 110v 13,15)判断,该词属于早期古代突厥语词。在《金光明经》第一卷用它来翻译汉文的“酒醉”(参见 Zieme 1996,第 1109 行)。在回鹘语《阿毗达摩俱舍论实义疏》中,该词以 bägni 的形式与 bor 一起出现,可被勘同于该文献汉文本中的“酒”或“诸酒”(详见庄垣内正弘 2008,515b ~ 516a)。此处,译作“酒类”。

第 17 行 alp tapıšγuluq aγır satıγlıq:可译作“难得难买的”,其中 alp tapıšγuluq 与回鹘文文献常见的 alp bulγuluq 意义相近,表示“难得”、“难找”。在回鹘文《瑜伽十地论》(BTT VII, Text A)的第 130 行和 133 行我们找到与本文的 alp tapıšγuluq aγır satıγlıq 基本相同的短语 alp bulγuluq aγır satıγlıq“难得难买的”(参见 Kara/Zieme 1977,第 38 页)。以 alp tapıšγuluq 来替代 alp bulγuluq 明显是晚期回鹘语的特点,它暗示在这一时期以维吾尔语等中亚语言常用的 tap-来替代奥古兹常用的 bul-的过程已经得以实现。笔者在 Yakup 1999 把 aγır satıγlıq 当中的 satıγlıq 读作 qatıγlıγ,今不取。此处,一般被当作构词附加成分的-(X)γlIγ 明显是跟必须式词尾-γ̈UlUq 的条件变体之一,表示需要进行的或将要进行的动作和行为。至于与其同形的-(X)γlIγ 的构词功能和用法详见 OTWF,第 344 ~ 349 页。

第 19 行 asıγsız qırı:为近义对偶词,意为“无益空用”。其中,qırı 的意义一直未得到充分解释。在回鹘文《慈悲道场忏法》的 0609 行有 šu yoqsuz qırı asıγsız tususuz bıṭadı,但与其相对应的汉文只有“徒”,看来该词与其前后的词语一样具有“无用”、“无益”之意。qırı 在同一文献的第 0741 行作为对偶词 qırı luγlan 的前一部分出现。这一对偶词在此处相当于汉文的“空搆”,说明 qırı 还具有“空”、“虚”、“空用”等意义。qırı 与 asıγsız 构成对偶词一起出现,在回鹘文文献中尚属首次。

第22行 yergüṅ-ä-čä：笔者最初读作 yergünäčä“厌倦地”(见 Yakup 1999,第11页)。后来,彼得·茨默教授认为不妥,建议读作 yingnäčä“针一般的”(见 Zieme 2001,第133页,脚注39)。鉴于该词此处的拼法并非如茨默所称,作 yynkn-’c’,而是 yynkwṅ ’c’,也就是说 k 和 ṅ 之间有 w,笔者后来虽然未采纳茨默教授建议的 yingnäčä,但考虑到从语义的角度看把该词理解为“针一般的”比较符合语境,采用了 yingüṅ-ä-čä 这一读法和“针大的”这一折衷的译法(见阿不都热西提·亚库甫 2011,第67页)。笔者当时认为,k 和 ṅ 之间的 w 或为增音,或为誊写者未加删除之 ṅ 的误写。经与原件核对,笔者认为,笔者最初的读法正确,故回复原来的读法 yergüṅ-ä-čä,是动词 yergiṅ-“厌恶”的唇音化变体 yergüṅ-的副动词形式。

第25行 y[a]vlaq：意为“坏”。阿不都热西提·亚库甫 2011 读作 ušaq 并解释为“小”,经与原件核对,发现这一读法不妥,今不取。Yakup 1999,Zieme 2001 均未正确识读出该词。

第26行 ıdturup：为动词 ıdtur-“使派遣”的副动词形式。从其书写形式来看,也可读作 edtürüp,看作动词 edtür-“使做”、“使装饰”一词的副动词形式。但此处破损严重,无法判断,笔者保留 Yakup 1999 的读法,转写为 ıdturup。

1.4 《速来蛮王赞》的结构和内容

《速来蛮王赞》由七段四行诗构成,共计28行,每段各句首词均押头韵。第一段的第一句和最后一段的第四句残缺,第一段的第二句仅存两个词。从内容判断,诗歌的开头部分破损文字较少,除第一段的第一句外,未见有残缺。第一段押 bu/bo 韵,第二至第五段押 a 韵,第六段押 ye 韵。从第七段的第一个词为 y[a]vlaq 来看,该段应押 ya 韵。该诗的押韵格式和音节构成如下：

第一段　b[u/o　　　　　　　　]
　　　　bu　[　　　　　　　　]
　　　　bo　3+2[　　　　　　]
　　　　bo　2+2+2+3+1+2+4=16 音节

第二段	a	2 +2 +2 +3 +3 +2 =14 音节
	a	2 +3 +3 +3 +3 +3 =17 音节
	a	2 +2 +2 +3 +2 +3 =14 音节
	a	2 +2 +1 +4 +2 +3 =14 音节
第三段	a	2 +4 +3 +2 +1 +3 =15 音节
	a	2 +3 +3 +2 +3 +2 =15 音节
	a	2 +2 +2 +2 +3 +3 =14 音节
	a	3 +2 +1 +1 +1 +1 +2 +2 +2 +2 +1 =18 音节
第四段	a	2 +2 +1 +3 +3 +3 +2 =16 音节
	a	4 +3 +4 +2 +2 +2 =17 音节
	a	2 +2 +3 +3 +3 +5 =18 音节
	a	3 +2 +1 +1 +1 +3 +3 +1 =15 音节
第五段	a	1 +4 +2 +3 +2 +3 =15 音节
	a	3 +2 +3 +2 +3 +3 =16 音节
	a	3 +2 +3 +2 +1 +5 =16 音节
	a	3 +2 +1 +1 +1 +3 +2 +1 =14 音节
第六段	ye	1 +3 +2 +2 +2 +4 =14 音节
	ye	4 +2 +3 +3 +5 =17 音节
	ye	2 +2(?) [ ] +3 +5 =? 音节
	ye	4 +[2 +1 +1 +1] +2 +2 +1 =14 音节
第七段	u	2 +[ ] +1 +4 +2 =? 音节
	u	[ ] +1 +3 +[ ] =? 音节
	u	[ ] +3 +[ ] =? 音节
	u	[ ] =? 音节

从以上分析可以看出,构成每一诗行的音节数并不完全相同:

有的诗行只由 14 个音节构成,而有些诗行的音节数多达 17 ~ 18 音节。特别引人注目的是,该诗除了押头韵外,还押脚韵。第二段的后两行在句尾均为-ların,第三段的前两行、第四段的前两行和第七段的前两行句尾押-(X)p 韵。第三段的第三行、第四段的第三行、第五段的第二至三行、第六段的前三行相互之间也押脚韵。第三、第四、第五、第六段的最后一行重复一个大同小异的诗句,实际是押一种隔行韵。这类押韵格式在回鹘文头韵诗中比较常见。

第一段和第二段可看作是该诗的引言部分。其中提到速来蛮王功德颇丰、英武聪明、贤明大德、善言超人、事业非凡,是为下面各段的赞颂造势。此处所述速来蛮的丰功伟绩或许与《元史》中"以西宁王速来蛮镇御有劳,其如安定王朵儿只班例,置王傅官四人,铸印给之"的记载有关[1]。可惜,迄今为止得以公布的史料并不具体提到速来蛮的其他事迹。这里需要注意的是第一段的第三句,其中提到速来蛮为觉悟菩提而起心,似是暗示虽然速来蛮是个常见的穆斯林名字,但他本人却修持佛教,速来蛮及其家族成员的名字在《莫高窟六字真言碑》及《重修皇庆寺碑》中作为主要功德主出现或可视为旁证。即使如此,也未必能证明速来蛮本人及其家族全部成员信仰佛教。在诸功德主当中首先提到君主及其家族成员的名字,亦应是常事。当然,《速来蛮王赞》使用"觉悟菩提而起心"这样一个颇具佛教色彩的词句,也有可能仅与诗作者的宗教信仰有关,未必与速来蛮的信仰有直接的关联。

从第三段开始具体讲述速来蛮的一些超人之处。例如,第三段提到速来蛮十分巧妙地维护了他祖父的法度,熟悉别国之法规,特别重视百姓等,速来蛮及其家族成员作为主要功德主建造刻有汉文、梵文、藏文、西夏文、蒙古文、回鹘文等六种文字的《莫高窟六字真言碑》也许便是速来蛮尊重别国之法规的具体表现之一。

第四段涉及速来蛮更个性化的一些优良品德,如厌倦过度饮用酒类,任何时候绝不拒绝做有益之事等。诗文同时辩护称,速来蛮少量饮酒是为他人做些益事。虽然饮酒对于佛教徒和伊斯兰教徒

[1] 参见《元史》卷三十六文宗五。李永宁 1982,第 111 页也提到这一点。

而言均不被赞许，但他少量饮酒这一点似乎暗示，他很有可能不是虔诚的伊斯兰教徒。因为，较之其他宗教，伊斯兰教禁止穆斯林饮用酒类。而照诗中所述，速来蛮虽然厌倦过度饮用酒类，但还是少量饮酒的，这则明显违背了伊斯兰教禁酒的教规。基于此，我们不便妄加揣测诗作者是出于何种目的为速来蛮少量饮酒的行为寻找理由。此外，从速来蛮给他两个儿子取的名字也说明，即使他不是伊斯兰教徒，也对伊斯兰教毫无敌意。其长子名叫 Yanga-šāh（牙罕沙，也作养阿沙，意为“象王”），虽然名字的前一部分 yanga 为突厥语，而后一部分 šāh 来自波斯语的古代君主头衔 شاه；更为明显的是他次子的名字 Sulṭān-šāh（速丹沙），这一名字意为“君主”或“统治者”，是阿拉伯语 سلطان 和波斯语 شاه 的合成词。需要提到的是，彼得·茨默教授在最近发表的一篇论文里十分肯定地认为速来蛮为穆斯林，并称他的穆斯林身份在西宁并未影响造诗赞扬他，说明他并未使佛教徒感到不快〔1〕。约翰·艾利威尔斯阔克（Johan Elverskog）教授在其新著《丝绸之路的佛教和伊斯兰教》中虽然没有直接提到速来蛮是否为穆斯林，但他毫不犹豫地认为《速来蛮赞》的某些诗段说明当时的佛教徒和穆斯林和平相处、相互学习、相互影响〔2〕。

第五段更进一步地谈到速来蛮善于辨别难得难买的上品，不许毁坏物品，绝不容忍无端浪费等，这些是无论在佛教或伊斯兰教都会得到积极评价的优良品行。

第六段描述速来蛮特别重视别人的进言和善言，同时还提到他从不做无益之事、勇挑重担的处事方法。在诗作者看来，速来蛮具有超人的聪明才智和无量的功德，他维护家族的法度、重视国民、品质高尚、业绩超前，总之，像速来蛮一样特殊的君主世上从来没有出现过。可见，速来蛮在包括诗作者在内的回鹘佛教徒心目中拥有很高的地位，并深受河西回鹘佛教徒的尊重和拥戴。

---

〔1〕 Zieme 2011a，第 182 页。此处，茨默教授似乎据速来蛮为西宁王认为他在西宁活动，不妥。

〔2〕 Elverskog 2010，第 181 ~ 182 页。

虽然一些汉文史料和碑铭以及一些伊斯兰史料也提到西宁王速来蛮，但涉及他个人生平的仅限于《重修皇庆寺碑》中的以下简短记录：

“沙洲皇庆寺，历唐宋迄今，岁月既久，兵火劫灰，沙石埋没矣。速来蛮西宁王崇尚释教，施金帛、色彩、米粮、木植，命工匠重修之。”

耐人寻味的是，以上记录也仅仅提到“速来蛮西宁王崇尚释教”，至于他崇尚释教、重修皇庆寺是因为他作为佛教徒而积累功德抑或只是作为一个对别国之法规了如指掌的君主表示他对佛教徒的信仰充分重视的态度，便不得而知了。但毫无疑问，回鹘文《速来蛮赞》提供了现有史料和相关文献中所没有的一些信息，对于进一步了解西宁王速来蛮的生平具有重要的参考价值。更重要的是，从这一诗歌中可以窥见西宁王速来蛮与河西回鹘宗教社会的密切关系。

2. 西宁王速来蛮的家族与河西回鹘佛教社会

诗中提到的这位速来蛮为察哈台系东部后王的始祖豳王出伯(Čübei)之孙，Būyāntaš(意为“功德之兄”)之子〔1〕。速来蛮获赐金印螭纽袭二等王西宁王之位是在1330年，长期在位直至1351年去世。根据李永宁先生考证，速来蛮于至顺元年(即天历三年，公元1330年)三月被封为西宁王，至元五年(公元1339年)到至正四年(公元1344年)任波斯义阑克第十六汗。其间，在公元1340年曾与沙只罕帖木儿汗等相互征战。公元1343年，因受属将时舍不儿干、阿失剌甫、牙吉八思迪等人窘逼，退走底牙儿别克尔。其后，返回汉地，驻镇沙州，于至正十一年(公元1351年)八月，皇庆寺建成前逝于沙州〔2〕。李正宇先生也认为，至元五年(公元1339年)速来蛮得

〔1〕 至于Būyāntaš一名的拼法有关史料的记录有较大出入，详见杉山正明2004，第260页。至于回鹘文《重修文殊寺碑》的拼法，见耿世民/张宝玺1986，第258页(第10行、第12行)、第259页(第19行)和第260页(第23行，第24行)。

〔2〕 李永宁1982，第111页。

任波斯义阑克第十六汗王[1]。但西宁王速来蛮和第十六代波斯义阑克汗之速来蛮是否为同一人物,值得探讨。笔者认为,西宁王速来蛮和第十六代波斯义阑克汗为同一人物的可能性较大,也许正因为速来蛮得任第十六代波斯义阑克汗前后接受伊斯兰教,才取了穆斯林名字,还给他两个儿子牙罕沙和速丹沙也取了穆斯林名。速来蛮的三子阿速歹(Asuday, Asudag)的情况却不同,他很有可能在速来蛮回到河西之后出生,故没有给他取穆斯林名字。速来蛮去后,他的两个儿子牙罕沙和速丹沙先后继承西宁王王位,但并未给他们的子女取穆斯林名字,说明西宁王家族成员进一步佛教化。对于速来蛮西宁王家谱,近来已由杉山正明、刘迎胜、敖特根、松井太、杨富学等学者做过较详细的探讨[2],此处不再赘述。笔者在初次刊布此诗时,虽然正确勘定其主人公为西宁王速来蛮,但就像日本学者松井太教授所指出的那样[3],笔者当时受《拖雷汗诸子世系表二》等及之前学术界的一些通行说法影响,将其归入拖雷之子旭烈兀(Hülegü)一支,并将《元史》第一百七卷中所载于天历三年受封西宁王的搠鲁蛮与伊利汗国的第十六代汗速来蛮(从1339年至1343年间在位)等混为一谈,显然是不妥而需要纠正的[4]。遗憾的是,彼得·茨默教授采用笔者旧的说法,但他试图进一步说明西宁王速来蛮和伊利汗国(义阑克)第十六代汗 Sulayman Xān 为同一人物,显然是受了《蒙兀儿史记》卷四十八《拖雷汗汗王诸王世系附波斯义阑克诸汗世次表》和苏普乐(Berthold Spuler)教授相关研究的影响[5]。最近,约翰·艾利威尔斯阔克教授仍然使用笔者旧的说法。值得注意的是,在他看来,西宁王速来蛮和第十六代义阑克汗也是

---

〔1〕 李正宇1998,第367页。

〔2〕 主要参见杉山正明2004,第252~274页;刘迎胜2006,第476~477页;敖特根2004;松井太2008,第168页,杨富学/张海娟2011,第134~137页。

〔3〕 参见松井太2008,第37页,脚注17;Matsui 2088,第41页,脚注41。

〔4〕 Yakup 1999,第3~4页。

〔5〕 详见 Zieme 2001,第132~133、136页。关于苏普乐的观点详见 Spuler 1955,第133~137页。

同一人物[1]。

其实,西宁王速来蛮家族在回鹘文文献中被提及,该诗并非首次。敦煌出土的回鹘文《死亡书》(回鹘语原名为 tömkä ındrıγlıγ tınlıγlarqa eyin käzigčä bıšrunup tuyunγuluq nom)的跋中就曾出现过速来蛮之子阿速歹(Asuday)的名字[2]:

tüpsüz täring bo ṭantir-a-nıng.
tüpütčäsin körüp.
tömkä biligsiz
tömänč qulut qamıllıγ Arya Āčari
tükällig bilgä isḍoṅpa bahšı-nıng bošuγ yarlıγı üzä
ävirü aqdaru täginḍiṃ

či čing onunč-ı bars yıl altınč ay tört yangı-qa lükčüng balıq-lıγ qulut m(ä)n yangı bošγutčı Sarıγ Tutung asuday oγul-nıng lingči-si üzä bitidim sadu ädgü

汉译:

深渊无底的这一怛特罗,
参照其吐蕃文,
我,愚昧无知的
下等佣人哈密人阿力雅·阿叉利(Arya Ačari),
据卓识的东巴师之解令译出。

至正十年虎年六月初四,我,柳中城人佣人初学僧萨里格·都统(Sarıγ Tutung)根据阿速歹太子之令旨书写。善哉!善哉!

此外,西宁王速来蛮之三子阿速歹的名字也出现在同一文献的第1014行,即《旃陀利六种禅定导入仪》开头部分的陀罗尼之后:v(a)žirlıγ bahšinıng adaqlıγ qoš lenhuasınga asuday oγul yükünürm(ä)n "我,阿速歹太子向金刚上师的双莲花座跪拜"。回鹘文《死亡书》

[1] 参见 Elverskog 2010,第181页。
[2] 引自 Zieme/Kara 1978,第1001至1010行。笔者认为,该跋的前一部分用韵文书写,故按押韵格式排列。

（也可译作《度亡书》）的成书时间为元至正十年，即公元 1351 年，正是阿速歹之父西宁王速来蛮去世，其兄牙罕沙或养阿沙（Yaġān-šāh, Yanga- šāh）继位西宁王的时间。需要注意的是：该回鹘文文献在阿速歹的名字之后两处都使用具有“孩子”、“儿子”等意义的回鹘语词 oγul，疑是 oγul 此处有“王子”之意。在《重修皇庆寺记》中，速丹沙在其名字之前就有“王子”二字，而阿速歹的名字之前没有这两个字，也许此处的“王子”也包括阿速歹。重要的是，此处的 oγul 也有可能是与“王子”相关的“太子”一词的回鹘语对等词。在《莫高窟六字真言》的功德主当中，就有“太子养阿沙、速丹沙、阿速歹”的记录。不过，这里的“太子”似乎只与养阿沙相连，与其后的速丹沙和阿速歹无关。在速来蛮死后，获封为西宁王的养阿沙的名字在他成为西宁王之前名前带“太子”[1]，而他被封为西宁王后所立的《重修皇庆寺记》却记为“牙罕沙西宁王”。《重修文殊寺碑》的回鹘文部分使用汉文“太子”的音写 taisi 或 taysi。假使 oγul 也真有“太子”之意，那么 oγul 和 taisi 所表达之语义之间的细微差异则尚需进一步研究。

近日，松井太将榆林窟第 12 窟前室甬道南壁回鹘文题记的第 3 行出现的君主姓名复原为[buya]n qulı ong，并将其比定为 1334 年获赐威武西宁王封号（肃王系）的亦里黑赤（Īliqğī ~ Yılıqčı）之子不颜嵬厘（Buyān-Qulī）[2]。杨富学先生对此也持同样观点[3]。此人的名字亦见于《高贵系谱》（书原题名），在日本京都藤井有邻馆所藏蒙古文文书中的全称为 Buyanquli Üi-uu Sining ong，可译作“不颜嵬厘威武西宁王”[4]。据已故德国汉学家福赫伯（Herbert Franke）的研究，这是威武西宁王不颜嵬厘致西宁王速丹沙的一封信札[5]。鉴于不颜嵬厘于 1353 年获赐威武西宁王封号，那么榆林窟回鹘文题

---

〔1〕 参见李永宁 1982，第 110 页；杉山正明 2004，第 270 ~ 271 页。

〔2〕 参见松井太 2008，第 19 ~ 20 页。[buya]n qulı 亦作伯颜嵬力。参见杉山正明 2004，第 265 页。

〔3〕 参见杨富学 2010。特在此感谢杨富学先生在兰州会议期间为笔者提供他没有发表的发言稿电子版。最近，张海娟和杨富学合写的一篇论文也确认这一观点。详见张海娟/杨富学 2011，第 88 页。

〔4〕 参见杉山正明 2004，第 274 ~ 275 页和第 282 页。

〔5〕 Franke 1965，第 120 页。

记的年代应在1353年前后。杨富学就把榆林窟第12窟回鹘文题记的年代定为1352年。榆林窟回鹘文题记的[Buya]n qulı ong“[不]颜嵬厘王”这一称呼说明,当时他已经获赐西宁王这一封号,不然他是不会用ong,即“王”这一称呼,从《速来蛮王赞》的sulayman wang这一称呼也可看出。

在莫高窟北区石窟新出编号为B53：14的文书中,其主文为叙利亚文叙利亚语的景教文献〔1〕,其首页行间夹写有16行回鹘文头韵诗。该文献的回鹘文部分最初由张铁山教授转写汉译并刊布,后来彼得·茨默、牛汝极及笔者几乎同时发文研究过该诗〔2〕。虽然该文献的回鹘文部分是一首普通的阐释佛教“三宝”的头韵诗,但其中第6行的qulı nom-taš这两个词值得注意。笔者怀疑,这里的qulı很可能是nom quli的简称,有可能指先于1304年获赐威武西宁王封号,后又于1307年被封为豳王的察哈台系东部后王始祖出伯之长子喃忽里(Nom Qulī或Nūm Qulī)。那么,其后的nom-taš便是指Nom Qulī之子喃答失(Nom-Taš或Nūm-Tāš)。诗中这一部分在解释“三宝”中的“佛”,而Nom q̈ulī一名的前一部分Nom很可能因押韵的需要而被省略了。作为普通的佛教术语,nomdaš出现在许多回鹘文文献中,如回鹘文密宗文献《死亡书》第129行〔3〕,《回鹘人的佛教内容头韵诗》(BTT XIII)第19号文献第54行及第46号文献第15行等〔4〕。然而,在上述文献中nomdaš一律写作nwmd's。莫高窟北区石窟新出景教文献的行间加写的回鹘文诗歌中所见nom-taš一词的拼写与之不同,为nwm t's,恰与回鹘文《重修文殊寺碑》中Nom Qulī之子Nom-Taš名字的写法一致〔5〕。据回鹘文《重修文殊

〔1〕 对该文书的详细描写和研究参见：段晴2000;牛汝极2002;牛汝极2008,第45~50页。

〔2〕 参见Zieme 2001,第125~132页;牛汝极2002,第56~59页;牛汝极2008,第45~50页;Niu 2010,第104~120;Yakup 2002;阿不都热西提·亚库甫2011。

〔3〕 参见Zieme/Kara 1978。

〔4〕 参见Zieme 1985。

〔5〕 nomdaš在《重修文殊寺碑》中的拼写形式参见：耿世民/张宝玺1986,第10行、第19行、第24行。

寺碑》所述,喃答失“行菩萨道、敬信佛法、十分敬信纯洁三宝”〔1〕,那么莫高窟北区石窟新出的这篇文书在阐释“三宝”的文书中提到他的名字则并不偶然。很可能此处的 nom-taš 并不是指普通佛教术语“法兄”,而是察哈台系东部后王第三代豳王 Nom-Taš 的名字,因为毕竟突厥语没有 * -taš 这个构词附加成分。作为人名的 Nom-taš 本身源于 nomdaš “法兄”一词,使用不同的拼写可能是回鹘人用以区别二者的方式。当然,作为人名的 Nom-taš 也可读作 Nom-daš 或 Nom-Daš。值得一提的是,彼得·茨默也把该词读作 nomtaš,可见他也注意到了 nom-taš 和 nomdaš 之间的微妙差异。然而,他仍将 nomtaš 释为“法兄”[Lehr(dharma)-Genosse],还是没有把 nomtaš 真正与普通名词 nomdaš 区别开来看待〔2〕。

如果笔者的上述立论成立的话,莫高窟北区石窟的这件编号为 B53:14 的文书便是回鹘文文献中迄今所见对西宁王家族成员的最早记载,那么该诗第 3 行所见 qulda küngtä tuɣmaɣu(“非男奴、女仆所出”)就有可能与 Nom Qulī 的出身有关,即虽然 Nom Qulī 的名字中带有 qulı(“某人之〔男〕奴”)一词,但他并非由男奴、女仆所生。如此阐释“三宝”当中的佛在回鹘文佛教文献未有他例。Nom Qulī 作为察哈台系东部后裔中首次获赐西宁王的出伯之子,又是第一代豳王。他于 1309 年和 1313 年间先后获赐豳王和西宁王。他的名字以豳王和西宁王的身份在汉文史料中以南忽里、喃忽里、纳忽里、南木忽里、那木忽里、暖忽里等形式反复出现。Nom-Taš(喃答失)为 Nom Qulī 之子,据 1326 年《重修文殊寺碑》中 Nom-Taš 已以豳王的身份出现来看,他获赐豳王应是在其父 Nom Qulī 去世后的 1326 年前后〔3〕。

耿世民、张宝玺二位先生在他们刊布《重修文殊寺碑》回鹘文部分的文中这样写道:

---

〔1〕 参见耿世民/张宝玺 1986,第 261 页。另,该碑铭汉文部分为“钦信佛法,深种福田,大启妙善,真心广作无涯胜福大菩提心,以圆满最吉祥身之光明,福惠周全,功德成就。”参见耿世民/张宝玺 1986,第 263 页。

〔2〕 参见 Zieme 2001,第 128 页。

〔3〕 详见耿世民/张宝玺 1986,第 253 页;杉山正明 2004,第 252 ~ 259 页。

“我们原来只知道察哈台系的封地在中亚和新疆地区，从《文殊寺碑》又得知尚有重要一支察哈台后裔活跃在河西走廊地区。至于对这一支察哈台后裔的进一步研究，有待于治蒙古史或元史同志们的努力。”[1]

值得欣慰的是，杉山正明、刘迎胜、敖特根、松井太等中亚史专家近几年来在研究河西地区察哈台系东部后王的活动方面作出了重要贡献。松井太依据回鹘文《死亡书》跋文、一件莫高窟北区石窟出土蒙古文敕令（编号 B163：42）、榆林窟第 12 窟回鹘文题记等文献所提供的信息指出：察哈台汗国与察哈台系东部后王之间在政治、宗教等方面曾相互影响，他们赞助藏传佛教和回鹘—藏族佛教徒的宗教活动[2]。张海娟和杨富学也据种种实例阐述“豳王家族敬信佛教，不仅对佛教实行保护，而且常以施主的身份予以供养，以其特殊的政治地位及雄厚的经济实力，修复了酒泉文殊山石窟，又主持或参与了敦煌莫高窟、瓜州榆林窟多处石窟或寺院的重修与重绘。豳王家族事佛，促进了佛教，尤其是藏传佛教在西北地区的弘传与发展”[3]。然而，松井太、张海娟和杨富学强调的主要是察哈台系东部后王与中亚察哈台后王之间的密切联系以及西宁王家族乃至豳王家族与藏传佛教之间的关系，未能仔细分析《速来蛮王赞》的内容，更没能把莫高窟新出叙利亚文—回鹘文文献回鹘文部分的头韵诗中的相关内容与西宁王家族联系起来。尽管资料比较分散，但从本文所涉及的回鹘文文献看来，西宁王家族自 13 世纪末和 14 世纪初开始便作为回鹘佛教徒及其宗教活动在河西地区的主要支持者一直与回鹘佛教社会保持着良好的关系。虽然回鹘文《死亡书》为藏传佛教文献、《重修文殊寺碑》中的文殊寺也曾是藏传佛教的重要活动场所，但从莫高窟新出叙利亚文—回鹘文文书回鹘文部分、《速来蛮王赞》、榆林窟第 12 窟回鹘文题记等内容中却看不出其

---

[1] 参见耿世民/张宝玺 1986，第 254 页。

[2] 参见 Matsui 2008，第 171 页；松井太 2008，第 37 ~ 41 页；松井太 2008，第 34 ~ 41 页。

[3] 张海娟/杨富学 2011，第 97 页。

与藏传佛教有何关系。基于此,笔者认为,即使像松井太文所证,西宁王家族与藏传佛教间的关系比较密切,但西宁王家族支持的未必仅限于藏传佛教。更何况蒙古帝国的宗教政策比较开放,除了尊崇佛教之外,对基督教、伊斯兰教、犹太教亦皆尊重〔1〕。从《速来蛮王赞》第10~11行"对别国之法规又深知、深悉,尊重国民,乃至一切百姓"的内容来看,似乎速来蛮王充分了解各国(这里很有可能指不同部落和民族)的仪轨和习俗,对其治下的百姓一视同仁,并因此获得了包括回鹘佛教徒在内的治下百姓的爱戴。

颇引人深思的是,为什么《速来蛮赞》仅用回鹘文书写?为什么他的儿子阿速歹命令萨里格·都统用回鹘文抄写《死亡书》?耿世民、张宝玺二位先生针对《重修文殊寺碑》只使用汉文和回鹘文而不用西夏文的事实,强调了当时回鹘文在河西地区的重要性,并视之为元代回鹘语文影响蒙古族文化的强有力证据〔2〕。从阿速歹命令萨里格·都统在回鹘文《死亡书》第二个佛典的卷首写下"我阿速歹太子向金刚上师的双莲花座跪拜"这一句子来看,他似乎懂得回鹘语文。彼得·茨默也提到,只有在速来蛮能够看懂此赞的情况下该赞才会有其真正的价值〔3〕。速来蛮本人是否懂得回鹘语文尚且不论,单从《速来蛮王赞》的性质来看,速来蛮本人并没有看懂它的必要,或许他本人根本就未曾看到过该诗。总而言之,从敦煌地区出土的大量回鹘文文献、河西地区发现的带有回鹘文的双语或多语碑铭以及榆林窟的回鹘文题记等都说明:迟至14世纪下半叶,回鹘文在该地区所通行的诸语言文字中依然具有重要地位,而西宁王家族对于回鹘文佛典在河西地区的翻译、抄写和传播给予了很大支持。当然,以后的威武西宁王家族的活动舞台大大超过了河西地区,这一问题的研究超出本书关注的范围。

---

〔1〕 参见李永宁1982,第115~116页。
〔2〕 耿世民/张宝玺1986,第255页。
〔3〕 参见Zieme 2001,第136页。

P.《玉 女 赞》

日本东京大学附属图书馆藏回鹘文《玉女赞》是一部用晚期回鹘语创作的诗歌作品,用草书体回鹘文写成,共49行,大小为41.5厘米(长)×9.5厘米(宽)[1]。该文献2001年首次在东京大学举办的《东京大学所藏有关佛教的贵重书籍展》展出并在展示资料目录中刊布其图片和百济康义教授的标音转写和日文译文[2]。同年,在德国美因茨大学举行的第五次德国突厥学家会议上,彼得·茨默教授据东京大学展示资料目录中百济康义教授的初步研究成果和该目录所刊图版对这一文献做了简单介绍并提交该诗略作修改的标音转写[3],但至今未见这一学术报告正式发表。最近,在一份关于回鹘语诗歌的概述性论文和关于蒙古时期回鹘宗教情况的概述中,茨默教授翻译发表了该诗的三个诗段[4]。笔者于2014年发表专文,对该诗的东京抄本进行了转写并将诗歌译成了汉文[5]。笔者的论文发表后,茨默教授在网上连续发表两篇短文,讨论该诗相关的一些语文学问题,也介绍到柏林科学院吐鲁番研究所藏该诗残片[6]。据他研究,柏林残片Ch/U 7513出自《玉女赞》(他称作Jadeherrin)的另一抄本,而据尔达里教授和茨默教授《柏林吐鲁番学丛书》第十三卷(BTT XIII)的第27号头韵诗是其另一版本。笔者近期发现,Ch/U 6407也出自《柏林吐鲁番学丛书》第十三卷所刊残片[7],可以直接缀合。这样,至今我们发现的《玉女赞》抄本共有三种:柏林藏抄本两种和东京藏抄本,其中东京藏抄本比较完整,但也不完全,还有许多抄写错误。柏林抄本残片Ch/U 7513是个小残

---

〔1〕 东京大学附属图书馆2002,第20~21页。

〔2〕 见百济康義2001,第22~24页。

〔3〕 Zieme 2002。

〔4〕 见Zieme 2005,第1159~1160页;Zieme 2011,第181页。

〔5〕 阿不都热西提·亚库甫2014。

〔6〕 Zieme 2015, Zieme 2015a。

〔7〕 拉施曼博士在回复过程中提供帮助,特此致谢。

片，仅存 5 行，出自诗歌的开头部分，即属于诗歌的第一段。从这一诗歌存在不同抄本的情况来看，《玉女赞》应是较为广泛传播的诗歌作品。遗憾的是，目前能看到的抄本都不完整。从抄写时间来看，由三个残片缀合而成的柏林残片字体比较规整且包含东京藏抄本没有的一些内容，其抄写时间似是比东京藏抄本稍早一些。Ch/U 7513 的抄写时间也应该比较晚，像东京藏抄本一样是典型的蒙元时期草书体抄本。

据最初研究东京藏抄本的百济康义教授分析，该诗诗行并不另起行，一字有涂改痕迹，是晚期抄本，但不像以前推测的那样是草稿。百济康义教授将东京藏抄本的年代定为 13 至 14 世纪〔1〕。从字体、拼写特点及语言特点来看，它明显属于晚期回鹘语文献。根据该文献不用 Qočo 而使用 Qara Qočo 一名来指称吐鲁番来看，该诗的创作时间应在 1283 年高昌回鹘亦都护被迫东迁甘肃永昌前后。因为，至元十七年(1280)之前的汉文文献不用与 Qara Qočo 相关的“合剌和州”、“合剌禾州”等来指称吐鲁番〔2〕，此前的回鹘文文献也不见 Qara Qočo 这一地名，其使用应与汉文史书和相关记载开始使用合剌和州、哈剌和卓等地名的时间几乎同时。

该诗赞颂的对象玉女究竟是何人，据笔者目前所掌握的资料无法给予确切的答复。从诗歌的第一段称她“曾留在[无热恼池]河流”、“九头龙所生”来看，她似是一个仙女，是神话人物。诗歌的第 10、第 11 行也提到她被印度人称作“以宝得爱”，但是，从第二、第三段末尾反复出现的“啊我的天”来看，她既像是天神又像是回鹘(此时一般称作畏兀儿)统治家族的一员。无论如何，不管她是一个仙女还是在回鹘佛教社团具有很高地位、得到公众普遍赞许的人物，她是一个救星，该诗形容她“九头龙所生”，显然是为了神化她。重要的是，玉女被该诗的作者当作挽救回鹘佛教社团、佛说和护持天佛所拟予教诲之挽救者，至少是一个佛教社团的保护者，是一个神话般的人物。此类韵文在回鹘语文献中并不多见，

〔1〕 东京大学附属图书馆 2002，第 21 页。
〔2〕 参见柳洪亮 2006，第 721 ~ 722 页。

它不仅作为语言学资料和优美的诗歌作品，对于研究回鹘语言文学十分可贵，也为考察回鹘晚期佛教渐趋衰退的过程及其衰退原因提供重要的证据。

柏林藏回鹘文书写汉语文献 U 5335 为澄清玉女这一名称提供了重要旁证。在这一小册子的诸尼师名中也提到 q̈aš q̈atun，如[1]：

cww s̈y ṅy sy:	诸寺尼师
kwq śy ṅy sy:	国寺(?)尼师
tyywq̈ sy ṅy sy:	丁谷寺尼师
q̈'s q'dwn ṅy sy:	q̈aš qadun 尼师
nyswnk q'dwn ṅy sy:	宁戎 qadun 尼师
kym q-q'dwn ny sy:	金花 qadun 尼师
sy sww q̈'dwn ny sy:	西州(?)qadun 尼师

其中，有些尼师的名字目前还无法确认，如 sysww q̈'dwn ny sy（庄垣内正弘教授初步还原为西州(?)qadun 尼师）。kwq s̈y ṅy sy 无疑是指“国寺尼师”，其后的 tyywq̈ syṅy sy 无疑是指“丁谷寺尼师”。关于 q̈aš qadun 尼师之后的宁戎松井太教授有较详细的考证。据他研究，宁戎（在回鹘文文献以 nižüng、nišüng、lišüng 等形式出现）是柏孜克里克千佛洞的名称[2]。有趣的是在 U 5335 中“宁戎”这一名称后使用“qadun 尼师”这一称呼，也就是说，这里的宁戎一名与尼师有关。很有可能，“尼师”之前的 qadun 一词此处也指尼师，应是“尼师”的回鹘语对等语。这样一来，《玉女赞》的主人公并非我们先前所设想的是一个神话人物，而是以佛教转轮王七宝之一的玉女之名称名的尼师，很可能也指以此尼师名命名的佛寺或佛教洞窟。因此，《玉女赞》在不同的诗段描写它所处的位置，形容 q̈aš q̈atun 就处在哈喇火洲的中心。需要注意的是该诗的第 34 行出现 t(ä)ngri burq̈an 这一短语，它在回鹘文文献比较常见，但此处的 burhan 一词的写法与该诗其他地方有所不同，故笔者转写为 burq̈an，与百济康

[1] 见 Shōgaito 等 2015，第 63 页；略有改动。
[2] 见松井太 2011，第 171 页。

义教授和茨默教授的转写有所不同。从上下文看,此处的 t(ä)ngri burq̈an 很可能不是指"佛",而是指"佛寺"和"寺庙",因为韵文的第七段有"我们环视周围,眺望一切,天佛之外我们没有留居之处。"如果这里的 t(ä)ngri burq̈an 指的确实是佛寺,那么它就是玉女寺,而且与宁戎寺一样就在哈拉和卓境内,其地点具体何在,尚待考证。然而,在缀合柏林残片的这一诗行就对这一解释的合理性提出挑战:在这一残片使用 umuγımız"我们的希望",不用 ornumuz,这样就使人怀疑东京藏残片的 ornumuz 可能是 umuγımız 的误写。但这一点需要进一步验证。鉴于在 U 5335 中"丁谷寺尼师"之后紧接着出现"q̈aš qadun 尼师",茨默教授解释其为丁谷寺(吐峪沟寺)的尼师[1]。笔者认为,这种解释缺乏证据。需要提到的是,根据 U 5335 的上述片段,除了玉女外,吐鲁番还有叫做"金花 qadun 尼师"的尼师,也许它也暗示还存在一个"金花寺"。

1.《玉女赞》的内容和韵文结构

1.1 诗歌的主要内容

经对目前能看到的三种抄本进行分析,笔者认为,回鹘文《玉女赞》至少由十四段四行诗构成。其前六段主要赞颂回鹘人称作 q̈aš q̈atun "玉女"的人物,其名无疑与转轮王七宝中的第五玉女宝有关。其中,第一段以第一人称单数的口气谈到 q̈aš q̈atun 的生平和族源,赞誉她是满足一切愿望的公主。需要提到的是,首次刊布该残片的百济康义教授把 q̈aš q̈atun 译作"翡翠夫人"。笔者认为,虽然 q̈aš q̈atun 完全可以译作"翡翠公主"或"翡翠夫人",但从文中的有些描述来看,这一译法并非没有问题。在诗歌的第二段有这样的描述:

ädgün barmıš burhan ärdini bašıṅ üč ärdini-lärtä.
ägsümäksiz bäk q̈atıγ süz-ük kertgünč köngül-lüg ärdüküngüz üz-ä
äsringü ärdini-lär üz-ä etilmiš ätöz-lüg bolmaqıngız-tın ymä
ärdinin säviglig tep änätkäklär siz-ṅi atayu[r]-lar t(ä)ngrim ::

---

[1] 见 Zieme 2015,第 3 页。

汉译：

比起以善逝佛宝为首的三宝，
因你有应有的坚定、洁净的信念，
因你有种种珠宝和装饰才有的美姿，
印度人称呼你“以宝得爱”，啊我天神！

关键是，这一诗段第四行的 ärdinin säviglig tep änätkäklär siz-ṅi atayu[r]-lar“印度人称呼你以宝得爱”。如何理解和复原 ärdinin säviglig 一直是个难题。笔者近期发现，ärdinin säviglig 其实应是梵语 strī-ratna 的回鹘语译语，而 strī-ratna 在汉语中的对等词就是玉女，即转轮王七宝中的第五个，也是对美女的称呼。在梵语中，有时转轮王七宝中的玉女也被称作 kanyā-ratna，此时，汉文译作“宝女”[1]。这就是说，该诗赞颂的只能是玉女。笔者曾构拟一些有可能是 ärdinin säviglig 原码的梵文词语，今不取。茨默教授认为，ratnarucira 应是与 ärdinin säviglig 对应的梵语术语，因为在一个梵语—回鹘语双语文献残片中作为 säviglig 的对等语使用过 rucira[2]。但是，据我所知，目前为止无法证实 ratnarucira 作为一个术语来使用且指某一尼师的情况。此外，在另一件梵语—回鹘语双语文献残片中，与 säviglig 对等的不是 rucira 而是 manojñarūpa-[3]，这就是说，仅仅根据在某一文献的对等词来构拟梵语原码不一定很准确，而且选用哪一种会成为一个问题。

在确定 q̈aš q̈atun 的语义方面，该残片第十四行的短语 qašlıγ qıdıγlıγ 也具有重要的参考意义。诗的这一部分在说明她为何被叫作 q̈aš q̈atun 时，这样写道[4]：

---

〔1〕 见平川 1997，0819。在台湾，玉女作为肉身菩萨或全身舍利的一种加以崇拜，参见 Gildow 2005。

〔2〕 详见 Zieme 2015，第 2～3 页。

〔3〕 见 Maue 2015，第 94 页。

〔4〕 关于这一段诗茨默教授建议做另一种构拟，详见 Zieme 2006，第 1159～1160 页；Zieme 2015，第 3 页。但这一构拟与韵文的基本音节结构分布不太相称。笔者维持百济康義 2001 和阿不都热西提·亚库甫 2014 的构拟。

q̈art qadıra qy-a basγ̈uq-$_{13}$larıṅ q̈ašıṅčıγ körklä,
qa(r)lıγ buz $_{14}$-luγ taγ sängir-läriṅtä q̈ašlıγ q̈ıdı-$_{15}$γlıγ,
qar-a qoču öẓäkin-tä orn(a)γ $_{16}$ tutmaq̈ıngız üz-ä,
qaš q̈atuṅ tep$_{17}$ hayahur-lar siz-ṅi aṭayur-lar t(ä)ngrim ::

汉译:

山峦重重叠叠,优美迷人,
冰雪覆盖,有岸有边,
因你居住在哈喇火洲之中心,
回鹘人把你称作玉女,啊我天神!

此处的 qašlıγ qıdıγlıγ 似乎不像百济康义教授所翻译的那样表示“有翡翠的、有边的”,而意为“有边的”或“有尽头的”,因为这一短语的两个组成成分中的 qaš 和 qıdıγ 意义相近,分别表示“岸”和“边”。他们一般一起使用,构成通常被称作双词的合成词。其中,第一个词 qaš 也可看作是具有“翡翠”之义的 qaš 的同音词,它除了表示“岸”外,还具有 “眉毛”、“山眉”等比喻意义〔1〕。因此,由这一 qaš 派生出来的 qašlıγ 很难译作“有玉的”或“有翡翠的”,在韵文作者看来似是与 qašlıγ qıdıγlıγ“有岸边的”密切相连的 q̈aš q̈atun 也很难译作“翡翠公主”或“白玉公主”,译作“山边公主”似乎更为妥当。也许她像雪山神女一样,是自然的人格化,即哈拉和卓所在山脉的人格化。如果是这样,译作“山边公主”也许更符合诗作的原意。韵文作者在此处通过使用与具有“翡翠”之义的 qaš 同音关系的 qaš 为关联点,使用 qašlıγ qıdıγlıγ“有岸边的”,似乎是在暗示与之密切相连的 q̈aš q̈atun 的另一层意义。q̈aš q̈atun 这一名称可能与佛教转轮王七宝之中的玉女(也称圣玉女、玉女宝)有关,是“玉女”的直译,但在《玉女赞》中该词还指以玉女之名命名的佛寺。公主的名字一般人都希望起得优美,故暂采用“玉女”的译法。

该诗的第二段进一步谈到玉女不仅具有绝不欠缺、坚定、洁净的信念,而且还拥有各类珠宝装饰的美姿。第三段形容她无处不在

〔1〕 参见 EDPT,669ab。

的美姿，并说明回鹘人之所以称其为“翡翠公主”或“玉女”，是因为她居住在哈喇和卓的中心。第四段和第五段在形容她以雪饰做成的杰作、闪闪发光的花冠、到处散发之金光装饰，同时还赞颂她恩赐美丽的雨水，到处为人类之子谋利。第六段的赞颂可说是达到了顶点，形容玉女借天发光，是日天之种，她的住处是以美姿发光的池水，呼喊高飞的云群是她的乘车，而起泡急流的洪水是她的赐物，赞诗也就到此结束。从第七段起，作者使用第一人称复数哭诉回鹘佛教社会的惨状，并祈求玉女护持天佛拟予的教诲，这样写道：

tägirmiläyü körüp barča-qa $_{34}$tälmir-sär biz ymä
t(ä)ngri burq̈an-$_{35}$ta taša ornumuz q̈almadı
tätrü biz-$_{36}$ing qılıšım(ı)z-ṅı sanγ̈ar-madıṅ
t(ä)ngri $_{37}$ burhan-ṅıng tutuẓmıš y(a)rlıγ̇ın $_{38}$ küẓädingä t(ä)ngrim::

汉译：

我们环视周围，眺望一切，
天佛之外我们却并无居处。
请别深究我们的过错，
护持天佛拟予的教诲吧，啊我天神！

该诗的第八和第九段以更生动的语言说明护持佛之教诲、保护佛说的紧迫性，充分反映诗人对于回鹘佛教遭到破坏、面临危机的深深忧虑。虽然诗人并未提到佛的教训遭到修改、僧众走向没落的原因是什么，但从诗歌可以看出，诗人对于玉女保护佛法、挽救回鹘佛教寄予厚望。其后的各段破损比较严重，显然是表示诗作者对玉女的各种祈求和希望。值得注意的是，诗歌的后一部分的请求多与水有关，说明该诗作者除了希望玉女保护佛教徒，还希望玉女帮助佛教徒在酷热的吐鲁番改善吃水问题。

该诗的有些词句重复出现，如第十九和第二十行的 q̈alangurup örlär bulıt basγuq̈ kölüklügüm“高高飞翔的云群是你的乘车”以 köküräp örlä(r) bulıt basγuq̈ kölüklügüm“呼喊高飞的云群是你的乘车”的形式出现在第三十和第三十一行；第二十、第二十一行的

yaγmur suvı ögdirligim “你像雨夹雪,是我的回报”也出现在第二十六行。第二十一、第二十二行的 ÿamaγ yalanguq oγlan-larınga asıγlıγım“你是所有人类之子的益友”和第二十六、第二十七行的 yapa yalnguq oγlan-larıṅga asıγlıγım“你是一切人类之子的益友”的内容也基本相同,其间的差异也只有一词,明显是因押韵的要求所作的小小调整。这似乎是为了通过反复强调特别突出玉女的某些特殊之处。

1.2 韵文结构

诗行的音节数并不相等,虽然绝大多数诗行由 13 至 16 音节构成,但有些诗行只有 11 音节,有些诗行的音节数超过 20 个,第十二段的第二行却只有 9 个。诗歌的韵律结构大致如下:

第一段	a	3 +2 +5 +4 +2 =16
	a	[5 +1] +1 +2 +3 +2 =14
	a	2 [?] +3 +1 +3 +2 +2 =13(?)
	a	2 +4 +4 +3 +3 =16
第二段	ä	2 +2 +2 +3 +2 +1 +5 =17
	ä	4 +1 +2 +2 +2 +3 +4 +2 =20
	ä	3 +4 +2 +3 +3 +5 +1 =21
	ä	3 +3 +1 +3 +2 +4 +2 =18
第三段	qa	1 +4 +4 +4 +2 =15
	qa	2 +2 +1 +5 +2 +3 =15
	qa	4 +2 +4 +2 +4 +2 =18
	qa	1 +2 +1 +4 +2 +4 +2 =16
第四段	qa	2 +2 +1 +4 +5 =14
	qa	4 +2 +2 +2 +4 =14
	qa	3 +1 +2 +2 +4 =12
	qa	2 +3 +5 +4 =14
第五段	ya	2 +4 +2 +2 +4 =14
	ya	3 +3 +2 +2 +2 +4 =16
	ya	3 +3 +2 +2 +4 =14

	ya	2 +2 +5 +4 =13
第六段	kü	2 +3 +1 +2 +4 =12
	kö	2 +3 +1 +2 +4 =12
	kö	3 +2 +2 +2 +4 =13
	kö	4 +2 +2 +3 +4 =15
第七段	tä	5 +2 +3 +3 +1 +1 =15
	tä	2 +3 +1 +3 +3 =12
	tä	2 +2 +6 +4 =14
	tä	2 +3 +3 +3 +4 +2 =17
第八段	a	3 +4 +2 +3 +1 =13
	a	2 +4 +2 +2 +2 +2 =14
	a	3 +2 +2 +3 +5 +2 +5 =22
	a	2 +2 +1 +2 +2 +5 =14
第九段	a	2 +3 +2 +4 +5 =16
	a	2 +1 +2 +2 +3 +2 +4 =16
	a	3 +2 +2 +1 +2 +1 +2 +2 =15
	a	3 +2 +2 +4 +2 +2 =15
第十段	ya	2 +3[ ]3 +3 =?
	ya	2 +2 +4 +3 +2 =13
	ya	3 +3[ ] =?
	[ya	] =?
第十一段	[ya	] =?
	[ya	] =?
	[ya	]3(?) +4 =?
	ya	1 +1 +3 +1 +4 +4 =14
第十二段	kö	3 +[3] +3 +5 =14
	kö	3 +3 +3 =9
	kö	[ ]? +3 +2 =?
	[kö	]? +3 +2 =?
第十三段	kö	1 +1 +3 +4 [ ] =?
	[kö	]? +3 +2 =?

	kö	4(?) +2 +2 [	] =?
	[kö		]? +3 +2 =?
第十四段	kü	1 +3 [	] =?
	[kü		] =?
	[kü		]? +5 +4 =?
	[kü		] =?

在三个残片缀合而成的柏林残片中，相当于第八段的诗段出现在第七段之前。

2.《玉女赞》的标音转写、汉译和语注

2.1 标音转写

1 $_{01}$alqınčsız [ükü]š[1] ärdini-lär-ning aγılıqı $_{02}$ bolmıš
[anavatapte[2] t]aluy ögüz suvınta qalmıš
$_{03}$atlıγ [külüg] vasuki luu hańınta $_{04}$tuγmıš ärip
al[qu k]üsüš-lärig qandu-$_{05}$rtačı qunčuyum ärür-siz ::

2 $_{06}$ädgün barmıš burhan ärdini bašıń üč $_{07}$ärdini-lärtä.
ägsümäksiz bäk qatıγ $_{08}$süz-ük kertgünč köngül-lüg ärdüküngüz
$_{09}$ üz-ä
äsringü ärdini-lär üz-ä etilmiš $_{10}$ätöz-lüg bolmaqıngız-tın ymä
ärdinin $_{11}$ säviglig tep änätkäklär[3] siz-ńi atayu[r]-$_{12}$ lar
t(ä)ngrim ::

3 qart qadıra qy-a basγuq-$_{13}$larıń qašıńčıγ körklä
qa(r)lıγ[4] buz $_{14}$-luγ taγ sängir-lärińtä qašlıγ qıdı-$_{15}$γlıγ

〔1〕 Ch/U 7513：üküš。
〔2〕 百济康義 2001：[anavapat]。Zieme 2015 也主张这一读法。
〔3〕 该词写作'ntk'k'k l'r。
〔4〕 这一转写是根据 Ch/U 7513 第四行的 qar-lıγ；见 Zieme 2015，第 2、4 页。

qar-a qoču öẓäkin-tä orn(a)γ $_{16}$ tutmaq̈ıngız üz-ä
qaš q̈atuṅ tep ^{17} hayahur-lar siz-ṅi aṭayur-lar t(ä)ngrim ::

4 $_{18}$qar-a taγ-ta q̈ar eṭig-lärin yaraṭıγ-$_{19}$lıγım
q̈alangurup örlär bulıt basγ̈uq̈ $_{20}$kölüklügüm
q̈arınču täg yaγmur $_{21}$ suvı ögdir-ligim
q̈amaγ yalanguq oγlan-$_{22}$larınga asıγ-lıγım ::

5 $_{23}$yašnap yaltırıyu yašıṅ burq̈ı pasak-$_{24}$lıγ-{γ}ım
yadılur sačılu turur〔1〕altun $_{25}$ y(a)ruq eṭiglig-im
yaraγu säviglig $_{26}$ yaγmur suvı ögdirligim
yapa $_{27}$ yalnguq oγlan-larıṅga asıγ-lıγım ::

6 $_{28}$ künin yaltrıyu(r)〔2〕küṅ t(ä)ngri uruγluγum
$_{29}$ körkin yašınayur köl suvı orun-$_{30}$luγ̈um.
köküräp örlä(r) bulıt bas-$_{31}$γ̈uq̈ kölük-lügü{gü}m
köpik-läṅip $_{32}$ aqar〔3〕tašq̈ın suv-ları{γ} ögdir-$_{33}$ligim ::

7 tägirmiläyü körüp barča-q̈a $_{34}$tälmir-sär biz ymä
t(ä)ngri burq̈an-$_{35}$ta taša〔4〕ornumuz〔5〕q̈almadı〔6〕
tätrü biz-$_{36}$ing qılıšım(ı)z-ṅı〔7〕sanγ̈ar-madıṅ

〔1〕 Ch/U 6598 + Ch/U 6599 + Ch/U 6407：yadılu tašılu turur.
〔2〕 Zieme 2015a：[künin yaltrıyur]。
〔3〕 百济康義 2001：aγır；Zieme 2002：agır.
〔4〕 柏林缀合残片：t(ä) ṅgri burqan-tın taš。
〔5〕 柏林缀合残片：umuγımız“我们的希望”；也许东京残片的 ornumuz 是 umuγımız 的误写；见 Zieme 2015a，第 5 页。
〔6〕 柏林缀合残片：id[i] q̈almadın。
〔7〕 柏林缀合残片：ävrišimizni。但这一读法并不准确，似是 aynıšımıznı，但需要进一步探讨。

t(ä)ngri $_{37}$ burhan-ṅıng tutuẓmıš y(a)rlıγ̈ın $_{38}$ küẓädingä
t(ä)ngrim ::

8 $_{39}$aẓ̌ayım(ı)z[1] čar(i)ṭim(i)z ṅäčä arṭasar[2] ymä
aṭı $_{40}$ kötrülmiš-ning ṅomı taq̇ı äsän ärür[3]
$_{41}$ ary-a-saṅg töẓüṅ bursang quvraγ-nıng $_{42}$ḍarmar(a)tna-lıγ
ašın tägiṅür siz-lär
$_{43}$arıγ ıduq nom bošγuṭ üni äšidür $_{44}$siz-lär ::

9 aṭı kötrülmiš burhan šaẓını- $_{45}$ṅıng etiṅ-tükin-tä
ary-a sang töz-$_{46}$ün bursong q̈uvraγ-nıng bodı badtu-$_{47}$qınta
adata kädgü polaṅ q̇ay yurṅı $_{48}$ ymä küsüš bolγay
anča-ta temin. alq̇u $_{49}$ tınl(ı)γ-lar-qa busuš bolγ̈ay ::

10 yaman qaršı-lıγ [qı]*l*ınč-lar eligin
yapa bulung yıngaq-larda yomγıyu ıdıng.
ya[qa]šı [s]äviglig [ ]
[ya]

11 [ya]
[ya]
[ya yaγmu]rın(?) yaγ̈ıtz-un-lar.
yaš ot q̈olunga ı tarıγ̈-larıγ̈ yašartz-un-lar ::

12 körk[lüg kesari a]rslaṅ kölüküngüzṅi.

---

〔1〕 在由三个小残片缀合而成的柏林残片这个词之前还有一个较长的词，因破损严重，现无法复原。

〔2〕 在由三个小残片缀合而成的柏林残片该词之后还有 biz。

〔3〕 这一行在由三个小残片缀合而成的柏林残片以 aṭı $_{40}$ kötrülmiš burhan bahšı-nıng nom-ı taqı äsäṅ y(a)rlıq̈ayur 的形式出现，出入较大。

kökrädü čıq̈radu kölürüp
kök t(ä)ngrikä aγ̈dınıṅg t(ä)ṅgrim.
könilig yinčü sačar-ta yaγmur suv-ların yaγıdz-un-lar.

13 kök ot q̈olunga ı tarıγ̈-larıγ̈ [ ]
[kö]z-uṅ kölidiṅg t(ä)ngrim.
kögüräyü körmiš tarıγ̈-[ ]
[kö]lar-ıγ ölidiṅg t(ä)ṅgrim.

14 küṅ küṅingä [ ]
[kü]
[kü]/l/[ ]ny eltiṅtükiṅtä adaq̈-taq̈ı
[kü]

2.2 汉译

1 曾是诸多无数珠宝之储藏,
曾经留在[无热恼池]河流,
由有名的龙王九头龙所生,
你是我满足一切愿望的公主。

2 比起以善逝佛宝为首的三宝,
因你有应有的坚定、洁净的信念,
因你有种种珠宝和装饰才有的美姿,
印度人称呼你“以宝得爱”,啊我天神!

3 山峦重重叠叠,优美迷人,
冰雪覆盖,有岸有边。
因你居住在哈喇火洲之中心,
回鹘人把你称作玉女,啊我天神!

4 你是我在黑山用雪球装饰的杰作,

高飞、飞翔的云群是你的乘车。
你好比遗产,是我的赐物雨水,
你是所有人类之子的益友。

5 你是我闪电的花冠,闪闪发光,
你是我四处散光的金光装饰。
无比美丽的雨水是你的赐物,
你是一切人类之子的益友。

6 你借天发光,是日天之种,
优美闪烁的池水是你的住处。
高喊高飞的云群是你的乘车,
起泡急流的洪水是你的赐物。

7 我们环视周围,眺望一切,
天佛之外我们却并无居处。
请别深究我们的过错,
护持天佛拟予的教诲吧,啊我天神!

8 无论我们的意行如何变坏,
世尊之法仍然健在。
你们仍得 ārya-saṅgha 圣僧的法宝之食,
仍能听到教授洁净圣法之声。

9 当世尊的佛法遭到修改的时候,
当 ārya-saṅgha 圣僧的氏族走向没落的时候,
连遇灾才穿的破鞋和破衣也会成为所愿,
一切众生将会立即变得忧伤。

10 邪恶、充满争吵的[ ]以[ ]行之手
在所有方向全部扔掉吧。

可[爱]、喜人的[　　　　　　　　]
[　　　　　　　　　　　　　　]

11 [　　　　　　　　　　　　　　]
[　　　　　　　　　　　　　　]
让他们下[　　　　　　　]雨，
让青草、嫩枝和植物更加变绿吧。

12 骑上你美丽[的 kesari]狮子这一乘车，
让他咆哮大声吼叫，
攀上天空吧，啊我天神！
当他散发正确的珍珠时，让他下雨水。

13 把绿草、嫩枝和植物[　　　　　]
[　　　　　]挡住吧，啊我天神。
把归为己有买下的(?)植物[　　]
把[　　　　　]灌溉吧，啊我天神。

14 日益[　　　　　　　　　　　　]
[　　　　　　　　　　　　　　]
[　　　]当把[　]携带时，下面的
[　　　　　　　　　　　　　　]

2.3 语注

第2行[anavatapte t]aluy ögüz suvınta：可译作“在[阿那婆达多池]河流”，也可译作“在[无热脑池]河流”。其中，anavatapte 源于梵语的 anavatapta，意为“无热”，是处于世界中心的一个池子的名称，同时也是一个龙王名(详见中村元 1981，第 1104c)。汉文一般译作阿那婆达多，也作“无热脑池”或“无热池”。回鹘语的 anavatapte 应是通过吐火罗语的媒介借入的。Kudara 2001 作[anavapat t]aluy ögüz suvınta，不妥，阿不都热西提·亚库甫 2014 的

[anavatapte ta] *u*latı ögüz suvınta 也不取(见 Zieme 2015,第 2 页)。至于 anavatapte 在回鹘文文献中的用法详见 UWb 第 131 页。

q̈almıš:百济康义教授读作 qılmıš“曾做”,不妥。该词写作 q̈'lmys,应读作 q̈almıš“曾留在”。该动词前是个地点状语短语,若读作 qılmıš 就无法解释其与其前状语短语的句法、语义关系。

第 3 行 atlıγ [külüg] vasuki:百济康義 2001 作[ ]k vasuki;阿不都热西提·亚库甫 2014 复原为 aγlaq [ ]nk vasuki。鉴于 Ch/U 7513 在此处有 atl(ı)γ küü-lüg,现复原为 atlıγ [külüg] vasuki(见 Zieme 2015,第 2 页)。其中,vasuki 源于梵语 vāsuki,为八大龙王之一,其汉文名为九头龙,为八大龙王中的第四。至于八大龙王的汉文和梵文名称,详见中村元 1981,第 1104c。

第 11 ~ 12 行 ärdinin säviglig:可译作“以宝得爱”或“因宝受到宠爱”,据该诗,是印度人对玉女的称呼,笔者起初疑是梵文类似于 * tṛṣṅā-satya、* āsvāda-satya 或 * ratna-tṛṣṅā、* ratna-āsvāda 等词语的回鹘语意译。鉴于在一个梵语—回鹘语双语文献残片作为 säviglig 的对等语使用 rucira,茨默教授最近主张把 ratnarucira 作为 ärdinin säviglig 的对应语来看待。但是,据我所知,目前为止无法证实 ratnarucira 作为一个术语来使用且指某一尼师的情况。此外,在另一件梵语—回鹘语双语文献残片中,与 säviglig 对等的不是 rucira 而是 manojñarūpa-[1],这就是说,仅仅根据在某一文献的对等词来构拟梵语原码不一定很准确,而且选用哪一种会成为一个问题。笔者近期发现,ärdinin säviglig 其实应是梵语 strī-ratna 的回鹘语译语,而 strī-ratna 在汉语中的对等词就是玉女,即转轮王七宝中的第五个,也用来称呼美女。在梵语中,有时转轮王七宝中的玉女也被称作 kanyā-ratna,此时,汉文译作“宝女”。这就是说,该诗赞颂的只能是玉女。

第 13 行 qašınčıγ körklä:可直译为“惊人地美丽”或“美得惊人”,其结构和意义与现代维吾尔语的 yaman čirayliq 大体相同。一般来讲,qašınčıγ 与 qorqınčıγ 一起使用表示“特别可怕的”(参见

---

[1] 见 Maue 2015,第 94 页。

OTWF,365 页)。在《慈悲到场忏法》qorqınčıγ qašınčıγ 用来翻译汉文“大可怖畏”(见 BTT XXV,第 0797 行)。

第 14 行 qašlıγ qıdıγlıγ:可直译为“有岸有边的”,百济康义教授把前一成分 qašlıγ 译作“带翡翠的”或“有翡翠的”,但是此处 qašlıγ 和 qıdıγlıγ 的意义应当很相近,是属所谓的“双词”(英文:Hendiadyoin),此处译作“有岸边的”或“有岸有边的”比较合适。人名 qaš qatun 当中的 qaš“翡翠”与该词的词根 qaš“岸边”为同音词。

第 15 行 qara qočo:是地名,为元代吐鲁番的回鹘语名称,以这一形式出现是首次,不见于其他回鹘语文献。在蒙文文书的 Qara Qočo 和波斯语的 Qarā Ḫūğū 均为其音译(见松井太 2008,第 30 ~ 31 页)。《元史》等一般作火州、霍州、和州等,应为吐鲁番的古名 Qočo 之音译。而《经史大典图》所见合剌火者和《高昌偰氏家传》的哈喇和卓等(详见徐松著、朱玉麒整理《西域水道记》,北京:中华书局,2005 年,第 119 ~ 121 页)应是吐鲁番在元代的回鹘语名称 Qara Qočo 的音译。欧阳玄解释:“哈喇,黑也,其地有黑山”。见欧阳玄《高昌偰氏家传》(《圭斋集》第十一卷)。伯希和对此地名有专论(详见 Pelliot 1912)。

Qara Qočo 一名的第二成分 qočo 为吐鲁番之古名,应与其相应的汉文地名高昌同源。当时操突厥语诸族首先接触的是汉地西北操脱落喉鼻音-ng 的汉语方言的汉人,例如今日之山西方言。这类方言在读高昌一类的词时,失去鼻音。这应是高昌的突厥语名称 Qocho 的来历。辽以后,这个突厥语读法的高昌名称重新传入内地,汉人译作和州或火州(见欧阳玄《高昌偰氏家传》(《圭斋集》第十一卷);刘迎胜 2006,第 581 ~582 页)。

据《魏书 · 高昌传》称:“高昌者,车师前王之故地”,“地势高敞,人庶昌盛,因云高昌。亦云:其地有汉时高昌垒,故以为国号。”刘义堂先生考证该地名之来源称:“盖汉时有高昌壁,或以其地高敞,人物昌盛,故名之曰高昌;突回族人入居后,将汉文‘高昌’译作突回语 QOCO, QOÇO, QOCHO, QOJO, ……,又因作其都城,故曰 KARA QOCO,意为‘神都高昌’。后人不察 KARA QOCO 一称之由来,将其转译为汉文时,故未能慎用原名‘高昌’,而仅应其主见逐译，遂有前述之各种，并进误解其字义”（参见刘义堂著《维吾尔研究》之四，《回鹘西迁居地考》，台北：正中书局，1975 年，第 169 页）。回鹘语和蒙古语的 qara 均意为“黑”，在回鹘语中也有“粗”、“大”、“平淡”等比喻意义，如 qara quš“巨鸟”（指金翅鸟或大鹏金翅鸟）、qara bodun“平民”等，但该词是否具有“神都”之意，无从考证。

据冯·佳班教授的意见，回鹘语的 qočo 既不是突厥语又不是汉语，因为高昌二字的意义与低于海拔 154 米、平均高低也低于塔里木盆地其他区域的吐鲁番盆地的地理特征不相符（参见 Gabain 1973，第 219 页）。

王素先生根据《十三州志》记“高昌壁，故属敦煌”，出土文献记西汉敦煌县已有高昌里，认为高昌之名因敦煌县高昌里派出的屯戍士卒而得（参见王素 1992 和王素 2002，第 214 页）。

柳洪亮先生认为，在《元史·始祖本纪》记载的“合剌所部和州”与火州城易主为合剌所部据有的客观事实有关（参见柳洪亮 2006，第 721 ~ 723 页）。

当今，源于 Qara Qočo 的 Qara γoǰa（汉文一般译作哈拉和卓）一名作为位于吐鲁番市东南的高昌古城和恰特喀勒乡内的一个村名（汉文作喀拉霍加）仍在使用，该城被当地人称作 Idiqut šähri，即亦都护城。柏林藏回鹘文残片 U 5996 的 Qara Qoča 应是由 Qara qočo 的矫枉过正，现行地名 Qara γoǰa 直接源于这一形式。也许 U 5996 的 Qara Qoča 的实际发音与当今 Qara γoǰa 相同或接近。

第 17 行 hayahur-lar：应指“回鹘人”或“畏兀儿”。但在鲁尼体突厥文和回鹘语文献当中，回纥、回鹘或畏兀儿的称呼一般为 uyγur。此处的 hayahur 十分特别，也许与 uyγur 的梵语形式有关。在柏林收藏一件回鹘文—婆罗米文文献残片中，文中加写的婆罗米文 Daśa haihu[ra]明显是通常称作 on uyγur“十姓回鹘”的部落名的一对一梵语译名（参见 Zieme 1992，第 77 ~ 78 页 和 Zieme 1994，第 225 页）。在柏林亚洲艺术博物馆藏带有弹压孙像的印本回鹘语题记 tanyaṣin čingčining körki ol“这是弹压孙承旨的像”下面，佛像上面书写的梵文起源文 d 的第二行也出现 haihurabhāṣā 一语，桑德（Lore Sander）博士倾向于把它解释为“回鹘家族”（详见 Sander 1994，第 106 ~ 108 页）。此外，在柏林亚洲艺术博物馆藏编号为

MIII 7830 的一件木杵上面也有[d]aša hayhur el-kä"对十姓回鹘之地"或"往十姓回鹘之地"的文字。hayahur 也许与回鹘语汉文译名"回鹘"的中古汉语发音或与 uyγur 一词在邻近民族语言当中的发音有关。关于 uyγur 一词来源的解释见 Doerfer 1965,第二卷词条 626。茨默教授认为,此处应读作 hayhur(见 Zieme 2015,第 4 页)。但该词在此处的写法明显是 q̈'y'q̈wr l'r,无法读作 hayhurlar;他对该词写法的解释难以接受。

第 20 行 q̈arınču:百济康义教授译作"霙(?)",但未作解释。阿不都热西提·亚库甫 2014 解释为动词 qar-"混合、掺入"缀接-(X)nčU 构成的名词,意为"混合物"或"融合",并进而提出,这里是指"雨夹雪"。茨默教授不赞成这一解释,他写道,"回鹘语诗歌根本没有提到雪",并将 q̈arınču 与《突厥语大词典》具有"阻塞"、"溢出"等意义的动词 qar-(见 Dankoff 1982 - 1985,第 524 ~ 525 页)联系起来,认为由这一动词派生的 q̈arınču 可以解释为"洪水"(Flut)。他进一步解释说,这里指的不是真正的洪水,因为它会意味着灾难。这里的仅仅是一个诗歌形象,即"像洪水般的雨水"(见 Zieme 2015,第 4 页)。《突厥语大词典》的这一动词实际有更详细的说明,丹阔夫译作 overflow (water from canal in winter),也就是说,这里的动词 qar-不是指通常我们理解的"发洪水"或"泛滥",而且是指因冬天沟渠的雪和水冻结,流入其上的水之溢出(详见 Dankoff 1982 - 1985,第 525 页)。因此,即便此处的 q̈arınču 源于这一动词,也难以解释为"洪水"(Flut),而只能是"漫过"、"外溢"或"充溢"。也许,百济康义教授也把 q̈arınču 与该动词联系起来,译作"霙(?)",但是否真的如此,不得而知。从另一方面,该词也可以由具有"腹部"、"子宫"、"理智"等意义的 qarın 缀接-čU 构成,如是那样,此处可能是指很重要的身体部位,因为 qarın 是孕育处,确实很重要。当然,也不能完全排除 q̈arınču 是 q̈alınču"残余"(见 OTWF,第 288 页;庄垣内正弘 2008,第 615 页)之误写的可能性。如是这样,应指"遗物"、"剩余财产"、"遗产"等意义。其实,qarınču 这个词也见于敦煌发现的一件早期回鹘文信札(见 Hamilton 1986,23,10),茨默教授当时建议读作 qanınču"满意"(见 Zieme 1989)。后来,尔达里教授指出,qarınču 可能是 qalınču 的误写，与笔者的推测一致。笔者认为，将此处的 q̈arınču täg yaγmur suvı ögdir-ligim 描述的内容用“雨水像洪水”（Regen-Wasse wie Flut）来解释不太合适。本书倾向于将 q̈arınču 作为 q̈alınču 的误写或另一变体来解释，意为“遗产”。

第 28 行：künin yaltrıyu(r)：茨默教授将由三个残片缀合的柏林残片复原为 künin yaltrıyur（见 Zieme 2015a，第 1 页）。但是，东京残片中清楚地写作 y'ltryyw，无法读作 yaltrıyur。鉴于每一行的谓语动词均以不定式形式出现，不能排除此处将 yaltrıyur 误写作 yaltrıyu 的可能性，这里转写为 yaltrıyu(r)。

第 29 行 yašnayur köl suvı：百济康義 2001 作 yašnayu，阿不都热西提·亚库甫 2014 读作 yašuyur，都不取。柏林残片有 yašınayur köl suvları（见 Zieme 2015a）。

第 34 行 t(ä)ngri burq̈an：译作“天佛”，但此处的 burhan 一词的写法与该诗其余部分的拼法有所不同，故转写为 burq̈an。

第 39 行 aẓ̌ayım(ı)z čar(i)ṭim(i)z：可译作“我们的意和行”。Aẓ̌ay 来自梵语 āśaya，其中介形式为吐火罗语的 āśa，具有“心性”、“意向”等意义。汉文佛经有时音译为“阿奢也”，也有意译的“心”、“精神”、“意向”等（详见 UWb，328a；中村元 1981，4c）。在回鹘语文献当中，aẓ̌ay 常与 čarit（源于梵语 carita）一起使用。

第 42 行 ḍarmar(a)tna-lıγ：鉴于柏林缀合残片有 darmadan-lıγ 茨默教授建议读作 darmadan-lıγ（darmadan < Skt. Dharmadāna 法施）（见 Zieme 2015，第 5 页）。从上下文看，darmadan-lıγ 也是可以的，但东京残片确实写有 t'rm'rtn' lyq，难以读作 darmadan-lıγ。

第 46 行 polaṅ ḥay：似是源于汉语“破烂鞋”。其中，ḥay 为鞋的中古汉语发音 xɦja：j 的回鹘语音译，也见于早期汉语借词 saphay “靸鞋”，其中古汉语音为 sap xɦja：j（见 Geng et. al 1989，第 4、15 行）。Saphay 也见于回鹘文《弥勒会见记》（哈密本）第二章第十叶第 26 行。Polanhay 一词在维吾尔语吐鲁番方言以 polaŋxäy 的形式仍在使用，意为“陈旧”、“破烂不堪”。

Q.《回鹘可汗和回鹘汗国赞》

0. 引言

柏林—勃兰登堡科学院吐鲁番学研究所所藏一件回鹘文佛教文献《长老尼偈经》(编号 U 1864[T II Y 22])的背面写有 17 行头韵诗,为回鹘汗国回鹘可汗赞。除了题目(第一行)和文末的短句,即书写者记录之外,该文献包含 23 个诗行,构成 5 个结构不同的诗段。首次对该诗进行研究的是彼得·茨默教授,他的研究由一个简短的引言、原文的标音转写及其德译以及对一些书写、语言问题的注释构成,收录在他的著作《回鹘人的佛教内容头韵诗》(BTT XIII)中[1]。后来,茨默教授在其专著《吐鲁番和敦煌出土回鹘人的头韵诗》做了进一步简要介绍[2]。他把该诗定为回鹘文赞诗(uigurische Hymne),并认为,这是对回鹘汗国的赞诗,也赞颂回鹘汗国可汗[3]。但他未能确定该诗赞颂的 alpın qutın yegädmiš arslan bilgä han "以勇敢和福气超人的智慧狮子王"到底指谁。除了蒙古草原建立的所谓鄂尔浑回鹘汗国(也称东部回鹘汗国),还有在吐鲁番建立的高昌回鹘汗国(也称西回鹘汗国),在蒙元时期 uyγur 一般被译作畏兀儿,其首领称亦都护(Iduq q̈ut)。本文提到的回鹘汗国和回鹘王好像指的不是鄂尔浑回鹘汗国及其可汗。在高昌回鹘汗国的国王当中,有一位叫做 Kün ay tängridä qut bulmıš uluγ qut ornanmıš alpın ärdämin el tutmıš alp arslan qutluγ köl bilgä t(ä)ngri han,他的名字包含本文献所提到回鹘可汗名的一些重要成分,他在位时间大约在公元 1017 年至公元 1031 年之间[4]。更重要的是,该诗所赞颂的 alpın qutın yegädmiš arslan bilgä han 与其有明显的差异,很难断定为一人。

---

〔1〕 见 Zieme 1985,第 153 ~ 155 页。

〔2〕 见 Zieme 1991a,第 205 ~ 226 页。

〔3〕 见 Zieme 1985,第 153 页。

〔4〕 详见 Moriyasu 2004,第 224 ~ 225 页。其名称在不同文献中的形式见 Rybatzki 2006,第 168 ~ 170 页。

从该诗的语言特点和书写特点来看,虽然使用比较工整的写经体书写,但它似乎属于晚期回鹘语文献。诗歌使用具有“有智慧的”、“智者”、“英明”等意义的蒙古语来源借词boγta,说明写本年代可定为蒙元时期[1]。也许,该诗赞颂的回鹘汗国是指西回鹘汗国,诗中提到的回鹘可汗 arslan bilgä han 也许是反复出现在 U 4757(T M12)等一些回鹘文印本跋文中的 Arslan bilgä tängri elig[2]。其中一个跋文是以宽徹·亦都护(Könčök Iduq q̈ut)的口气转让他托人印刷的《大乘无量寿总要经》的功德[3],文中出现 Arslan bilgä tängri elig atam kiräšiz ıduq qut 这一短语,可译作“阿斯兰·毗伽·天汗,我的父亲 Kiräšiz 亦都护”。茨默教授把 Kiräšiz 与《元史》卷一百八出现的高昌王月鲁哥(Ürlüg,1262 年~1305 年)的孙子吃剌失思,即吃剌失思·亦都护视为同一人物[4]。吃剌失思又称达里麻吃剌(Dharmakira),即 Tarmaširin。吃剌失思·亦都护的在位时间应在1309 年之前,因为他死于 1309 年。可是,史学界一般把宽徹·亦都护视为 1330 年导致沙洲西宁王分裂的 Qaban 之子[5]。宽徹·亦都护大约在公元 1309 年至公元 1334 年之间在位。如果真的是这样,该诗的书写年代可定为 14 世纪前期,诗歌赞颂的回鹘可汗也应是畏兀儿亦都护家族。但是,该诗提到的 Arslan bilgä han 的名字之前还有 Alpın qutın yegädmiš“以勇敢和福气出色”的修饰成分,在回鹘文文献这一修饰成分在上述跋文中不见于宽徹·亦都护父亲的回鹘语名称之前。如果 Alpın qutın yegädmiš arslan bilgä han 才是一个完整的名称的话,那么它与宽徹·亦都护的父亲的回鹘语名称确实有些差别。耐人寻味的是,在北京国家图书馆藏回鹘文《畏吾尔写经残卷》也有一个畏吾尔亦都护的赞诗,但它提到宽徹·亦都护的名字,应是宽徹·亦都护的赞诗。

诗歌的书写时代和语言特征并不一定与诗歌的赞颂对象直接

[1] 见 Zieme 1985,第 153 页。
[2] 详见 Kasai 2008,Nr. 40,Nr. 42,Nr. 144,Nr. 149。
[3] 见 Zieme 1985,第 158~159 页。
[4] 见 Zieme 1985,第 158 页,脚注 41.9。
[5] 详见杉山正明 2004,第 360 页。

有关,也许该诗的创作时代相对较早,蒙元时期的抄写者有可能带入自己所处时代语言的某些特征和书写特点。尽管如此,把该诗书写或抄写的书写时代确定为14世纪应该是可以的,但把其赞颂的对象确定为宽徹·亦都护,即Arslan bilgä t(ä)ngri elig暂无足够证据。就名称而言,该诗的Arslan bilgä han和一些回鹘语跋文出现的Arslan bilgä t(ä)ngri elig之间虽有清晰的语言差别,二者是否同样指同一可汗或亦都护,即宽徹·亦都护的父亲尚待考证。因为,在回鹘汗国可汗名中极为相似而因一语之差相互区别的名称比较多。总之,把这一首赞诗的赞颂对象很肯定地确定为宽徹·亦都护的父亲还有一定的难度。

1. 诗歌的内容与韵文结构

该诗的标题使用晚期回鹘语诗歌较常见的形式,同类标题也见于U 4757(TM 12)和《成吉思汗家族赞》等。因诗歌的主要赞颂对象为回鹘汗国和回鹘可汗,每段诗的结构也是围绕这一主题安排的。例如,第一段的前两行赞颂回鹘汗国,第三、第四行赞颂回鹘可汗,其后的第五、第六行又赞颂回鹘汗国。第二段采用与第一段不同的头韵形式,其前两行赞颂回鹘可汗,而第三、第四行赞颂回鹘汗国,其后的第五、第六行又赞颂回鹘可汗。第三段的结构更为清楚,其前两行赞颂回鹘汗国,后两行赞颂回鹘可汗。稍有区别的是第四段,其前两行赞颂回鹘汗国,其后的三行赞颂回鹘可汗,最后一段只由赞颂回鹘可汗的两行构成。总的来说,先赞颂回鹘汗国,紧接着赞颂回鹘可汗是该诗的基本内容结构。该诗韵文结构可简单描写如下:

标题		
第一段	a	4 +3 =7
	a	3 +2 +4 =9
	a	2 +2 +3 =7
	a	2 +2 +4 =8
	a	2 +3 +3 =8
	a	3 +2 +2 +4 =11

第二段	u	2 +3 +3 =8
	o	2 +3 +3 =8
	u	2 +2 +3 =7
	o	2 +2 +4 =8
	u	? +2 +4 =?
	o	2 +3 +4 =9
第三段	bo	2 +2 +3 =7
	bo	? +1 +2 +4 =?
	bo	1 +4 +4 =9
	bo	4 +3 +4 =11
第四段	ta	2 +3 +2 =7
	ta	3 +2 +4 =9
	ta	2 +3 +3 =8
	ta	2 +3 +3 =8
	ta	2 +4 +4 =10
第五段	ya	3 +3 =6
	ya	3 +2 +4 =9
尾注		

可见,除了第二段和第五段之外,其余诗段的第一行均由6个音节构成,多数诗行由7至9个音节构成,只有一个诗行由10音节构成,有两个诗行由11个音节构成,均为赞颂回鹘可汗的诗行。第二段的第四行和第三段的第二行因文书破损音节数无法确定,但从该诗的音节结构特点来看,均应由10至11个音节构成。

2. 原文的标音转写、汉译和语注

2.1 标音转写

$_{01}$bo ymä [a]lqıš-lıγın [adrulmıš] $_{02}$ uyγur elimiz-a

1 $_{03}$alqıš-lıγın adrulmıš
alqatmıš uyγ̌ur $_{04}$elim(i)z-a

alpın q̈utın yegädmiš
$_{05}$ars(1)an bilgä hanımız-a
alnın $_{06}$ulalur tamdulur
aḍruq-luγ uyγur $_{07}$biz-ning elim(i)z-a

2 utar yegädür ädräm-$_{08}$lig
orta törümiš hanım(ı)z-a
uyur $_{09}$üküš boḍun-luγ
onlar uyγur elim(i)z-a
ut[ ]$_{10}$ta idi bilig-lig
orta törümiš $_{11}$hanım(ı)z-a

3 boγta boγur boḍun-luγ
bo[ ] $_{12}$bir uyγur elim(i)z-a
boḍ köṭür-mi[š]-l[är(?)] $_{13}$ärkligi
bodis(a)t(a)v uγuš-luγ [han]ım[(ı)z-a]

4 $_{14}$taluy ögüz täg atlıγ
tanglančıγ uyγur $_{15}$elim(i)z-a
$_{16}$taγ-lar hanıtäg adruq-luγ
taγ-lar hanıtäg aγır-lıγ
tavč(an)g $_{17}$basuruq-luγ hanım(ı)z-a

5 yayutda säm-$_{18}$rimiš
yaqıš-lıγ uyγur elim(i)z-a

alınur $_{19}$tep bitiyü tägintim

2.2 汉译

1 在受人称赞上超越一切，
啊，我们值得称赞的汗国！
以勇敢和幸福胜过一切，
啊，我们智慧的狮子汗！
以荣耀传承辉煌，
啊，我们出色的汗国！

2 赢过、胜过（一切），道德高尚，
啊，我们生在中间的汗！
能干、拥有广大民众，
啊，我们十姓回鹘汗国！
[ ]的主人、贤者，
啊，我们生在中间的汗！

3 神圣、旺盛、拥有民众，
啊，我们这[ ]独一无二的回鹘汗国！
支撑氏族者当中之强者，
啊，我们的菩萨类可汗！

4 像大海一样有名，
啊，我们惊人的汗国！
像山王一样出众，
像山王一样尊贵，
啊，我们以道场为支撑的可汗！

5 靠牧草变得富饶，
啊，我们可爱的回鹘汗国！

我认为“会接受”而写之。

2.3 语注

第5行 alnın：尔达里教授曾指出，也许是 y(a)lnın“以火光或辉煌”，因押韵之需要写作 alnın(详见 OTWF，第674页，脚注360)。笔者暂时采用这一解释。

ulalur：意为“传下去”、“被继承下来”，彼得·茨默教授读作 ilil-，也不排除读作 ululur 的可能性。同时，他还指出，这主要是鉴于其后的动词 tamdul-表示“被燃烧”。笔者认为，该动词也与 tamdul-同义，也许是 ılı-(见 EDPT 919a 的 yılı-比较)的被动形式(详见 Zieme 1985，第154页，脚注39.6)。但是，就像尔达里教授所指出的那样，ilil-在此处没有任何意义(详见 OTWF，第674页，脚注360)。笔者认为，alnın 在此处很可能是 yalın“荣耀”的工具格形式，因押韵的需要省略起音 y(详见 OTWF，第674页，脚注360)。其后的动词应为 ulal-，是动词 ula-“连接”的被动形式，此处表示“传承”。而此后的 tamdul- 此处不像是表示“被燃烧”，而表示“辉煌”、“闪闪发光”等。

第11行 boγta：来源于蒙古语 bogda“神圣”、“圣人”、“最高的”、“圣尊的”(参见 Zieme 1985，第154页；张志忠主编 2002，160a)，该词在中古蒙古语也表示“有智慧的、智者”(见 Cerensodnom & Taube 1993，第208页)。

boγur：出现在回鹘文《大唐大慈恩寺三藏法师传》第四卷，如：bo kaling el küntün änätkäk tetir, on sängräm, beš yüz toyın ol.(barča) sitaviraki nikaydaqı nom tutarlar. öngrä bo kaling eltä kiši ärtingü boɣur köp yigi ärdi，相当于汉文本的“伽蓝十馀所，僧五百馀人，学上座部法。往昔人极殷稠”(《大正藏》卷五十，2053号经，0241a20－21)。据此，茨默教授把 boγur 解释为“多”(viel)(见 Zieme 1985，第154页，脚注39.14)。笔者认为，此处的 boγur 相当于汉语的“殷”，而殷除了“多”之外，还表示“丰富的”、“充裕的”、“旺盛的”等意义，此外也用来指深红色，也用作姓。此处，该词与 boγta“神圣”一起使用，表示“旺盛”。

第12行 boḍ köṭür-mi[š]-l[är(?)]：暂译作“支撑氏族者”，茨默教授读作 boḍ köṭür-mä[čä]-n[ing]，并译作“人类的支柱”(直译：

支撑身体者,详见 Zieme 1985,第 154 页)。罗伯恩教授也把这一短语以同一形式和意义收录在他的词典内。有趣的是,他删去茨默转写中的方括号(参见 UWb,437b),但他对 köṭür-mä[čä]这一结构不做任何解释。据笔者所知,此类结构不见于古代突厥语,在语法上无法做出解释。

第 16 行 tavč(an)g:源于汉语的"道场",常见于回鹘文文献。该词在早期回鹘语文献的形式为 tavčo(见 Zieme 1985,第 106 页,脚注 15.5;Wilkens 2007,第 1672 行)。回鹘语的早期形式 tavčo 应源于"道场"的唐五代西北方言读音,而 tavč(an)g 似属于其晚期借入形式。该词在此处的写法比较特殊,平时写作 t' v c' nk。

第 17 行 yayut:有"牧草"之义,茨默教授读作 yayıt 并解释为"草牧"(Weide)。他写道:"(该词)由(动词)yay-'散布、扩散'派生,请与柯尔克孜语的ǰayıt'草原'比较(past' ba,参见 Jud[axin]1965,217a)"(参见 Zieme 1985,第 155 页,注 39.23)。尔达里教授特别关注该词,他写道:"在古代突厥语里,不像茨默在 BTT XIII 的脚注 39.23 所写的那样,yay-/yayı-从无'散布'、'扩散'之意"。他设想的可能是 yad-,但其语音变化却发生在古代突厥语之后。因此,由这一动词派生的名词 yayıt 是不存在的。茨默所看到的字母 t 后多余的钩(Haken)并非多余:该词可以读作 yaylag(见上节 2.73),书写者忘了加 l 的钩"(OTWF,第 685 页,脚注 382)。此处的 yayut 似是由具有"放下、扩散"以及"放牧"之意的动词 yay-结合构词附加成分-(U)t 构成,表示牧草。确实,古代突厥语的 yad-在回鹘语文献也以同样的形式继续使用,一般不变成 yay-,在晚期回鹘语是否如此,根据目前所掌握的语料较难判断。清楚的是,此处的 yayut 无法读作 yaylag 或 yaylaγ,因为,尔达里教授所提到的多余的钩并非像 l 的钩在右边,而在左边。

第 18 行 yaqıš-lıγ:茨默教授读作 yaγıšlıγ 并解释为"富有祭品",他把此处的祭品理解为用于祭祀的牲畜。yaγıš-lıγ 确实具有这一意义,但也表示"富有雨水",如果该词此处真的有这一意义,也许此处雨水被看作是上天的恩赐(参见 EDPT,第 908 页)。此处,笔者倾向于把该词读作 yaqšlıγ 并解释为"可爱的"。

alınur：茨默教授读作 alnır(?)，并写道："alnır(?)的读法和意义，我不清楚"（见 Zieme 1985，第 155 页，注 39.25）。尔达里教授建议读作 alınur，是动词 alın-"接受"的不定式形式（详见 OTWF，第 586～587 页）。笔者赞同尔达里教授的意见。

R.《元成宗铁穆耳可汗及其家族赞》

0. 引言

在至今校勘刊布的回鹘语文献中,有两部回鹘文诗作赞颂元成宗铁穆耳及其家族,颇为重要。其中,编号为 U 4688 (T II S 63)的回鹘语印本残片由德国第二次吐鲁番探险队在胜金获取,现藏柏林勃兰登堡科学院吐鲁番学研究所(下称柏林残片)。第二件回鹘文残片只存一个阿拉特保存的图片,现藏在土耳其伊斯坦布尔大学文学部图书馆。根据图片上看到的原始编号,该残片由德国第三次吐鲁番探险队在木头沟获取,也是印本残片,柏林科学院近期编的新编号为 * U 9192(下称阿拉特残片)。

柏林残片最初由冯·佳班教授研究刊布,收录在她的专著《吐鲁番收藏品当中的印本》[1]。稍后,匈牙利蒙古学家、突厥学家乔治·卡拉(Georg Kara)教授在其书评中,对冯·佳班教授的诗体重构提出质疑,提供了新的校勘本[2]。后来,彼得·茨默教授把该诗的部分内容译成德文,介绍其主要内容[3]。最初介绍阿拉特残片的是塞尔特卡亚教授[4]。2006 年,日本学者中村健太郎发表专论,重新刊布柏林残片和阿拉特残片,并对其中反映的历史问题及回鹘印刷史问题进行探讨,提出了自己的观点[5]。两年后于2008 年,日本学者笠井幸子把该诗译成德文发表[6]。

柏林、阿拉特残片出自同一印本的可能性较大。从阿拉特残片第二页带有汉文页数“三十五”来看,该印本应比较长,可惜其前的正文(很可能是佛经)部分丢失,只剩下跋文部分。如果

---

〔1〕 见 Gabain 1967,第 19 ~ 23 页。
〔2〕 见 Kara 1968,第 205 ~ 207 页。
〔3〕 见 Zieme 1992,第 74 ~ 75 页。
〔4〕 见 Sertkaya 1989。
〔5〕 见中村健太郎 2006。
〔6〕 见 Kasai 2008,Nr. 150。

这两个残片同出一个印本,那么柏林残片在前,阿拉特残片连在其后。

如前所述,这两个残片的共同点是赞颂元成宗及其家族,但是提及成吉思汗家族的回鹘语头韵诗并不少见。躍里帖木儿右丞(回鹘语 Yol Tämür Yiučing)的夫人 Šaraki 为了请观世音菩萨保佑他去云南(回鹘语 Qaračang)督战的丈夫而找人书写、印刷的《妙法莲花经普门品》(简称《观音经》)的结尾部分印刷的头韵诗形式的跋文就提到元世祖忽必烈的嫡子、元朝第二位皇帝元成宗铁穆耳之父燕王太子[1]。这一头韵诗形式的跋文所提到的 bodis(a)t(a)v uγušluγ qaγan hatun"菩萨后裔皇后"很有可能指元成宗铁穆耳的第二任皇后卜鲁罕。近期在敦煌莫高窟北区石窟出土的编号为 B464:143 的印本残片也提到元成宗铁穆耳的第二任皇后卜鲁罕。根据这一跋文,是有人让别人把不知名佛经重新刻成印版并把它印成一千份分给众人,以此祝愿皇太后和元成宗铁穆耳的第二任皇后卜鲁罕(全名为伯岳吾·卜鲁罕,? ~1307)应享之富贵和功德加倍增长[2]。看来,元成宗铁穆耳在当时的回鹘佛教徒当中享有很高声誉。蒙古统治者在回鹘佛教社会的声誉也许与元世祖忽必烈,尤其是元成宗和他去世后的勃鲁罕时代大力支持回鹘语印刷事业有一定关系。这一阶段,受元政府的命令和支持,回鹘佛教徒在大都大量翻译、印刷回鹘语佛教文献运回吐鲁番、敦煌等地,在当地的佛教徒当中散发,把回鹘印刷事业和回鹘佛教推到一个高潮[3]。

当然,提到成吉思汗家族的回鹘文文献远不止于这些与元成宗和勃鲁罕相关的文献。《普贤行愿》、《佛说北斗七星延名经》的跋文等都提到成吉思汗家族成员,他们的名字一般都列入把印刷上述佛典的功德转让的人员名单[4]。

---

〔1〕 见 Hazai 1970;Zieme 1985,Nr. 20;Kasai 2008,Nr. 6。

〔2〕 见 Yakup 2006,第 27 ~28 页;阿不都热西提·亚库甫 2011,第 462 ~463 页。

〔3〕 参见 Radloff 1911,第 72、74 页;中村健太郎 2006,第 83 页。

〔4〕 较新的校勘本见 Zieme 1985, Nr. 20、Nr. 43、Nr. 44;Kasai 2008,Nr. 8a,Nr. 50 等。

据该诗第 18 行的最后有 ikinti“第二”一词,冯 · 佳班教授提出其后可以加 yıl“年”并指出,这应是可汗 Öljeytu 执政第二年[1]。茨默教授把第二年解释为元成宗铁穆耳执政两年以后,并据此把该残片的印刷年代定为 1296 年[2]。中村健太郎不同意这一断代,他把第二年解释为元成宗即位的第二年,即 1295 年[3],笔者认为,这一解释更合乎逻辑。不过,由于阿拉特残片原件丢失之缘故较难断定,笔者觉得阿拉特残片直接接于柏林残片。假若真的是这样,那么这里的 ikinti (yıl)“第二(年)”应该是指卜鲁罕被立为皇后之年,并不一定是该印本印刷的时间。中村健太郎根据勃鲁罕真正掌权的时间是公元 1300 年之后,认为柏林残片和阿拉特残片也有可能印于公元 1300 年之后[4]。

1. 柏林残片 U 4688 (T II S 63)的转写、汉译和语注

1.1 转写

kim ol

1 $_{01}$ašnu-đinbärüki törümiš elig-lär-tä q̈an-$_{02}$lar-ta
ayaz-lı yaγız-lı-ča ärtmiš ašunmıš
$_{03}$artuq buyan-lıγ alp yüräklig[5] $_{04}$činggiz q̈aγan-nıng
ayaγ-lıγ[6] qan-lar ulaγ-ı $_{05}$altınč käzig-tä

2 $_{06}$činggiz q̈aγan-nıng čınlayu bilgä oγ̈ul oγulı
četan-ı $_{07}$aḍruq $_{08}$säčän qaγ̈an-tın törümiš

[1] 见 Gabain 1967,第 23 页。
[2] 参见 Zieme 1981,第 388 页;Zieme 1992,第 74 页。
[3] 中村健太郎 2006,第 61 页。
[4] 见中村健太郎 2006,第 64 ~ 65 页。
[5] 此处拼写为 ywr' klwk,明显属于刻写错误。笠井可能据此读作 yüräklüg,见 Kasai 2006,第 263 页。此读法不可取。
[6] ”yyq lyq,明显是刻写错误。中村和笠井仍读作 ayıγlıγ,不可取。

čıntamanı ärdini täg yeg $_{09}$aḍruq
$_{10}$činkim tayẓı-lıγ q̈ang-ta b(ä)lgürmiš

3 öngräki eltinü $_{11}$kälmiš buyan-ın körsär
üküš-tä taplatılmıš mahasa-$_{12}$npadi q̈an täg buyanlıγ
ög q̈ang täg bodun-q̈a $_{13}$umuγ bolur-ın körsär
üzäliksiz burhan täg $_{14}$y(a)rlıq̈ančučı köngül-lüg

4 äsirgänčsiz tidim-lig booš köngül-$_{15}$lüg
el-kä asıγ-lıγ tüz köni törü-lüg
$_{16}$el ärdini-si ıduq uɣuš-luγ $_{17}$tämür qaγan
$_{18}$ıduq säčän q̈aɣan-nıng orun-ta olurup

5 ikinti [yıl?]
i[ ]

1.2 汉译

1 比起自古以来出生的国王和可汗，
像苍(天)和褐色(大地)一样卓越，
具有无量功德和勇敢之心的成吉思汗的
在尊贵可汗之第六代。

2 成吉思汗那真正英明的孙子，
由意志卓越的薛禅皇帝所生，
像如意宝珠般出色，
由父亲真金太子所生。

3 如果看他前世带来的功德，
众敬的大三末多般富有功德。
如果看他父母般对民仁慈，

他像至上佛一样慈祥仁慈。

4　拥有无限强烈的自由之心，
为国谋利，遵守正规，
是国宝，有神圣家系的帖木儿可汗，
于神圣的薛禅皇帝之位即位。

第二(年)

1.3 语注

第02行 ärtmiš ašunmıš：可译作“超越的”，冯·佳班教授读作 anunmıš，罗伯恩教授订正为 ärtmiš ašunmıš，茨默教授和笠井接纳罗伯恩的建议(参见 Gabain 1967，第21页；UWb，第299页；Zieme 1992，第74页；Kasai 2008，第263页)。中村表示接纳罗伯恩和茨默的建议，但仍然读作 anunmıš ašunmıš，并认为这两个动词与其后的 buyan“功德”有关(参见中村健太郎 2006，第54a页)。笔者采用罗伯恩、茨默的读法，但认为此处的双动词 anunmıš ašunmıš 并不像中村提出的那样与其后面的 buyan“功德”有关，而支配其前带位格的副词性短语。

第06行 četan-ı：冯·佳班教授读作 čitayi，并认为有可能是 čitavi 的误写。她假设该词可能是梵语借词，有可能 čitayi artuq säčän 构成同一结构，并推断该词有可能来自梵文的 jeta“胜者”或俗人梵语的 jātaya“绅士”(见 Gabain 1967，第23页)。罗伯恩教授读作 čıtanı adrok säčän hagan，但不提供译文(见 UWb，第66a页)。茨默教授接纳罗伯恩的读法，并把 čıtan 解释为来源于蒙古语动词 čıta-“忍耐、能够”的副动词形式 čıtan，并把该行的 čıtanı adruq säčän qaγan 译作“坚实、特别的薛禅可汗”(参见 Zieme 1985，第180页，脚注50.15)。中村根据安藏译《大方广佛华严经》回鹘语本的实例，参照其汉文对等词“志”，认为该词应来源于梵文的 cetanā“志、志向”(见中村健太郎 2006，第56~57页)。笠井采纳这一解释(见 Kasai 2008，第294页)。笔者同意中村的解释，但鉴于据该词在梵语的形式为 cetanā，建议把该词读作 četanı。

第08行 säčän q̈aɣan：是元世祖忽必烈的蒙古语尊号，汉文作薛禅可汗，是蒙古语 Sečen q̈aγan 的音译，回鹘语译名也源于此蒙古语尊号。这一尊号也见于这一残片的第18行。

第10行 činkim tayẓı：是指元世祖忽必烈的嫡子真金太子，元第二位皇帝元成宗铁穆耳之父，蒙古语名 jinggim，1261年被封为燕王，1273年被封为皇太子，1286年1月5日去世，1293年元世祖上谥号明孝太子，1294年元成宗登基，追尊真金为皇帝，为真金上庙号裕宗，汉文谥号文惠明孝皇帝（见《元史》卷一百七《宗室世系表》）。他的名字在另一部回鹘语诗作以 yenwang taizi "燕王太子"的形式出现（参见 Zieme 1985，第125页，脚注20.70）。

第11至12行 üküš-tä taplatılmıš mahasa-npadi q̈an täg buyanlıγ：此处的 mahasa-npadi 应来自梵语 Mahāsaṃmata"大三末多"（详见中村健太郎2006，第59～60页）。笔者赞同福赫伯教授和中村对短语 üküš-tä taplatılmıš mahasanpadi q̈an 来源的分析，对福赫伯教授的解释见 Franke 1978，68页，注100～102。此处，韵文作者把铁穆耳比作古印度的大三末多王。从他把成吉思汗、忽必烈等称作转轮王来看，把蒙古大汗比作古印度国王，以便突出其神圣和权威性。当然，这类比喻并不新鲜（参见沈卫荣2010，第167～169页）。有趣的是，明末清初的《蒙古黄金史纲》包含的大三末多的赞诗就有与回鹘语赞诗十分相似的诗行，如（引自朱风等译《蒙古黄金史纲》，第1页）：

尊贵菩萨后裔，贤德帝王根基，
起源印度土番，愿述事迹梗概。
为着拯救世间，众生免于沉溺，
秉承佛陀旨意，大三末多降生，
以众敬王显扬。

也许，《蒙古黄金史纲》和回鹘语诗作参考的是同类作品。

第14行 tidim-lig：表示勇猛，冯·佳班教授读作 tidim-lig 并译作"像王冠"（wie eine Krone）（见 Gabain 1967，第22～23页）。茨默教授并不对这一解释做任何评价，但译作"有胆量"（hat Mut）。中村仍采用冯·佳班教授的译法，译作"带有王冠的"（王冠を持ち）

（见中村健太郎 2006，第 53 页）。笠井读作 teṭimlig，但采用茨默的译法。笔者认为，该词应读作 tidim-lig，据庄垣内教授刊布的《阿毗达摩俱舍论实义疏》，该词应具有"强"、"勇猛"等之意（见庄垣内正弘 2008，第 676 页）。据此，此处把同一诗行的 äsirgänčsiz tidim-lig booš köngül-lüg 译作"拥有无限强烈的自由之心"。

booš：意为"自由"，一般以 boš 的形式出现。冯·佳班教授读作 büš 并译作"拟与自由的"（von Freigebigkeit）。据她解释，büš 或 böš 应是蒙古语 büšürgel"照顾"的词根。茨默教授基本采用冯·佳班教授的译法。笠井完全接纳茨默的翻译（见 Gabain 1967，第 22～23 页；Zieme 1992，第 75 页；Kasai 2008，第 263 页）。中村只提供文字转写 BWYŠ，也不翻译该词，但他认为，假若这是 BWŠY 的误写，应译作"带布施心"。他的假设无法接受。此处明显是 booš，文字转写可作 PWWŠ，若是 PWYŠ，明显是刻写错误。

18 行 ikinti [yıl?]："第二（年）"，采用冯·佳班教授的补缺方法。但与冯·佳班教授和中村健太郎不同，笔者把该词当作另一诗段，即第五段的开头。

2. 阿拉特残片 * U 9192 (T III M 182) 的标音转写、汉译和语注

2.1 标音转写

1 [a]
[a]
[a] orun-ta oluru : y(a)rlıq̈amıš
agiramakiši uluγ qatun-ı buluγan qatun ::

2 ada-lıγ munı täg üdtä q̈olu-ta
ada-ta umuγ bolup ara turdačı
adaq song-ınta umuγ bolγu-qa tıltaγ bolt[ačı(?)]
[a] hung tay hiu-luγ ög ana-ta tuγmıš[1] b(ä)lgürmiš ::

[1] 笠井作 turmıš，见 Kasai 2008，第 267 页。应纠正为 tuγmıš。

3　alqu-ta kötitmiš aγır buyan-lıγ
aḍruq törümiš činggiz han ulaγ-ınta
ayaγlıγ[1] han bolγ̈u-qa altınč käz-ig-tä
akaš-tın enmiš adınčıγ b(ä)lgürmiš ::

4　köni törü-lüg y(a)rlıq̇ančučı köngüllüg:
kötitmiš uluγ buyan-lıγ [qaγa]n han-ım(ı)z
köni törü-čä arqa čambudivip uluš-uγ:
[küz]ätip ärksinip el(l)änür uɤ̀ur-ta ::

5　aḍruq törümiš adınčıγ ıduq bo q̇aγan han-ım(ı)z birlä:
až-un-lar sayu amrašu kälmiš abiyaṣ [ärig]lig-intin
amtı šı alq̈u-ta kötiṭip altun uruγları
[a　　　　　　　　　　]

2.2 汉译

1　[…… ……　　　　　　　]
[…… ……　　　　　　　]
[ ]坐在了[皇后]的位置,
他的皇后卜鲁罕可顿。

2　多灾多难的这种时刻,
灾中施恩,提供解救,
最后成为仁慈之缘故,
由皇太后母亲所诞生。

---

[1] Sertkaya 1989 作 ayıqlıγ,并译作“幸福的”(würdig, glücklich)。此处的”YYQLYQ 明显是”Y’QLYQ (ayaγlıγ)的刻写错误;参见 UWb 第 307 ~ 308 页。中村健太郎和笠井幸子仍采用与塞尔替卡亚基本相同的读法(ayıγlıγ)和译法,见中村健太郎 2006,第 63 页;Kasai 2008,第 267 页。

3　　超越一切，大功大德，
在出身优越的成吉思汗王统，
为了第六次成为尊贵的可汗，
他由天空降下，特此降生。

4　　遵守正规，有着仁慈的胸怀，
我们出色、富有功德的可汗。
根据正规把整个阎浮提国
真正要守护支配统治的时刻。

5　　与我们出生优越、特别、神圣的这一可汗一起，
由于世世代代相互爱戴的习惯，
看，现在黄金家族超越一切，
[……　……　　　　　　]

2.3　语注

第01行 orunta olur-：可译作“坐在……位置上”，此处，似是指卜鲁罕被立为皇后。塞日特卡亚、中村健太郎、笠井幸子等认为是指铁穆耳的即位（参见 Sertkaya 1989，第191页；中村健太郎 2006，第64页；Kasai 2008，第267页）。若此残片与柏林残片相连，那么 ikinti（yıl）“第二（年）”确实是指卜鲁罕被立为皇后之年，并不一定是该印本印刷的年代。即便是与柏林残片不相连，此处的 orunta olur-明显与下一行的 Boluγan qatun 有关，并不与铁穆耳可汗即位相连。因为，带有 Boluγan qatun 的诗行为该诗段的最后一行，若 orunta olur-不是 Boluγan qatun 的行为，该句在语法上无法成立。

agiramakiši uluγ qatun-ı：agiramakiši 源于梵文 agra-mahiṣī “元妃”（the principal queen），与其后的 uluγ qatun-ı“其大可顿”构成同义双词，此处明显是指铁穆耳之妻皇后卜鲁罕。

buluγan qatun：“皇后卜鲁罕”，铁穆耳之妻，于1295年被立为皇后。因元成宗即位不久就一直被重病所扰，在元成宗晚年和他去世之后卜鲁罕曾具有了较大的政治影响（详见《元史·卷一一四，后妃

列传上》)。

第04行 ara tur-:意为“解救”,塞尔特卡亚解释为“帮助”(helfen)(见 Sertkaya 1989,第191页)。中村(中村健太郎 2006,第64页)把它译作“呆在中间”(間に留まる),不太合适。该短语仍以“解救”、“帮助”的意义保留在现代维吾尔语中。

第09行 akaš:源于梵文 ākāśa,指“虚空”、“天空”等(详见 Monier-Williams 1899,第127页)。

第14行 abiyaṣ:源于梵文 abhy-āsa,意为“追加”、“重复”、“规律”、“习惯”等(详见 Monier-Williams 1899,第77页)。

šı:塞尔替卡亚教授认为,该词源于汉语“时”(见 Sertkaya 1989,第192页)。虽然从语音学的角度看这一解释似乎可以接受,但此处不用表示“时”的突厥语词 üd 而用源于汉语的 šı,显得很不自然。amtı 与 üd 的连用,见 UWb,127b 页。笔者认为,此处的 šı 很可能是主题助词,可与哈萨克语的 še,维吾尔语的 ču 比较。笠井似乎接受塞尔替卡亚的读法,她也译作“此时、现时”(jetzige Zeit)(见 Kasai 2008,第267页)。

S.《丰收歌》两首

0. 引言

有三件回鹘语文书反映13至14世纪之间吐鲁番地区畏兀儿农民的农耕生活,属回鹘人的晚期原创诗歌作品。其中,一件现藏在柏林勃兰登堡科学院吐鲁番学研究所,编号为U 5337(D 131),由德国吐鲁番探险队在吐鲁番的高昌古城遗址发现,为长卷,双面书写;另两件现藏在日本京都的龙谷大学附属图书馆,编号为Ot. Ry. 11052和Ot. Ry. 7116,是同一长卷的两个残片,由日本大谷探险队在吐鲁番获取。柏林长卷基本完整,长65厘米,宽11.6厘米,是少见的一种长卷类型〔1〕。该卷保存状态很好,只是其开头部分的8行在下半部有轻微破损。两件京都残片写在汉文佛经《妙法莲花经》的背面〔2〕。其中,较为完整的一个残片有编号Ot. Ry. 11052,高26.8厘米、长40.1厘米,一个小残片(编号:Ot. Ry. 7116)出自长卷右角,高8.8厘米、长12.3厘米。

从内容来看,柏林残片其实包含以下三个不同的韵文〔3〕:

A.《罗摩赞》(1~16行)

B.《丰收歌》(17~127行)

C.《咒文》(128~145行)

可见,《丰收歌》仅仅是上述三个韵文当中的一个。但是《丰收歌》不仅行数较多、保存完整,而且内容丰富、可贵,是柏林残卷U 5337的核心。残卷的《丰收歌》部分用一个下部两边翘起的“大”字形与其前的《罗摩赞》分开。其后的咒文明显是出于他笔,也许由后人补写。

---

〔1〕 见Zieme 1975,第110页。

〔2〕 正面的汉文《妙法莲花经》相当于《大正藏》第9册,61c12-62a11之间的内容,详见Mólnar/ Zieme 1989,第140页,脚注4。

〔3〕 关于茨默教授的分析,见Zieme 1975,第111页。

与柏林残片不同,京都残片只有《丰收歌》,没有其他内容的韵文,其行数安排也与柏林残片完全不同。因京都残片破损比较严重,很难断定其前面原来也曾包含《罗摩赞》,后面是否曾存在咒文也不可知。也许京都残片只由《丰收歌》构成,本来就不包含《罗摩赞》和咒文。虽然京都残片的《丰收歌》与柏林残片的《丰收歌》部分在结构、用词和诗句的语言特征等方面有很多共同之处,但是与柏林残片相比,京都残片较短、内容简单,它还缺柏林残片的有些诗段,并且有些具有可比性的诗段也在用词、拼写方法等方面存在明显的差异〔1〕。因此,本书把柏林和京都残片作为《丰收歌》的不同版本,分开进行研究。由于内容差异较大,柏林残片的《罗摩赞》和《咒文》不再作为《丰收歌》的组成部分来看待,作为独立的诗歌作品分别加以研究。

早在1915年,日本学者香川默识将京都残片中较为完整的一件收录在他编《西域考古图谱》一书的下卷《西域语文书》,但是只是在图片旁边简单地附记"回鹘文书籍断片(吐鲁番)"字样,没有说明是何类回鹘文文书〔2〕。1975年,彼得·茨默教授刊布了柏林残片,对残片进行了较全面的语文学研究。1989年,彼得·茨默教授与匈牙利学者阿达穆·莫利纳尔(Ádám Molnár)博士合作对该文献的京都残片进行释读,发表了京都残片的标音转写和德文译文〔3〕。1991年,彼得·茨默教授在其专著《吐鲁番和敦煌回鹘人的佛教内容头韵诗》中介绍该诗的部分内容并谈到其结构特点〔4〕。1999年和2000年,笔者利用调查吐鲁番方言的机会,对该文献词汇在吐鲁番地区的保存情况进行实地调查,发现该文献使用的许多词语仍在现代维吾尔语的吐鲁番方言中使用,其中有些正是茨默教授等未能正确释读或解释的词语。笔者于2002年以这一调查材料为依据,发表专文对该文献的一些疑难词语做过探讨。对于其中一些内容后来

〔1〕 有些对比分析的例句见 Zieme 1991a,第280页。
〔2〕 见香川默識 1915,下卷,图七,图片1。
〔3〕 见 Zieme 1975 和 Molnár & Zieme 1989。
〔4〕 见 Zieme 1991a,第278~281页。

又在拙著《维吾尔语吐鲁番方言研究》做出了简单介绍[1]。

1.《丰收歌》的内容和韵文结构

《丰收歌》在回鹘语文献当中比较独特,在回鹘诗歌研究、回鹘语言史研究、回鹘农业社会研究、吐鲁番地区农耕技术研究和吐鲁番地区文化交流史研究等方面占有重要的参考价值。

1.1 《丰收歌》的内容

《丰收歌》生动地讲述 13 至 14 世纪之间吐鲁番地区回鹘农民耕种小麦生活的全部过程：从准备土地到耕种小麦、收割以及运到麦场、碾碎打扬、装袋、磨面等过程,为了解当时吐鲁番农耕活动和农耕技术提供了可贵的第一手材料。《丰收歌》的柏林残片大体上由以下七个部分构成：

A. 开场白(第 001 行)：只有一个句子,即“愿幸福,愿是这样”构成,该句也出现在京都残片的开头部分,说明回鹘文《丰收歌》具有比较固定的开头形式,一般以同一句子开头。

B. 情景描写(第 001 行至第 009 行)：田野的美丽姿态和河流源源不断等情景的描写。

C. 浇水和平地过程的描写(第 009 行至第 022 行)：形容开垦、灌溉、经历千辛万苦、挥着坎土曼平整高低不匀土地的过程。

D. 小麦耕种的细节(第 023 至第 039 行)：描写把种子一粒一粒地埋进土地、及时平整、及时浇水、辛勤劳动、千辛万苦保护庄稼的情景。

E. 收割过程(第 040 至第 057 行)：描写收割前的种种准备工作,辛勤割麦、勤奋捆绑麦秆、用耙和马车集中、运送麦秆的过程。

F. 打场和小麦的装袋过程(第 058 至第 064 行)：描写做成圆形脱粒场,利用牲畜踏碎麦秆,簸扬去皮、获取麦粒的过程。

G. 祈愿文(第 065 至第 127 行)：对财神的祈祷,对扬场、入仓、磨面等的美好祝愿,对食用粮食的官吏们的美好祝福,对国家欢乐、充满幸福的祝愿等。

---

[1] 见 Yakup 2002 和 Yakup 2005,第 190～191 页。

京都残片的《丰收歌》比较简单,除了开场白与柏林残片完全一致外,不包括描写田野的诗段,只是附带提到“这些肥沃的良田耕地”。它对浇水、平地过程的描写比较简单,内容也与柏林残片不同。京都残片对小麦耕种过程的描写只由两个四行诗构成,只能看作是一个简单交代。有趣的是,京都残片用一段四行诗来形容小麦刚熟时的情况,柏林残片对于这一点的描写只有一句。京都残片对收割前准备工作的描写与柏林残片基本相同,只是较柏林残片短一些。值得注意的是,在京都残片里用于打场的方式不像柏林残片所描写的那样是用牲畜,而明显是源于内地的碾轮。京都残片对财神的祈祷比较独特,它不采用韵文,而用三个长句来表示对财神的供养以及因此供养粮食增收的祝愿。在祝愿部分,京都残片在多处采用与柏林残片完全不同或有所区别的诗句,它也不包含对国家的欢乐和幸福的美好祝愿。也许京都残片包含这一内容的部分已破损,没能被传到今天。

在谈到《丰收歌》的内容构造时,莫利纳尔博士和茨默教授提到,该诗属于民间宗教文献作品,有一个不知名的作者把熟悉的史诗、民谣等有机地糅合到该诗当中[1]。他们把该诗定为民间宗教文学作品,主要是鉴于该诗提到佛教财神(tanyadevi,源于梵文Dhanadeva)。至于该诗到底糅合哪些熟悉的史诗和民谣,他们却不做任何交代。据笔者所知,与《丰收歌》内容完全相同或相近的史诗在至今刊布的史诗和民谣还未发现。但是具有类似性质的民谣在哈密和吐鲁番地区仍有保留。割麦、打场时歌唱的民谣不仅在哈密、吐鲁番,而且阿克苏、喀什、和田等广大农区到处都可以听到。在词汇使用方面与《丰收歌》十分相似的一首民歌引人注意,下面为其可比性较强的核心内容[2]:

uššaq uššaq toγraqlani	小小的胡杨树,
maŋdar besiptu	被旋花所缠绕。
ämlik ämlik atla:ni	倔强的马群,

〔1〕 见 Molnár/Zieme 1989,第141页。

〔2〕 参见 Yakup 2002,第95~96页。

täpin qošuptu	被用来打麦。
täpingä atla qetildi	马群用于打麦，
ünčilämu selindi	珍珠塞满了打场。
toγla basti bidänni	浑身全都是尘土，
ünčä marǰan yančildi	麦穗脚踏脱离。
tepinläni haydisaq	追赶打麦的牲畜，
atla äǰäp maŋmidu	马群不愿奔跑。
atlani urup savap	狠打这些马群，
qamčilirimiz tinmidu	我们的鞭子闲不着。

《丰收歌》特有的 täpin 也见于这一民谣，想是并不属于偶然。如果《丰收歌》确实包含民谣，那么类似的民谣应糅合在其中。

当然，回鹘文《丰收歌》所使用的有些比喻明显有佛教背景。如，该诗反复使用 tongngalarım yangalarım "我的猛虎，我的大象"这一短语，其中 tonga"猛虎"作为勇敢的象征出现在很多古代维吾尔语文献，可是 yanga"大象"作为同样的象征物使用在古代维吾尔人自己创作的文学作品并不常见。这里的 yanga 明显暗示《丰收歌》的佛教背景，因为大象在印度的宗教具有特别的地位，在佛教中经常是佛的象征[1]。

1.2 韵文结构

1.2.1 柏林残片的韵文结构

《丰收歌》柏林残片的韵文结构比较复杂，较难分析。它不像许多回鹘文佛教内容诗歌具有清晰的韵文结构，也没有清晰标明诗句和诗行界限的标点符号。在其许多部分，四行诗、三行诗、两行诗等交杂，有时属于同一诗段的诗行音节数也大不相同。除了标题之外，其余部分基本押头韵，有些诗行同时还押脚韵。特别明显的是第一诗段，它的四行首先押 tö/tü 韵，行末又押脚韵，如：

---

〔1〕 参见 Zieme 1991a，第 335 页。

002 tört tavip yerṭinčününg körki　　四洲世界的美姿，
003 tüṭrüm täring taluy ögüznüng türki　　深海深河的自在，
004 törttin sınγarqı taγlarnıng börki：　　四方山脉的天篷，
005 tüz yaγız yer üṣtängining örki　　平坦褐色大地的高端。

这一点，曾被彼得·茨默教授作为特殊事例看待[1]。其实，虽然没有那么明显，该诗的其他一些诗行除了头韵还明显押脚韵，如：

qaṅları qaṭıp usuqup　　血液硬化嘴巴渴干，
018 qarınları ačıp qongruqup：　　肚子饿得呱呱叫，

019 örü qudı yerlärig kezä　　走遍坎坷不平的田间，
oy qudqı 020 yerlärig tüzä　　平整高低不均的农田。

在以上两个两行诗中，第一诗段每行的第二个和第三个词都押脚韵，连第一个押头韵的词也带有所谓的押韵词尾。第二诗段每一行的第二个、第三个、第四个词都押脚韵，除了第一个词，第二个、第三个词都可以看作押头韵。有趣的是下面由三行构成的诗段，它并不押头韵，但每一行的第二个、第三个词都押脚韵，如：

sapan tuṭup savılu　　把扶耕犁弯坏身子
021 qararu qurıp tarıyu　　（不顾）晒黑口渴种地
022 käṭmän čapıp kävilü.　　挥着坎土曼精疲力竭

可见，《丰收歌》的押韵与大多佛教内容诗歌确实有些不同，它明显包含押脚韵的诗段和诗行。也许这是晚期回鹘语诗歌的一个明显特点。

笔者对诗歌结构的分析与彼得·茨默教授有所不同，因此诗段和诗行的数量和结构也与彼得·茨默教授的研究成果呈现出差异。笔者认为，该诗一般以朗朗上口的短句为主，除了押头韵和脚韵，在相当程度上还有效运用排比，加强韵文的节奏感。从第 019 行开始

---

〔1〕 Zieme 1991a，第 369 页。

在行末出现的以所谓的原因副动词为押韵基础的长短基本相当的排比句延续到诗歌的第037行，给人以很强的节奏感，使其间的诗段和诗行明显具有条理性和内在联系。对诗段和诗行结构的分析应对该诗的这一特点给予充分的考虑。例如，茨默教授认为，第006行至第009行的以下部分为两行诗，由以下两行构成：〔1〕

$_{006}$suγulmaqsız qudulur sular
alıngında bälgür $_{007}$-miš aγınmaqsız qudulur aqınlar：

在笔者看来，这一部分为四行短诗，而且还包含其后的 üšüṭmiš。也就是说，这一诗段的前两行押 su 头韵，后两行押 a 头韵。此外，第一行和第三行，第二行和第四行互押脚韵。这一诗段可构拟如下：

$_{006}$suγulmaqsız qudulur	永不枯干滚滚流淌，
sular alıngında bälgür $_{007}$-miš	河流出现在高原上。
aγınmaqsız qudulur	源源不断地流淌，
aqınlar： üšüṭmiš	小溪竟冻成冰川。

需要提到的是，该诗的某些诗行的行前出现的感叹词 ya 明显不影响头韵，均以 ya 之后出现的词语的头一个音为准，如：

ya tongnga $_{045}$-larım yangalarım	啊，我的猛虎，我的大象
turmadın tuṭčı $_{046}$ täginglär	不停地攻下去吧！
torma täg sämiz erkäč alıp	让我买来贡品用肥胖的雄山羊
$_{047}$toylašturu toṅgusaq qılayın sizlärkä tep	为你们举办宴会，吵得(耳朵)变聋！
$_{048}$**ya** arslanlarım buqalarım	啊，我的狮子，我的公牛，
amtı $_{049}$ yaqšı orunglar	现在好好地割麦吧！

很明显，感叹词不影响诗歌的音节结构，也就是说，感叹词并不列入

〔1〕 见 Zieme 1975，第113页。

它所出现诗行的音节数。以第048行和第049行为例,第一行含两个词8个音节,第二行包含三个词7个音节,第一行开头的ya明显没有被计算到其中。

1.2.2 京都残片的韵文结构

京都残片的韵文结构比较清晰,由25段诗构成,其中10段为两行诗,有4段为三行诗,四行诗最多,共有10段。第18至第22行的韵文结构比较特殊,该段由四个长短不同的诗句构成,明显区别于诗歌的其他部分。首次刊布该诗的莫利纳尔博士和茨默教授把它重构为如下:

yavɣ̈aṅ yaɣ̈ıš̤ y(a)ngı bor yul-a küš̤i $_{19}$tützüg-tä ulaṭı-lar üzä tapıṅtıngız-lar ’ärsär

bo sizlär-ning $_{20}$tapıṅmıš tapıɣ̈ıngız-lar-nı udunmıš uduɣ̈unguz-lar-nı

tanyadevi t(ä)ngri körü $_{21}$ašamaq̈-ları täginmäkläri bolz-un ašamaq̈ tägiṅm(ä)k tılṭaɣ̈-ında bo örtgün-$_{22}$tä tar-ıγ üklisün

很明显,这与其前后的韵文并不相称,似是插入的句群。但仔细观察,不难看出,此处的文字也押头韵,只是有些诗句过长而已。笔者把这一部分试复原为以下三个诗段,即两行诗两段(第一段)、三行诗两段(第二、第三段):

yavɣ̈aṅ yaɣ̈ıš̤ y(a)ngı bor
yul-a küš̤i $_{19}$tützüg-tä ulaṭı-lar üzä

tapıṅtıngız-lar ’ärsär bo sizlär-ning
$_{20}$tapıṅmıš tapıɣ̈ıngız-lar-nı udunmıš uduɣ̈unguz-lar-nı
tanyadevi t(ä)ngri körü

$_{21}$ašamaq̈-ları täginmäkläri bolz-un
ašamaq̈ tägiṅm(ä)k tılṭaɣ̈-ında
bo örtgün-$_{22}$tä tar-ıγ üklisün

此段可翻译如下：

如你们以素食、祭酒、鲜葡萄酒、
油灯(和)香等

供养，你们这些
所奉仕和供养，
愿财神能看到！

愿他能接受、食用！
谢他食用，愿在麦场粮食增量！

在这个构拟中，这段韵文前两行押 y 韵，后三行押 ta 韵，最后两行押 a 韵。这样一来，这段韵文本身包含三个诗段，明显增加了全诗的诗段数，即全诗的诗段数达到 25 个。然而，前两行虽都以辅音 y 开头，其后的元音相异，不符合回鹘语诗歌的一般押韵规律。这仅仅是一种大胆的尝试，未必正确反映原诗的韵文结构。

第 23 段仅剩下两个词，其韵文结构难以判断。

2. 诗文的书写特征和语言特点

《丰收歌》具有一些明显的书写特点，反映晚期回鹘语口语音位系统的一些重要演变。例如，该文献某些词词末的 v 有脱落现象，如第 22 行表示“水”、“水流”的词不像前期文献和大部分晚期文献一样是 suv，而是 su，即词末的 v 有脱落现象。同样的脱落现象也见于第 42 行的动词 susa-“渴”。很显然，这一点反映晚期回鹘语口语的一个重要特点。除了这一文献之外，回鹘文《占卜文献》(TT VII, 22：10, TT VII, 24：12)等晚期文献也有同类现象[1]。这说明，虽然保守的回鹘语文献语言在其书面形式仍然保留词末的唇齿擦音，但在畏兀儿口语里词末唇齿擦音已出现脱落现象，呈现与察哈台语和现代维吾尔语同样的语音特点。有趣的是，这一脱落的 v 在其后

〔1〕 参见 Zieme 1975，第 124 页。

缀接各类词尾时再现，如 qara suvın“泉水”（宾格）、suvaγınča“直到灌溉”等。这与土耳其语、现代维吾尔语等在 su 后缀接附加成分时出现 v、y 等增音十分相似，是单独发音时似是脱落的历史音的再现。

双唇清辅音 p 在元音间的浊化在该文献也有所反映。如，具有“线”、“绳子”等意义的 yip 缀加人称词尾是末位音浊化，变成 yivi，表示“屋顶”的 * täpä 也在相同的语音环境变成 tövä，这是维吾尔语的吐鲁番方言至今仍在保留的重要语音特点之一〔1〕。

动词第三人称祈求形式-sun 在回鹘语书面语只有以浊擦音 z 开头的词尾，一般认为具有-zun、-zün 两个变体。《丰收歌》将这一词尾一律写作 swn，似乎反映该词尾开头浊擦辅音的清化，也呈现与察哈台语和现代维吾尔语相同的语音特点。在有关回鹘语的论著中，此类清化的 s 一般被看作是 z 和 s 在书写上的混淆，一律转写成 ẓ。笔者认为，该文献的情况很独特，除了动词 bol-固定化的第三人称祈求形式（包括其否定形式）之外，柏林残片没有一处用 z 书写的第三人称祈求词尾；京都残片也只在 q̈almaz-uṅ 中祈求词尾开头的辅音用 z 来拼写。常见写法 swn 反映口语的发音特点，至少说明第三人称祈求词尾在晚期回鹘的发音已经发生变化，呈现与此时在中亚地区广泛使用的中亚伊斯兰书面语相同的书写特点。因此，除了动词 bol-的形式之外，其余一律按其书写形式进行转写，不再采用-ẓun/-ẓün 的转写方法。

《丰收歌》的书写和语音特征并不限于这些。对一些特点茨默教授曾做过比较详细的分析，这里不一一介绍〔2〕。还有一些特点主要与个别词语的拼写特征有关，这些我们将在语注部分简要提到。

与其他回鹘语文献相比，《丰收歌》最重要的语言特点之一是它包含相当数量的农业词汇和反映吐鲁番、哈密地区居住文化的词语，其中一些不出现在其他回鹘语文献。如，čapča“杈

〔1〕 参见 Yakup 2005，第 90 页。

〔2〕 参见 Zieme 1975，第 110 页，Molnár & Zieme 1989，第 141 页。

子"、tuluq"碘子"、täpin"用于打麦的牲畜群"、čar"麦皮"、kängä"麦皮后的遗物"、sapan"犁"、küyäk"铲子"、ögänlig"共用一个渠子的人"、täšgüt"交换劳动者"、käräm"地下室"、yarındaq"木碎片"、čarla-"去秕"等。此外,kök ot"野草"、qara su(v)"泉水"、tüš qov-"增加回报"等短语也在《丰收歌》初次使用。除此之外,还有些在这一文献首次使用的词语,但其语义需要进一步确定。这类词有 taqčang"小馕(?)"、tongusaq"变聋的(?)"、bürür-"(?)"等。

如上所述笔者曾利用维吾尔语调查吐鲁番方言的机会,对该文献词汇在吐鲁番地区的保存情况进行实地调查,发现该文献使用的许多词语仍在维吾尔语吐鲁番方言中使用,其中有些正是茨默教授等未能正确释读或解释的词语。根据这一调查结果,在属于不同词类的词语当中动词的保存率最高,其次是名词和功能词。下表是笔者调查和统计的部分结果。

表 1: 保存在吐鲁番方言中的《丰收歌》词语

	鲁克沁	沙坎儿	吐峪沟	木头沟	文学语言
总共(453)	293 (64.2%)	291 (64.1%)	280 (62.4%)	274 (59.8%)	237 (51.6%)
静词(277)	172 (62%)	170 (61.5%)	164 (59%)	159 (57.5%)	136 (49.5%)
动词(151)	110 (74.7%)	111 (74.9%)	106 (71%)	104 (69%)	91 (61.8%)
功能词(25)	11 (44%)	10 (40%)	10 (40%)	10 (40%)	10 (40%)

现代维吾尔语吐鲁番方言所保留的独特词语在解释该文献疑难段落方面有重要价值,笔者曾发表专文对此做过专门的研究[1],这里不再赘述。

---

〔1〕 见 Yakup 2002,第 94 ~ 99 页。

3. 柏林长卷 U 5337(D 131)的标音转写、汉译和语注

3.1 标音转写

00 $_{001}$y-a qutluγ bolzun ymä kim inčip ol

01 $_{002}$tört tavip yerṭinčününg körki
$_{003}$tüṭrüm täring taluy ögüznüng türki
$_{004}$törttin sınγarqı taγlarnıng börki:
$_{005}$tüz yaγız yer üṣtängining örki

02 $_{006}$suγulmaqsız qudulur
sular al(a)ngında bälgür $_{007}$-miš
aγınmaqsız qudulur
aqınlar: $_{008}$ üšüṭmiš

03 singirü $_{009}$singirü suvamıš
yermädin yorıp $_{010}$tümämiš
erṭätin bärü tındurmıš tın $_{011}$tarıγlaγ yerlärning
etmäkin amıradačı
$_{012}$ermägürmäkig aqladačı
ala tegükä $_{013}$tägürmädin bürürdäči

04 sönügsüz idi $_{014}$süvräk ärip
käṭmänkä ädgü amıraq $_{015}$tarıγčı bäglärning

05 alınları terläyü
$_{016}$ayaları qaparıp tälinü
adaq songları $_{017}$toγrulu

06 qaṅları qaṭıp usuqup

$_{018}$qarınları ačıp qongruqup :

07 $_{019}$örü qudı yerlärig kezä

oy qudqı $_{020}$yerlärig tüzä

08 sapan tuṭup savılu

$_{021}$qararu qurıp tarıyu

$_{022}$käṭmän čapıp kävilü.

09 olurmadın $_{023}$qaṭuruṅup

uruγın yerkä baṭurup

$_{024}$uzqya uγurın yapurup

10 qara $_{025}$suvın suvaγınča

q(a)muγ ämgäklärig $_{026}$täginü :

11 ögänliglàri birlä suv $_{027}$üčün

ölgüsin bilmädin urušu

12 $_{028}$yazqı čaγdaqı suvlarıγ

yaγ tam $_{029}$-mıšča saqınu

13 ändäkčä bädük käṭmän $_{030}$-ni

öšṅingä arṭıp yügürü

14 yapa $_{031}$qaṭıγ yerlärtä

yalıng adaqın $_{032}$yorıyu

yarındaq tikäntä ulaṭı $_{033}$-larıγ

yapγutča yungča $_{034}$saqınıp

15 köygäy susaγay tep körüp $_{035}$baqıp：
kök oṭ üngäy tep $_{036}$qorqup äymänip

16 oγulča qızča $_{037}$igidü
umaγu ämgäkin bädüṭü：

17 $_{038}$kölüklär yılqılar kirgäy tep
kügči $_{039}$küẓäṭči turγurup

18 orγu üdi bolmıš $_{040}$-ta
tägirmänkä barıp m(e)n ögüp
$_{041}$täšgüṭkä barıp är qılıp
tämür $_{042}$-čigä barıp orγaq soqṭurup

19 baγ $_{043}$baγlaγučı kiši aš qılγučı tišikä $_{044}$tägi
barča anda qılıp

20 ya tongnga $_{045}$-larım yang{g}alarım
turmadın tuṭčı $_{046}$ täginglär
torma täg sämiz erkäč alıp
$_{047}$toylašturu toṅgusaq qılayın sizlärkä tep

21 $_{048}$ya arslanlarım buqalarım
amtı $_{049}$ yaqšı orunglar

22 yaγ alıp kälürtüp
$_{050}$yaγlıγ taq̈čang qıldurup

yalq̈ıṭu $_{051}$ yedüräyin sizlärkä tep

23 ya ini $_{052}$-lärim oγlanlarım
enč turmadın $_{053}$ orunglar
isindilig küptä sorma $_{054}$ kälürüp
ırlašṭuru ičüräyin siz $_{055}$-lärkä tep yalγ(a)nduru

24 buγ̈day $_{056}$ adaqın baṭ oq̈(ı)tu örüp
čingnä $_{057}$ qaṅglı birlä yıγdurup čuγlaṭıp

25 $_{058}$ täpip yorıp mangayu
tägirmi örṭ $_{059}$-gün qıldurup
täpinkä udlar $_{060}$ qošdurup

26 turmadın tuṭčı täp $_{061}$-türüp
tošγurup oṭıra yıγdu $_{062}$-rup

27 kökkä sačγusın kürä $_{063}$ alıp
küplüg $_{064}$ idišlärtä sorma alıp

28 $_{065}$ tanyadevi t(ä)ngrikä
tapıγqa uduγqa $_{066}$ turdunguzlar ärsär
tanyadevi t(ä)ngri $_{067}$ ašamaqı täginmäki bolzun

29 ašamaq $_{068}$ täginmäk tılṭaγında
sizlärning $_{069}$ bo ämgänip $_{070}$ tarımıš ašlıqıngızlarqa
[背面] $_{071}$ bir taγarqa ming taγar $_{072}$ tüš qovsun

30 tarṭıp yınıγ $_{073}$ turulduru sačmıšta oq

taγdın $_{074}$ enmiš ’äsiningizlär
tıdılmadın $_{075}$ tuṭčı ’äsinäẓün

31 yınıγ yümrip $_{076}$ örü köṭürüp sačmıšta oq
$_{077}$ öngdürdin kälmiš ’äsiningiz $_{078}$-lär
üẓülmädin. tuṭčı yeldirsün

32 $_{079}$saylayu sačsun
samanča tın arṭsun

33 $_{080}$qumlayu qovsun
qorum qaya $_{081}$ täg yıγılsun

34 taγ täg tälim $_{082}$ buγday bolzun
oraqa quymazqan $_{083}$tošγan bolzun

35 kädirtin turup $_{084}$ kördäčikä
kärägüčä köẓünsün
$_{085}$kärämkä sangqa qudsa
tur $_{086}$-qa taša tursun

36 kürülügüči kiši $_{087}$-ning
kusurı sökülsün
ala taγar $_{088}$-nıng
yivi bösälsün
tarγıl öküz $_{089}$-nüng
tapanı täliṅsün ,

37 küčlüg äränlär $_{090}$

köṭürüp yükläyü tursun
körklüg $_{091}$ qaṭunlar taγar aγẓın
kökläyü $_{092}$ tursun

38 $_{093}$oruqa qudar oγlanlarnıng
$_{094}$ udluqları yarılsun

39 qollašıp $_{095}$ köṭürgüči qullarınıng
qoldıqları $_{096}$ ängṭülsün

40 tägirmänkä äliṭsär
$_{097}$tärk tägsün
tarıγ tängärip alsun

41 $_{098}$ügümiš uṅı öṭür bolzun
$_{099}$upa täg aq önglüg bolzun

42 $_{100}$kendükkä tıqar kälinlärning
$_{101}$ käḍäṅi kärilsün:

43 küpkä tıqar $_{102}$ künglärning
körki üẓülsün

44 $_{103}$ašadačı bäglär adasız bolzun
$_{104}$alqu mängilär qurumasun

45 $_{105}$yedäči kišilär igsiz bolzun
yinṭäm $_{106}$mängilär qurumasun

46 aċnıng aṭı [107] baṭ baṭsun
elning ulušnung [108] ögrünčingä
nomnung šaẓın [109]-nıng sävinčingä

47 ür üdün [110] ögrünčkä
üẓäliksiz tuṭčı [111] mängikä

48 aralap ada tuda [112] bolmazun
inčä bolzun

3.2 汉译

00 愿阖家幸福,愿是这样!

01 四洲世界的美姿,
深海深河的自在。
四方山脉的天篷,
平坦褐色大地的高端。

02 永不枯干滚滚流淌,
河流出现在高原上。
源源不断地流淌,
小溪竟冻成冰川。

03 渗入透水灌溉,
毫不厌倦地忙碌开拓,
休耕已久的江堤田间,
他们乐于种地。
对懒惰恨之入骨,
不容(庄稼)不匀,叫人拧齐。

04 总是很耐心地呆在那里，
喜爱坎土曼的庄稼人。

05 汗流浃背，
手上起水疱裂破，
脚后跟被切破。

06 血液硬化嘴巴渴干，
肚子饿得咕咕叫。

07 走遍坎坷不平的田间，
平整高低不均的农田。

08 把扶耕犁弯坏身子，
(不顾)晒黑口渴种地，
挥着坎土曼筋疲力竭。

09 勤奋苦干,从不愿坐，
把种子一粒一粒地埋进土里，
巧妙地及时平地。

10 直至用泉水灌溉，
经历千辛万苦。

11 为水与共享同渠的人们，
不顾死活地打架。

12 春季的每滴用水，
看作滴落的食油。

13 将屋顶大的坎土曼，

扛在肩上到处奔跑。

14 在硬硬的平地上，
光着脚奔跑。
将尖尖的木碎片、荆棘等等，
看作毛发和软毛。

15 怕（庄稼）烧坏渴坏，细心看护，
担心（在耕地）长出野草。

16 （把它）像儿女一样爱护，
使它长大，经历千辛万苦。

17 担心马等牲畜闯进（庄稼），
安排守护人员站岗。

18 每当收割之际来临，
先去水磨碾面，
然后去帮手那里凑人，
去铁匠那里铸造镰刀。

19 从负责捆绑的人员到做饭的女人，
全部在那里凑齐，（哄他们说：）

20 “啊，我的猛虎，我的大象
不停地干下去吧！
让我买来多尔玛般的胖雄羊，
为你们举办宴会，吵得（耳朵）变聋！

21 啊，我的狮子，我的公牛，
现在好好地割麦吧！

22 让我买来食油，
叫人做小油馕(?)，
让你们痛痛快快地吃一顿！

23 啊，我的弟弟们，我的孩子们！
不要闲着，割麦吧！
让人用保暖的瓷缸带来麦酒！
让你们边唱边喝！”这样诱惑。

24 让他们边叫边快速捆绑麦秆，
让他们用耙和马车集中起来。

25 踩着、走着、踏着，
让人做成圆形的脱粒场，
使公牛加到打麦的牲畜当中。

26 让他们好不停蹄地踩踏，
使(麦粒)扬起，堆在中间。

27 簸扬去秕，该放弃的放弃，
用瓷缸陶缸装好麦酒。

28 如果你们(以此)向财神，
竟然肃静供养，
愿财神食之、收下！

29 因(财神)食之收下的缘故，
你们这辛辛苦苦种下的粮食，
愿每袋加一千袋得以回报！

30 当磨掉麦皮温顺地打扬时，

你们从北方吹来的风，
愿总是不断地带来温暖！

31 打碎麦皮抬起它来打扬时，
愿你们来自东边的微风
接连不断，吹个不停！

32 愿小石头般地散开！
愿麦秆般地飘扬！

33 愿沙子般地吹开！
愿山石般地堆起！

34 愿小麦多得像座大山！
愿还没倒到坑里就装满！

35 愿为从后面看的人们，
显得像一个毡房！
如倒在地下室和仓库，
愿它时时刻刻满仓！

36 愿装粮食的人
裂破裤衩！
愿彩色口袋
断掉缝线！
愿有斑纹的公牛
切破脚跟！

37 愿强壮的男人
抬起它不停地装载！
愿美丽的女人把袋口

不断地封好！

38 愿习惯于坑里倒麦的男人
裂破股骨！
39 愿联手抬的奴隶们
弯坏腋窝！

40 如果带到磨坊，
愿它快快到达！
愿（磨坊的人）称好粮食收下！

41 愿所磨之面都过（磨眼），
愿它白得像扑面粉！

42 愿料斗里塞粮食的媳妇们
拉破衣服！

43 愿瓷缸装粮食的女仆们
失去美貌！

44 愿吃（面）的官吏们远离危险！
愿一切幸福无一消失！

45 愿食用它者无病健康！
愿他们永远享受幸福！

46 愿挨饿这词快快被忘记！
为了国度的欢乐，
为了教法的快乐。

47 为了早日的欢乐，

为了永恒不断的幸福。

48 绝不遭到危害，
愿是这样！

3.3 语注

第 004 行 törttin sınγarqı："四方的"，sınγarqı 一般写作 synk'rqy 并读作 sıngarqı，此处的写法与通常的写法有明显的区别，估计与该短语在当时吐鲁番方言的发音有一定关系。

第 010～011 行 tın tarıγlaγ yer：译作"江堤田间"，是指防波堤间的种地，如果不是指火焰山下的种地，也许指峡谷的种地，因为吐鲁番的大部分佛寺在有水的山间，其周围很可能用于种地。

第 012～013 行 ala tegükä tägürmädin bürürdäči：可译作"不容参差不齐、使（苗）长齐"。此处的 ala 意为"苗子的不均匀、参差不齐"，其后的 tegükä 由动词 te-"说"的动名词形式缀接向格词尾而成，而句末的 bürür-为动词 bür-"转弯、弯曲"的使动形式，意为"使转弯"，此处表示"拧齐"。茨默教授译作 ohne sich einen halben Bissen zukommen lassen（使它不受咬伤），但他认为这一译法并不肯定。他把此处的 ala 理解为表示"斑"的颜色词，把 tegü 读作 tigü 并解释为"一块"、"一把"（请与维吾尔语等现代语言的 tikü、tikä"一块"比较）（参见 Zieme 1975，第 124 页）。罗伯恩认为语境不清，不做解释（见 UWb, 90b）。此处，ala 之后的 tegü 有特别强调的功能，意为"叫做苗子长不匀一事"，与现代维吾尔语的 pul degängä toyγuzimän"我会让你受够钱这一东西的灾害"一句中 degän 的功能大体相同。

第 017 行 toγrul-：意为"被切开"，是 toγral-的晚期形式，因前一音节圆唇元音的顺同化变成现在的形式。此行的 adaq songları toγrulu 可译作"脚后跟被切破"、"脚后跟裂破"。

第 027 行 ölgüsin bilmädin urušu：可译作"不顾死活地打架"。茨默教授读作 ülgüsin bilmädin urušu 并将句子译成 kämpfen sie miteinander, ohne Maß zu kennen（不知其分量地互相打架）。笔者认为，此句的第一个词并非具有"分量"之义的 ülgü，而是动词 öl-

“死”的名动词形式 ölgü。

第 029 行 ändäkčä bädük kätmän：可译作“屋顶大的坎土曼”，是用来形容坎土曼之大（见 UWb，379）。茨默教授根据莱萨能的解释推测该词可能此处具有“厚板”（Holzstamm）之意（参见 Zieme 1975，第 126 页）。

第 033 行 yapγut：似是由动词 yap“废毛”（ḥašiyya）派生的名词，但它很可能不是由 yap-“盖、覆盖”缀接 -γut 构成的名词（见 OTWF，第 313 页）。茨默教授译作“羽绒”（Daunen），不妥。该词见于《突厥语大辞典》，第 460 页。克劳松把喀什葛里的解释 al-ḥašiyya wa' l-qarda 译作“填塞物或头发、毛之堆积”（见 Clauson 1972，874a）。丹阔夫解释为枕头，并指明也有“头发或毛之堆积”之意（见 Dankoff 1982 – 1985，第二卷，第 167 页）。《突厥语大辞典》的维译本作 yung vä šuningγa oxšaš närsilär selinip tikilgän töšäk，körpä，汉译本也据此提供“装有毛等物而缝制的被褥”的解释。yapγut 一词还见于 Tugusheva 2004，如 yazqı qar täg，yapγut böz täg，可译作“像夏季的雪，像毛发制布”。笔者一律译作“毛发”。

第 041 行 täšgüṭkä barıp är qılıp：可译作“去帮手那里凑人”。茨默教授把这一句译作“去穿孔器制造者（?）那里做穿孔器”（geht man zum Bohrerhersteller（?）und stellt Bohrer her）。他认为，这里的 täšgüṭ 一词可能与动词 täš-“穿孔”有关，是在动词 täš-后缀接{GUT}构成的名词（详见 Zieme 1975，第 118 页和第 127 ~ 128 页）。尔达里教授认为，该词是因 tägšüt“转者”一词当中的 g、š 二音换位而成，而 tägšüt 是由 tägiš-“交换”缀接-（X）t 来构成的（参见 OTWF，第 312 页）。笔者同意尔达里教授关于该词来源的解释，但尔达里教授把 täšgüṭ 当作动词，解释它为“交换”（exchange）是不恰当的。他把句子英译为 then goes to exchange（it），then recruits（?）men，也不可取。其实，täšgüṭ 是名词 tägšüt“转者、换班者”一词中相邻辅音换位而成，在吐鲁番方言里仍以 täšküt 的形式使用，意为“交换劳动”、“互相帮忙”、“做农活时的帮手”等，指“变工”，其最后一个义项正好与该词在本文中的意义相符。它以 tägšüt 的形式收录在《突厥语大辞典》，意义与此完全相同（详见 Dankoff 1982—1985，第

339 页[原著 227 页];Yakup 2002,第 94 ~ 95 页)。在《突厥语大辞典》还有与其意义相近的 lučnut,也指“变工”,但 lučnut 指打场时的帮手。有趣的是,在喀什噶里看来 tägšüt 和 lučnut 属于同一构词类别(详见 Dankoff 1982 – 1985,第 340 页[原著 227 页])。

第 042 行 orγaq soqṭurup:“使……铸造镰刀”,茨默教授译作 läßt die Sichel schärfen(使镰刀磨利),不妥。艾尔达里教授也采用相近的译法,即 has the sickle beaten(铸成镰刀)(见 OTWF,第 809 页)。显然,他们据 soq-在此前发现的一些文献具有“打”、“打碎”等意义,推断此处可能意为“磨利、铸成”之意。其实不然,此处的动词 soqṭur- 表示“使……铸造”,与表示工具的词语联用时既没有“打”、“打碎”等意义,也不表示“磨利”之意。现代维吾尔语仍使用 orγaq soqtur-这一短语,意为“使……锻镰刀”。

第 044 行 yang{g}alarım:“我的大象”,此处 yanga “大象”一词的写法比较特殊,即多一个 k。

第 046 行 torma:源于藏语 gtor-ma“朵玛”或“多尔玛”,是苯教辛绕弥沃反对杀生祭祀用糌粑捏做成各种形状的供品。现在,朵玛不仅被苯教徒而且被藏传佛教徒广泛用来做供品并成为藏传佛教的一大特色。此处,torma 用来形容作为供品的雄羊之大。该词在 BTT VII,残片 I 的第 2、第 12 行以 toorma 的形式出现(详见 BTT VII,第 72 页,脚注 I 2)。

第 047 行 toylašturu:为动词 toylaštur-“使……互相成亲”的元音副动词形式,茨默教授把它译作 Festmal veranstalten lassen(使……举办宴会),尔达里教授倾向于译作 giving a party(举行晚会),同时不排除该词读作 töläštürü(tölä-“赔偿”的派生词)的可能性(见 Zieme 1975,第 118、第 129 页;OTWF,第 818 页)。笔者认为,此处的 toylaštur-由 toylaš-“互相成亲”加-tUr 来构成,toylaš-的实施者并非为说话者本身,而是参与成亲的各方,也就是劳动者本身,现代维吾尔语的 toylaš-也具有“互相成亲”的意义,故不能简单地译作“举办宴会”或“举办晚会”。在笔者看来,该词很难读作 töläštürü,故不考虑。

tongusaq qıl-:茨默教授译作 ein Schwein(?)bereiten“准备一

头猪”(见 Zieme 1975,第 118、第 129 页)。尔达里教授认为,tongusaq 很可能是具有“最妙”、“上等”之义的 tangsuq 或 tanggusaq 一词的误写。在笔者来看,茨默、尔达里二位学者的建议很难接受。将此处的 tongusaq 与 tonguz“猪”联系起来,不合句义。虽然 tangsuq 在语义上似乎可以说得通,但该词此处写得很清楚是 twnkws'q,不像是误写,尤其是第一音节的元音不支持误写论。此处的 tongusaq 似是由 * tongusa-(tongu“聋子”+-sa?)缀接-(U)q 构成,表示“变聋”。请与 baγırsa-q“仁慈”加以比较。此处,好像是在说办一个非常热闹的宴会,吵得耳朵都变聋。

第 050 行 yaγlıγ taq̈čang:暂译作“油馕”,也许是 taq̈čang 是 toqač“小馕”一词的表小表爱形式,但该词的语源尚待探讨。

yalq̈ıṭ-:有“吃得饱饱的”、“吃得过多”、“不能消化”等意义,茨默教授读作 yalγıṭ-,并认为该词是 yalγat-“品尝”的一个变体,不妥(参见 OTWF,第 792 ~ 793 页的分析)。

第 059 行 täpin:是指碌碡,仍在今吐鲁番方言、伊犁方言等维吾尔语地域变体中常用。在部分维吾尔方言区用 toluq 来表示碌碡,如喀什、阿图什等。茨默教授猜测该词应用于碾压的农具,但未能确定其确切意义。具体分析详见 Yakup 2002,第 95 页。

第 066 行 tanyadevi:源于梵文 Dhanadeva,梵文有叫 Dhanadeva 的人名,但此处很可能与印度神话中夜叉族王和财神俱毗罗(梵文 Kubera)的别名 Dhanadeśvara 或 Dhanada 有关。BTT III,115 出现 tany(a)devi tavar tängrisi Dhanadeva“财神”,此处暂译作“财神”。

第 072 行 yınır:应是具有“人体”、“身体部位”、“皮肤”等意义的 yin 一词(EDPT, 941b)的宾格形式。该词一般缀接带有前元音的宾格附加成分,但根据克劳松提供的资料和分析,在诗歌中也有缀接宾格带后列元音变体的情况,如 yınqa(参见 EDPT, 166b)。该词在现代维吾尔语中的形式为 yın,喀什等南部方言有 žın,均有后列元音。估计在晚期回鹘语里该词已有两种形式,即既带前列元音又带后列元音的形式,此处转写为 yın。

tüš qovsun:茨默教授把第二个词读作 süṣün,并把该词当作由动词 sü- 派生的名词,如土库曼语的 süyšmäk“剩下”、“存在”(参见

Zieme 1975，第 131 页，注 87）。笔者认为，第二个词的第一个字母应是 q，这个词可读作 qovsun 或 qovẓun，为动词 qov- “追加”、“跟上”（EDPT，580b）的祈求式形式，而整个短语 tüš qovsun 意为“增加利益”、“加倍回报”。

第 077 行 yümrip：茨默教授读作 yügürü，但该词的拼法为 ywmryp，很难读作 yügürü，应是具有“打碎”之意的动词 yemir-或 yümir-的副动词形式。何况 yügürü 不能支配宾格名词，即 yınıγ。

第 096 行 ängṭülsün：也可读作 äng（i）dülsün，意为“被弯坏”，应是动词 ängit-“弯腰”的被动形式。茨默教授读作 arḍulṣun，似是当作动词 artıl-“装载”的被动形式。尔达里教授也认为它是动词 artıl-，但他说“该动词在此处的用法可疑”（见 OTWF，第 654 页）。罗伯恩教授认为此处的读法可疑，认为很可能是别的动词的误读（详见 UWb，215b）。可惜，二位学者并不提供新的读法或解释。

第 98 行 ügü-：“磨面”，应是克劳松的词典收录的动词 ögi-（见 EDPT，101b）因顺同化形成的晚期形式，该词在维吾尔语和田方言以 ügi-的形式仍在使用，喀什方言也有由此派生的名词 ügit 或 ügüt “用于磨面的粮食”。

4. 京都残片的标音转写、汉译和语注

4.1 标音转写（= SA）

00 $_{01}$y-a qutluγ bolzun ymä kim inčip ol

01 üšüṭüp tongurup simäkläp
üč tört $_{02}$yıl-lar-tın bärü bäklämiš

02 tanglančıγ ädgü bo tarıγ-laγ yer-lär-kä
tarıγ-ın uruγın $_{03}$sača turup
tarγ̆ıl qızıl öküz-lärig
tartıp kälürüp sa-pan-qa qošṭurup

03 $_{04}$uṅup sıṅıp qatıγ-laṅıp
uruγ̈ın yer-kä baṭurup
oγul-ča qızča igidü
$_{05}$orγu bolγ̈u-sun küẓädü

04 'ävini bıšıp sarγarıp
ädgüdi bıšıp aq̄arıp
'ägir $_{06}$[ ]γlanıp
'ärtingü uz ädgü orγu üḍi bolduq-ta

05 tägirmän barıp men $_{07}$[ügüp
täšgü]ṭ tägä 'är qılıp
tämirči barıp orγaq soqṭurup

06 orγaq $_{08}$[soqγučı tämirčidin]
baγ baγlaγu-čı-qa tägi
bašaq 'ävdigüči oγlan-qy-a-lar-qa $_{09}$[tägi
barča ant]*a* qıldıngızlar 'ärsär

07 y-a yanga-larım tonga-larım
$_{10}$[yaqšı orunglar amtı (?)]

08 *y*apa yer-ni orup tüšürüng-lär
yaγlıγ $_{11}$[taqčang qıl]durayın sizlärkä

09 y-a tonga-larım yanga-larım
[turmadın tuṭčı täginglär (?)]

10 $_{12}$toγan-qy-a-larım qodmang-lar

torm-a $_{13}$[täg erkäč alıp kälip] yedüräyin sizlär(-kä) tep

11 orlayu qıqır-a [ ]
$_{14}$ol küntin bo künkä tägi
orup tükätip [ ]

12 $_{15}$[qolın(?)] qošdurup čıč-m-a
qod{ a }matın baɣ̈ın yıγdurup
čuɣ̈layu $_{16}$[ ]up

13 tosın udlarıγ kälürüp
tuluq-qa liṅ-kä qošturup $_{17}$[ ]/swp

14 oɣ̈lan-lar-q̈a sürdürüp
yorɣ̈ud-layu aq̈ıtıp
yoɣ̈du-layu $_{18}$yumš̤adıp
oṭr-a-sın yarıp

15 yavɣ̈aṅ yaɣ̈ıš̤ y(a) ngı bor
yul-a küš̤i $_{19}$tützüg-tä ulaṭı-lar üzä

16 tapıṅtıngız-lar ’ärsär bo sizlär-ning
$_{20}$tapıṅmıš tapıɣ̈ıngız-lar-nı udunmıš uduɣ̈unguz-lar-nı
tanyadevi t(ä) ngri körü

17 $_{21}$ašamaq̈-ları täginmäkläri bolz-un
ašamaq̈ tägiṅm(ä) k tılṭaɣ̈-ında bo örtgün-$_{22}$tä tar-ıγ üklisün

18 t(ä) ngri-kä tägä turur k(ä) nt bolzuṅ

täv-ä örgüz-ä köẓünmäz $_{23}$bolzuṅ

19 čapča birlä köṭürüp salmıš-ta
č(a)rlayu qum-layu qudulsuṅ
čar-ıṅ $_{24}$kängäs-in käsäkiṅ
čapıp qıdıɣ̈-qa üṅdürsüṅ

20 q̈oldamlayu köṭürüp salmıš-ta
$_{25}$q̈umlayu saylayu q̈udu[lsun]
[qor]um q̈ayalayu ükülsün
q̈ollaš-ıp köṭürüp $_{26}$taγar-lar-ṅı
q̈oduz[larqa ešäklär]kä yükläsüṅ

21 s(a)p-lıɣ̈ küyäkiṅ salmıš-ta
$_{27}$saylayu q̈umlayu q̈udu[lsun]

22 saqış̤ın aγ̈darıp alıp
s[a]nsız saq̈ıš-sız $_{28}$kölük-lär-kä yüklä[sün
sarva] kölük-läri yüz bolup
s(a)ngları oru-$_{29}$ları miṅg toššun

23 t[arıγ-larıγ] q̈uda q̈uda
aḍaq̈-lar-ı šırpasun
taduṅluγ̈$_{30}$taq̈čang yeyü yeyü
[ta tä]ginsüṅ

24 basa basa tašuyu
balıq̈ q̈apıɣ̈-lar-ı $_{31}$orpasuṅ
barčın täg y[umšaq bolsun]

balar-ča ymä q̈almaz-uṅ

25 süpi 'äviṅ-lig [ ]

4.2 汉译

00 愿阖家幸福，愿是这样！

01 受冻越冬精心备用，
三四年来等待播种。

02 这些肥沃的良田耕地，
不时地散播种子，
不管是花牛还是红牛，
都叫人拉来套犁。

03 挖地开沟辛勤劳动，
把种子埋进土里，
（把麦苗）当作照顾儿女，
守护到收割为止。

04 颗粒成熟变黄，
完全成熟成白，
围绕[ ]，
极美的割麦期到来。

05 前去磨坊磨面，
来到帮手那里凑人，
去铁匠那里造镰。

06 从[造]镰的[铁匠]，
到打捆的人们，

直到拾麦穗的小孩，
如你[已全]凑到跟前。

07 啊，我的大象，我的猛虎，
[你们现在好好割麦吧！]

08 全部都收割好，放在地上，
让我为你们[准备油馕]！
09 啊，我的猛虎，我的大象，
[不停地干下去吧！]

10 啊，我的小隼，你们不要放下，
让我带来多尔玛般的雄羊供你们吃。

11 这样呼唤，大喊大叫[　　]，
从那天到今天，
收割完毕[　　]。

12 不要袖[手]旁观躺下，
堆积麦捆，不要留下，
集中起来[　　]。

13 野牛驯牛全都带到，
全在碾轮上绑套。

14 让孩子们飞驶(驯牛)，
使(麦子)酸奶般地流出。
驼毛般地压碎，
从正中间粉碎。

15 以素食、祭酒、鲜葡萄酒、

油灯、香等

16 如你们供养,你们这些
奉侍和供养
愿财神能够看到!

17 愿他能接受、食用,
谢他食用,愿在麦场粮食增量!

18 愿它成为登天城市,
挡住屋顶都不可视。

19 当用杈子举起扬场,
愿(麦粒)像麦皮和沙子一样飘扬!
麦皮、遗物和土块,
让他们打到一旁!

20 当用力抛出扬场,
愿像沙子和沙石飘扬!
愿像山石一样增量!
让他们联手抬起麻袋,
摞在牦牛(和毛驴)的背上。

21 当用带把的木锨扬场,
愿像沙石和沙子飘扬!

22 按数把(麦子)倒出,
驮在无数的牲畜。
愿[他们的马驹和]牲畜成百,
仓库和粮窖满千遍(良麦)!

23　倒着、倒着[粮食],
愿他们双脚慌乱!
吃着吃着嫩嫩的牛肉馕,
愿他们得到[　　]!

24　经接连不断地装运,
愿城门被磨破。
锦缎一样[变软],
连小片(?)都不要留。

25　有 süpi 颗粒的[　　　]

4.3 语注

第 03 行 sa-pan:此处 sapan“犁”一词的拼法比较特殊,即第一音节和第二音节分开拼写,明显区别于该词在《丰收歌》柏林残片的写法。

第 04 行 onup sıṅıp:“挖掘开沟”,莫利纳尔博士和茨默教授读作 unup sıṅıp,认为前一个是具有“能够”之意的动词 u-的反身态形式(见 Molnár /Zieme 1989,第 147 页)。笔者认为,第一个成分和第二个成分是双词、意义相近,前一个应是表示“切开”、“雕刻”、“挖掘”等意义的动词 yon-的副动词形式(见 EDPT,942b)。此处,词首辅音脱落,以 on-的形式出现,而词首 y 的脱落在回鹘语比较常见。

第 05 行 orγu bolɣ̈u-sun küẓäṭü:莫利纳尔博士和茨默教授把第一个词读作 urγu,认为是动词 ur-的名动词形式,解释为“发芽”(见 Molnár /Zieme 1989,第 147 页)。但是,在古代维吾尔语和现代突厥语至今未见 urγu 一词表示“发芽”的例证。一般来讲,urγu 在现代突厥语言表示“重音”,是作为语言学术语使用。笔者认为,此处的 orγu 应是动词 or-“收割”的名动词形式,此处与助动词 bol-结合表示“长成(可以)收割的程度”。当然,orγu 很可能指镰刀或其他用于收割的工具,也许是 orγaq“镰刀”的同义词,而 bolqu 有可能意为“锤子”。请与现代维吾尔语 bolqa“锤子”比较。问题是,回鹘语未见有表示“锤子”的 bolqu 一词。

第 06 行 tägirmän barıp：意为“去磨坊”，此处在 tägirmän 之后缺向格附加成分，参见柏林残片第 040 行。也许此处的向格附加成分可以省略。

第 07 行[täšgü]ṭ tägä：“来到帮手那里”、“去帮手那里”，柏林残片有 täšgüṭkä barıp“去帮手那里”，此处动词 täg-是否可以不要求其前的补足语以向格形式出现，并不清楚。

第 08 行 bašaq ʼävdigüči oγlan-qy-a：可译作“拾麦穗的小孩”，莫利纳尔博士和茨默教授读作 basa ʼävdigüči oγlan-qy-a 并译作“还有负责堆积的小孩”。第一个词明显是 bašaq “麦穗”，此前的 orγaq soqγuči “铸造镰刀的”、baγ baγlaγuči “负责捆绑的人员”等结构中的形动词之前均带有宾语，故此句的第一个词不应是 basa，而是 bašaq “麦穗”，是形动词ʼävdigüči “拾的人”或“拾者”的宾语。

第 11 行 taqčang：“小馕”是参考柏林残片的同一句子补缺，但此处损坏部分较多，其前后似乎应有别的词语。

第 13 行 sizlär(-kä)：原文缺向格附加成分，此处据柏林残片的第 051 行补充。据柏林残片，动词 ye- 的实施者要求带向格。

第 15 行[qolın(?)] qošdurup：“合着手”，意为“袖手旁观”，现代维吾尔语有与此完全相同的固定短语。其后的 čıč-应是《突厥语大辞典》收录的 čıž- “躺下”(参见 Dankoff 1982 - 1985，第 268 页；EDPT，400a)。《突厥语大辞典》的维文译本把该词译作 yäl qoy-，显然不妥。

qodmatın：“不留地”，在此处写作 qodamatın，如果该形式不是 * qoda-的否定副动词形式，那么应是 qodmatın 的误写或晚期回鹘语特有的另一拼法。

第 16 行 tosın：“野”，一般写作 tosun，现代维吾尔语等许多现代突厥语言仍保留该词。莫利纳尔博士和茨默教授猜测此处有可能像奥斯曼时期有些方言一样表示三岁公牛(详见 Molnár/Zieme 1989，第 148 页)。笔者认为，此处该词表示三岁公牛的可能性极小，因为套帮碾轮的牛未见要求应是三岁公牛。

tuluq lin：“滚轮”，其中 tuluq 表示“碾砣”，其后的 lin 应是汉语

“轮”的音译。请与“轮”的中古汉语音 lyn 和元代发音 lyn’比较。中古音和元代音见 Pulleyblank 1991,第 202 页。莫利纳尔博士和茨默教授曾做同样的解释(详见 Molnár/Zieme 1989,第 148 ~ 149 页)。

第 19 行 tützüg:茨默教授读作 tükäzüg,但在词汇表加注作 tükäzüg(= tützüg)。笔者认为,该词的第三个字母 t 的写法有点特殊,一看像 k,再看又像 kw,应是 t 的另一种写法。

第 22 行 tävä örgüzä:是双词,表示“屋顶”,其中 tävä 至今仍在维吾尔语的吐鲁番方言以 tövä 的形式使用,örgüzä 在维吾尔语的文学语言和南部方言常用(详见 Yakup 2002,第 98 ~ 99 页)。莫利纳尔博士和茨默教授认为,此处的 örgüzä 应是 örgüzi 的误写,但他们主张的 örgüzi 由 örgü-“凸出”加-zi 构成的解释很难成立,因为未见古代突厥语有-zi 这样一个由动词构成名词的词缀。许多现代突厥语言使用借自蒙古语的 örgü(见 Leksika 1997,第 501 页)。

第 23 行 č(a)rlayu:“像麦壳”,莫利纳尔博士和茨默教授读作 čalayu (Molnár/Zieme 1989,第 143 页)。但该词的第二个字母 r 清楚可见,读作 č(a)rlayu 更为恰当。

第 24 行 kängä:是指抽取麦壳以后的遗留物,该词仍在维吾尔语的哈密方言以 kängä 和 kängi 的形式使用(详见 Yakup 2002,第 99 页)。语源上似乎与 kenki“最后的”有关。莫利纳尔博士将 kängäs 当作一个词并与《突厥语大辞典》的 köngüz “动物的屎便”联系起来(详见 Molnár/Zieme 1989,第 150 页)。其实,kängä 之后的 s 属于第三人称领属词尾-(s)I。此处 kängä 前后的 čar “麦壳”、käsäk“土块”这两个词均带这一词尾。

第 27 行 saqıš:莫利纳尔博士和茨默教授解释为“精心”(?),但并不很肯定。此处的 saqıš 来源于动词 saq-“计算”,意味“数字”,其与工具格附加成分结合的形式 saqıšın 表示“按数”、“按照数量”、“照数”。

第 28 行[sarva]:该词在维吾尔语罗布方言表示“马驹”,暂用该词来补缺。也许也可用 sanlıγ“有限的”来补缺。

第 29 行 t[arıγ-larnı]:“把粮食”,莫利纳尔博士和茨默教授把这一空缺补作 t[aγar-larnı]“把麻袋”,但此处具有“倾吐”、“倒出”

等意义的动词 qud-与 taγarlarnı “麻袋”无法结合，也就是说，麻袋不能作为倾吐、倒出的对象，因此似乎用 t[arıγ-larnı]“粮食”补缺更为合适。如果要用表示麻袋的词来补缺，也许应该用 t[aγarlarγa]来补缺。照片上无法确定该残片此处有 t，其后的诗行也以 a 起行，很难肯定这一诗段究竟押 ta 韵或押 a 韵。如果该诗段押 ta 韵的话，那么第二行的 adaq“脚”就不押 ta 韵，应属例外。

第 31 行 orpa-：是动词 opra-“变老、摸坏”的一个变体，因两个辅音的换位变成现有形式。

balarča：有可能由动词 bal-“捆绑”的不定形动词形式结合相似格附加成分-ča 构成，意为“连可捆绑(的东西)”，但也有可能是意义不明的名词 ＊balar 或者是 ＊bälär 的相似格形式，尚待澄清。

4.4　附录：《丰收歌》后面的韵文(= SB)

《丰收歌》的后面有一个似是绕口令的小文，既押头韵又押脚韵，由四段四行诗构成。彼得・茨默教授曾把这一小文转写、翻译，与《丰收歌》一同发表[1]。《丰收歌》与这一小文的内在联系尚待研究，但它与《丰收歌》并非属于同一文献，因为《丰收歌》的最后几行宣称其结束。

文书这一部分第 7、第 8 行之间有五个汉字，第 12 行和第 13 行之间有藏文，文末有类似练字的几个字母和词。其中，直接连在韵文中的两个词可读作 yangıluq “人类”、toγ “土”(若是动词，应读作 tuγ-意为“出生”)。

彼得・茨默教授把这一韵文作为《丰收歌》的一部分首次刊布研究，此后未见有人对文献的这一部分做过探讨。笔者在茨默教授研究的基础上对这一韵文做一释读，附在《丰收歌》之后。

4.4.1　标音转写

1　　$_{01}$qašγalaq bašlıγ qaẓı qal

$_{02}$qana saynıng tašı qaṭ

$_{03}$qadašqa uruγqa yaγı

---

[1]　见 Zieme 1975，第 116 页。

$_{04}$qarnı tola aγu

2 qılmıš $_{05}$iši qıyıq
qılıqı käṅṭü $_{06}$sıyuq
qıqırıp qačar $_{07}$qırıq
qırṭıšı äski $_{08}$čaruq

3 baγraγu söẓ bäčäl $_{09}$öẓlüg
baššız balamuṭ $_{10}$sözlüg
bas qırγuy $_{11}$täg köẓlüg
barčatın $_{12}$qudı qıya töẓlüg

4 tüz $_{13}$ä yaγuq(?) qaplıγ
toquẓ baši qaprıγ
t[o]*q*uẓ torquγ$_{14}$-a taplap
turmaz //[ ]

4.4.2 汉译

1 他的大鹅头鹅又野又狂,
Qana 石滩石头重重。
对亲属和部族是死敌,
满腹装的全都是毒种。

2 所作所为都不对头,
做法本身并不严肃。
喊叫着逃跑,是瘸子,
是变色、过时的鞋子。

3 说话粗暴,灵魂残废,
毫无头脑,满口废话。

双眼像老朽雀鹰之眼，
本性比一切最次最差。

4　方方面面全带胎膜，
九头全都被包围。
满足于九张丝绸，
不会……呆……

4.4.3　语注

第08行 baγraγu：应由 buγraγu“粗暴”一词变化而来，似是第一音节的 u 受其后音节的逆同化而变成宽元音 a。茨默教授作 ba//，但所有字母都可看清，可以读作 baγraγu。至于 buγraγu 详见 EDPT，第319页。

第9行 balamuṭ：为蒙古语借词，意为“不加思考”、“可笑”、“疯狂”等（详见 Zieme 1975，第136页，注释136）。

第10行 bas：茨默教授作 ba//，鉴于其后的字母虽然有点模糊但可看清，笔者暂读作 bas“生锈”，似是修饰雀鹰老朽。

第13行 t[o]*quẓ* torqu：茨默教授读作 toquš turγu 并译作“打仗、吵架”，似是把第一个词看作是与 toqıš“吵架”、“打仗”是同一个词。虽然 toqıš 在回鹘语里也有 toquš 的变体，但它与其后 turγu 的关系却无法解释。此处，暂读作 t[o]*quẓ* torqu“九张丝绸”。一般来讲，动词 tapla-支配宾格，此处支配向格是否有特殊意义，不得而知。

第14行 turmaz：茨默教授读作 turamaq，因没有 tura-这一动词，无法理解其意义。笔者作 turmaz，是动词 tur-“站”、“呆”的否定不定式形式。

四、描写性诗歌研究

T.《三宝的描写》

0. 引言

1988 年至 1995 年间，中国敦煌研究院石窟考古研究所的学者们在莫高窟北区石窟进行考古发掘，在 B53 号窟发现一些汉文、回鹘文、西夏文文献，其中还有一件叙利亚文景教文献，编号为 B53：14〔1〕。叙利亚文文献残存四页，折叠装，用纤维交织较匀的白麻纸书写，每页有 15 行叙利亚文。在这一件叙利亚文景教文献的第二页有 16 行行间加写的回鹘文头韵诗。文献发现不久，北京大学段晴教授和中央民族大学张铁山教授分别对这一文献的叙利亚文、回鹘文部分进行初步研究，刊布文献的拉丁字母转写和汉文译文，段晴教授还把文献的叙利亚文部分与《旧约》的别西大译本的对应部分进行了比较〔2〕。据北京大学段晴教授的研究，文献的叙利亚文部分为《圣经》文选，摘录的是《旧约》中《诗篇》的内容〔3〕。根据彭金章教授等编《敦煌莫高窟北区石窟》一书（以下简称 DMBS）提供的信息，文献有回鹘文的那一页大小 19.8 cm（高）× 30.8 cm（宽），文面规格为 16.0 cm（高）× 10.9 cm（宽），行间距离为 1.1 cm〔4〕。DMBS 的第一卷刊布了这一文献较高质量的彩色图片〔5〕。笔者根

〔1〕 这一洞窟还出土一些纺织品、棉花、木器等，详见 DMBS 第一卷，第 190～198 页。

〔2〕 段晴教授的研究成果见 DMBS 第一卷，第 382～390 页。张铁山教授的解读见 DMBS，第一卷，第 391～392 页。

〔3〕 段晴 2000，第 383～384 页。

〔4〕 详见 DMBS 第一卷，第 195 页。据同著提供的信息，其余三页大小也跟这一页相同，只是文面略有不同，为 11 cm。

〔5〕 见 DMBS 第一卷，彩版一九（XIX'-XX'）。

据DMBS的这一图片,对文献的回鹘文部分进行研究,推出了文献的文字转写、标音转写和语文学注释,并把回鹘文部分译成了英文,发表在茨默教授六十寿辰纪念论集〔1〕。笔者的论文发表后不久,看到彼得·茨默教授和牛汝极教授有关该文献回鹘文部分的研究论文〔2〕。经比较,发现茨默教授的转写和译文与笔者的整体相同,牛汝极教授的转写和译文却与笔者和茨默教授的论文有较大的不同,尤其是文献译文和对一些词的解释上出入较大,这里不一一列举比较。此后,于2011年,笔者在自己2002年论文的基础上,参照相关研究成果,对文献进行了进一步研究,把文献译成汉文发表,文中基本保留了笔者2002年论文的转写和释读,但对一些内容作了必要的修改和调整〔3〕。

段晴教授写道:"新发现的叙利亚文文书的首页上有回鹘文的押头韵文,行文十分流畅,说明是不一定通晓叙利亚文的回鹘文人所写"〔4〕。根据张铁山教授的汉文译文她又写道:"仔细阅读文书首页上回鹘文的内容,很像是一个刚刚接受了景教信仰的人在表述内心的希望,他希望得到好的报应。这个抄本可能就是回鹘人的,他按照景教僧的规定抄下叙利亚文的《诗篇》,以便天天吟咏,一次所抄的内容熟悉之后,再抄下另外的内容。当然,这仅仅是笔者的推测。"〔5〕段晴教授认为,文书中的"红色符号比文字本身更为神圣,谦恭的书写者见到红色符号,甚至不将文字写完整"。她还把红色符号与突厥—蒙古族的萨满教信仰联系在一起,并指出,"根据文书中数行不整的现象所示,这份叙利亚文书应当是熟悉萨满教的景教信仰者所抄"〔6〕。张铁山教授认为,回鹘文部分"似为佛教文献"〔7〕。这些观点有一些互相矛盾之处,这里不一一深究。需要提

〔1〕 见Yakup 2002。
〔2〕 茨默教授的研究见Zieme 2003,第125~136页;牛汝极教授的论文见牛汝极2002年(该文也收录在牛汝极2008,第45~50页)。
〔3〕 见阿不都热西提·亚库甫2011。
〔4〕 段晴2000,第383~384页。
〔5〕 段晴2000,第384页。
〔6〕 段晴2000,第384页。
〔7〕 张铁山2000,第391页。

到的是，回鹘文部分的有些文字，例如第十一行和第十二行，明显越过这些红色符号，更重要的是文献回鹘文部分的书写者与叙利亚文部分的书写者明显不是同一个人。回鹘文的书写者只是利用行间的空白部分书写回鹘文韵文。在汉文文献的行间书写回鹘文的类似文献并不少见。最重要的是，关于这一文献的系统研究应从文献回鹘文部分的重新刊布和释读开始进行。

笔者认为，至今我们没有证据证明或否定该文献的叙利亚文部分由回鹘人抄写。众所周知，回鹘人也曾经使用叙利亚文来书写回鹘语，但大多为景教徒碑铭，主要发现在新疆维吾尔自治区霍城县境内的阿力麻里古城（Almaliq）、吐鲁番的布拉依克（Bulayiq）和库鲁特喀（Qurutqa）遗址，内蒙古自治区的百灵庙、黑城、呼和浩特、赤峰，甘肃省的敦煌千佛洞等地及福建省的泉州及江苏省的扬州等地[1]。需要说明的是，敦煌地区发现叙利亚文景教文献的书写者不详[2]。如果莫高窟北区石窟新发现的这一叙利亚文文书确实是回鹘人抄写的，那么它又一次证明回鹘景教僧在敦煌地区的存在，也为进一步了解敦煌回鹘社会宗教状况提供重要证据。但是，莫高窟北区石窟文书的回鹘文部分的书写时间应晚于其叙利亚文部分，而且内容明显是佛教的。因此，该文献的回鹘文部分不能作为证明该文献的叙利亚文部分也由回鹘人抄写的证据。顺便需要提到的是，该文献的回鹘文部分与在同一洞窟发现的其余四件回鹘文文书在讨论这一话题方面具有重要的参考价值。因为，这些回鹘文文献显示，该洞窟曾被回鹘人所使用。

1. 回鹘文部分的断代、内容和韵文结构

段晴教授和张铁山教授把文书的时代定为元代，这是正确的。DMBS 的第一卷所见以下内容是支持这一断代最有力的旁证：

窟内出土遗物时代普遍要晚，从窟内出土的西夏文《金光明最

---

〔1〕 参见 Zieme 1981，第 221 ~ 232 页；Hamilton/Niu 1994，第 147 ~ 164 页；Geng/Klimkeit/Laut 1996，第 164 ~ 175 页，牛汝极 2008，第 1 ~ 41 页。

〔2〕 参见 Klein/Tubach 1994，第 1 ~ 13 页；Kaufhold 1996，第 49 ~ 60 页。

胜王经》的汉文文书有"中统抄"和盖有八思巴文印记以及有"至元三十年"分析，窟的使用下限一直延续到至元三十年(1293 年)以后当无疑[1]。

下面提到文献的回鹘文部分所见晚期回鹘语的一些语言特点，他们是支持文书元代断代的又一有力证据。

(a) 存在 s 和 š 以及 z 的相互混淆现象，例如第十三行的 ažunınta "在其世界"被写作"swnynt'，第十一行的 täzik "大食"被写作 t'syk，第十五行的 aṣ-ta (< 梵文 aṣṭa "八")被写作 "z t'。

(b) t 多次用 d 来标示，例如第五行的 qoltγulap "乞求"写作 qwldqwl'p，第六行的 qutınga "对……的福"写作 qwdynk'，第七行的 atlıγ"叫做"、"有……名的"写作"dlyq。

如前所述，文献回鹘文部分的书写时间应晚于文献叙利亚文部分的成书年代，但到底有多长的时间距离，很难判断。

除了最初两行，文书回鹘文部分的其余十四行是一首完整的头韵诗，由三个诗段构成。其中，第一诗段由六个诗行构成，第二、第三诗段各含四个诗行。每行的音节数并不一致：有些诗行由 7 个音节构成，有些诗行有 8 个音节，有些诗行的音节数则达到 9 个。这首头韵诗的音节结构可做如下分析：

1	qu	2 +2 +3 =7
	qo	3 +2 +3 =8
	qo	2 +3 +3 =8
	qu	2 +2 +3 =7
	qo	2 +2 +2 +3 =9
	qo	2 +2 +2 +3 =9
2	bu	3 +3 +3 =9
	bu	3 +4 +1 +3 =11
	bu	3 +3 +3 =9
	bo	3 +2 +3 +4 +3 =15

[1] 见 DMBS，第一卷，第 198 页。

3　　a　1 +3 +3 +4 =11

　　a　2 +2 +3 +4 =11

　　a　2 +2 +2 +1 +2 +3 =12

　　a　3 +3 +3 +3 =12

最初刊布这一文献回鹘文部分的张铁山教授指出,“回鹘文似为佛教文献”,可惜他未进一步说明是何类佛教文献。据笔者对文献回鹘文部分的分析,文献的回鹘文部分是一首阐释佛教“三宝”的诗,其第一、二行提出问题,问“应如何对‘三宝’这个词作出解释?”,第三行至第十六行逐个回答第一行所提出的问题:第三至第八行谈到作为“三宝”之一的佛,第九至第十二行谈的是法,第十三行至第十六行则是关于僧的。答题是回鹘文诗歌的重要部分,但其对“三宝”的解释十分独特,与通常的解释并不一致。这一部分的内容并不像许多回鹘文佛教诗歌那样是某一汉文韵文的回鹘文译文或某一汉文佛教文献的韵文体再创作,而更像是回鹘人自己的发挥和创作,故不见于《大藏经》和其他佛教文献。笔者在本书《其他内容赞美诗》部分的《西宁王速来蛮赞》一节把该文书第六行的 qulı nom-taš 与西宁王家族联系起来看待,认为 qulı 很可能是 nom qulı 简称,可能指察哈台系东部后王始祖出伯之长子喃忽里(Nom Qulī),把 nom-taš 视为喃忽里的儿子喃答失(Nom-Taš)。如果这一解释成立,这首诗包含关于西宁王家族的描写。

需要提到的是,在回鹘文文献的第十一行出现 busurman“穆斯林”、täzik “大食”等词,说明元代敦煌的回鹘佛教徒与伊斯兰教有接触。在元代回鹘文世俗文书中,使用阿拉伯、波斯语借词并不罕见,说明在当时吐鲁番地区的佛教徒与伊斯兰教开始有接触。铁兹江教授和茨默教授刊布的一件回鹘文文书明显反映佛教徒与伊斯兰教的冲突,因为该诗包括对伊斯兰哲理的批判[1],有一些文献还

[1] 见 Tezcan/Zieme 1990;也见本书导论和这一章的相关内容。

提到伊斯兰教先知穆罕默德,如《圣尊弥勒赞》、《字母诗》等[1]。虽然这些文献的出土地点为吐鲁番地区,但是吐鲁番和敦煌的宗教、文化联系历来十分紧密[2],莫高窟北区石窟文书也使用 busurman、täzik 等与伊斯兰教有关的词语,不足为奇。在回鹘文文献当中,有一类反映回鹘佛教徒与伊斯兰教的接触和冲突的一些残片,构成回鹘语文献的一个独特小类。他们的一个共同特点是都采用押头韵,即运用头韵法写成的。这些文献需要进一步综合研究,这里暂不深究[3]。

2. 行间夹写回鹘文头韵诗的标音转写、汉译和语注[4]

2.1 标音转写

bolur üč {t} ärdini tegü sav nägü tep
yörüg yörär ärki
1 qulda küng-tä tuγmaγ-u
qolu-tın erinč bolmaγ-u
qolup kolṭγulap almaγ-u
qulı nom-ḍaš quṭınga
qobı savıl atlıγ yerlär-tä
qorqup kodı töpün qačar-ta
2 buyanlıγ išl-(ä)r-ning küčindä
burun-qı vapši-lar-nıng bo söz-indä
busurman täẓik-ning išindä
bolur mu ärki ozaqı yaqšı-l(a)r-nıng tüšindä

[1] 参见 Arat 1965,11: 155;Tezcan 1974,第 1019 行。
[2] 参见 Rong 2006,第 275 ~ 298 页。
[3] 参见 Arat 1965, 11: 155;Tezcan 1974,第 1019 行, 尤其是第 72 页的脚注; Tezcan/Zieme 1990,第 17 页注 1,第 146 ~ 151 页; Yakup 2000,第 1 ~ 25 页。
[4] 笔者的转写明显区别于张铁山先生的转写,这里不一一列举比较。

3　$_{13}$alp bulɣu-luq yalınguq ažunın-ta
$_{14}$az-qya buyan qılɣuluq küčinin-tä
$_{15}$aṣ-ta sah-a sir-a nom ävmäk tüšin-tä
$_{16}$asanke barɣuluq iš-l(ä)r-ning yolında

2.2　汉译

有个叫做“三宝”的词，
不知应该如何释之？

1　(佛)不由男奴、女仆所生，
不因静虑而感到悲伤，
不经乞食而得到报偿。
为(法)奴、法兄之福，
在空虚、坎坷的(?)地方，
正在上下不安地逃亡。

2　(法)在有功德的事业之力，
在先前法师的这些话里，
在穆斯林大食之事，
不知是否(还)在于先前有报之善事。

3　(僧)在难得的人道，
在做功德，哪怕是微不足道，
在译八千经的酬报，
在应去无数次的事业之道。

2.3　语注

第1行 tegü：该词此处写作 t’kw，与通常的写法 tykw 有所不同。此处的写法纯属拼写错误或反映在当时的畏吾尔口语里半闭前元音 e 的低元音化倾向，较难判断。

第4行 qolu：意为“十秒”，似是此处有“静虑”之义，是动词

qolula- “静观”派生的基础(参见 OTWF,第 440 页)。

第 6 行 qulı nomdaš: 含 qulı 和 nomdaš 两个成分,其中 qulı 可译作“其男奴”,而 nomdaš 有“共享同一宗教的人”、“法兄”之义(参见 OTWF,第 119 页)。qul 在古代突厥语文献是个常用词,nomdaš 也出现在不少回鹘文文献,例如译自藏文的《死亡书》第 129 行(见 Zieme/Kara 1978)、《回鹘人的佛教内容头韵诗》(BTT XIII)第 19 号文献的第 54 行和第 46 号文献的第 15 行(详见 Zieme 1985)等。如前所述,这里的 qulı 很可能是 nom quli 的简称,有可能是指于 1304 年获赐威武西宁王封号,并于 1307 年被封为豳王的东察哈台始祖出伯之长子喃忽里(Nom Qulī 或 Nūm Qulī)。这样,其后面的 nom-taš 是指 Nom Qulī 的儿子喃答失(Nom-Taš 或 Nūm-Tāš)(参见杉山正明 2004,第 270 页)。nomdaš 一词此处不寻常的拼写法似乎说明,这里的 nomdaš 并不是表示“法兄”的普通名词 nomdaš,而是与 Nom Qulī 的儿子喃答失(Nom Tāš)相连。因为,具有“法兄”之义的普通名词 nomdaš 一般写作 nwmd's,而该诗所见 nom-taš 的拼法却与之不同,写作 nwm t's,与回鹘文《重修文殊寺碑》Nom Qulī 的儿子 Nom-Taš 的名字的写法完全一致。至于该词在回鹘文《重修文殊寺碑》的写法见耿世民/张宝玺 1986,第 10 行、19 行、24 行等。

第 7 行 qobı savıl: 笔者曾把 qobı 读作 qopı,并解释为 qop “全部”的第三人称领属形式,把 savıl 也读作 sävil,看作是动词 säv- “喜爱”、“喜欢”的被动形式,即 sävil- “被爱”(见 EDPT,第 789 页)或被动动词 savıl- “弯曲”(参见 EDPT, 第 788b, 789a 页和 OTWF,第 671 页),并根据上下文认为二者为地名,详见 Yakup 2002,第 415 ~ 416 页,今不取。此处的 qobı 应是突厥鲁尼文《占卜书》第 36 段的 qobı,具有“空虚”、“不存在”、“不在场”等意义(见 Tekin T. 1993,第 18 页和第 56 页)。其后面的 savıl 有可能与具有“弯曲”之意的 savıl-有关。此处暂译作“坎坷的”。

第 11 行 busurman: 源于波斯语的 musulmān,该词以同一形式见于库米克语和巴勒卡尔语(见 Räsänen 1969,第 90a)。铁兹江教授和茨默教授刊布的一件回鹘文文书也出现与 busurman 十分相近的 musurman 一词(参见 Tezcan/Zieme 1990,第 146 ~ 151 页,第 12 行)。musurman 在现代维吾尔语里是 musulman 的口语变体之一,罗布方言还存在与该文献完全相同的 busurman(参见 Malov 1956,第 96 页)。关于该词的相关解释见 Tezcan/Zieme 1990, 脚注 30。

täẓik: 该词很可能源于粟特语的 t' z-yk(详见 Golden 1992,第 191 页,尤其是注 9)。请与巴列维语的 tâcîk 比较。该词最早以 täzīk 和 täzik 的形式出现在第二个《敦欲谷碑》南面第一行(TII S1)和《阔利啜碑》东面第四行(KČE 4)。塔拉特·铁肯教授在其《鄂尔浑突厥语语法》一书里把它一律译作"阿拉伯"(Arabs)(参见 Tekin T. 1968)。需要注意的是,铁肯教授在其《敦欲谷碑》一书中把《敦欲谷碑》的 täzik 译作 *Fars* 或 *Tacik*(参见 Tekin T., 1994,第 19 页和第 67 页)。该词也出现在喀什噶里的《突厥语大辞典》,但在《突厥语大辞典》里它指的是波斯人,即 fārsī(参见 Dankoff 1982—1985, 194, *tažik* 词条)。《福乐智慧》(QB)的开罗本出现的 täjikčä 是指波斯语,例如 'arabca täjikcä kitablar üküš "阿拉伯语和波斯语的书有很多"(参见 QB 第 7 行和第 13 行)。在《福乐智慧》还有 tazï 一词,共出现三次,它来自波斯语的 tāzī "阿拉伯"(见 QB,第 5369 行、第 5803 行及第 5809 行)。丹阔夫教授在其《福乐智慧》的英译本里把第一个和第三个 tazï 译作"阿拉伯(人)的"(Arabian),把例二中的 tazï 译作"阿拉伯(语)的"(Arabic)。与《福乐智慧》的形式十分相近的 tāzï 及其派生词有 tāzīča ~ tāzīča ~ tāzinča 等,出现在《可兰经》的中世纪突厥语行间译文(见 Eckmann 1976,第 280 ~ 281 页)。

汉文历史文献出现与其相关的词"大食"(详见王小甫 2009,第 85 ~ 86 页)。据森安教授的解释,在汉文文献的"大食"除了指波斯人和阿拉伯人,还指哈喇汗王朝(参见 Moriyasu 2004,第 170 页)。与此相应的有藏文的 Stag gzig, ta zhig, ta chig 等,也见于敦煌出土的藏文文献,如 Pelliot Tib. 1283,一般指穆斯林或阿拉伯人(详见 Yoeli-Tlalim 2011,第 3 页)。汉语"大食"的发音或相应藏文名称的拼法很可能对该文献 täzik 的拼法 t' syk 有所影响。需要提到的是,其他语言也使用与 täzik 相关的一些词(详见 *Islam Ansiklopedisi*, Istanbul 1974,第 12/I 卷,第 616 ~ 617 页; *Enzyklopaedie des Islam*,

第四卷，Otto Harrassowitz 1934，第 647～648 页）。

第 13 行 alp bulγuluq yalınguq ažunınta：可译作“在难得的人生”，作为佛教术语该短语相当于佛教汉语的“难得人道”（详见中村元 1981，第 1071a 页）。在庄垣内正弘教授刊布的一件《阿含经》残片ya(l)nguk ažunı alp bulγuluq 用来翻译汉文原文的“人道难得”（详见庄垣内正弘 1999，第 147～191 页）。

yalınguq：有“人”、“人类”等意义，通常写作 y'lnkwq，如《弥勒会见记》的胜金本 70v 27（见 Tekin S. 1980，索引）、《阿毗达磨俱舍论实义疏》（庄垣内正弘 1991－1993）的第 304 行等，有时也写作 y'l'nkwq，如《回鹘人的佛教内容头韵诗》（BTT XIII）的第 38 号文献第 43 行，《金光明经》（Radloff, W. W. 1913－1917）的第 259 页第 9 行和《阿毗达磨俱舍论实义疏》（庄垣内正弘 1991－1993）的第 183 行、第 262 行等。此处，yalınguq 一词中的后闭元音 ı 属于增音。在响音之间加一元音在回鹘语文献中并不少见。

第 14 行 küčinintä：通常写作 kwycynt'或 kwycynd'。该文献第 9 行也写作 kwycynd'。此处写作 kwycynynt' 很可能是受了前一行 ažunınta 的影响，是为了满足诗行对音节数的要求。也可转写成 küči{ni}ntä。

第 15 行 aṣta sah-a sira：来自范文 aṣṭa-sahasra “八千”。根据荻原原来的解释，sahasra 表示数量之无限（见荻原雲來 1986，第 1453a 页）。此处，该词是否与《八千颂》或《般若八千颂》有关，难以判断。

nom ävmäk：这个短语的第二个成分 ävmäk 很可能是具有“转”、“转让”、“翻译”等意义的动词 ävir(mäk)（见 EDPT，第 14 页）的拼写错误。此处，暂时译作“翻译……经”。

U.《五蕴的烦恼》

彼得·茨默教授在其《回鹘人的佛教内容头韵诗》一书刊布一首柏林所藏佛教内容诗歌(见 BTT XIII 第 17 号文献),共 15 行,写在汉文《阿毗昙毗婆沙论》印本残片的背面(相当于《大正藏》,No. 1546,18a15 至 18a19)。后来,笔者在京都大学研究生院文学分院从事博士后研究期间发现刊于《北京大学藏敦煌文献》第二卷第 316 页下面左边编号为北大附 C29V 的小残片也属于同一诗歌,便把二者缀合成先后连贯的诗文,发表在《言语学研究》杂志的第 17 ~ 18 号[1]。需要说明的是,北京大学图书馆所藏残片的字迹明显有别于柏林残片,很可能出于他笔,正面的汉文也不是印本,而是写本,内容与柏林残片正面的汉文不同。

最初刊布柏林残片的茨默教授为诗歌定名为《空性的认识带到解脱的道路》,认为该诗体现的是大乘的基本原理,并对诗歌内容作了简要分析[2]。虽然茨默教授的解释是正确的,但过于宽泛,并未涉及该诗传达的基本思想。据笔者的理解,该诗主要解释由色、受、想、行、识等在物质和肉体构成的人间,即"五蕴假组合"。当然,它传达的并不是人间形成要素的简单解释,而是想指明如何从在现实生活中受五蕴中色、受、想、行等所谓四识住的约束遇到的种种烦恼摆脱出来达到觉悟的道路,即觉悟空性[3]。有趣的是,柏林残片正面的汉文佛殿的上部有回鹘文短语 kenki bolmaqıγ"把后有"。这个词出现在该诗的第 16 行,是 kenki bolmaq-ıγ täginür-biz"我们得到后有"的一部分。从字体来看,这一文字似乎也出自书写或抄写诗歌的人,其提示的可能是该诗内容的关键词,与上面所提到的该诗的主旨,即摆脱由四识住造成的现实生活的烦恼追求基本一致。

该诗共 26 行,由六段四行诗构成,第一段和第二段押 qo/qu 韵,

---

〔1〕 详见 Yakup 1999, Text B。

〔2〕 详见 BT XIII,第 111 页。

〔3〕 关于佛教的五蕴说的解释见武邑尚邦 1982,第 168 ~ 169 页。

第三段押 be/bi 韵，第四段押 ke/ki 韵，第五段押 ä 韵，第六段押 bo/bu 韵。从该诗的押韵可以清楚地看到，对于头韵来说 e 和 i、o 和 u 之间的差异并不重要。除了头韵外，诗行的音节数也起到重要作用，其诗行一般在 7 至 8 个音节之间，而且音节结构基本相等，给人以较强的节奏感。

这里根据笔者在《言语学研究》杂志发表的论文（Yakup 1999）对诗歌进行标音转写和汉译，并对一些重要术语、语言难点和拼写特点等做简要解释和说明，同时对上述论文存在的问题进行修正，并对一些内容做适当补充。

Ch/U 7503V + Beida Fu C29V 的标音转写、汉译和语注

标音转写

1 $_{01}$quruγ toqlı bašl(ı)qlıγ
$_{02}$qol-lı buṭ-lı süngük-lüg
$_{03}$q̈oγ̈uš [q]apqa yörg(ä)lip
$_{04}$q̈orqu[šu]p qačar sansar-ta:

2 $_{05}$qoγuš qapın qurt yesär
$_{06}$q̈ovı süngüki sačılur
$_{07}$quruγ-nıng töz-in kim bilsär
$_{08}$quṭrulmaq yol-ın täggäy

3 $_{09}$beš yükmäk-lig kürṭük-dä
$_{10}$birdäm kerṭü bir nom bar
$_{11}$biligsizlig q̈(a)rangγ̈u
$_{12}$bir*l*[ä] turur esär.

4 $_{13}$kertü nomuγ bilmätin
$_{14}$kiir-lig ätöz-kä adqanıp

$_{15}$kiši m(ä)n tep umunup
$_{16}$kenki bolmaq-ıγ täginür-biz

5 $_{17}$ädindiz atl(ı)γ ordu-ta.
$_{18}$ärid-či täg kertü čın töz-dä.
$_{19}$ämgäk-lig sansar-nıng yerči-si.
$_{20}$ägri nizvanı birlä biz ::

6 $_{21}$burhan töz-in bilmätin.
$_{22}$bodi töz-üg tuymadın.
$_{23}$bo beš yükmäk-gä adqanu.
$_{24}$busušluγ sansar-ta tägšir-biz ::

汉译

1 以空髑髅为其头冠，
手和脚全都是骨头，
被捆在软软的胎膜，
他们在涅槃中恐慌地逃跑。

2 如虫子吃掉隐藏的胎膜，
他们空洞的骨头会被折散。
无论是谁如能领悟空性，
一定会得到解脱之道路。

3 在有五蕴的难道，
只有一部真正的经典。
无知便是黑暗，
他们总在一起作乱。

4 不知道真正的经典，

死贴在污垢的身体，
抱着希望说“我是人”，
我们会得到后有。

5 在叫做 Ädindiz 的宫殿，
存在远离者这样的真性，
谄曲烦恼是苦难涅槃的向导，
我们总是与之在一起。

6 我们不懂得佛性，
也不觉悟菩提，
死贴在这五蕴，
在烦恼的涅槃轮回。

语注

第 01 行 toqlı：该词也出现在 BTT VII A407，而且这里的句子与 BTTVII A407 的句子非常相似。当时茨默、卡拉二位教授试图把 toqlı 作为突厥语来解释，后来确定为源于汉语的髑髅（中古音 tɦəwk ləw），详见 BTT VII，第 49 页，脚注 A407 和 BTT XIII，第 111 页，脚注 17.1。

bašl(ı)qlıγ：茨默教授做 bašl(a)γlıγ 并依据 BTT VII A407 beš quruγ toqlılar üzä ditımlıγ 和土耳其语的 bašlık 具有“帽子”、“头盔”、“头冠”等意义，认为该词应该具有与土耳其语的 bašlık 相近的意义（见 BTT XIII，第 111 页，脚注 17.1）。可是，如果把这个词读作 bašl(a)γlıγ 很容易与 bašlaγ（意为“本”）联系起来（至于 bašlaγ 见 BTT XXI，第 231 页），故转写为 bašl(ı)qlıγ，译作“戴有头冠”。

第 13 行 beš yükmäklig kürtükdä：可译作“在有五蕴的难道”或“在有五蕴这一恶趣”。茨默教授读作 beš yükmäkig kördüktä 并理解为“当看到五蕴的时候”，不妥。尔达里教授也采用这一读法和解释（见 BTT XIII，第 111 页和 Erdal 1991，第 660 页）。这一短语在此处的拼写为 pys ywkm'k lyk kwyrtwk d'，很难读作 beš yükmäkig kördükṭä,故无法同意茨默教授的读法(参见 Yakup 1999,第 14 页,脚注 29)。至于 kürtük"难"、"恶趣",详见 Yakup 2000,第 402 页,Text XII,注 3。

esär:茨默教授读作 išär,并理解为减少(abnehmen)(详见 BTT XIII,第 112 页,脚注 17.12)。尔达里教授认为应读作 esär,并建议把该诗的第三段译成如下(Erdal 1991,第 659 ~ 660 页):

"When one sees the five agregates, at once there is one true doctrine. The darkness of ignorance halts on the spot, and one reduces it."

首先,尔达里教授在抄录该诗原文时把 biligsizlig 抄作 biligsiz,其次,把最后一个句子中 birlä turur"总在一起"和 esär"损害"的实施者分开:把 biligsizlig"无知"视为前者的实施者,而为后者设定"one"为实施者,即有人或不具体的第三方,显然不符合这里的句子传达的基本信息。其实,这里说的无知就是黑暗,他们总是在一起的,而且是有害的,其主语应该是同一的。

第 17 行 Ädindiz:从 ädindiz atl(ı)γ ordu-ta 这一短语判断,Ädindiz 应是一个宫殿名,但没能考证出与该词音意接近的宫殿名,暂时作为来源不明的词来处理。该词在此处的拼写为'dyntyz,但也可作'dyrtyz,这样也可读作 ädirtiz。虽然从头韵的角度较难成立,但是把它视为 adırtsız"无分别"的误写,似乎也不是不可能的。

第 18 行 ärid-či:很可能由动词 ärit-(一般以 ärt-的形式出现)"远离"、"路过"、"超过"、"超越"、"使疲劳"派生,属于动词 +(U)t-či 构成的名词类型(见 Erdal 1991,第 115 页和第 599 页;UWb, Verben 第 185 ~ 193 页;Yakup 1999,第 17 页)。

第 20 行 ägri nizvanı:佛教术语,应是"谄曲烦恼"的回鹘语译名。与之对应的梵文术语有 vaṅka, kuhana, śāṭhya, śaṭha, kuhanā; kuṭila, kuha, kuhaka, kauṭilya, citta-kauṭilya, nikṛti, māyā-śāṭhya, śāṭhiya 等。

V.《佛教和伊斯兰的冲突》

德国柏林亚洲艺术博物馆藏编号为MIK Ⅲ 7830的木杵的一面第12行至第27行为四段用草书体书写的回鹘文头韵诗，描写晚期回鹘佛教与伊斯兰教的接触和冲突，与本书《佛教内容赞美诗》部分的《圣尊弥勒赞》、《其他内容赞美诗》部分介绍的《玉女赞》和这一部分的《佛教与伊斯兰教的对话》（见下一韵文）等文献一起构成回鹘文文献中的特殊一类，从不同角度反映13至14世纪之间回鹘佛教社会面临的危机和受到伊兰教冲击遇到的种种问题，对研究晚期回鹘佛教和高昌地区的宗教社会情况具有重要的参考价值。

柏林亚洲博物馆藏这一木杵的两面都有用回鹘文草书体书写的较长的文字，有一面在开头和结尾部分破损比较严重，另一面的前面部分也有破损，但结尾部分保存良好。全文应是韵文，但因破损比较严重，大多韵文结构难以构拟，需要专门研究。笔者在本书临交稿仅剩几天时才有机会看到木杵，未来得及全面研究，只好以后再做专门探讨。此处，发表的部分最初由彼德·茨默教授研究[1]，主要提供简单介绍、标音转写和译文。笔者在茨默教授研究成果的基础上，参照原文对该诗进行进一步研究，提供其转写和汉译，并对一些疑难问题进行简要解释。

该诗的韵文结构如下：

第一段	[a]	3 +3 +4 =10
	a	2 +2 +2 +3 =9
	a	3 +3 +3 +1 =10
	a	2 +3 +3 =8
第二段	[tä]	2 +3 +3 =8
	tä	3 +3 +2 =8
	tä	3 +1 +2 +2 =8

[1] 见Zieme 2005。

tä　2 + 2 + 3 = 7

第三段　ya　3 + 3 + 1 + 2 = 9
ya　1 + 2 + 2 + 2 + 1 = 8
ya　3 + 2 + 1 + 2 = 8
ya　3 + 2 + 3 = 8

第四段　a　2 + 2 + 3 = 7
a　3 + 2 + 1 + 2 = 8
a　2 + 4 + 1 + 3 = 10
a　3 + 2 + 3 = 8

MIK III 7830(部分)的标音转写〔1〕

1　$_{01}$[al]qu-nı bildäči bahšımız-nıng.
$_{02}$[a]rıγ ıduq nomın šazının.
$_{03}$alpaγut yalmań-qa tutuzdı tep.
$_{04}$alqu padak-lar äštilür.

2　$_{05}$[tä]ngri burhan-nıng yarlıγın
$_{06}$tänggärip alpaγut yalman
$_{07}$tägẓinip üč yolı boγńın
$_{08}$täẓdi ter-lär nomıń-ta:

3　$_{09}$yarlıγı burȟan-nıng čın ärsär.
$_{10}$y-a amtı sanga öṭi ol:
$_{11}$yanıγsız tägip bo tuš-ta.
$_{12}$yandurγıl šmńu quvraγ-ın

〔1〕 行数为选择部分的行数，木杵前后部分行数暂时忽略不计。

4 $_{13}$amtı osal bolsar-s(ä)n
$_{14}$alqdačı tosın bo el-tä.
$_{15}$atı kötrülmiš-ning ymä yarlıγ-ın
$_{16}$adıṅsıγ qılmıš bolγ̈ay-s(ä)ṅ

汉译

1 我们知道一切的师傅,
那净洁神圣的法教,
说是交给了战者、燃烧者,
一切语句都这样说。

2 把天佛的法令
战者、燃烧者衡量过。
一连转身三遍,
说是他已从佛法逃脱。

3 如果说佛法是真的,
这正是对你的劝告。
不要回头,立即赶上,
退回魔鬼的大众。

4 如果你此次疏忽大意,
未驯服者将会在此国消失。
同时对于世尊的法令,
等于是你做了变更。

语注

第2行[a]rıγ ıduq:茨默教授读作 arıg ıdok(见 Zieme 2005,第1163页);但是,第一个词开头的 a 破损,无法读作 arıg 或[a]rıγ。

第3行 alpaγut yalman:茨默教授认为,这有可能是一个人名,并把它与哈萨克语民间文学中的 xazrati yalman"圣人仓鼠"联系起来,因为在突厥人的人名中用动物命名比较常见,如 Arslan“狮子”、Adıγ“熊”等(见 Zieme 2005,第 1164 页)。这一专名中,alpaγut 的意义比较清楚,在古代突厥语文献一般表示“战士”、“将军”、“英雄”等意义(见 UWb,第 107 页)。第二个成分 yalman 见于土耳其语,具有“弯”、“险峻的”、“切、打碎用工具的刃或打碎部分”等意义(见 Türk Dil Kurumu 2005,第 2118 页)。笔者认为,这里的 alpaγut yalman 不应是人名,两个成分之间的关系应是一个并列结构,第二成分进一步说明第一成分。第二成分似是由动词 yal-“燃烧、发光”缀接-man 构成的名词,意为“燃烧者”、“烧毁者”,而整个结构意为“战者、烧毁者”,换言之,韵文作者形容伊斯兰教徒为“战者、燃烧者”。这一解释似乎更符合上下文。

第 7 行 boγṅın:茨默教授没有翻译这个词,以音译的形式提供。笔者认为这是表示“指关节”、“膝关节”、“肘形接头”、“铰链”等意义的 boγun 一词的宾格形式,缀接宾格词尾时词根第二音节的元音 u 脱落,成 boγnın 这一形式。tägẓinip üč yolı boγṅın 可以译作“把膝关节转三遍”,但其引申意义需要进一步澄清。

第 14 行 tosın:茨默教授译作“sauvage(?)”,似是把它看作是 tosun“野蛮”一词的变体。tosun 确实有 tosın 的变体(见 BTT XIII,4.5),但是此处译作“野蛮”不符合上下文。此处,该词似是表示“未驯服的”,也就是说意为“未被(伊斯兰)驯服”的。关于 tosun 的这一意义见 Clauson 1972,第 556 页。

W.《佛教与伊斯兰的对话》

在德国柏林国家图书馆藏一件婆罗米文残片（编号：SHT 794，原编号X1755）的一面有14行草书体回鹘文[1]，反映佛教徒对伊斯兰教某些关键教义的批评，在研究佛教与伊斯兰的接触和冲突方面具有重要价值。该文献由四段头韵诗构成，最后还有一行常见在一些晚期回鹘语韵文的总结性内容。韵文的第一、第二段质疑伊斯兰教除安拉之外的一切都是被造物、安拉创造宇宙万物的观点，其中第一段是伊斯兰教观点的转述，第二段是佛教徒对此提出的质疑，第三段转述伊斯兰教关于安拉自有自在，无始无终，永恒，无形无相的观点；第四段对此提出质疑。最后一行总结性地说“智者们，现这么知道吧。”意思就是说，伊斯兰教的上述观点是让人质疑的。至今如此明确地谈论伊斯兰教教义并对它提出质疑的回鹘文文献还未发现。佛教徒的这些质疑只是根据伊斯兰教徒的言论和宣传提出的质疑，还是接触伊斯兰教经典之后为抵制其观点而提出的批评，从这一残片难以判断。不容置疑的是，自从11世纪开始吐鲁番和西回鹘汗国不断面对伊斯兰的挑战，喀什噶里的《突厥语大辞典》和《福乐智慧》所录民谣和诗行反应佛教与伊斯兰接触初期的一些情况。自从14世纪中期东察哈台汗国接受伊斯兰教后不断受到伊斯兰教的挑战和影响，吐鲁番的佛教寺院和佛教徒遇到严重危机。《玉女赞》反映的应是这一时期的情况。

该残片最初由瓦尔特·克拉维特（Walter Clawiter）和劳热·霍勒兹曼（Lore Holzmann）描写介绍[2]，后来铁兹江、茨默二位教授对其回鹘文部分进行研究，发表回鹘文部分的简单描写、拉丁字母

[1] 据《德国藏梵文写本目录》第一卷提供的信息，该残片的规格为9×10.7厘米，详见Clawiter/Holzmann 1965，第343页。根据他们的描写，有回鹘文的面为正面，有波罗米文的是背面，背面有四行波罗米文。第三、第四行为吐火罗人用的“外借符号”（Fremdzeichen）。

[2] 见Clawiter/Holzmann 1965，第343页。

转写和德文译文[1]。最近,海尼兹·白舍热特(Heinz Bechert)教授和克劳斯·维勒(Klaus Wille)博士对这一残片进行补充描写[2]。塞尔特卡雅教授把回鹘文韵文译成土耳其文发表[3]。

除使用草书体外,这一残片的回鹘文部分还体现一些晚期回鹘语的特点,如在名词后直接缀接宾格附加成分-nI,使用阿拉伯语、波斯语和蒙古语借用的词语等[4]。

据铁兹江教授和茨默教授的研究,这一韵文的结构如下:

第一段	[tä	]
	tä	2 +4 +3 =9
	tä	2 +3 +3 =8
	tä	2 +3 +1 +3 =9
第二段	tä	2 +4 +3 =9
	tä	3 +2 +3 +3 =11
	tä	3 +4 +3 =10
	tä	3 +2 +2 +3 =10
第三段	i	3 +3 +3 =9
	i	3 +3 +3 =9
	e	4 +3 =7
	i	2 +5 +3 =10
第四段	bo	2 +3 +2 +3 =10
	bo	4 +2 +3 =9
	bu	2 +5 +3 =10
	bo	3 +2 +3 =8

〔1〕 参见 Tezcan / Zieme 1990。
〔2〕 Bechert/Wille 1995,第 265 页。
〔3〕 Sertkaya 2004,第 73 ~74 页。
〔4〕 参见 Tezcan / Zieme 1990,第 149 页。

bi　　　3 +2 +3 =8

塞尔特卡亚教授也对这一韵文的结构进行简单分析，把最后一行作为一段四行诗的开头来进行构拟，如：

biling amtı bilge-ler：
[bi-. . .
[bi-. . .
[bi-. . .

笔者认为，这一分析没有根据，赞同铁兹江、茨默二位教授的分析。

SHT 794 正面回鹘文部分的标音转写、汉译和语注

1　$_{01}$[tälim　　　　]ny
tälim sögüṭ-lär-ni taγ-lar-nı
$_{02}$tälim čanvar-nı q(a)m(a)γ-nı
t(ä)ngri törütdi $_{03}$tep söz-lär-lär：

2　[t(ä)n]gri törütür-tä bolar-$_{04}$nı
täšük-lär *t*(ä)kmü qaṭ-[ı]ṅta bar ärti
$_{05}$täṭürü bilig-lär-in ündürüp
tägmä-ni $_{06}$tärṣ-kä büksär bolur mu：

3　ilahi $_{07}$t(ä)ngrining öz bodın
ičṭin-ki tašṭın-$_{08}$qı tüz orṅın
eč kim ärsär $_{09}$körmiš yoq
isṭim musurman-lar oq $_{10}$söz-lär-lär：

4　bodın körmädin ärip t(ä)ngri-$_{11}$ning
bo sözlärig kim čın äšitdi

$_{12}$burhaṅ p(a)yɣambar-lar-nıng y(a)rlıɣ-ı
$_{13}$bo söz-tin tämdäk ärmäz mü ::

5 $_{14}$bil[ing]-lär amtı bilgälär:

汉译

1 [一切]
所有的树木和山脉,
众生和存在的一切,
他们说是真主所造。

2 当真主创造这些时,
周边是否只有空洞?
制造此类错误言论,
颠倒是非能否想通?

3 其主天神之自身形状,
内外所处之真正地点,
说是谁也没有见过,
穆斯林们老这么说。

4 不见天神本身形状,
这些话由谁真听到?
佛陀和圣人们的教诲,
难道从此话得以印证?

5 智者们,现这么知道吧。

语注

第 02 行 čanvar-nı: čanvar 源于波斯语 cānvar"动物"(见 Tezcan/Zieme 1990,第 150 页,脚注 22)。该词出现在中世纪中亚伊

斯兰文献语言(见 Sağol 1995,第 35 页)。其在察哈台文献一般以 ǰānävär 的形式出现。

q(a)maγ-nı:此处 qamaγ 一词的写法比较特殊,也许参照的是中世纪中亚伊斯兰文献的拼写,在中世纪中亚伊斯兰文献该词以 qamuγ 的形式出现,用来翻译阿拉伯语的 kull 和波斯语的 har(见 Eckmann 1976,第 219 页)。

第 04 行 täšük-lär:täšük 意为"穿破的"、"穴"、"洞"等意义(见 Clauson 1972,563a)。此处,该词用来描写万物被造之前的空洞景象。

t(ä)kmü:Tezcan/Zieme 1990 读作 t[ä]kmü,但 t 的一部分可以清楚地看出来,而'没有被写出。

qaṭ-[ı]ṅta:可译作"其旁边"或"他那边"。此处,译作"周边"。铁兹江、茨默二位教授译作"在其位置"(an ihrer Stelle)(见 Tezcan/Zieme 1990,第 150 页)。塞尔特卡亚教授把该词出现的诗行译作 Ondan (Tanri'dan) önce yerlerinde sadece çukurlar (= boşluklar) vardı(见 Sertkaya 2004,第 74 页)。

第 06 ~ 07 行 ilahi t(ä)ngrining:可译作"真主天神的",其中 ilah 源于阿拉伯语 ilāh"天"、"神"、"主",此处 ilahi 应是 ilah 的第三人称领属形式,意为"他们的神"、"他们的主"。铁兹江教授和茨默教授解释为"神的"(Tezcan/Zieme 1990,第 150 页,脚注 27),笔者认为不妥。ilah 一词也见于喀喇汗王朝时期《可兰经》最早的突厥语译本(见 Eckmann 1976,第 144 页)。

第 08 行 eč kim:是由借自波斯语的 eč(源于波斯语 hēč "从不"、"任何")和突厥语疑问代词 kim"谁"构成,意为"无论是谁"、"任何人"。其中,eč 以 hēč 的形式也见于喀喇汗王朝时期《可兰经》最早的突厥语译本;在同一译本 hēč kim 作为 hēč kimärsä 这一固定结构的一部分出现(见 Eckmann 1976,第 129 页)。Tezcan/Zieme 1990 作 ič。hečkim 作为泛指代词存在于一些现代突厥语言中。

第 09 行 musurman-lar:意为"穆斯林们"、"伊斯兰教徒们"。塞尔特卡亚教授读作 musu < l > man-lar(Sertkaya 2004,第 74 页),不妥。该词此处的写法为 mwswrm'n l'r,无法读作 musu < l > man-lar。musurman 一词源于波斯语 musulmān“穆斯林”、“伊斯兰教徒”。该词在喀喇汗王朝时期《可兰经》最早的突厥语译本就有出现(见 Eckmann 1976,第 189 页)。此处的形式存在于一些维吾尔语方言。详见 Tezcan/Zieme 1990,第 150 页,脚注 30;本书《三宝的描写》第 11 行 busurman 的解释。

第 11 行 äšitdi:此处,该词的拼写为'sytdy,塞尔特卡亚教授读作 išitdi(Sertkaya 2004,第 74 页),不妥。

第 12 行 burhaṅ p(a)yγambar-lar-nıng y(a)rlıγ-ı:burhan 是常见词,指佛,此处译作“佛陀”;p(a)yγambar 源于波斯语payġāmbar“使者”,此处以复数形式出现应是指默罕默德之前的圣人,Tezcan/Zieme 1990 作 pıγambar-lar-nıng。

第 13 行 tämdäk:源于蒙古语具有“标记”、“象征”等意义的 temdeg 一词。

第 14 行 bili[ng]-lär amtı bilgälär:塞尔特卡亚教授作 biling amtı bilge-ler(Sertkaya 2004,第 74 页),不妥。此处,这一行的拼写为 pyly[ ]l'r 'mty pylk'l'r。Tezcan/Zieme 1990 作 bil[ing]-lär amtı bilgälär。

五、词 汇 索 引

abida 阿弥陀 < Chin. 阿弥陀
N27

abišek 王位
< Toch. A/B abhiṣek
< Skt. abhiṣeka
J087

abišeklıγ 有王位的
J222

abiyaṣ 勤修 < Skt. abhyāsa
a. [ärig]lig-intin R36

ač 饥饿
a. -nıng S126

ač- 打开
a. -a adıra J228
a. -dačı J066
a. -γınča F207
a. -ıp S022
a. -tačı G22

ačıl- 开
a. -mıš M21

ačın- 揭开,光身
a. -u I12

ada 危险
N71, S131, W015, F085
a. -larıntın F233
a. -ta R24
a. -ta kädgü polaṅ q̇ay P35

adalıγ 危险的
F179, R23

adaq 脚
R25, S020
a. - ın F097, S040, S068
a. - ınta J03

aḍaq̈ 见 adaq
a. -lar-ı SA29

adasız 没有危险的、不危险
a. bolzun S122

adasuz 没有危险的、不危险
a. -ın turalım Br20

adıčıt 初 < Skt. ādicitta
L11

adın 别的,别人
F229, N57, O06, O10
a. -lar J098, K10, L03, L40, N20
a. -larıγ M20
a. -lar-nıng O14
a. -larqa F124

adınčıγ 出色的,特别的
Cr19, L42, O06, O12, O16, O20, R30, R35
a. ıduq qangımız F069

adınsıγ 别的
V16

adınsıγsız 不可逆转的
J089

adır- 分开
a. -a J205

aḍırt 区别;详细
a. -ın F158

aḍırt- 区分
a. [-matın] F101

adırtlıγ 详细的
M25, N44, O10

adqan- 执
a. -ıp U14
a. -u U23
adrul- 出众
a. -mıš Q02
adruq 别的，特别的
J043, L04, O07, R06, R07, R28, R35
a. -ın O18, Q19
aḍruqluγ 特别的
Q07
aduy 英明的
O05
afyakir[t] 中立的 < Skt. avyākṛta
F086
agat 解毒药 < Skt. agada
a. -ıγ K15
agiramakiši 皇后 < Skt. agramahiṣī
a. uluγ hatunı R22
aγ̈dar- 推翻
a. -ıp SA27
aγılıγ 藏
a. -ı L26, P01
yeti a. nomlarıγ F073 – 74
aγınčsız 不动的
a. köngül F038
aγınmaqsız 不断地
S008
aγır 重
G36, J046, J154, O05, R27
[a. aya] maq[ı]n F239 – 240
aγ̈ır 见 aγır
O17
aγırlıγ 重
Q21
aγırla- 尊重
a. -maq H36
a. -p O11, O18
aγız 口，嘴
a. arıγın ärmäk č(a)hša [p(a)]t(ı)γ F180
aγẓın S107
[a]. -ınta F097
a. -qya J054
aγlaq 寂静的
P03
aγmaq 上升的
a. enmek ažunlarıγ F058
aγmaqsız 不动的
J099, P06
aγ̈tıṅ- 上升
a. -ıp J223
aγu 毒
K09, SB04
a. -ča O13
aγuluγ 有毒的
a. yılqıta F024
aγuq- 中毒
a. -up F028, K14
akaš 天空
< Toch. A ākāś < Skt. ākāśa
a. -tın R30
al 办法
a. altaγ F068, F162
al- 取
a. -γıl K12
a. -ıng F007
a. -ıp J222, K10, KA09, S057, S061, S075, SA13, SA27
a. -madın M35
a. - maγu T05
a. -sun S115
a. -tıngız J085
a. -u J015, J022

ala 不匀
S015, S101
al(a)ng 高原
a. -ında S007
alın 额头
a. -ları S018
a. -ın Q06
alın- 接纳
a. -ur Q25
alp 英勇,难
F039, J086, J221, J239, O17, R03, T14
a. adalarıntın F232
a. -ım E03, E04
a. -ın Q04
alpaγut 战士,将军
V03, V06
alpırqan- 畏惧
a. -madın L16
alq- 消失
a. -dačı V14
alqa- 赞颂
a. -γuluq L06
a. -yu F172, W011
alqat- 使人赞颂
a. -mıš F059, Q03
alqın- 消亡
a. -mazmu F065
alqınčsız 不消失的
P01
alqıš 赞颂
H17, J085, J222, W011
a. -ı W016
a[l]q[ı]š pašik F226
alqıšlıγ 赞颂
a. -ın Q01, Q02
alqu 全部
F001, F008, F010, F232, J045, J226, L01, L37, M18, O02, O07, O11, O15, P04, P36, S123, V04
a. -nı V01
a. -nung F004
a. -qa N61
a. -ta R27, R37
alquγu 全都
a. -nung G17
altaγ 策略
al a. F068, F162
altı 六
J058, K013, L13, M26, M29, N02, N56
alt[ı] q[a]čıγ F057
altınč 第六
R04, R29
altınqı 先前的
F234
altun 金
F116, J224, P18, R37
a. -ča I06
a. - ın J156
altunluγ 金的
J042, J048, J242
amarı 可怜的
a. tınl(ı)γlar F092
amitaaba 阿弥陀佛 < Chin. 阿弥陀
M22
amıra- 喜欢
a. -dačı S013
amıraq 喜欢的,喜爱的
S017
amırtγur- 消灭
a. -ung H20
amra- 喜欢
a. -r F098
a. -yursız J017, J071

amraš- 相爱
a. -u H05, R36
amrıl- 平静下来
a. -ma M32
a. -mıš F329, J227, N12, N19
amtı 现在
F007, KA11, R37, S060, SA10, V10, V13, W14
a. -qatägi F117
amw(a)rd(i)š(a)n 聚会
< Parth. ’mwrdyšn
F227, F230, G26
a. -ıγ F077
amwardišanlıγ 聚会的
a. ot üzä F028 - 029
ana 母亲
a. -sın F174
a. -ta R26
anavatapte 无热 < Skt. anavatapta
P2
aṅaz 无望的
< Skt. anātha
a. umuγ-suz M28
anča 那样
O08
a. -ta P36
ančan 眼药 < Skt. añjana
a. -qa F102
anč(a)m(a)n 众人 < Parth. ’njmn
anč<am>an-q[a] F057
a. quvraγlıγ F166, G35
ančulayu 这样
F098, G10
[an]čula[y]u G09
anda 代词 a 的位格
S054
andaq 这样
H12
ang 见 äng
V02
anga 代词 a 的向格
F029, F162, N22
aṅgar 代词 a 的向格
J158
anı 代词 a 的宾格
G06, G12, J010, K10, N49
anıγ 恶劣的
[a]nıγ H12
anın 代词 a 的工具格
G06, G12, G18, L43
anıng 代词 a 的领属格
J157, J244
aṅt 誓言
a. aṅtıqtıngız N41
a. -ıngız N43
anta 代词 a 的位格
Dv11, J047, J052, J225, L41, N21, SA0
antaγ 那样
J036, L05
aṅtıq- 发誓
a. -mıš N43
a. -tıngız N41
anun 准备
a. -tumuz F003
anu[ntumuz] F019
anuq 备着
a. tur[urlar] H15
anw(a)šagan 永生 < Parth. ’nwšg-’n
a. orḍuta F084
[an]w(a)š[aga]n orḍuta F230
apam 假若
a. birök F064
apıγ 关闭

a. ävlärtä J245

apiṭaḍan 佛多诞 < Sogd. ’βt’δ’n J243

apsarı 天女 < Toch. A aptsar < Skt. apsara

a. -lar birlä J160

aq 白

a. önglüg S117

aq- 流

a. -ar P24

aq̈ar- 变白

a. - ıp SA05

aqın 河流

a. -lar S009

aqıt- 流(使动)

a. - ıp F228

aq̈ıt- 见 aqıt-

a. -ıp SA17

aqla- 憎恨

a. - dačı S014

aqlančıγ 可恶

a. utun J100

ara 中间,之间

F042, H03, K026, R24

aras[ınta] G10

araγ 洁净的

a. or[nanγu] H04

araγ̈l(a)γ 纯洁

a. - an H05

arala- 打断

a. -p S131, W015

arame 阿拉米(专名) < Skt. rama

W009, W016

arayadan 寺庙 < Skt. āraṅyadhāni

J249

arhant 罗汉 < Skt. arhant

F161

arı- 变干净

a. -mıš F163

a. -yu L02

a. -zun F005

arıγ 洁净的

F179, F229, G21, J185, J241, M03, M19, M24, N30, P32

a. -ın F140, F178, F180

a. nomuγ H12

arıtı 绝对

L39

arıṭı 见 arıtı

O06, O15, O16

arqa 背部,后面

R33

arsıyan 妙药 < Skt. rasāyana

J159

arslan 狮子

Q05

a. -ča J260

a. -ı L25

a. -larım S059

arslanlıγ 狮子的

J019, J209

arṭ-$_1$ 增加

a. -sun S090

arṭ-$_2$ 扛

a. -ıp S038

arta- 凋谢,腐烂

a. -yu yoqatu tururta F028

arṭa- 见 arta-

a. -sar P29

arṭat- 腐朽

a. -ıp O19

artnašiki 宝髻佛

< Toch. A Ratnaśikhi

< Skt. Ratnaśikhin

a. burhan bahšı J084

artuq 过多
L14, L38, R03
a. -raq G21, KA10, L32

arṭuq 见 artuq
J101, N14, O07, O09, O13

arvıš 咒,咒文
a. -ın W06

aryasaṅg 洁净的僧众,圣僧
< Skt. ārya-saṅgha
P31

aryadan 见 arayadan
J240

aryaman 友人 < MPers. 'ry'm'n
a. Fri[stu]m Qošt[r] G36

aryayiša 阿里雅耶沙
a. töz nom(?) F002

asıγ 利,利益
a. - ın J098, O14
a. -ıngızqa L34
a. - ınta L19
a. -lar N53
a. -larıγ L24
a. -lıγ O15, R14
a. -lıγım P16, P20
a. -lıq F124
a. -sız O19, O22
a. tusu F105, 163
a[sı]γ tusu F100

asıγlıγ 有益的
a. išig 069

aṣṭasahasira 八千
< Skt. aṣṭāsāhasra
a. nom T16

asanke 无数 < Toch. A asaṃkhe
< Skt. asaṃkhyeya
T17
a. -taqı L15

asarq̈a 宫殿
a. -lar J157

ašlıq 粮食
a. -ıngızlarqa S081

ašnu 先前
O12
a. -dinbärüki R01

ašnuqı 先前的
N11

ašṅu 见 ašnu
a. -tın O20

asra 下面
F006

aš 食品
S053
a. -ın P31

aša- 吃
a. -dačı S122
a. -maq̈ SA21
a. -maqı S079
a. -maqları SA21
a. -p J159

ašun- 超出
a. -mıš R02

at_1 名号
a. -ı V15
a. -ımın KA06
a. -ıngız J010, L27, N50

at_2 马
a. baš-lıγ-ta ulaṭı N55

aṭ 见 at_1
a. -ı P30, P33, S126
a. -ıngız N25

ata 父亲
a. -ča KA05

aṭa 见 ata
a. aṭası-nıng yaz-a-sın O09
a. -ları J246

a. -sı-nıng

ata- 称呼

at[a]r [ärti] F097

a. yur-lar P08

aṭa- 称呼

a. -sar J054

a. -yurlar P12

atač 对父亲的昵称

a. -ım N58

aṭay 亲爱的

a. -ım J065

atlıγ 叫做,以……为名的

F002, M02, N06, Q17, T07, U17

a. -qa M39

atl(ı)γ 见 atlıγ

J003, J020, J078, J080

atqaγ 缘,对象

a. -tın F168

atqaγlıγ 有缘的

a. višaylıγ mängilär F161

atqan- 见 adqan-

a. -ıp F023

av- 集结

a. -ar Cv09

aviš 阿鼻地(地狱名)

< Toch. A/B aviś < Skt. avīci

a. tamu-ta J097

awiš 见 aviš

a. tamu ämgäkin F058 - 059

ay_1 月

a. -sız kün-süz yaruq-luγ J153

a. -sız yaruq-luγ J144

a. t(ä)ngri A09, G02

a. t(ä)ngri-čä J208

a. t(ä)ngri-kä Br13

a. t(ä)ngri-tä

a. üz-ä M08

ay_2 语气词

K06

ay- 说

a. -ıp O25

a. -yu berälim O08

a. -yu y(a)rl(ı)qadıngız F313

aya 手掌

a. čang J148

a. lar-ı S016

a. -ların J135, J155

aya- 称赞

a. -yu L44

ayaγlıγ 尊贵的

F004, R04, R29

Ayakantr 人名 < ?

a. bügü G01

ayamaq 赞颂

a. -ın F342

ayančang 尊敬的

F002

ayaz 天

a. -lı yaγız-lı-ča R02

ayı 极其

a. tärkkyä F160

ayıγ 恶劣

F113, F167, F176, F215, J046, J051

a[yıγ] Dr10

a. -ların F233

a. q[ıl]nč]lıγ šmnu F070

a. -ta F074

ayt- 说

a. -tur teyür Dr01

aytıγ 问询

a. bolur Dr10

az_1 少

F046, O08

ä. -kä N81
ä. -lärig S032
ä. -lärin N84
ä. -lär-kä N81
ämgäklig 苦难的
F050, F093, J074, N33, U19
ä. [tolγaγlı]γ F109 - 110
ämgäksiz 没有苦难的
N46
ämgän- 受苦
ä. -ip S081
ämgät- 折磨
ä. -igli H02
äm(i)g 乳房
ä. -i Cv16
ämirkäš- 痒
a. -gü J200
ämtär- 使低头
ä. -tingiz F135
änätkäk 印度
ä. -lär P08
ändäk 屋顶
a. - čä S037
äng 最
ä. öngirä J085, N087
ängit- 弯身
a. -ä J194
ängittür- 使跪下
a. -tüngüz F139
ängṭül- 被弯坏
ä. -sün S112
är 人
S051, SA07
ä. -im J239, 257
är- 是;存在
ä. -älim Br21
ä. -dim KA06
ä. -düküngüz J069, J080, P06
ä. -gäy L42
ä. -ip J105, J109, N16, P03, S16, W10
ä. -gülük F067
ä. -kän L28
ä. -mäk F174, F178, F180, F182
ä. -mäz N57
ä. -mäzin M15
ä. -mäz mü W13
ä. -miš W004
ä. -sär F164, L04, L40, N57, S078, SA0, SA19, V09, W08
ä. -täči J225
ä. -ti F034, F039, F041, F065, F082, F094, F096, F097, F098, F123, F169, K06, KA03, L28, W04
ä. -tilär F045, F051, F115
ä. -tükin F054, M33
ä. -ür G08, I05, I08, M01, N26, P30
ä. -ürlär H05, J061
ä. -ürsiz P04
ärän 人们
ä. -lär L25, S105
ärdäm 高贵,高贵品德
ä. - äng H21
ärdämlig 高贵的,高贵品德的
ä. -lär H18
ä. t(ä)ngrilär H09
ärdini 宝 < Sogd. rtny < Skt. ratna
M11, M12, P05, R07, T01
ä. -kä M04
ä. -lär P07

ätäk 怀抱
ä. -ingizdä I11

ätin 叫声
H03

äṭizgü 笛子
J197

ätöz 肉体
F177, F178
ä. -i M11
ä. -in Cv12,J194
ä. -kä U14
ä. -ümüzni Br17, Br18,

ätözlüg 肉体的
P07

äv 房屋
ä. -in F015
ä. -ingä J204
ä. -lärtä J245
ä. -tin barqtın F177 - 178

äv- 翻译(?)
ä. -mäk T16

ävdi- 集中
ä. -güči SA08

äviṅ 粒
ä. -i S144
ä. -lig SA31

ävirt- 转,求援
ä. -tim K12

ävril- 转
ä. -ü L19

ävrildür- 转(使动)
ä. -mäk J059

äymän- 害羞
ä. -ip S044

äzrua 梵天 < Sogd. 'zrw'
G09

baba 父亲
b[abasın] F099

bad- 落下
b. -tuqınta P34

baγ 捆
S053, SA08

baγ̈ 见 baγ
b. -ın SA15

baγdašın- 结跏趺
b. -u M09

baγd(a)t 巴格达
J253

baγlaγučı 打捆的人
b. kiši S043
b. -qa tägi S09

baγraγu 粗
b. söẓ SB09

bahšı 博士,师傅 < Chin. 博士
b. -m J248, J255
b. -mız-nıng V01
b. -qa M02
b. -ta J084

bahšılıγ 有师傅的
F254

bahušurudi 多闻 < Skt. bahuśruta
J250

balamuṭ 无用 < Mong.
SB10

balar 小片(?)
b. -ča SA31

balıq 鱼
b. [-lar] F090

balıq̈ 见 balıq̈
SA30

bang 梵语的一个音节 < Skt. vāṃ
b. užik-din M06

baq- 看护
b. -a N34
b. -ıp N36, S043

baqγučı 看护者

b. -miš pat F088
bädük 大
S037
bädüṭ- 带大
b. -ü S046
bäḍüṭṭür- 使……长大
b. -täči G34
bäg 官吏
b. -lär A05, S122
b. -lärning S017
b. -ümüz I08
bägdini 主人
b. -yingizning J088
bägni 麦酒
O13
bägräk 主人
b. -im E03, E04
bäk 太,很
P06
b(ä)kiz 显现
b. b[(ä)lgülü]g b[oltı] G20
bäklä- 等
b. -miš SA02
b(ä)lgü 相
H14
b(ä)lgülüg 有相的
b(ä)kiz b[(ä)lgülü]g b[oltı]
G20
bälgür- 出现
S007
b. -di J121, J131, J141,
J151, J180, J190
b. -miš M06, R08, R26,
R30
b. -ti J160
b(ä)lgürt- 使……出现
b. -düngüz N73, N77
bärk 结实
b. -sizin J218
bärkän 鞭
Dv09
bärü 以来
F005, S012, SA02
beldürüklüg 有……腰带的
esri torqu b. M013
ber- 给
b. -älim O08
b. -igm[älär] H10
b. -ip K02
b. -tingiz F181
berimlig 负责的
b. ayıγ F215
beš 五
J016, J023, J030, J070, J090,
J124, J134, J179, U09, U23
b. a[žunnu]ng umuγı F001
b. ažunuγ F047
[b.] ažunuγ F008 - 009
b. ažuntaqı tınl(ı)γlarıγ F031
b. qat t(ä)ngri yerintä F049
b(ı)čaq 刀
Cv15
bıš- 熟
b. -ıp S144, SA05
bıšrun- 修行
b. -u F273
b. -dunguz J009
bil- 知道
b. -däči V01
b. -[ing]-lär W14
bilä- 磨
b. -güsüz E05, E06
bilägü 魔石
b. -kä I04
bilaglıγ 昆楞伽宝的
J175

Q10, Q14
boγ(u)n 指关节
boγṅın V07
boγta 神圣
Q14
boγur 旺盛
Q14
bol- 成为
F214, N14
b.-alım F087, J038
b.-ayın I04
b.-dunguz J091, N06
b.-duqta SA06
b.-γalı J079
b.-γay K024, L41, N021, P35, P36
b.-γaysän V16
b.-γu N61
b.-γuqa R25, R29
b.- γ̈usun SA05
b.- madın L34
b.-maγay KA06
b.-maγu T04
b.-maqıngıztın P07
b.-maqıγ U16
b.-mazun S131, W015
b.-mıš L23, O12, O16, O20, O24, P01, S049
b.-mıšta K06
b.-sarsän V13
b.-sun SA31
b.-tačı R25
b[oltı] G20
b.-tunguz F070, L22, L36
b.-tuq̈ta J037
b.-up J040, R24, SA28
b.-ur Dr11, Dr12, T01,T13
b.-urlar H18, N46
b.-ur mu W06
b.-zun H08, SA21, S001, S079, S093, S094, S116, S117, S122, S124, S132, SA01, W008, W011
b.-zuṅ SA22, SA23
bolar 这些
b.-lar J060
b.-lar-nı W03
booš 自由
R13
bor 葡萄
O13, SA18
boš- 解放
b.-ung Br18
bošγut 学识
G25
bošγuṭ 见 bošγut
P32
bošγuṭluγ 有学识的
W010
boz 灰色
Cv17
bögü 神
G01
bögün- 领悟
b.-üp F183
böri 狼
b.-täg I01
börk 顶头
b-i S004
bösäl- 撕破
b.-sün S102
böy 蜘蛛
Cv16
brahsapadi 木星天 < Skt. Bṛihaspati
J251
buγday 小麦

busušluγ 悲伤的
N33, U24
busušsuz 无悲伤
N46
buši 布施 < Chin. 布施
buš[iların] G32
b. -n yevigligkä H17
buṭ 脚
b. -lı U02
buyan 功德 < Skt. puṅya
H20, T15
b. -ı K03
b. -ım KA04
b. -ım(ı)z F234
b. -ın O02, R09
b. -[ı]ngız F105
b. -larıngız-qa J114
b. -nıng J055
buyanlıγ 有功德的
F097, F316, O05, R01, R10, R27, R32, T09
buyruq̈ 命令
Dr06
buz 破坏
b. -ta F033
b. -[ta] 143
buẓ- 破坏
b. -up O19
buzluγ 有雪的
P10
bük- 折,歪曲
b. -sär W06
bürür- 使转弯
b. -däči S015
büṭgär- 完成
b. -ip N08
bütür- 完成
b. -düngüz L20
b. -gükä O14
b. -tä J098
b. -ti F182, F184
b. -ür M18, M31
čaγ 时期 < Mong. čaγ
č. -daqı S035
čaγ̈a 舞男
J150
č(a)hšap(a)t 戒律 < Sogd. čxš'pδ < Skt. śikṣāpada
G25
č. -ıγ F174, F177, F178, F182
[č. -larnıng] G21
č(a)hšap(a)tlıγ 遵守戒律的
G09, J241, J183
čambudivip 南赡部洲 < Skt. Jambudvīpa
R33
čang 鼓 < ? Chin. 铮
J148, J169
čanvar 生灵 < Per. cānvar
č. -nı W02
čap$_1$- 奔走
č. -arča J213
čap$_2$- 挥着
č. -ıp S027, SA24
čapča 杈子
SA23
čar 麦皮
č. - ıṅ SA23
čar(i)ṭ 行为 < Skt. carita
č. -im(i)z P29
čarla- 去秕
č. -yu SA23
čaruq 鞋子
SB08
čavıq- 声誉大增

č. -tı J011
čayṭi 廟 < Skt. caitya
J240
č. -ta J231
čäčäk 花
č. -lärig J042, J048
č. -lärin G22
četanı 志 < Skt. cetanā
J178, J199, R06
čı 大琴
J178
čıč- 躺下
č. -m-a SA15
čıγay 穷
č. -ın F182
čımγuq 笛子
J178, J199
čımsız 无污点
J185, J190
čın 真
J104, J184, M37, N04, N39, U18, V09, W11
č. -ta N44
Činggiz 成吉思汗
R03, R05, R28
čıngırqaq 小铃
J177
čingnä 耙
S069
Činkim Qayẓı 真金太子
< Chin. 真金太子
R08
čınlayu 真正地,详细地
R05
čıntamani 如意宝珠
< Sogd. cynt'm(')ny / Toch. A/B cintāmaṅi
< Skt. cintāmaṅi
R07
č. (ä)rt(i)ni täg G07
čınṭamaṅi 见 čıntamani
J186
čıntanlıγ 有旃檀的
< Sogd. cntn < Skt. candana
J189
čitri 孔雀 < Skt. citrā
J188
čivačivak 命名鸟 < Skt. jivakajīvaka
J187
čoγ 火焰
č. -ı L29
č. yalın üzä G09
čoɣlan- 发光、闪烁
č. -ɣay J232, J260
čoɣlaṅ- 见 čoɣlan-
č. -γay J242, J251
čök- 下沉
č. -üp J264
čuɣla- 集中
č. -yu SA15
čuγlaṭ- 使……集中
č. -ıp S069
čünsi 椽子 < Chin. 椽子
č. -läringä J130
čüüntsi 椽子 < Chin. 椽子
č. alıp KA09

ḍarmač(a)y 法集宫
< Skt. dharmoccaya
J131
darmahariki 法食 < Skt. dharmāhāraka
J124
ḍarmarača 法王 < Skt. dharmarāja
J129
ḍarmaratnalıγ 法宝的
P31

darmaruči 大摩流支 < Skt. dharmaruci
J080

ḍ(a)nšman 智者 < Per. dānišmand
d. -lar J252

ḍastarlıγ 戴缠布的
J252

dendar 选民 < Sogd. δynδ'r
d. -lar H12

dentar 见 dendar
dent[ar] H21
d. -lar H22
[den]tarlarqa H15

didim 王冠 < Sogd. δyδym
d. -i G07

ditim 见 didim
M12

dyana 禅定 < Skt. dhyāna
J109

dyaṅ 见 dyana
d. -ıγ J008

eč 没有 < Per. hēč
e. kim W08

edi 主
e. -miz J119

egä 主
e. -miz L48

eki 二
e. quruγ tözin bilmädin F214

el 国
J262, R15
e. -kä R14
e. -lär J253
e. -lär-ning O10
e. -tä V14

elig 国王,国君
Cv01, Cv03, J067, J080, N73, N77, O11
e. -i M40
e. -imiz I05
e. -imiz a Q01, Q03, Q07, Q11, Q15, Q19, Q24
e. -lär-tä R01
e. -ning S127, W012

elilig ……国的
F253

ellän- 得国
e. -ür R34

elt- 带上
e. -gäli G38
e. -gälir K11
e. -tingiz F094

eltin- 被带上
e. -ü R09

elṭin- 见 eltin-
e. -ür M23

en- 降
e. -ä J029
e. -dükdä J239, J248, J257
e. -mäk F058
e. -mäsär F040
e. -miš R30, S084
e. -tingiz F035, F066

eṅ- 见 en-
e. -dükdä J229

enč 安康
N38, S065
e. -ingä W012

enčgülüg 安康的
F012

enčläṅ- 得到安稳
e. -mäsär F040
e. -ür O07

erin- 哭泣,厌恶
e. -ür Dr03

erinč$_1$ 慈悲的

R22
h. -ı R22
haṭun 见 hatun
h. -lar S107
hayahur 回鹘
h. -lar P12
hormuzta 梵天 < Sogd. Xwrmwzδ'
h. t(ä)ngri[ning] G03
hua 花 < Chin. 花
J042, J048
h[u]aların čäč[ä]klärin G21
hung 梵文音节，咒语 < Skt. huṃ
R26
hungtayhiu-luγ 皇太后的
O3
ıḍ- 派遣
ı. -ıp L33
ıduq 神圣的
F038, F057, F108, G09, G35, J019, J020, J069, J117, J118, J231, L05, L36, L45, O12, O16, O20, P32, R15, R16, R35, V02
ı. -qa M40
ı. -um L25, N79
ı. -um-a N038
ı. -uγ L38
ıdtur- 派去
ı. -up O26
ıγ̌ač 树
ı ı. Dr05
ıt 狗
ı. -lar KA07
ı. ürdüki H02
i- 疼爱
i. -gmä(lär) H09
ič 里面，内部
J003, J121
i. -intä Dr08, F210, J003, J074, J118, J128, J157, J258
i. -intäki L09
i. -tinki W07
ič- 喝
i. -ip O14
ičgär- 适应
i. -ür M20
ičgärü 往里
F1084
ičmäk 喝
i. -ig O13
ičrä 里面
H04
ičür- 让……喝
i. -äyin S067
idän 永恒的
i. tutčı J120
idi 绝不
J071, J115, L34, O24, Q12, S016
idi bidiri < Skt. *Ṛddhibhadra
J115
idiš 缸
i. -lärtä S076
ig 病
F013
i. -kä I03
igdil- 被管
i. -ürlär H06
igid 假的，妄
i. [nom] H20
i. s[avın] H15
igid- 做主
i. -gmä[lär] H09
i. -ü S045, SA04

käntü 自己
Dr02, H13

käṅṭü 见 käntü
SB06

k(ä)ntü 见 käntü
Dr02, H13, H14

kärägü 毡房
k. -čä S095

käräm 地下室
k. -kä S097

käril- 拉大
k. -sün S118

käsäk 小土块
k. -iṅ SA24

käṭ 动听
J168

käṭmän 坎土曼
S027
k. -ni S036
k. -kä S017

kävil- 疲劳
k. -ü S027

käyik 羚羊
k. -čä W005

käz- 转
k. -tingiz F061

käzig 轮岗
k. -tä R04, R29

käzigsiz 无限
KA05

keč 晚
k. -in M36

keč- 渡过
k. -mädin K07

kedin 西边
N27

kedumati 翅头末国
< Toch. A Ketumati
< Skt. Ketumatī
J258

ken 后来
F066
k. -intä F199

keṅäṭ- 拖延,迟到
k. -mädin J049

kendük 料斗
k. -kä S118

keng 广
I10, J015, J259, N29

kenki 以后的
U16

kertgünč 信用
F175, P06
k. -in F005

kertü 真的
F176, J184, J257, K15, M37, U10, U13, U18
k. -tin N028

kesari 狮子王 < Skt. kesari
J260

kez- 转
k. -ä S023

kim_1 谁
K06, N22, S001, SA01, U07, W09, W11
k. -ning N57

kim_2 连词
H18

kimpaqlıγ 带金箔的
J126

kin 大篚 < Chin. 琴
J149

kiṅtiklig 有……肚脐的
k. im-a N78

kir- 进
k. -gäy S047

J051
köpiklän-起泡
k. -ip P24
köprüg 桥
k. -üg F056
kör- 见
F082
k. -däči N85
k. -däčikä S095
k. -gäli F049, G05, G11, M38, N25
k. -ginčä F114
k. -gü F096
k. -mädin N04, W10
k. -mäk N67
k. -mäzlär F087
k. -miš F095, W09
k. -mištä F165, F184 - 185
k. -sär R09, R11
k. -särsiz N36
k. -ü KA11, SA20
k. -ü qanınčsız F081
k. -ügmä A07
k. -üp F094, F170, J046, J052, J074, KA10, L31, N76, P25, S043
k. -ür Dv11
k. - ürlär F082
körgüči 占者
J263
körk 美姿
k. -i N65, S002, S121
k. -in P22
k. kö[r]k[i]tip F167
k. -üngüzni F081, F165
k. tägšürüp F164
körkit- 使……看,指出
k. -ip F167
k. -tingiz F056, F058, F073, F130
körkiṭ- 见 körkit-
k. -ür M25
körklä 美丽
F081, J136, J190, J206, J215, P09
körklüg 美丽的
L36, S107
k. -ümüz J049
körši 宫殿
J140, J158
kört 美
k. -räk H05
körtgür- 显示
k. -ürlär H14
körtlä 美丽
E011, E012
körtür- 使……看到
k. -ürlär H12
körümči 占卜者
J261
körün- 显现,出现
k. -ügmä A09
körünčlük 阁楼
J150
kötiṭ- 超越
k. -ip R37
k. -miš J207, J209, R27, R32
kötrül- 被举起
k. -miš P33
k. -mišning P30, V15
köṭür- 举起
k. -miš-lär Q15
k. -güči S111
k. -mäčä N45
k. -üp S086, S106, SA23, SA24, SA25

k. -in H06, P21

k. -ingä F172

k. t(ä)ngri täg F173

k. -tin SA14

k. -üg O01

küng 女仆

k. -tä T03

k. -lärning S120

künilä- 嫉妒

k. -dim KA10

künsüz 无日

J144, J153

küntä- 妒忌

k. -mäk F096

küṅtüz 白天

N85

küp 缸

k. -kä S120

k. -tä S066

küplüg 有缸的

S076

kür- 装

k. -ä S075

kürtük 难,恶趣

k. -üg L15

kürṭük 见 kürtük

k. - dä U09

kürülä- 装

kürülügüči S099

küsä- 希望

k. -p J205

k. -särlär F206

k. -yür J111

k. -yürlär F096

küsän 龟兹

J262

küsänč 希望

F081

küsänčig 期待的

F056, F163, J151, J206

küṣi 香 < Chin. 香子

k. tützügtä ulaṭı-lar üzä SA18 -19

küsüš 愿望

P35

k. -in N23

k. -lärig P04

k. -lärin J146

küsüšlüg 有愿望的

L29

küvänč 傲气

k. -i J207

küvänčlig 傲慢

F055

küy- 照护

k. -ü I12

küyäk 铲子

k. -iṅ SA26

küzäd- 见 küzät-

k. -igmä H08

k. - ing A08

k. -ip F156

k. -ü I12

k. -zün F237

küẓäd- 见 küzät-

k. -ingä P28

k. -ip O09

k. -ü SA04

küzät- 守护

F084

k. -di F171, F177, F180 -181

k. -ing Br17

k. -ip R34

k. -miščä F171

küẓät- 见 küzät-

k. -miš J183

küẓäṭči 守护者
S048

küzki 秋天的
J203, J208

küzünč 珍宝
k. -üm E011

labay < Chin. 螺贝
J197

lek-lıγ 砾的(?)
J175

lenhua 莲花 < Chin. 莲花
N78
l. -ta M07

lenhualıγ 有莲花的
J189

liṅ 碾轮 < Chin. 轮
l. -kä SA16
M21

luu 龙 < Chin. 龙
P03

mad 母亲 < Sogd. m'd
J234

mahaširavak 释迦牟尼的直接弟子
< Skt. mahāśrāvaka
m. -lar J232

mahabodi 大觉,大菩提
< Skt. mahābodhi
J230

mahakalp 大劫 < Skt. mahākalpa
J008

mahasanpadi 大三末多
< Skt. Mahāsaṃmata
R10

Mahmat 穆罕默德 < Ar. Moḥammad
J235

Maitrı 弥勒 < Skt. Maitreya
J006, J007, J008, J010,
J012, J013, J018, J039,
J049, J053, J057, J062,
J063, J072, J073, J081,
J082, J083, J092, J093,
J102, J103, J112, J113,
J119, J122, J132, J142,
J161, J171, J181, J191,
J201, J265, K03, K06,
K09, K13, K16, KA04,
KA06, KA11
m. -y-a J001, J067, J123,
J133, J143, J152, J162,
J182, J202, J206, J211,
J215, J220, J233, J238,
J247
m. -m-y-a J256

maitrılıγ 弥勒的
J034

mang- 走
m. -ayu S070
m. -γu J236

manggallıγ 幸福的
J231

mani 摩尼 < Skt. mani
F004, G05, G11
mar m. firištilarqa Br15

mar 先生 < Skt. mār
J234
m. mani firištilarqa Br15

marihasya 师长 < Syr. mari ḥasya
J243

Maryam 玛丽亚姆
< Syr. mrym, mryam
J234

mayatarı 见 maitrı
m. -y-a J172

mayaṭarı 见 maitrı
m. -y-a J192

mayaṭrı 见 maitrı
m. -m J229, J237

mayṭarı 见 maitrı
m. -my-a J224

män 我
G36, K018, U15

mänggü 永远
m. -n J105

mängi 快乐
m. -čä N54
m. -kä F050, S130, W014
m. -lär F161, F163, J151, S123, S125
m. -lär-ingiz-ni J024
m. -ngizni F112, J094, L33, N19
m. -ntin N18

mängigü 见 mänggü
H01

m(ä)ngigü 见 mänggü
H01

mängilig 快乐的
J107, M24, N29
m. -in F110

mäning 我的
E03, E04, J106

mäṅsiz 无我
m. -li J104
m. -iṅ J217, J226

men 面 < Chin. 面
S06, SA06

meni 把我
K2, K3, K4, K11, K12
m. täg K2

ming 千
Dv08, N86, S082,

miṅg 见 ming
SA29

mišha 弥赛亚主 < Syr. mšyha
J234

možak 慕阇 < Sogd. mwč' k
J243

mudurluγ 有印的
M16

munča 如此
O08

munčuqluγ 带珠宝的
M19

mundaγ 这样
N10

mung 苦难
m. -da ä[mgäkdä] H16

mungadınčıγ 动听的
L41, N21

munı 把这(bo 的宾格)
K1,K2, K4, R23
m. täg F042, F115, F187, K2

munqul 疯狂
mu[nqul] F089

munta 在此
M025

muntru 迷惑的
Dv07

muntuz 迟钝
Dv07

munung 这个的(bo 的领属格)
K03, W009

musurman 穆斯林 < Ar. musulmān
m. -lar W09

mün 过错
L01

nä 什么

o. -ıning F039, G19
o. -ınga F166
o. -larım S064
o. -lar-ın J016, J023, J026, J070
o. -ları-nıng J090
o. -larınga P16,
o. -larıṅga P20
o. -larnıng S109
o. -qy-a-lar-qa SA08

oγ̈lan 见 oγlan
o. -lar-q̈a SA17

oγul 儿子
J067, R05
o. -ča S045, SA04
o. -ı R05

ol 他,她,它,那
Cv19, Cv20, Dv10, F105, F165, F244, G24, H02, H05, J036, J055, J229, J239, J248, J257, L05, N50, N80, N86, Q25, S001, SA01, SA14, V10

olar 他们
F093, F165, H03, H06, H07, W005
o. -nı F099, F158
o. -nıng N69
o. -qa F165, F227

olγurt- 使……坐
o. -ur Dr09

olt(u)r- 坐
o. -up Cv11

oluq̈ma 存在的
Cv06

olur- 坐
o. -madın S028
o. -u J003, R21
o. -up J020, R16
o. -ur M09

on 十
J008, J064, N80
o. -lar Q11
o. yüz sanlıγ M38

oṅ 见 on
o. -ar J054

ong(e)lyon 福音书
< Parth., Sogd. 'wnglywn
o. nom nom r(ä)tni F062

ongžin 亡人 < Chin. 亡人
o. -l[a]r F091

oom 唵,咒语 < Skt. oṃ
J053

oot 火
J108

oq 加强语气词
J222, J244, KA05, M25, S083, S086, W09

oqša- 相似
o. -yu J065
o. -yur J017

oq(ı)t- 叫
o. -u S068

or- 割
o. -γu S049, SA05, SA06
o. -unglar S060, S065, SA10
o. -up SA10, SA14

ora 坑
o. -qa S094

ordu 宫殿
J003
o. -nguz-qaṭägi J121
o. -ta J209, U17

orḍu 见 ordu
F075
o. -ta F180, F230

ö- 想
ö. -yü saqınu L07
öčmä 消失的
M32
öčür- 消灭
öč[ürürlär] H15
ög 理智
ö. -in kongülin F031
[ö. -lärin] F030
ög- 赞颂
ö. -ä F097, F234, G06, G12, G18, G24, J043
ö. -älim A06
ö. -ärmän K02, L05, P02, Q18
ögän 水渠
J189
ögänlig 共用同一水渠者
ö. -läri S033
ögir- 欢喜
ö. -ärlär H06
öglüg ……性的
[ädgü ög]lüg G20
ögmäk 赞颂
H17
ögrünč 快乐
ö. -ün H05, H06, H17
ögrünčlig 快乐的
ö. -in Br21
ögrünčülüg 快乐的
H14
ögsüz 不理智
ö. köngülsüz F030
ögüz 河
ö. -nüngS003
ö. täg G28
ö. -täki F090
ö. -üg F228

ök 加强语气词
F094, F165, F185, J091, J237, J255, L48
ökün- 后悔
[ö]kü[ngüg] F099
ökünčlüg 后悔的
ö. bolmaɣay ärdim KA05 – 06
öküz 牛
ö. -lärig SA03
ö. -nüng S103
öl- 死
ö. -güsin S034
ö. -mäki Cv06
ö. -mištäkičä J246
ölüm 死亡
Dv12
ö. -int[ä] F200
öng 灾难
ö. kürtüküg L15
öngdür 东面
ö. -din S087
öngi 别的,另外
F032, F164, F235, N84, N86
ö. -lär J096
öngirä 初
J085
önglüg 带……颜色的
S117
öngräki 以前的
R09
öngülüg 见 önglüg
J224
önkür 洞
ö. -intäki F091
öpkä 气
ö. -m käldi KA05

örgüzä 屋顶
SA22

örit- 起
ö. -täči G34

öriṭ- 见 örit-
ö. -ip J076, J146, N017
ö. -mišin O03

örki 高端
S005

örlä- 升起
ö. -r P14, P23

örlät- 使升起
ö. -ür F034

ört 火
J074

örtgün 脱粒场
ö. -tä SA21

örṭgün 见 örtgün
S071

örtän- 受苦
ö. -ü L30

örṭän- 见 örtän-
ö. -ü J075

örtün- 被烧
ö. -gäy KA09

örü 立着
S023, S086

örü- 捆绑
ö. -p S068

örüg 寂静
ö. -in F110

öšṅi 肩膀
ö. -ngä S038

öṭ- 过
ö. -ür S116

ötäk 复仇义务
öt[äki]ngä F037

ötrü 之后
M31

öṭün- 祈求
ö. -ü J047, J052

öt(ü)n- 请求
ötnür biz

ötvi 锋利
E07, E08

övkä 气
ö. nizvanı F029

öz 自己
F030, F236, H07, J094,
J204, L34, M33, N40, W07
ö. -i A02, H14
ö. -inäng H06
ö. -nüng J218
ö. -üg yaṭıγ F101

özüt 灵魂
Dv11
ü. -lär Cv11
ö. ütlärig Dv02－03
ö. -ütüg Dr06－07
ü. -ümüzni Br18

öẓäk 中心
ö. -intä P11

özirkän- 当作自己的
ö. -tingiz F101

öẓlüg 有……灵魂的
bäčäl ö. SB09

padak 偈 < Skt. pādaka
p. -lar V04

padma 莲花 < Skt. padma
M07

paramitlıγ 波罗蜜陀的
L13, N02

parvıšlan- 得到光环
p. - mıš M08

pasaklıγ 戴花冠的

p. - ım P17
pašik 赞颂 < Sogd. p’š’q
Cr19, F310
pat 箭头 < Sogd. p’δδ
F088
patıl- 陷入
F027
p(a)yγambar 先知 < Per. payğāmbar
p. -lar-nıng W12
pıpa 琵琶 < Chin. 琵琶
J178
pinpunk 意义和来源不明
p. -lar F088
poḍalak 补陀落 < Skt. potalaka
N31
polaṅ 破烂 < Chin. 破烂
P35
posat 忏悔 < Toch. B *posāt
< Skt. poṣatha
M46
pudγul 人类,士夫 < Skt. pudgala
L24, M03, N08

qabšur- 合掌
q. -mıš J135
qač- 逃离
q. -ar SB07, U04
q. -arta T08
qačan 何时
qača[n bi]rök F034 - 35
qačıγ 根,毒
F057
qačıγlıγ ……根的
K10
qadaγ 罪恶
q. -lar L01
qadaš 亲戚
q. -lar A05
q. -qa SB03
qadıra 重重
q. qy-a P09
qaγan 可汗
R15, R32
q̇aγan 见 qaγan
R35
q. -nıng R03, R05
q̈aγ̈an 见 qaγan
q. -nıng R16
q. -tın R06
qal 疯狂的
F041, KA07, SB01
q. telvä F115
qal- 留
q. -ar F086
q. -ayın I02
q. -dı L48
q. -mıš F062
q. -mıšlar F089
q. -tım(ı)z F046
q̈al- 见 qal-
q̈. -ır Cv13
q̈. -madı P26
q̈. -mazuṅ SA31
q̈. -mıš N13, P02
q̈alangur- 飞翔
q. -up P14
qalatı 如,像,犹如
H16
qalıγ 天空
F169
q. -lar J139
q. -qa J140
q. -tın F035, K08
qalın 密集
I09
qalısız 毫无遗漏地

qaraq 眼球
köz qa[raq] F080
q. -nıng J141
q̈araq̈ 见 qaraq
q. -ı Cv16
Qara Qočo 哈喇和州
q. -a P11, P13
qarar- 变黑
q. -mıš F089
q. -u S026
qararıγ 黑的
F114
qar(ı)n 腹部
q. -ı SB04
q̈arınču 混合物
P15
qarıš- 混在一起
q[arıšmaqıγ] F076
qa(r)lıγ 有雪的
q. buz-luγ P10
qaršı 宫殿
q. -ngız J137
q. -ngızqa J138
qaršısız 不对立
F106
q̈art 拟声词,重叠词的前一成分
q̈. qadira P09
qašγalaq 大鹅头
SB01
qašınčıγ 惊人
q. körklä J136,
q̈ašıṅčıγ 见 qašınčıγ
q̈. körklä P09
q̈ašlıγ 有……眉毛的
Cv15, P10
qat 层,重叠
F059, J139, J139,
qaṭ 见 qat
SB02
q. -[ı]ṅta W04
qaṭ -变硬
q. -ıp S021
qatıγ 硬,难度
q. -ı F088
qaṭıγ 见 qatıγ
N41, S039
q̈atıγ 见 qaṭıγ
P06
qatıγlan- 精心,努力
q. -laṅıp S140
q. -lanu F179-180, F176
qaṭıγlan- 见 qatıγlan-
q. - tıngız N69
q̈atuṅ 见 hatun
P12
qaṭuruṅ- 苦干
q. -up S028
qavıru 概括地
KA02
qavšatıγlıγ 包围的
J138
qavšur- 合掌
q. -up J155
q̇ay 鞋 < Chin. 鞋
P35
qaya 岩石
S092
qayu 哪个
O04
q. -nı N67
q. -nung N67
qaẓ 鹅
q. -ı SB01
qaẓγaṅ- 赢得
q. -mıš J044, J050
q̈aẓγuq̈ 木柱

Cv16
qıdıγ̈ 边
q. -qa SA24
q̈ıdıγlıγ 有边的
P10
qıl- 做
F147
q. -ayın S058
q. -dıngızlar SA0
q. -γalı J107
q. -γay N22
q. -γučı S053
q. -γuluq T15
q. -ıp F142, F227, S051, S054, SA07
q. -mamaq F176
q. -maq J058
q. -matın J089
q. -mıš F103, V16, F185, J044, J050, J114, SB05
q. -tıngız F029, F033, F101, F105, F163, F238, L24
q. -tılar F320
q. -u F106
q. -ursız N38
q̈ıl- 见 qıl-
q. -ıγmalar Cv06
q. - mıš Dr02, Dr11
qıldur- 使……做
q. -ayın S158
q. -up S062, S071
qılıč 剑
N77
qılınč 所作所为
F011, F083
q. -ıγ F176, F226
q. -ımın KA11
q. -larıγ F204, H12
q. -ların F020
q. -larımız F010
q. -larımız-nı J046, J051
q. -tın F167
q̈ılınč 见 qılınč
q. -ı Dr02, Dr10, Dr12
qılınčlıγ ……行为的
F080, F142, F157
qılıq 做法
q. -ı SB06
qılıš 过错
q. -ımız-ṅı P27
qına- 折磨
q. -γalı N76
qıng 偏
N76
qın[ımlı]γ 坚定
J099
qıqır- 叫喊
q. -a SA13
q. -ıp SB07
qırγuy 雀鹰
SB11
qır 边
q. -ı O19
qırıq 瘸子
SB07
qırṭıš 颜色
q. -ı SB08
qıv 福
q. -ı J025
q. -ın J141
q. qolur biz Br19
qıvırγaq 吝啬
q. saranlar F090
qıya 差
SB12
qıyıq 固执,不对头

N75, SB05
qız 女子,姑娘
q. -ča S045, SA04
qızıl 红色
N78, SA03
qobı 坎坷的
T07
Qoču 高昌 < Chin. 高昌
P11
qod- 放下,留下
q. -manglar SA12
q. -matın SA15
q. -up J024
q̈od- 见 qod-
q. -ur Cv13
qoḍ- 见 qod-
q. -madın F061
q. -masar F065
q. -tunguz F063
q̈oduz 牦牛
q. -[larqa] SA26
qoγuš 皮子,胎膜
U03, U05
qol 手
q. -ın SA15
q. -lı U02
q. -unguz N80
qol- 祈求
q. -mıš J027
q. -sar J115, J125, J135, J146, J155, J164, J174, J184, J194
q. -up T05
q. -ur biz Br19, F238
q. -ur <biz> Br16
q̈ol- 见 qol-
q. -upan Dv12
q̈oldamla- 用力
q. -yu SA24
qoldıq 腋窝
q. -ları S112
qollaš- 联手
q. -ıp S111
q̈ollaš- 见 qollaš-
q. -ıp SA25
qolṭγula- 乞求
q. -p T05
qolu 时间
q. -lar J037
q. -tın T04
q̈olu 见 qolu
q. -ta R23
qolun- 为自己祈求
q. -tılar F279
qongraγu 铃铛
J168
qongruq- 呱呱叫
q. -up S022
qonguz 甲虫
q. -tın F164
qonšiim 观世音 < Chin. 观世音
N56
qoolluγ 有……手的
M10
qop 所有
G34, H16, H17, J024, L44
q. -dın W003
q. -tın F108
qopuz 大琴
J148, J178
qoq- 散发
q. -ar N52
qorq- 害怕
q. -up S044, T08
qorqınč 恐慌
q. -ın F183

J244
qut 幸福
F181, F236, J184
nom q. -ı Br14
q. -ın F066, F067, F106, F107, F161 M37, Q04
q. qolur <biz> Br16
q̈ut 见 qut
Dv12, J164, J174, J194
q. - ı Dr03, Dr04, Dr05
quṭ 见 qut
J115, J125, J135, J146, J155
q. -nung J027
q. -ınga T06
qutγar- 救
q. -γalı F099
q. -γu F061
q. -ıp F159
q. -tıngız F019, F061 - 062, F067
q. -url[ar] H13
quṭγar- 见 qutγar-
q. -γalı J026, J076
qutluγ 有福的,带来幸福的
F81, F182, I08, S001, SA01
q. -lar F160
qutrul- 得救
q. -γu F033, F063
q. -tačı G19
q. -tı F045, F090
q. -tım(ı)z F065
quṭrul- 见 qutrul-
q. -maq U08
quṭsuz 不幸的
J025
qutur- 受虐
q. -up F030
quvraγ 大众
M04
q. -ı J232
q. -ın V12
q. -nıng P31
q̈uvraγ 见 quvraγ
q. -nıng P34
quvraγlıγ 大众的
anč(a)m(a)n q. G35
quy- 倒
q. -mazqan S094
quzγun 乌鸦
I02
quzı 羊羔
q. -lar(a)γ H09

rädni 见 ärdini
E01, E02
r. -dä E03, E04

sa- 算
s. -yur Dv09
sač 头发
s. -ım(ı)z K029
sač- 撒
s. -a SA03
s. -alım J042, J048
s. -γusın S075
s. -mıšta S083, S086
s. -sun S089
sačıl- 被撒
s. -u P18
s. -ur U06
sačlıγ 有……头发的
t(ä)trü s. Cv14
Dv01
sadarmavabaṣa 善法光明

< Skt. * Saddharmāvabhāsa N06

sal- 动,放入
s. -madın M34
s. -mıšta SA23, SA24, SA26

sam 篭 < Chin. 篭
J149

saman 麦秆
s. -ča S090

san 数
s. -ı H06

sanlıγ 有……数的,有限的
F033, N80

sang 仓 < Chin. 仓
s. -ları SA28
s. -qa S097

sanga 对你
V10

sanγ̈ar- 呼唤
s. -madıṅ P27

sanpad 合致 < Skt. saṃpad
s. -lar-qa N05

sansar 轮回 < Skt. saṃsāra
F245, J100
s. -daqı L46
s. -ıγ F078
s. -nıng U19
s. -qa L35
s. -ta F046, K04, M26, N03, U04, U24
s. -taqı L31
s. -tın F039, F050, F159 - 160, N15

sansarlıγ 轮回的
L09

sansız 无数的
F102, L10, SA27

sapan 耕犁
S025
s. -qa SA03

saplıγ̈ 带把的
SA26

saqın- 想, 思考
s. -ıp F271, S042
s. -sar K05
s. -tıngız N10
s. -u L07, S036

saq̈ın- 见 saqın-
s. -γıl K08

saqınč 想法
N10

saqıš̤ 数
s. -ın SA27

saq̈ıšsız 无数
SA27

saran 疯子
s. -lar F090

sarγar- 变黄
s. -ıp S144

sarva 马驹
SA28

sarvadyan 一切智 < Skt. sarvajña
J032

satıγlıγ 卖的
O17

sav 话
T01
s. -lar-nıng O21
s. -ların O06
s. -ta O07

savıl 弯曲
qobı s. T07

savıl- 弯坏
s. -u S024

say 石滩
s. -nıng SB02

saylayu 石头般地
S089, SA25, SA27

sayu 沿着
J044, N004, R36
körmiš s. F095
yük[ünmi]š s[ayu] F005

säč- 选择
s. -tingiz L11

säčän 精选的
R06, R16

säḍräksiz 稠密物件
s. yigi F020

säkiz 八
F019, J031

sämri- 发胖
s. -miš Q23

sämiz 肥,胖
S057

sängir 山脊
s. -lärińtä P10

säpän- 把自己武装起来
F020

särgür- 停止
s. -tüngüz F077

säv- 爱
s. -ärčä F099

säviglig 可爱的
J199, P08, P19

sävin- 高兴
s. -gülük H14

sävinč 爱
F037
s. -ingä S128, W013

sävindür- 使人更爱,让人高兴
s. -ürsiz J005

sävitil- 被爱
s. -miš L38

sezik 疑虑
F170

sezinč 疑虑;惧怕
H16
qorqunčuγ sez[i]nčig H14

sıγ̈daš- 哭泣
s. -γ̈ay J246

sıγur- 容纳
s. -up F100, F159

sılıγ 温柔
J168

sımṭa - 疏忽
s. -p O21
s. -madačı O15

sımtaγsız 不动摇
F171, F198, J164

sınglıγ 有层
J139

sıń- 开沟
s. -ıp S140

sıngar 方
qoptın s. F060

sınγarqı 方面的
S004, W003

sıńh(a)r(a)nč 包容 < Skt. siṃharāja
J163

sıparir 水晶 < Skt. sphaṭika
J166

sıpıẓγu 芦笛
J167

sıqıl- 感到压抑
s. -tı L32

sırıl- 捆绑
s. -mıšlarqa F053

sırınčγan 玻璃
J165

sıẓγ̈ur- 熔化
s. -γ̈u J170

simäklä- 备用

s. -p SA01

sini 把你,sän 的宾格 I01

sipargki 天界的 < Skt. svargika J167

singir- 渗入

s. -ü S010, S010

sivätsiz 无个性的 J169

siz 你 A08, A010, F030, F257, G38, I05, I08, I12, J004, J029, J091, J210, J229, J232, J239, J248, J257, N32, S067

sizing siz 的属格 F095, F112

sizingä siz 的向格 F003, F004, F008, F075 – 076, F078, F082, F092, F170, F232, F238, J099, J119, J237, J255, K04, K015, L43

siẓingä 见 sizingä J129

sizlär 你们 P31, P32

s. -kä S058, S063, S158, SA13

s. -ning S081, SA19

sizni siz 的宾格 F049, F096, F097, F098, F186, F287, L48

s. täg F087

sizṅi 见 sizni P08, P12

sizning siz 的宾格 N43

solaṅ- 被锁上

s. -ıp J245

song 末尾

s. -ları S020

s. -ınta R25

songıra 最后 J087

soq- 打惨，炼

s. -a KA09

s. -γ̈u J169

s. -γučı SA07

soqṭur- 使炼成

s. -up S052, SA07

sorma 麦酒 S066, S076

soyurqa- 怜悯

s. -yu F113

söglün- 搞臭

s. -gäy sen KA06

sögüt 树 J230

s. -lär J138

sögüṭ 见 sögüt

s. -lär-ni W02

söki 先前的

s. burhanlarnıng G16

sökül- 列破

s. -sün S100

sönügsüz 总是 S016

söz 话

s. -indä T10

s. -lärig W11

s. -tin W13

söẓ 见 söz SB09

sözlä- 说

s. -dim KA02

s. -p O04

s. -güg F310
s. -lär-lär W02, W10
sözlüg ……话的
SB10
su 水，见 suv
W006
s. -lar S007
suγulmaqsız 永不枯干
S006
sukavati 极乐世界 < Skt. sukhāvatī
s. -ta N29
Sulayman 速来蛮 < Ar. Sulaiman
O05
sumer 须弥山
< Toch. A Sumer < Skt. Sumeru
F054
suqlun- 着迷
s. -mıšlarqa F055
susa- 渴
s. -γay S043
sut- 吐
s. -mıš F112
suv 水
Dr03, Dr04, S033
s. köznäkingä F055
s. -ları P24
s. -larıγ S035
s. -ı J110, P15, P19, P22
s. -ın S031
s. -ınta P02
suva- 浇水
s. -γınča S031
s. -mıš S010
süngük 骨头
s. -i U06
süngüklüg 有骨头的
U02
süngüš- 交战
s. -ürlär H12
süpi 意义不明
s. ’äviṅ-lig SA31
sürdür- 赶
s. -üp SA17
sürüg 群
s. -in KA07
sür(ü)g 见 sürüg
s. -üg H09
sütür- 撒尿
s. -gäy KA07
süüt 奶
s. täg KA06
süvräk 耐心
s. ärip S016
süzük 洁净
P06
svaha 梵语音节，咒语 < Skt. svāhā
J053

šabi 沙弥 < Chin. 沙弥
< Skt. śrāmaṅera
s. -larning W010
šakimunılıγ 释迦牟尼的
J86, J221
šašmaqsız 不乱的
K05
šatu 梯子
F047
šazın 法教 < Toch. A śāsaṃ
< Skt. śāsana
s. -ın V02
šaẓın 见 šazın
s. -nıng S128, W013
s. -ıṅıng P33
šı 至于，话题标记
amtı š. R37

t. -yu L08
t. -γuluq G30
tanglančıγ 惊人的
J127, J128, J215, L42, Q19, SA02
tangsuq 惊人的
O17
tanıγma 背叛者
t. -lar Cv04
tanišban < Per. dānišmand
J235
Tanyadevi < Skt. Dhanadeva 财神名
S077, S079, SA20
tap 愿
uluγ t[ap] G34
tap- 找
t. -γu O03
t. -matın J254
t. -tuqta F061
t. -zunlar F234
tapan 脚跟
t. -ı S104
tapıγ 供养
t. -qa S078
tapıγ̈ 见 tapıγ
t. -ıngızlar-nı SA20
tapın- 供养
t. -alım Cv02
t. -ursız J105
tapıṅ- 见 tapın-
t. -mıš SA20
t. -tıngızlar SA19
tapıš- 相逢
t. -γuluq O17
tapla- 答应
t. -dıngız J079
t. -madačı O23
t. -mamı[š] H20
t. -p SB15
taplaγ 信仰
t. -ları J125
taplatıl- 被接受
t. -mıš R10
tapunuγma 信者
t. -lar Cv05
taqčang 小镶
S062, S158
taq̈čang 见 taqčang
SA30
taq̈ču 托柱 < Chin. 托柱
J130
taqı 还，还有
F092
taq̈ı 见 taqı
P30
taqšuṭ 赞颂
J198
tar 窄
J236
t(a)razug < MPer. tarāzūg
Dr08
tardič 屎便 < Sogd. δrtyc
Cv12
tarγar- 解散
t. -dačı G31
t. -dıng N48
t. -urlar H15
t. -ur[lar] H14
ta[rγarurlar] H19
t(a)rγar- 见 tarγar-
t. -urlar H12
tarγıl 有斑纹的
S103
tarγ̈ıl 见 tarγıl
SA03
tarı- 种

R10, R11, R12, R23, S057, S092, S093, S117, SA13, SA31, SB11, U18, W009, W010,

täg- 到达,来
t. -ä SA07, SA22
t. -dilär F222
t. -gäy U08
t. -güsin N71
t. -inglär S056, SA11
t. -ip V11
t. -ir Cv10
t. -mäzkän N37
t. -sün S114
t. -zün F341

tägi 直到
J126, J130, S053, SA08, SA14
amtıqa t. F065

tägil- 瞎
t. -miš F071

tägimlig 有益的,值得……的
G08, G17
t. a G08
t. -čä išlärig F072

tägin- 得到
t. -älim J041, J043, J047, J052
t. -gütä J094, J096
t. -mäk S080, SA21
t. -mäki S079
t. -mäkimiz W011
t. -mäkläri SA21
t. -süṅ SA30
t. -tim Q25
t. -tim(i)z KA04
t. -tingiz J022
t. -ü S032
t. -ür F343, O27, P31
t. -ür biz U16
täg[inür m(ä)n] G36

tägirmän 水磨
SA06
t. -kä S050, S113

tägirmi 圆
S071

tägirmiläyü 环绕着
F093, P25

täglük 瞎眼
t. -läri F089

tägmä 一切
t. -ni W05

tägšir- 轮回
t. -biz U24

tägür- 使接触
t. -mädin S015

tägzin- 转
t. -ip V07

tägẓin- 见 tägzin-
t. -ür M27

tägšür- 换
t. -üp F164

täk 仅仅
t. mü W04

tälim 许多
F033, F041, F185, J212, N03, O13, S093, W01, W02

tälin- 被裂
t. -ü S019

täliṅ- 见 tälin-
t. -sün S104

tälmir- 环视
t. -sär P25

tämdäk 印证 < Mong. temdek
W13

tämir 铁

P27

t(ä)trü$_2$ 相反的,乱

t. sačlıγ Cv14

t(ä)trüü 见 t(ä)trü$_2$

t. sačlıγ Dv01

täṭürü 见 t(ä)trü

t. bilig-lärin W05

tävä 屋顶

SA22

täz- 逃跑

t. -di V08

täzik 大食 < ? Sogd. t'zyk

t. -ning T12

täẓik 见 täzik

t. -ning T11

te- 说

t. -rlär V08

t. -gü T01

t. -gükä S015

t. -mädin M36

t. -yür Cv09, Cv10, Cv12, Cv13, Cv14, Cv16, Cv17, Cv18, Dr01, Dr02, Dr03, Dr04, Dr05, Dr08, Dv04, Dv06, Dv07, Dv08, Dv10, Dv11, Dv12 < teyür >, E01, E02, E05, E06

ted- 见 tet-

t. -gäli J081

telvä 疯子

t. täg F115

temin 立即,便

P36

tep 说着

J010, J053, J106, L27, M38, N14, N25, N27, N50, P08, P12, Q25, S043, S044, S047, S058, S063, S067, SA12, T01, U15, V03, W03

ter- 集中

t. -ä yıγa L17

t. -ä yıγ̌a J015

teril- 聚集

t. -älim Cr20

terlä- 出汗

t. -yü S018

tet- 说到,提到

t. -yük F109

tı 经常,总是

F170

t. turγaru F110

tıd- 阻止,妨碍

t. -sarsız N20

tıdıγsız 无止,无碍

N74

tıḍıγsız 见 tıdıγsız

t. -ın G14

tıḍıγs(ı)z 见 tıdıγsız

t. burhan F107

t. -ın G14

tıdıl- 受阻

t. -madın S085

tıḍın- 忍住

t. -u umatın F111

tıγ 笛子 < Chin. 笛

J167, J197

tıγrat- 使……坚定

t. -ıp L18

tıltaγ 原因

G24, L20, R25

t. -ıngıznıng L21

tılṭaγ̌ 见 tıltaγ

t. -ında SA21

t. -ınta J078

t. -sız-ın J071

t. -ında S080

tın 气

t. arṭsun S090

tın 江堤 < Chin. 田

t. tarıγlaγ yerlärning S012

tın- 呼吸

t. -madın L17

t. -γuluq F110

tındur- 休耕

t. -mıš S012

tınl(ı)γ 生灵

F039, F071, F207, G19, J016, J023, J026, J070, J090

t. -lar F041, F044, F046, F048, F061, F065, F092, F106, F114, F185, F206, F228, F233, KA04, L10, L19, N13, N45

t. -larıγ F031, F035, F043, F067, F121, F300, J106, KA02, L31, M28, N33, N35

t. -lar-nıng F111, F170, L46, N47, N83

t. -larqa F066, F102, F110, P36

t. -qa F061, N71

tıq̈- 塞

t. -ar Dv04, S118, S120

tidimlig 有头冠的

R13

tikän 刺

t. -tä S041

tik- 立

t. -t[in]g[iz] F047

til 语言

t. -ingiz F108

t. üzä O04

tilä- 祈求

t. -yü F060, H09

tilgän 轮

L09

tirig 活的

H05, H06

tiršul 三叉,三杵

< Skt. triśūla

N73

tiši 女人

t. -kä S053

tit- 放弃

t. -ärsiz KA11

t. -dingiz ärsär L40

t. -gülügsüz L39

t. -tingiz F112

to- 挡住

t. -tung[uz] F014

todaγma 蔑视者

t. -lar Cv04

toγan 小隼

t. -qy-a-ların SA12

toγılıγ 闪烁

G05, G11

t. s(ä)n G23

toγrul- 被切开

t. -u S020

tol- 满

t. -a SB04

t. -u y(a)ruq H05

tolγaγlıγ 受折磨的

[tolγaγlı]γ F198

tolılıγ 有冰雹的

Cv14

tolp 全部

F078, M14

tolum 见 tuš

	J038, J040
tom-	圆满
	t. -mıš I06, I07
tomlun	圆柱
	t. -ča I07
tonga	猛虎
	t. -larım SA09, SA11
	t. -nıng W016
tongnga	见 tonga
	S055
tongtar-	倒置, 反转
	t. -u Dv05
tongur-	受冻
	t. -up SA01
toṅgusaq	宴会
	t. qılayın S058
tonq̈ı	双
	t. q̈ašlıγ Cv15
tonumluγ	缭缚
	Cv10
tooz	尘土
	F027
topraq	土
	I02
	t. -qa F027
toqlı	髑髅 < Chin. 髑髅
	U01
toquz	九
	J008
toquẓ	见 toquz
	SB14, SB15
torma	贡品 < Tib. gtor-ma
	S057, SA12
torpaq	见 topraq
	t. -ta KA08
torqu	丝绸
	M13
	t. -γa SB15
tosın	野
	t. udlarıɣ SA16, V14
toš-	满
	t. -γan S094
	t. -sun SA29
tošγur-	装满
	t. -up S074
toyın	道人 < Chin. 道人
	J241, J250, J259, KA07
	t. -lar KA09
toylaštur-	使……互相成亲
	t. -u S058
toz	尘埃
	[toz]da H04
töpü	头, 上面
	t. -lärintä G17
	t. -m M41
	t. -n F230, G36, T08
	t. -rä N83
	t. -sin Dv05, O10
	t. -sintä J027, J033
	t. -tä G8, M23
töpülüg	冠帽
	M12
tört	四
	F018, F065, K01, K15, M10, N47, S002, SA01
	t. elig t(ä)ngri-lärdä Cv03 - 04
	t. elig t(ä)ngri-lärkä Cv01 - 02
	t. -tin S004
	t. uluγ ämgäkdä Cv02 - 03
töörü	见 törü
	t. -sin O10
törü	法规
	t. -čä R33
	t. -lärtä F268

SA11
t. -maz SB16
t. -ur F175, J105, P18, SA22, U12
t. -[urlar] H15
t. -urlarıγ L30
t. -ların J075
t. -urta F028
t. -unglar A05
t. -up N32, S095, SA03

turγur- 使……站起来,使……立起来
t. -sun S098, S106, S108
t. -tı F166
t. -tunguz F075
t. -u Cv13
t. -up F054, S048

turqa 经常
S098

turqaru 总是
F045, F200

turq̈aru 见 turqaru
H05

turuldur- 使……立起来
t. -u S083

turuq 贫乏
F087

tusu 利益
asıγ t. F100, F105, F163

tusula- 带来利益
t. -ng H21

tuš$_1$ 时
t. -ta V11, J229, J239, J248, J257

tuš$_2$ 遇见
t. tolum bol- J038, J040

tuš- 相逢
t. -alım J049
t. -ayın K03

tušit 兜率天
< Toch. B tuṣit < Skt. tuṣita
J136, J147, J175
t. -ta J060, J223

tušiṭ 见 tušit
J117, J118, J156, J165, J185, J195
t. -ta J205, J214

tušiṭa 见 tušit
J002

tušut 见 tušit
t. -ta J056

tut- 抓
t. -a N85
t. -ar Dv07
t. -arlar H13
t. -dačı N82
t. -γalı G08
t. -maq̈ıngız P11
t. -maz N40
t[utmı]š Dr10, J262
t. -upan Dr08
t. -upanın Dv03
t. -zun H17

tuṭ- 见 tut-
t. -ar N73, N77
t. -matačı O21
t. -tačı O11, O18
t. -up I12, S025

tutčı 一直
F035, F042, J120, K01

tuṭčı 见 tutčı
S056, S073, S085, S088, S130, SA11, W014

tuṭuγluγ 抓着
M21

tuṭultur- 受控制

t. -in F011
t. -indä T13
t. - intä F105, F107, F235, L21

tüš- 下,降临
t. -gälir K14
t. -mäki Cv07

tüšür - 使……下来
t. -ünglär SA10

tüṭrüm 深
t. täring S003

tütün 烟雾
Cv18

tützüg 香
t. -tä SA19

tüü 各种
t. türlüg N84

tüülüg 多毛的
N83

tüz 平等
G08, G17, J058, J077, M41, R14, S005, SB13, W08

tüz- 平整
t. -ä S024

tüzü 普遍
F239, F242, J017
t. -din M39
t. -kä F103
t. -ni F067, F209, K16

tüzgärinčsiz 无等等
F08, F066, F208, N50

tüzügü 全都
F098, F181

tüẓügü 见 tüzügü
t. -ni J028

tüẓül- 构成
t. -miš J179

tüzün 圣
Cr20, E011, E012, J068, M38
t. -üm E07

u- 能够
u. -maγu S046
u. -matın F111

uč 端
u. -ın F044, F046

učidavač 高幢(宫殿名)
< Skt. uccadhvaja
J003, J020

učitavač 见 učidavač
J137

učluγ 有端的,尖的
J173

učuz 轻易
u. -ın L14

ud 公牛
u. -lar S072
u. -larıγ SA16

uday 邬陀耶 < Skt. Udaya
u. taγyning töpü-sintä J033

udluq 股骨
u. -ları S110

uduγ 供养
u. -qa S078

uduγ̈ 见 uduγ
u. -unguzlarnı SA20

udun- 供养
u. -mıš SA20

uduš- 相逢
u. -u J041

ufšaq 细小
F224

uγra- 企图
u. -dıngız J077

uruγ 种子，后裔
u. -ın S029，SA02
u. -ları R37
u. -qa SB03
uruγ̈ 见 uruγ
u. -ın SA04
uruγluγ ……之种
u. -um P21
urum 小亚细亚 < Per. Rūm
u. el-lär J253
urunčaq 寄赠物
J022
uruš- 打架
u. -u S034
usuq- 渴
u. -up S021
ut- 胜
u. -ar Q08
utlı 果实
u. sävinč F037
uṭlı 见 utlı
N22
utun 邪恶
J100
uṭuru 面对面
N82
uulsuz 无底
N81
uyγur 回鹘，畏吾儿
Q01，Q07，Q11，Q15，Q19，Q24
uyγ̈ur 见 uyγur
Q03
uyur 能干
Q10
uz 好，妙
O09，SA06
uzanmaq 绝招
uzanmaql[arı]γ F162
uza[nma]q[ları]γ F068
uzatı 常
u. üzüksüz F104
uzqya 巧妙地
S030
uzun 长
I11

üč 三
F007，F040，F183，F184，K07，L15，P05，SA01，T01，V07
ü. aγu K06 - 07
ü. asanke M30
ü. uγušluγ qalıγtın K07 - 08
üčün 为
F096，F180，J010，K011，L10，L40，N20，N39，N42，N49，N61，O03，S033
üd 时间
J037
ü. -i S049
ü. -intä J031
ü. -lär-ning J030
ü. -tä O15，R23
ü. -ün J059，J059，S129
ü. -üngüz F181
üḍ 见 üd
ü. -i SA06
üdün 时间
[üdün] üd[ün] G33
üḍür- 远离
ü. -tüngüz F032
ügü- 磨（面）
ü. -ümiš S116
[ü. -p] SA07
ükli- 增多

üẓül- 见 üzül-
ü. -sün S121

vajır 金刚 < Skt. vajra
E05, E06
v. -da E07, E08
vamtsan 梵赞 < Chin. 梵赞
J198
vapši 法师 < Chin. 法师
v. -lar-nıng T10
vasuki 广财子(龙王名)
< Skt. vāsuki
P03
v(a)idirlig 琉璃的
J130
vayduri 琉璃 < Skt. vaiḍūrya
v. -n J196
vayneki 佛弟子 < Skt. vaineyika
v. -larıγ N75
višaylıγ 有竟的
atqaγlıγ v. F161

wahšik 灵魂 < Sogd. w'χšyk
q[u]t w. -larnıng F235
wang 王 < Chin. 王
O12, O16, O20, O24
w. -nıng O05

ya 叹词
O26, O27, O28, S055,
S059, S064
y(a)blaq 坏
y(a)bl[aqaγ] H16
yadıl- 扩散
y. -ur P18
y(a)dıl- 见 yadıl-
[y. -zun] H22
yaγ 油
S036, S061
yaγı 敌
SB03
y. -larım K10
yaγız 褐色
y. yer S005
y. -lı-ča R02
yaγlıγ 油的
S062, SA10
yaγmur 雨
P15, P19
yaγuq 近
SB13
yalanguq 人,人类
P16
y. -lar J031
yalanguz 单独
J091
yalavač 先知
J235
yalγ(a)ndur- 诱惑
y. -u S068
yalın 焰
čoγ y. üzä G09
yalına- 点燃
y. -yu F266
yalıng 赤,光
y. adaqın S040
yalınguq 人类
T14
yalman 战者,烧毁者 < ?
V06
y. -qa V03
yalnguq 人类
O04, P20
y. -lar F042
y. -(lar) F169
y. -larnıng F166, G42

yaratın- 被造
y. -tačılarıγ F074 - 075
yarıl- 裂开
y. -sun S110
yarındaq 木碎片
S041
yar(ı)šmalaš- 处于和谐
y. -u F044
yarlıγ 话,命令
J004
y. -ı V09
y. -ın J089, P28, V05, V15
y. -ıγ F171, N74
y. -ıngıznı F228
y(a)rlıγ 见 yarlıγ
y. -ı W12
y(a)rlıqa- 说, 告
y. -dıngız F227
y. -mıš F025, F175
y. -p J015
y. -rsız N34
y. -tıngız F109, F113
y. -yur J004, J029
y. -yursız J035
y. -zu[n] F241
y(a)rlıq̈a- 见 yarlıqa-
y. -mıš R21
y(a)rlıqančučı 慈悲
F099, F188, F173, J014, J088, J110, N17, R12, R31
yarp 坚实, 紧
L12, N16, N41
yarsınčıγ 恶心的
N15
yaru- 变亮
y. -tı F163
yaruq 光
y. -ın E09, E010
y. -um E07
y(a)ruq 见 yaruq
F173, G01, H05, H22
y. küčlüg bilgäkä Br12
y. -lar H18
y. t(ä)ngrilärkä Br19
y. uγušnung H17
yaruqluγ 光明的
A013, A018, J144, J153
yašıṅ 闪电
P17
y. t(ä)ngri Br14
yašlıγ ……年龄的
J031
yašna- 闪闪发光
y. -p P17
y. -yur P22
yašuqluγ 光明的
A13, A18
yaṭ 外人
y. tutmaz N40
yavŷaṅ 素食
SA18
yavız 残忍
N15
yavlaq 恶劣
F173, F199, H02
yavlaq̈ 见 yavlaq
O25
yavšın- 粘着
yavš[ınmıš] ilinmiš F167 - 168
yaylıq 夏宫
y. -ıngız J131
yayut 草牧
y. -da Q23
yaza 法度 < Mong. yaza
y. -sın O09

074
y. yük[ün]čüg F197
yeviglig 食量的
bušin y. -kä H17
yeẓäm 旅行
y. -ä J203
yıd 味道
y. -an H06
y. -lar-ıng N51
yıdlıγ 有香味的
A12, A17
yıγ- 集中起来
y. -a L17
y. -tıngız F031
yıγ̈- 见 yıγ-
y. -a J015
yıγdur- 使……集中起来
y. -up S069, S074, SA15
yıγıl- 被集中起来
y. -ıp J174
y. -sun S092
yıγınγu 冥想
y. -γ F227
yıl 年
R17
y. -lar-tın SA02
yılan 蛇
Cv19, Cv20
yılınčγa 细
y. sačım(ı)z KA08
yılqı 马
y. -lar S047
y. -ta F026
yıltızlıγ 有根的
yıltız[lıγ]F017
yıngaq 方面
N27
y. -ıγ F060, F063
y. -larıγ F107
yıpar 香味
y. -ča N52
yıparlıγ 香
A12, A17
yıq 方便
y. -ın F037
yır 歌
J198
yigi 稠密
F020
yinčgä 细
K029
yinčü 珍珠
yin[čülär] G27
yinčür- 熟虑
y. -ü F230, F240, G36
yingnä 针
y. yılan Cv20
yintäm 唯一
F021, F074, F231
yinṭäm 见 yintäm
S125
yintsi(k)- 寻找
y. -gü F035
yiti 锋利
E05, E06, J108
yiv 绳子,线
y. -i S102
ymä 又,及
H13, I09, J095, L42, N04, N22, P07, P25, P29, P35, Q01, S001, SA01, SA31, V15
yoγ̈dulayu 驼毛般地
SA17
yol 路
F060, F063, F073, F117

六、符号说明与略语表

1. 符号说明

[ ]	文献中的残缺部分
( )	补缺的内容
{ }	转写中被删除的内容
/	转写中确切的缺少字母
斜体字	不完全保存或看不清的文字

2. 文献缩略

AY	Altun Yaruq
KČ	Küličor（阙利啜碑）
QB	Qutadγu bilig(《福乐智慧》)
Suv	Suvarṅaprabhāsasottama Sūtra（《金光明最胜王经》）
T	Tunyokuk（暾欲谷碑）

3. 参考文献的缩略

ADAW	Abhandlungen der Deutschen Akademie der Wissenschaften
AoF	Altorientalische Forschungen
AOH	Acta Orientalia Academiae Scientiarum Hungaricae
APAW	Abhandlungen der Preußischen Akademie der Wissenschaften
Altun Yaruk	Kaya 1994
BSOAS	Bulletin of the School of Oriental and African Studies / University of London
BTT	Berliner Turfantexte

BTT I Hazai / Zieme 1971
BTT III Tezcan 1974
BTT V Zieme 1975
BTT VIII Zieme / Kara 1978
BTT IX Tekin 1980
BTT XVIII Zieme 1996
BTT XIX Sundermann 1997
BTT XXXIV Shōgaito et al. 2015
BTT XIII Zieme 1985
BTT XVI Cerensodnom / Taube 1993
BTT XX Zieme 2000
BTT XXI Wilkens 2001
BTT XXIII Zieme 2006
BTT XXV Wilkens 2007
BTT XXVI Kasai 2008
BTT XXVIII Yakup 2010
CAJ Central Asiatic Journal
DMBS 彭金章 2000 - 2004
DTS V. M. Nadeljajev et. al. (eds.) 1969
Edgerton Edgerton 1953
EDPT Clauson 1972
EOB Malalasekera, G. P. (ed.) 1961
ETṢ Eski Türk Ṣiiri, 见 Arat 1965
JA Journal Asiatique
JEBD Iwano 1999
JEZBD Yokoi 1991
JTS Journal of Turkish Studies
MIO Mitteilungen des Institutes für Orientforschung
Monier-Williams Monier-Williams 1899
N. F. Neue Folge
OLZO Orientalische Literaturzeitung

OTWF	Erdal 1991
SDAW	Sitzungsberichte der Deutschen Akademie der Wissenschaften zu Berlin
SGDB	The Soka Gakkai dictionary of Buddhism
SIAL	Studies on Inner Asian Languages
SPAW	Sitzungsberichte der Preußischen Akademie der Wissenschaften
SRS	Silk Road Studies
SWTF	Sanskrit-Wörterbuch der buddhistischen Texte aus den Turfan-Funden，见 Waldschmidt 等编 1975ff
TT	Türkische Turfan-Texte
TT III	Bang / Gabain 1930
TT VI	Bang et al. 1934
UAJb, N. F.	Ural-Altaische Jahrbücher, Neue Folge
UWb	Röhrborn 1977 – 1998
VOHD	Verzeichnis der Orientalischen Handschriften in Deutschland
VSUA	Veröffentlichungen der Societas Uralo-Altaica
ZDMG	Zeitschrift der Deutschen Morgenländischen Gesellschaft

4. 语言文字名称

Ar.	Arabic（阿拉伯语）
Chin.	Chinese（汉语,汉文）
Mong.	Mongolian（蒙古语）
MPers.	Middle Persian（中古蒙古语）
Parth.	Parthian（帕提亚语）
Per.	Persian(波斯语)
Skt.	Sanskrit（梵语,梵文）
Sogd.	Sogdian（粟特语）

Syr.	Syriac（叙利亚语）
Tib.	Tibetan（藏语）
Toch. A	Tocharian A（吐火罗语 A,甲种吐火罗语）
Toch. B	Tocharian B(吐火罗语 B,乙种吐火罗语)

七、参 考 文 献

1. 汉文参考文献

阿不都热西提·亚库甫 1996 《古代维吾尔语摩尼教文献语言的共时描写研究》,中央民族大学博士学位论文。

阿不都热西提·亚库甫 2010 《敦煌新出叙利亚文文献行间加写的回鹘文头韵诗译释》,载彭金章主编《敦煌莫高窟北区石窟研究》(下),兰州:读者出版集团甘肃教育出版社,第 503 ~ 510 页。

阿不都热西提·亚库甫 2011 《北京大学图书馆藏回鹘文〈西宁王速来蛮赞新探〉》,《西域文史》第六辑,第 61 ~ 77 页。

阿不都热西提·亚库甫 2014 《东京大学附属图书馆藏〈翡翠公主赞〉译释》,刘震、许全胜主编《内陆欧亚历史语言论集——徐文勘先生古稀纪念》,兰州:甘肃教育出版社,第 148 ~ 161 页。

阿合买提著,魏翠一汉译 1981 《维吾尔族古典文学名著真理的入门》,乌鲁木齐:新疆人民出版社。

敖特根 2004 《蒙元时代的敦煌西宁王速来蛮》,《兰州大学学报》(社会科学版)第 32 卷第 4 期,第 35 ~ 41 页。

北京大学图书馆、上海古籍出版社编 1995 《北京大学藏敦煌文献》(共二卷),上海:上海古籍出版社。

伯希和 1995 《高昌和州火洲哈喇和卓考》(原文为法文,见 Pelliot 1912),载冯承钧译《西域南海史地考证译丛》(第二卷),第七编,北京:商务印书馆。

邓浩 1995 《〈突厥语大词典〉中的诗歌谚语及其文化透视》,《西北民族研究》1995(1),第 76 ~ 101 页。

迪拉娜·伊斯拉菲尔 2008 《国家图书馆藏回鹘文"畏吾儿写经残卷"研究》,中央民族大学中国少数民族语言学院博士学位论文。

迪拉娜·伊斯拉菲尔 2014 《吐鲁番发现回鹘文佛教新文献研究》,北京:民族出版社。

段晴 2000 《敦煌出土叙利亚文释读报告》,载彭金章、王建军、敦煌研究院编《敦煌莫高窟北区石窟》第一卷,北京:文物出版社,第 382 ~ 390 页。

多路坤·阚白尔、斯拉菲尔·玉素甫 1988 《吐鲁番最近出土的几件回鹘文书研究》,《内陆亚细亚言语の研究》IV,第 77 ~ 86 页。

狄力木拉提·泰来提 2015 《福乐智慧》(汉译通读版),北京:民族出版社。

耿世民 1982 《古代维吾尔诗歌选》,乌鲁木齐:新疆人民出版社。

耿世民/张宝玺 1986 《元回鹘文〈重修文书寺碑〉初释》,《考古学报》第2期,第253～263页。
耿世民 1990 回鹘文《圣救度佛母二十一种礼赞经》残卷研究,《民族语文》1990年3期,第26～32页。
耿世民 2003 《维吾尔古代文献研究》,北京:中央民族大学出版社。
耿世民 2006 《新疆历史与文化概论》,北京:中央民族大学出版社。
耿世民 2009 《喀拉汗王朝与喀什噶里的〈突厥语词典〉》,《中央民族大学学报》(哲学社会科学版),第6期,第98～101页。
耿世民 2012 《西域文史论稿》,兰州:兰州大学出版社。
黄文弼 1964 《亦都护高昌王世勋碑复原并校记》,《文物》第2期,第34～42页。
郎樱 1992 《"福乐智慧"与东西方文化》,乌鲁木齐:新疆人民出版社。
李宁 2010 《"福乐智慧"英译研究》,北京:民族出版社。
李永宁 1982 《敦煌莫高窟碑文录及有关问题(二)》,《敦煌研究》第2期,第108～126页。
李正宇 1998 速来蛮(词条),季羡林主编《敦煌学大辞典》,上海:上海辞书出版社,第367页。
林悟殊 1987 《摩尼教及其东渐》,北京:中华书局。
刘义堂 1975 《维吾尔研究》,台北:正中书局。
刘迎胜 2006 《察哈台汗国史研究》,上海:上海古籍出版社。
柳洪亮 2006 《高昌回鹘东迁史实考辨》,载殷晴主编《吐鲁番学新论》,乌鲁木齐:新疆人民出版社,第714～727页。
马小鹤 2008 《摩尼教与古代西域史研究》,北京:中国人民大学出版社。
马小鹤 2012 《摩尼三常、四寂新考——福建霞浦文书研究》,《欧亚学研究》(www.eurasianhistory.com/data/articles/j01/2205.html)。
牛汝极 1991 《从两件回鹘文残卷看早期维吾尔诗歌的特点》,《新疆大学学报》1991年4期,第103～107页。
牛汝极 2002 《敦煌北区发现的叙利亚文景教——回鹘文佛教双语写本再研究》,《敦煌研究》第2期,第56～63页。
牛汝极 2008 《十字莲花:中国元代叙利亚文景教碑铭文献研究》,上海:上海古籍出版社。
欧阳伟 2011 《高昌回鹘汗国古典诗歌的用韵技巧》,《民族文学研究》第2期,第73～77页。
彭金章/王建军/敦煌研究院 2000－2004 《敦煌莫高窟北区石窟》,I～III卷,北京:文物出版社。
热依汗·卡德尔 2003 《摩尼教与高昌维吾尔文学艺术》,《民族文学研究》第3期,第40～45页。
热孜娅·努日 2009 《回鹘文"常啼菩萨求法故事"研究》,中央民族大学中国少数民族语言学院博士学位论文。
任继愈主编 2010 《国家图书馆藏敦煌遗书》,北京:北京图书馆出版社。
芮传明 2009 《东方摩尼教研究》,上海:上海人民出版社。
芮传明 2010 《突厥语〈摩尼大颂〉考释——兼谈东方摩尼教的传播特色》,载新疆吐鲁番学研究院编《吐鲁番学研究:第三届吐鲁番学暨欧亚游牧民族的起源与迁徙国际学术研讨会论文集》,上海:上海古籍出版社,第 659 ~ 669 页。
荣新江 2000 《摩尼教在高昌的初传》,载新疆吐鲁番地区文物局编《吐鲁番新出摩尼教文献研究》,北京:文物出版社,第 215 ~ 230 页。
沈卫荣 2010 《再论〈彰所知论〉与〈蒙古源流〉》,载沈卫荣《西藏历史和佛教的语文学研究》,上海:上海古籍出版社,第 156 ~ 180 页。
新疆吐鲁番地区文物局编 2000 《吐鲁番新出摩尼教文献研究》,北京:文物出版社。
麻赫默德·喀什噶里著校仲彝、何锐、刘静嘉译 2002 《突厥语大辞典》,北京:民族出版社。
王菲 2000 《四件回鹘文摩尼教赞美诗译释》,《新疆大学学报》2000 年第 2 期,第 109 ~ 112 页。
王素 1992 《高昌得名新探》,《西北史地》1992 年第 3 期,第 33 ~ 39、47 页。
王素 2002 《敦煌吐鲁番文献》,北京:文物出版社。
王小甫 2009 《唐、吐蕃、大食政治关系史》,北京:中国人民大学出版社。
王媛媛 2011 《从波斯到中国:摩尼教在中亚和中国的传播》,北京:中华书局。
魏良弢 2010 《中国历史 11:哈喇汗王朝史,西辽史》,北京:人民出版社。
魏翠一 1981 (见阿合买提 1981)
阎文儒 1981 《元代速来蛮刻石释文》,《敦煌研究》1981 年 01 期,第 34 ~ 42 页。
杨富学 2003 《回鹘文献与回鹘文化》,北京:民族出版社。
杨富学 2010 《榆林窟第 12 窟回鹘文题记 Buyan-Qulï ong 考》,中国突厥语研究会第十次学术会议暨研究会成立 30 周年纪念大会论文,兰州西北民族大学 2010 年 6 月(发言稿)。
杨富学、阿布都外力·克热木 2010 《回鹘文摩尼教诗歌及其审美特征》,《新疆大学学报》,哲学社会科学版,第 3 期,第 72 ~ 76 页。
杨富学/黄建华编译 1996 《摩尼文突厥语贝叶书》,《西域研究》1996 年第 2 期,第 46 ~ 52 页。
杨富学/牛汝极 1995 《沙洲回鹘及其文献》,兰州:甘肃文化出版社。
杨富学/张海娟 2011 《元明蒙古豳王家族史研究回顾》,《吐鲁番学研究》2011 年 1 期,第 131 ~ 141 页。
玉素甫·哈斯·哈吉甫著,耿世民/魏萃一译 1979 《福乐智慧》,乌鲁木齐:

新疆人民出版社。
玉素甫·哈斯·哈吉甫著,郝关中/张宏超/刘宾译 1986 《福乐智慧》,北京:民族出版社。
张海娟/杨富学 2011 《蒙古豳王家族与河西西域佛教》,《敦煌学辑刊》2011年第4期,第84~97页。
张铁山 2000 《叙利亚文文书中回鹘文部分的转写和翻译》,载彭金章、王建军、敦煌研究院编《敦煌莫高窟北区石窟》,第一卷,第391~392页。
张铁山 2002 《北京大学图书馆馆藏敦煌本回鹘文〈杂阿含经〉残叶研究》,《中央民族大学学报》(哲学社会科学版)第29期,第108~112页。
张铁山 2004 莫高窟北区出土三件珍贵的回鹘文佛经残片研究,《敦煌研究》2004年1期,第78~82页。
张铁山 2012 《吐鲁番柏孜克里克出土四件回鹘文〈因萨底经〉残叶研究》,《敦煌研究》第2期,第83~88页。
张铁山 2013 《试析回鹘文〈金光明经〉偈颂》,《中央民族大学学报》第1期,第119~123页。
张志忠主编、《新蒙汉词典》编委会编 2002 《新蒙汉词典》,北京:商务印书馆。
赵明鸣 2001 《"突厥语词典"语言研究》,北京:中央民族大学出版社。
朱风、贾敬颜译 1980 《蒙古黄金史纲》,呼和浩特:内蒙古大学出版社。
朱承平 1997 《先秦两汉散句韵语中的句首韵》,《江西社会科学》第9期,第54~55页。

2. 维吾尔文参考文献

Abdurishit Yakup 1996a. Yuan dävrigä tä'älluq qädimki Uyɣurčä še'iriy salam xät [阿不都热西提·亚库甫:一件元代回鹘语韵文] *Bulaq* [源泉] 3,第77~88页。
Geng Shimin, Tursun Ayup 1981. Qädimqi uyγurlarning mani diniγa ait mädhiyä še'ir liri [耿世民、吐尔逊·阿尤甫:古代维吾尔人的摩尼教颂诗],*Bulaq* [源泉]2。
Ismail Tömüri 1995. *Idiqut uyγur ädäbiyati* [司马义·铁木尔:《高昌回鹘文学》] Ürümči: Šinǰang xälq näšriyati[乌鲁木齐:新疆人民出版社]。
Xämit Tömür, Tursun Ayup 1980. *Ätäbätul-häqayiq* [哈米提·铁木尔、吐尔逊·阿尤甫:《真理的入门》], Beijing: Millätlär Näšriyati [北京:民族出版社]。
Mirsultan Osmanof 2015. *Qutadγu Bilik*. [米尔苏里唐·乌斯马诺夫:《福乐智慧》], Ürümči: Šinǰang Universiteti näšriyati [乌鲁木齐:新疆大学出版社]。
Mäxmut Qäšqiri 1981~1984. Divani Luɣät türk [麻赫穆德·喀什噶里著《突厥

语大词典》,《突厥语大词典》译审小组译审],1 ~ 3 卷,Ürümči: Šinǰang xälq näšriyati[乌鲁木齐:新疆人民出版社]。

Yüsüp Xas Hajip 1984. *Qutadγu bilik.* (näzmiy tärjimä)[玉素甫·哈斯·哈吉甫:《福乐智慧》(诗体译本)], Beijing: Millätlär Näšriyati [北京:民族出版社]。

Yüsüp Xas Hajip 1987. *Qutadγu bilik.* (näsriy tärjimä)([玉素甫·哈斯·哈吉甫:《福乐智慧》(散文体译本)], Beijing: Millätlär Näšriyati [北京:民族出版社]。

Yüsüp Xas Hajip 2006. *Qutadγu bilik.* (näsriy tärjimä)([玉素甫·哈斯·哈吉甫:《福乐智慧》(散文体译本)], Beijing: Millätlär Näšriyati [北京:民族出版社](第二版)。

3. 西文参考文献

Adam, Volker/Jens Peter, Laut/Andreas, Weiss 2000. *Bibliographie alttürkischer Studien.* Wiesbaden: Harrassowitz Verlag. (Orientalistik Bibliographien und Dokumentationen 9.)

Adams, Douglas Q. 2013. *A dictionary of Tocharian B. Revised and greatly enlarged.* Amsterdam, New York: Rodopi. (Leiden Studies in Indo-European, 10.)

Arat, Reşid Rahmeti 1947. *Kutadgu Bilig.* I, Metin. Ankara: Türk Dil Kurumu.

Arat, Reşid Rahmeti 1959. *Kutadgu Bilig.* II, Tercüme. Ankara: Türk Dil Kurumu.

Arat, Reşid Rahmeti 1965. *Eski Türk Şiiri.* Ankara: Türk Tarih Kurumu (Türk Tarih Kurumu Yayınları 7, 45.)

Arat, Reşid Rahmeti 1979. *Kutadgu Bilig.* III, Indeks. (Türk Kültürünü Araştırma Enstitüsü yayınları: 47, Seri: IV-Sayı: A12.) Hazırlayanlar: Kemal Eraslan, Osman F. Sertkaya, Nuri Yüce. Istanbul: Edebiyat Fakultesi Basımevi.

Asmussen, J P. 1965. *X*ᵘ *āstvānīft. Studies in Manichaeism.* Copenhagen: Munksgaard. (Acta Theologica Danica VII.)

Ata, Aysu 2004. *Türkçe ilk Kur' an tercümesi.* Karahanlı Türkçesi (Rylands nüshası). Giriş-Metin-Notlar- Dizin. Ankara: Türk Dil Kurumu. (Türk Dil Kurumu Yayınları: 854)

Atalay, Besim 1939 – 1941. *Divanü Lûgat-it-Türk Tercemesi.* I – III, Ankara: Türk Dil Kurumu.

Atalay, Besim 1943. *Divanü Lûgat-it-türk Dizini.* Ankara: Alâiddin Kıral Basimevi.

Ayalon, David 1971. The Great Yāsa of Chingiz Khān. A Re-examination. *Studia*

Islamica 33, 97 - 140; 34, 151 - 180.

Ayalon, David 1972. The Great Yāsa of Chingiz Khān. A Re-examination. *Studia Islamica* 36, 113 - 158.

Ayalon, David 1973. The Great Yāsa of Chingiz Khān. A Re-examination. *Studia Islamica* 38, 107 - 156.

Bang, Willi, Arat G. R. Rachmati, 1932. *Die Legende von Oghuz Qaghan.* Berlin: Verlag der Akademie der Wissenschaften. (Sonderausgabe aus den SPAW, Phil. -Hist. Klasse. 1932. XXV.)

Bang, Willi / G. R. Rachmati 1933. Lieder aus Alt-Turfan. *Asia Major* 9: 129 - 140.

Bang, Willi 1925. Manichaeische Hymnen. *Le Muséon* 38: 1 - 55.

Bang, Willi 1931. Manichäische Erzähler. *Le Muséon* 44: 1 - 36.

Bang, Willi/A. von Gabain 1929. *Türkische Turfantexte II.* (SPAW, 1929), 411 - 430.

Barutçu, F. Sema 1988. Uygurca ve Dharmodgata Bodhisattva Hikâyesi, Unpublished doctoral thesis, Ankara Üniversitesi.

Barutçu, F. Sema 1994. Maniheist ve Buddist çevrelede Türk ş iiri. *Türk Dili Araştırmaları Yıllığı -Belleten* 1991, 69 - 87.

Bazin, Louis 1965. La littérature épigraphique turque ancienne. In: Boratav, Pertev Nai ˙li ˙, Jean Deny, Louis Bayin (eds.), *Philologiae Turcicae Fundamenta* II, Wiesbaden: Franz Steiner Verlag, 192 - 211.

Bechert, Henz/Wille, Klaus 1995. *Sanskrithandschriften aus den Turfanfunden. Teil 7: Die Katalognummern 1600 - 1799.* Herausgegeben von Heinz Bechert, beschrieben von Klaus Wille. Stuttgart: Franz Steiner Verlag. (VOHD, X,7.)

Bogushevskaya, Viktoria 2015. Chinese GRUE: On the original meaning and the evaluation of Qīng 青. *l' analisi linguistica e letteraria* xxiii, 61 - 76.

Bombaci, Alessio 1953. Kutadgu Bilig hakkında bazı mülâhazalar. In: M. Fuad Köprülü (ed.), *Fuad Köprülü Armağanı (60. Doğum Yılı Münasebetiyle)*, Istanbul: DTCF, 65 - 76.

Bombaci, Alessio 1964 - 1965. The Turkic literatures. Introductory notes on the history and style. In: Boratav, Pertev Naili, Jean Deny, Louis Bazin (eds.), *Philologiae Turcicae Fundamenta II.* Wiesbaden: Steiner Verlag, XI-LXXI.

Boratav/Pertev Naili 1965. La poésie folklorique. In: Boratav/Pertev Naili/Jean Deny/Louis Bazin (eds.), *Philologiae Turcicae Fundamenta* II, Wiesbaden: Franz Steiner Verlag, 90 - 128.

Boyce, Marry 1960. *A catalogue of the Iranian manuscripts in Manichean script in the German Turfan collection*. Berlin: Akademie Verlag. (Deutsche Akademie der Wissenschaften zu Berlin. Institut für Orientforschung, Veröffentlichung Nr. 45.)

Bryder, Peter 1999. Huyadagmân. In: *Geng Shimin xiansheng 70 shouchen jinian wenji* 耿世民先生 70 寿辰纪念文集 [Papers in honour 70th birthday of Professor Geng Shimin]. Beijing: Minzu Press, 252 - 275.

Cerensodnom, Dalantai/Taube, Manfred 1993. *Die Mongolica der Berliner Turfansammlung*. Berlin: Akademie Verlag. (BTT XVI.)

Clark, Larry 1982. The Manichean Turkic Pothi-book. *AoF* IX, 145 - 218.

Clark, Larry 1997. The Turkic Manichean literature. In: Mirecki, Paul and Jason BeDuhn (eds.), *Emerging from darkness: Studies in the recovery of Manichaean sources*, Leiden, New York, Köln: Brill, 89 - 141.

Clark, Larry 2000. The Conversion of Bügü Khan to Manichaeism. In: Ronald E. Emmerick, Werner Sundermann, Peter Zieme (eds.) *Studia Manichaica. IV. International Kongreß zum Manichäismus, Berlin 14. - 18. Juli 1997* (Berichte und Abhandlungen, herausgegeben von der Berlin-Brandenburgischen Akademie der Wissenschaften, Sonderband 4.), 83 - 123.

Clark, Larry 2010. The Turkic script and the *Kutadgu Bilig*. In: Boeschoten, Hendrik and Julian Rentzsch (eds.), *Turcology in Mainz*. Wiesbaden: Harrassowitz Verlag, 89 - 106.

Clark, Larry 2013. *Uygur Manichaean Texts: Volume II: Liturgical Texts Texts, Translations, Commentary*. Turnhout: Brepols. (Corpus Fontium Manichaeorum: Series Turcica [TUR 2]).

Clauson, Gerard 1964. Turks and Wolves. *Studia Orientalia* (Helsinki), 1 - 22.

Clauson, Gerard 1972. *An etymological dictionary of Pre-Thirteenth-Century Turkish*. Oxford: Clarendon Press.

Clawiter, Walter/Holzmann, Lore 1965. *Sanskrithandschriften aus den Turfanfunden. Teil 1*. Unter Mitarbeit von Walter Clawiter und Lore Holzmann herausgegeben und mit einer Einleitung versehen von Ernst Waldschmidt. Wiesbaden: Franz Steiner Verlag GMBH. (VOHD, Band X,1.)

Dankoff, Robert 1979. Textual problems in *Kutadgu Bilig*. *JTS* 3: 89 - 99.

Dankoff, Robert 1983. Yūsuf Khāṣṣ Ḥājib, *Wisdom of Royal Glory (Kutadgu Bilig): A Turko-Islamic Mirror for Princes*, translated, with an introduction and notes, by Robert Dankoff. Chicago: University of Chicago Press.

Dankoff, Robert (in collaboration with James Kelly) 1982 - 1985 (eds./tr.) *Mahmūd al-Kāšγarī: Compendium of the Turkic dialects (Dīwān Luγāt at-Turk)*, I-III. Duxbury, Massachusetts: Harvard Printing Office. (Sources of

Oriental Languages and Literatures, Turkish Sources 7.)

Dankoff, Robert 2008. From Mahmud Kaşgari to Evliya Çelebi. In: Dankoff, Robert, *Studies in Middle Turkic and Ottoman literatures*. Istanbul: The Isis Press.

Dimitriyeva, L. V. 1963. Xuastvanifit. In: A. K. Borovkov (ed.), *Tjurkologičeskie issledovanija*, Moskva-Leningrad: Izdatel'stvo Akademii Nauk SSSR, 214 - 232.

Doerfer, Gerhard 1965. *Türkische und mongolische Elemente im Neupersischen*. Band II, Wiesbaden: Franz Steiner Verlag GMBH.

Doerfer, Gerhard 1996. *Formen der älteren türkischen Lyrik*. Szeged. (Studia Uralo-Altaica. 37.)

Durkin-Meisterernst, Desmond 2004. *Dictionary of Manichean Middle Persian and Parthian*. Turnhout: Brepols (Corpus Fontium Manichaeorum, Dictionary of Manichean texts, volume III, Texts from Central Asia and China, Part 1.)

Eckmann, János 1976. *Middle Turkic Glosses of the Rylands interlinear Koran translation*. Budapest: Akadémiai Kiadó. (Bibliotheca Orientalis Hungarica XXI.)

Elverskog, Johan 1997. *Uygur Buddhist literature*. Turnhout: Brepols. (SRS 1.)

Elverskog, Johan 2010. Buddhism and Islam on the Silk Road. Philadelphia: University of Pennsylvania Press.

Erdal, Marcel 1991. Constraints on poetic license in the *Qutadgu Bilig*: The converb and aorist vowels. *Türk Dil ve Edebiyatı Dergisi* 24, 205 - 214.

Erdal, Marcel 1991a. *Old Turkic Word Formation. A functional approach to the lexicon*. I-II. Wiesbaden: Otto Harrassowitz. (Turcologica 7.)

Erdal, Marcel 1996. Ost und West in der frühtürkischen Lyrik. In: *Uluslararasi Türk Dili Kongresi* 1992 (26 Eylül 1992 - 1 Ekim 1992), Ankara: Atatürk Kültür, Dil ve Tarih Yüksek Kurumu, 111 - 122.

Erdal, Marcel 2004. *A Grammar of Old Turkic*. Leiden, Boston: Brill. (Handbook of Oriental Studies. Section 8 Uralic & Central Asian Studies 3.)

Foy, Karl 1904. Die Sprache der türkischen Turfan-Fragmente in manichäischer Schrift. I. *SPAW*, 1389 - 1403.

Franke, Herbert 1965. A 14th century Mongolian letter fragment. *Asia Major* (New Series) 11 - 2, 120 - 127.

Franke, Herbert 1978. From tribal chieftain to Universal Emperor God: The legitimation of the Yüan dynasty. München: Verlag der Bayerischen Akademie der Wissenschaften. (Sitzungsberichte der Bayerischen Akademie der Wissenschaften, Phil. -hist. Klasse, 1978: 2.)

Franke, Herbert 1994. Chinesische Quellen über den uigurischen Stifter

Dhanyasena. Röhrborn, Klaus, Wolfgang Veenker (eds.), *Memoriae Munusculum. Gedenkband für Annemarie v. Gabain.* Wiesbaden: Harrassowitz Verlag, 55 - 64.

Gabain, Annemarie von 1959. *Das Avadāna des Dämons Āṭavaka. Bearbeitet von Tadeusz Kowalski †. Aus dem Nachlaß herausgegeben.* Berlin: Verlag der Akademie der Wissenschaften. (ADAW. Klasse für Sprachen, Literatur und Kunst. 1958, 1.)

Gabain, Annemarie von 1963. Zentralasiatische türkische Literaturen. I. Nichtislamische alttürkische Literatur. In: B. Spuler (ed.), *Handbuch der Orientalistik.* 1. Abteilung: *Der Nahe und der Mittlere Osten.* 5. Band: *Altaistik.* 1. Abschnitt: *Turkologie.* Leiden/Köln: Brill. 207 - 228 [revised edition of 1982, 469 - 471].

Gabain, Annemarie von 1964 - 1965. Die Alttürkische Literatur. In: Boratav, Pertev Naili, Jean Deny, Louis Bazin (eds.), *Philologiae Turcicae Fundamenta* II, Wiesbaden: Franz Steiner Verlag, 211 - 243.

Gabain, Annemarie von/Winter, Werner 1958. *Türkische Turfantexte IX. Ein Hymnus an den Vater Mani auf „Tocharisch" B mit alttürkischer Übersetzung.* Berlin: Akademie Verlag. (ADAW, Klasse für Sprachen, Literatur und Kunst, Jahrgang 1956, Nr. 2.)

Gabain, Annemarie. von 1967. *Die Drucke der Turfansammlung.* Berlin: Akademie Verlag. (SDAW. Klasse für Sprachen, Literatur und Kunst. Jahrgang 1967, Nr. 1.)

Gabain, Annemarie. von 1973. *Das Leben im uigurischen Königreich von Qočo.* Wiesbaden: In Komission bei Otto Harrasssowitz.

Gabain, Annemarie von 1974. Alttürkische Grammatik. Mit Bibliographie, Lesestücken und Wörterverzeichnis, auch Neutürkisch. Leipzig: Otto-Harrassowitz.

Gandjeï, T. 1958. Überblick über den vor- und frühislamischen türkischen Versbau. *Der Islam* 33, 142 - 156.

Gandjeï, T. 1970. The Prosodic Structure of an Old Turkish Poem. In: Mary Boyce and Ilya Gershevitch (eds.) *W. B. Henning Memorial Volume.* London: Lund Humphries, 157 - 160.

Geng, Shimin 1979. Qädimqi uygurca buddhistik äsär 'Ārya-trāta-buddhamātrkaviṃcati-pūjā-stotra-sūtra' din fragmentlar. *JTS* 3: 295 - 302.

Geng, Shimin/Hamilton, James 1981. L'inscription ouïgoure de la stèle commémorative des Iduq qut de Qočo. *Turcica* 13: 10 - 54.

Geng, Shimin/Klimkeit, Hans-Joachim 1985. Das 16. Kapitel der Hami-Version der Maitrisimit. *JTS* 9: 71 - 132.

Geng, Shimin / Klimkeit, Hans-Joachim 1988. *Das Zusammentreffen mit Maitreya. Die ersten fünf Kapitel der Hami-Version der Maitrisimit.* In Zusammenarbeit mit Helmut Eimer und Jens Peter Laut hrsg. , übersetzt und kommentiert. 1. Text, Übersetzung und Kommentar. 2. Faksimiles und Indices. Wiesbaden: Otto Harrassowitz. (Asiatische Forschungen 103.)

Geng, Shimin/Klimkeit, Hans-Joachim/Laut, Jens Peter 1989. Die Geschichte der drei Prinzen. Weitere neue manichäisch-türkische Fragmente aus Turfan. *ZDMG* 139, 328 – 345.

Geng, Shimin/Klimkeit, Hans-Joachim/Laut, Jens Peter 1996. Eine neue nestorianische Grabinschrift aus China. *UAJb*, N. F. 14, 164 – 175.

Gildow, Douglas Matthew 2005. Flesh Bodies, Stiff Corpses, and Gathered Gold: Mummy Worship, Corpse Processing, and Mortuary Ritual in Contemporary Taiwan. *Journal of Chinese Religions* 33: 1 – 37.

Golden, Peter 1992. *An introduction to the history of Turkic peoples.* Wiesbaden: Harrassowitz Verlag. (Turcologica 9.)

Guang, Xing 2011. Avalokiteśvara in China. *The Indian International Journal of Buddhist Studies* 12, 1 – 22.

Gulácsi, Zsuzsanna 2001. *Manichean art in Berlin collections.* Turnhout: Brepols. (Corpus Fontium Manichaeorum. Series Archaeologica et Iconographica, I.)

Haenisch, Erich 1962. *Yüan-ch' ao pi-shih. Geheime Geschichte der Mongolen.* Wiesbaden: Franz Steiner Verlag.

Hamilton, James Russel 1986. *Manuscrits ouïgours du IXe-Xe Siècle de Touen-houang.* I-II. Paris: Peeters *France.*

Hamilton, James Russel/Niu Ruji 1998. Inscriptions ouïgoures des grottes bouddhiques de Yulin. *Journal Asiatique* 286, 127 – 210.

Hamilton, James Russel/Niu Ruji 1994. Deux Inscriptions Funéraires Turques Nestoriennes de la Chine Orientale. *Journal Asiatique* CCLXXXII, 1, 147 – 164.

Hartmann, Jens Uwe/Klaus Wille/Peter Zieme 1996. Indrasenas Beichte. Ein Sanskrit-Text in uigurischer Schrift aus Turfan. *Berliner Indologische Studien* 9 – 10, 203 – 216.

Hazai, Georg 1970. Ein buddhistisches Gedicht aus der Berliner Turfan-Sammlung. *AOH* 23: 1 – 21.

Henning, Walter Bruno, 1943. Tsui Chi, ' Mo Ni Chiao Hsia Pu Tsan. The Lower (Second?) Section of the Manichean Hymns'. Bulletin of the School of Oriental and African Studies 11, 217 – 219.

Henning, W. B. 1959. A Fragment of the Manichaean Hymn-Cycles in Old

Turkish. *Asia Major* (New Series 1), 122 - 124.

Hirakawa, Akira 1997. *A Buddhist Chinese-Sanskrit dictionary*. Tokyo: The Reiyukai.

Judaxin, Konstantin Kuz'mič 1965. *Kirgizsko-russkij slovar'*. Moskov: Sovetskaja Enciklopedia.

Kara, Georg 1968. (Review of) Annemarie von Gabain, *Die Drucke der Turfansammlung*. *Narody azii i afriki* 5, 205 - 297.

Kara, Georg 1981. Weiteres über die uigurische Nāmasaṃgīti. *AoF* VIII, 227 - 236.

Kara, Georg 1983. Sino-uigurische Worterklärungen. In: Klaus Röhrborn und Wolfang Veenker eds., *Sprachen des Buddhismus in Zentralasien. Vorträge des Hamburger Symposions vom 2. Juli bis 5. Juli 1981*. Wiesbaden: Otto Harrassowitz, (VSUA 16), 44 - 52.

Kara, Goerg/Zieme, Peter 1977. *Die uigurischen Übersetzungen des Guruyogas „Tiefer Weg" von Sa-skya Paṇḍita und der Mañjuśrīnāmasaṃgīti*. Berlin: Akademie Verlag. (Berliner Turfantexte VIII.)

Kasai, Yukiyo 2008. *Die uigurischen buddhistischen Kolophone*. Turnhout: Brepols. (BTT XXVI.)

Kaufhold, Hubert 1996. Anmerkungen zur Veröffentlichung eines syrischen Lektionarfragments. *ZDMG* 146/1: 49 - 60.

Kitsudō, Kōichi 2011. Two Chinese Buddhist texts written by Uyghurs. *AOH* 64 (3): 325 - 343.

Klein, Wassilios/Tubach, Jürgen 1994. Ein syrisch-christliches Fragment aus Dunhuang/China. *ZDMG* 144/1: 1 - 13 + 1 (Pl. P. 446).

Klimkeit, Hans-Joachim 1989. *Hymnen und Gebete der Religion des Lichts. Iranische und türkische liturgische Texte der Manichäer Zentralasiens*. Eingeleitet und aus dem Mittelpersichen, Parthischen, Sogdischen und Uigurischen (Alttürkischen) übersetzt. Opladen: Westdeutsche Verlag. (Abhandlungen der Reinisch-Westfälischen Akademie der Wissenschaften 79.)

Klimkeit, Hans-Joachim 1993. *Gnosis on the Silk Road: Gnostic parables, hymns and prayers from Central Asia*. New York: HarperSanFrancisco.

Knüppel, Michael 2011. Zur späten manichäisch-uigurischen Dichtung. In: Özertural, Zekine, Jens Wilkens (eds.) *Der östliche Manichäismus. Gattungs- und Werksgeschichte*. Vorträge des Göttinger Symposiums vom 4./5. März 2010, Göttingen: De Gruyter, 89 - 100.

Köprülü, Füad M. 1965. La métrique carûz dans la poésie turque. In: Boratav, Pertev Naili, Jean Deny, Louis Bazin (eds.), *Philologiae Turcicae*

Fundamenta II, Wiesbaden, 252 – 266.

Kumamoto, Hiroshi 2002. The Maitreya-samiti and Khotanese. http://www.gengo. l. u-tokyo. ac. jp/ ~ hkum/pdf/Maitreya_Paris_unicode2. pdf.

Laut, Jens Peter 2002. Gedanken zum alttürkischen Stabreim. In: M. Ölmez et S.-Chr. Raschmann (eds.), *Splitter aus der Gegend von Turfan. Festschrift für Peter Zieme*, Berlin, Istanbul, 129 – 138.

Laut, Jens Peter/Peter Zieme 1990. Ein zweisprachiger Lobpreis auf den Bäg von Kočo und seine Gemahlin. In: Jens Peter Laut und Klaus Röhrborn hrsg., *Buddhistische Erzälliteratur und Hagiographie in türkischer Überlieferung*, Wiesbaden: Otto Harrassowitz, 15 – 36. (VSUA, 27.)

Le Coq Albert von 1911. *Türkische Manichaica aus Chotcho. I. APAW*, Philosophisch-Historische Klasse, 1911, No. 6.

Le Coq, Albert von 1913. Chotscho: Koeniglich Preussische Turfan-Expeditionen. Berlin.

Le Coq, Albert von 1919. *Türkische Manichaica aus Chotscho. II. Nebst einem christlichen Bruchstück aus Bulayïq*. Berlin: Verlag der Akademie der Wissenschaften. (*APAW* 1919, Philosophisch-Historische Klasse, 1919, No. 3.)

Le Coq, Albert. von 1922. *Türkische Manichaica aus Chotscho. III*. Berlin: Verlag der Akademie der Wissenschaften. (*APAW*, 1922, No. 2.)

Leksika = Tenishev et al. 1997

Li, Yong-Sŏng 1999. *Türk dillerinde akrabalık adları*. Istanbul: Simurg. (Türk Dilleri Araştırmaları Dizisi: 15.)

Ligeti, Louis 1972. *Monuments préclassiques 1, XIII-XIV siècles*. Budapest: Akademiai Kiadó. (Monumenta Linguae Mongolicae Collecta II.)

Malalasekera, G. P. (ed.) 1961. *Encyclopaedia of Buddhism*. Fascicle: A-Aa [Colombo]: Government of Ceylon.

Malov, Sergej Efimovič 1956. Lobnorskij jazyk. Texty, prevody, slovar'. Frunze: Izdatel'stvo vostočnoj literatury.

Malov S. E. 1976. *Lopnorskij jazyk*. Frunze.

Matsui, Dai 2008. A Mongolian decree from the Chaghataid Khanate discovered at Dunhuang. In: Peter Zieme (ed.), *Aspects of research into Central Asian Buddhism. In memoriam Kōgi Kudara*. Turnhout: Brepols, 159 – 178. (SRS 16.)

Matsui, Dai 2008a. Revising the Uighur inscriptions of the Yulin caves. *SIAL XXIII. Papers in honour of Professor Takao Moriyasu on his 60th birthday*, 17 – 33.

Maue, Dieter 2015. Alttürkische Handschriften Teil 19: Dokumente in Brahmi und tibetischer Schrift. Teil 2. (VOHD 13,27). Stuttgart: Franz Steiner Verlag.

Molnár, Adam/Zieme, Peter 1989. Ein weiterer uigurischer Erntesegen. *AoF* 16: 140–152.

Monier-Williams, Monier 1899. *A Sanskrit-English dictionary*. Etymologically and philologically arranged with special reference to cognate Indo-European languages. New edition, greatly enlarged and improved. Oxford: Clarendon Press.

Morgan, David 1986. The Great Yāsā of Chingiz Khān and Mongol law in the Īlkhānate. *Bulletin of School of Asian and African Studies* 49, 163–176.

Morgan, David 2005. The "Great *Yasa* of Chingiz Khan" revisited. In: Amitai Reuven and Michal Biran (eds.) *Mongols, Turks, and others. Eurasian nomads and the sedentary world*. Leiden, Boston: Brill, 291–308.

Moriyasu, Takao 2000. The West Uighur Kingdom and Tun-huang around the 10th-llth Centuries. In: *Berlin-Brandenburgische Akademie der Wisssenschaften. Berichte und Abhandlungen* 8, Berlin, 2000, 337–368.

Moriyasu, Takao 2003. The decline of Manichaeism and the rise of Buddhism among the Uighurs with a discussion on the origin of Uyghur Buddhism. In: Moriyasu Takao (ed.) 2003a, *Shiruku rōdu to sekaishi/World history reconsidered through the Silk Road*, Osaka: Osaka University, 084–111.

Moriyasu, Takao 2003a. Manichaeism under the East Uighur Khanate with special references to the fragment Mainz 345 and the Kara-Balgasun inscription. In: Moriyasu Takao (ed.) 2003, *Shiruku rōdu to sekaishi/World history reconsidered through the Silk Road*, Osaka: Osaka University, 049–083.

Moriyasu, Takao 2004. *Die Geschichte des uigurischen Manichäismus an der Seidenstraße. Forschungen zu manichäischen Quellen und ihren geschichtlichen Hintergrund*. Wiesbaden: Harrassowitz Verlag. (Studies in Oriental Religions 50.)

Müller, F. W. K. 1904. *Handschriften-Reste in Estrangelo-Schrift aus Turfan, Chinesisch Turkestan. II. Teil. AKPAW* 1904.

Nadeljajev, V. M./Nasilov D. M. /Tenishev, Ä. R/Ščerbak, A. M. (eds.) 1969. *Drevnetujurkskij slovar'*. Leningrad: Izdatel'stvo „Nauka".

Niu, Ruji 2010. *La Croix-Lotus. Inscriptions et manuscripts nestoriens en écriture syriaque découverts en Chine (XIIIe-XIVe siécles)*. Shanghai: Shanghai Chinese Classics.

Osmanov, Mirsultan 2015. Yüsüf Has Hajib, Qutadγu bilik. (Perγanä nusxisiniŋ mätni). Ürümči: Šinjaŋ Universiteti näšriyati.

Ölmez, Mehmet 2001. Eski Türk şiirine kısa bir bakış, *Hece Dergisi*, Türk Ṣiiri Özel Sayısı, Sayı 53–54–55, 7–14.

Özertural, Zekine 2008. *Der uigurische Manichäismus. Neubearbeitung von Texten aus Manichaica I und III von Albert v. Le Coq.* Wiesbaden: Harrassowitz Verlag.

Pelliot, Paul 1912. Kao-tch' ang, Qočo, Houo-tcheou et Qâra-Khodja, par M. Paul Pelliot, avec une note additionelle de M. Robert Gaudhiot. *Journal Asiatique* mai-juin 1912, 579 - 603.

Pelliot, Paul 1959. *Notes on Marco Polo.* Paris: Imprimerie Nationale.

Pinault, Georges-Jean 2008. Bilingual hymn to Mani. Analysis of the Tocharian B parts. *SIAL XXIII, Papers in honour of Professor Takao Moriyasu on his 60th birthday*, 93 - 120.

Pulleyblank, Edwin G. 1991. A Lexicon of Reconstructed Pronunciation in Early Middle Chinese, Late Middle Chinese and Early Mandarin. Vancouver: UBC Press.

Radloff, W. 1893 - 1911. *Versuch eines Wörterbuches der Türk-Dialecte.* 1 - 4. Sanktpeterburg: Tipografija Imperatorskoj Akademii Nauk'.

Radloff, W. 1911. *Kuan-ši-im Pusar: Eine türkische Übersetzung des XXV. Kapitels der chinesischen Ausgabe des Saddharmapuṇḍarīka.* St.-Pétersbourg: Imp. des Sciences. (Bibliothica Buddhica 14.)

Radloff, Wilhelm Wasilovič 1913 - 1917. *Suvarṇ*aprabhāsa (*Sutra zolotogo bleska*), *Tekst ujgurskoj redakcii. Sanktpeterburg': Imperatorskoj Akad. Nauk'.* (*BibliothecaBuddhicaX* Ⅶ).

Räsänen, Martti 1969. Versuch eines etymologischen Wörtechbuchs der Türksprachen. *Helsinki: Suomalais.*

Raschmann, Simone-Christiane 1995. *Dies ist der Lobpreis des Mannes. In: Christiane Reck and Peter Zieme (eds.), Iran und Turfan. Beiträge Berliner Wissenschaftler, Werner Sundermann zum 60. Geburtstag gewidmet.* Wiesbaden: Harrassowitz Verlag, 183 - 191.

Raschmann, Simone-Christiane/Jens Wilkens (eds.) 2009. Fragmenta Buddhica. Ausgewählte Schriften von Peter Zieme. Berlin: Klaus Schwarz Verlag.

Reck, Christiane 2006. *Berliner Turfanfragmente manichäischen Inhalts in soghdischer Schrift.* Stuttgart: Franz Steiner Verlag. (Mitteliranische Handschriften, Teil 1.)

Röhrborn, Klaus 1977 - 1998. *Uigurisches Wörterbuch. Sprachmaterial der vorislamischen türkischen Texte aus Zentralasien.* Lieferung 1 - 6. Wiesbaden: Franz Steiner Verlag.

Röhrborn, Klaus 2010. *Uigurisches Wörterbuch. Sprachmaterial der vorislamischen türkischen Texte aus Zentralasien.* Neubearbeitung. I. Verben. Stuttgart: Franz Steiner Verlag.

Röhrborn, Klaus and Sertkaya, O. 1980. Die alttürkische Inschrift am Tor-Stūpa von Chü-yung-kuan. *ZDMG* 130, 304 – 339.

Rong Xinjiang 2006. The relationship of Dunhuang with the Uighur Kingdom in Turfan in the tenth century. In: Louis Bazin, Peter Zieme (eds.) *De Dunhuang a Istanbul, Hommage à James Russell Hamilton*, Turnhout: Brepols, 275 – 298.

Rybatzki, Volker 2006. *Die Personennamen und Titel der mittelmongolischen Dokumente. Eine leksikalische Untersuchung*. Helsinki. (Publications of the Institute for Asian and African Studies 8.)

Rustamov, A. R. 2010. Kāšġarī, Maḥmūd Ibn-al-Ḥusain, *Dīvān Luġāt at-Turk*. 1. Moskva: Izdatel'stvo Nauka.

Sağol, Gülden 1995. An inter-linear translation of the Qur'an into Khwarazm Turkish. Introduction, text, glossary and facsimile. Cambridge MA: The Department of Near Eastern Languages and Civilizations, Harvard University.

Sander, Lore 1994. Der Stifter Dhanyasena, ein ungewöhnlicher Blockdruck aus dem Museum für Indische Kunst, Berlin. Röhrborn, Klaus, Wolfgang Veenker (eds.), *Memoriae Munusculum. Gedenkband für Annemarie v. Gabain*. Wiesbaden: Harrassowitz Verlag, 105 – 121.

Schaeder, H. H. 1925. Die islamische Lehre vom Volkommenen Menschen, ihre Herkunft und dichterische Gestaltung. *ZDMG* 79, 192 – 268.

Sertkaya, Osman Fikri 1980. Turfan metinleri ve yapılan yayınları. 1. Das Insadi Sutra (Uygurca Insadi Sûtra). *Türkiyat Mecmuası* 19, 309 – 334.

Sertkaya, Osman Fikri 1983. Eski Türk atasözleri üzerine. In: U. Günay, A. Güzel and D. Yıldırım (eds.) *Şükrü Elçin armağanı*, Ankara, 275 – 291.

Sertkaya, Osman Fikri 1986. Eski Türk şiirinin kaynaklarına toplu bir bakış[1]. *Türk Dili* 409, 43 – 80.

Sertkaya, Osman Fikri 1988. Eski Türk şiirinin kaynaklarına toplu bir bakış[2 – 4]. *Türk Dili* 440, 99 – 109; *Türk Dili* 441, 149 – 160; *Türk Dili* 443, 262 – 271.

Sertkaya, Osman Fikri 1989. Ein Fragment eines alttürkischen Lobpreises auf Temür Qaɣan. *AoF* 16 – 1, 189 – 192.

Sertkaya, Osman Fikri 2004. Burkancı (Budist) ve Manici (Maniheist = Türk edebî çevreleri. Nazim. Atatürk Yüksek Kurumu Atatürk Kültür Merkezi Başkanlığı, *Türk dünyasi edebiyat tarihi*. Ankara: Atatürk Kültür Merkezi Başkanlığı Yayınları, 25 – 128.

Sertkaya, Osman Fikri 2011. Dîvânü Ligati't-Türk'te Türk (= Uygur) Alfabesi. Hayati Develi, Mustafa S. Kaçalin, Filiz Kıral, Mehmet Ölmez, Tülay Çulha (eds.) *The Dīwānu Luġāti't-Turk International Symposium: In commemoration of Maḥmūd Al-Kāšγarī's 1000th birthday*. Istanbul: Eren, 43-55.

Shōgaito, Masahiro 1981. Ein uigurisches Fragment eines Beichtetexts: In: Klaus Röhrborn und H. W. Brands (eds.) *Scholia. Beiträge zur Turkologie und Zentralasienkunde, Annemarie von Gabain zum 80. Geburstag am 4. Juli 1981 dargebracht von Kollegen, Freunden und Schülern*. (VSUA 14.) Wiesbaden, 163-169.

Shōgaito, Masahiro 1988. Drei zum Avalokiteśvara-sūtra passende Avadānas. In: J. P. Laut /K. Röhrborn (eds.) *Der türkische Buddhismus in der japanischen Forschung*. (VSUA 23.). Wiesbaden, 56-99.

Shōgaito, Masahiro, Lilia Tugusheva, and Setsu Fujishiro 1998. ウイグル文 Daśakarmapathāvadānamālā の研究サンクトペテルブルグ所藏『十業道物語』[The Daśakarma-pathāvadānamālā in Uighur from the collection of the St. Petersburg Branch of the Institute of Oriental Studies Russian Academy of Sciences]. Kyoto: Shokado.

Shōgaito, Masahiro 2003. *Uighur manuscripts in St. Petersburg: Chinese texts in Uighur script and Buddhist Uighur texts*. Kyoto: Graduate School of Letters Kyoto University. (Studies in Old Eurasian languages 1.)

Shōgaito, Masahiro/Abdurishid Yakup 2001. Four Uyghur fragments of *Qian-zi-wen* "Thousand Character Essay". *Turkic Languages* 5: 3-28.

Shōgaito, Masahiro/Setsu Fujishiro/Mutsumi Sugahara/Noriko Ohsaki/Abdurishid Yakup 2015. *The Berlin Chinese text U 5335 written in Uighur script: A Reconstruction of the Inherited Uighur Pronunciation of Chinese*. Turnhout: Brepols. (BTT XXXIV)

Sims-Williams, Nicholas 1989. A new fragment from the Parthian hymncycle Huyadagmân. *Studia Iranica* 7, 321-331.

Spuler, Berthold 1955. *Die Mongolen in Iran. Politik, Verwaltung und Kultur der Ilchanzeit 1220-1350*. Berlin: Akademie Verlag.

Stebleva, I. V. 1965. *Poäzija tjurkov VI-VIII vv*. Moskva: Izdatel'stvo Nauka.

Stebleva, I. V. 1970. Drevnetjurkskaja kniga gadanij kak proizvedenie poezii. In: Akademija Nauk SSSR, Institut Vostokvedenija (ed.), *Istorija, Kultura, jazyki narodov vostoka*. Moskva: Izdatel'stvo Nauka, 150-177.

Stebleva, I. V. 1970a. Nekotorye osobennosti tjurkskogo stixa. *Sovetskaja Tjurkologija* 5: 98-104.

Stebleva, I. V. 1971. *Razvitie tjurkskix poetičeskix form v XI veke*. Moskva: Izdatel'stvo Nauka.

Stebleva, I. V. 1976. *Poäzija tjurkov VI-VIII vekov*. Moskva: Izdatel'stvo Nauka.

Stebleva, I. V. 1995. Konceptualnaja osnova obrazov v drevnetjurkskoj knige gadanij (Yrq Bitig). *Vostok*, Nr. 3.

Stebleva, I. V. 2007. *Žizn' i literatura doislamskix tjurkov*. Moskva: Izdatel'skaja firma „Vostočnaja literatura".

Sundermann, Werner 1968. Christliche Evangelientexte in der Überlieferung der iranisch-manichäischen Literatur. *MIO*, 386 - 415.

Sundermann, Werner / Zieme, Peter 1981. Soghdisch-türkische Wortlisten. In: Klaus Röhrborn, Horst Brands (eds.), Scholia. Beiträge zur Turkologie und Zentralasienkunde. Annemarie von Gabain zum 80. Geburtstag am 4. Juli 1981 dargebracht von Kollegen, Freunden und Schülern. Wiesbaden: Otto-Harrassowitz. (VSUA. 14.), 184 - 193.

Sundermann, Werner 1990. *The Manichaean Hymn cycles Huyadagmān and Angad Rōšnān in Parthian and Sogdian. Photo edition, transcription and translation of hitherto unpublished texts, with critical remarks.* London: School of Oriental and African Studies. (Corpus Inscriptionum Iranicarum, Supplementary series, vol. II.)

Sundermann, Werner 1997. *Der Sermon von der Seele. Eine Lehrschrift des östlichen Manichäismus. Eidition der parthischen und sogdischen Version mit einem Anhang von Peter Zieme: Die türkischen Fragmente des "Sermons von der Seele"*. Turnhout: Brepols. (BTT XIX.)

Sundermann, Werner 1997a. The Manichaean texts in languages and scripts of Central Asia. In: Shirin Akiner & Nicholas Sims-Williams (eds.), *Languages and scripts of Central Asia.* London: School of Oriental and African Studies University of London, 39 - 45.

Sundermann, Werner 1997b. Manichaeism meets Buddhism: The problem of Buddhist influence on Manichaeism. P. Kießler-Pülz and J.-U. Hartmann (eds.), *Buddhavidyāsudhākarah Studies in Honour of Heinz Bechert on the Occasion of his 65th birthday*, Swissttal-Odendorf: Indica-et-Tibetica-Verlag, 647 - 656.

Tekin, Şinasi 1960. *Kuanşi im Pusar (Ses işiten Ilāh)*. Erzurum: Atatürk Üniversitesi Yayınları. (Atatürk Üniversitesi Yayınları I., Araştırmalr serisi—Edebiyat ve Filoloji, No. 2, Uygurca metinler I.)

Tekin, Şinasi 1962. Prosodische Erklärung eines uigurischen Textes. *UAJb* 34: 100 - 106.

Tekin, Şinasi 1965. Uygur Edebiyatin Meseleleri (Şekiller-Vezinler). *Türk Kültürü Arastirmaları* II, 26 - 67.

Tekin, Şinasi 1966. Buyan evirmäk. In: *Reşid Rahmeti Arat için.* Ankara: Ankara Üniversitesi Basımevi, 390 - 411.

Tekin, Şinasi 1970. Abhidharma-Kośa-Bhâsya-Tîkâ Tattvhartha-Nâma. The

Uighur Translation of Shtiramati's Commentary on the Vasubandhu's Abhidharmakośaśâtra: Abidarim Koṣavardi ṣastr. Text in Facsimile with Introduction. New York: Garland Publishing.

Tekin, Ṣinasi 1975 – 1976. Bir Uygur Ṣiiri hakkında not. *Türk Dili Araştırmaları Yıllığı Belleten*, 61 – 63.

Tekin, Ṣinasi 1980. *Maitrisimit nom bitig*. 1 – 2. Berlin: Akademie Verlag. (BTT IX.)

Tekin, Ṣinasi 1986. Islam Ôncesi Türk Ṣiiri. *Türk Dili* 409, 3 – 42.

Tekin, Talat 1968. *A Grammar of Orkhun Turkic*. Bloomington: Indiana University.

Tekin, Talat 1986. Islam öncesi Türk şiiri. *Türk Dili* 409, 3 – 42.

Tekin, Talat 1989. *XI. Yüzyil Türk Ṣiiri*. Ankara: Türk Dil Kurumu.

Tekin, Talat 1993. Irk Bitig. *The book of omens*. Wiesbaden: Harrassowitz Verlag. (Turcologica 18.)

Tekin, Talat 1994. *Tunyukuk Yazıtı*. Ankara.

Tenishev, A. R./Blagova, G. F./Dobrodomov, I. G./Dybo, A. V./Kormushin, I. V./Levitskaja, L. S./Mudrak, O. A./Musaev K. M. 1997. *Sravnitel' no-istoričeskaja grammatika Tjurkskix jazykax: Leksika*. Moskva: Nauka.

Tezcan, Semih 1974. *Das uigurische Insadi-Sūtra*. Berlin: Akademie Verlag. (BTT III.)

Tezcan, Semih 1981. Kutadgu Bilig Dizini Üzerine. *Türk Diller Araştırmaları Yıllığı Belleten*, C: XLV/2, S: 178, Nisan 1981, 23 – 78.

Tezcan, Semih/Peter Zieme 1990. Antiislamische Polemik in einem alttürkischen buddhistischen Gedicht aus Turfan. *AoF* 17,1: 146 – 151.

Tezcan, Semih/Peter Zieme 1994. Alttürkische Reimsprüche. Ein neuer Text. *Journal of Turkology* 2, 259 – 271.

Toalster, John Peter Claver 1977. *Die uigurische Xuan-Zang-Biographie. 4. Kapitel. Mit Übersetzung und Kommentar*. Inaugural-Dissertation zur Erlangung des Doktorgrades im Fachbereich Sprachen und Kulturen des Mittelmeerraums und Osteuropas der Justus Liebig-Universität Gießen, Gießen.

Tongerloo, Aloïs van 1994. The father of Greatness. In: Holger Preißler and Hubert Seiwert (eds.), *Gnosisforschung und Religionsgeschichte. Festschrift für Kurt Rudolph zum 65. Geburtstag*. Marburg: diagonal-Verlag, 329 – 342.

Tugusheva, L. Ju. 2004. A fragment of a draft of an early medieval Uighur verse text. In: D. Durkin-Meisterernst, S.-Chr. Raschmann, J. Wilkens, M. Yaldiz and P. Zieme (eds.) *Turfan revisited — The first century of research into the arts and cultures of the Silk Road*. Berlin: Reimer, 355 - 357.

Tugusheva, L. Ju. 1970. Drevnie ujgruskie stixi. *Sovetskaja Turkologija* 2: 102 - 106.

Tugusheva, L. Ju. 1973. Poetičeskie pamjatniki drevnix ujgurov. In: *Turkologičeskij sbornik 1972*, Moskva: Izdatel'stvo Nauka, 235 - 253.

Türk Dil Kurumu 2005. *Türkçe Sözlük*. Ankara: Türk Dil Kurumu. (Türk Dil Kurumu yayınları: 549.)

Wilkens, Jens 2000. Ein manichäisch-türkischer Hymnus auf den Licht-Nous. *UAJb* N. F. 16, 217 - 231.

Wilkens, Jens 2000a. *Manichäisch-türkische Texte der Berliner Turfansammlung*. Beschrieben von Jens Wilkens. Stuttgart: Franz Steiner Verlag. (VOHD, Alttürkische Handschriften, Teil 8.)

Wilkens, Jens 2007. *Das Buch von der Sündentilgung. Edition des alttürkisch-buddhistischen Kšanti Kılguluk Nom Bitig*. Teil 1 - 2. Turnhout: Brepols. (BTT XXV.)

Wilkens, Jens 2008. Musings on the Manichean "pothi" book. *SIAL XXIII, Papers in honour of Professor Takao Moriyasu on his 60th birthday*, 209 - 231.

Wilkens, Jens 2009. Ein manichäischer Alptraum? In: Desmond Durkin-Meisterernst, Christiane Reck and Dieter Weber (eds.), *Literarische Stoffe und ihre gestaltung im mitteliranischer Zeit. Kolloquium anlässlich des 70. Geburtstages von Werner Sundermann*. Wiesbaden: Dr. Ludwig Reichert Verlag, 319 - 348.

Wilkens, Jens 2013. Mäuse, Wolf und Rabe. Vond bedrohlichen und hilfreichen Tieren bei den Uiguren. In: Hatice Şirin, Bülent Gül (eds.), *Yalım Kaya Bitigi. Osman Fikri Sertkaya Armaġanı*. Ankara: Türk Kültürünü Araştırma Enstitüsü, 627 - 638.

Winter, Werner 1955. A Linguistic Classification of "Tocharian" B Texts. Journal of the American Oriental Society, vol. 75, No. 4, 216 - 225.

Yakup, Abdurishid 1999. Two alliterative Uighur poems from Dunhuang. *Linguistic Research* 17 - 18: 1 - 25.

Yakup, Abdurishid 2000. *Studies in some late Uighur Buddhist texts preserved in Russia*. (Doctoral dissertation). Kyoto: Graduate School of Letters Kyoto University, IV + 478 Pp.

Yakup, Abdurishid 2002. Old Uyghur words preserved in the Turfan-Qomul dialect of Uyghur: The case of two "Erntesegen" texts. *Turkic Languages* 6 - 1: 79 - 123.

Yakup, Abdurishid 2002a. On the interlinear Uighur poetry in the newly unearthed

Nestorian text. In: Mehmet Ölmez, Simone-Christiane Raschmann (eds.), *Splitter aus der Gegend von Turfan: Festschrift für Peter Zieme anlässlich seines 60. Geburstags*. Berlin-Istanbul, 409 - 417.

Yakup, Abdurishid 2005. *The Turfan dialect of Uyghur*. Wiesbaden: Harrassowitz Verlag. (Turcologica 63.)

Yakup, Abdurishid 2006. Uighurica from the Northern Grottoes of Dunhuang. In: Studies on Eurasian Languages Publication Committee (ed.), *Studies on Eurasian Languages. A Festschrift in Honour of Professor Masahiro Shōgaito's Retirement* (Yūrashia sho gengo no kenkyū. Shōgaito Masahiro sensei tainin kinen ronshu). Kyoto, 1 - 41.

Yakup, Abdurishid 2006a. *Dišastvustik: Eine altuigurische Bearbeitung einer Legende aus dem Catuṣpariṣat-sūtra*. Wiesbaden: Harrassowitz Verlag. (VSUA 71.)

Yakup, Abdurishid 2006b. Uygur Edebiyatı (VIII-XIV. yüzyıl) I. Nazım. In: Talât Sait Halman et al. (ed.) *Türk Edebiyatı Tarihi. cilt 1*. Çeviri: Emine Yılmaz. Ankara: TC Kültür ve Turizm Bakanlığı Yayınları, 122 - 145.

Yakup, Abdurishid 2008. Alttürkische Handschriften Teil 12: Die uigurischen Blockdrucke der Berliner Turfansammlung. Teil 2: Apokryphen, Mahāyāna-Sūtren, Erzählungen, Magische Texte, Kommentare und Kolophone. (Verzeichnis der Orientalischen Handschriften in Deutschland, Bd. XIII 20.) Stuttgart: Franz Steiner Verlag.

Yakup, Abdurishid 2010. *Prajñāpāramitā Literature in Old Uyghur*. Turnhout: Brepols. (BTT XXVIII.)

Yakup, Abdurishid 2011. An Old Uyghur fragment of the Lotus Sūtra from the Krotkov collection in St. Petersburg. *AOH* 64 (4): 411 - 426.

Yakup, Abdurishid 2014. Berlin and St. Petersburg Fragments of the Praise of Dharmaprabhāsa. In: *Yarmakan, Semih Tezcan'a Armağan. Abant İzzet Baysal Üniversitesi Sosyal Bilimler Enstitüsü Dergisi*, Cilt: 13, 431 - 441.

Yakup, Abdurishid 2014a. A Chinese-Uyghur bilingual fragment of the Altun Yaruk Sudur. In: Elisabetta Ragagnin, Jens Wilkens (eds.), *Kutadgu Nom Bitig, Festschrift für Jens Peter Laut zum 60. Geburtstag*. Wiesbaden: Harrassowitz Verlag, 611 - 619.

Yoeli-Tlalim 2011. Islam and Tibet: Cultural interactions — An introduction. In: Akasoy, Anna, Charles Burnett, Ronit Yoeli-Tlalim (eds.), *Islam and Tibet — Interactions along the Musk Routes*. Farnham: Ashgate, 1 - 16.

Yoshida, Yutaka 1989. Sogdian miscellany (III). Studies on the Inner Asian Languages V, 91 - 107.

Zhang Tieshan/Zieme, Peter 2011. A memorandum about the king of the *On*

Uygur and his realm. *AOH* 64, 129 - 159.

Zieme, Peter 1969. Ein manichäisch-türkisches Gedicht. *Türk Dili Araştırmaları Yıllığı Belleten* 1968: 69, 39 - 44, 50 - 51.

Zieme, Peter 1969a. *Untersuchungen zur Schrift und Sprache der manichäisch-türkischen Turfantexte.* unpublizierte Doktorarbeit. Berlin.

Zieme, Peter 1969b. Türkçe bir Mani şiiri. *Türk Dili Araştırmaları Yıllığı Belleten* 1968: 69, 45 - 49.

Zieme, Peter 1975. Ein uigurischer Erntesegen. *AoF* III, 109 - 143.

Zieme, Peter 1975a. *Manichäisch-türkische Texte.* Berlin: Akademie Verlag. (BTT V.)

Zieme, Peter 1975b. Zur buddhistischen Stabreimdichtung der alten Uiguren. *AOH* 29: 187 - 211.

Zieme, Peter, Georg Kara 1978. *Ein uigurisches Totenbuch. Nāropas Lehre in uigurischer Übersetzung von vier tibetischen Traktaten nach der Sammelhandschrift aus Dunhuang British Museum Or. 8212 (109).* Budapest: Akadémiai Kiadó. (Bibliotheca Orientalis Hungarica XXII.)

Zieme, Peter 1979. Eski Uygurların burkancılıkla ilgili alliterasyonlu koşukları üzerine. In: *Birinci Milletler Arası Türkoloji Kongresi.* (Istanbul, 15 - 20, 1973). Tebliğler. 2. *Türk dili ve Edebiyatı.* Istanbul: Istanbul Üniversitesi, Edebiyat Fakültesi, Türkiyat Enstitüsü, 562 - 581.

Zieme, Peter 1981. Ein Hochzeitssegen uigurischer Christen. In: Klaus Röhrborn, Horst Brands (eds.): *Scholia. Beiträge zur Turkologie und Zentralasienkunde. ANNEMARIE VON GABAIN zum 80. Geburtstag am 4. Juli 1981 dargebracht von Kollegen, Freunden und Schülern.* Wiesbaden. (VSUA. 14.), 221 - 232.

Zieme, Peter 1982. Zum uigurischen Samantabhadracaryāpraṅidhāna. In: Aldo Gallotta, Ugo Marazzi (eds.), *Studi turcologica memoriae ALEXII BOMBACI dicata.* Napoli. (Istituto Universitario Orientale. Seminario di Studi Asiatici. Series Minor. 19.), 599 - 609.

Zieme, Peter 1983. Bemerkungen zur Datierung uigurischer Blockdrucke. *JA* 269 (1981): 385 - 399.

Zieme, Peter 1983a. Zum uigurischen Tārā-Ekaviṃśatistotra. *AOH* 36: 583 - 597.

Zieme, Peter 1985. *Buddhistische Stabreimdichtungen der Uiguren.* Berlin: Akademie Verlag. (BTT XIII.)

Zieme, Peter 1985a. Zur Verwendung der Brāhmī-Schrift bei den Uiguren. *AoF* XI: 331 - 346.

Zieme, Peter 1986. Mängi bulzun! - Ein weiterer Neujahrssegen. In: Şükrükrü Elçin (ed.), *Dr. EMEL ESIN'e Armağan.* Ankara (Türk Kültürü

Araştırmaları. 24：1.)，131－139.

Zieme, Peter 1989. Zum mehrsprachigen Blockdruck des Tārā-Ekaviṃśatistotra aus der Yuan-Zeit. Altorientalische Forschungen 16, 196－197.

Zieme, Peter 1991. Rezension von Hamilton 1986. *OLZ*, 84, 62－65.

Zieme, Peter 1991a. *Die Stabreimtexte der Uiguren von Turfan und Dunhuang, Studien zur alttürkischen Dichtung*. Budapest：Akadémiai Kiadó. (Bibliotheca Orientalis Hungarica XXXIII.)

Zieme, Peter 1992. *Religion und Gesellschaft im Uigurischen Königreich von Qočo*. Kolophone und Stifter des alttürkischen buddhistischen Schrifttums aus Zentralasien. Opladen：Westdeutscher Verlag. (Abhandlungen der Rheinisch-Westfälischen Akademie der Wissenschaften. 88.)

Zieme, Peter 1993. Eine Eloge auf einen uigurischen Bäg. In：Mehmet Ölmez (ed.)：*TALAT TEKIN armağanı*. 65. doğum yılı dolayısıyla meslektaşlar ve öğrencilerinin yazılarıyla. Ankara (Türk Dilleri Araştırmaları. 3.), 271－284.

Zieme, Peter 1994. Zum Maitreya-Kult im uigurischen Kolophonen. *Rocznik Orientalistyczny*, Tom. XLIX, 2, 219－230.

Zieme, Peter 1996. *Altun Yaruq Sudur. Vorworte und das erste Buch*. Turnhout：Brepols. (BTT XVIII.)

Zieme, Peter 1998. Zur Interpretation einer Passage des alttürkischen Maitreya-Lobpreises (BT III, 1014－1047). In：Nurettin Demir, Erika Taube (eds.), *Turkologie heute - Tradition und Perspektive*. Materialien der dritten Deutschen Turkologenkonferenz, Leipzig 4.－7. Oktober 1994. Wiesbaden (VSUA. 48.), 317－324.

Zieme, Peter 1999. The "Sutra of Complete Enlightenment" in Old Turkish Buddhism. In：Foguang Shan Foundation for Buddhist and Cultural Education (ed.), Collection of Essays 1993. Buddhism across Boundaries. Chinese Buddhism and the Western Regions. Sanchung (Taiwan), 449－483.

Zieme, Peter 2000. Verse des Candrasūtra nach chinesisch-uigurischen Bilinguen. In：*Festschrift für GYÖRGY KARA anläßlich seines 65. Geburtstages am 23. Juni 2000 in Berlin*. Istanbul/Berlin (Türk Dilleri Araştırmaları. 10.), 65－80.

Zieme, Peter 2002. Islamisches und Antiislamisches in den altuigurischen Texten. Vortrag der 5. Deutschen Turkologenkonferenz, Johannes Gutenberg-Universität Mainz, 4.－7. Oktober 2002 (Handout).

Zieme, Peter 2003. Zwei uigurische Gedichte aus Dunhuang — Ein Deutungsversuch. *Türk Dilleri Aratırmalı* Cilt 11 (2001), 25－136.

Zieme, Peter 2005. La poésie en turc ancien d'après le témoignage des manuscrits de Turfan et Dunhuang. In: *Comptes Rendus de l'Académie des Inscriptions & Belles-Lettres*. Paris, 1145 - 1168.

Zieme, Peter 2005a. Bolalım bäg yutuz — Ein buddhistisches Stabreimgedicht aus Toyok. In: Günay Kut, Fatma Büyükkarcı Yılmaz (eds.), *Uygurlardan Osmanlıya*. Şinasi Tekin'in Anısına. Istanbul, 732 - 737.

Zieme, Peter 2006. Die seltsamen Wanderwege des sogdischen Titels **xuštanč* „Lehrerin". In: Hendrik Fenz und Petra Kappert (eds.), *Türkologie für das 21. Jahrhundert Herausforderungen zwischen Tradition und Moderne. Materialien der vierten Deutschen Turkologen-Konferenz Hamburg, 15. - 18. März 1999*. Wiesbaden: Harrassowitz Verlag, 301 - 307.

Zieme, Peter 2007. Uighur night watch songs. In: Tokio Takata, Liu Jinbao (eds.), *Zhuanxingqi de Dunhuang xue* 转型期的敦煌学, Shanghai: Shanghai Chinese Classics, 109 - 127.

Zieme, Peter 2008. Eine alttürkische Kriminalgeschichte: Die Erzählung von Sundarī. In: Anetshofer, Helga, Ingeborg Baldauf, Christa Ebert (eds.), *Über Gereimtes und Ungereimtes diesseits und jenseits der Turcica. Festschrift für Sigrid Kleinmichel 70. Geburtstag*. Schöneiche bei Berlin: Scripvaz. (Ost-West-Diskurse 7.)

Zieme, Peter 2010. An Uighur instruction document for preaching the *Bayangjing* and other sutras in alliterating verses from Shanxi. *Historical and Philological Studies of China's Western Regions* 3: 271 - 282.

Zieme, Peter 2011. Notes on the religions in the Mongol Empire. In: Anna Akasoy, Charles Burnett and Ronit Yoeli-Tlalim (eds.), *Islam and Tibet — Interactions along the Musk Routes*, Burlington: Ashgate, 177 - 187.

Zieme, Peter 2012. An Old Uyghur *Idiyut* text. In: Academia Turfanica (ed.), *The history behind the languages. Essays of Turfan Forum on Old Languages of the Silk Road*. Shanghai: Shanghai Chinese Classics, 1 - 12.

Zieme, Peter 2013. Eine alttürkische Maitreya-Hymnus und mögliche Parallelen. In: Y[ukiyo]. Kasai, A[bdurishid] Yakup, D[esmond] Durkin-Meisterernst (eds.), *Die Erforschung des tocharischen und die alttürkischen Maitrisimit*, Brepols: Turnhout, 404 - 416.

Zieme, Peter 2013a. A Brāhmaṅa painting from Bäzäklik in the Hermitage of S. Petersburg and its inscriptions. In: Pang, Tatiana, Simone-Christiane Raschmann and Gerd Winkelhane (eds.), *Unknown treasures of the Altaic world in libraries, archives and museums*. 53rd Annual meeting of The Permenant International Altaistic Conference, Institute of Oriental Manuscripts, Russian Academy of Sciences, St. Petersburg, 25 - 30, 2010. Berlin: Klaus Schwarz Verlag, 181 - 195.

Zieme, Peter 2014. Alttürkische Parallelen zu den Drei Cantos über die Preisung der Lichtgesandten. In: Jens Peter Laut and Klaus Röhrborn (eds.), *Vom Aramäischen zum Alttürkischen. Fragen der Übersetzung von manichäischen Texten. Vorträge des Göttinger Symposiums vom 29./30. September 2011.* Berlin/Boston: De Gruyter, 199-221.

Zieme, Peter 2015. Notizen zur uigurischen "Jadeherrin", Academia. edu (Juni 2015), 1-6.

Zieme, Peter 2015a. Weitere Notizen zur uigurischen "Jadeherrin", Academia. edu (Juli 2015), 1-2.

4. 日文参考文献

藤枝晃/上山大峻 1962. チベット譯の『無量壽总要經』の敦煌写本. ビブリア *Biblia* 23, 345-356.

平川彰編 1997『佛教漢梵大辭典』. 東京: 雲友舍。

橘堂 晃一 2010. 東トルキスタンにおける仏教の受容とその展開. 奈良康明、石井公成编『文明・文化の交差点』. 東京: 佼成出版社, 068-112.

橘堂 晃一 2012. 旅順博物館所蔵のウイグル語仏典. 旅顺博物馆・龙谷大学編『中アジア出土の仏教写本』,京都,61-70.

香川默識编 1915.『西域考古圖譜』,下卷『西域語文書』。东京: 国华社。

百済康義(Kudara, Kōgi), ツィーメ,ペーター(Peter Zieme) 1985. ウイグル語観無量寿経/ *Guanwuliang-shou jing* in Uigur. 京都: 文昌堂.

百済康義 1986. 天理図書館蔵ウイグル語文献. ビブリア *Biblia* 86, 180-127.

百済康義 2001. 西域諸語断簡集(19・20)調査中間報告. 东京大学附属图书馆 2001, 20-24.

百濟康義 2004「栴檀瑞像中国渡来記」のウイグル訳とチベット訳, 森安孝夫(編)『中央アジア出土文物論叢』, (京都:朋友書店), 137-141.

森安孝夫 1985. ウイグル語文献,山口瑞鳳(編)『講座敦煌 6 敦煌胡語文献』東京: 大東出版社,1-98。

森安孝夫 1989. トルコ佛教の源流とトルコ仏典の出現,『史学雑誌』98-4, 1-35.

森安孝夫 1991.『ウイグルマニ教史の研究』.『大阪大学文学部紀要』, Vol. XXXI-XXXII,大阪: 大阪大学文学部。

森安孝夫 2013. 東ウイグル=マニ教史の新展開.『東方学』, Vol. 126,東方学会, 142-124.

松井太 2008. 東西チャガタイ系諸王家とウイグル人チベット仏教徒— 敦煌新発見モンゴル語文書の再検討から,『内陸アジア史研究』第 23 号, 25-48。

松井太 2011. 古代ウイグル語文献にみえる「寧戎」とベゼクリク—『内陸ア

ジア史研究』第 26 号, 141 - 175。

中村元 1981.『佛教语大辞典』,东京:东京书籍株式会社。

中村健太郎 2006. ウイグル文「成宗テムル即位記念典」出版の歴史的背景—— U 4688 [T II S 63] * U 9192 [T III M 182]の分析を通じて。*SIAL* XXI, 49 - 91.

羽田亨 1925.「回鶻譯本安慧の倶舎論實義疏」,池内宏(編)『白鳥博士還曆記念 東洋史論叢』,岩波書店。

小川環樹/木田章義 1997.『千字文』(注解). 东京:岩波文庫.

小田寿典 1984. 1330 年の曇南遠征余談『西南アジア研究』1984 年 3/1,第 11 - 23。

荻原雲來 1986.『漢訳対照梵和大辞典』. 東京:山喜房佛書林.

庄垣内正弘 1974. ウイグル語写本・大英博物館蔵 Or. 8212(109) について,『東洋学報』,56(1),044 - 057.

庄垣内正弘 1976. ウイグル語写本・大英博物館蔵 Or. 8212 - 108について,『東洋学報』1976, 01, 222 - 228.

庄垣内正弘 1978. 古代ウイグル語におけるインド来源借用語彙の導入経路について。『アジア・アフリカ言語文化研究』, No. 15, 79 - 110.

庄垣内正弘 1982—1985.『ウイグル語・ウイグル語文献の研究』I:『観音経に相応しい三篇のAvadāna』及び『阿含経』について. 神户:神户市外国语大学外国学研究所。II:語彙篇。(神戸市外国語大学研究叢書〈第 12 冊〉).

庄垣内正弘 1986. ウイグル語文献に導入された漢語に関する研究.「内陸アジア言語の研究」II, 17 ~ 156.

庄垣内正弘 1991 - 1993. 古代ウイグル文訳阿毘達磨倶舎論実義疏の研究. 京都:松香堂。

庄垣内正弘 1995. ウイグル文「菩薩修行道」-Pelliot Ouigour 4521から一.『外国学研究』第 31 号,神戸市外国語大学外国学研究所,33 - 96.

庄垣内正弘 1999. ロシア所蔵ウイグル語断片の研究,『京都大学言语学研究』19,147 - 191。

庄垣内正弘 2003.『ロシア所蔵ウイグル文献の研究 — ウイグル文字表記漢文とウイグル語仏典テキスト』. 京都:京都大学大学院文学研究科. (ユーラシア古文献研究叢書 1.)

庄垣内正弘 2003a.「文獻言語と言語學-ウイグル語における漢字音の再構と漢文訓讀の可能性-」『言語研究』124,日本言語學会, 1 - 36.

庄垣内正弘 2008.『ウイグル文アビダルマ論書の文献学的研究』. 京都:松香堂.

庄垣内正弘 2008.『ウイグル文アビダルマ論書の文獻學的研究』. 京都:松香堂。

杉山正明 2004.『モンゴル帝国と大元ウルス』,京都：京都大学学术出版会。
武邑尚邦 1982.『佛教思想辞典』,东京：教育新潮社。
东京大学附属图书馆 2002.『東京大学所蔵仏教関係貴重書展—展示資料目録—』. 東京：東京大学附属図書館。

八、图版目录和图版

图版 45　柏林勃兰登堡科学院吐鲁番研究所藏《回鹘可汗和回鹘汗国赞》(U 1864)

图版 46　柏林勃兰登堡科学院吐鲁番研究所藏《元成宗铁穆耳可汗及其家族赞》(U4688 (T II S 63))

图版 47　柏林勃兰登堡科学院吐鲁番研究所藏《丰收歌》(U 5337(D 131))

图版 48　京都龙谷大学图书馆藏《丰收歌》残片(Ot. Ry. 11052 + Ot. Ry. 7116)

图版 49　柏林亚洲艺术博物馆藏《佛教与伊斯兰的冲突》(MIK III 7830)

图版 50　柏林勃兰登堡科学院吐鲁番研究所藏《佛教与伊斯兰的对话》(SHT 794)

柏林亚洲艺术博物馆藏图片由柏林国家博物馆柏林亚洲艺术博物馆南亚、东南亚、中亚艺术部(Museum für Asiatische Kunst, Kunstsammlung Süd-, Südost- und Zentralasien, Staatliche Museen zu Berlin)提供

柏林勃兰登堡科学院吐鲁番研究所藏图片为柏林国家图书馆东方部的寄托品(Depositum der BERLIN-BRANDENBURGISCHEN AKADEMIE DER WISSENSCHAFTEN in der STAATSBIBLIOTHEK ZU BERLIN - Preußischer Kulturbesitz Orientabteilung)

后　　记

《古代维吾尔语诗歌的语文学研究》课题的成功立项和顺利完成得到了中央民族大学校长陈理教授、副校长宋敏教授和中国少数民族语言文学学院前任院长文日焕教授的高度重视，在政策和资金方面得到了强有力的支持。中国少数民族语言文学学院维吾尔语言文学系主任力提甫·托乎提教授和艾尔肯·阿热孜副教授、哈萨克语言文学系主任张定京教授、少数民族语言与古籍研究所原副所长黄建明教授，在人员、政策方面提供了很大便利，使本课题的实施成为可能。中央民族大学副校长（原人事处处长）邹吉忠教授、原校人才队伍办公室朴承权主任、冯彦明副主任、组织部江波副部长、人事处赵英男副处长等一贯鼓励、支持该课题，为我们的研究提供了理想的环境，保证了课题的顺利完成。在此谨向上述领导和单位表示由衷的谢意。

北京大学中古史研究中心庆昭蓉博士和中国人民大学国学院荻原裕敏博士审读了《吐火罗语 B—回鹘语双语赞美诗》，并提出了宝贵的修改意见。

在中央民族大学作为长江学者特聘教授工作的五年中，人事处李杰先生、长江学者特聘教授科研助理热孜娅·努日（Raziyä Nur）博士和阿达来提·阿布拉（Adalät Abla）博士等牺牲自己宝贵时间为课题组排忧解难，我也向他们表示衷心的感谢。

上海古籍出版社府宪展先生、盛洁女士和吕瑞峰先生对本书倾注了大量心力，从丛书的设计到出版计划的制定直到最后对书稿的编辑，他们都尽心尽责，我向他们致以诚挚的谢意。

德国柏林勃兰登堡科学院吐鲁番研究所、柏林国家图书馆、柏林亚洲艺术博物馆等单位为本丛书提供了所需文书照片。德国哥廷根科学院东方文献目录化项目（KOHD）孜莫娜-克里斯特亚娜·拉施曼（Simone-Christiane Raschmann）博士和（柏林）亚洲艺术博物馆毕丽兰(Lilla Russell-Smith)博士为我提供了具体帮助。在写作过程中,笔者得到了彼得·茨默教授(Peter Zieme)、塞米赫·铁兹江(Semih Tezcan)、马尔塞里·尔达里(Marcel Erdal)等同行的指点。这里特向上述单位和专家表示衷心的谢意。

延边教育学院余欣教授通读导论和大部分章节,柏林自由大学突厥学系博士研究生陈浩先生对书稿的部分内容进行了文字润色,使笔者避免了不少笔误。在此一并表示谢意。

我的博士生阿巴巴克力·阿不都热西提(Ababekri Abdureshit)和阿合买特·霍加(Ahmet Hojam)、维吾尔语言文学系吾买尔江·霍加艾合买特(Umarjan Hojahmat)博士为本书参考文献和索引的编辑付出了辛勤的劳动,我也很感谢他们。

我爱人迪丽拜尔·莫明(Dilbär Mömin)和我们的三个孩子米热夏提(Mirshat)、迪丽热西达(Dilrishtä)和蔼腾日(Aitängri)一直以来对我的研究和工作给予了理解和支持,使我时时感受到家庭的温馨。我深深地感激他们。

让我极为痛苦的是,2012 年 12 月 17 日引我进入西域—中亚语文学领域并多年来悉心指导、支持我研究的恩师耿世民先生在北京逝世,享年 83 岁。2014 年 3 月 23 日带我进入语文学和文献语言学领域并多年来指导我研究的另一位恩师庄垣内正弘先生也与世长辞,享年 71 岁,使我悲痛万分。谨以此书献给我的两位恩师,表达我对他们的崇高敬意和深切缅怀。

因定稿仓促,书中需要完善的地方肯定不少,望海内外同行不吝指正。本丛书的出版如能为中国的西域—中亚语文学研究起到一点推动作用,我会感到很欣慰。

2015 年 7 月 6 日于柏林西南隅家中

图书在版编目(CIP)数据

古代维吾尔语赞美诗和描写性韵文的语文学研究/阿不都热西提·亚库甫著. —上海：上海古籍出版社，2015.12

(古代维吾尔语诗歌集成)

ISBN 978-7-5325-7928-0

Ⅰ.①古… Ⅱ.①阿… Ⅲ.①维吾尔族—诗歌研究—中国—古代 Ⅳ.①I207.22

中国版本图书馆 CIP 数据核字(2015)第 309293 号

古代维吾尔语诗歌集成

古代维吾尔语赞美诗和描写性韵文的语文学研究

阿不都热西提·亚库甫 著

上海世纪出版股份有限公司
上 海 古 籍 出 版 社 出版

(上海瑞金二路 272 号 邮政编码 200020)

(1)网址:www.guji.com.cn

(2)E-mail:guji1@guji.com.cn

(3)易文网网址:www.ewen.co

上海世纪出版股份有限公司发行中心发行经销

上海展强印刷有限公司印刷

开本 710×1000 1/16 印张 31.5 插页 18 字数 437,000

2015 年 12 月第 1 版 2015 年 12 月第 1 次印刷

ISBN 978-7-5325-7928-0

I·3005 定价：148.00 元

如有质量问题,请与承印公司联系

图版01 柏林亚洲艺术博物馆藏《曙光之神赞》（MIK III 200）

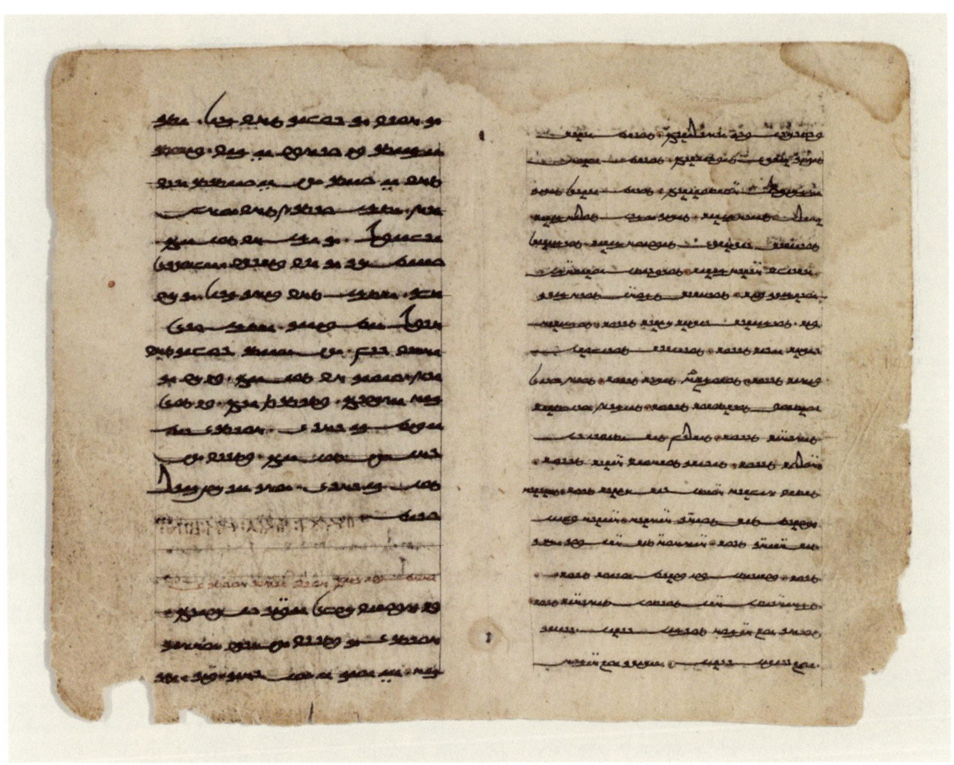

图版02 柏林勃兰登堡科学院吐鲁番研究所藏《突厥语诗歌选》
（MIK III 200〔T II D 169，= So 14411〕）

图版03 柏林勃兰登堡科学院吐鲁番研究所藏《公正的梅禄》（U 34〔T II D 178〕）

图版04 柏林勃兰登堡科学院吐鲁番研究所藏《阿普林啜特勤》（U32）

图版05 柏林勃兰登堡科学院吐鲁番研究所藏《胡威达曼》（U 71〔TM 278〕）

图版06 柏林勃兰登堡科学院吐鲁番研究所藏《明主赞》（M 132a II、M 132b〔T I α〕）

图版07 柏林亚洲艺术博物馆藏《摩尼赞》首页（MIK III 8260-1）

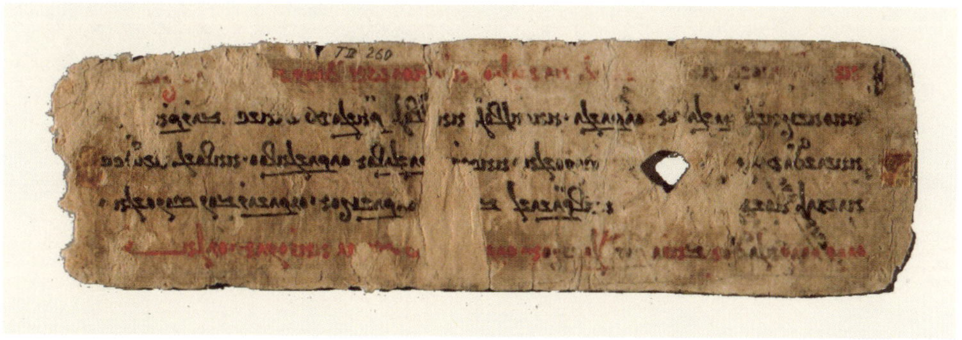

图版08 柏林勃兰登堡科学院吐鲁番研究所藏《摩尼大赞》残片（MIK III 8260-2）

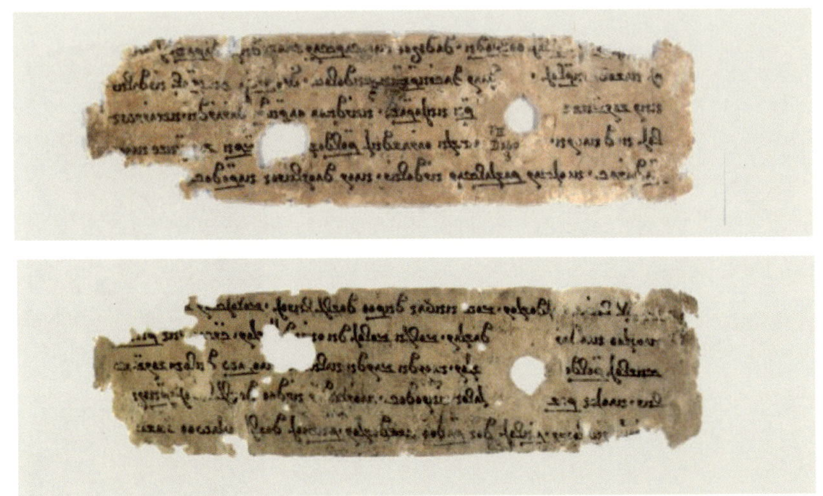

图版09 柏林勃兰登堡科学院吐鲁番研究所藏《摩尼大赞》残片（U 83）

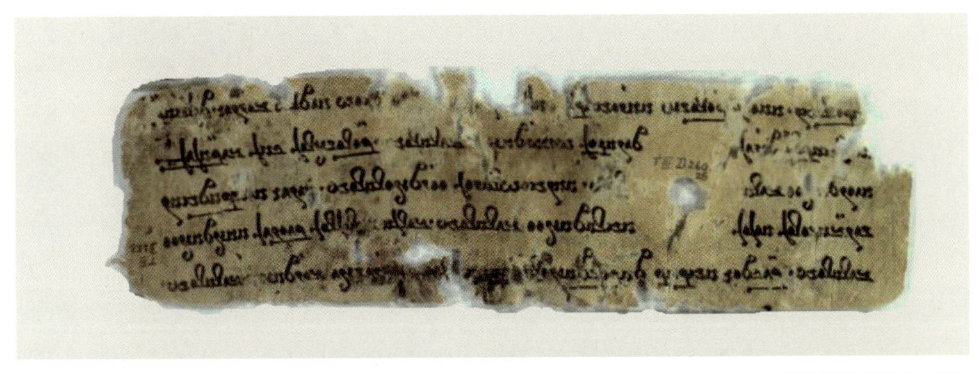

图版10 柏林勃兰登堡科学院吐鲁番研究所藏《摩尼大赞》残片（U 85）

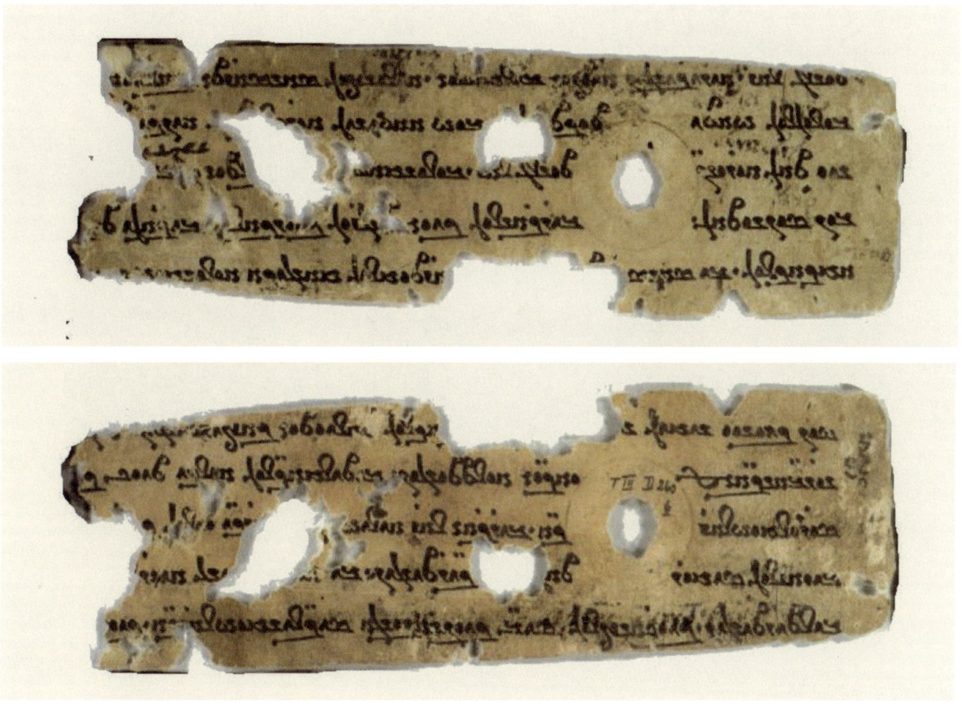

图版11 柏林勃兰登堡科学院吐鲁番研究所藏《摩尼大赞》（U 87）

图版12 柏林勃兰登堡科学院吐鲁番研究所藏《摩尼大赞》残片（U 88）

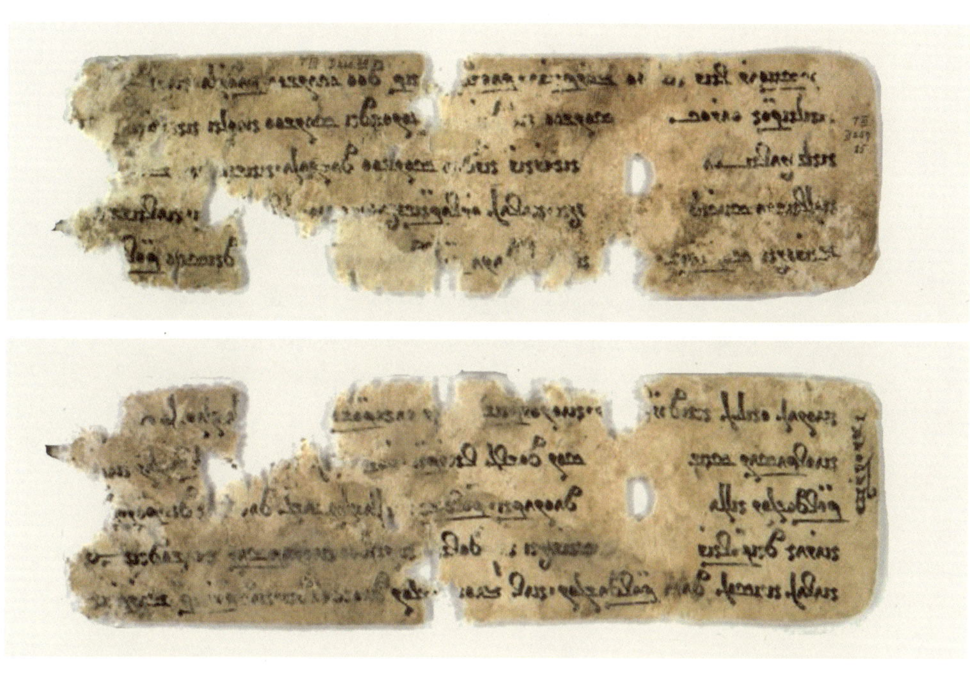

图版13 柏林勃兰登堡科学院吐鲁番研究所藏《摩尼大赞》残片（U 91）

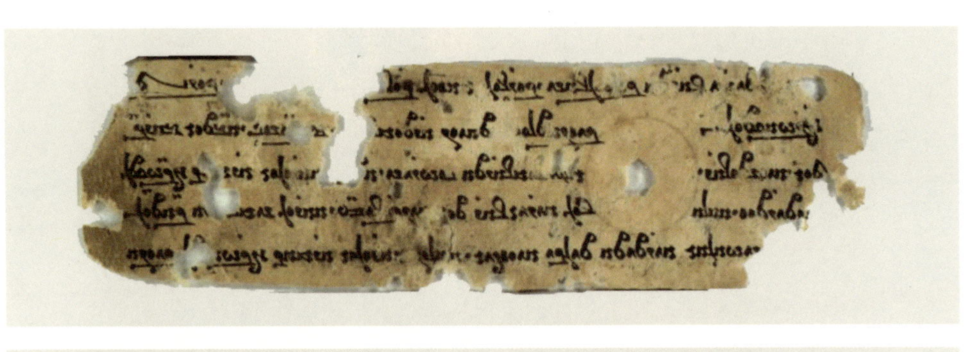

图版14 柏林勃兰登堡科学院吐鲁番研究所藏《摩尼大赞》残片（U 95）

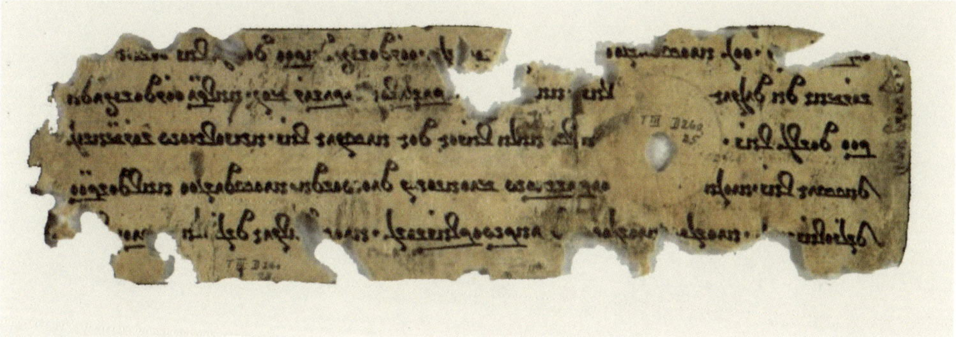

图版15 柏林勃兰登堡科学院吐鲁番研究所藏《摩尼大赞》残片（U 98）

图版16　柏林勃兰登堡科学院吐鲁番研究所藏吐火罗语-回鹘语双语赞美诗残片（U 100）

图版17 柏林勃兰登堡科学院吐鲁番研究所藏吐火罗语-回鹘语双语赞美诗残片（U 101a,b）

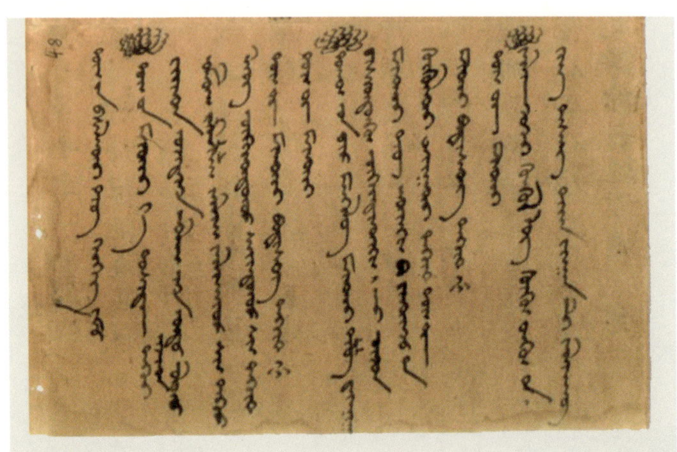

图版18 柏林勃兰登堡科学院吐鲁番研究所藏《圣尊弥勒赞》（Ch/U 7570〔T III M 228〕–48）

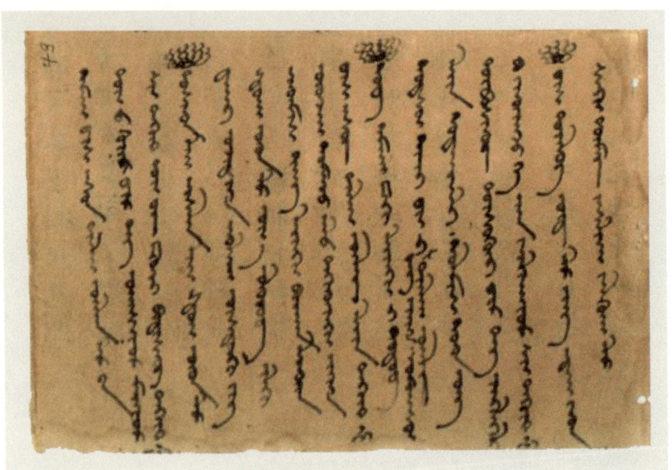

图版19 柏林勃兰登堡科学院吐鲁番研究所藏《圣尊弥勒赞》（Ch/U 7570〔T III M 228〕–

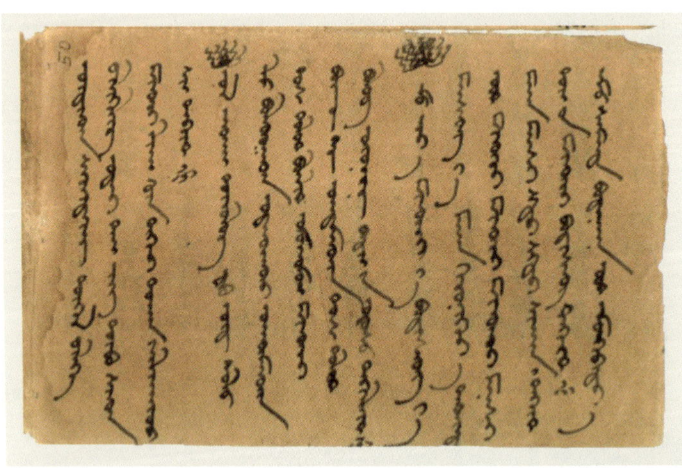

图版20 柏林勃兰登堡科学院吐鲁番研究所藏《圣尊弥勒赞》（Ch/U 7570〔T III M 228〕–50）

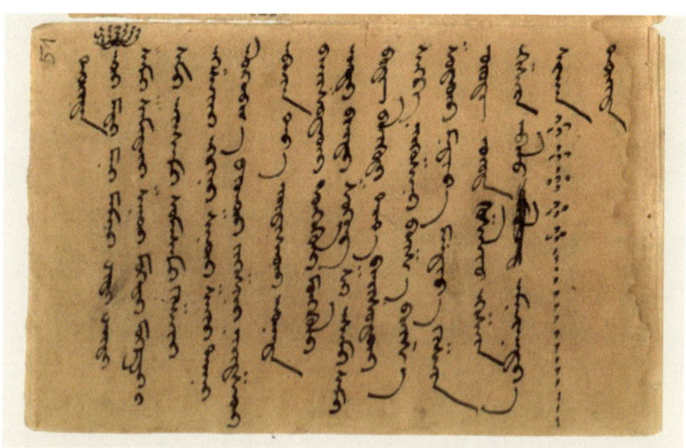

图版21 柏林勃兰登堡科学院吐鲁番研究所藏《圣尊弥勒赞》（Ch/U 7570〔T III M 228〕-51）

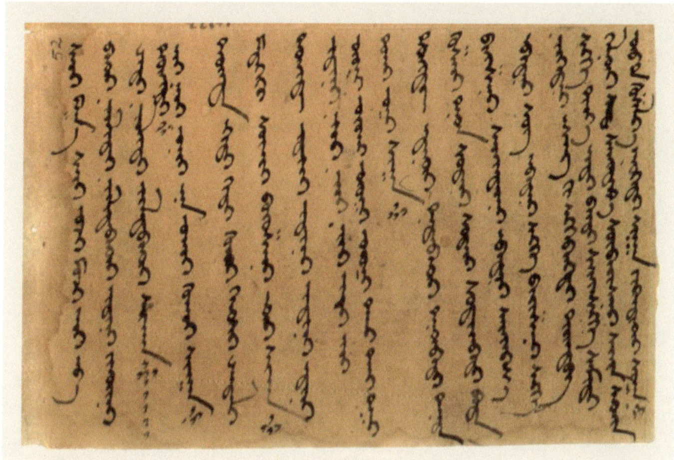

图版22 柏林勃兰登堡科学院吐鲁番研究所藏《圣尊弥勒赞》（Ch/U 7570〔T III M 228〕-52）

图版23 柏林勃兰登堡科学院吐鲁番研究所藏《圣尊弥勒赞》（Ch/U 7570〔T III M 228〕-53）

图版24 柏林勃兰登堡科学院吐鲁番研究所藏《圣尊弥勒赞》（Ch/U 7570〔T III M 228〕–54）

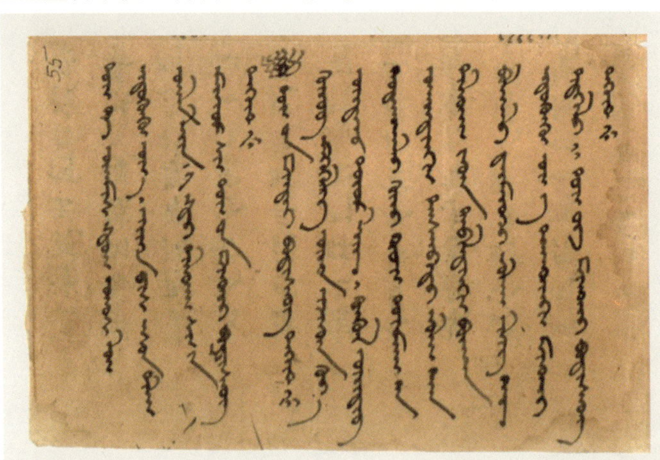

图版25 柏林勃兰登堡科学院吐鲁番研究所藏《圣尊弥勒赞》（Ch/U 7570〔T III M 228〕–55）

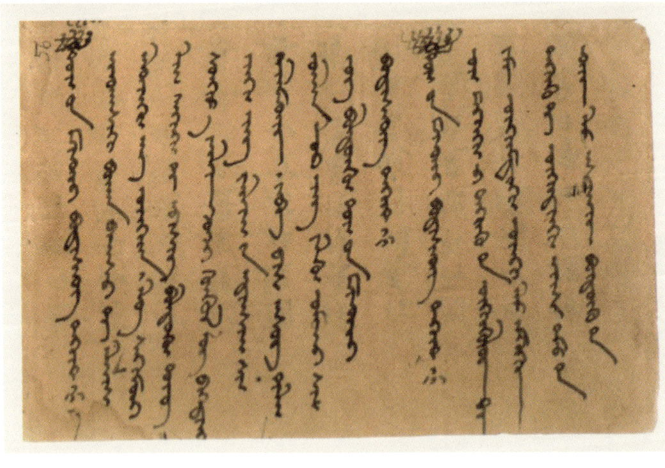

图版26 柏林勃兰登堡科学院吐鲁番研究所藏《圣尊弥勒赞》（Ch/U 7570〔T III M 228〕–56）

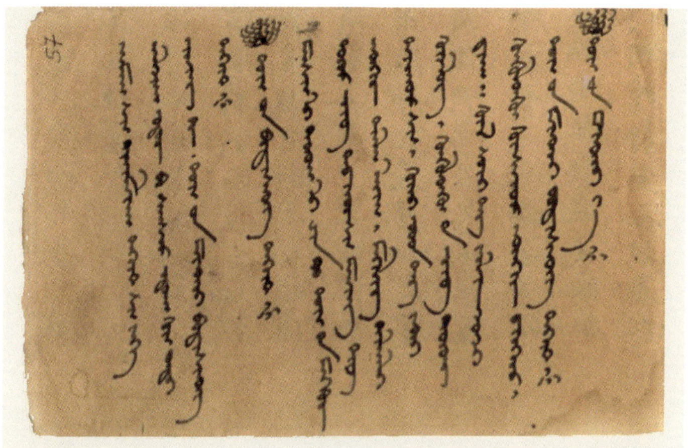

图版27 柏林勃兰登堡科学院吐鲁番研究所藏《圣尊弥勒赞》（Ch/U 7570〔T III M 228〕-57）

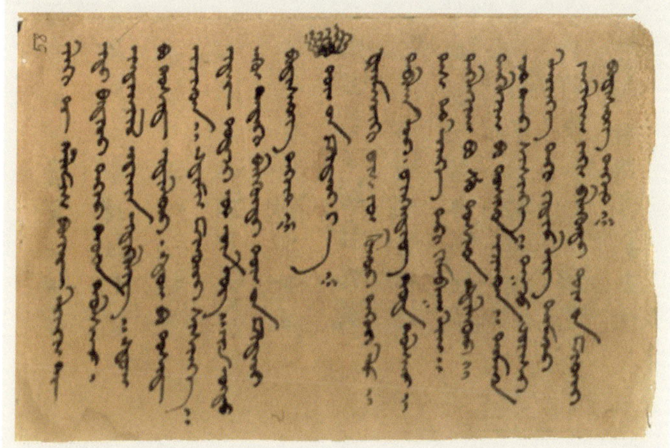

图版28 柏林勃兰登堡科学院吐鲁番研究所藏《圣尊弥勒赞》（Ch/U 7570〔T III M 228〕-58）

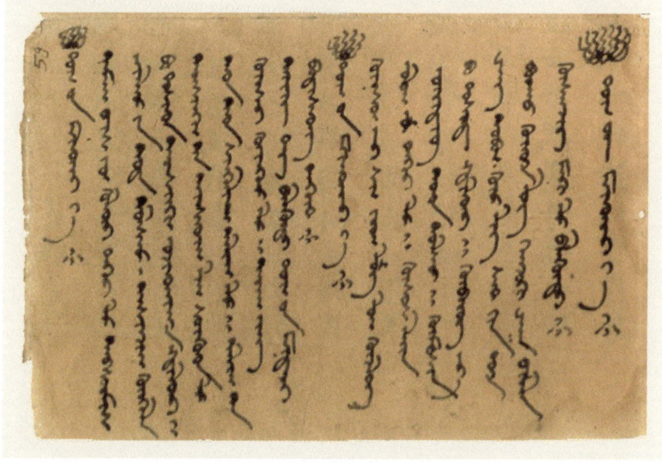

图版29 柏林勃兰登堡科学院吐鲁番研究所藏《圣尊弥勒赞》（Ch/U 7570〔T III M 228〕-59）

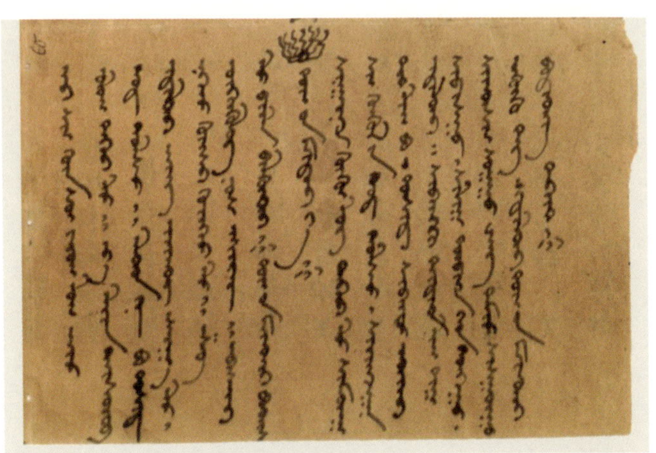

图版30 柏林勃兰登堡科学院吐鲁番研究所藏《圣尊弥勒赞》（Ch/U 7570〔T III M 228〕-60）

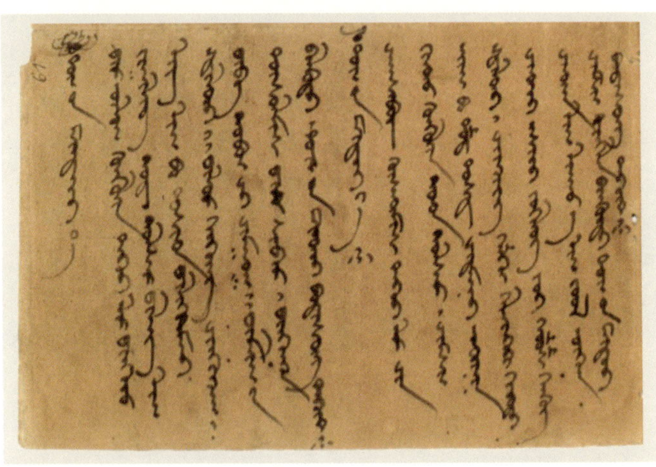

图版31 柏林勃兰登堡科学院吐鲁番研究所藏《圣尊弥勒赞》（Ch/U 7570〔T III M 228〕-61）

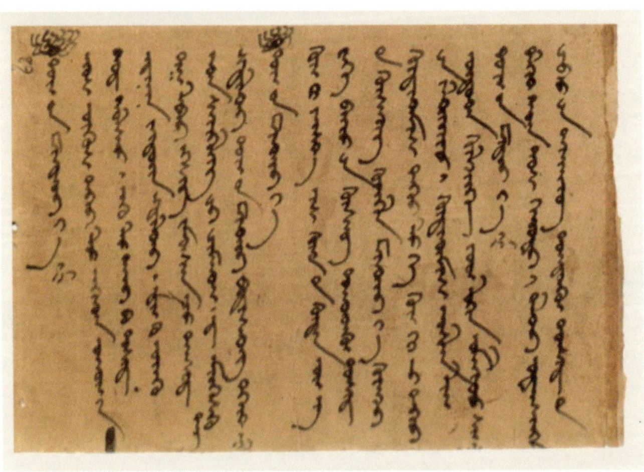

图版32 柏林勃兰登堡科学院吐鲁番研究所藏《圣尊弥勒赞》（Ch/U 7570〔T III M 228〕-62）

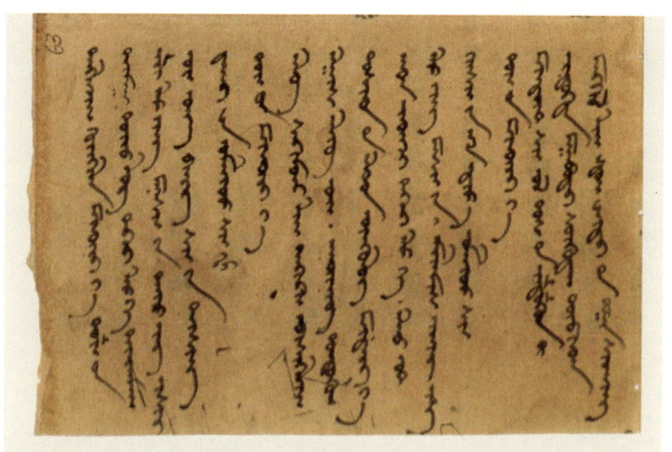
图版33 柏林勃兰登堡科学院吐鲁番研究所藏《圣尊弥勒赞》（Ch/U 7570〔T III M 228〕-63）

图版34 柏林勃兰登堡科学院吐鲁番研究所藏《圣尊弥勒赞》（Ch/U 7570〔T III M 228〕-64）

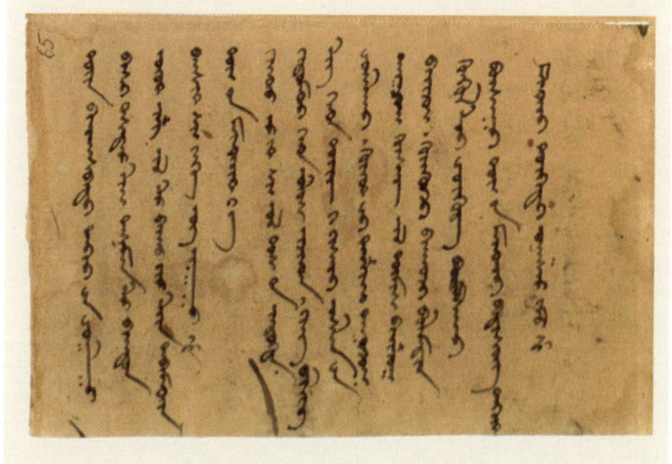
图版35 柏林勃兰登堡科学院吐鲁番研究所藏《圣尊弥勒赞》（Ch/U 7570〔T III M 228〕-65）

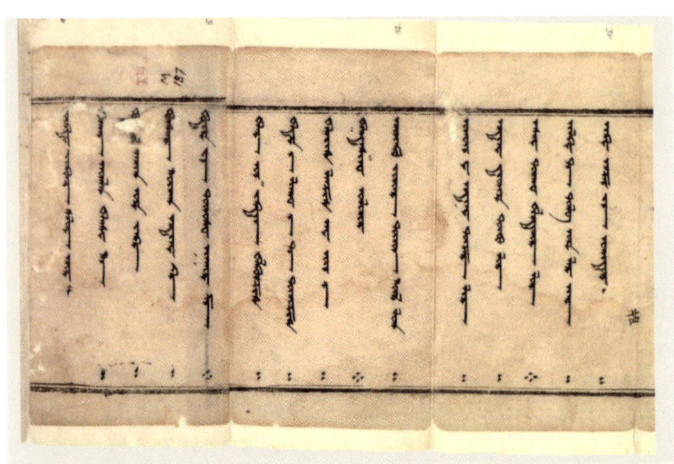

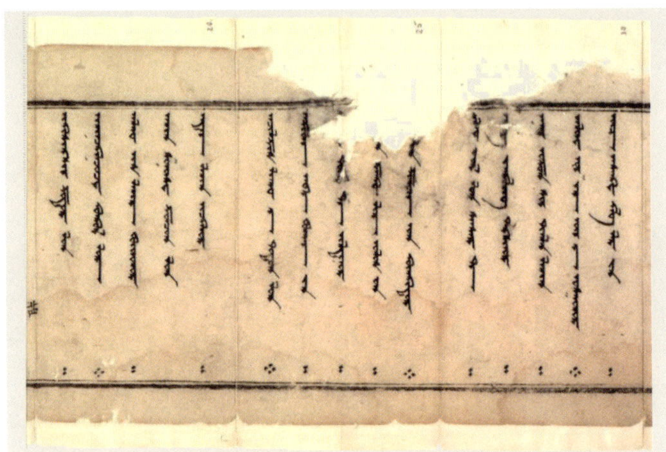

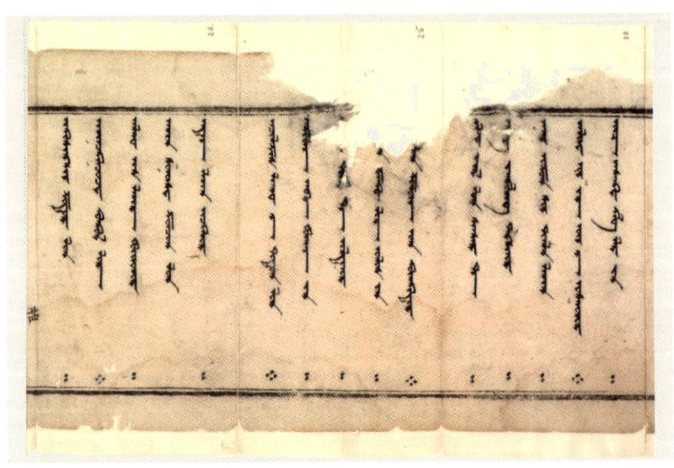

图版36 柏林勃兰登堡科学院吐鲁番研究所藏《观音菩萨赞》（U 4707）

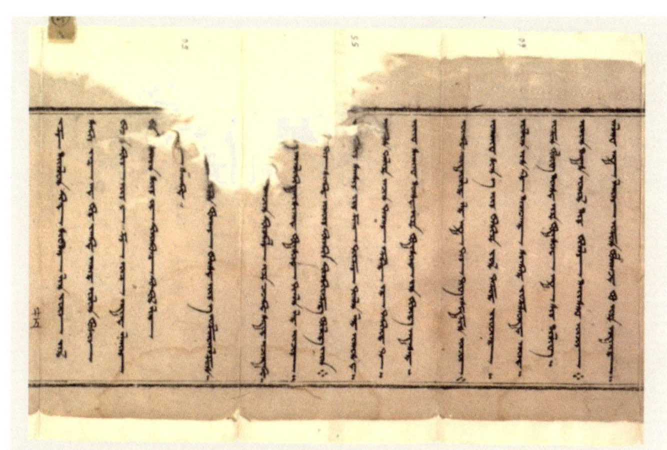

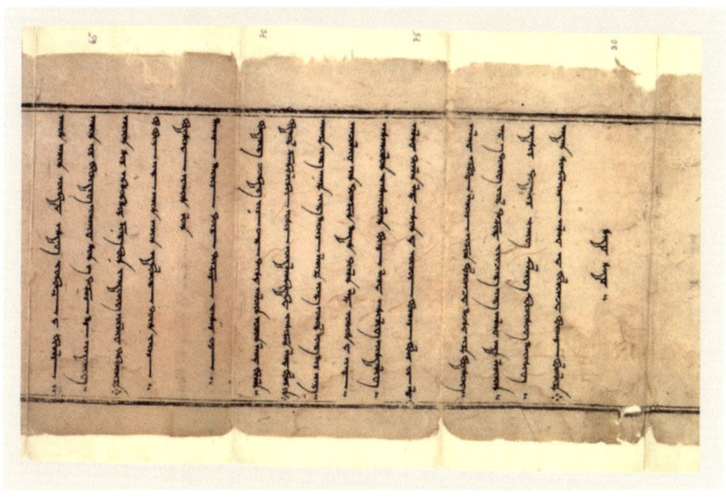

图版36 柏林勃兰登堡科学院吐鲁番研究所藏《观音菩萨赞》（U 4707）［续］

图版37 柏林勃兰登堡科学院吐鲁番研究所藏《观音菩萨赞》（Ch/U 6399）

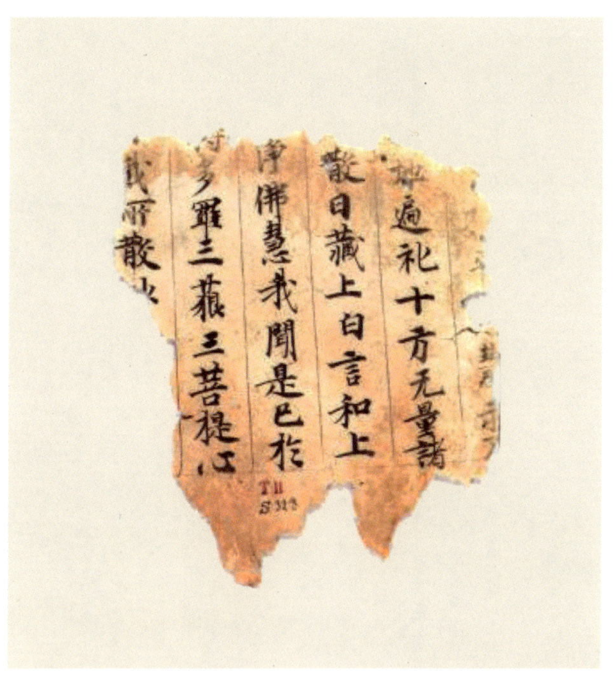

图版38 柏林勃兰登堡科学院吐鲁番研究所藏《观音菩萨赞》（Ch/U 6821）

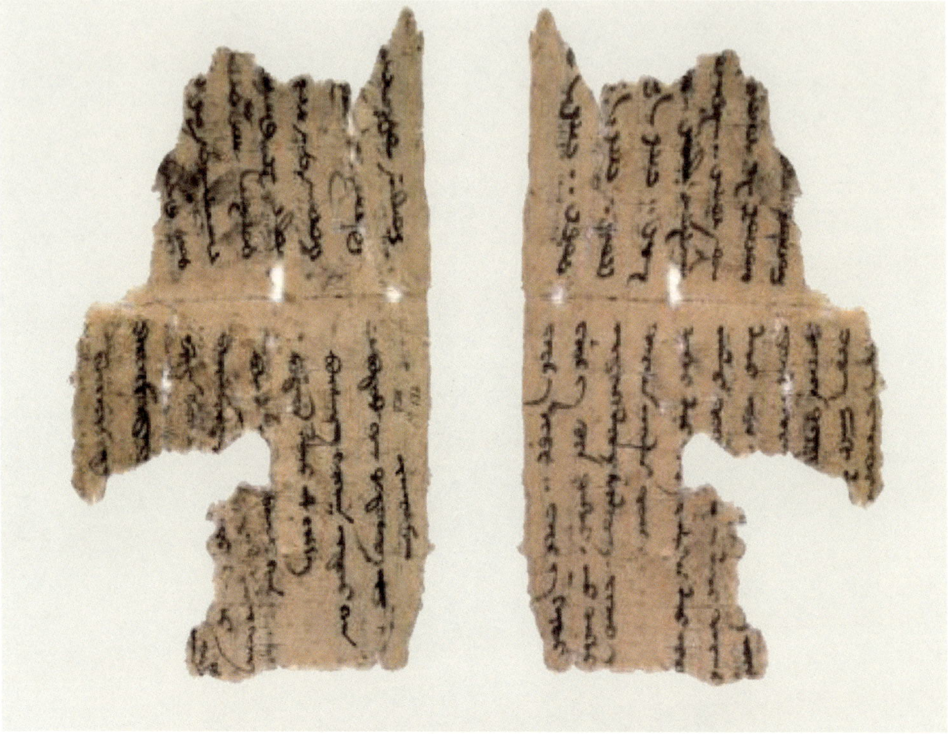

图版39 柏林勃兰登堡科学院吐鲁番研究所藏《观音菩萨赞》（U 5865）

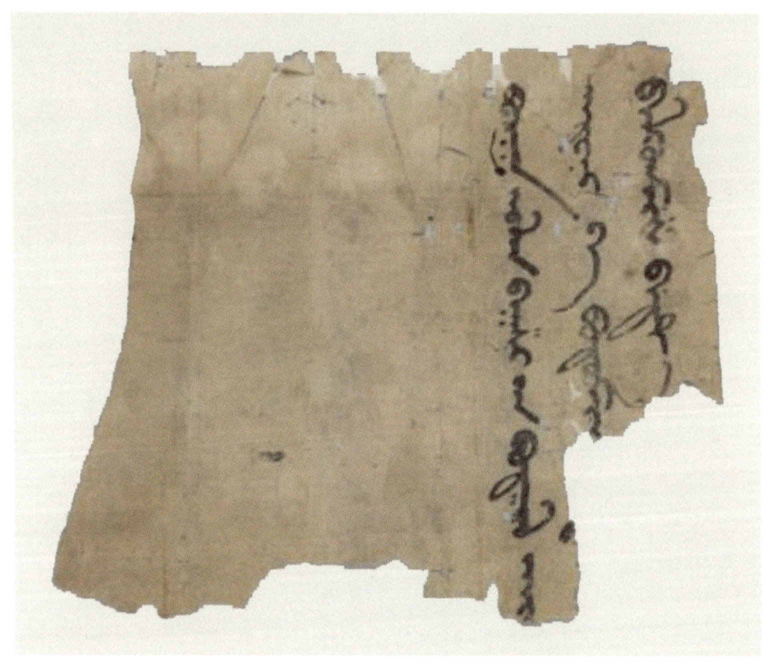

图版40 京都龙谷大学图书馆藏《观音菩萨赞》（Ot. Ry. 7019）

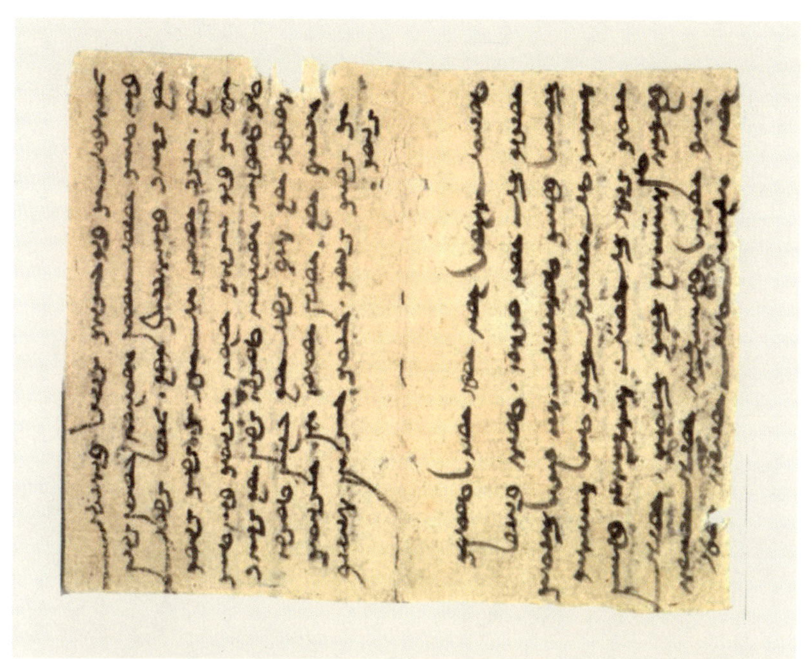

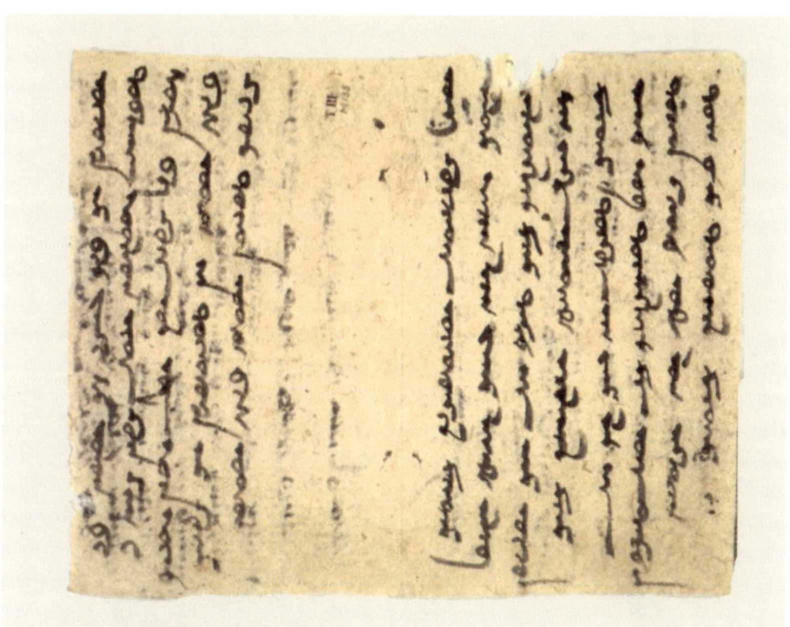

图版41 柏林勃兰登堡科学院吐鲁番研究所藏《弥勒赞》残片（Mainz 100〔T II M. 1381〕）

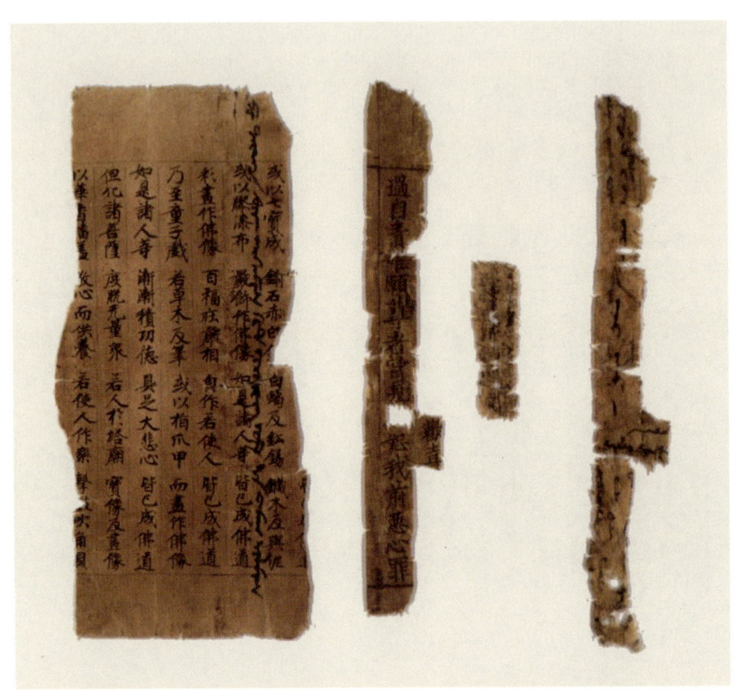

图版42 柏林勃兰登堡科学院吐鲁番研究所藏《弥勒赞》残片（Ch/U 8170〔TII467〕）

图版43 柏林勃兰登堡科学院吐鲁番研究所藏《玉女赞》残片（Ch/U 7513 ）

图版44 柏林勃兰登堡科学院吐鲁番研究所藏《玉女赞》残片
（Ch/U 6599〔T II T 1709〕+ Ch/U 6598 + Ch/U 6407）

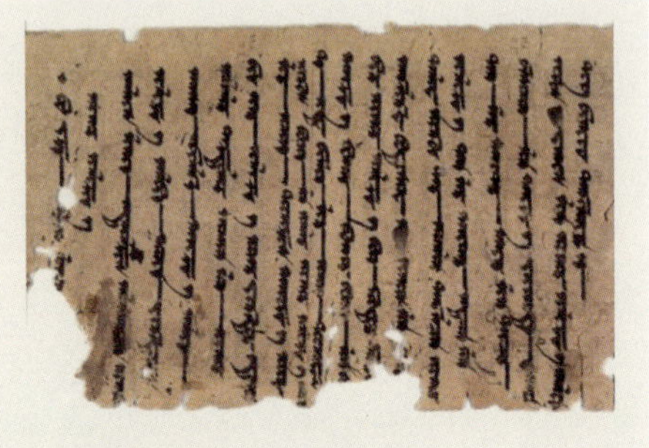

图版45 柏林勃兰登堡科学院吐鲁番研究所藏《回鹘可汗和回鹘汗国赞》（U 1864）

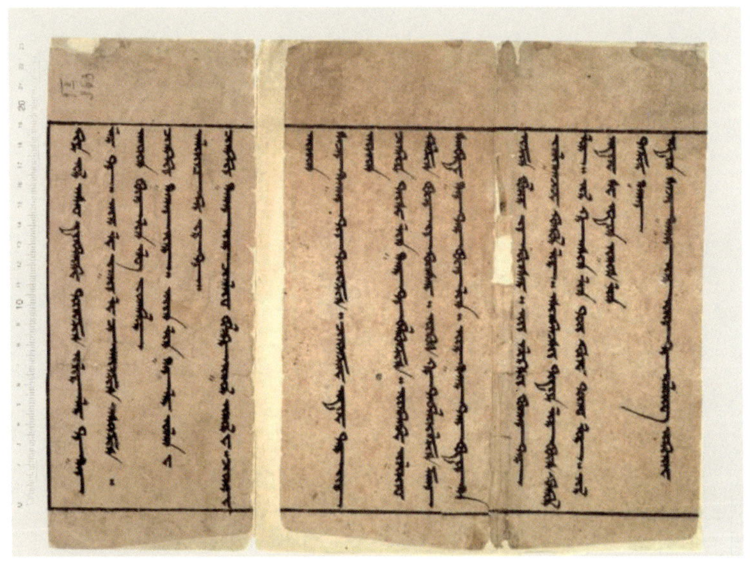

图版46 柏林勃兰登堡科学院吐鲁番研究所藏《元成宗铁穆耳可汗及其家族赞》（U4688〔T II S 63〕）

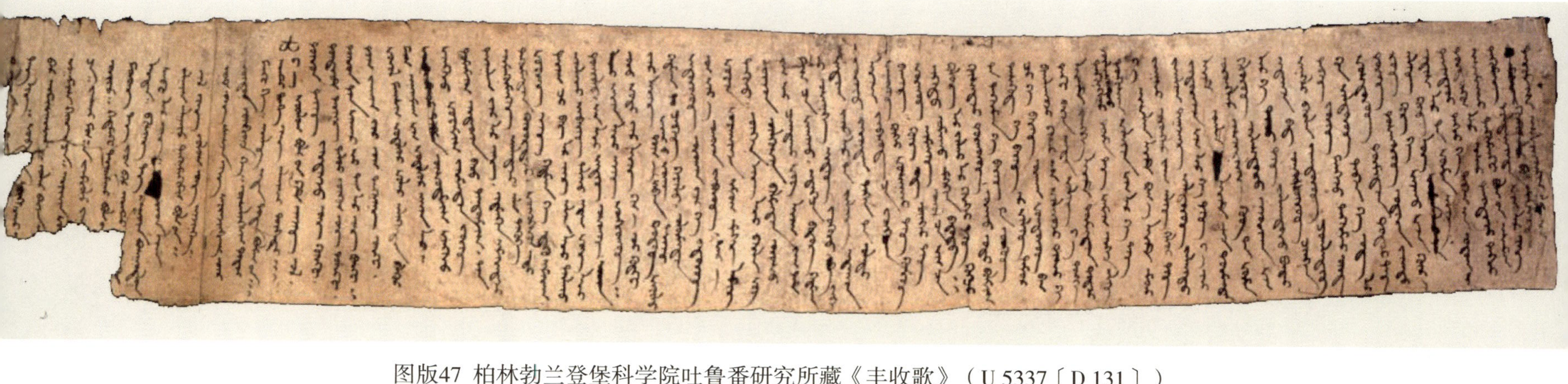

图版47 柏林勃兰登堡科学院吐鲁番研究所藏《丰收歌》（U 5337〔D 131〕）

图版48 京都龙谷大学图书馆藏《丰收歌》残片（Ot. Ry. 11052 + Ot. Ry. 7116）

图版49 柏林亚洲艺术博物馆藏《佛教与伊斯兰的冲突》（MIK III 7830）

图版50 柏林勃兰登堡科学院吐鲁番研究所藏《佛教与伊斯兰的对话》（SHT 794）